염
상
섭
문
학

너희들은 무엇을 얻었느냐 · 진주는 주었으나

염상섭 장편소설

너희들은 무엇을 얻었느냐 ·
진주는 주었으나

해설 이형진(와세다대)

글누림

차 례

너희들은 무엇을 얻었느냐

상편

1

① 덕순이는 오늘 유난히 일찍이 일어났다. 어젯밤에 한 떼가 몰려와서 밤이 이슥토록 떠들다가 간 뒤에 영감하고 두어 시간이나 이야기를 하고 나서도 여기저기에 급한 편지를 써 놓고 원고들이며 편지 휴지를 정리하느라고 거진 세 시나 되어서 겨우 눈을 붙이었으나 오늘은 한층 더 바쁘기도 하겠고 어쩐지 무슨 기쁜 일이나 있는 것같이 마음이 서성거리어서 날이 새인 지 얼마 아니 되어 눈이 뜨였다.

"오늘은 날이 들겠니?"

창 밑에서 떼그럭거리는 소리를 듣고 덕순이는 누운 채 턱을 쳐들어 머리맡 창을 치어다보며 물었다.

"그저 그래요. 오늘도 개일 것 같지는 않습니다."

이것은 며느리의 대답이다.

"그만 왔으면 인제 개이련만……."

덕순이는 이렇게 혼잣말을 하고 저녁때부터라도 개어 주었으면 하는 생각을 하다가 벌겋게 놀이 든 시원한 석양판의 하늘을 머릿속에 그려 보았다. 옆에 누운 경애는 곤한 듯이 인사정신 모르고 잔다. 덕순이는 모기장을 쳐들고 가만히 나와서 치마를 휘돌으며 방에서 나오더니

"웅 어떠면 개이기두 하겠군."

하며 마루 끝에서 하늘을 치어다보았다. 매우 천기가 걱정이 되는 모양이다. 멍울멍울한 검은 구름덩이가 서로 얼키어서 어떤 일정한 곳을 향하고 흘러가는 게 아니라 눈살을 잔뜩 찌푸리고 시원스럽게 말 한마디도 아니하려는 사람의 얼굴처럼 축 늘어진 대로 그 자리에서 빙빙 돌 뿐이다. 어느 때든지 한번 쏟아지고 나야만 번하여질 모양이다.

"어멈 오늘 아침에 생선 장수 지나가든가?"

덕순이는 세수제구를 들고 뜰로 나려오며 부엌에다 대이고 물었다.

"날이 이 모양이니까 웬걸 들어왔겠습니까. 앞 가게에나 있을는지요."

"그럼 좀 나가 보게. 성한 게 있건 좋은 놈으로 두 마리만 들여오게."

"무슨 생선 말씀예요? 아무 생선이든지 덮어 놓고 두 마리면 상관 없에요?"

늙수그레한 어멈은 부엌에서 나오며 놀리듯 웃었다.

"웅 민어 말야. 요새 생선이라면 으레이 민어지."

하고 주인아씨는 세수를 하기 시작하였다. 웬 세음인지 요사이 덕순이는 말대가리는 잘라 버리고 꼬리만 먼저 하는 버릇이 생겼다. 얼이 빠진 사람처럼 무슨 생각을 하여 가면서 남하고 수작을 하기 때문에 자기의 머릿속에 있는 생각만 하고 남은 알아듣든 말든 덮어 놓고 결론만을 발표하려는

것이 요사이 덕순이의 말에나 글에나 현저히 나타났다.

　가게에 나갔던 어멈은 비인 손으로 돌아왔다. 주인아씨는

　"어차피에 나가야 하겠군."

하며 대강 치장을 차린 뒤에 어멈을 데리고 나갔다. 이 시어머니 되는 아씨는 육칠 년 짝이나 살림을 하면서도 이때껏 무슨 흥정을 하러 다니는 법이 없었다. 그러나 오늘은 무슨 생각이 났던지 하인을 데리고 손수 출동을 하였다. 며느리는 조선식 머리를 쪽지고 구두를 철버덕거리며 나가는 시어머니의 뒷모양을 멀거니 바라보다가 빙긋 웃으며 자기 방으로 들어갔다.

　"어디를 가는 모양이야?"

　자리 속에 누웠던 남편은 웃으며 물었다.

　"누가 아우. 민어를 사들이느니 하더니 아마 흥정하러 간 게지. 누구를 청하는 모양이야……."

하며 며느리도 남편을 내려다보고서 웃었다.

　이 두 내외는 저희끼리 이야기를 할 때에 계모의 일을 동리집 사람 이야기하듯이 하는 게 보통이다. 한 번이라도 존대를 하거나 비웃어 주지 않는 때가 없다. 시어머니라야 나이로 보더라도 너댓 살밖에 틀리지 않고 학교에 있을 때에도 덕순이가 졸업할 때에 지금 며느리는 이년급에 진급하였으니까 물론 동창생이다. 하기 때문에 말이 고식이지 실상은 친구에 지나지 않는다. 하지만 만일 남편이란 자가 버릇을 그렇게 가르치지만 않았다면 어떻든 같은 학교의 동창생이었던 정의로라도 얼마쯤 서로 의지도 되고 시어머니 대접도 하여 주었을 것이다. 그러나 남편부터 계모를 한층 아래로 보고 어줍지않은 짓을 하니까 자연 그렇게 틀이 앉고 만 것이다.

② 며느리가 다시 나와서 상을 보고 있으려니까 구석방에서 시아버지의 큰기침 소리가 나더니

"거기 누구 없니?"

하는 거렁거렁한 목소리가 기닿게 들린다. 며느리는 깜짝 놀라며 뛰어올라와 안방을 거치어 들어가서 구석 방문을 똑똑 두드리었다. 이 집에서는 누구의 방이든지 서양식으로 똑똑 두드리고 나서 들어오라는 말이 있어야 열고 들어가는 규칙을 세웠다.

"누구냐?"

하는 소리가 방에서 나니까 며느리는 방문을 활짝 열었다. 보통 때 같으면 마누라가 올 터인데 별안간 며느리가 문을 여는 것을 보고 깜짝 놀라서 일어나면서

"네 어머니는 어디 갔니?"

하며 역정을 내었다.

며느리는 머뭇머뭇하다가

"지금 어데인지 가신 모양인데요."

하며 눈으로는 중동부터 아래를 가리운 천의 위를 살짝 바라보았다. 왼편 다리를 기역 자로 오그리고 앉은 형상은 천의 위로도 완연히 보이나 오른편 쪽은 푹 까부라졌을 뿐이다.

"어데를 갔단 말이냐?"

"아마 무슨 흥정을 가셨는지요⋯⋯세숫물 떠 와요?"

시아버지는 잠이 설 깨인 아이처럼 한참 뾰로통해서 앉았다가

"응 가져오렴!"

하고 자리를 걷어치웠다. 왼발만 자리옷 위로 내어다 보이는 것을 보고 며느리는 새삼스럽게 깜짝 놀랐다. 사실 이 며느리는 이 집에 들어온 지가 벌써 반년이 넘건만 시아버지의 침방을 구경한 것도 오늘이 처음이요 고무다리를 떼어 놓은 자리가 고의 가랑이 위로 착 달라붙은 꼴을 본 것도 오늘이 처음이다.

세숫물을 떠다가 두고 나오며 며느리는 한 다리로 꿇어앉아서 어떻게 씻누 하는 생각을 하여 보았다.

소세를 마치고 난 영감은 고무다리를 저그럭저그럭 하며 끼운 뒤에 양복바지를 입고 한쪽 지팡이만 짚고서 벽이며 문설주를 더듬어 가며 마루로 나와서 교의에 걸어앉았다. 며느리가 따라다 주는 차를 한잔 마시며 앉았으려니까 주인아씨가 철버덕거리며 들어왔다.

"이 진창에 이게 웬 야단야. 갈 사람이 없을까 보아서 이래?"
하며 중얼거리었다. 어젯밤에 별안간 잡지 관계자들을 청하겠다고 서두니까 허락은 하였지만, 그리지 않아도 머릿살 아프게 드나드는 젊은 남녀들을 일부러 청하여다가 한턱을 먹인다는 것도 마음에 좋을 게 없는데, 더구나 공연한 정성이 뻗쳐서 날뛰는 꼴이 못마땅하고 화가 나는 모양이다. 그러나 그 화라는 것은 무슨 터무니 있는 것도 아니요 누구 때문이라는 것도 아니다. 다만 들떠어 놓고 가끔가끔 일어나는 시기에 가까운 심화에 지나지 않는 것이다. 뒤쫓아 들어오는 어멈이 한 짐을 잔뜩 이어다가 내려놓은 것을 보더니 더욱 심사가 나서 또 찡얼거린다.

"저건 무얼 저렇게 함부루 사들여. 고만 두어두 좋을 걸 공연한 지랄야."
덕순이는 잠자코 안방으로 들어가서 경대를 꺼내 놓고 머리치장을 차리기 시작하였다. 남편이 그런 소리를 하면 한층 더 소리를 질러서 쑥 들어가게 하는 것이 보통이요 또 남편도 두세 마디째에는 도리어 달래는 소리로 항복을 하여 버리는 것이 예증이지만 요사이는 어쩐 세음인지 아무리 듣기 싫은 소리를 하여도 덕순이는 조금도 맞서려고는 아니한다. 며느리가 처음 들어왔을 때에는 조금 피침한 소리만 들어도

"내가 시어미 노릇을 하자는 것도 아니요 시어미 노릇을 할 권리도 없지만 저 애 듣는 데에 부끄럽지 않으냐."

고 기고만장을 하던 사람이 인제는 아무 소리를 듣든지 잠자코 말거나 도리어 웃는 낯을 보여 가며 수그러져 버린다. 이런 것을 볼 때마다 남편은 감사하기도 하고

'인제는 정말 시어미 노릇을 하려고 저러나 보다.'

하는 생각이 나서 남편도 기뻐하였다. 지금도 영감은 덕순이가 골이나 내일까 보아서 순탄한 목소리로

"그러나 저러나 누가 차리누? 네 어머니는 오늘 다른 일이 바쁠 텐데……. 어멈이나 데리구 너 혼자 하겠니?"

하며 어루만지듯이 사폐 보는 수작을 한다.

"저 집 어머니께 좀 와서 거들어 줍시사구 하지. 그리구 나두 인쇄소에는 잠깐만 다녀올 테니까 영감두 진지 잡수건 곧 와 주셔야 해요."

주인아씨는 머리 빗은 손을 씻으면서 이런 명령을 남편에게 내리었다. 저 집 어머니라는 것은 친히 왕래하는 장흥진이의 모친 말이다.

③ 덕순이가 부리나케 밥을 먹으려니까 경애는 인제야 일어나 나왔다.

"언니 이게 웬 부지런요? 난 좀 일찍 잤건만 아직두 고단한데 참 장사요."

하며 경애는 마루 끝으로 나아오다가

"이건 다 뭐야? 오늘이 누구 생일요?"

"내 생일!"

"생일을 인제야 차려?"

"아무 때엔 못 차리나. 그러나 생일이든 무어든 이따가 청자나 다녀주. 다른 데는 내가 전화를 걸 테니 정옥이하구 마리아한테만 다녀와 주구려. 하지만 한규 씨는 고만두지?"

하며 덕순이는 깔깔 웃었다. 며느리도 웃었다. 그러나 식탁 앞에 걸어앉아서 밥을 먹던 영감은 정옥이를 청하여 오라는 말을 듣더니 젓가락을 멈추며 덕순이를 바라보고 눈살을 찌푸렸다.

"참 정말 청하지 말아요. 청하여 오면 나는 달아날 테야."

경애는 시치미를 떼이고 말을 하다가 웃어 버렸다.

"그렇다면 일부러라두 청해 오지. 어디 달아나는 꼴을 좀 보게."

하며 덕순이는 경애의 조그만 두상을 살피듯이 치어다보았다.

경애는 미인은 아니지만 동글납대대한 상이 짝달막한 체격에 맞을 뿐 아니라 동그란 두 눈이 조금 나온 듯한 이맛전 아래에서 대룩대룩 하는 것이 귀엽기도 하고 이 얼굴의 제일 특징이다.

그러나 얇은 입술로부터 쪽 빨린 볼때기까지 가는 그 어름을 보면 사람이 얇기도 하고 매정스러운 것 같다. 이 처녀는 내년이면 동경 청산학원 여자부에서 졸업을 할 모양이다. 덕순이와는 학교는 달랐으나 고향이 같기 때문에 형님 아우님 하고 지내는 터인데, 이번 방학에 나왔다가 건너가는 길에 들러서 벌써 두 주일이나 묵는 터이다.

"청자는 무어라구 할까?"

"암말 말고 의논할 일이 급히 있으니 일전에 내가 말해 둔 대로 꼭 좀 와 달라구 하구려. 시간은 다섯 시쯤이면 좋겠지."

덕순이는 이렇게 일러 놓고 밥술을 떼기가 무섭게 허둥지둥 인력거를 타고 나서서 먼저 장홍진이의 집에부터 들렀다. 인쇄소와 방면은 다르나 지척이었다. 홍진이는 아직도 자리 속에 있는 것을 뛰어 들어가서 깨워 가지고 몇 마디 이야기한 뒤에 모자를 청하여 놓고 나왔다.

인쇄소에 와서 보니까 일 시작한 지가 얼마 아니 되니까 준장이 아직 나오지 않았다 한다.

"오늘로는 세상 없어두 준[校正]이 끝이 나야 내일 박지 않아요."

"글쎄 되어 가는 대로 하지요. 그런데 왜 이리 시급히 서두르슈?"

공장 감독은 빙글빙글 웃어 가며 코대답을 하였다.

"모레는 어데를 갈 테니까 그래요."

"그럼 영감님더러 하시라구 하시구려."

"영감두 가는데요……."

"동부인해서 가시는구면. 여러 날 걸릴 모양인가요. 지금 피서는 좀 철 겨우지 않아요?"

공장 감독은 여전히 늙수구레한 뚱뚱한 상에 웃음을 띠이고 심심파적으로 조롱 비젓한 소리를 한다.

"우쩠든 남 낭패하지 않게 하여 주세요."

하며 전화실로 들어갔다. 여기저기 전화를 건 후에 마침 내온 준장을 몇 장 보고 있으려니까 이럭저럭 열한 시나 되어서 남편이 왔다. 덕순이는 집 안일이 마음에 놓이지 않는다고 일어나서 편집에 관한 주의를 몇 가지 이른 뒤에 남편이 타고 온 인력거를 되짚어 타고 나섰다.

오는 길에 종로 뒤의 어떤 여관에 있는 한규를 찾아갔다. 경애더러만 다녀오랬으면 고만일 것을 바쁘다면서도 길을 일부러 돌아서 찾아갔다. 한규를 알게 된 것은 이번에 올라와서 경애를 찾아오기 때문이었다. 그러나 아직 물정을 모르는 어린아이 같은 것이 덕순이에게는 동생같이 귀여워서 금세로 친하여졌다. 한규는 다행히 집에 있었다.

뜻밖에 손님을 만난 한규는 반기면서 뛰어나와 맞았다. 덕순이는 축대 위로 올라서면서

"올 사람이 없는 게 아니지만 내가 앞질러 왔습니다."
하며 농담처럼 헛웃음을 쳤다.

"올 사람이 누구예요. 덕순 씨는 못 오실 사람입니까?"
한규는 눈웃음을 치며 어째 왔나 눈치를 살펴보려는 듯이 분을 하얗게 바른 덕순이의 넓적한 얼굴을 똑바로 치어다보았다.

④"오늘은 우리 집에 아니 오세요."
"날마다 가면 멀미를 대실까 보아서 어디 가겠습니까."
"무어 어째요? ……정말 발 그림자두 못 하시게 할까 보다. 하하하. 하지만 이따 몇 시에 오실 테에요?"

17

"언제든지 가지요."

"그럼 다섯 시 안으로 오세요. 경애를 보러 오시란 말이 아니라 나를 찾아오시란 말이에요."

나를 찾아오라는 말에 한규는 수상쩍게 생각이 들어가서 덕순이를 말똥말똥 바라보며 섰다가

"무슨 일이 있어요?"

하며 웃었다.

"큰일이 있에요. 좋은 일이요. 그리게 내가 일부러 오지 않았습니까. 경애가 와서 무슨 소리를 하든지 귀담아듣지 마시고 꼭 오세야 합니다. 그리지 않아도 헤살을 놀까 보아서 내가 먼저 온 건데요. 하……, 그런데 경애가 오더라도 내가 다녀갔느니 만날 약조를 하였느니 하는 말씀은 절대로 마세요. 하하하."

한규는 점점 의심이 들어갔다. 말씨며 웃는 눈치가 마치 비밀히 만나자는 수작 같다. 한규는 따라 웃으면서도 눈을 깜짝깜짝하고 한참 섰다가 무슨 결심을 한 듯이

"어떻든 가지요. 하지만 좀 무서운데……하하하."

하며 농쳐 버렸다.

"하……그럼 이따가 꼭 오시지요? 그럴 게 없이 아주 지금 나하구 같이 가십시다. 집에 아무도 없으니 같이 가서 노십시다."

하는 소리마다 한규의 귀에는 이상스럽게만 들린다.

"아무도 없다니요? 다들 어디 갔습니까."

하며 현규는 물어보다가 '경애도 없에요?' 하는 소리가 나올 뻔한 것을 참

왔다.

"왜 경애는 있지요."

하며 덕순이는 또 웃었다.

'경애가 있어? 경애가 있는데 지금 한 말은 무슨 소린구? 공연히 경애두 없는 것을 있다구 하여 가지고 끌고 가라는 수작인가?'

한규는 이리저리 생각을 하여 보다가

"지금은 못 가겠에요. 볼일이 좀 있으니까."

하며 거절을 하였다.

"무슨 볼일요? 경애를 기다리는 볼일요. 하하하. 하지만 오늘은 경애가 아니 올 걸요. 내가 못 오게 할 걸요? 하하하……. 그럼 난 바쁘니까 갑니다. 이따가 꼭 오세요. 정말 기다릴 테니."

덕순이는 공연히 커닿게 웃으며 인사를 하는 듯 마는 듯 하고 돌쳐섰다. 한규는 그래도 이상스러워서 좀 더 물어보리라 하고

"올라와서 쉬어 가세요. 네? 잠깐만 올러오세요."

하며 불렀다. 중문 앞까지 간 덕순이는 되돌쳐서며

"상관 없에요. 바쁘니까 어서 가야지요. 하지만 이따가 바이올린이든지 만돌린을 가지고 오세요."

하고 휘죽휘죽 나갔다.

한규는 좀 서운한 모양이나 덕순이의 포근포근하고 큼직한 뒷모양을 바라보며 혼자 웃었다. 빨간 댕기를 넙죽하게 들인 숱이 많은 머리를 뚤뚤 뭉쳐서 비취옥 비녀를 꾹 찔러 쪽진 것이 목침덩이같이 클 뿐이요 맵시는 없어 보이었다. 더구나 땅이 질어서 그랬든지 검정 구두를 신은 것이 무엇

보다도 눈 서툴렀다. 그러나 그와 같이 구격이 맞지 않은[不調和] 가운데에서 느긋느긋하고 징글징글하고 근질근질한 일종의 미묘한 맛과 냄새가 나는 것을 한규는 놓치지 않았다.

분을 하얗게 바른 이글이글한 둥근 얼굴, 큼직한 키, 뚱뚱한 몸집, 황라 적삼 밑으로 비초이는 조끼허리의 부드러운 곡선(曲線), 그리고 그 곡선으로 에어내인 포근포근한 하얀 살갗, 후줄근한 치마 또 그리고 굽직한 허연 목덜미에 매달린 머리쪽지, 널찍한 어깨, 불룩한 궁둥이, 흙투성이 구두……모든 것을 자기 딴은 차리느라고 한 것인지는 모르나 어떻든 구격이 맞지 않은 듯하건마는 어울려 보일 뿐 아니라 거기에서는 익어 들어가는 실과에서 코를 찌르게 훅훅 끼치는 향기와 같은 김이 어리우고 더위 먹은 사람의 입에서 뿜는 듯한 세찬 숨결이 높은 파도를 치며 흘러나오는 것 같았다. 한규는 폭양을 쏘인 사람의 팔다리같이 뼛속이 찌르를 하고 전신이 찌뿌드드하여지는 것을 느끼었다.

⑤ 덕순이가 다녀간 지 십 분이 못 되어서 한규의 여관에는 경애가 뒤미처 들어왔다. 오늘은 여관 속이 조용하여서 무엇보다 다행하다고 생각하였다. 한규는 오스카 와일드의 소설집(小說集)을 펴들고 누웠다가 경애가 조고만 몸뚱아리를 촐랑거리며 들어오는 것을 보고 벌떡 일어나 앉더니

"내 벌써 올 줄 알았지!"

하며 무척 반가운 듯이 웃었다. 십 분 전의 무겁고 벅찬 기분은 경애의 가벼운 바람에 홀홀 불려서 날아간 것 같았다. 사실 말하면 덕순이를 앞에

세이면 가냘픈 손가락에 커다란 매[鷹]를 앉힌 것 같으나 경애의 옆에 놓고 보면 그것은 마치 하얀 비둘기를 손으로 쓰다듬어 주는 것같이 기를 펼 수 있다. 더구나 덕순이가 남겨 놓고 간 열탕 같은 육감적 기분(肉感的 氣分)과 인상(印象)에서 벗어나니까 찌뿌드드하던 머릿속이 금세로 선들선들하여지는 것 같았다.

"어떻게 아셨에요?"

경애는 웃으며 방 안으로 선뜻 들어서더니 두 손을 벌렸다. 한규도 두 손을 내어밀어 붙들어 앉히었다.

"왜 뚝발이 아씨 못 만났어? 지금 막 다녀갔는데."

"글쎄 그런 소리는 말래두 그리는구려."

하며 경애는 웃으면서도 책망을 하였다. 한규도 경애의 말이 옳다고 생각하였다. 그러나 덕순이라는 사람을 만나기 전부터 뚝발이 아씨, 뚝발이 아씨 불러 왔고 그럴 때마다 책망을 당하였건만 자기가 잘못이라고 생각한 때가 한 번도 없던 한규가 인제야 그렇게 부르는 것이 덕순이에게 미안하다고 생각하게 된 것은 무슨 까닭인지 자기 자신도 깨닫지 못할 일이다.

"그래 형님이 벌써 다녀가셨어? 무어라구 합디까."

"그런데 무슨 일이 있소?"

"일이 무슨 일이에요. 뭐 오늘 손님들을 청해서 한턱 내인다나!"

"응 그래서 다섯 시 안으로 오란 거로군! 그런 걸 공연히 풍을 치고 갔군!"

한규는 알고 보니 대수롭지 않은 일인데 쓸데없는 추측을 하였다는 듯이 혼자 웃으며 잡은 손을 꽉 쥐어 보았다.

"무어라 했기에?"

하며 경애도 마주 힘을 주어서 따뜻한 손을 꼭 잡았다. 이 사람들은 만나기만 하면 으레이 두 손길을 맞잡는 버릇이 있다. 그렇게 하는 것이 어린 애들끼리 '세장세장' 하는 것 같아여 귀여워도 보이고 어울리기도 하지만 어떠한 때는 일부러 그리는 것 같기도 하고 유치한 것 같기도 하다. 두 사람은 손길을 맞잡고 앉았다가 오늘 만난 첫인사로 손을 잡은 채 조고만 두 주둥아리를 실쭉이 마주 내밀고 입을 맞추었다. 그것은 마치 소꿉질하는 아이들이 왜떡조각을 아끼어서 모서리만 조금 뜯어 가지고 각시밥을 만들어 먹는 세음이었다.

"그래 형님이 무슨 소리를 하구 갔세요?"

한참 만에 경애는 고개를 쳐들고 웃으며 물었다.

"별소리 없어. 한데 당신이 오기 전에 앞질러 왔다니 웬 소리야?"

하며 경애를 치어다보았다.

"응, 청하지 않겠다구 놀리기에 그만두랬더니 그리는 게로군."

경애는 어리광처럼 맞잡은 손길을 까불어 보았다.

"그럼 나는 안 갈 테야. 보기 싫어하는 사람이 있는데 눈총 맞게."

"고만두구려. 왔단 봐라. 아닌 게 아니라 문사니 화가니 신문기자니 하고 제각기 잘난 체를 하고 떠드는 틈에 끼어 있는 건 머릿살이 아퍼."

경애가 이런 소리를 하는 것은 연애하는 계집애의 정직한 말이다. 그런 사람들을 한층 올려다보는 것은 아니지만 암만해도 자기네들이 그들하고 어울려서 손이 맞을 수도 없고 또 그러한 자리에서는 자기들의 잘고 은근한 정회가 깨어지거나 둘이만 향락할 수 있는 기분이 흐트러지기 쉬운 것이다. 그것을 생각하면 남들이 술잔이나 마셔 가며 공연히 허튼 수작으로 버납하게 떠들어대는 것과 떨어져서 자기들의 딴 세상을 꾸미고 들어앉아서 조용하게 속살거리며 맞붙들고 앉았는 것이 한층 더 재미있고 유쾌하다고 생각하였다.

　⑥ 그러나 한규는 그래도 남자이다. 유명하다고는 못 할지라도 세상에서 누구니 누구니 하는 사람들을 만나 보고도 싶고 더구나 덕순이의 여자 친구들은 이때까지 이야기만 들었지 만나서 수작을 건네 보지 못하니만치 이러한 기회를 놓치고 싶지는 않다.

　"하지만 이따가 가마구 하였는데! ……어디 가 보아서 만일 새 연인이나 하나 얻게 되면 경애 씨가 달아나두 상관없구……!"

　한규가 놀리는 듯이 새롱새롱 이러한 소리를 하니까 경애는

　"무어? 무어? 또 한번 해 봐."

하며 잡았던 손을 놓고 남자의 팔쭉지를 꼬집었다.

　"아야! 아야 아야. 그래 그래 잘못했어. 잘못했습니다."

　한규는 항복을 하고 두 사람은 같이 껄껄대었다. 이야기가 잠깐 끊이었다가

　"그런데 어떻게 된 세음이야? 뚝발이가 정말 미국으로 들어가나?"

하며 한규는 물었다.

　"여행권까지 왔으니까 가기야 하겠지. 그런데 아마 어저께 아주 결정했나 봅디다."

　"어떻게?"

"아직 이야기를 들을 새가 없어 자세힌 모르지만 어제 자정이 넘은 뒤에 손님들이 가고 겨우 잤는데 그동안에 의논을 하였기에 오늘 별안간 손님 대접을 하느니 하고 법석이지. 아마 내 말대로 된 모양인 게야."

"그럼 뚝발이 아씨는 일본으로 간단 말이지."

한규는 또 뚝발이 아씨라구 부른 뒤에 새새새 웃었으나 안 되었다고 생각하였다.

"그래두 그리는군!"

경애는 잠깐 핀잔을 준 뒤에 목소리를 낮춰서

"그야 미국이야 지금 가겠소? 돈이 있다손 치더래도 될 수 있는 대로는 헤어져 있으려는 판인데. 더구나 간신히 노자밖에는 못 되었다는데."

"그러면서 급작시리 미국에 왜 간대? ……공연히 오쟁이나 지랴구? 하하하."

하며 한규는 또 쎌없이 웃었으나 가슴속이 간지러웠다. 경애도 어이없다는 듯이 따라 웃다가

"그 왜 입이 그렇게 걸어요……. 그런데 모르면 몰라두 뚝발이 영감이 학교에서 그리 환영은 못 받은 게야……."

"뚝발이 영감이 뭐야? 날더러는 말라면서."

한규가 말을 가로채이며 오금을 박았다.

"그럼 뚝발이니까 뚝발이랬지! 뚝발이가 아닌 걸 누가 뚝발이랬나? 그리게 뚝발이 영감이랬지 내가 언제 뚝발이 아씨랬소? 하하하."

"말이 되나. 뚝발이 영감이라면 뚝발이의 영감이란 말이 아니야? 내 영감 우리 남편 하면 나의 영감 우리의 남편이라는 세음으로. 그러니까 뚝발

이 영감은 뚝발이의 영감이요 뚝발이 아씨는 뚝발이의 아씨란 말이 되지
않어? ……그래 덕순이가 뚝발이란 말이야? 하하하."

"몰라요 몰라요. 밤낮 뚝발이 뚝발이 상성이 나서 그저 뚝발이!"

"누가 상성이 나서 뚝발이랬누? 내가 뚝발이란 소리를 더 많이 했어? 하
하하."

"그래요 그래요. 뚝발이 뚝발이. 하하하."

경애가 이렇게 소리를 지르며 웃고 마니까 한규도

"그래요 그래요. 뚝발이 뚝발이. 하하하."

하며 경애에게로 고개를 디밀며 여청으로 입내를 내이다가 두 사람의 입
이 마주치었다……두 사람은 또다시 낄낄대이며 엎드러졌다. 어느덧 두
사람의 손은 떨어졌다. 잠깐 있다가 경애는 무슨 생각이 불쑥 났던지 한규
를 뿌리치며 고개를 들고 여전히 웃어 가며

"아 그래 우리 남편이란 말두 있어요?"

"우리의 남편을 우리 남편이라지."

"우리라니?"

"계집이 둘 이상이 있으면 우리라고 안 하고 뭐라구 해? 하하하."

"하하……."

경애는 웃고 말았다. 그러나 경애의 귀에는 남편이라는 말이 이상하게
들리었다. 확실히 아는 말 같기도 하고 어리둥절하게 모르는 말 같기도 하
였다. 더구나 어째서 보통 내 남편이라구 아니하고 우리 남편이라고 하
누? 하는 생각도 무심중간에 머리에 떠올랐다.

⑦"그러나 아까 하던 이야기를 마저 해야지. 그래 학교에서 쫓겨났나?"

한규는 정신을 차리고 이렇게 다시 물었다.

"아니 자세는 몰라도 내 짐작 같아서는 미국 간다는 핑계를 하구 이번에 고만두었나 보단 말이에요. 덕순이 형님도 인제는 멀미를 내이든 판이니까 말하자면 잘된 세음이지."

"아닌 게 아니라 머릿살도 아플 테야. 제기럴, 나이는 아버지뻘이나 되구 묵사발 같은 대가리에다가 게다가 쌍지팡이라면 누가 좋아할구……하하하."

한규는 덕순이에게 동정하듯이 이런 소리를 하고 나서 유쾌한 듯이 웃었다. 경애도 묵사발 같은 대가리라는 말에 따라 웃었다.

"그나 그뿐인가. 두 살이나 더 먹은 전취소생을 데리고 살랴니 그리지 않아도 기가 푹푹 썩을 것을 며느리가 들어온 뒤로는 더군다나 눈이 안 맞어서……어떻든 오래는 못 가지. 가만히 보면 참 불쌍해."

경애는 진정으로 가엾게 생각하는 모양이다.

"오래 안 가면 어떡해? 지금 새삼스럽게 헤어지자면 될 말인가. 당초에 혼인을 하기가 불찰이지."

"경우루 따지면야 그두 그렇지만 아무것도 몰랐으면 그대루 지내겠지만 무얼 좀 알게 되니까 쿵쿵증이 나서 그대루 지내겠소? 덕순이 형님두 만세 이후로 급작시리 퍽 변한 모양입디다. 게다가 글자나 쓰는 사람들하구 추축을 하고 잡지니 문학이니 하게 되니까 딴 세상 같은 생각이 나는 게지……그건 고사하고 엘렌 케이니 입센이니 노라니 하는 자유사상(自由思想)의 맛을 보게 되니까 모든 것을 자기의 처지에만 비교해 보고 한층 더 마음이 움직이지 않겠소."

"글쎄 그러면 무얼 해! 마음대로 하는 것두 좋겠지만 아무 친척두 없고 돌아다볼 사람도 없는 것을 번연히 알면서 덮어 놓고 뛰어나오면 요새 누구누구 하는 사람들 모양으로 허영만 날 뿐이지 누가 그런 사람을 데려가랴나!"

한규도 의외에 지각이 난 소리를 한다.

"글쎄 그건 누가 알우. 그저 그렇단 말이지. 왜 또 안 데려갈 거야 무엇 있소."

"누가 그런 헌계집을 데려간담. 누구 모양으로 남의 첩 노릇이나 했지!"

한규와 같은 성격으로 하염직한 소리다. 그러나 경애는 헌계집이라는 말에 가슴이 선뜻하였다. '헌계집! 남의 첩!' 이런 생각을 하여 보니까 덕순이가 금세루 천한 계집같이 생각이 되었다. 동시에 분 바르고 담배 피워 물고 단속곳 바람으로 앉았는 첩쟁이가 눈앞에 왔다 갔다 하는 것 같았다. 그다음에는

'나도 그렇게 되면 헌계집이렷다.'

하는 생각을 하여 보고 눈살을 찌푸렸다.

"그러나 당초에 혼인이 어떻게 되었더람. 피차에 서로 보고 정했겠지."

이야기가 잠깐 동이 떴다가 한규는 이렇게 물으며 머리맡에 놓인 가방에 기대었다.

"왜 만나 보기야 했답디다. 그러나 지금 우리 연갑이면 대강 물정은 짐작하지만 그때쯤이야 어디 그렇소. 게다가 돌보아 주는 부모도 없구 학교 선생들이 우물쭈물하는 것인데 졸업은 하구 갈 덴 없으니까 흐지부지 끝

린 거지. 하지만 미국이라면 상성이 나 뎀비는 판이니까 미국 출신이란 바람에 뚝발이라는 흉도 조금은 감추어진 거겠지. 말하자면 미국이 또 한 사람 잡혔지! 하하하하.”

“하하하. 그래 그리구서 지금 와서 뚝발이니 이해가 없느니 하면 무얼 해? 쓰면 뱉구 달면 삼키구!”

이번에는 슬며시 영감 편을 드는 모양이다.

“그야 남의 사정을 누가 아오마는 글 친구하고 교제가 넓어지고 책자나 보니까 미국보다도 더 좋고 더 큰 근본문제가 있는 것을 알게 된 게지.”

경애도 생김생김이 보아서는 매우 점잖은 소리를 하는 여자다. 한규는 그럴듯이 들으며 연해 고개를 끄덕거리었다.

⑧ 오정이 넘으니까 흐릿한 햇발이 보이고 점점 뭉긋뭉긋 더워 간다. 한규는 일어나서 바로 앉으며 옆에 놓였는 부채를 들어서 자기와 기역 자로 퍼더버리고 앉았는 경애에게 부채질을 하여 주며 말을 꺼냈다.

“하지만 이유가 없지 않어? 노라의 말마따나 아버지의 손으로 남편의 손에 넘어갔다면 말이 될지 모르지만 자기가 싫다고만 하였으면 고만일 것을 하여 놓고 늙어 가는 병신 남편을 버린다면 누가 생각을 하든지 잘하는 짓이라구는 못 할 테지.”

“고만두세요. 이리 주세요.”

하며 경애는 부채를 빼앗아 가지고 두어 번 자기가 팔딱팔딱 부치더니 다시 한규를 부쳐 주면서

"봐야 알 일이지 지금 누가 이혼을 한다나요. 아무튼지 애정이라곤 눈꼽만큼두 없으니까 이혼을 할 것 같다는 것이지요."

하며 변명을 하여 주었다.

"글쎄, 사랑 없는 결혼은 강간(強姦)이라는 심한 말을 하는 사람도 있지만 있는 사랑이 없어진 것과도 달라서 처음부터 사랑 없이 한 결혼이니까 더구나 자기 손으로 한 거니까 그만한 책임이 자기에게 있을 일이 아니야. 하고 보면 이혼을 하는 한이 있더라도 그만한 분간은 있어야 할 것이요 또 어려운 처지에 있을 때에 도와준 은혜도 잊어버리지 말아야지. 덮어 놓고 늙었어 뚝발이야 묵사발이야 보기 싫어 하기만 하면 될 수 있는 일인가. 하하하."

한규는 참닿게 이치를 따져서 이야기를 하다가 웃는 소리로 말을 막았다. 이것도 이 사람의 한 장기라 하면 장기요 결점이라 하면 결점이다. 기분이 늘 변하기 쉬운 성질이다.

"듣기 싫소. 묵사발은 부르기 좋으란 묵사발인가. 죄 되리다 죄 되어. 하하하."

"아 그런데 덕순 아씨한테 요새 누가 있나?"

한규는 생글생글 웃으며 말끝을 돌려다 대이었다.

경애도 웃으며 물끄러미 바라다보다가

"있긴 무에 있단 말이요?"

하며 핀잔을 주었다.

"나 보기엔 젊은 남자가 꽤 많이 드나드는 모양인데 그래 하나두 없을 리가 있나? 지금 연인이라두 하나 생긴다면 어떻게 될꾸? 그야말로 어쩔 수 없이 이혼하고야 말걸."

"누가 알 수 있소. 하지만 자기두 그리두구먼마는, 덕순 형님은 그래 뾔두 영리하니까 이혼을 한다면 애인을 만들어 놓고는 아니할걸."

"글쎄……."

한규에게는 별로 이렇다는 의견이 없는 모양이다. 두 사람은 이야기에 피로한 듯이 입을 닫쳐 버렸다.

경애는 얼빠진 사람처럼 눈만 말뚱말뚱 뜨고 앉았다가 앞에 놓인 와일드 전집(全集)을 들춰거리며

"자미 있는 게 있에요."

하고 자기가 만들어 준 서표를 끼운 데를 펼쳐서 들여다보고 앉았다.

"'자, 그 돈 일만 파운드를 잡거든 오게. 그러면 승낙할 테니'라고 그는 늘 말하였다. 유끼는 그때 매우 심기가 불쌍하였다. 그래서 위로를 얻으려고 로라에게 다니었다……."

또 한두 장 넘기더니 경애는 다시 입속으로 읽는다.

"……금화 한 푼하고 동전 두세 닢밖에 없다. '불쌍한 늙은이다.'라고 그는 생각하였다. '나보다도 이것이 훨씬 부자유한 모양이다. 하지만 이것만 가지고는 두 주일 동안의 마차 값도 아니 된다.' 그래서 그는 화실을 건너가서 그 금화를 거지의 손에 쥐어 주었다. 늙은이는 깜짝 놀라며 입술에는 미소가 떠올랐다. '나리, 고맙습니다.'라고 거지는 말하였다……."

또 넘기어서 다시 읽는다.

"……누구든지 그렇게 참혹하게 되지 않으면 아니 된다는 것은 무서운 일일세. 내게는 집에 헌 양복이 많이 있는데, 어떨까? 여보게 그런 거라두

걸자가 좋아할까? ……."

경애는 이렇게 책장을 뒤적거리며 여기저기를 한 구절 두 구절 읽다가 책을 무릎 위에 놓으며

"여기 읽어보셨에요. 자미있는 모양인데……."

하며 남자를 치어다보았다.

⑨ 한규는 무슨 의미나 있는 듯이 생글생글 웃으며

"지금 보았는데 자미있더군."

"내용이 어때요? 아마 일만 파운드를 가져와야 딸을 주겠다는 말이 있지요? 이야기 좀 하세요."

경애는 혼인 이야기가 있는 듯싶어서 흥미를 가지고 이야기를 청하였다.

"글쎄……."

한규는 혼자 웃으며 어디서부터 시작할까를 생각하는 듯이 한참 앉았다가 입을 벌렸다.

"유끼라는 똑똑한 미남자가 로라라고 하는 퇴직(退職)한 군인의 딸하고 정분이 나서 결혼을 하려는데 그 신부의 아버지가 사윗감은 쩍말없으나 돈이 없는 게 흠절이니 일만 파운드를 손에 잡거든 오라 하기 때문에……."

"응! 옳아! 그래 어떡했어요."

경애는 어서 결론이 듣고 싶은 모양이다.

"글쎄 가만히 들어요……. 그래서 결혼은 못 했지요."

"아주 못 했에요."

경애는 깜짝 놀란 듯이 물었다.

"가만히 계슈. 아주 못 하는지 하게 될지……. 그런데 어느 날 그림을 잘 그리는 자기 친구를 찾아가니까 마침 늙은 거지를, 동냥아치 말야, 모델로 세우고 그림을 그리는 것을 보고 그 거지가 불쌍한 생각이 나던 차에 마침 주인이 그림을 그리다 말고 잠깐 방문 밖으로 나간 틈을 타서 자기 주머니 속에 있던 밑천을 다 털어다가 슬며시 거지의 손에 쥐어 주고 왔는데……."

"옳지! 그 두 주일 마차 삯밖에 아니 된다는 것을 말이죠?"

경애가 아까 읽어 본 것을 생각하고 새치기를 한다.

"그래요……. 그런데 그 거지는 실상은 영국 륜돈(倫敦)에서도 제일가는 갑부요 남작이라는 귀족인 것을 몰랐더라우."

"왜 부자가 거지 복색을 하고 그림을 그린담!"

"그것두 다 제멋이지. 그 화가의 말을 들으면 거기에 복잡한 예술미(藝術美)가 있는 모양이지만 한편으로 보면 사람이란 못 해 본 것을 해 보고 싶은 성질이 있으니까 거지 복색으로 그려 달라는 게지……. 그래서 그 돈 준 사람이, 즉 신랑 될 사람이 돌아간 뒤에 그 거지 복색을 하고 섰던 남작(男爵)이 그 화가더러 지금 왔던 사람이 누구냐고 물으니까 화가는 나의 친한 친군데 지금 직업도 없이 매우 어렵게 지낸다는 말이며 로라라고 하는 이쁜 색시하고 장가를 가랴 하여도 장인 될 사람이 일만 파운드의 재산을 만들어 가지고 오면 허락하마고 하기 때문에 그러한 형편으로는 장가를 들 가망이 없다는 이야기를 살살이 하였는데, 그날 밤에 어떠한 구락부에서 화가하고 그 신랑하고 우연히 만났다가 아까 자네한테서 만난 거지가 퍽 불쌍하니 내 헌 양복이라두 주겠다구 하니까 그 화가는 코웃음을 지며 '자네 그 사람이 누군 줄 아나? 륜돈서두 제일가는 부자일세. 헌 양복이 다 무엇인가' 하며 일러주었더니 유끼는 깜짝 놀라며 내가 하두 불쌍해서 돈을 주었는데 그 남작이 좀 웃었으랴 하고 얼굴이 빨개서 돌아와 잤더라우……."

"그래 그뿐이에요?"

경애는 열심으로 듣다가 실망한 듯이 물었다.

"그럼 그뿐이지 또 무에 있어?"

하며 한규는 웃었다.

"혼인은 어떻게 했을꾸?"

"아마 못 했겠지."

하며 한규는 뱅긋이 웃으며 경애의 얼굴을 치어다보았다. 경애는 의아해서 눈을 깜작깜작하고 앉았을 뿐이다. 한규는 또 웃으며 물었다.

"그래 경애 씨 생각엔 어떻겠소? 경애 씨가 소설가가 된다 하면 끝을 어떻게 마치겠소?"

"글쎄……하지만 결혼한 것처럼 하지요."

"어떻게 결혼을 해? 현금 일만 파운드두 없이?"

경애는 눈을 깜박깜박하다가 무서운 얼굴빛을 띠며

"돈 없이 한 것처럼 하지!"

"누가 딸을 내논다구?"

"딸이 어떠한 수단을 써서라도 남자한테루 가지!"

"딸두 사랑보다는 돈이 맛이 있다면?"

"그럼…… 하는 수 없이! 그런 건 사랑이 아니니까 처음부터 결혼이 될 리가 없지요."

"하하하……"

⑩ 한규는 한참 웃다가

"여보 그럼 결국에 그 혼인은 아니 되고 마는 게 아니요? 그러면 소설은 고만두고 경애 씨가 그런 경우를 당하면 어쩔 테요?"

"어찌긴 무얼 어째! 물어보지 않아도 알 거지!"

"그래 어떻게 한단 말이요."

"내 몸값은 일만 파운드는 고사하고 일 푼어치도 아니 된다구 아버지한테 설명을 하지요."

"안 들으면?"

"안 들으면 달아나는 게지요."

"달아나? 만일 그 아버지가 딸의 덕을 보랴 하면 어떡하누?"

"딸의 덕을 보랴는 구찔구찔한 생각이 있으면 그 아버지는 신세 다 된 아버지지."

"그럼 덕은 아니 보랴 한다손 치더라도 아버지를 버리고 나간다면 불효가 아닌가."

"딸자식은 시집갈 결루 천리에 정해 논 것이니까 마음대로 간다구 불효야 될 게 무엇 있소. 다만 딸의 전도를 생각하구 일만 파운드니 이만 파운드니 하는 것이니까 염려만 시키지 않았으면 고만이지요."

"그렇지만 나중에 그러한 염려를 시키게 되면 그건 불효가 아닌가."

"자신이 튼튼하고 그만한 힘이 있어서 벌어먹구 살아가면야 그런 염려야 시킬까."

"자신이 암만 있더라도 살 수 없게 되면 어떡하누?"

"안 되면 아니 된 대로 둘이만 만족하고 쪽박을 차고 다니며 동냥을 하는 한이 있드라도 두 사람의 사랑만 변하지 않으면 고만이지 남편의 사랑 없이 고대광실에 누웠는 것보다 몇백 배 낫지."

"그래 쪽박을 차고 나서도 사랑만 있으면 될까. 말은 쉽지만 그런 게 아냐. 그는 고사하고 중도에 남자가 내버리면 어떡하누?"

"이건 참 어려운 수수께끼로군. 하하하…… . 내버려지게 되는 것은 사람을 잘못 보았거나 그러지 않으면 제 팔자소관이니까 하는 수 없지만 어떻든 책임은 제게 있지요."

"그럼 나는 어떻겠소? 나는 잘못 보지 않았소? 하하하."

"하……난 몰라요."

"그래 쪽박 차구 나서자면 나설 테요?"

"암 나서지! 하하하."

"말은 잘한다. 하지만 내가 중도에서 내버리면 어떡하누?"

경애는 별안간 말소리를 고치며 똑바로 치어다보고

"내버리긴 누가 내버려요. 내버리는 사람은 누구요 내버려지는 사람은 누구예요. 당신이 나를 내버리면 그때는 나도 내버리는 때이지. 아무 능력 없는 여자일 지경이면 내버려지기두 하지만 제 능력이 있고 제 힘이 있으면야 남편이 내버린다면 여자도 남자를 내버리고 제 힘으로 살아가지. 하니까 쉽게 말하면 계집이 제 앞가림도 할 힘이 없이 고깃덩이 하나만 가지고 남자한테 매달려서 부모 말두 안 듣고 날뛰다가 실패를 하는 것이지 제 앞가림을 다하고 제정신이 있는 다음에야 부모 말을 안 들었다구 실패 볼 일이야 있나요. 그야 부모가 염려해 주시는 게야 고마운 일이지만 부모 말대로 하였다구 꼭 잘 되란 법은 없으니까……어떻든 저 하게 있구 저 생기게 있는 거야."

"그래 그 혼인은 못 시키구 만단 말이요."

한규는 한참 앉았다가 다시 문제를 꺼냈다

"참 그래 문제는 어떻게 씌었세요."

경애는 자기 푸념에 처음 문제를 잊어버렸다가 깜짝 놀라며 물었다. 한규는 기운이 진한 듯이 웃기만 하고 앉았다가

"그래 그 남작이 말이야 그 이튿날 아침에 돈 일만 파운드를 봉투에다가 넣어서 두 사람의 결혼을 축하한다는 축사까지 보냈드라우. 그놈 팔자 좋지. 계집 생기구 돈 생기구 하하하. 그러나 나두 일만 파운드가 있어야 장가를 가 보지."

하며 한규는 이 끝말 한마디가 하고 싶어서 이때껏 이야기를 하였다는 듯이 깔깔 웃었다. 경애도 커닿게 웃었다. 그러나 '우리 아버지는 일만 파운드를 가진 사위를 구하진 않으니 걱정 마세요.'라고는 아니하였다.

⑪ 경애는 좀 무료한 듯이 잠자코 앉았다가

"인젠 가겠습니다. 이따가 오실 테지요. 일찍이 오세요. 네 시쯤 해서……"

하며 경애는 아직도 미진한 것이 있는 듯이 머뭇거리다가 일어섰다. ……
한규를 작별하고 나온 경애는 전차 속에 앉아서 지금 한규가 한 말을 곰곰
생각하여 보았다.

　'별안간 그런 소리는 왜 하누? 나를 떠보려는 수작인 게지. 아무러기루
나를…….'

　경애는 혼자 노한 듯이 잠깐 입술을 악물어 보았다.

　'하지만 자기가 돈이 없으니까 공연히 앞이 굽는 것 같아서 그런 소리를
해대는 것이지……돈 돈 돈이란 무엇인구? 돈! 덕순 언니두 돈 하나 바라
구 했으렸다. 미국에나 보내줄 줄 알구. 하지만 지금 저 모양이 아닌가.'

　이렇게 돌려 생각을 하여 보니까 자기를 떠보려고까지 한 한규가 가엾
게 생각되었다. 그러나 '아무리 구차하기루서니 집 한 간도 없이야 어떻
게 살드람!' 하는 생각을 하면 아까 쪽박이라도 차고 나서느니 일만 파운
드가 없이 결혼하도록 소설을 꾸미느니 한 수작은 자기의 이상일지는 모
르겠으나 실제에 살아가는 데에는 역시 일만 파운드가 긴할 것 같고 집 한
간이라도 가져야 믿음성이 있는 것 같다. 그뿐 아니라……덕순이의 오늘
날 당한 처지를 생각하면 자기는 확실히 행복하다고 생각 않을 수 없기도
하지만 결혼한 뒤에 어떻게 될까를 생각하면 어둔 방에서 떨어트린 바늘
을 찾는 것 같다.

　'하지만 될 수 있는 대루 속히 예식을 해 버려야지 소문까지 난 것을 우
물쭈물하다가는 웃음거리만 될 거구……. 흥 한편에서는 이혼을 하지 못
하는데 한편에서는 결혼을 해! ……재미있는 세상이다.'

　경애는 이러한 생각을 하고 혼잣속으로 웃었다.

인제야 십팔구 세쯤 된 경애로서는 모든 생각이며 수작이 퍽 일되었다고 할 수 있다. 그러나 돈과 사랑이라는 두 가지를 어떻게 조화(調和)를 시키어서 해결할까 하는 문제를 생각하기에는 아직 어리고 자기 힘에 겨운 일이다. 따뜻한 품도 행복스럽지만 따뜻한 주머니도 반가운 것이다. 뜨거운 키스도 없이는 살 수 없지만 피아노 소리도 들어야 하겠다. 어떠한 때는 피아노 소리가 미지근한 키스나 느슨한 포옹을 더 뜨겁고 더 힘 있게 할지도 모른다. 옛날 청국에 어떠한 상사하는 남녀가 같이 살 수가 없어서 둘이 도망을 하여 산속으로 들어가서 자식까지 낳고 재미다랗게 살다가 고향에 돌아와 보니까 그 전에 사랑하던 여자가 제 집에서 상사병에 걸리어 죽게 되었다는 말을 듣고 쫓아가 보니까 과연 이때까지 같이 데리고 살았을 뿐 아니라 지금 배[船] 속에 두고 온 자기의 아내와 똑같은 처녀가 앓아누웠다. 이 남자는 눈이 휘둥그레지고 도깨비에 홀렸다 하더라도 이럴 수야 있나 하고 앓던 처녀를 데리고 강가로 나가려니까 배 속에 있던 자기 부인이 마주 나와서 똑같은 두 계집이 마주 향하고 차츰차츰 가까워지더니 두 사람이 딱 마주치며 한 몸뚱이가 되어서 결국은 한 새악시가 되고 말더라는 이야기처럼 돈하고 사랑이 한 덩어리가 되어서 물건에 그림자가 쫓이듯 하였으면 이 세 계집들은 방황하지도 않고 울지도 않을 것이다.

'세상이 왜 이리 고르지가 못한구? 노라가 팔자 좋아!'

경애는 불쑥 이런 생각을 하여 보다가

'사랑이란 두 가지가 있다 하였지!'

하며 언제인지 한규가 제멋대로 천박한 이론을 붙여서 이야기하여 들려준 말을 문득 생각하여 보았다.

'웅! 돈으로 살 수가 없는 사랑과 돈에 팔아먹을 수 있는 사랑이 있다 하였지. 영(靈)이라는 옷에 육(肉)을 싼[包] 사랑은 돈으로 살 수 없지만, 영을 육의 껍질로 싼 사랑은 돈만 가진 작자가 나서면 어느 때든지 점점이 저며서 팔 수 있는 것이라고 하였겠다. 하지만 기생이나 갈보가 아닌 다음에야 돈에 눈이 어두워서 사랑을 하고 몸을 내던질 년이 어데 있드람!'

경애는 기생과 갈보나 돈에 사랑을 저며 판다는 결론에 만족할 수밖에 없었다.

'그러나 밥을 굶고 맞붙들고 앉아서도 뜨거운 키스를 할 수 있고 굳세인 포옹을 할 수 있을까?'

하는 문제는 살짝 덮어 두었다.

⑫ 일기는 여전히 개일 싹도 보이지 않는다. 아까 한규의 방에 들어앉았을 때는 뿌연 햇발이 보이는 듯싶더니 또다시 검은 구름 조각이 떠돌기 시작하였다. 차가 경기 감영 앞에 와서 닿을 때에는 서편이 조금 번히 터졌을 뿐이요 진흙가루를 뿌린 듯이 검붉은 광선이 큰 길거리를 우중충하게 덮었다. 맞은편 잡화상의 반쯤 열어젖뜨린 유리창은 검정 칠이나 한 듯이 번쩍번쩍 할 뿐이요 속은 캄캄하여졌다. 옆에 선술집 문간에는 누런 개가 무엇을 토하려는 듯이 빨간 혀를 빼어 물고 게거품을 흘리며 고개를 설레설레 흔들고 우두커니 섰다. 길에 지나치는 사람의 얼굴까지 검누르고 번지르하게 보인다. 경애는 차에서 나려서 하늘을 잠깐 치어다보며 걸음을 채쳤다. 훈훈한 바람이 훅 끼칠 때마다 숨이 탁탁 막힌다. 경애가 거진 달음박질을

할 듯이 앞으로 숙이고 종종걸음을 걸어서 서대문감옥 분실을 지나 왼편 골목으로 돌쳐오려니까 우둥우둥 빗방울 소리가 났다. 모퉁이의 구멍가게에서 내놓았던 지반 목판을 끌어들이느라고 갈팡질팡하는 모양이 눈에 힐끔 띄었다. 등줄기에 땀이 부쩍 솟았다. 뚝뚝 듣기 시작한 비는 덕순이의 집 대문간에 발을 들여놓을 새도 없이 좍 하는 소리가 덜미를 짚었다.

경애는 금세로 물이 뚝뚝 듣는 산동주 우산을 접어 들고 중문 안까지 뛰어 들어왔으나 넓은 뜰은 벌써 배를 띄우게 되고 대여섯 간통이나 되는 대청 앞까지 들어가다가는 옷을 쥐어짜게 될 모양이다. 덕순이가 무슨 기쁜 일이나 생긴 듯이 웃으며 마주 내려다보고 앉아서 이리 오라는 손짓만 하고 있는 것이 수정기둥같이 끊어지지도 않고 내리박히는 사이로 어른어른 보인다. 바람이 불리는 대로 빗발이 한층 더 죄아치는 듯하며 비질하듯이 이리 쓸렸다 저리 쓸렸다 지향을 하지 못한다. 꼭 닫은 부엌문은 벌써 반쯤이나 젖었다. 빠질 새 없이 마당에 흥건히 고이는 검은 물은 차차 맑아지며 바닥에 깔린 흰 모래가 보이기 시작하였다. 동편 구석으로 저편 담에 기대어서 그득히 늘어선 달리아의 멋없이 뻗친 줄기는 이리 훌쩍 저리 흔들 부러질 듯 부러질 듯하면서 도리깨질을 친다. 철철 넘는 빗물을 한 입에 듬뿍 문 울긋불긋한 커다란 꽃송이는 질기게도 참으며 건드럭거리다가 주정꾼이 술 토하듯이 한꺼번에 왈칵 토하고 나면 어느덧 또다시 흥건하다. 그 앞에 올몽졸몽 심은 봉선화 채송화는 그리지 않아도 한여름 장마를 겪느라고 넋이 다 빠져서 줄기만 남았는데 빗발이 치는 대로 바람결이 쏠리는 대로 한 잎 두 잎 흐트러질 대로 흐트러져서 물 먹은 땅바닥에 날씬날씬 내려앉으며 착 달라붙는다. 저녁 해에 피어나려던 분꽃은 가지째 척 휘어 쓰러졌다.

경애는 저편 집 생철지붕 위에 호드득탕탕 하며 떨어지는 빗방울이 이슬같이 부서지며 되받아 올라와서 안개처럼 뽀얗게 어리우는 것을 열없이 바라보고 섰다가 피할 새도 없이 뿌리쳐 들어오는 빗발에 보기 좋게 한 모대기를 뒤집어쓰고야 말았다. 치마 앞이 쥐어짜게 쪼르륵 흘렀다. 경애는 악이 난 듯이 이왕이면 들어간다 하고 조고만 우산으로 웃통만 가리우고 넓은 마당을 철버덕거리며 뛰어 들어갔다.

집안 식구들은 무엇이 그렇게 우스운지 깔깔 웃었다. 경애는 자기를 놀리는 것 같아서 심사가 났으나 따라 웃어 보이었다.

경애가 안방으로 들어가서 옷을 갈아입고 있으려니까 덕순이가 쫓아 들어와서

"응 그게 다 하느님 벌역야. 남은 음식 차리느라구 땀을 뻘뻘 흘리고 종일 징역을 치르는데 혼자만 자미를 보고 오니까 그러지 않어? 그리구서니 집에 다 들어와서 소나기를 맞는 빙충이가 어데 잇드람! 공교두 하지. 하하하."

하며 놀리었다. 경애는 하느님 벌역이란 말에 가슴이 선뜻해서 생긋 웃기만 하고 잠자코 말았다. 그러나 생각하여 보면 일단은 공교하게 되었다.

"그런데 정옥이는 온대?"

"응 아마 오리다. 부득부득 안 오겠다는 것을 영감님은 어데 갔다구 거짓말을 했지."

"어떻든 잘 되었군?"

2

① 한바탕 쏟아지던 소나기가 뜸하고 빗발이 가늘어졌다. 수채 구멍에 가까이 놓은 다릿골독에 촬촬거리며 걷잡을 새 없이 홈통에서 쏟아지던 낙수 소리가 점점 졸아들어서 주루룩주루룩 하다가 나중에는 졸졸졸 힘 없이 흘러내린다. 달리아의 줄기를 휩쓸던 바람은 꼬리를 치고 달아나듯이 꽃잎이며 검푸른 잎사귀 끝에 매달린 물방울을 간들간들 건드리고 솔솔 날아간다. 실 같은 빗발이 이슬을 남겨 놓고 올라가 버렸다. 낙수 소리가 뚝 그쳤다. 방 안이 별안간 환하여졌다. 열어젖뜨린 서창으로 가벼운 바람이 살짝 끼치며 풍금 위에 펴 놓인 찬송가의 책장이 팔딱팔딱 날리다가 다시 덮이었다. 붉은 햇발의 한 모대기가 방바닥에 좍 깔리었다. 이 문 저 문을 열어 놓은 주인 영감의 침방 속까지 환하다. 마루 속도 맑은 공기가 가벼운 회리바람을 치며 환하여졌다. 마루 끝에 들인 유리창에는 문간 지붕 기와에서 반사하는 광선에 어른어른하며 번쩍인다. 입가에 웃음을 띤 여편네들의 얼굴에도 핏기가 돌고 늘어졌던 살갗이 금시로 포동포동 하여진 것같이 환하여졌다.

덕순이는 누구보다도 기뻐하였다.

"우리 집 잔치하라구 날이 드시는군!"

하며 안방으로 들어와서 사방탁자 위에 놓인 서양 꽃병들을 끌어내렸다.

경애는 방바닥에 엎드려서 창가 곡조 책을 뒤적거리며 있다가 바로 일어나 앉으며 목소리를 낮춰서

"……그런데 언니, 어떻게 일본 가게 되었소?"

하며 물어보았다. 덕순이도 꽃병을 옆에 놓고 마주 앉았다.

"어젯밤에 아주 결정하였지. 같이 일본까지 가서 떠나간 뒤에 나는 떨어져 있기루 하였는데 또 무슨 객기나 부리지 않을는지."

"그래 언제 떠나랴우."

"글쎄 모레 아침 차나 밤차루는 가게 되겠지. 경애는 같이 가게 되겠소?" 하며 경애를 치어다보았다.

"나야 상관없지만 저이가 가게 될는지."

저이라는 것은 한규 말이다. 잠깐 이야기가 그쳤다가 다시 경애가 입을 벌렸다.

"그럼 학비는 어떻게 하기루 했소. 지금 적어도 한 달에 오십 원은 써야 할 텐데……."

"글쎄 그게 문제야. 하지만 가서 앉으면 어떻게든지 되겠지. 노비 얼러서 육칠백 원 쓰겠다구 하였으니까 위선은 견딜 수 있지만."

덕순이는 태연히 이렇게 대답을 하였으나 헤어진 뒷일이 애가 씌우는 듯이 한눈을 팔며 헛웃음을 웃어 보이었다.

"어떻든지 잘 되었소. 나중 일은 나중 일이요 위선 공부라두 될 터이니까……. 그럼 이 집에선 저 내외만 살 모양이로군."

"그렇게 되겠지. 내 물건이라군 하나두 없으니까 옷가지나 가지고 가면 고만이지."

덕순이의 '내 물건'이라는 말이 좀 이상스럽게 들리었다. 두어 달 전에 일본에서 떠들썩하던 B 여사도 도망을 해 나와서 이혼장을 보낼 때에 자기가 가졌던 반지까지 전남편에게 돌려보냈다는 이야기를 생각하고 경애는 덕순이를 잠깐 치어다보았다. 덕순이의 얼굴에는 무슨 결심을 가진 사람이 제풀에 분기를 품고 살기가 있어 보이듯이 긴장한 빛이 나타났다. 두 사람은 잠자코 말았다. 덕순이는 경애 앞에 놓인 창가 책을 뒤적거리다가

"참 이따가 한 곡 청해야지 한규 군과 같이."

하며 웃었다.

"하긴 내가 무얼 해! 언니나 독창 하나 하구려."

"그럴 경황도 없소. 그러나 저 병에 꽃이나 좀 꺾어다가 꽂아 주. 어서 오기들 전에 해 놓아야지."

하고 나가 버렸다. 경애도 조금 있다가 마루로 나왔다.

② 경애는 팔을 걷고 뜰로 내려와서 덕순이가 찾아 주는 집게가위를 들고 꽃밭으로 들어갔다.

"어디 하나나 성한 게 있어야지. 모두 바래구 병이 들어서. 이걸 흉해서 어떻게 꽂아 놓누."

제꺽제꺽 가위소리를 한참 내어 가며 경애는 대불평이다.

"그 많은 중에서 그렇게야 없을라구."

마루에서 과실을 괴이고 앉았던 아씨가 내려다보며 혼잣말을 하였다.

"거짓말인가 이리 좀 나려와 봐요."

덕순이는 하던 일을 내어던지고 고무신짝을 끌며 나려갔다.

"이거 왜 이리 모두 따 버려. 산보다 호랑이가 크다더니 따 버리는 게 더 많으이."

덕순이는 꽃밭으로 쫓아 들어오며 소리를 쳤다.

"그럼 벌레 먹구 물크러지고 한 건 두었다가 무엇에 쓰랴우. 물건이고 사람이고 건질 것은 얼른얼른 건져 내고 없앨 것은 없애 버려야지. 한꺼번에 두루뭉수리를 만들어 두면 다 썩어 버리고 말지 않아요. ……하하하."
하며 의미 있는 듯이 웃었다.

경애는 마치 이 집 동산지기 모양으로 연해 가위 소리를 싹둑싹둑 내이며 못 쓸 것은 손에 잡히는 대로 쳐 버리고 그늘진 속에 있는 것만 골라서 따내인다. 덕순이는 빙긋 웃기만 하고 잠자코 이 가지 저 가지를 뒤적거리며 한 송이씩 손으로 따서 경애에게 주었다.

"난 달리아는 그리 재미없드라. 멋없이 키만 크구."

"좋지 않을 것은 무에 있어. 큼직하구 시원스럽게 생기지 않았어? 조그만 채송화보다 아니 날까."

"크면 다 좋은 게로군. 키 크고 묽지 않은 게 없다는 세음으로 달리아두 이 따위루 멀쑥하기만 하니까 꽃두 이 모양으로 향내조차 없지."
하며 경애는 깔깔 웃었다.

"자기가 키가 작으니까 그런 소리를 하지. 그럴 지경이면 채송화는 무슨 향기가 있나."
하며 키 큰 덕순이가 대거리를 하고 나서

"사람은 큰 게 좋을 게 없을지 모르지만 달리아는 커두 좋아!"
하며 씩씩 웃었다가 문득 장홍진이 생각이 났다. 동시에 깜짝 놀라서 마루 위에 도마를 끼고 앉았는 홍진이의 어머니를 올려다보며 얼굴이 붉어졌다 혼자 싱긋 웃어 보았다. 그다음 순간에는 한규를 생각하여 보았다. 두 사람을 나란히 세워 놓고 보면 어떨꾸 하는 생각을 하구 또 한 번 혼자 웃었다. 홍진이로 말하면 구척은 못 되어도 웬만한 큰 키다. 만일 한규하고 느런히 세워 놓고 보면 아마 머리 하나는 적을지도 모른다. 하지만 두 사람이 다 보기 싫지는 않다. 덕순이는 이런 생각을 하여 보다가 씨라두 받게 그대로 내버려 두라고 이르고 마루로 올라왔다.

'일본엘 간다 어쩐다 하면서 달리아 씨는 받어다가 언제 심으랴누?'

경애는 이런 생각을 하며 꽃 한 줌을 쥐고 마루 앞으로 오며

"저만큼만 남겨 두어도 달리아 씨 두 되는 받게 되리다."

하며 웃었다.

경애가 마루 끝에 판을 차리고 앉아서 푸른 바탕에 화문을 놓은 커다란 꽃병을 놓고 열심으로 매만져 가며 각색 달리아를 꽂고 있는 동안에 한규가 만돌린을 끼고 중문 안에 들어와서 머뭇머뭇하였다.

"에끼, 청하지 말라던 양반부터 오시네."

하며 주인아씨가 앉은 채 웃음으로 인사를 하였다.

"여기 이 아씨께서 네 시에 오라구 하시게 약조를 지키느라구 부리나케 왔는데요."

하며 경애에게 손가락질을 하고 내려다보았다. 경애는 눈웃음을 치며 치어다보았다.

"약조를 지키는 것보다 더 급한 일은 없나요? 하하하, 남자가 그렇게 참을성이 없어 어떡하누?"

"하하하 잔부끄럼 많은 사람을 너무 놀리지 마세요."

한규는 마루에 걸어앉으며 애죽애죽 대답을 하였다. 될 수 있는 대로는

말을 골라서 재치 있게 하려고 주의를 하는 모양이다. 그러나 덕순이는 며느리가 있거나 없거나 한규만 붙들면 실없는 말을 걸며 놀리려 한다. 어쩐지 요사이 덕순이는 다른 때보다 화색이 있는 대신에 행동에나 말에 침착한 태도가 현저히 줄어졌다.

③ 경애가 주무르던 꽃을 다 꽂아 놓은 뒤에 한규를 안방으로 데려다가 잠깐 앉았으라 하고 마루방을 부산히 치우려니까 둘째로 홍진이가 어슬렁어슬렁 뜰로 들어왔다. 그는 덕순이를 바라보고 빙긋 웃었다. 이것이 이 사람의 누구에게든지 하는 인사이다.

"그런데 중환 씨는 어째 아니 오세요."

"이리 바루 온다 했습니까. 이제 오겠지요."

홍진이는 느슨한 목소리로 대답을 하며 마루 위로 성큼 올라섰다. 홍진이와 이 집 주인아씨 사이로 말하면 한편으로는 남매 같기도 하고 또 한편으로는 좀 모가 지는 말이지만 선생 제자의 관계 같기도 하다. 어떻든 손님 주인의 체모를 차리지 않을 만큼 친숙할 뿐 아니라 덕순이는 홍진이더러는 선생이라 하고 홍진의 모친더러는 어머님이라고 부른다. 덕순이처럼 어려서 부모를 여읜 사람에게는 더욱이 그렇게 불러 보고 싶은 모양이다.

"집에서 오니?"

마루 끝에 앉아서 무슨 분별을 하고 있던 홍진이 어머니가 마루 위에 올라선 아들을 치어다보고 물었다.

"아뇨. 어머니께선 어둡기 전에 가 보시지요."

하며 홍진이는 안방에서 내어다 보는 한규와 경애에게 인사를 하였다. 늙은 홀어머니의 외아들 노릇 하기란 어려운 것이지만 홍진이의 어머니에게 대한 향의는 매우 끔찍하다. 홍진이가 상처한 지 삼 년이나 되도록 다시 장가를 가려는 꿈도 꾸지 않는 것은 이 어머님 봉양 때문이다.

홍진이는 사람이 좋은 듯한 큼직한 얼굴에 웃음을 띠고 한규를 들여다 보고

"언제 가시나요?"

하며 말을 걸었다.

"집에 다시 갔다가 와야 떠날까 봅니다."

"그럼 아직두 여러 날 계시겠습니다그려."

홍진이는 이렇게 한마디 하고 속으로

'아까 덕순이의 말은 이 일행하구 같이 떠난다더니 웬일인구?'

하는 생각이 났다. 홍진이는 벌써 덕순이가 모레쯤 동경으로 가게 된 것을 알고 있다. 덕순이는 무슨 일이든지 홍진이에게 으레이 물어보고 의논한 뒤에야 실행하기 때문에 아까 아침에 만났을 때에 벌써 자세한 이야기를 하여 둔 것이다. 사실상 덕순이의 처지로 보면 친정붙이라고는 멀리 떨어져 있는 고모밖에는 씨알머리도 없고 사고에 무친한 터이니까 홍진이의 모자하고 어찌하여 친하게 되었든지 간에 그만큼 친숙하게 된 다음에야 믿고 의지하려는 것은 무리치 않은 일이다. 그것도 남편이 자별하다든지 믿을 만한 자식이 있다 하면 있는 친정도 멀어지기가 쉬운 것이지만 의리에 끌리우고 체면에 못 이기어서 늙은 병신 남편을 시아버지쯤으로 알고 살아가는 덕순이의 고독한 심정을 살펴보면 홍진이의 모친더러 어머니라

고 하며 다니는 것이 도리어 동정할 일이다.

"참 댁에 갔다가 오세야 할 테지. 그럼 내일 아침에라도 다녀오시구려."

경애는 풍금 위를 치우며 섰다가 두 사람의 수작을 듣고 깜짝 놀란 듯이 돌아서며 한규더러 일렀다.

"왜?"

"글쎄 그래두 일찍이 갔다가 내일 밤 안으로 오세요. 나는 곧 떠나야 할 일이 있으니요."

"별안간 왜 이리 급해졌단 말이요."

하며 한규는 짐작하겠다는 듯이 빙긋 웃었다. 문설주에 기대어 섰던 홍진이는 두 사람의 주고받고 하는 양을 웃으며 보다가 마루에 놓인 테이블 앞에 와서 앉았다.

"모레 언니가 떠나게 되었다우."

윗목 서창 앞으로 한규를 데리고 가서 경애는 두껍닫이에 기대서며 속살거리었다.

"그래 같이 가겠단 말이지?"

"그럼 이번 일이 얼마쯤은 내가 충동이기 때문에두 된 일이지만 같이 가기로 벌써부터 약조를 하였는데."

"뚝발이도 함께 갈 테지? 머릿살 아픈걸."

한규는 주인영감하고 작반하는 것이 불쾌하다는 듯이 눈살을 찌푸렸으나 그보다는 단둘이 가고 싶다는 말인 듯하였다.

49

④ 이때에 바깥에서 떠들썩하며 인사하는 소리가 나니까 경애는 한규를 내버리고 마루로 나갔다. 한규도 기웃이 내어다 보았다. 남자 손님 하나하고 여자 손님이 두 사람이다. 남자는 동경에서 보던 나명수인 줄을 알았으나 여자는 한 사람도 알 수가 없었다. 한규는 한참 바라보고 섰다가 인사를 마치고 들어오는 경애를 붙들고

"여학생들은 누구요."

하며 소곤소곤 물었다.

"그 왜 모르슈? 한참 떠들던 김정옥이를!"

"응! 어떻게?"

하며 한규가 다시 내다보려고 하니까 경애는

"조금 있으면 나가 볼걸!"

하며 눈살을 찌푸리며 붙들었다.

알 만한 사람 총중에서 정옥이라는 이름이 비교적 쉽사리 알리어지고 또 실없는 젊은 사람들이 한 번 볼 것을 두 번 보게 된 것은 다른 까닭이 아니었다. 지금 사는 그의 남편이 양화가로서 얼마큼 알리우게 된 데다가 그 남편의 본처와 이혼 소송이 오래도 끌었거니와 좀 진기하였기 때문에 일없는 사람들의 입에 오르락내리락하게 되고 따라서 정옥이 내외도 좋든 싫든 한층 더 유명하게 된 모양이다.

"그런데 또 하나는 누구야."

이 조고만 사내는 계집을 보면 공연히 서성대이며 궁금해서 못 견디는 모양이다.

"나두 자세는 모르지만 아마 올에 ×학교에서 졸업하였다지."

"둘이 친한가?"

"별 걸 다 묻는군……하지만 저 정옥이가 이 집 영감하고 만나기가 싫다구 한사코 안 오겠다는 것을 내가 속이구 끌고 왔지."

하며 무슨 이야기가 하고 싶은 듯이 묻지도 않는 말을 꺼내며 경애는 생긋 웃었다.

"그놈의 영감은 가는 족족 퇴짜로군! 하하하. 하지만 그건 또 무슨 괴벽한 성미야? 남은 같이 사는 사람두 있는데."

"아니라우 다 까닭이 있다우."

"무슨 까닭이……."

경애는 생글생글 하며 한참 섰다가

"정옥이하구 어떻게 되는 형님이라든가 들었건만 잊어버렸지만 덕순이 형님이 들어오기 전에 한 달쯤 이 방 주인이 되었드라우."

하며 혼자 쌕쌕쌕 웃었다.

"무어? 언제 그런 일이 있었드람? 그대루 만난 거야?"

하며 한규도 웃었다.

"아니 구식으로 결혼을 하였는데 하하하."

경애는 한층 더 목소리를 낮춰서 말을 꺼내다가 웃고 말았다. 한규는 영문도 모르고 따라 웃으며

"왜 그래? 응 뭐야?"

하며 애가 말랐다.

"……저 첫날밤에 그 고무다리를 컴컴한 속에서 저그럭저그럭 떼어서 벽에다가 데룽데룽 거는 것을 보고 하하하……."

"하하하, 그래 어쩌어?"

"색시가 하……어떻게 놀랐든지 게거품을 흘리구 고만 기절을 했드라우. 하하하."

경애는 웃음에 못 이겨서 말을 반식반식 썹어 가며 겨우 끝을 맺었다. 한규도 숨을 죽여 가며 웃다가

"그래 그 여자는 어떻게 되었누?"

"한 달쯤 사는 둥 마는 둥 하다가 내소박을 하고 헤어지고 말았지…….
글쎄 그러니 말이지 그런 경험이 있으면 허름하고 늙수그레한 계집을 데려온다든지 하였으면 좋을 게 아니요. 그런 건달자식 같은 덕순 언니를 데려왔으니……. 언니두 잘못이지만."

"그게 욕심이지. 계집한테 그런 꼴을 당할수록 더 나은 것을 얻겠다는 허영두 있구 게다가 분풀이를 하려는 생각두 나니까 돈푼 가졌던 바람에 그런 것이겠지."

한규는 이러한 소리를 하면서도 뚝발이 영감이 가엾기두 하고 한편으로는 밉살맞기도 한 생각이 났다.

⑤ 바깥마루에서는 종용종용히 이야기하는 소리에 섞이어서 가끔가끔 주인아씨의 커다란 웃음소리가 나더니 덕순이가 안방으로 뛰어 들어와서

"무슨 이야기가 이렇게 깨가 쏟아지듯 하오. 인제 고만하고 저리 좀 나갑시다."

하며 두 사람을 끌고 나갔다. 경애는 아까 웃던 소리가 자기들의 이야기를

하고 웃는 것이 아닌가 하며 얼굴이 빨개져서 따라 나갔다.

"우리의 아우님을 소개합니다. 이 두 분은 장래에 이상적 가정을 이루실 양반인데⋯⋯."

덕순이는 거진 병적(病的)으로 커다랗게 웃으며 위선 명수에게 두 사람을 소개하고 정옥이와 마리아에게 한규만을 소개하였다. 두 여자는 주인의 소개가 너무 야단스럽기 때문에 웃으며 인사를 하느라고 거진 외면을 할 뻔하였다. 명수와 홍진이도 이를 깨물고 앉았었다. 인사가 끝나고 두 사람이 앉으니까 명수는 하얀 얼굴이 조금 상기가 되면서 움푹 패인 두 눈을 도수 깊은 안경 뒤에서 깜짝이며 새로 참가한 두 사람을 말뚱말뚱 바라보고 앉았다. 명수에게는 한규가 눈에 들지 않는 모양이다. 두 사람은 주인이 가리움 없는 소개를 하여 준 것이 그리 불유쾌할 것은 없지만 자기들이 놀림감이나 되지 않는가 하는 생각이 있어서 거기에 앉았는 것이 편치 못하였다. 여러 사람은 가벼운 침묵에 잠기었다. 이성(異性)끼리 모여 앉으면 대개는 말이 끊이기 쉬운 것이다. 그것도 친한 사이에 마주 앉으면 정다워서도 이야기가 나오고 의무적으로도 이야기를 하여야 하겠지만 여러 남녀가 모이면 얼마큼 친한 사이라도 공연히 신경만 흥분이 되고 무슨 이야기를 끌어내야 좋을지 모르게 된다. 간혹 입을 벌린다 하더라도 말씨가 천연하게 나오지 않고 꾸미는 것같이 들리는 법이다. 어떤 때는 목소리조차 평상시보다는 어느 구석이든지 달라지고 마는 것이다. 지금 달리아 화병이 놓인 둥근 테이블을 에워싸고 여기저기 돌아앉은 사람이 육칠 인이나 되건만 한 사람도 입을 아니 벌리는 것은 이야깃거리가 없는 것은 아니지만 무슨 이야기를 해야 좋을지 감히 입을 벌릴 용기가 나지를 않아서 그리는 것이다. 더구나 손님끼리 피차에 설면설면할 뿐 아니라 홍진이도 말땀이 부족한 사람이요 명수로 말하면 좀처럼 하여서는 여간 입이 떨어지지 않는 사람이다. 우연히 다문 입은 점점 무거워졌다. 홍진이는 무료를 깨트리려는 듯이 두루마기 귀에다가 손을 집어넣어서 한참 흠척흠척 하더니 담배를 슬며시 꺼내서 붙였다. 명수도 담배를 붙여 물었다. 주인아씨는 명수의 담배 빠는 입모습을 한참 바라보다가 이야기 구멍을 얻었다는 듯이 입을 벌렸다. 여러 사람들의 눈은 일시에 덕순이의 입으로 모였다.

"아 참, 나 선생은 동경에 언제 가실 테에요."

"글쎄 가을이나 되면 갈까 하는데요. 무엇보담도 먹을 게 걱정이니까 무슨 직업이 있는 걸 알아야 움직여 보겠습니다."

명수는 궐련을 힘을 들여가며 암팡지게 빡빡 빨아서는 두 입술을 오무려뜨리고 훅훅 내뿜으며 대답을 하였다. 이 사람은 결벽이 유난한 것, 침묵은 황금이라는 격언을 지키는 것으로도 유명하지만 솔직한 것으로도 한몫 보는 사람이다. 그러나 누구에게든지 선선히 친하기 어려운 것 같은 첫인상을 주는 것이 남에게 오해를 받게 되는 한 가지 원인이다.

"그렇지만 선생이야 아무러구서니 학비 걱정이야 하시겠습니까. 어떻게 해서든지 어서 가시지요."

덕순이는 진정으로 명수를 동정하고 경앙한다.

"나 같은 놈을 누가 동정하겠습니까."

"그럼 누구 같아야 해요?"

"위선 자기를 죽이고 머리를 숙여야 세상도 동정하고 소위 성공이라는 것도 할 수 있겠지요."

명수의 입에서 나오는 말소리는 탱탱한 고무공에 바늘구멍을 뚫고 공기를 빼우듯이 가장 가늘고 적지만 그 바늘 끝같이 날카롭고 앙세이고 자신이 있는 조자이다.

"사실 그렇지요."

홍진이가 웃으며 곁두리로 한마디 하였다.

⑥"그야 세상이란 나 혼자만 사는 것이 아니니까 혹시는 남에게 머리두 숙여야 하겠지요. 모든 것을 어떻게 내 마음대로만 하겠습니까. 하지만 선생님은 어떤 것을 옳다고 생각하세요? 무엇보다도 자기를 살려야 하겠습니까. 자기를 죽이고라도 아유구용(阿諛苟容)하여서 성공을 하여야 하겠습니까."

덕순이는 자기가 스스로 판단하지 못하여서 묻는 것은 아니지만 실제 생활에는 늘 방황하기 때문에 한층 더 열심으로 묻는 것이다.

"그야 제각기 성격(性格)이나 교양(敎養)에 따라서 다르겠지요."

"아 그렇지만 어떤 것이 좋으냔 말씀예요."

"그건 모르지요. 원래 성공이라는 것부터 표준이 있어야 할 것이 아니에요. 가령 지금 조선에 앉아서 배우(俳優) 노릇을 하겠다는 사람이 그 길에 들어서는 일등 명우가 되어서 한 사람 몫 가는 성공을 하였다 하여도 일가 친척은 물론이요 세상 사람까지 타락하였다 할 것이요 그와는 반대로 미관말직으로 상관에게 일긴이 되어서 요새로 말하면 도지사쯤 얻어 하였다면 성공하였다 할 것이 아니야요. 하지만 이 배우하고 도지사하고 마주 앉혀 놓으면 둘이 다 같이 '나는 성공하였다.'고 코가 높아지는 대신에 둘이 똑같이 '너는 타락하였다.'고 경멸을 할 터이니 그럼 정말 성공한 놈은 누굴까요?"

"선생님은 어떻게 생각하서요?"

"모르죠!"

명수는 웃으며 입을 답치었다.

"그럼 선생님은?"

이번에는 홍진이에게 물었다. 그러나 홍진이도 웃으며

"글쎄요……."

할 뿐이요 분명한 대답을 꺼리었다.

"그럼 이번에는 이 서방님께 여쭈어보아야 하겠군!"

하며 웃는 낯으로 한규를 치어다보았으나 한규도 빙글빙글 웃을 뿐이다. 덕순이는 한규의 하얀 조고만 얼굴을 뚫어지게 들여다보고 앉았다가 아무 말이 없는 것을 보고 고개를 정옥이에게로 돌리더니

"그러면 우리끼리 의논을 합시다. 당신은 어떻게 생각허우?"

하며 정옥에게 물었다. 여러 사람의 눈은 모다 정옥이에게로 몰리었다. 정옥이는 금시로 얼굴이 빨개졌다. 그러나 이 경우에 대답을 할 수도 없고 아니 할 수도 없다고 생각하였다.

"선생님들이 모르시는데 내가 어떻게 아우……. 하지만 사람은 자기 생활을 자기가 하는 것이 정말 성공이겠지!"

하며 잠깐 외면을 하였다. 정옥이의 말을 들은 여러 사람의 얼굴에는 만족한 빛이 떠돌았다.

덕순이는 무슨 생각을 하는 사람처럼 고개를 비스듬히 들고 속눈썹이 거무스름하게 긴 커다란 눈을 멀거니 뜨고 테이블 위의 달리아를 바라보다가 명수를 힐끔 치어다보며 벌떡 일어나서 안방으로 들어가더니 서창 밖에서 교자상을 차리고 있는 며느리더러 차를 준비하라고 이르고 다시 마루로 나오려니까 문간에서 '이리 오너라!' 하는 소리가 났다. 뒤미처서 큼직하고 거무트름한 얼굴에 오동테 안경을 쓴 남자가 하나 휘죽휘죽 들어왔다. 주인의 인사를 받을 새도 없이 구두끈을 풀고 마루 위로 쓱 올라서 휘휘 둘러다보더니 명수와 홍진이에게만 끄덕끄덕 인사를 한 뒤에 명수 앞에 놓인 비인 교의에 털썩 앉았다. 기닿게 길러서 뒤로 제친 머리는 깎을 때가 좀 지난 모양이요 코밑과 턱 아래에 드문드문히 서푼 가량이나 뻗친 수염은 머리 깎을 때에 밀어 버린 뒤로 한 번도 면도를 대인 일이 없는 모양이다. 후줄근한 흰 양복은 그 뚱뚱한 몸집에도 꼭 들어맞지를 않아서 가뜩이나 올라간 두 어깨가 더욱이 우그러져서 등덜미가 꾸부정하여 보인다. 두 뺨의 근육이 축 늘어진 것을 보면 암만해두 둔탁한 위인이다. 여러 여자들은 이 놈팽이가 어데서 뛰어든 것인가 하며 슬금슬금 곁눈질을 하며 이맛살을 찌푸리는 듯 마는 듯하였다.

"심한 장마에 상한 데나 없습니까?"

하며 그자는 주부에게 다시 인사를 하였다. 모든 동작이며 말하는 것이 다만 난폭하다 하겠으나 눈자위라든지 널따란 이마를 보면 아직 어린 티가 있다. 모든 것을 단정하고 조촐하게 꾸민 명수와 느런히 놓고 보니까 유난히 이상하게 보이었다.

ⓐ 여러 사람들은 어리둥절하여서 새로 온 손의 눈치만 힐끔힐끔 보고 가만히들 앉았다.

"오늘두 벌써 한잔한 게로군."

하며 명수는 입가에 주름을 잡히며 쌕쌕 웃으니까 다른 사람들도 일시에 흰 양복쟁이의 얼굴을 치어다보았다.

"설마 오늘야 먹을까. 김 선생의 황송한 초대를 받어서 왔는데. 어제는 좀 몹시 하였지만."

"어디서?"

"응 사(社)에서들 심심하니까……."

"참 요새 수해가 심하지? 오늘 통신엔 어떱디까?"

이번에는 홍진이가 말을 걸었다.

"응! 남천 사리원 일대(南川 沙里院 一帶)는 말이 아닌 모양이드군……. 하지만 누가 아우. 사는 놈은 살구 죽는 놈은 죽지 별 수 있소……. 살라는 세상을 사나!"

흰 양복쟁이는 이런 수작을 하고 혼자 껄껄 웃었다. 다른 사람들은 인제 서야 이자의 직업이 무엇인 것쯤은 짐작한 모양이다.

"아 김 선생이 그런 소리를 하서야 되겠습니까. 맥주는 아닙니다만 이차나 한잔 하시지요."

덕순이는 얼음에 채인 보리차를 따라 가지고 나오다가 김중환이의 비관하는 듯한 말을 듣고 이렇게 한마디 하였다.

"왜요?"

중환이는 찻잔을 들며 물었다.

"아 첫째에 술이 설워할 테요 둘째에 누룩장수부터 굶어죽게요. 하하하."

"셋째는 없나요? 하하하. 기가 막혀서. 그러나 오늘은 술 한잔두 아니 주실 모양입니다그려."

"약주는 술집에 가서 잡수세요. 크리스천두 술 먹습니까."

"그럼 예서는 무얼 주십니까."

"밥 드리지요."

"그럼 여긴 밥집입니다그려."

"하하하. 아무려나 하시구려."

덕순이하고 중환이하고는 그리 오래 사괴이지는 않았지만 중환이가 덕순이의 잡지에 많이 힘을 써 주기도 하고 간혹 일본말도 가르쳐 주기 때문에 어느덧 이러한 가벼운 실없는 소리를 할 만큼은 친하게 되었다.

"그래 정말 오늘은 술이라군 이런 설탕 탄 맥준지 맥순지밖에 없에요? 그럴 줄 알았더면 아주 미리 하구 오는 걸 참 낭패다."

"글쎄 교인더러 술을 사 달라는 건 부처님더러 고기를 먹여 달라는 염치가 아녜요."

여러 사람은 깔깔 웃었다.

"그래 정말 크리스천은 술 안 먹나요?"

"그럼 누가 먹어요."

"홍! 밤 열 시부터는 먹어두."

"그런 사람이 어데 있에요. 얼신자는 말할 것두 없지만."

"얼신자? 여기 증인이 있으니 좀 시원하게 물어보시구려."

하며 중환이는 웃으며 명수를 가리켰다. 여러 사람은 명수를 치어다보았으나 명수는 여전히 생글생글 웃고만 앉았다.

"그래 어데서 그런 것을 보셨에요?"

하며 덕순이는 지지 않으려고 열심으로 묻는다.

"보았지요. 어떤 주석에 어느 교회의 목사님하고 전도사들도 끼었드군요."

"어디서요?"

명수는 한참 웃고 앉았다가

"일전에 문밖 어느 내외술집인데 길에서 늦게 들어오다가 들어가니까 고주가 되어서 법석인데 마침 우리들두 아는 사람이지요! 이 선생이 맞붙어 가지구 찧구 까불며……. 아마 그때 대여섯 잔이나 더 멕였지!"

하며 중환이를 치어다보았다.

"응 그때 나두 취했지만 아마 칠팔 배는 더 먹고들 갔지."

하며 중환이도 명수 말에 보탬을 했다. 여자들은 눈이 뚱그래서 웃었다.

"에그 망측해라. 누구들인데요?"

덕순이는 놀란 듯이 그 큰 눈을 더 크게 뜨고 물었다.

"누구랄 거야 있나요."

하며 명수는 유쾌한 듯이 웃었다.

⑧ 중환이는 아까 신문사에서 나오다가 친구하고 해장 삼아서 맥주 한 병쯤 먹고 온 것이 이야기하는 동안에 차차 오르는 모양이다. 좀 붉은 듯한 얼굴을 번쩍 쳐들고서 덕순이의 놀라는 양을 보고 웃으며 앉았다가 별안간 성경이나 읽듯이 이상한 조자를 붙이어서

"마시지 않는 자는 죄를 받으리라. 그러나 마시게 하지 않는 자는 그 죄가 곱이나 크리라. 아멘!"

하며 껄껄껄 웃고 나서

"인제는 술이 나올 판이로군!"

하며 짓궂이 시달렸다.

"그래두 나는 못해요."

"그래서야 어디 천당에 가 보시겠소. 목사가 하는 것을 아니 하고서 천당을 간다는 것은 바늘구멍에 황소 들어가기보다 어려운 일이지. 생각을 좀 해 보세요. 얼마나 운치가 있나! 한 잔 마시고 안주 대신에 '아멘' 한 점, 두 잔 마시고 또 한 잔 안주로 '아멘'……. 취하거든 그 이튿날 새벽에 깨어서 해장 대신에 기도나 한 번 하고……."

중환이가 이런 소리를 하니까 일동은 눈살을 찌푸리면서 깔깔 웃었다.

"그다음엔?"

덕순이는 웃다 말고 어이가 없다는 듯이 물었다.

"그다음엔요? 왜 나보담 더 잘 아실 걸요. 머리에 지꾸를 바르고 양복 입고 지팡이 짚고 성경책은 검정 비단 보자에 싸가지고 그리고 교당에 가지요……. 교단에 올라가서는 위선 돌아앉아 기도를 하지요. 하지만 실상은 머릿골이 아프니까 될 수 있는 대로는 오래 기도를 하는 게 아니라 오래 머리를 진정시키는 것이겠지요."

일동은 가슴이 근질근질한 듯이 빙긋빙긋 웃었다.

"그런 소리 하시면 죄가 됩니다."

"죄는 목사에게나 전도사에게 죄가 되지 하느님께두 죄가 될까요? 물론 목사나 교인이 다 그렇다는 것은 아니지만 어떻든, 그리고 기도가 끝나면 에호바를 가리켜, 헛되이 맹세 마라 천국이 가까웠으니 너희 죄인들아 어서 회개하라, 곧 책상을 땅 치지만 내가 어젯밤에 술 먹고 오늘 아침에 회개하듯이 회개하라구는 아니 합디다. '우리에게 일용할 양식을 주옵시고'라고는 치하하여도 '어젯밤에 일용할 술을 주옵시고'라고는 아니 하지요. '우리가 우리에게 죄지은 자를 사하여 준 것같이 우리 죄를 사하여 주시옵고'라고는 하여도 '여기에 모인 교인들이 나의 술 먹고 계집 한 죄를 사하여 준 것같이 교인들을 이 목사와 같이 되지 않게 모든 죄를 사하여 주소서'라고 아니 하느니만치 그래두 정직하다고는 하겠지요. 하……."

중환이가 이러한 비꼬는 수작을 이죽이죽 하고 앉았는 동안에 여자들은 눈살을 찌푸렸다 웃었다 하며 듣고 있다. 그중에도 한규는 목사의 알[卵]이니만치 한마디 한마디가 매우 귀에 거슬린다는 듯이 고개를 숙이고 앉아서 가다가다 따라 웃으면서도 얼굴이 푸르락붉으락 한다. 경애는 참다 못하여 안방으로 들어가 버렸다. 중환이의 재담인지 험담인지 분간을 할 수 없는 기다란 설교가 끝이 나니까 여러 사람들은 무거운 기분에 싸인 듯이 고개를 숙이고 자기 무릎을 내려다보기도 하고 뿌옇게 씻긴 마당을 내다보기도 하며 멀거니들 앉았다. 중환이도 너무 떠든 것을 후회하는지 귀가 처진 입술을 삐죽이 내밀고 앉았다. 주인아씨는 별안간 생각이 난 듯이

"참 여러분 인사하시죠"

하며 중환이를 여자들과 한규에게 소개하였다. 경애는 맨 끝으로 나와서 중환이를 다시 일어서게 하였다. 여러 사람들은 중환이를 변변히 거듭떠보지도 않고 입만 쫑긋거리는 것이 분명히 중환이를 환영하지 않는다는

모양이다. 중환이도 대수롭지 않게 여기는 듯이 엉덩이를 드는 듯 만 듯하고 아무렇게나 인사 대답을 하였다.

　마리아는 인사를 마치고 나서 중환이를 유심히 치어다보며 속으로

　'옹! 이 사람이 구두 가게에 가서 이혼소송(離婚訴訟)을 하라구 한 자로군!'

하는 생각을 하며 입을 삐죽하면서 또다시 치어다보았다.

　⑨ 중환이란 사람은 좋지 못한 의미로 스핑크스 같은 남자다. 데카당[頹廢傾向]의 기분과 도학적 관념(道學的 觀念) 사이를 올지 갈지 하는 자이다. 게다가 고집이 세이고 끈적끈적한 성미가 있기 때문에 여자에게 대하여서도 극단으로 멸시를 하면서 한편으로는 극단으로 애착을 가지고 있다. 어떤 때는 여자를 맞대하여 놓고도 무슨 불공대천지수나 만난 듯이

　"너는 썩은 고기 덩어리가 아니냐? 손톱 밑에 가시 박힌 것은 알아도 염통 밑에 쉬 스는 것은 모르는 이 조고만 낙천가(樂天家)야! 어서 분이나 바르고 거울이나 들여다보며 앉았으렴!"

하는 소리를 항다반으로 하다가도 마음에 드는 여자를 보면 가슴이 두근거리고 얼굴이 벌개지며 말 한마디도 변변히 못하는 사람이다. 붓대를 들 지경이면 여자를 해방하라고 열렬한 자유사상을 고취하기도 하고 새로운 시대는 새로운 어머니와 새로운 아내의 배 속에 잉태되리라고 기고만장이 나서 떠들다가도 신여자라는 사람을 만나면 마치 미두군(米豆軍)이나 주식파(株式派) 모양으로 시치미를 떼이고

"요새 시세가 어때요?"

하며 비웃기가 일쑤다. 그러나 저편에서야 무슨 영문인지 알 리야 없을 것이다. 어리둥절해서 입만 딱 벌리고 섰으면

"아 요새 졸업장 시세가 어떠냔 말야요."

하며 웃어 버린다. 이 사람의 설명을 들으면 옛적에는 혼서지 한 장으로 계집을 사고팔고 하였지만 지금 세상에는 여학교 졸업증서 한 장으로 사내를 사고 팔려 가고 하게 되었다 한다. 그리면서도 이 자제가 술잔이나 얼근하면 어둔 밤중에 수상한 집 대문을 두드리기를 일쑤로 한다. 혹시 눈에 띤 사람이

"신사 체면에 부끄럽지 않은가?"

하면

"아 내게는 여학교 졸업증서를 살 만한 밑천두 없기에 그리는 걸세."

하며 코대답을 하여 버린다. 그러나 그는 이만큼 빙퉁그러지고 요령부득의 소리만 하고 다니면서도 자기의 말에는 결코 모순이 없다고 어느 때든지 고집을 세인다. 아까 마리아가 중환이하고 인사를 하고 나서 '이 사람이 구두 가게에 가서 이혼 재판을 하라고 하던 사람이로군!' 하며 유심히 보았다는 것도 역시 중환이가 덕순이의 경영하는 잡지에 발표한 이야기를 본 것이 생각난 것이다. 언젠지 그 잡지에 이러한 글이 났었다. 어떠한 남자(그 글을 지은 남자다)가 자기의 아내는 지식이 없고 서로 이해가 없다고 이혼을 하려다가 못 하게 되니까 나이 삼십이 넘고 자식이 몇이나 있는 자기의 부인을 본가로 쫓으면서 고등여학교를 졸업하고 나면 다시 데리고 가겠다고 하여 문제를 원만히 타첩하였다는 글이다. 그 때에 이것을 우

연히 떠들어 본 중환이는 그 빙퉁그러진 성미에 또 객기가 나서

"그럴 게 아니라 지금이라도 굽 높은 구두 한 켤레를 사다가 신키고 트레머리를 쪽찌게 하여 놓고 보면 이혼할 생각도 없어질 것이요 삼십이 넘어서 머리가 굳어 빠진 계집더러 자식새끼를 줄줄이 데리고 되지도 않을 공부를 하라고 턱을 까불지 않아도 좋을 것이다. 여학생이 지나가면 한 번 볼 것을 쫓아가서 우산 밑으로라도 두 번 보는 것은 비단우산 양머리 긴 저고리 짧은 치마 굽 높은 구두에 현기가 나고 그다음에는 분 바른 얼굴에 얼이 빠지기 때문이 아니냐? 그 계집애 얼굴에 졸업장이 씌어서 쫓아간 것도 아니요 언제 만났다고 이해가 있고 제 소위 사랑이 있어서 두 번 치어다본 것이 아닐 게 아니냐? 구두 가게에 가서 이혼 소송을 하여라. 거기에 있는 직공은 모다 명판관들일 것이다. 여자의 지식이 남자의 취미가 되고 여자의 무지라는 것이 이혼의 첫째 조건이 되면 너의 잗단 지식은 너의 상전의 취미를 위하여 얻은 것이요 너의 무지는 대자연(大自然)에게 소박을 맞을 첫째 이유가 될 것이다. 그러면서도 너는 왜 커단 얼굴로 뻔뻔히 살랴 하느냐?"

라고 조롱을 하였다. 마리아는 지금 그 글귀를 생각하여 보고 눈살을 찌푸리면서도 얼굴이 점점 붉어져 오르는 것을 깨달았다.

⑩ 인사가 끝난 뒤에 중환이는 담배를 붙이며 한규를 건너다보고

"최 선생은 지금 어데 다니시나요."

하며 물었다. 중환이는 자기보다 한 손 접고 볼 만한 사람에게는 일부러

선생이라고 존대를 한다. 한규는 생긋 웃으며

"청산학원 신학부에 있지요."

"에쿠 그럼 잘못하였습니다. 그러나 노하시지는 않겠지요. 아까 말한 것은 한때 웃음거리로 한 것이니까 오해는 안 하시겠지요."

"천만에……."

"사실 말이지 나두 아주 유신론자(有神論者)는 못 되었소이다마는 신(하느님)의 존엄이라든지 종교의 권위라는 것을 무시하고서 그런 실없는 이야기를 한 것이 아닌 것은 최 군도 짐작하시겠지요. 오히려 신을 존엄한 것이라고 생각하고 교회의 신성이라든지 종교의 권위를 생각하기 때문에 오늘날의 종교가를 미워하는 것이라 하겠지요……. 최 선생 그렇지 않습니까? 하하하. 모두 나만큼만 정직하라구 하슈. 그러면 다 천당에 들어갈 테니!"

중환이의 이러한 이야기를 듣고 여자들은 한 번 다시 치어다보았다.

"참 정말 김 군을 오해하는 것은 잘못이겠지요. 너무 우직(愚直)해서 걱정이지만 어떻든지 사괴어 보아야 알 사람이지 처음 보아서는 모를 사람이야."

잠자코 이야기만 듣고 앉았던 명수가 중환이의 변명을 하여 주니까 역시 입을 봉하고 앉았던 흥진이는 따라서

"그건 사실 그렇지요. 하지만 김 군의 작품을 보더래도 성격이 보이지만 남을 비웃는 것이 아마 남에게 호감을 사지 못하는 원인이겠지요."

하며 당자가 어떻게 알지 몰라서 염려인 듯이 픽 웃으며 중환이를 치어다보았다. 그러나 중환이는 흥진이가 자기를 칭찬하여 주든 흉을 보든 어떻

든지 자기의 작품을 말하여 주는 것이 무엇보다도 반갑다는 듯이 벙긋 웃었다. 두 사람이 이렇게 중환이를 변명하여 주는 것을 보면 이 세 사람끼리는 매우 친한 모양이나 여자들에게는 명수하고 중환이하고 친한 것이 이상히 보이었다.

중환이는 자기의 이야기가 나오기 때문에 잠깐 잠자코 앉았다가

"우직하다니까 아주 한마디 더 하지마는……"

하며 말을 끌어내었다.

"사람이 자기직업에 만족하고 자기의 직업을 예술화(藝術化)해서 그 직업이 곧 자기의 생활내용(生活內容)이 될 수 있다 할 지경이면 그것처럼 행복스러운 것은 없겠지요. 그것을 생각하면 만일 종교적 자각을 가진 사람이 열렬한 신앙의 충동(衝動)을 가지고 종교 사업에 일생을 바치는 것처럼 행복스러운 것은 또다시 없겠지요. 하지만 연초공장의 직공이 얼굴에 노란 진이 끼어 앉아서 담배를 마는 셈으로 목구멍 송사 때문에 도지개를 틀면서 기도를 하는 체 성경을 읽는 체 설교를 하는 체 한다 하면 그것은 종교 사업으로 인간의 타락을 구원하는 것이 아니라 그 사람에게 대하여서는 저승에서 지은 죗값으로 이생에서 벌을 받는 것이겠지요. 지옥이라는 게 별다른 게 아니라 그러한 것을 가리키는 게 아녜요? 하고 보면 종교 사업을 호구지책으로 알고 덤비는 사람처럼 타락한 자도 없고 그런 위선자도 없겠지요. 밤 열 시부터 도둑 술을 먹으러 다니는 축은 아마 그따위 종류일 테니 그래 그런 것을 미워 안 하고 누구를 미워해요. 그러한 것을 용서하는 죄가 아마 내게 술을 사 주시는 죄보다 더 크다. 하하하."

하고 중환이는 덕순이를 바라보며 잠깐 말을 끊었다가 다시 계속한다. 그

러나 말끝마다 반드시 술 이야기를 꺼내이는 것이 여자들에게 눈살을 찌푸리게 하였다.

⑪ "……오늘날같이 종교적 사명(宗敎的 使命)에 대하여 높은 가치(價值)와 무거운 짐과 원대한 기대(期待)를 가지게 된 시대는 없겠지요. 내 생각 같아서는 이십 세기의 중엽은 실로 종교의 황금시대(黃金時代)라고두 할 것 같습니다. 종교의 본래의 사명을 성취할 수 있는 가장 중요한 시기가 왔다고 하겠지요. 오늘날 사회주의의 견지로서는 종교를 절대로 부인하지만 나 같은 문외한(門外漢)으로 보아도 그것은 반동적(反動的)으로 나타난 한때의 현상이거나 어떠한 목적을 성취하여 가는 데에 잠깐 필요한 수단이겠지요. 즉 말하자면 오늘날까지 깊이 뿌리가 박히고 성취가 된 문명(文明)이 우리의 머릿속에 굳게 심어 준 어떠한 그릇된 관념(觀念)을 깨트려 버리기 위하여 위선 종교를 배척하는 것이겠지요. 다시 말하면 종교가 오늘날의 문명의 근저(根底)에 가라앉혀 놓은 어떠한 종류의 병균(病菌)같은 것을 없애게 하고 또는 계급투쟁(階級鬪爭)의 예기(銳氣)를 꺾게 하는 종교적 설법[宗敎說法]에 일반 민중이 귀를 기울이지 않게 하려고 하는 수단에 지나지 않는다는 말씀입니다. 그러나 이러한 현상은 오래 계속될 것은 물론 아니겠지요. 사회주의의 이상이 실현되어서 전 세계가 어떠한 형식으로 변하든지 간에 그 새 세계의 새 사람의 생활에 적합한 새로운 종교가 또다시 요구될 것은 분명한 일이겠지요. 하고 보면 종교가로서는 개조 사업이 진행되는 동안에도 그 개조의 이상에 합치되는 점[合致點]

을 발견하려 노력하는 동시에 항상 그 시대의 선구(先驅)가 되기를 잊어 버려서는 아니 될 것입니다. 다시 말하면 장래에 실현될 이상적 새 사회에 적합하도록 종교가 개조되어서 예언적 태도(豫言的 態度)로 시대에 앞서서 인류의 이상을 밝게 보여 주어야 할 것이외다. 나는 그것을 곧 천당 가는 길이요 천당을 이 땅 위에 세우는 것이라고 생각합니다. 세계의 종교는 정말 혁명 되지 않으면 아니 될 시대가 돌아왔다고 할 수 있지요. 더구나 조선에 앉아서 이러한 종교적 타락, 종교적 무신경(宗敎的 無神經)의 상태를 바로잡지 않으면 종교의 권위를 회복하기는 고사하고 없느니만 같지 못하겠지요. 그러나 한 사람의 종교가 한 사람의 목사라도 다만 '믿으시오. 거룩한 하나님이시어! 당신의 독생자 예수 그리스도시여! 아멘!'이라는 말밖에 또다시 무슨 말을 옮길 줄 압니까. 그들은 지금 사회와 영원히 절연될 날이 나날이 가까오건만 그것조차 깨닫지 못하는 청맹과니 아니야요? 그들은 내일을 모르는 동물이 아닌가 나는 생각합니다. 오늘 밤이 새이면 오는 날은 어제와 얼마나 달라질까를 조금두 모르는 가련하고 천박한 현실주의자(現實主義者)밖에 아니 되겠지요. 그들은 민족의 이상과 종교의 사명을 혈성을 가지고 생각하여 본 일도 없거니와 더구나 인류의 이상과 종교의 관계를 머리에 두어 본 일도 없겠지요. 그들은 그저 덮어 놓고 감사 감사하면서 빚놀이도 하고 집 장사도 하고 서양 사람의 거간 노릇도 하여 제 뱃속만 채이면 '감사 감사합니다.' 하며 코 큰 나라 백성에게 땅에 코가 닿도록 절을 하지만 경건한 종교적 충동에 눈에 보이지 않는 빛과 귀에 들리지 않는 소리에 놀라 본 일은 없었겠지요. 장래에도 없겠지요. 그리하여 경전은 훌륭한 기계나 치부책이 되고 교회는 큼직한 공장이

나 상점이 되고 교인은 어리석거나 그렇지 않으면 간교한 흥정꾼이 되고 그리고 젊은 남녀의 밀회하는 구락부가 되고 말지나 아닐까 염려올시다. 하하하 나두 참 험구올시다. 그렇지만 그들이 아는 것은 무엇일까요? 날더러 말하라면 꼭 한 가지 칭찬할 것이 있겠지요. 비밀의 필요를 누구보다도 더 잘 안다는 것 말씀입니다. 비밀이란 것은 모든 죄악 위에 크게 덮은 찬란한 수의올시다마는 그것은 그들의 매일 필요하고 유효한 무기(武器)겠지요. 하하하 최 선생! 그렇지 않습니까."

중환이는 기나긴 설교를 마치고 나서 애꿎은 최 선생을 또 한 번 불렀다.

"옳은 말씀이에요."

신학생인 최 선생은 마지못해서 간단히 대답을 하였다.

⑫ 종교에 대하여서 어느 때든지 험담을 하던 중환이가 여전히 험담은 하면서도 그래도 현대의 종교적 사명을 논란하는 것은 명수의 귀에 신기하게 들리었다. 그뿐 아니라 아까 성경 구절을 끌어다가 목사들의 부정한 행위를 비웃어서 실없는 소리만 하던 사람이 일가의 견식이 있는 듯한 자기 의견을 열심으로 변론하는 것을 듣고 여러 여자들도 아까 어떻든 좋지 못한 인상이 차차 엷어져 가는 것 같았다.

"김 군 말이 옳으이. 사회개조(社會改造)라든지 세계개조(世界改造)라는 견지로는 고만두고 종교의 그 자체를 위하여서라도 일대 혁명이 일어나야 할 시대가 돌아왔다 할 수 있지! 적어도 조선의 현상을 보아도 이 막다른 골에 들어온 오늘날의 종교사회를 확청하고 새 생명과 새 광명을 얻으려면 큰 종교가가 나야 할 것이요 일종의 종교혁명이 일어나야 할 형편이지!"

명수가 천천히 이렇게 중환이의 의견에 찬성을 표하니까 중환이는 뾰로통한 얼굴을 숙이고 듣다가

"하니까 우리는 위선 우리끼리 심판을 해야 할 것이란 말이야. 심판할 사람이 누구냐 어떠한 표준으로 심판을 하겠느냐는 것은 별문제이지만 어떻든지 우리의 노력으로 심판하고 제재하는 것이 만일 하나님의 뜻에 가납된다 하면 그것이 곧 사람의 심판이 아니라 하나님의 심판이겠지! ……내 생각 같아서는 신(神)의 존재라는 것을 애를 써서 인정치 않을 필요도 없지만 어떠한 진리를 붙든 사람에게 대하여 그 진리는 곧 그 사람에게 대하여 신(神) 그것이거나 신의 면영(面影)이요 자기가 붙든 진리에 충실하게 하는 생활이 곧 신의 뜻에 맞는 생활이라 할 수 있다고 생각하는 터이지만 만일 이것이 정당한 생각이라 하고 또 우리가 천만인이 즐겨 하고 천만인을 행복스럽게 하고 천만인을 사랑으로 붙들어 매이게 할 만한 진리를 붙든다 하면 그 진리에 비쳐서 우리가 우리를 심판한다는 것은 반드시 하느님의 뜻을 온누리에 이루는 것이라고 할 수 있다고 나는 믿소. 어떻든 우리의 생활을 위선(僞善)에서 구원하여야 할 것이요 가면(假面)을 자기부터 벗고 나서는 것밖에 스스로 구하는 방도도 없고 또 그리하는 것이 우리의 심판이라는 것이겠지……."

중환이는 얼굴에 핏대를 올리고 한마디마다 힘을 주어서 말을 맺었다.

"그렇지만 그렇게 말대로 될 수 있을까요. 아까두 이야기하였지만 자기를 살리랴면 세상에 용납이 아니 되고 세상에 용납이 되어서 성공을 하려면 어쩔 수 없이 가면두 쓰고 비밀이라는 것도 없을 수 없지 않어요?"

가만히 듣고 앉았던 덕순이는 중환이가 오기 전에 명수하고 하던 이야기를 다시 꺼내었다.

　"네? 무슨 성공을 하겠기에 하는 체 못하는 체 하여 가며 일생을 속이고 살아가요? 가슴에는 비수를 품고 입가에는 웃음을 띠고 사는 것처럼 불행한 생활이 또 어데 있에요. 지옥의 생활이란 그런 것을 가리킨 것이겠지요."

　"그렇지만 그렇게 서서 똥 누는 수작만 하고 있으면 성공은새려 입에 밥이 들어가지 않는 것은 어떡하나요?"

　"글쎄올시다. 딴은 그것도 일이 있을 뻔한 말씀입니다. 위선 나부터 밥줄이 떨어질까 보아서 헐 데 아니헐 데 함부루 머리를 굽실거리며 다니는 터이니까 말씀하기가 대단히 난처합니다. 허허허."

　중환이의 말은 농조 같았다.

　"그거 보세요. 누구나 가면을 쓰고 살지 않어요."

하며 덕순이도 깔깔 웃었다.

　"그럼 선생은 무슨 가면을 쓰고 계십니까 허허허……. 하지만 가면을 아니 쓰겠다는 노력은 있어야 하겠지요. 분을 바르면 곱기도 하겠지만 분을 아니 발러도 고운 것이 정말 고운 것이겠지요."

하며 웃어 버렸다. 중환이가 이야기하는 중에 분을 바르느니 고우니 하는 소리가 여자들의 귀에 반짝 뎨었다. 덕순이는 얼굴이 붉어졌다.

　"하지만 분을 발라야 곱게 보일 사람은 역시 발라야 하지 않어요. 하하하."

하며 커닿게 웃는 땀에 얼룩이 진 덕순이의 분 바른 상은 한층 더 벌개졌다.

⑬ "그야 얼굴을 곱게 만들랴구 하면 꼭 분을 발라야 맞인가요. '스타이나하'의 '젊어지는 법'이라든지 그 외에도 여러 가지 미용술을 썼으면 될 것이 아니에요. 그와 마찬가지로 성공이라는 것도 꼭 가면을 써야 되는 것은 아니지요. 사회의 조직이 잘못되었다든지 각 개인의 교양이 충분치 않아서 성공하는 수단과 방법을 그릇 생각하고 잘못 배워서 그런 것이 아네요! 하지만 선생이 분을 바르셨다구 해서 그런 비유를 한 것은 아니외다. 허허허."

여러 사람도 따라서 웃었다.

"별소리를 다 하시는군!"

하며 덕순이는 바람을 쏘이려는 듯이 벌떡 일어나서 안방으로 들어가더니 서창 밖을 잠깐 내다본 후에 의걸이에 박인 체경 앞에 가서 얼굴을 비추어 보았다. 콧등과 입가가 누렇게 얼룩이 졌다. 덕순이는 의걸이 속에서 분지를 꺼내서 몇 번 쓱쓱 문지르고 마루로 다시 나갔다.

주인 아들은 어느 틈에 들어왔었는지 벌써 저녁을 먹고 뒤뜰에 나와서 뾰로통한 얼굴로 마루 위를 힐끈 치어다보며 뺑소니를 쳐서 나가 버렸다. 덕순이는 뒷모양을 내려다보며 눈살을 잠깐 찌푸렸다.

홍진이의 뒤에 걸린 시계는 어느덧 여섯 시 반이나 되였다.

"왜 입때 아니 오누?"

덕순이는 시계를 치어다보며 혼잣말을 하였다.

"누가 또 오?"

정옥이가 물었다.

"글쎄 희숙이가 올 텐데……. 아까 전화로 불렀더니 시간을 잘못 알았나?"

희숙이가 온다는 말을 듣더니 명수는 옴폭 패인 눈을 한층 더 말똥말똥 뜨고 덕순이를 치어다보았다.

"잘못 듣긴 무얼 잘못 들어. 여간 시간을 잘못 듣고 다닐 사람으로 아는 게로군?"

정옥이가 이렇게 설명을 하였다.

"희숙이라는 이는 누구예요?"

명수는 그 사람이 아닌가 하는 의심과 호기심을 가지고 물었다.

"왜 아세요? 우리 잡지에 글두 늘 쓰구 지금 제일여자고등보통학교의 교사지요."

"네!"

하며 명수는 알아차렸다는 듯이 고개를 끄덕거리었다.

"아세요?"

이번에는 정옥이가 치어다보며 물었다. 명수는 눈으로 웃으며

"아뇨, 들은 법해서 말예요."

하며 고개를 숙였다.

"참 그런데 왜 시집을 아니 가누? 어서 가 버리지."

덕순이는 정옥이더러 묻고 명수를 치어다보았다. 명수는 얼굴이 화끈하는 듯하였다.

"아마 혼처가 생겼나 보지."

"응? 그런 줄 몰랐지. 누구하구?"

"그건 알 수 없어. 물어봐두 말을 안 하니까."

정옥이는 모른다고 하면서 혼자 웃었다. 그러나 얼마쯤 가슴이 섯슷하

게 들은 사람은 명수이었다.

"물론 연애결혼이겠지?"

덕순이는 열심으로 묻는다. 잠자코 앉았는 여러 사람들도 호기심을 가지고 귀를 기울였다. 명수와 마리아는 정옥의 말이 떨어지기만 바라고 그 입을 골독히 쳐다보며 앉았다.

"그것두 자세는 모르지만 편지 왕래는 잦은가 보드군!"

여러 사람들은 까닭 없이 웃었다.

"그래 신랑은 어떤 사람이야?"

"두구 보면 알겠지!"

하며 정옥이는 웃어 버렸다.

"난 들으니까 실업가라던데."

이번에는 늘 잠자코 앉았던 마리아가 입을 벌렸다.

그러나 명수의 귀에는 마리아의 입에서 나오는 실업가라는 말이 좀 이상하게 들렸다. 중환이의 귀에도 그러하였다.

"그래 언제 할 텐구? 난 구경 못 하겠네!"

"왜?"

마리아가 물었다.

"글쎄 내일모레에 일본을 갈까 하는데 어찌 될지."

"그럼 이번에 영감두 떠나슈?"

"응! 그런데 당신은 언제 가우?"

"나? 여행권두 안 나왔으니까 아직 봐야 하겠어."

마리아는 이렇게 대답을 하고 고개를 숙여 버렸다.

한규는 이야기를 귀담아듣지도 않고 하얀 손톱에 끼인 때를 성냥개비에 침질을 하여 후벼 파내기도 하고 이로 뜯기도 하며 앉았다가 별안간 고개를 쳐들며

"미국 가세요?"

하며 물었다. 마리아는 근심 있는 사람 모양으로 풀이 죽어 앉았다가 힘없이

"네."

하며 이야기에 멀미가 난 것같이 일어서다가 덕순이를 꾹 찌르며

"영감님 들어오슈."

하며 주의를 시켰다.

3

① 주인이 들어온다는 말을 듣고 정옥이와 경애는 안방으로 들어가 버렸다. 마리아도 응화가 마루 위로 절뚝거리며 올라서기를 기다려서 인사만 하고 쫓아 들어갔다. 응화는 인쇄소에서 가지고 온 책 보퉁이를 자기 아내에게 주고 여러 사람들과 끄덕끄덕하며 간단히 인사를 한 뒤에 저편 구석에 놓인 안락의자에 가서 이리로 향하고 앉았다. 어쩐지 주인이 들어온 뒤에 이 자리의 기분이 금시로 음울하여진 것 같다. 기탄없는 대화나 가벼운 농담은 꼬리를 감추었다. 해가 떨어졌는지 마루 속이 점점 어두침침하여져 왔다. 젊은 아씨들이 방 안에서 깔깔대이는 소리가 소곤거리는

소리와 섞이어서 들릴 뿐이요 아무도 입을 벌리려는 사람은 없다.

"준이 이때껏 덜 되었에요? 큰일났군!"

덕순이는 테이블 앞에 걸어앉아서 책보를 풀더니 준장을 들쳐거리며 남편을 돌아다보고 입을 벌렸다. 응화는 눈살을 찌푸리며 안방 속을 잠간 거들떠보면서

"그럼 게서 더해? 이 더위에 그것두 잘 본 세음이지! 좀 더 볼까 하다가 시장하기에 집에 와서 보라구 가지고 왔지."

하며 일찍이 온 것은 손님 초대 때문이 아니라는 뜻을 잠간 비쳤다. 아닌 게 아니라 좀 더 보고 느직해서 와 주었으면 일도 되고 오늘 저녁 연회의 쌩이질도 아니 되었으리라고 덕순이도 생각하고 여자들도 그렇게 생각하였으며 홍진이나 명수도 조금은 그랬다면 좋을 뻔하였다고 생각하였다. 그러나 중환이나 한규는 희끗희끗한 대머리를 번쩍거리며 웅등그리뜨리고 앉았는 이 뚝발이 영감이 보기에 유쾌할 것은 없어도 한구석에 끼어 앉았게 가만 내버려 두는 것이 그렇게 애가 쓰이지 않았다.

"그런데 이건 준을 다 보셨는데 왜 가져오셨소?"

하며 덕순이는 붉은 잉크로 재준(再準)까지 본 준장 뭉치를 들어서 남편에게 보이었다.

"참 그것은 좀 고쳐야 하겠더군. 너무 극단이 아니야. 제일 사회에서 뭐라고 욕을 먹을지도 모를게구! ……어떻든 요새 계집애들에게 그런 것을 읽히면 어쩌잔 말이야……."

응화는 매우 불쾌한 듯이 뾰로통해서 찡얼거린다. 덕순이는 금세로 얼굴이 새빨개지며 목 메인 소리로

"무에 어때서 그래요? 검열관이 허가한 것을 당신이 또 무슨 총찰을 하슈. 총독부보담 더하슈그려……어떻든지 편집한 내용에는 상관 마세요."

하며 여지없이 집어세웠다. 잡지를 편집할 때마다 부부간에 조고만 충돌이 없지 않았지만 덕순이로 말하면 남편이 돈이나 대이고 준이나 보아 주기만 하고 그 외에는 참견을 말아 주었으면 마음이 편할 것이다. 남편이 이 글은 고만두자든지 고치자든지 하면

'아무것도 모르면서 공연히 아는 체를 하느라고…….'

하는 생각으로 핀잔을 주거나 입을 못 벌리게 누구 앞에서든지 몰아대이는 것이 예사이다. 그러나 응화의 처지로서는 불평이 없을 수 없다. 자본을 내놓고도 심부름꾼 노릇이나 할 뿐이요 편집이며 경영에 대하여서는 꿈쩍을 못 하게 하는 것은 자기의 인격을 얕보고 다만 이용하려는 데에 지나지 않는다고 생각할 제 어떻게 하여서든지 잡지를 고만두게 하거나 무슨 큰 타격이라도 당하여서 그 호기가 꿈쩔하여지게 되었으면 하는 악독한 생각까지 생길 때가 있었다.

"글쎄 다시 좀 읽어 보아. 일본에서도 그런 극단의 소리를 하는 사람은 없을걸!"

"극단은 무슨 극단이에요. 그만한 소리는 누구나 하는 소리가 아녜요."

"누구나 하다니. 그래 간부에게로 달아나면서 이혼장을 남편에게 보내는 것이 잘 되었단 말이야?"

응화의 목소리에는 독기를 품었었다. 명수는 두 내외를 이리저리 바라보며 앉았다가

"무언데 그래요?"

하며 덕순이의 손에서 준장을 빼앗아 보았다. 중환이도 고개를 기울이고 들여다보았다. 홍진이는 아까부터 빙글빙글 웃고만 앉았다.

"신도덕관으로 본 B 여사의 사건!"

명수는 제목을 한 번 읽어 보고 나서 장홍진이를 치어다보며

"이것은 장 군이 쓰셨소?"

하며 물었다.

② 홍진이는 처음부터 빙글빙글 웃고 앉았다가

"거기에는 아무 말도 없에요. 그 밑에 있는 것이 덕순 씨가 쓴 것인 데…… 뭐라구 쓰셨소?"

하며 덕순이를 치어다보았다.

"내가 쓴 것도 아무 말 없에요. 이상스럽게 보면 좀 어떻게 생각할 사람 두 있을지 모르지만 그런 게 아녜요."

덕순이는 이렇게 변명을 하고 명수에게 있는 준장을 달라고 손을 내밀었다. 명수와 중환이는 두서너 줄 읽어 보다가 위에 있는 것만 덕순이에게로 도로 주고 그 밑에 있는 「B 여사의 고민(苦悶)」이라는 제목을 쓴 것을 들여다보며

"이것이 덕순 씨가 쓴 것이란 말이지요."

하며 물었다.

덕순이는 뾰로통해서 앉았다가 고개만 끄덕이는 듯하였다. 그것은 올 봄 이래로 한참 일본 사회에서 떠들던 여류문학자로 얼마쯤 유명하게 된

B라는 여자가 어떠한 신문기자하고 연애 관계가 생기어서 아이까지 들게 된 뒤에 남편의 집을 뛰쳐나온 사실을 편지글체[書簡體]로 감격한 듯이 비평한 것이었다.

"……B 여사! 당신과 같은 처지에서 신음하는 여자가 얼마나 있을 줄 아십니까. 또한 당신과 같은 의사를 가지고 당신과 같이 하여 보았으면, 하는 생각을 가지고 있는 사람이 얼마나 되는지 아십니까. 그러나 당신은, 그 취하신 바 수단이 잘 되었든 못 되었든 어떻든지 용자(勇者)이었습니다. 당신과 같은 용기가 있고 당신과 같은 경로(經路)를 밟은 사람이 있더라도 당신은 그중의 누구보다도 용감하였다고 하지 않을 수 없습니다. 당신과 같이 일본에도 유수한 화족의 집의 출생으로 일본의 광산왕(鑛山王)이라는 백만장자의 귀부인으로 들어가서 왕자의 생활을 누리고 앉았던 사람으로서 그만한 단연한 수단을 취한 것이 누구보다도 한층 더 어려운 일이요 따라서 용장하다고 하는 것이외다. 더구나 당신 개인으로 볼지라도 일본 문단(日本文壇)에 상당히 유명하게 된 오늘날에 사회의 물론을 돌아보지 않고 자기의 믿는 대로 용장하게 돌진하였다는 것은 무엇보다도 감복하지 않을 수 없습니다. 하지만 그러한 처지에 있다는 것이 도리어 당신에게는 고통이 더 많게 하고 당신의 자유를 빼앗었겠지요 그러나 나는 찬미합니다. 당신의 모든 행동을 죄인의 수갑 같은 도덕으로 시비를 가리우기 전에 나는 당신이 그렇게 할 수밖에 없는 처지에 빠진 당신의 고통을 누구보다도 이해하고 동정하고 용서하고 또한 그 장래를 축복합니다……."

명수와 중환이는 여기까지 읽다가 둘이 다 일시에 고개를 들고 덕순이를 치어다보았다. 덕순이는 흥분한 눈에 웃음을 띠고 두 사람을 마주 보았다.

"그래 결론이 어떻게 되었에요?"

중환이는 담배를 붙이며 덕순이더러 이렇게 묻고 좀 뒤로 앉은 웅화를 돌려다 보았다. 웅화는 무슨 생각을 하는 사람처럼 고개를 숙이고 안락의자의 왼편 손잡이에 비스듬히 기대어 앉았다가 중환이가 돌려다 보는 바람에 머리를 버쩍 들며 중환이를 잠깐 치어다보더니 눈썹 사이에 점점 주름이 잡혀지고 눈시울에 모가 지어지면서 홍진이에게로 시선(視線)이 옮기어 갔다. 홍진이는 확실히 눈치를 채인 모양이나 여전히 빙글빙글 웃으며 본체만체하고 앉았다.

"결론에도 별소리 없에요. 그저 동정할 만한 점도 있지만 잘못된 데도 없지 않으리라고 하였지요."

덕순이는 명수에게서 준장을 받아가지고 다시 보자에 싸면서 이렇게 대답을 하였다.

"무에 잘못 되었다구요!"

"글쎄요. 이야기를 하자면 장황하겠지요……."

하며 덕순이는 대답을 피하고 바쁜 듯이 일어서다가 남편을 바라보고

"인쇄소에서 오늘 밤 일하지요? 이건 이대루 보내십시다. 그래야 한 페이지라도 어서 박지 않아요?"

하며 물었다. 남편은 못 들은 체하고 앉았다. 전등이 확 들어오자 덕순이는 안방으로 들어가 버렸다. 성서학원에서 땡땡 치는 일곱 시 반 종은 이 집 덜미에서 치는 듯이 요란하게 높았다 낮았다 한다. 여러 사람은 제각기 무슨 생각에 끌려들어 가듯이 잠잠히 앉았다.

③"무언데 그렇게 야단이요? 어디 나 좀 봅시다."

정옥이가 이렇게 물으며 덕순이가 들고 들어오는 책보를 빼앗으니까

"아무것도 아냐. 이따가 보구려."

하며 덕순이는 보자를 주고 음식 차리는 데를 내다보다가 다시 돌쳐서며

"인젠 무얼 좀 하지! 시장들 할걸. 그런데 희숙이는 영 안 오고 마나 보다! ……어데서 먹을꾸?"

하며 다시 마루로 나갔다. 세 남자들은 덕순이에게 쫓겨서 안방으로 들어왔다. 그러나 대머리 영감은 여전히 앉은 자리에 앉아 있다.

음식상이 벌어지는 동안에 안방에서는 음악이 한판 벌어졌다. 네가 하느니 내가 하느니 하다가 급기야에 마리아가 풍금 앞에 앉고 한규가 바이올린을 들고 났다. 무슨 곡조를 할까? 이걸 하지 저걸 하지 하며 한참 떠들다가 결국은 마리아의 주장대로 「아베 마리아」 곡을 하게 되었다. 그러나 처음부터 그리 찬성을 아니하던 한규는 곡조를 잊어버렸던지 반계곡경으로 마리아의 풍금에 쫓아가는 모양이나 매우 서툴렀다. 한규는 처음부터 못 하겠다는 것이 일종의 수치 같아서 그럭저럭 끌려서 시작을 하였다가 확실히 자기가 실패하였다고 깨달은 때에는 다시는 도저히 회복할 수가 없었다. 중도에 고만둔다 할 수도 없고 진땀만 부쩍부쩍 난다. 한규는 고개를 기울이고 '포'를 여전히 놀리면서도 아직도 마음이 잡히지 않은 모양이다. 얼굴이 점점 빨개졌다. 손이 떨리었다. 그러나 그리할수록 곡조는 독창적으로 되었다. 마리아의 풍금이 얼마나 잘 되었는지는 모르나 만일 마리아가 「아베 마리아」나 단 「마리아」만 치고 앉았다 하면 한규는 지금 「아베」만을 쫓는 것 같다. 경애는 식은땀이 나는 두 손을 쥐고 한규의 얼

굴만 치어다보고 섰다. 한 곡조가 끝이 나니까 흥진이와 정옥이는 참 재미 있었다고 칭찬을 하였다. 명수는 잠자코 풍금 옆에 서 있다. 중환이는 아랫목에 걸린 사진을 골똘히 치어다보고 섰다가 고개를 돌리며

"풍금은 어떻게 치시는지 모르겠소이다만 최 선생의 바이올린은 확실히 탄복하였습니다."

라 하고 다시 돌아서서 사진을 치어다보았다. 마리아와 정옥이는 눈살을 찌푸리는 듯하며 웃었다. 그러나 경애와 한규는 중환이의 말이 너무 천연하기 때문에 진담인지 아닌지 분간을 할 수 없었다.

마루에서 상을 늘어놓는 소리가 한참 부산하더니 덕순이는 방으로 들어와서 손님을 끌고 나왔다. 웅화는 여전히 혼자 교의에 앉았다가 교의 밑으로 꾸물꾸물 내려앉았다. 여러 사람은 교자상 두 개를 에워싸고 자리를 잡기 시작하였다. 웅화의 오른쪽으로는 북창을 등지고 한규가 앉고 그다음에는 흥진이가 나란히 앉은 뒤에 맞은편으로 중환이가 한규와 마주 앉고 그다음에 명수가 앉았다. 이와 같이 남자가 다 자리를 잡고 앉으니까 여자들은 자리 잡을 형편을 보아 가며 머뭇거리다가 차차 위로 올라가며 흥진이의 다음에는 정옥이 마리아의 차례로 앉고 마리아와 마주 경애가 뜰을 등지고 앉았다. 이렇게 자리가 잡히고 나니까 덕순이는 경애와 명수 사이에 남은 비인 자리에 끼이려다가 다시 돌려 생각을 하고 안방을 등지고 웅화와 마주 앉았다. 덕순이는 자리에 앉아서 좌우편을 한번 쭉 보더니

"우리가 저리 나려가구 이리들 올러와 앉으실 걸 그랬군!"

하며 남편을 바라보았다.

"상관없소이다. 어디 앉든지 많이만 먹으면 고만이지. 서양식은 여존남

비라니까 잘 되었습니다."

하며 중환이가 말을 가로채었다. 그동안에 덕순이와 정옥이 사이에는 희숙이를 부르러 보내자는 의논이 있었던 모양이나 정옥이가 늦었으니 고만두라고 하였다. 웅화는 두 여자의 수군거리는 것을 궁금한 듯이 유심히 바라보더니 두 사람이 입을 닫치는 것을 보고

"잠깐!"

하며 별안간 눈을 감고 고개를 숙인다. 여러 사람들도 따라서 숙였다. 중환이는 눈을 멀뚱멀뚱 뜨고 앉았다가 과실 접시에 놓인 복숭아 한 개를 슬며시 집더니 어쩍 하고 한입을 베물어서 꺼덕꺼덕 씹기 시작하였다. 고개를 숙이고 앉았던 명수는 입술을 악물고 콧구멍으로 웃으며 손가락으로 중환이의 넓적다리를 꾹꾹 찔렀다. 저편에 앉은 홍진이의 어깨도 들먹들먹하였다. 덕순이도 곁눈을 뜨고 중환이를 웃으며 보는 모양이다.

④ '이 사람들은 지금 내게 제사를 지낸다. 그러기에 내가 먹는 것이다.'

중환이는 이렇게 생각을 하며 혼잣속으로 웃었다. 웅화의 기도는 이러한 때의 기도로는 좀 길었다. 그러나 겨우 끝이 났다. 여러 사람들은 무어라고 웅얼웅얼하며 일제히 고개를 들었다. 중환이는 여전히 복숭아를 어쩍어쩍 씹고 앉았다. 여러 사람들은 마치 제사 지낼 때에 재배를 하고 일어난 때와 같이 뱃속에서는 웃으면서 어떻게 야릇하게 시치미를 떼이고 젓가락들도 아니 들고 잠깐 물끄럼말끄럼 치어다들만 볼 뿐이다. 그러나 중환이가 복숭아 씹는 소리만은 이 일순간의 침묵을 깨트렸다. 명수는 참

다못하여 깔깔 웃었다. 중환이를 본체만체하고 앉았던 사람들도 하는 수 없이 웃음구멍이 탁 터지었다.

"그건 뭐라구 잡숫구 앉았소."

하며 덕순이는 기를 펴고 하하하 웃었다. 그러나 한규와 경애는 이를 악물고 웃음을 참는 모양이요 마리아는 외면을 하고 웃는 모양이다. 응화는 젓가락을 들며 분개한 듯이 험상스럽게 눈을 뜨고 곁눈으로 중환이를 훑어보았다. 한바탕 웃음이 끝나니까 먹기들을 시작하였다. 중환이도 잠자코 젓가락을 들었다.

후루룩후루룩 찌덕찌덕 하며 한참 먹으려니까 뜰에서 자박자박하는 적은 발자취 소리가 들렸다.

"인제야 오나 보군!"

하며 덕순이는 벌떡 일어나서 마루 끝으로 나갔다.

"뭘 하느라구 인제야 오? 난 아주 안 오나 하였군."

"어디를 좀 갔다가 고만 늦어서……."

하며 희숙이는 덕순이의 뒤를 따라서 들어오더니 여러 사람의 눈이 자기에게로 몰리는 것을 보고 금세로 얼굴이 주홍빛이 되었다. 명수는

'이 계집애로구나!'

하며 정신을 차리고 말뚱말뚱 치어다보았다. 성긴 눈썹 밑에는 조고만 눈이 가늘게 째어지고 오똑한 코와 뾰로통하게 담은 조고만 입새는 유난히 길게 늘어졌다. 두 볼이며 턱밑이 포동포동하고 살갗이 고운 듯하나 얼굴 전체로 보면 양미간이 얼크러진 것 같고 별로 특징이 없는 얼굴이다. 말하자면 평범한 가정생활에 만족할 여자이다. 명수는 속으로 '흥!' 하며 코웃

음을 쳤다. 덕순이가 명수와 경애 사이의 남은 자리에 앉히려니까 서투른 남자 옆에 앉기를 꺼려하는 듯이 머뭇거리는 것을 보고 경애와 바꾸어 앉게 하였다. 공기와 수저들을 바꾸어 놓느라고 한참 떼그럭거린 뒤에 덕순이는 불쑥 희숙이를 좌중에 소개하였다. 희숙이는 잠자코 일어나서 좌중에 묵례를 한 번 하였다. 여러 사람들도 앉은 채 고개들만 숙였다. 그러나 희숙이의 태도는 어쩐지 허둥허둥하는 것 같고 얼굴은 점점 더 빨개지는 모양이었다. 그 자리에 앉았는 사람들이 누구인지 희숙이의 눈에는 정옥이와 덕순이밖에는 자세히 보이지 않았다. 정옥이는

'그렇게 차근차근한 사람이 오늘은 웬일인구?'

하는 생각을 가지고 희숙[원문에는 "정옥"으로 되어 있으나 맥락을 고려하여 수정함]이를 마주 바라보았으나 끝끝내 눈이 마주칠 수가 없었다. 정옥이는 별별 궁리를 다 하여 가며 희숙이의 거동을 틈틈이 노려보았다. 젓가락을 든 희숙이 손이 약간 떨리는 것까지 눈치 빠르게 놓치지 않았다. 여러 사람들은 다시 먹기 시작하였다. 밥그릇이 왔다 갔다 하며 또 한소끔 먹고 나서 과실 접시로 손이 드나들게 되니까 덕순이는 한참 머뭇머뭇하다가

"많이들 잡수세요!"

하며 앉은 채 연설 구조로 입을 벌렸다.

"오늘같이 더운 날 이 좁은 집에 귀하신 손님을 더구나 우중에 오시라고 하여 변변치 못한 것을 드려서 진정으로 미안합니다. 그러나 이 변변치 않은 잔채나마 저희들 딴은 의미가 깊은 것이라고 생각합니다……."

여기까지 와서 덕순이는 남편이 마주 앉았는데 이런 말 하여서는 아니 되겠다고 생각하고 하려던 말을 돌려서 꾸며대이려고 한참 벙벙히 섰다

가 다시 말을 이었다.

"어떻든 이번에 우리는 잠깐 헤어져서 가장은 미국으로 유학을 가게 되고 저는 일본으로 가게 되었습니다. 그래서 그동안 직접 간접으로 많이 도와주시고 더욱이 변변치 않은 잡지를 위하여 많은 노력을 하여 주신 여러분께 쌓이고 쌓인 은혜를 갚아드리지 못할망정 잊지 않겠다는 적은 정성을 표하려고 이같이 오시라고 한 것이올시다."

⑤ 덕순이가 말을 맺고 앉으니까 명수가 중환이를 꾹꾹 찌르며 답사를 하라고 충동이었다. 중환이는 별안간 숫저워진 듯이 꽁무니를 빼는 수작으로

"별소리를 다 하는군. 나 군이나 하구려."

하고 웃고만 앉았더니

"어디 한번 해 볼까!"

하며 우둥퉁한 얼굴을 번쩍 쳐들며 일어섰다.

"돌떡을 먹으면 떡값을 주고 제사 반기를 받으면 하인 전례를 주고 남의 턱을 받아먹으면 조홍으로 노랫가락 한마디를 한다든지 하다못해 바이올린을 뜯는다거나 오르간을 친다거나 해서 먹은 값을 하여야 하겠지만 그저 먹고 마시고 떠들라고만 만들어 놓은 조선 사람의 전형적(典型的)인 이 입밖에 없는 나는 먹고 마셨으니까 인제는 조금만 떠들어 보겠습니다. 어떤 촌가에서 고사를 지내고 사랑에 떡을 내어왔는데 떡 목판을 들여놓고 방문을 홀쩍 닫는 바람에 기름 심지에 켜놓았던 스러져 가던 불이 확 꺼져

버렸습니다. 오장에서는 어서 떡이 들어오라고 자위질을 치는데 불은 꺼졌으니 아무리 드러누워 떡 먹기라고 예부터 일러 내려온 말이 있지만 굿한 봉사의 떡이 아닌지라 눈을 감고서야 먹을 수 없는 일 그렇다고 누구든지 희생적 정신을 발휘하여 가지고 성냥을 찾구 불을 켜구 하는 동안에 필야에 떡은 목판만 남을 것이요 운수대길하여야 팥고물이나 얻어걸릴 터이라 한 놈이 발론하기를 자, 내가 불을 켜 놓을 터이니 너희들은 손바닥만 치고 앉았거라 그러면 내가 마음을 놓고 성냥을 찾을 수 있겠다고 하니까 만장일치로 가결이 되어서 고지식한 생원님이 단침에 사례를 들려 가며 겨우 성냥갑을 더듬어 찾아 가지고 불을 켜 보니까 아까 앞장을 서서 찬성을 하던 놈이 볼기짝을 까고 앉아서 왼손으로는 제 볼기를 떡 치듯이 철썩철썩 치고 앉았고 오른손에는 팥고물이 뒤발리었으나 남은 것이라고는 목판뿐이더라는 이야기를 어머니 젖 먹을 때에 들었는데 그러한 재미있는 구경을 오늘에야 비로소 보았습니다. 그러나 나는 손바닥을 치자는 데에 찬성한 사람은 아니었습니다. 그러므로 정작 떡은 아니 먹고 다만 복숭아 한 개만 먹었습니다. 아마 떡을 먹을 사람은 이 자리에 있든 없든 누구든지 또다시 있겠지요.”

하며 중환이는 깔깔 웃다가 별안간 정색을 하며 말을 이었다.

“그러나 여러분! 만일 여러분의 기도가 일종의 관성으로 이러한 경우에는 이리이리 하는 법이라는 구구한 형식에 끌리어 그리한 것이 아니라 진정으로 경건한 마음에서 우러져 나온 신앙심으로 하느님께서 나리신 은총을 사례한 것이라 하면 나의 태도의 그릇된 것은 여러분께 사교적으로 사죄하기 전에 우주의 만법을 통제하시리라고 생각하는 하느님—만일 하느님을 믿지 않는다면—여러분의 그 아리따운 심령에 대하여서라도 나는 백배로 사죄하겠소이다. 그러나 만일 그렇지 않으면 나는 나의 한 일을 조금도 후회하지 않을 뿐더러 여러분은 다만 불을 끄고 앉아서 떡을 먹으랴 하였거나 혹은 잠깐 제사를 지내었는데 나는 제상 밑에서 기어 나와서 과실 한 개를 집어서 맛보았다는 데 지나지 않는다고 생각하겠습니다……."

여러 사람들은 눈을 부르대이고 주먹질을 하는 중환이를 긴장한 태도로 말뚱말뚱 치어다보고 앉았다. 한규와 경애는 송구스럽다는 낯빛으로 마리아는 '저 사람이 실성을 하였나?' 하는 의심과 미운 생각으로 아무 영문 모르는 희숙이는 다만 놀라서 입을 딱 벌리고 응화는 살기를 띄운 눈으로 그러나 덕순이와 정옥이는 사분의 찬성과 육분의 불쾌를 느끼는 모양이요 명수와 홍진이는 다만 담배를 피우며 웃을 뿐이었다. 중환이는 목소리를 낮춰서 또다시 말을 이었다.

"……그러나 우리는 격의 없이 오직 양심이 허락하는 대로 간담을 서로 비추어서 사람답게 이야기하며 즐겁게 노십시다. 사람은 사람의 탈을 벗고 사람의 레벨을 넘어가서 사람 이상도 될 수 없고 사람 이하도 될 수 없는 것이외다. 우리가 사람답게 되고 사람답게 놀며 이야기하는 가운데에서 신성(神性)을 다시 말하면 하느님을 찾을 수가 있겠지요……. 또한 맨 끝으로 한마디 하려 하는 것은 아까 저 안방 아랫목 벽에 걸린 이 댁 양주 분의 사진을 보고 생각이 났습니다마는, 오늘날 두 분이 서로 만나신 지 칠 년 만에 따로따로 헤어지세서 다시 학문을 더 닦으신다 하니 후일에 성공하여 가지고 두 분이 다시 만나실 때에는 저 사진을 박히시던 그때와 같이 만나서서 그때보다도 더 장하고 이때보다도 더 즐거운 잔치를 베푸시기를 비오며 그때에는 이 같은 반미친놈이라도 가장 서투른 광대 대신으로라도 불러 주시기를 바랍니다."

⑥ 중환이는 자기 말이 너무 격렬한 것을 후회하고 휘갑을 치느라고 애를 썼으나 그래도 말의 사연이 이러한 자리에 알맞게 가볍고 유쾌한 것이 못 되기 때문에 모처럼 화기가 돌던 기분이 무겁고 텁텁하게 되었다. 여러 사람은 방망이로 대가리나 얻어맞은 듯이 어리둥절하였다. 더구나 어둔 방에서 떡 먹는 것 같다느니 제사를 지내는데 제상 밑에서 기어 나와서 복숭아를 집어먹었느니 칠 년 전에 박은 사진을 보고 생각한 말이니 하며 얼토당토않은 수작을 하는 것이 이상하기도 하고 그중에도 경애와 홍진이에게는 공연히 가슴이 선뜻하게 들리었다. 처음부터 옹둥그리뜨리고 앉았던 옹화는 중환이의 이야기가 어서 끝나기를 고대하였다는 듯이 중환이가 앉자마자 엉거주춤 일어서더니

"나는 인쇄소에 또 좀 갔다 와야 하겠으니까 여러분 용서하십시오. 아무쪼록 재미있게 놀다가 가십시오."

하며 덕순이의 눈치를 살펴보면서 책보를 내오라고 하였다. 그러나 재미있게 놀다가 가라는 말이 여러 남자들에게는 좀 이상스럽게 들리었다. 덕순이는 속으로는 반가워하면서도

"이왕 늦었으니 고만두시구려."

하며 붙들어 보았다.

"아 그래두 가 보아야지. 열두 시까지 일을 한다기에 다시 가마구 약조

를 하였으니까."

하며 응화는 고집을 세이면서도 자기 교의에 다시 걸어앉았다. 덕순이는 속으로

'또 예증이 나왔군!'

하며 그대로 앉은 채 책 보자도 가져오지 않았다. 응화가 앉은 뒤에 이번에는 중환이가 일어나며

"참 나야말로 가 봐야 하겠다."

하고 건넌방 문 옆에 걸린 모자를 떼어들었다.

"아, 어데를 갈 텐데? 조금만 더 있다가 같이 갑시다."

명수는 앉은 채 치어다보며 붙들었다.

"그럼 어서 일어나요."

중환이는 그대로 서 명수를 재촉하였다.

"어서 가세요. 아무두 붙들지 않을 테니! 간다고 비쌔 보는 것두 전염병인가."

덕순이는 자기 남편을 빗대놓고 하는 말처럼 웃으며 일어 나와서 중환이의 모자를 빼앗아 걸었다. 중환이가 가면 명수도 따라 일어설 것이요 홍진이조차 나설 것이니까 붙드는 것이라고 중환이는 생각하여 보며 그는 마지못해서 앉으면서도 자기가 오래 앉았는 것이 이 자리의 기분을 흐려 놓는 것 같아서 마음이 송구스러웠다.

"자! 인제는 누가 가실 테요? 마리아는 안 가우? 정옥이가 갈 테요? 하하하."

하고 덕순이가 웃으며 안방으로 들어가서 사이다를 날라 왔다.

"한 사람 간다면 무어든지 내온다 하면 이번에는 내가 간다구 해 볼까! 하하하."

"정옥이쯤 간대야 신발이나 얼른 바루 잡아 놓아 줄까!"

하며 덕순이와 정옥이는 주거니 받거니 하였다.

덕순이와 경애가 사이다를 따르려 다니는 동안에 인쇄소에서 조고만 아이가 등불을 켜 들고 마루 끝까지 들어왔다.

응화는 며느리더러 책 보자를 가져오라고 하여서 헤치고 아까 말썽이 되던 글을 들척거리며

"그래 이것은 아니 고치고 이대로 낼 테야?"

하며 마주 섰는 덕순이를 치어다보았다.

"그럼 지금 새삼스럽게 어떻게 고친단 말요."

"그래두 몇 군데만 흐려 버리지. 교회에서 보드라두 간음한 계집 더구나 늙은 서방을 속이고 달아나서 이혼장으로 뺨을 치다시피 한 계집을 잘하였다구 해서야 그래 시비가 아니 된단 말이야. 더구나 교인으로서……."

하며 응화는 어쩐지 얼굴이 제풀에 벌개졌다.

"그리게 누가 잘 하였다구만 했소?"

"……."

⑦ 두 내외는 피차에 뾰로통하여 잠깐 입을 답치었다.

"어떻든 이왕이면 그대로 내어 보는 게 좋겠지요."

명수가 한참 있다가 이런 소리를 하며 덕순이의 편을 드니까 고개를 숙

이고 앉았던 정옥이도

"사람의 감정이나 사상을 속이는 것같이 생각 있는 사람에게 고통을 주는 것은 없겠지요."

하며 응화의 얼굴을 넌지시 빠르게 치어다보고 명수에게로 눈을 옮기며 눈짓을 하고 살짝 웃었고 명수도 마주 웃어 보이었다.

"교회에서 파문을 당하든 사회에서 욕한 이라 그야말로 정말 사회장(社會葬)을 당하든 하고 싶은 말은 해 보는 것이지 이중삼중으로 언론이 압박되는 것은 무론 아니 될 일이겠지요. 하지만 영감 말씀도 일리 없는 것은 아닐 듯하외다. 허허허."

이번에는 중환이가 혼잣말처럼 한마디 하였으나 어느 편을 든다는 것도 아니요 말을 두루뭉수리를 만들어 놓고 사람을 농락하듯이 혼자 껄껄껄 웃었다.

"그럼 어느 분의 말씀이 옳단 말씀예요."

한규가 불평이 있다는 듯이 마주 노려보며 물었다.

"글쎄올시다. 내가 말을 하고도 나 역시 분명히는 모르겠습니다만……."

중환이가 고개를 앞으로 수긋하고 한규를 들여다보며 이러한 부득요령의 소리를 하니까 여기저기서 픽픽 웃는 소리가 났다. 중환이의 옆에 섰던 덕순이도 중환이가 늙은이처럼 고개를 내밀며 웅숭그리고 앉았는 것을 내려다보며 무심코 웃었다. 중환이는 다시 말을 이었다.

"아니 웃을 게 아니라 두 분의 말씀이 똑같이 그르고 똑같이 옳다고 하면 말이 되겠지요."

"어째서요."

"글쎄올시다. 허허허."

중환이는 웃고 말았다. 한규는 자기 말을 대수롭지 않게 여기는 중환이를 한층 더 불쾌히 생각하였다.

"아 어쩌하세요. 오라구 하시기에 준이 다 되었을 줄 알구 왔는데요. 그대루 갈까요?"

여러 사람의 씩둑꺽둑하는 것을 잠자코 듣고 앉았던 인쇄소 사환아이는 갑갑한 듯이 재촉하였다.

"어떻든 이리 주슈. 어차피에 책임은 내게 있으니까 욕을 먹어두 내가 먹을 거요⋯⋯."

하며 덕순이는 남편의 손에서 준장을 빼앗아서 인쇄소 하인에게 주어 보내고 자기 자리로 가서 앉았다.

"잡지두 이번만 하면 아주 고만둘 지두 모르지만 참 말썽 많어 못 해먹겠어⋯⋯. 지금 그것두 총독부에서 몇 군데나 삭제를 하고 내온 것인데 게다가 또 떼이면 무슨 꼴이 된담."

덕순이는 잠깐 앉았다가 이러한 설운 사정을 하였다.

"무언데 그래?"

아까부터 이 사람 저 사람의 눈치만 보고 앉았던 마리아가 소곤소곤 물었다.

"왜 저 B 여사 사건 없소? 일본서 떠드는? 그거를 제법 비평한 것도 아니요 그러한 처지에 있는 것을 동정한다고 쓴 것인데 공연히들 그리는 거라우."

마리아는 덕순이가 설명하여 주는 것을 들으면서도 B 여사 사건이라는 것을 자세히 묻고 싶었으나 잠자코 말았다. 마리아는(야소교 학교 출신은 누구나 다 그렇지만) 일본 사정에 어두울 뿐 아니라 흥미도 없고 더구나 자기의 하고 싶어 하는 음악과 영어 외에는 이러한 문제에 별로 귀를 기울이려고도 아니 하는 여자이다. 명수는 두 여자의 수작을 바라보며 듣고 앉았다가

"어떻든 그런 문제를 재래의 도덕으로만 판단하거나 구속하려고 하여서는 물론 아니 되겠지요. B 여사의 노래[和歌]에도 역력히 볼 수 있지만 아무리 왕자도 부럽지 않게 호강을 하드라도 그 이상의 요구를 만족시킬 수 없으면 그 생활은 결국은 허위에 지나지 않는 것이 아네요. 그거를 보면 '사람은 빵으로만 사는 것이 아니라'는 말이 진리인 것을 알겠지요."

"하지만 나는 그 여자의 노래를 혹시 신문에서도 보았지만 정적 수음(情的 手淫)을 하는 사람이라 할 수밖에 없드군……."

이것은 중환이의 소리이다.

⑧ "그야 물론이지. 자기의 적막한 심사나 흘러나갈 구멍을 잃은 채 저물어 가는 청춘의 정서(情緖)를 호소하고 쏟아 놓을 길은 노래를 짓는 것이니까 자연히 그 노래가 정적 자위(情的 自慰)에 빠질 게 아니야?"

"글쎄 그러니까 말이지 나 역시 그런 점으로 보아서는 동정을 안 할 수 없고 도덕적으로만 논란할 수 없다고 생각하지만 아무리 생각해도 이혼의 동기만은 나는 찬성할 수 없단 말이야."

중환이가 이렇게 대답을 하니까 덕순이는 반색을 하면서

"옳은 말씀이에요."

하며 마주 앉은 남편을 치어다보았다. 이때껏 잠자코 앉았던 홍진이는 무슨 말을 하려는 듯이 웃으며 덕순이를 치어다보다가 중환이와 명수에게로 향하고 입을 벌렸다.

"하여간 이러한 문제는 일본에는 흔히 있는 것이요 조선에도 없다고 장담은 못 할 것이지만 일본 사상계에서 그만큼 떠들썩하고 또는 우리까지도 주의를 하게 된 것은 B 여사라든지 그 여자의 애인이 상당한 교육과 지위를 가진 사람이기 때문이겠지요. 또 한편으로 보면 지식계급의 사람들이 이러한 딜레마에 끼어서 번민하며 고통을 받는다는 것은 확실히 일본도 과도기(過渡期)에서 벗어나지 못하였다는 것을 증명하는 동시에 일로부터 성적 혁명(性的 革命)에 들어가려는 첫걸음이라고도 하겠지요. 하니까 우리는 B 여사 사건이 옳고 그르고 간에 성(性)의 혁명은 필연적으로 오고야 말 것이니 지금부터 연구해 둘 필요가 있을 테지요……. 아까 거기에도 썼지만 성적(性的)으로 일어나는 모든 사건이나 관계를 오늘날 같은 도덕이나 신조로 제재하고 비평하여 가는 것은 일로부터의 사회에서는 큰 고통으로 알 것이지요. 하기 때문에 조선같이 엄격하고 가혹한 사회에서는 반동적으로 맹렬한 성적 타락(性的 墮落)의 시대가 음습하여 올 것이요 또 그 반동으로 성(性)의 진정한 혁명 시대가 오겠지요."

홍진이는 마치 성학자(性學者)처럼 느른느른한 목소리로 꽤 길게 자기의 의견을 이야기하였다. 그러나 다소간 흥미 있게 듣는 여자들도 성적 혁명이라는 말이 무엇을 의미하는 것인지 어정쩡한 모양이었다.

"이론적으로는 물론 그렇지만 그러한 것은 지금 조선 형편으로 앉아서는 꿈같은 수작이요. 지금 앉아서 그런 소리를 하였다가는 욕은 욕대로 먹고 근저(根底)도 없이 해방 해방 하며 날뛰는 축은 한층 더 꼴사나운 짓만 하게 되겠지."

중환이가 이렇게 말을 하니까 명수는

"그렇지만 언제든지 그러한 시대가 지나가고야 말 것이니까 철저하게 나가 보는 것이지."

하며 홍진이의 의견에 찬성을 하였다.

"나 군두 매우 급진파(急進派)로군. 하지만 성적 혁명이라는 말부터 모르는 젊은 남녀의 귀에 그런 소리를 들려 보슈. 아마 사생자(私生子)께나 낳으리다마는 그 대신에……."

하며 중환이는 무슨 말을 하려다가 여자들을 치어다보고 입을 답치면서 웃어 버렸다.

"그러니까 결국은 남녀 간에 교양(敎養) 문제이지. 누가 금세루 그렇게 된다는 것은 아니야."

하며 홍진이가 말마감을 하였다. 응화는 고개를 기웃하고 여러 사람들의 주거니 받거니 하는 것을 듣고 앉았다가 벌떡 일어나서 안방을 지나서 자기 방으로 들어가 버리었다. 명수도 뒤쫓아 일어나서 안방 서창 밖으로 나가서 변소에를 가는 모양이다.

명수가 변소에를 다녀 나오려니까 뒤뜰로 나려오는 마리아와 마주쳤다.

"아 깜짝 놀랐지!"

하며 마리아는 생긋 웃고 가까이 다가서며

"인제 가시지요?"

⑨ 명수는 마리아의 하얀 얼굴을 가까이 들여다보며 우뚝 섰다가 마주 웃으면서

"차차 가지요. 참 기숙사 시간이 늦을 걸요."

하며 한 발자국 떼어 놓았다. 마리아도 변소로 향하고 발을 떼어 놓았다. 저편 장독대에 비치는 물빛이 어스름하게 흘러오는 구석방 뒷모퉁이에서 희고 검은 두 그림자가 서로 얼크러졌다가 반간 통이나 떨어진 뒤에 마리아는 살짝 돌려다 보았다. 명수도 돌려다 보았다. 명수의 코에는 향긋한 여자의 살 냄새와 머릿내가 코끝에 남아 있는 것 같았다. 명수는 유쾌한 듯이 혼자 생긋 웃으며 마루로 올라섰다.

부산히 치우는 상 끝을 들고 안방으로 들어오던 덕순이가 명수의 화색이 도는 얼굴을 똑바로 뜬 눈으로 잠깐 치어다보고 웃으며 지나쳤다. 마리아가 명수의 뒤를 쫓아 나갈 때부터 무심코 보지 않았던 덕순이는 명수의 얼굴에서 무엇을 찾아내려는 모양이나 명수도 덕순이의 마음을 알아차리었다. 그러나 그것이 명수에게는 기연가미연가하면서도 불쾌히 생각되지는 않았다.

상을 다 치운 뒤에 마루방에서 끼리끼리 모여앉아서 잠깐 씩둑걱둑하다가 역시 마리아가 앞장을 서는 바람에 나도 나도 하며 따라나섰다. 왁자지껄하며 뜰로 나려서서 정옥이가 집 구경 한다고 이리저리 돌아다니는 동안에 덕순이는 역시 달리아를 한 묶음씩 꺾어서 세 계집애들에게 쥐어 주었다.

"나는 아니 주슈?"

곁에 섰던 명수가 웃으며 실없이 한마디 하니까

"그것두 주는 사람이 있지 아무나 다 주나."

하며 덕순이는 커다란 새빨간 한 송이를 꺾어 들고 나와서

"……하지만 나 선생은 꼭 한 가지만요."

하고 껄껄 웃으며 명수의 양복저고리 깃에 꽂아 주었다. 명수는 꽂아 주는 대로 가만히 섰다가 고개를 숙이고 왼편 깃에 꽂힌 손바닥만 한 검붉은 꽃을 들여다보며 웃었다. 여러 사람들도 따라 웃었다. 인사를 하려 나와서 마루 끝에 섰던 주인영감은 호젓한 듯이 혼자 가만히 뜰아래를 내려다보고 섰었다. 덕순이는 명수 뒤에 빙글빙글 웃고 섰는 한규를 잠깐 치어다보더니

"아 참 서방님두……."

하며 다시 꽃밭으로 휘젓고 들어가서 또 두 송이를 꺾어 가지고 나오더니 한규의 학생 양복저고리의 둘째 단추 구멍에 한 송이를 끼워 주고 다른 한 송이를 들고 웃으며

"김 선생두 술만은 못 해두 꽃은 좋아하시겠지."

하며 중환이에게로 덤벼들었다. 중환이는 웃으며 잠자코 섰다가 꽂아 주려는 꽃을 손에 받아들었다. 응화는 여전히 별로 웃지도 않고 마루 위에서 나려다보고 섰고 홍진이는 아까부터 건넌방 옆에 축대 위에 서서 웃으며 바라보고 있다.

"선생님만 꽃을 안 드렸군!"

하며 정옥이가 홍진이를 치어다보니까 홍진이도 따라 웃으며

"자 어서 갑시다."

하고 앞장을 섰다.

한규는 경애가 할 이야기가 있다고 속살거리는 대로 붙들려 있고 나머지 일행은 감영 앞으로 나왔다. 희숙이도 어서 집으로 가 보아야 하겠다고 차에 뛰어 올라가서 남대문 편으로 혼자 가 버린 뒤에 헤어져 가려는 홍진이를 명수와 중환이가 붙들어 가지고 새문안으로 들어섰다. 늦은 여름의 밤은 높이 올라간 엷은 구름 밑에서 종용히 잠이 들어가고 전등불이 환하게 쏟아져 나오는 가게 앞에는 평상들을 내어놓고 앉았는 동저고리 바람의 젊은 남자들이 몰켜 앉아서 밤 가는 줄을 모르고 떠들고 있는 것이 힐끔힐끔 눈에 떼인다.

"좋다! 그 꽃! 되었는데 그만하면! 제밀붙을…….'

납작한 담뱃가게 앞에 참외를 땅에다 벌려 놓고 그 옆에 안고 서고 한 젊은 색주가집 오입쟁이들이 이 일행이 지나가는 것을 보고 한 간 통쯤 떨어진 뒤에 이런 소리를 하였다. 달리아 한 송이를 오른손에 들고 손가락 사이로 뱅뱅 돌리며 뒤쫓아 가던 중환이가 획 돌아서서 대여섯 발자국 우중우중 걸어오더니 웃으며

"이걸 드리리까?"

하며 꽃을 내밀었다.

"그건 왜 날 주신대우?"

부채를 들고 풀대님을 한 젊은 사람이 섰다가 눈을 똑바로 뜨며 중환이를 치어다보았다.

"아 노형네들이 좋다고 하지 않았소."

"아 그릴 게 아닐세."

하며 그 뒤에 앉았던 다른 젊은 자가 일어나며 시비를 하려던 자를 말리고

나서

"고맙습니다!"

하고 중환이가 내밀고 섰던 꽃을 받아들고

"안녕히 갑쇼."

하고 저 속에 차려 놓은 빙수 파는 터전으로 들어가 버렸다.

"쑥스런 놈두 다 보겠군!"

하는 소리를 뒤에 두고 중환이는 속으로 웃으며 돌쳐섰다.

⑩ "왜 그래? 그놈들이 무어라구 해?"

앞서가던 여러 사람들이 우중우중 서서 돌아다보며 가까이 오는 중환이더러 명수가 소리를 쳤다.

"무언 뭐래! 꽃이 좋다길래 갖다 주고 왔지."

"아 그놈들이 무어라구 놀리지 않았어?"

"글쎄……. 하지만 놀리면 상관있나."

하며 중환이가 쉬지 않고 걸으니까 여러 사람도 따라섰다.

"그건 무얼 점잖지 않게……."

홍진이가 뒤쫓아서며 한마디 하였다.

"꽃 달라는 사람에게 꽃을 주는 게 점잖을 건 무어 있구 점잖지 않을 건 무어 있담! ……좀 더 점잖았다가는 부뚜막에 올라앉게!"

하며 중환이가 웃어 버리니까

"에잇!"

하며 홍진이가 쫓아 들면서 중환이의 옆구리를 찔렀다.

"저 몸집으로 부뚜막에 올라앉았다가는 가마 밑까지 보이게."

하며 명수가 하하하 웃었다.

두 여자도 따라 웃었다. 그러나 여자들은 중환이가 꽃을 주었다는 것을 속으로는 자미 없게 생각하였다. 아무 의미는 없지마는 친구나 여자가 준 꽃을 길거리에서 실없는 장난꾼에게 주어 버리는 것은 '우리끼리'라는 테 밖으로 벗어나는 너무 한만한 장난같이 여자들은 생각하였다.

정동 모퉁이까지 와서 마리아가 인사를 하고 헤어져 가려니까

"컴컴한데 혼자 가시겠어요. 바래다 드리지요. 우리두 저리 돌아가지."

하며 명수가 쫓아 섰다. 골목을 향하고 전찻길을 건너서던 마리아는 다시 돌아서며

"관계치 않아요. 잠깐인데요."

하고 막았으나 여러 사람은 명수의 말대로 따라섰다. 정옥이도 돌아서 가 겠다고 한데 섞이었다. 이 일행이 길을 건너서서 정동 어구로 들어오려니 까 골목 모퉁이 구두 가게에서 키가 웬만큼 큰 양복 입은 청년 하나이 황 망히 뛰어나오더니 명수를 보고

"어데를 가우?"

하며 인사를 하면서도 눈은 빠르게 여자 편으로 쏠려갔다. 명수는 고개만 끄덕하고

"저기 누구를 데려다 주랴구……."

하며 발을 멈칫하였다. 앞서가던 마리아도 두 사람을 치어다보며 한 걸음 떨어져서 우뚝 섰다. 그 양복쟁이의 눈이 또 한 번 마리아의 얼굴을 쓰다

들고 명수에게로 갔다. 여러 사람도 우중우중 섰다.

"그럼 같이 가세. 나두 그리 가는 길이니까……."

하며 양복쟁이는 명수와 동행하던 여러 사람을 하나씩 하나씩 거듭떠보며 골목 안으로 돌쳐섰다. 중환이는 그자의 양복저고리가 구두 가게에서 흘러나오는 전등불빛에 비치어 비늘같이 반짝이면서 파랬다 검붉었다 하는 것을 보고 눈을 잠깐 찌푸렸다. 명수는 그자가 쫓아오는 것이 귀찮다는 듯이 잠자코 동행하던 사람의 눈치를 보려는 것처럼 이 사람 저 사람을 치어다보며 두 사람이 나란히 앞을 섰다.

흰 구두 흰 바지에 여전히 반짝거리는 양색 저고리를 뒤에다가 큼직한 주름을 대여섯 개 잡고 어린아이 옷의 돌 띠 같은 것을 허리께에 제물에 붙여서 입은 것이 어디까지 모양을 내이려는 돈푼 있는 집 자식인 것을 알 수가 있다.

네 사람도 두 양복쟁이를 따라섰다. 마리아는 어쩐지 허둥허둥하는 모양으로

"이놈의 길은 밤낮 이 모양으로 지암절벽이드라."

하며 혼자 짜증을 내어 보기도 하고

"다 돌자면 어떡하나? 못 들어가면 어떡해? 정옥이한테루나 갈까?"

하며 아까 덕순이의 집에 앉았을 때와는 딴사람이 된 것처럼 소리를 커다랗게 질러 가며 유쾌한 듯이 떠든다.

"못 들어가든 어떻든 우리 집으로 같이 가 버릴까?"

하며 정옥이가 끌려는 것처럼 대꾸를 하니까

"그랬다가 쫓겨나게! 칠팔 년 동안을 하루두 나와 자 본 적이 없는데 미

쳤나!"

하며 우습지도 않은 것을 혼자 벙긋 웃는다.

⑪ "정말 칠 년 동안을 두구 하루두 나와 자질 않았어?"

하며 정옥이가 놀란 듯이 물으니까 마리아는

"그야 집에 나려가서 있을 때는 별문제이지."

하며 또 빙긋 웃었다.

"하지만 서울에 제 집이 있는 사람은 관계치 않겠지?"

"그래두 나가는 시간하구 들어오는 시간을 꼭꼭 맞춰서 도장을 치니까 비고 샐 틈 없지."

"그래 그렇게 엄격해요? 그래서 무슨 효과가 있었나요?"

별안간 중환이가 뒤에서 이런 소리를 하였다. 마리아는 깜짝 놀라서 돌아다보고 나서

"누가 압니까."

하고 대답을 하는 소리가 역시 비꼬는 목소리다.

"그리구서니 선생들이야 자유겠지?"

이번에는 또다시 정옥이가 물었다.

"그야 다르지마는……."

마리아는 유난히 들뜬 목소리로 한마디 커닿게 하고 나서 무어라고 말을 이으려다가 호들갑스럽게 놀란 목소리로

"에구머니 이게 뭐야?"

하며 우뚝 섰다. 한 걸음 앞서서 저편 길가로 가던 두 양복쟁이는 깜작 놀란 듯이 돌쳐섰다. 그러나 아무것도 아니었다.

"거기에 물이 흥건히 괴었습니다. 이쪽으로들 오시지요."

하며 크레바네트 양복저고리를 입은 모양 내인 청년의 목소리가 캄캄한 속에서 들리었다.

"난 무어라구!"

하며 마리아는 깔깔 웃고 남자의 얼굴을 빨리 치어다보면서 오라는 데로 정옥이보다 앞을 서서 갔다.

'이렇게 쾌활하게 이야기를 하는 여자가 아까는 왜 그리 고개만 숙이고 앉았던구?'

하며 중환이는 속으로 이상쩍게 생각하였다.

×학교 대문 안으로 마리아의 네모반듯한 얼굴이 스러져 들어간 뒤에 정옥이는 네 청년에게 옹위가 되어서 호젓한 장담을 끼고 휘돌아서 큰길로 나왔다. 명수와 중환이는 어제부터 맞춰 놓았던 약조대로 홍진이를 끌고 한잔 먹으러 가자는 판이다. 어서 그자가 떨어져 가 주었으면 세 사람이 정옥이의 집까지 바래다주든지 그대로 헤어지든지 한 뒤에 다방골 집에 들러서 어디로든지 갈 모양이다.

"어데루 가실 테요? 우리는 이리 갈 텐데."

하며 명수가 떼어 보내려고 하니까

"어떻든 이리 갑시다."

하고 그자는 명수를 끌고 앞을 서며 무어라고 수군수군한다.

정옥이는 남자들 틈에만 끼어서 줄줄 쫓아가는 것이 싫든지 삼거리에 와서 작별을 하고 왼손에 달리아 꽃묶음을 움켜 쥐인 채 혼자 총총걸음을 걸어서 컴컴한 속으로 하얀 몸뚱아리를 감추어 버리었다.

"궐자가 한턱내겠다는군."

⑫ 정옥이와 헤어진 뒤에 군기서 다리로 향하다가 명수가 뒤떨어지며 중환이와 홍진이더러 살짝 한마디 하였다.

"누군데? 궐자가?"

"응 안석태라고 하는 그 전에 고등보통학교의 동창생인데 활동사진 변사 노릇을 한다고 돌아다니더니 그것두 그럭저럭하구 지금은 양복점을 한다든가 구두 장수를 한다든가? 어떻든 자제가 수단은 좋은 모양이야."

"하지만 선생하고 가는 것은 좀 재미없는데……."

하며 중환이는 일본말 경우로 궐자라는 말을 선생이라고 하면서 눈살을 잠깐 찌푸렸다. 중환이라는 사람은 술은 좋아하면서도 주석에 낯 서투른 사람이 있는 것을 매우 꺼려 하는 벽성이 있는 위인이다. 더구나 아직 인사도 하지 않은 사람일 뿐 아니라 휘뚝휘뚝하는 시체 젊은 아이처럼 이상한 양복을 입은 것을 보고도 금세로 눈살 찌푸리는 중환이에게는 그 멀쑥한 청년을 자기네 총중에 섞이어 놀게 하기에는 좀 천속한 사람 같아서 짜증을 내인 것이었다.

"그럼 우리는 따로 방을 정하고 있을 것이니 나 군은 어름어름해서 보내고 우리에게로 오시구려."

홍진이도 불평이 있는 듯이 이렇게 반대를 하였다.

명수는 좌우편에 끼어서 난처한 모양이다.

'조선 사람은 술 한잔을 먹는 데도 왜 이렇게 보는 것이 많고 말이 많은구?'
하는 생각을 하며 섰다가

"그거야 될 수 있나. 안 가면 안 갈지언정. 그리구 이거 봐……."
하며 중환이에게 달겨들면서

"돈두 둘이 다 모아야 삼십 원도 못 될 테지?"

"기생은 재만 부를 테니까 그만하면 되기야 되겠지만……그럼 다방골
엔 못 들러가겠군. 있기나 할까?"

구차한 살림이다. 요릿집에를 가도 제법 어엿하게 가 보지도 못하면서
그래도 이렇게 하여서라도 그럭저럭 그날그날을 보내는 것이 이 사람들
의 자기가 자기에게 대한 일종의 의무이다. 중환이가 수그러지는 듯하니
까 명수는 별안간 생기가 나는 듯이

"그 애는 맞춰 놓았겠지? 가서 물으면 있으렷다?"
하며 중환이를 치어다보았다.

"글쎄 너무 늦었으니까."

"뭘 요새같이 세월이 없는 때에……."

"그래두 애는 꽤 불리는 세음이니까."
하며 중환이는 자기가 보여 주마는 기생을 두둔하듯이 이런 소리를 하고
나서

"그런데 궐자가 왜 한턱을 내겠대?"
하며 물었다.

"모르지……아마 우리들하고 친해 보랴는 게지."

명수가 늘 하는 입버릇으로 자존심 많은 소리를 하니까 중환은

"우리 같은 두 불알루 제금 치고 다니는 놈을 보구 누가 친하려 할꾸."

하며 코웃음을 쳤다. 그러나 중환이도 내심으로는 명수의 말이 옳다고도 생각하고 또 자기네들이 그만한 대접을 받을 만하다는 자만심이 없는 것도 아니다. 다만 명수는 솔직하게 입에 내어서 말을 하고 중환이는 속에 넣어 두고 확실한 증거를 보려고 하는 틀림이 있을 뿐이다.

4

①"오늘 무슨 회가 있었소?"

불이 환한 삼 간통이나 되는 건넌방에 들어와서 이 창 저 창을 활짝 열어젖뜨려 놓고 양복저고리를 벗어 걸면서 안석태는 명수에게 물었다.

"응 저《탈각(脫殼)》이라는 잡지 관계자들이 모이는 데에 덧붙이루 가 보았지."

"그럼 저 여자들이 하는 게 아뇨? ……그래 이마리아두 거기 관계가 있나?"

하며 의미 없이 빙긋 웃었다. 밝은 데서 보니까 옷 입은 것이나 몸 가지는 것 보아서는 나이 들어도 보이고 우뚝한 코 밑에 검숭하게 기른 성긴 수염이 깎아 버렸으면 좋겠다고 생각할 만치 어설퍼 보이었다.

"자네 이마리아 아나?"

명수는 생긋 웃으며 석태를 치어다보았다.

"응 알지! 한 교회에 있으니까……아직 인사는 없지만."

하며 석태도 따라 웃으며 손뼉을 딱딱 치고 나서

"기생은 누구를 부를까?"

"내야 아나. 나 같은 초대가."

"나 역시 마찬가지지."

하며 석태가 콧소리를 내이며 웃었다.

"이놈! 내 앞에서두 그따위 소리를 하니?"

"하하하 자네두 성미가 꽤 트였네그려. 농을 할 줄 다 알구. 하지만 이래 봬두 교인일세."

"교인? 자네가 교인이면 난 벌써 천당 갔겠네. 하지만 누구를 부를 텐가?"

"글쎄……."

하며 석태는 본색이 탄로되는군, 하는 생각을 하며 빙글빙글 웃다가

"홍련이나 불러 볼까?"

하며 공연히 혼자 깔깔 웃었다.

"그래 그거 부르고 또 하나는 이 친구더러 부르라지."

하며 명수는 중환이를 가리키더니

"아 참 두 분이 다 모르슈?"

하며 인사를 시키었다. 인사를 한 뒤에 석태는 두 사람을 바라보고

"그저 이런 놈이올시다. 용서하십쇼."

하고 혼자 또 웃었다.

"무에 이런 놈이란 말인가? 예배당하구 요릿집하구 번갈라가며 번을 드니까 이 모양이란 말인가?"

하며 명수가 웃었다.

②"기생 보랴 요릿집에 오기나 여학생 보랴 예배당에 다니기나 심리작용은 같은 것이니까 상관없겠지요. 허허허. 사실 말이지 남녀석(男女席)을 막아놓을 지경이면 나부터 예배당에는 가구 싶지 않겠더군."

하며 중환이는 가장 예배당에나 다니는 듯이 이렇게 휘갑을 치고 껄껄 웃었다.

모르느니 아느니 하며 서로 밀다가 결국에는 홍련이 외에 또 하나는 중환이의 발론으로 도홍이를 부르게 되었다.

"도홍이! 도홍이란 기생은 처음 듣는데……."

하며 석태는 일류 기생이면 자기가 모르는 게 없다는 듯도 하고 중환이가 부르는 기생은 그저 시시한 것이라는 얕잡아보는 수작을 하였다.

"그런 소리 마세요. 나 군은 보기도 전에 이름만 듣고는 보여 달라고 날마다 성화인데……."

하며 중환이가 일부러 이러한 소리를 하였다.

"하지만 이름에야 반할 게 없지. 도홍이란 이름은 좀 천착하지만 김 군이 호들갑을 떠는 바람에 반하였지. 하……."

"그러나 나 군은 도홍이나 보고 안 공은 홍련이나 있지만 우리는 무슨 까닭에 병정 노릇을 한담."

하며 중환이는 옆에 앉았는 홍진이를 돌아다보며 웃었다.

"별소리를 다 하는군."

홍진이가 중환이의 어깨를 떼어밀며 웃었다.

"아 참 누구 하나 부르지요."

"그래 하나 더 부르는 게 좋겠지. 누구를 부를까?"

하며 명수가 앞장을 서서 서두르며 홍진이를 치어다보았다.

"내가 부르지. 추월이를 부르지."

하며 중환이가 웃었다. 추월이란 기생은 얼굴이 까무잡잡하고 가냘픈 조고만 계집애이다.

기생이 왔다. 도홍이가 앞장을 서고 뒤미처서 키대가 큼직하고 번듯한 얼굴을 가진 홍련이가 따라 들어왔다.

"누구야?"

나명수는 별안간 몸을 바로 잡아 앉히며 도홍이를 치어다보고 일본말로 소곤소곤 물었다. 중환이도 일본말로 "복사! 복사!"라고 대답을 하여 주고 나서 방문 밑에 들어와 앉으며 은근히 인사를 하는 도홍이를 웃으며 치어다보았다. 명수는 모처럼 말구멍이 터지어서 실없는 소리도 하여가며 유쾌한 듯이 놀더니 도홍이가 들어온 뒤로는 또다시 입을 꼭 담고 조용히 앉았다. 기생들은 제각각 친한 사람 옆으로 흩어졌다. 홍련이는 석태의 옆으로 가고 도홍이는 중환이와 명수의 사이로 와서 끼어 앉았다. 명수는 도홍이의 토실토실하고 번화한 얼굴을 곁눈으로 두어 번 흘겨보더니 얼굴이 조금 상기가 되는 듯하며 저편에 앉았는 홍련이의 곁으로 가서 마주 앉았다.

'육감적(肉感的)으로 생긴 계집이다!'

라고 명수는 생각하였다.

"얘 도홍아! 저 양반이 너를 보기도 전에 네게 고작까지 빠졌단다."

하며 중환이는 명수를 가리키고 웃다가

"안 공! 오늘 도홍이를 부른 까닭을 아슈?"

하며 석태를 보고 커닿게 또 웃었다.

"웅! 그러면 오늘이 결혼식이로군……내가 목사 노릇을 하지요."

라며 석태는 우습지도 않는 것을 번잡하게 커닿게 소리를 지르며 일어났다.

"목사님이 나오기에는 아직 일러요."

중환이는 석태를 앉으라고 손짓을 하고 나서 도홍이의 포근포근한 조고만 손등을 유쾌한 듯이 부드럽게 만지면서

"참 정말 저 양반이 일본서 나오셔서 네 말을 들으시고 벌써 삼 주일이나 보지 못해서 저렇게 마르셨단다."

하며 명수의 해쓱한 얼굴을 치어다보고 웃었다.

"그러면 왜 그동안에 한 번두 안 부르셨에요?"

도홍이는 일부러 책망하듯이 이렇게 말 한마디 하고 윤광이 도는 커다란 눈을 거듭떠서 명수를 잠깐 치어다보고 다시 옆에 앉았는 중환이에게로 동긋한 얼굴을 돌리었다. 명수는 도홍이가 자기를 치어다본 줄을 확실히 눈치채인 모양이나 잠자코 자기의 앞을 내려다보며 얼굴이 빨개졌다.

"글쎄 내게 돈이 있니? 너희 집으로는 끌고 가구 싶지 않고."

"왜 이리세요, 공연히……."

하며 도홍이는 명수를 다시 한 번 바라다보고 나서

"누구세요?"

하며 명수를 턱으로 살짝 가리켰다.

③ 아까 군기서 다리로 지나오며 다방골에 가느니 마느니 하며 수군거리던 것은 이 도홍이의 집에 가서 데리고 나오자는 것이었다.

중환이가 도홍이를 발견(이 사람들은 얌전한 기생을 보면 '발견'하였다고 떠든다)한 것은 지난 초여름에 어느 신문기자 초대회에서이었다. 십오륙 명이나 되는 기생이 술병을 들고 식탁에 돌라앉았는 손님 사이로 오락가락하는 가운데에서 중환이가 아는 것이라고는 전부터 얼마쯤 친하다고 생각하여 오던 선옥이밖에 없었다. 그러나 선옥이조차 저편 모퉁이에서 다른 신문사축에게만 매달려서 깝죽대이고 중환이는 본체만체하였다. 여기에서도 중환이는

'내게 돈이 없으니까⋯⋯.'

하는 일종의 가벼운 비애를 느끼었다. 그러나 중환이가 테이블 스피치를 하고 앉으니까 첫 잔에 술을 부어 준 사람은 도홍이었다. 연회라고 하여 그리하였는지 남색 수치마에 왜사 깨끼겹저고리를 입고 수수하게 차린 것이 그리 드날리는 소위 일류 같지는 않아 보이었다. 조고만 루비 반지를 무명지에 끼인 왼손으로 술병 밑을 받치면서 엉거주춤하고 따라 주는 술을 받으면서 중환이는 술잔에는 정신이 없이 기생의 얼굴만 치어다보았다.

영채가 도는 선선한 커다란 눈이 먼저 중환이의 눈에 띄었다. 그 눈은 모든 것에 무관심하게 시름없이 보는 것 같으나 스러져 가는 꿈을 좇아가는 것 같았다. 중환이의 입가에는 까닭 모를 만족한 웃음이 어리었다. 동긋하고 포동포동한 작지 않은 얼굴 전체가 그 눈의 광채 때문에 한층 더 번화하게 보이었다. 조고만 코가 조촐하게 우뚝이 서고 콧날이 약 칠십 각도로 일직선으로 미끄러져 나간 것을 보면 꿈을 들여다보는 듯한 그 눈과

는 반대의 성격이 그 붉은 핏속에 흐르는 것을 보이는 것 같다. 그러나 그 아래 붙은 입은 아직 어린 듯하기도 하고 마음이 꼭 되지 못한 사람같이도 보이었다. 조금 얇은 듯한 입술을 꼭 어우르지 못하고 느슨히 다문 것이 유난히 빨갛게 보이어서 그 얼굴을 더욱이 인상(印象)이 깊게 하였다.

도홍이는 여기저기 술을 따른 뒤에 다른 아이들이 하는 권주가도 아니하고 커다란 부채를 들고 중환이 뒤에 서서 부채질을 하고 섰었다.

술이 어지간하게 도니까 중환이는 도홍이를 아주 자기 곁에 끌어 앉히고 조금도 자리를 떠나지 않게 하였다. 도홍이도 삼십여 명 가까운 손님 틈에서 시달리우는 참보다는 낫다고 생각하였든지 걷잡고 앉아서 중환이의 술시중을 하고 앉았었다. 그러나 연회의 주인이 중환이에게로 와서 술을 한잔 따라 준 뒤에 그 길에 도홍이를 끌고 한 자리를 걸러서 자기의 자리로 갔다. 아까부터 도홍이한테 연해 추파를 보내고 앉았는 것을 수상쩍게 생각하고 눈치만 보고 앉았던 중환이는 마음에 서운하기도 하고 초대한 주인으로서 손님이 데리고 앉았는 기생을 빼앗아 가는 것이 괘씸하여 중환이는 얼근한 김에 이리 보내라고 웃으며 소리를 쳤다. '하오리 하가마'를 단정하게 입은 그 연회 주인은 도홍이를 무릎 위에 끌어 올려 앉혀 놓고 치맛자락을 들치고 손을 넣으려고 하는 것을 몸부림을 하며 빠져나오려고 애를 쓰다가 중환이가 소리를 치는 바람에 그 일본 사람은 손을 늦춰 주었다.

도홍이는 마침 잘 되었다는 듯이 화닥화닥 빠져나와서 중환이게로 와서 앉았다.

"참, 속상해! 언제까지나 조따위로 되지 않은 체를 하려누?"

하며 도홍이는 생글 웃으며 중환이를 살짝 치어다보았다. 중환이는 진심으로 반가워하며 루비 반지를 끼운 왼손을 남모르게 살짝 어루만지며 꼭 쥐었다. 이때부터 도홍이라는 이름이 중환이의 머릿속에 굵고 붉은 줄을 긋게 되었다.

그 후에 두어 번이나 중환이는 도홍이를 불러 보았으나 자기가 한턱내인 것이 아니라 남의 턱에 불러 달라고 하여서 본 것이었다. 그것이 중환이에게는 축이 지는 것이었다.

④ 한 달 남짓하게 지난 뒤에 명수가 일본서 나와서

"요새 또 발견한 게 있나?"

하며 중환이더러 물으니까

"응 있지! 기가 막히는 것일세. 나 군이 보았다가는 발뒤꿈치까지 빠지리. 안 보는 게 차라리 낫겠지."

하며 웃어 버린 일이 있었다. 그 후부터는 날마다 명수는 도홍이를 초들고 중환이를 졸랐으나 모처럼 불렀을 때에는 마침 없었고 그 후에 벼르고 별러서 오늘 들러 보기로 어제부터 둘이 단단상약을 하고 덕순이의 집에 갔다가 오는 길에 다방골에 들러서 데리고 가려 하던 것이었다.

"참 정말 너하구……."

중환이가 도홍이의 손을 잡으며 속살거리었다.

"왜 이러세요. 무얼 말이에요. 하하하."

도홍이는 일부러 소리를 커닿게 질러서 핀잔을 주고 깔깔깔 웃었다.

"왜 이쁘지 않으냐? 돈두 있단다. 많지는 않아도."

하며 중환이는 웃으며 명수를 치어다보고 눈짓을 하였다. 명수도 중환이와 도홍이를 반씩 바라다보고 생끗 웃었다. 도홍이도 웃는 듯하였다.

"이 집에서는 무슨 의논들이야? 벌써 혼인이 되는가 보다?"

홍진이가 이런 소리를 하고 웃으며 중환이 편을 가리키니까

"암만해두 수상해. 총각에게 기생을 맡겨 놓았으니 고양이에게 반찬가게 보이는 세음이지."

하며 명수가 비로소 말문을 열었다.

"아냐 그건 염려 없지. 내게 술독이나 지키라면 위태할지 모르지만…….
그러나 공연히 애매한 소리들 말우. 지금 중매를 들려고 이 애를 쓰는데.
허허허."

"누가 장가를 들든지 어떻든 국수나 한 그릇 멕이시구려."

홍련이하고 숙덕거리며 앉았던 석태가 이리로 향하고 말참견을 하면서

"참 그런데 김 선생께서는 아직 미혼(未婚)이세요?"

하며 중환이를 치어다보았다.

"장가야 여러 번 갔지만 그저 결혼식만 아니하였단 말씀이지요."

"저런 놈의 총각 좀 봐!"

하며 이번에는 명수가 웃었다.

"아무튼지 부럽습니다."

석태는 무슨 생각을 머리에 그리는 것처럼 멀거니 중환이의 얼굴을 치어다보며 이러한 소리를 기계적으로 하였다.

"참 정말 총각이세요?"

도홍이는 새삼스럽게 중환이를 치어다보며 물었다.

"그럼 정말이지. 하지만 저 양반두 준총각(準總角)이란다."

하며 중환이는 명수를 가리키며 웃었다. 여러 사람들도 준총각이라는 말에 웃었다.

"준총각도 못되어. 나는 장가랍시구 가 보았으니까."

명수가 이렇게 한마디 하니까 그 곁에 앉았던 홍련이가

"그래 돌아가셨세요?"

하며 치어다보았다.

"응! 아주 돌아갔다네. 자기 집으로 영영 돌아갔다네."

하며 명수는 제풀에 깔깔 웃어 버렸다.

"그래 쫓아 버렸단 말이야?"

석태는 귀가 반짝 떼어서 다져 보았다.

"왜 자네두 이혼병(離婚病)에 걸렸나?"

"미친 소리……."

하며 석태는 웃고 곁에 앉았는 홍련이를 치어다보았다. 이 사람은 홍련이의 모습이 마리아와 같다고 생각을 하기 때문에 특히 홍련이를 귀여워한다. 그러나 이것은 자기만 아는 비밀이다.

"그러나 장가는 가서 무얼 하나."

이것은 중환이의 소리다.

"그럼 센 대가리가 되두룩 총각으로 지내실 테에요? ……남의 집 계집애들이나 버려 놓고……."

하며 도홍이가 깔깔 웃었다.

"미친년! 나를 그런 사람으로 아니?"

하며 중환이는 변색을 하며 말을 막아 놓고

"참 바른 대루 말이지 나만큼만 양심들이 있으라구 해! ……나는 사실 돈을 주고 계집을 사기는 하지만 남의 집 처녀를 꾀어내 본 일은 없네. 돈으로 계집을 사는 것도 자랑할 일은 못 되지만 오늘날 사회조직 밑에서는 하는 수 없는 일이 아니야? 성적 자본주의(性的 資本主義)가 깊은 뿌리를 박은 이 세상에서 말이야……."

⑤"실상 말이지 지금 장가를 가랴야 어디 계집다운 계집이 있어야지."

하며 명수가 도홍이를 치어다보니까

"여편네가 되어서 생각을 하면 또 그렇지 않은가요?"

도홍이는 가지 않겠다는 듯이 이런 소리를 하였다.

"하지만 왜 계집이 없다고야 할 수 있나. 유의를 해서 보지를 않으니까 그렇지."

하며 석태는 반대를 하였다.

"자네야 말할 것 있나! 여학생이라면 등꼽추두 좋고 앉은뱅이라두 업고 다니겠다는 사람하구 말이 되나."

"미친 사람이로군. 하지만 지금 장가를 가랴면 역시 여학생밖에 어데 또 무에 있나."

"그래 하나 가 보랴나?"

"글쎄 오는 것만 있으면 하나 정말 가 보겠네. 허허허."

"왜 마님이 안 계서요?"

도홍이가 물었다. 석태는 잠깐 어물어물하다가

"응!"

하며 고개를 끄떡이니까

"이놈아 없긴 무에 없단 말야? 이혼했니? 그동안에 소문도 없이 죽지는 않았겠구나?"

하며 명수가 웃었다.

"글쎄 그따위 있으면 무얼 하나. 허허허."

하며 석태도 하는 수 없이 웃고 말았다. 중환이는 무어라고든지 비웃어 주고 싶었으나 잠자코 말았다.

인제야 추월이가 왔다. 명수는 덩지가 커다란 홍진이가 어째서 요런 날씬한 계집을 좋아하누? 하는 생각을 하며 한참 치어다보았다. 홍진이는 아랫목에 커닿게 드러누웠다가 벌떡 일어나며 반가운 듯이 웃어 보이었다.

"자 이렇게 되면 다 짝이 들어맞었군! 나만 외톨배기로구나! ……애 어디 설워서 살겠니?"

하며 중환이는 도홍이에게 몸을 실려 보았다.

"총각으로 늙겠다는 양반이 이게 무슨 망측한 소리슈?"

하며 도홍이는 웃고 어깨로 떼어밀었다.

"애 너까지 이리니? 중매는 들어줄 게 가엾단 소리나 하렴. ……하지만 내게두 또 있단다."

"누가 뚜쟁이 노릇을 하시랬에요? 하지만 무에 또 있에요?"

"무어든지 있지."

"무어?"

"술!"

중환이는 이리로 향한 도홍이의 얼굴로 입을 되밀며 "술!"이란 소리를 꽥 지르고 웃었다.

"그럴 줄 알았지. 난 뭐라구!"

하며 웃고 나서 여러 사람을 돌려다 보며

"내 이 양반같이 약주 잡숫는 이는 처음 보았어. 참 인제는 알맞게만 잡수세요. 그리구 몸이 견디겠습니까. 김 주사께 매달려 다니는 몸두 팔자가 사납지."

하며 웃었다.

"무척 사폐를 보는구나! 언제부터 이렇게 정분이 났니? 하지만 나두 여학생 꽁무니 쫓아다닐 근력이 있다든지 기생아씨하고 죽자 살자 할 돈이 있다든지 하면 모르지만……."

하며 별안간 마음이 신산하고 호젓한 생각이 일어난 것처럼 말끝을 기운 없이 흐리마리하였다.

한편에서는 어느덧 바둑을 들어다가 홍진이와 석태가 대국을 하고 앉았다.

"늦었는데 바둑은……."

하며 중환이가 옆에 가서 들여다보고 섰으려니까 홍련이도

"내 말이 그 말이야."

하며 덤벼들어서 두 손으로 휘저어 놓았다.

"아아서 이게 웬일야."

하며 두 사람은 기생의 손을 붙들었으나 바둑은 백지 흑지가 뒤범벅이 되었다.

"이게 무슨 짓이야."

홍진이는 매우 노한 모양이나 이렇게 가벼웁게 책을 하였다. 홍련이는 좀 어색한 듯이 웃으며

"잘못되었습니다그려."

하고 농 치는 말소리로 아양을 부려 보이었다. 홍진이도 웃고 말았다.

"일본 기생 같으면 이리는 일은 없지."

명수는 그 옆에 누웠다가 일본말로 중환이더러 동의를 구하듯이 한마디 하였다.

"기생이랄 게 아니라 통틀어 말하면 조선의 여성이라는 것이 근본적으로 그렇지. 말하자면 여성이라는 성적 자각(性的 自覺)이 없다는 게 옳겠지……중성(中性)이라고나 할까. 허허허."

중환이도 일본말로 이렇게 대구를 하였다. 기생들은 무슨 소리를 하는지 눈치만 보고 홍련이는 중환이를 치어다보며 눈살을 찌푸렸다.

⑥ "인제는 차차 상을 들여오라지."

홍련이는 무료한 듯이 앉았다가 석태더러 의논성스럽게 이렇게 한마디 하였다.

교자상이 들어온 뒤에 우중우중 일어나서 자리를 잡으니까 중환이는 상 앞으로 다가앉으며 옆에 앉았는 도홍이더러

"얘 너는 저리 가서 앉으렴."

하고 명수의 편을 가르쳤다.

"작히나 좋겠습니까. 하지만 나는 이 자리가 좋은데."

하며 도홍이는 명수를 치어다보고 살짝 웃어 보이었다. 도홍이는 중환이의 마음을 확실히 알 수가 없었다. 정말 명수와 친하게 만들려고 하는 수작인지 혹은 자기의 마음이 명수에게로 갈까 보아서 제풀에 시기심이 나서 그리하는 것인지 늘 시룽시룽하는 중환이의 배짱을 알 수가 없었다.

그러나 도홍이는 지금 자기가 명수와 중환이의 틈바구니에 끼어 있다는 것만은 확실히 깨달았다.

"암만해두 저 집이 위태위태하군. 역시 우리 집이 구순해서 좋아!"

중환이하고 도홍이가 가거라 말아라 하는 것을 보고 석태는 이렇게 한마디 하며 곁에 앉았는 홍련이를 들여다보았다.

"왜요? 지금 우리는 첫정이 들어서 이렇게 쩔쩔 매일 지경인데……영감!"

하며 도홍이가 자기가 따라 놓았던 맥주잔을 들어서 중환이의 입에다가 대어 주니까 중환이는 웃지도 않으며

"왜 그러우?"

하며 우습게 대답을 하고 입을 유리잔에다가 대었다.

"에그 망측스러워라."

어떤 기생인지 이런 소리를 하자 여러 사람이 와하하 하며 웃었다. 도홍이는 술을 다 먹인 뒤에 비인 잔을 놓고 마주 앉은 명수의 웃고 바라보는 얼굴을 빠르게 치어다보고 나서 젓가락에 게장을 찍어다가 중환이의 입에 넣어 주었다.

"아 저 꼴이야 보고 앉었을 수가 있나."

먹성 좋은 명수는 연해 젓가락을 쉬이지 않고 바라보면서 이러한 소리를 하였다.

"암만해두 오늘 큰일 나는 게로군."

이번에는 홍진이가 웃었다.

"큰일은 무슨 큰일이에요?"

도홍이는 어떻게 한마디 하고 나서 중환이를 돌려다 보며

"정말 우리 큰일 좀 나 볼까?"

하고 깔깔 웃었다. 중환이는

"아무려나 여황 전하의 분부대로……하지만 얘 인젠 너두 한잔 해야지."

하며 술병을 들었다.

"하지 해요. 자!"

도홍이는 수선스럽게 이렇게 대답을 하고 중환이가 따라 주는 맥주를 철철 넘도록 받아 가지고 한숨에 들이켠 뒤에

"자 이번에는 나 주사 차례예요."

하며 그 잔을 명수에게 내밀었다. 명수는 반가운 듯이 손을 내밀면서

"하지만 난 조금만……."

하고 노란 물을 유리잔에 삼분일쯤 받았다.

"단 고거야? 사내답지도 못하게."

도홍이는 이러한 소리를 하며 병 부리를 명수의 잔에서 떼어다가 중환이의 잔에다가 부으며

"우리 영감은 많이……."

하며 어린아이 달래는 듯한 수작을 하고 웃었다.

"이것아 남 부끄럽다. 영감이 무슨 알뜰한 영감이냐. ……그런 소리는 우리 둘이만 만나서 귀에다가 대이고 하는 소리지……."

하며 중환이는 껄껄 웃었으나 속으로는 해롱해롱하는 도홍이의 태도가 마음에 못마땅하였다.

⑦ 한 모금도 못 되는 맥주를 두 번 세 번에 질러서 얼굴을 찌푸려 가며 마시고 앉았던 명수는 술잔을 비워서 도홍이에게 돌려보내고 자기가 따랐다. 도홍이가

"고만."

하며 칠 홉쯤 찬 잔을 쳐들면서 내밀었던 팔을 오그라뜨리려니까 명수는 병을 든 손을 한층 더 쳐들면서 병 부리에 힘을 주어 기울이다가 술이 왈칵 쏟아지며 흰 거품이 쭈르륵 넘쳐서 도홍이의 손등 뒤로 흘러내리는 맥주가 상에 놓인 음식 접시에 줄줄 쏟아졌다. 도홍이는 깜짝 놀라서 손을 끌어들이며 왼손으로 수건을 찾아보았으나 손에 잡히지를 않았다. 명수도 깜짝 놀라며 일어나서 뒤에 걸린 양복저고리의 윗주머니에 끼었던 자기의 손수건을 꺼내서 던져주었다. 잔을 놓고 중환이가 집어준 종이로 손을 씻던 도홍이는 하얀 보드라운 수건을 받아서 말끔히 다시 씻고 그 수건으로 자기의 입까지 살짝 씻은 뒤에 명수를 치어다보고 방긋이 웃었다. 명수도 도홍이의 하는 양을 노려보고 앉았다가 웃어 보이며

"옷은 안 젖었소?"

하고 핑계 삼아 일어나서 옆으로 왔다. 홍진이가

"이거 몸 괴롭군."

하며 명수에게 자리를 내어주고 비켜 앉으니까 도홍이의 오른편에 앉았던 중환이도

"인제는 아주 맡아 가우."

하며 도홍이를 살짝 떼밀었다.

"이건 내가 공긴가."

하며 웃으면서 명수의 무릎을 짚고 저리 쓰러지는 듯하더니 손에 쥐었던 수건을 그 위에 놓고 바로 앉으며 중환이를 돌려다 보았다.

"얘 어서 이 까닭 많은 술이나 먹어라."

중환이가 권하는 대로 도홍이는 잔을 들어 반쯤 마시고 나서 중환이의 눈치를 보듯이 살짝 치어다보면서 명수의 무릎에 놓인 수건을 다시 들어서 손에 묻은 물기를 씻고 또 한 번 입가를 문질렀다. 수건에서는 향수 냄새 같기도 하고 사내 냄새 같기도 한 향긋한 냄새가 도홍이의 코에 홀쩍 끼치었다. 도홍이는 술기가 오르는 것 같으면서 마음이 확 풀리고 기운이 까부러지는 것 같았다. 그러나 중환이는 벌써 눈치를 채었으나 본체만체하고 홍진이와 맥주만 퍼붓고 앉았다.

"이건 무슨 품삯을 받으셨습니까. 나두 좀 먹어 봅시다그려."

도홍이는 얼굴이 점점 빨개 가는 명수하고 잠깐 씩둑꺽둑하다가 중환이에게로 몸을 돌리며 다시 상으로 다가앉았다.

"누가 먹지를 말라니? ……하지만 얘 입이나 한 번 맞추자꾸나."

"입이 어디가 깨졌답디까."

"마누라! 그리지 말구."

중환이가 얼근한 김에 추근추근히 이렇게 시달리니까 명수는 웃고 앉았다가

"도홍이, 나하군 관계치 않겠지?"

하며 끌어다녔다.

"난 누구길래? 하하하."

도홍이는 일부러 경멸하듯이 들뜬 소리로 커닿게 웃었다. 명수는 좀 어색한 듯이 웃고 말았다.

"나 군! 그래 도홍이한테 그런 소리를 듣고 가만히 있단 말인가. 입을 못 맞춰두 사람 아닐세."

이때까지 홍련이하고만 붙어 앉아서 무슨 이야긴지 자기 축들의 소문을 주거니 받거니 하여 가며 한바탕 먹고 앉았던 석태가 입을 벌리니까

"아닐세. 그게 다 조건이 있다네."

하며 명수는 웃고 말았다.

"하지만 그렇게 말하면 내 꼴은 무에 되구요?"

"그러니까 두 분 중에 누구든지 입을 맞추는 이가 도홍이를 데려가기로 하시구려."

하며 석태가 멋없이 커닿게 웃었다.

⑧ "데려가긴 누가 데려가요? 아, 내가 당신네 댁의 종년입디까. 이래 봬두 나두 인격(人格)이 있다우 인격이……."

하며 주기가 약간 올라와서 홍도 빛같이 발그스름하게 된 얼굴을 쳐들면서 큰 눈을 똑바로 뜨고 석태를 보았다. 홍진이는 여전히 맥주를 마시면서 웃고 바라보다가

"뭐 어째?"

하며 눈을 커닿게 떴다.

"인격요."

하며 도홍이는 홍진이게로 향하고 간죽간죽한 목소리를 지어 대떨어지게 다시 한 번 뇌었다.

"글쎄, 그래 옳은 말야. 인격이 있기 때문에 나 같은 점잖은 영감이 있지 않은가."

"듣기도 싫어요. 그렇지만 두 분이 여기서 팔씨름을 하거나 그렇지 않으면 누구든지 의관을 정제히 하고 절을 한 번 하슈. 그러면……."

"그러면 어떡한단 말이야?"

중환이가 씨근씨근하며 물었다.

"어떡하긴 무얼 어떡해요. 입을 맞춘단 말이지."

하며 도홍이는 깔깔 웃고 새로 따라 놓은 맥주잔을 들어서 한숨에 마시었다. 여러 사람은 따라 웃었다. 그러나 홍진이는 두 남자더러 절을 하라고 한 것을 책망하려다가 도홍이의 개개풀린 눈을 바라다보고는 웃고 고만두는 수밖에 없었다.

"네 어떠하실 테에요?"

도홍이는 명수를 들여다보고 물었다.

"아무 거라두 하지."

"그럼 김 주사 나리는?"

이번에는 중환이더러 물었다.

"글쎄…… 나는 무조건으로 양도를 하겠다."

"이런? 그게 말씀이라구 하세요? 그러면 저 바둑이라두 두세요."

"바둑두 나는 둘 줄 모른다."

"그럼 무엇은 할 줄 아슈?"

"술이나 먹을 줄 알지."

"이 양반이 왜 이 모양이야?"

하며 도홍이는 중환이를 떼어밀고 잠깐 치어다보다가 무엇이라고 말을
다시 꺼내려다가 입을 답쳐 버렸다. 중환이는 잠자코 웃어만 보이고 또 술
잔을 들었다.

여러 사람의 광경만 바라다보고 앉았던 석태는

"아 그럴 게 아니라 도시 이렇게 하였으면 좋겠군."

하며 도홍이가 두 남자하고 따로따로 바둑을 두어서 이기는 사람에게만
소청을 들어주면 문제는 간단히 낙착이 되리라고 의견을 발표하였다. 그
리하여 결국은 석태의 말대로 위선 명수와 도홍이가 바둑판을 끼고 앉았
으나 시간이 간다고 바둑 다섯 개씩 늘어놓은 내기를 하였다.

……그러나 명수는 무참하게도 패하였다.

"자, 그럼 김 주사 차례예요."

하며 중환이를 불렀다. 중환이는 여전히 상 앞에 앉았다가 마지못해서 끌
려갔다. 방 안이 또다시 한참 종용하여지고 여러 사람은 바둑판을 옹위하
고 골독히 들여다보며 있었다. 조금 있다가 와하하 하는 소리가 나며 여러

사람은 고개를 들고 두 사람을 치어다보았다.

"자 약조대로 하십시다."

하며 도홍이는 중환이에게로 고개를 내밀면서 명수를 치어다보았다. 명수는 웃으며 두 사람을 바라보고 앉았으나 눈이 실쭉하여졌다. 중환이는

"그래라. 약조대로 하자."

하며 벌떡 일어 나와서 앉았는 도홍이의 고개를 끼어 안고 한참 들여다보다가 손을 떼이면서

"고만두어라. 맞춰 달라고 강청을 하거나 맞추자고 내미는 입을 누가 맞추든……."

하고 자기 자리로 왔다.

"그럼 어떻게 해야 한단 말씀이에요?"

도홍이는 정색을 하며 물었으나 중환이는 못 들은 체하고 또 술잔을 들었다.

명수는 집시 타입의 스핑크스 같은 여자라고 생각하였다. 그러나 어쩐지 초조하고 안심이 아니 된다는 것처럼 가슴속이 어수선하면서도 그 옴폭 패인 눈에서 쏟아져 나오는 불길 같은 시선은 어느 때까지 도홍이의 전신에서 헤매이었다.

중편

1

① 덕순이 부부와 경애와 한규가 떠나던 날 아침에 정거장에서 들어오는 길에 정옥이가 명수더러

"이따가든지 내일이든지 틈 계신 대로 놀라 오세요."

하는 말을 듣고 명수는 그날 저녁때쯤 하여서 양복을 말쑥하게 갈아입고 찾아가 보았다.

명수는 가면서도 왜 오라고 하누 하는 의심이 없지 않았다. 그리 친하다고도 못 할 여자가 지나는 말처럼 놀러 오라고 하는 것을 무슨 일이 있느냐고 물어볼 수도 없어서 그대로 가마고는 하였지만 궁금증이 나지 않을 수 없었다. 더구나 일전에 덕순이의 집에 가는 길에 같이 가자고 마리아가 정옥이를 데리고 명수가 있는 데에 들른 일은 있어도 명수가 이 집에 와 본 것은 처음이다.

'어떻게 살림을 하누? 남편은 말만 들었지만 어떤 사람인구?'

하는 호기심을 가지고 가슴을 울렁거리며 문간에 들어섰다.

주인아씨는 기다리고 있었다는 듯이 반기며 나와서 명수를 사랑으로 쓰는 바깥방에 들여앉히고 문을 열어젖뜨린다 부채를 내어놓는다 하며 몇 마디 지나가는 인사를 남겨놓고 안으로 다시 들어가더니 한참 만에 나와서 담뱃갑이며 유리 재떨이를 끌어다녀 놓고 마주 앉았다.

명수는 무슨 말을 꺼낼까 하고 한참 덤덤히 앉았다가 밖에서 들어오는 맞은편 벽에 틀에 끼워서 걸어 놓은 조그마한 여자의 나체화(裸體畵)를 치어다보고

"저게……주인양반이 그리신 것인가요?"

하며 물었다. 명수의 성질로는 아는 사람이든 모르는 사람이든 으레이 한 군이라고 부를 것이요 또 지금은 한 군이라고 할까 어찌할까 속으로 망설이다가 주인양반이라고 하였다.

"네! 학생시대의 습작(習作)이라니까 잘 되지는 못한 모양에요."

주인아씨는 겸손 같기도 하고 변명 같기도 한 소리를 하였다.

"난 그 길에 눈이 어둡지만, 왜 한 군의 그림은 평판이 좋은 모양이던데요."

하며 명수는 벌떡 일어나더니 그림 밑으로 가서 한참 치어다보고 섰다. 정옥이도 앉은 채 그림을 치어다보았다.

머리를 흐트려서 어깨 위로 늘어뜨린 처녀가 벌거벗고 웅숭그리고 앉은 그림이다. 풍부하다고 할 수 없는 살갗이나 몸집에 비하여서는 머리통이 좀 크고 빼뚜름하게 숙인 얼굴에는 수색이 약간 나타났다. 그러나 그것은 한순간에 살짝 지나치는 엷은 그림자를 그 찰나(刹那)에 붙든 것 같았다. 이를 악물어 다문 듯한 입술이 빼뚜름한 것을 보면 좀 분개도 하고 좀

비웃는 듯한 표정이다. 그러나 약간 찌푸린 듯한 눈만은 무슨 희망이 있는 사람처럼 자기의 벌거벗은 넓적다리를 나려다보고 앉았으나 그렇게 골독히 열심으로 들여다보는 것은 아니다. 그리고 앉았는 엉덩이가 탐탁지 못하고 엉거주춤하는 듯한 것을 보면 지금 달음박질을 하여 오다가 엉덩방아를 찧으며 털썩 주저앉았거나 그렇지 않으면 금세로 짜증을 내이며 벌떡 일어서려는 것 같다.

'사춘기(思春期) 소녀의 수심을 나타내이려는 것이 이 모양으로 된 것인가?'

명수는 이렇게 생각을 하다가 정옥에게로 돌아서며

"무슨 파의 그림인지는 모르겠습니다만 잘 되었군요. 하지만 그림 전체로 보면 조선의 기분이 나타났다고는 못하겠지만 표정하고 엉덩이께는 조선 사람의 심리(心理)를 그렸다고 할지도 모르겠습니다."

하며 자기 자리로 와서 앉았다.

"조선 사람의 심리는 어떻길래요?"

"글쎄요……. 있는 것 같기도 하고 없는 것 같기도 한 것이지요. 조선 사람에게는 어떻든지 영원(永遠)이라거나 심각(深刻)이라거나 확정(確定)이라는 것은 없으니까요."

"그건 조선 사람이 본질적으로 그렇다는 말씀이에요?"

"글쎄요……. 하지만 어떻든 현재로는 그렇다고 하겠지요. 지금 우리 조선 사람에게는 비애가 있는 것도 아니요 없는 것도 아니며 희망이 있는 것도 아니요 없는 것도 아닌 할 수 없는 시대요 할 수 없는 심리에서 꿈을 꾸지요. 그러나 그것은 영원을 바라보는 아름다운 꿈은 아니지요."

"……."

"그러나 한 군은 요새 무얼 하십니까? 지금 계십니까."

"지금 여행 중이지요."

하며 다시 그림을 돌려다 보았다.

② 명수는 주인 남편이 없다는 말을 듣고 조금 기를 펴게 되었다고 생각하였다. 그러나 그 그림을 칭찬하여 주지 않는 것 같아서

"아무렇든지 그림 중에도 인물화가 제일 어려운 모양이에요. 게다가 조선 같은 데서는 아마 한층 더 어려울 걸요. 그걸 보면 한 군은 장래에 유망할 걸요."

하며 휘갑을 쳤다.

"그두 그런 모양이에요. 하지만 조선이라구 특별히 어려울 거야 있겠습니까."

"실제에 그리랴두 모델을 얻기가 어려운 것도 발달을 더디게 하겠지만 조선 사람은 워낙이 인정미(人情美)라든지 감정이나 관능이라는 것을 무시하고 압박을 하여 왔으니까 말씀예요?"

"글쎄 그두 그럴지 모르지요."

주인아씨는 이렇게 대답을 하고 잠깐 앉았다가 안으로 또 들어갔다.

'웬 세음인구?'

명수는 또 이렇게 생각을 하며 어떻든 눈치만 보고 앉았으리라고 결심을 하였다.

안으로 들어간 주인은 탄산수를 손수 들고 들어와서 따라 권한다. 명수는 잠자코 받아서 마시면서도 물어볼까 말까 한참 망설이다가

"그런데 왜 오라구 하셨에요?"

하며 생긋 웃었다.

"왜 여기는 못 오실 덴가요."

정옥이도 나직하게 웃으며 명수를 바라다보았다. 명수는 얼굴이 빨개지며 여전히 웃어 보이었다.

"그런데 다른 게 아니라요⋯⋯."

잠깐 있다가 정옥이는 고개를 쳐들고 말을 꺼냈으나 또 한참 망설이는 모양이더니

"⋯⋯저! 요전 밤에 희숙이를 만나 보셨지요?"

하며 명수를 똑바로 치어다보았다. 명수는 의외의 소리에 깜짝 놀랐으나 눈만 깜작깜작하며 마주 보다가

"말은 많이 들었지만 만나본 것은 그날이 처음이에요."

하며 무슨 일인지 어서 알려고 갑갑한 듯이 정옥이의 입만 치어다보고 앉았으나 정옥이는 웃기만 하고 좀처럼 입을 벌리지 않았다.

"그런데 왜 그리세요?"

명수가 재촉을 하였다.

"아 글쎄 말이야요."

하고 한참 앉았다가

"⋯⋯그런데 오늘 어쩌면 여기에 올 텐데 만나 보시란 말씀이야요."

하고 웃어 버렸다.

"무슨 까닭으로 만나 봐요. 약혼한 처녀라면서요?"

"약혼한 처녀기루 못 보실 거야 무엇 있나요……."

하며 정옥이는 웃었으나 무슨 까닭에 만난단 말이냐고 책망하듯이 하는 명수의 말을 생각하여 보면 자기가 하는 짓이 일부러 젊은 남녀를 만날 기회나 만들어 주거나 좋지 못하게 말하면 뚜쟁이 노릇이나 하는 것같이 오해나 할까 보아서 아주 토설을 할까 하면서도 잠깐 망설이다가

"그런 게 아니라 일전에 덕순이 집에서 나오다가 날더러 좀 만나 뵙게 해 달라더군요. 그야 약혼한 사람이 다른 생각이 있어서 그리겠습니까마는……그전에 통혼하신 일이 있다지요?"

하며 변명을 하였다.

"글쎄 일본 가서 있는 동안에 집에서 그런 일이 있다드군요. 그리구서니 지금 만나볼 필요야 있나요."

명수는 이렇게 대답은 하면서도 만나서 이야기를 해 보고 싶은 일편에 통혼하다가 자기 집이 어려운 데다가 신랑도 하는 일이 없이 공연히 일본으로 왔다 갔다 한다는 것을 흠절로 저편에서 파의를 하여 버린 것을 생각하면 불쾌하기도 하였다.

"글쎄 누가 압니까만 만나 뵙구 싶어 하니까 나는 청만 들을 뿐이요 또 나 선생도 만나시기루 관계 있에요?"

③ 정옥이는 발빠지는 수작으로 연해 변명을 하는 모양이나 만나 보는 것이 옳고 그르고 간에 어떻든 오면 만나 보리라 하고 명수는 잠자코 앉았

다가

"약혼하였다는 데는 어데예요. ……누구예요?"

하며 물어보았다. 정옥이는 그건 알아 무엇 하느냐고 좀처럼 가르쳐 주지
않으려다가 잼처 묻는 바람에

"저! 현장환이라구 아세요?"

하며 웃었다. 명수는 눈만 깜작깜작하고 앉았더니

"네! 그 사람이에요!"

하며 속으로는 일전에 마리아가 실업가라고 하던 것을 생각하고 인제야
알겠다는 듯이 웃으며 고개를 끄덕거리었다.

두 사람은 잠자코 말았다. 명수는 머릿속에 희숙이의 모습을 그려 보려
고 하였으나 정작 생각하려는 사람은 잘 생각이 아니 나고 밑도 끝도 없이
도홍이의 커다란 광채 있는 눈이 머리 뒤에서 번쩍거리고 뒤미처서 마리
아의 시원스러운 번듯한 얼굴과 아침에 만난 덕순이의 호젓한 표정으로
기차 창밖을 무심히 내다보고 섰던 얼굴이 머릿속에서 왔다 갔다 하였다.
그리면서도 명수는 지금쯤 오나? 오기나 올 텐가? 온다는 약조가 있었나?
하는 생각을 하며 문밖에서 자박자박하는 소리만 나도 귀를 기울이고 눈
치를 보다가

"그래 오늘 꼭 이리 온다구 했어요?"

하고 물었다.

"온다진 않았지만 오늘 정거장에서 만나서 같이 오자고 하였는데 웬일
인지 정거장에는 나오지 않았군요……."

하며 말을 맺기 전에 대문간에서 삐걱하는 소리가 나고 인기척이 났다. 정

옥이는 고개를 반짝 들고 무심중간에 명수를 건너다보고 웃으면서 일어나서 안으로 들어갔다. 명수도

'온 게로군!'

하며 체경 앞으로 가서 얼굴을 비최어 보다가 늘 가지고 다니는 빗을 꺼내서 약간 노른빛이 나는 보드라운 머리를 두어 번 뒤로 빗어 넘기기도 하고 넥타이를 매만지기도 한 뒤에 다시 자기 자리로 와서 앉으려니까 주인이 들어왔다. 그러나 명수의 눈에 비친 정옥이의 얼굴에서는 확실히 망단해서 하는 빛을 볼 수가 있었다. 명수는 벌써부터 열적은 생각이 들어갔다.

"왜 안 온대요?"

"글쎄, 나 선생이 오신다기에 아까 학교에 전화를 걸었더니 온다구 하였는데 지금 집으로 사람을 보내 보니까 아퍼서 뒤집어쓰고 누웠답니다그려. 어떻든 잠깐만 더 기다려 보시지요. ……마리아두 올 테니까."

"좀 더 기다리면 무얼 합니까. 아퍼서 못 온다는데……."

명수는 대답을 하면서도 마리아가 온다는 것은 반가웠다.

"아 또 사람을 되짚어 보냈으니까요."

하며 정옥이는 희숙이가 지금 보낸 자기의 편지를 보면 올런지 정말 병이 났는지 생각을 하며 가만히 앉았다. 명수도 이게 무슨 놈의 꼴인구? 하며 얼떠름한 모양이다. 통혼하다가 퇴짜를 맞은 처녀가 보자고 해서 왔다가 금세로 병이 나서 못 가겠다고 또 한 번 퇴짜를 맞았구나 하는 생각을 하면 분하고 괘씸하다는 생각보다는 제일 창피해서 낯이 뜨뜻할 일이다. 명수는 곰곰 생각을 하여 갈수록 실없이 상기가 되고 지금이라도 가겠다고 모자를 떼어 쓰고 홱 나와 버렸으면 숨을 시원히 돌릴 것 같다고 생각하였다.

'……그러나 어떻게 되나 끝장이라도 보고 가야지. 이것도 인간학(人間學)을 연구하는 데 한 재료다. 하지만 이 사람이 내게 마음이 있어서 오라고는 하여 놓고 공연한 핑계로 이런 희극을 꾸미는 것인가? ……'

명수는 이런 생각 저런 생각을 하다가 아까 고지식하게 손님이 오는 줄 알고 체경 앞으로 가서 빗질도 하고 옷을 매만지기도 하다가 누가 들어오는 인기척에 놀라서 살금살금 자기 자리로 와서 시치미를 떼이고 앉았던 자기의 거동을 머릿속에 다시 한 번 그려 보고 혼자 웃었다.

'……활동사진이다.'

이렇게 생각을 하여 보니까 자기의 신세가 가엾기도 하고 웃음이 복받쳐 올라와서 명수는 참다못하여 캑캑캑 하며 사레들린 사람처럼 혼자 웃었다.

"왜 그리세요?"

정옥이는 깜짝 놀라서 수그리고 앉았던 고개를 쳐들며 웃었다.

"아뇨!"

하며 또 거진 신경질적으로 웃었다.

④ 정옥이는 명수의 웃는 까닭을 몰라서 도리어 무안하였다.

'……확실히 내가 실수다.'

이러한 생각도 하여 보았다.

그러나 아니 오면 어찌하나? 하는 걱정은 누구에게든지 있었다. 오든 안 오든 만나든 못 만나든 그까짓것 관계 없지만 체면이 사나워서 걱정이다.

누구를 놀리거나 떠보는 수작인가 이러한 생각도 이 두 사람이 다 같이 생각하는 바이다. 그러나 명수는 한층 더할 뿐 아니라 정옥이에게 대하여서도 이러한 의심이 점점 더 깊어졌다.

"그는 그렇다 하고 마리아는 어째서 오라구 하였누?"

명수는 이런 생각을 하여 보면서 주인이 갖다가 준 사진첩을 뒤적거리며 앉았으려니까 짜장 마리아가 터덜거리며 들어왔다.

"우리 집 마누라 보았소?"

"아니……."

"어떻든 잘 왔소. 지금 놀러 오라고 마누라를 학교로 보냈지."

"응……. 쓸쓸한 속에 혼자 들어앉았으니까 갑갑증이 나기에 뛰어나왔지."

하며 마리아는 은근한 눈찌로 명수를 잠깐 보고 상긋 웃었다.

"그런데 나 선생은 웬일이세요?"

마리아의 말씨에는 그 눈의 은근한 맛의 반분도 없었다.

"왜 나는 여기 못 올 덴가요."

명수는 그런 눈으로 보아 준 것이 고맙고 만족하다는 듯이 웃으며 이렇게 대답하였다.

그러나 마리아는 좀 수상하게 생각하였다. 정옥이 집에 별로 오지 않던 사람이 와서 앉았는 것은 혹시 모를 일이지마는 자기에게 사람까지 보내서 청한 것은 웬 까닭인지 알 수가 없었다.

"그런데 내게 사람은 왜 보냈소."

"마침 나 선생도 오시고 심심하기에 저녁이나 같이 먹을까 하구……."

정옥이는 천연하게 이렇게 대답을 하였다.

'정말 그럴까?'

마리아는 이렇게 속으로 생각하면서도 나명수와 이렇게 만난 것은 결단코 우연한 일이 아닌 것 같았다. 청자를 온 마누라를 만난 뒤에 왔다 하면 그것은 물론 정옥이가 꾸몄거나 명수가 꾸며서 자기를 만나도록 한 것이겠지만 가만히 앉았다가 별안간 뛰어나와서 그리 자주 다니지도 않는 이 집으로 제풀에 발길이 돌아섰다는 것이 마리아에게는 자기의 일이지만 이상히 생각되었다.

'아니다. 역시 이렇게 기회를 만든 것이다. 꾸민 일이다.'

마리아는 이렇게도 생각하여 보았다. 그러나 이 여자는 자기가 어찌하여 나명수와 이 자리에서 우연히 만나게 된 것을 이처럼 이상스럽게 생각을 하고 여러 가지고 해석을 하려고 혼자 애를 쓰는지는 자기 스스로도 몰랐다. 마리아는 고개를 숙이고 가만히 앉았다가

"참 저번 날 밤에 어데로 가셨었어요?"

하며 물었다. 눈에 윤광이 돌고 좀 상기가 된 모양이다. 명수는 요릿집에 갔더란 이야기를 하려다가 고만두어 버리고

"대한문 앞에서 제각기 헤어져 버렸지요. ……한데 그때에 만난 사람 아세요."

하며 명수는 아까 정거장에서 남의 눈을 꺼리듯이 눈으로는 한데를 바라보며 안석태와 말을 건네던 것을 생각하며 이렇게 물어보았다.

"누구 말씀이에요?"

마리아도 눈치는 채었으나 시치미를 떼이고 생각을 하여 내이려는 듯이 고개를 기울였다.

"왜 그 구둣방에서 튀어나오던 사람 말이에요. 안석태 말씀예요."

"네!"

마리아는 천연덕스럽게 이렇게 대답을 하고

"대강 알지요."

하며 잠깐 웃는 듯하였다.

⑤"하지만 안 군은 마리아 씨를 잘 아나 보던데요."

명수는 일전에 요릿집에 갔던 날 밤에 너무 늦어서 자기에게로 석태를 데리고 와서 잘 때에 들은 말을 생각하며 저편의 눈치를 살짝 살펴보았다.

"그이가 뭐라고 그래요."

"피아노하고 영어로는 ×학교에서 마리아 씨를 따라갈 사람이 없다고 신이 나서 칭찬을 하기에 나는 조선에서 제일은 못 되겠느냐고 물어보았더니 참 그럴지도 모르겠다고 하던데요."

"별 소리를 다."

마리아는 웃으면서 말을 막고

"안 씨하고 그렇게 친하세요."

하며 물었다.

"그렇게 친하진 않아도 그날 저녁에 그리두군요. 난 두 분이 모르시는 줄 알았에요?"

명수는 그날 저녁에 분명히 두 사람이 동구에서 만날 제나 학교 문 앞에서 헤어질 때나 인사를 아니 하던 것을 생각하여 보며 마리아의 얼굴을 치어다보았다.

"인사를 하기도 하구 아니 하기두 하니까요. ⋯⋯그런데 어떤 사람이
에요."

"자세히는 나두 몰라요."

명수는 여간해서는 남을 칭찬도 아니하지만 남의 험담을 하려면 철저
히 하거나 그렇지 않으면 입을 벌리지 않는 사람이다. 마리아는 위인이 어
떠하냐고 더 물어보고 싶었으나 수상하게 알까 보아서 말을 돌려서

"교회 일에는 퍽 열심이드군요."

하며 명수를 치어다보았다.

"어떻게요."

하며 명수는 웃었다.

"지금두 매삭에 백 원씩은 작정하고 내놓지요. ⋯⋯그리구 무슨 때면 으
레이 이백 원 삼백 원씩은 보조를 하는데요."

명수는 속으로 웃었다.

심부름 갔던 마누라가 돌아왔다.

"아 여기 와서 계신 아씨를 찾아다녔군요."

하며 하인은 마리아에게 인사를 하고 주인아씨에게 편지를 꺼내 주니까
정옥이는 받아 들고 나가 버렸다. 조금 있다가 들어오더니 정옥이는 명수
를 치어다보며

"역시 그 소리예요."

하고 웃었다. 명수는 괘씸한 계집이라고 속으로 분하게 생각하였으나 웃
으면서

"관계없소이다. 안⋯⋯."

하다가 마리아를 곁눈으로 보고 말을 뚝 끊었다. 눈치만 보고 앉았던 마리아는 더욱더욱 궁금증이 나는 동시에 "안⋯⋯." 하고 만 것은 안석태의 이야기를 하려다가 고만둔 것이 아닌가 하는 생각이 나서 마리아의 얼굴은 살짝 붉어졌다. 그러나 희숙이의 편지는 적어도 정옥이에게 대한 명수의 의심을 풀기에 충분하였다.

정옥이는 두 손님이 제각각 자기 생각에 끌려 들어가서 무료히 앉았는 것을 보고

"우리 트럼프나 하십시다."

하며 서양 화투를 꺼내왔다. 마리아는 책상에 갖다가 놓은 트럼프를 잠자코 들어서 두 손에 나누어 가지고 팔딱팔딱 소리를 내어 가며 익숙하게 두서너 번 섞고 앉았다가

"무얼 할까."

하며 정옥이를 치어다보았다.

"플러스 마이너스를 할까요, 나 선생."

"아무려나! 하지만 마리아 씨는 어느 틈에 그렇게 배우셨소. 치는 법이 되었는데요."

명수는 마리아가 트럼프를 치는 하얀, 그러나 긴 손가락의 매듭이 좀 굵은 듯한 손이 부드럽게 노는 것을 기탄없이 바라보고 앉았다가 이런 소리를 하였다.

"플러스 마이너스니까 결국은 공이로군."

하며 마리아는 열 끝자리의 마이너스 딱지를 역시 열 끝자리의 자르는 딱

지로 자르면서 이러한 소리를 하였다.

　첫판의 승부는 명수가 플러스 스물넉 점이요 정옥이가 공이었다. 결국
은 마리아가 스물넉 점을 졌다.

　⑥마리아는 늘 마음이 가라앉지 않은 사람처럼 허둥허둥하더니 저녁밥
을 먹은 뒤에는 명수가 담배 한 대 태울 새도 없이 일어났다.

　"그럼 같이 가십시다."

하고 명수도 따라나섰다.

　"그리 늦지 않았는데 잠깐 산보나 하다가 가시구려."

　큰길로 나온 뒤에 명수가 이렇게 끌어 보니까 아까는 학교가 궁금하여
서 어서 가겠던 사람이 잠자코 명수를 따라온다. 명수는 자기가 투숙하
는 집과는 반대 방면으로 대한문 편을 향하고 걷다가 무슨 생각이 났는지

　"아차!"

하며 큰길 가운데에 우뚝 섰다.

　"왜 그러세요."

　마리아도 발을 멈추며 가슴께까지 달빛을 받고 섰는 남자의 하얀 얼굴
을 치어다보고 물었다.

　"아까 안 군이 내게 오마고 하였는데……나하구 같이 내게 가시랴우?"

하며 명수는 마리아의 얼굴을 살짝 거듭떠보았다.

　"늦을 텐데……난 고만두지요."

　웬일인지 마리아는 웃으면서 이렇게 대답을 하였다.

"늦긴 무엇 늦어요. 산보하는 세음치고 잠깐만 다녀가시구려."

하며 명수는 돌쳐서서 경복궁을 바라보고 발을 떼어 놓았다. 마리아도 따라섰다.

밤은 막 어두웠으나 아흐레 달은 높다랗게 개인 푸른 하늘에 둥실 떠올라서 하루 동안 심한 노염에 게거품을 흘리며 헉헉거리다가 널치가 된 온장안을 안식과 침정으로 고요히 지키고 이분의 붉은 빛과 삼분의 푸른 빛을 머금은 달빛은 우중충한 육조 앞 큰길 한편 구석에 흘러내리어 한 옆에 채를 잡고 우뚝 선 체신국의 흰 집이며 거기에 잇달린 검은 지붕을 뚜렷이 비춘다.

"좋지요. 이 길은 언제 걸어도 좋아. 무엇보다도 영원(永遠)을 생각게 하는 게 좋아요……."

명수가 이렇게 한마디 하니까 마리아는 그런 소리에는 대꾸도 아니하고

"아까 정옥이가 한 말이 무어예요?"

하며 명수를 치어다보았다.

"무엇?"

"아까 왜 마누라가 어딜 갔다가 편지를 가지고 온 뒤에 정옥이가 '역시 그 소리예요' 하고 하지 않았에요?"

하며 명수의 눈치를 살피려는 듯이 다시 한 번 치어다보았다.

"응 그것은……."

하며 명수는 잠깐 말을 더듬다가

"……희숙이가 웬일인지 만나자기에 갔더니 안 오고 말았군요."

하며 이실직고를 하면서도 어쩐지 창피한 이야기를 토설한 것 같기도 하

고 한편으로는 무슨 자랑 비젓하게 들었을 것 같아서 명수는 컴컴한 속에서 혼자 얼굴이 화끈하는 것 같았다. 마리아는 상긋 웃으며 남자에게로 한 걸음 가까이 다가서며

"왜 뵙겠대요?"

하며 남자의 곁뺨을 정다운 눈찌로 잠깐 치어다보았다.

"글쎄요……누가 압니까."

하며 명수도 웃어 버렸다.

⑦ 두 사람은 잠자코 걸었다. 그러나 두 사람의 머릿속에는 명수에게 와서 기다리고 앉았는 석태의 얼굴이 떠올랐다.

그러나 마리아는 석태가 자기보다 먼저 명수의 집에 와서 있는 것을 꺼려 하였다. 그것은 명수와 같이 가는 것을 석태가 이상하게 볼까 하는 염려가 있기 때문이다. 실상은 덕순이의 부부와 그리 친치 못한 석태가 오늘 아침에 정거장에 불쑥 나온 것도 좀 의외이었지만 웬일인지 들어오는 길에 마리아더러 저녁에 명수에게 놀러갈 터이니 거기서 만나자고 일러두었다. 아까 마리아가 정옥이의 집에서 저녁을 먹고 곧 뛰어나온 것도 그 까닭이지마는 마리아는 어차피에 명수하고 같이 명수의 집에 가게 될 터이니까 될 수 있는 대로는 석태가 와서 기다리기 전에 먼저 가서 기다리라고 한 것이다. 하기 때문에 지금 산보를 아니 하고 바로 가게 된 것은 내심으로 잘 되었다고 생각하였지만 그래도 석태가 벌써 와서 있을까 보아 염려이다.

명수가 유숙하는 집에 들어가 보니까 벌써 안석태가 와서 기다리고 있었다.

"그래두 내가 온다는 것을 안 잊어버린 것만 다행하이."

마루에 앉았던 석태는 마리아는 본체만체하고 이러한 비꼬는 소리를 하였다. 일부러 웃어 보이려고 하는 모양이나 입을 실룩하였다. 명수는 속으로

'이 자제가 샘을 하는구나!'

하면서도 어쩐지 유쾌하였다.

저편에 앉았는 석태보다 조금 떨어져서 조고만 책상 위에 술이 많은 커다란 책을 펴놓고 앉았던 주인은 뛰어나와서 반가이 마리아를 맞아 올려놓고 텁텁해 보이는 비단 일본 방석을 내어놓으며

"자 어서. 자 이리."

하며 대접이 매우 융숭하다.

"두 분이 모르슈. 안 군 인사하시지요."

하며 이 집 주인인 문수는 웃으며 석태에게 마리아를 소개하였다. 마리아는 생긋 웃고 외면을 하였다. 석태도 웃으며

"참 우리 인사할까요."

명수도 잠자코 웃었다.

"아하하. 난 모르신다구."

문수는 금세로 얼굴이 발개지었다.

"그래 나 군은 어데를 갔다가 오나? 마리아 씨하구는 길에서 만나셨소."

하며 석태는 마리아의 눈치를 보았다.

"응 어데를 좀 갔다가……."

명수는 일부러 분명히 대답을 하지 않고 마리아를 곁눈으로 빠르게 치어다보았다. 마리아도 명수를 잠깐 치어다보다가 눈이 마주쳤다. 마리아의 얼굴이 좀 상기가 된 듯하고 눈에 광채가 도는 것을 보고 명수는

'역시 둘이 연애를 하는군!'

하는 생각을 하여 보았다. 그러나 석태는 두 사람의 말 없는 거동이며 표정을 은근히 살펴보고 앉았다. 더구나 명수가 저녁밥을 아니 먹는다는 것을 듣고 더욱 의심이 부쩍 생겼다.

"그 후에 그 애를 만나 보았나?"

석태는 웃으며 명수를 치어다보았으나 거듭뜬 그 눈에는 분명히 증오(憎惡)를 품었다.

"그 애가 누구야?"

명수는 도홍이 말인 줄을 짐작하였으나 딱 잡아떼이는 수작을 하였다.

"응! 그 애 말씀이지요. 요새 나 군이 잠을 다 못 자는 터인데요. 그리다가는 놀아나구 말걸요."

하며 문수는 새새 웃었다.

"강 상두 아세요?"

"나 군이 이야기를 해 알았지만 그 전에 친하였지요."

하며 문수가 또 웃었다.

"그리지를 말구 아주 살림을 할 도리를 차리게. 돈은 나라두 돌려줄 테니. 자네 처지로서야 그런 사람하구 살기루 누가 무어랄까. 아주 정식으로 결혼을 한다면 더 좋구."

석태는 난봉 친구에게 권고나 하듯이 점잔을 빼이고 이렇게 한마디 하였으나 말씨가 어디까지 멸시를 하는 수작이다.

"염려 말게. 자네가 뛰어들어서 덤벙대일 데가 아닐세. ……누가 자네더러 장가를 들여 달라던가?"

하며 명수는 석태를 똑바로 치어다보았으나 머릿속으로는

'건방진 자식이로군! 정말 이 계집애를 빼앗어 볼까 보다!'

하는 생각을 하며 마리아를 살짝 치어다보았다.

⑧ "그래두 만나 보구 싶기는 하겠지? 또 한 번 보도록 해 주랴나?"

석태는 놀리듯이 또 한마디 하였다.

"오죽이나 좋겠나."

"하지만 돈은 내어노랴면 내놓아도 요릿집에는 인제는 정말 못 가겠네."

"그래 생전 요릿집에는 얼썬도 아니하드군."

"참 요릿집에들은 왜 다니세요. 안 선생두 그런 데를 다니십니까?"

이번에는 마리아가 놀란 듯도 하고 책망하는 듯도 하게 한마디 하였다.

"아녜요. 친구한테 끌리면 하는 수 없이 가 보기두 하지만……."

하며 석태는 명수를 바라다보았다. 명수는 마리아 앞에서 되지 않게 주짜도 빼어 보이고 화류계에는 눈도 떠보지 않는 듯이 연해 변명을 하는 석태의 꼬락서니가 보기 싫어서 무어라고 떼진 소리를 한마디 하려다가 도리어 자기의 값어치가 떨어질까 보아서 잠자코 말았다.

문수는 무슨 흥이 뻗치었는지 사이다를 사들인다 수밀도를 사들인다

하여 손수 차려다가 내어놓고 혼자 좋아한다. 그러나 안방에 들어앉은 어머니는 늙은 과부의 버릇으로 입을 비죽거리며 내어다 보지도 않았다. 명수도 속으로는 웃었다. 이 세 사람의 기분이나 심리는 눈치도 못 채이고서 혼자 엉정벙정하는 꼴이 도리어 가엾어 보이었다.

마리아가 늘 하는 입버릇으로 늦었다고 일어나니까 석태도 따라나섰다. 명수는 속으로 '나두 쫓아 나가 볼까?' 하다가 고만두어 버렸다.

"요다음 오실 때에는 순자 씨하고 같이 좀 오세요."

손님들이 나갈 때에 문수는 마리아더러 이러한 부탁을 하였다. 마리아는

"네, 네."

하며 대답은 하면서도 속으로 웃었다.

"오늘 나명수하구 어데서 만났소?"

문수의 집을 나오며 석태는 지나는 말처럼 예사롭게 물었다. 그러나 마리아의 귀에는 가슴을 찌르는 듯이 들리었다. 아까 문수의 집에서는 석태가 보는 데에서 기탄없이 명수하고 친한 체를 보이었으나 이 사람이 정말 의심을 하고 지금 와서 티각태각하였다가는 낭패라고 생각하여 보았다.

"정옥이 집에 갔더니 와서 있더군요."

"정옥이한테는 왜 갔었길래?"

석태의 수작은 점점 문초를 받는 것 같아졌다. 마리아는 좀 불쾌하였으나 천연하게 몇 마디 대꾸를 하여 주고 나서

"그런데 그건 어떻게 할까요? 어쩌면 나오기는 곧 나올 텐데……."

하며 남자의 얼굴을 치어다보았다.

"되어 가는 대로 하시구려."

남자는 탐탁지 않은 듯이 이렇게 대답을 하였으나 정말 여행권이 나온다면? 하는 일종의 염려에 가까운 생각이 없지 않았다.

"하지만 시월(十月)에는 미스 브라운이 떠난다는데요."

"글쎄, 나두 생각은 해 보지만 가게 되면 가시는 수밖에……."

남자는 여전히 내어던지듯이 시들하게 수작을 하였다. 그러나 그것이 본심으로 그리하지 않는 것은 마리아도 짐작하였다. 그러나 웬 세음인지 불쑥 미운 생각이 났다.

두 사람은 잠자코 환한 벌판을 천천히 걸어 나갔다.

"나 명수하구는 언제부터 친했소."

남자는 별안간 또 이러한 소리를 하였다.

"그이가 우리 학교에 사무원으로 있을 때에 같은 사무실에서 일을 하였으니까 그리 친할 것은 없어도 자연 알게 되었지……그 후엔 소식두 몰랐더니 여름 이후에 덕순이 집에서 만나서 덕순이한테 끌려 몇 번 가 보았지만……."

마리아는 좀 더 기를 올려 줄까 하는 생각이 없지 않았지만 사실대로 들려주었다. 석태는 명수의 말과 틀리지 않는 데에 위선 안심이 되었다. 그러나 말끝을 맺히지 않는 것을 보고 또 무슨 소리가 나오나 하고 기다리다가

"그래서 어쨌어?"

하며 물었다. 마리아는 자기가 하던 말을 잊어버렸다는 듯이

"무얼 어째요?"

하며 남자를 치어다보았다.

"어디로 갈 테요? 저리 아니 가시랴요?"

황토마루께까지 와서 석태는 여자에게 이렇게 물었다.

"늦었는데……어서 가야지."

하며 마리아는 급작스레 남자의 얼굴을 정답게 치어다보며 잠깐 망설이다가

"내일 다시 만나지요."

하고 오른손 편으로 꼽들이려니까 남자도 잠자코 따라섰다.

"이리 돌아서 좀 더 걷다가 가지."

남자는 이렇게 한마디 하고서 학재로 가는 길로 들어섰다.

수학원 있던 언덕길로 들어서서 일본 사람 교회를 바라보며 천천히 걸어 올라갔다. 남자는 슬며시 마리아의 손을 쥐이며 힘을 주었다. 교회 앞을 지나서 언덕을 나려가는 어구에서 석태는 잠깐 멈칫하였다. 머리 위에서 내리비추는 달빛에 어른거리는 짧은 두 그림자는 한데 어우러졌다가 또다시 움직이기 시작하였다.

2

① "참 덕순이한테서 편지가 왔드군. 김 군에게두 안부해 달라구……."

"무어라구 했어?"

중환이는 이렇게 물으며 명수가 책상 서람에서 꺼내서 주는 파르스름한 양봉투를 받았다.

"적막하고 공연히 슬픈 증이 나서 못 견디겠다구 했드군. 의외에 퍽 센티멘탈한 선생이야."

명수는 이렇게 대답을 하고 혼자 웃었다.

편지는 꽤 길었다. 잘 왔다는 안부와 남편은 두 주일이나 있어야 떠날 모양인데 대개는 횡빈(橫濱)에 가서 있고 자기는 한규의 주선으로 청산(靑山) 근처에 하숙을 정하고 쓸쓸한 방 속에 혼자 들어엎드렸다는 이야기를 한 뒤에 이렇게 씌었다.

"……왜 이렇게도 적막할까요. 동경은 아직 가을철이 들지는 않았습니다만 높게 개인 푸른 하늘을 치어다보며 마루 끝에 가만히 앉았을 때처럼 처량한 때가 없습니다. 왜 그러냐는 것은 나도 모릅니다. 누구를 그리워서 그리는 것도 아니요 무슨 불만족이 있어서 그러한 것도 아닐 듯합니다. 그러나 만일 불만족이 있어서 그렇다 하면 그것은 아마 어디가 만족할 수 없다거나 무엇을 바란다는 갈피를 잡지 못하여서 그러하는 것일 듯도 합니다.

……나는 지금 새로운 출발점에 섰습니다. 공장의 기적소리같이 단조한 학교생활과 그 후에 곧 계속된 음울하고 냉랭한 가정생활에서 벗어나서 인제는 새 생활에 향하야 떠나겠다는 이때올시다. 만일 이것이 정말 그렇다 할 지경이면 지금 나의 가슴속에는 당연히 타오르는 희망과 끝없는 기대와 새벽에 주막을 튀어나오는 나그네와 같은 용기가 있어야 할 것입니다. 아름다운 꿈에 쌓이어 영원을 바라보고 있을 것이외다. 새로운 청춘이 거듭 찾아올 것이외다. 그러나 희망보다는 구슬픈 생각부터 앞을 서고 기대보다는 까닭 모를 공포(恐怖)가 덜미를 짚는 것 같습니다. 이게 무슨 까닭일까요? ……그러한 것이 과연 내게 있는지 일로부터 시험해 보기 전

에는 모를 일이외다. 그리면서도 아름다운 꿈을 꾸어 보려 하기도 하고 끝없는 공상에 끌려 들어가기도 하지만 현실(現實)에 대한 집착력(執着力)이 너무도 세차게 움직이기 때문에 그것도 실패올시다. 나는 꿈나라에도 못 들어갈 사람인가 봅니다. 현실만이 나에게는 전부일지도 모릅니다. 하지만 그 소위 현실(現實)이라는 것도 분명히 들여다보고 있다고는 못 하겠습니다. 마치 땅 위에 두 발을 붙이고 섰는 사람이 발을 떼어 놓아야 옳을지? 떼어 놓으면 어느 방면으로 가야 좋을지? 가서는 무엇을 할지. 아무것도 없지나 않을까? 있다기로 그것은 무엇일까? 하는 의혹과 두려움을 품고 혼자 속을 태우는 것과 같습니다. 그러나 나는 지금 서 있는 이 자리에서 뒤는 결코 다시 돌아보지 않습니다. 나의 과거라는 데에는 나의 옷자락을 잡아다닐 힘이 전연히 없기 때문이외다. ……내가 오늘날까지 하여 온 생활에 대하여 마음이 끌리거나 또는 이때까지 하여 온 생활에서 벗어 나오는 것을 고통으로 알거나 무서워하지 않을 것은 선생도 짐작하시겠지마는 내가 지금 이렇게 지향을 못 하고 다만 울고 싶은 심사에 싸여 있는 것은 다만 미래에 대한 불안(不安)과 공포(恐怖)와 방황에서 나온 것이라 하겠지요. 이로부터 시작되는 나의 운명 프로그램에는 무엇이 씌어 있는지 그것을 몰라서 마음을 졸이는 것이외다. 무엇이 씌었느냐는 것은 사람인 나에게는 영원한 미지수(未知數)라 할지라도 무엇이 또한 어떠한 것이 씌어 있기를 바라느냐는 자기의 심중조차 갈피를 잡을 수 없어서 슬프고 막막하다는 말씀입니다. 선생님! 선생님! 어떻게 할까요? ……"

② 중환이는 십여 장이나 되는 편지를 말끔히 본 뒤에 입을 삐쭉하여 잠깐 앉았다가

"너무 노골적인데……."

하며 명수를 치어다보았다.

"무에?"

명수는 담배를 빡빡 빨면서 천정을 치어다보고 앉아서 중환이가 읽는 소리를 듣고 앉았다가 고개를 내려뜨리며 웃었다. 머릿속으로는 무슨 생각을 이어 나가는 모양이다.

"왜라니……과거의 생활은 자기의 옷자락을 잡아다닐 만한 힘도 없고 자기는 새로운 출발점에 섰다고 하지 않았나! 그만하면 다 알쪼지."

"글쎄……."

명수는 여전히 웃고만 앉았다.

"벌써부터 짐작은 했지만 그날 하는 양을 보면 알겠군."

"그날이라니?"

"아 그날 말이야. B 여사 문제루 떠들던 것 말이야. ……하지만 나 군에게는 특별한 호의가 있는 게로군?"

"왜?"

여전히 생글생글 웃으며 중환이를 치어다보았다.

"어떻든 위험하이 위험해! 허허허. 나 군에게는 염복(艶福)이 너무 많아서 걱정일세."

"미친 사람!"

잠깐 말이 끊이었다. 중환이는 오른팔로 머리를 받치고 누워서 앞에 펴

놓은 편지를 또다시 한번 뒤적거리다가

"하지만 왜 그리 성화가 나서 오라고 하나? 편지 사연 보아서는 노비도 보내 줄 듯한 수작인데……."

하며 웃었다.

"별소리를 다하는군. ……일본말을 배울 데가 없으니까 이왕이면 어서 오란 말이지."

"일본 가 앉아서 일본말 선생을 조선으로 주문을 한다! 이것은 시대착오가 아니라 연애착각(戀愛錯覺)이로군. ……나 군이 아니 가면 내라두 가지! 하하하."

"하지만 주문한 게 다른데 하하."

"그것은 실없는 말이지만 이왕이면 어떻게 얼러 보구려. 어차피에 어떤 놈이든지 존 일을 시킨 터이니."

"미친 소리! 계집이란 그저 그런 것이지 그따위 소리를 한다고 금세루 혹할 놈이 어데 있담."

명수는 이런 소리를 하면서 중환이의 의향을 살피랴듯이 치어다보았다.

"어떻든 부러우이! 하지만 암만해두 여난(女難)의 상이 있어!"

"내게? ……참 그런지도 몰라. 이때껏 계집하구 관계된 일에 좋은 건 하나두 없었어. 좌천(佐川)이 집에서 쫓겨난 것두 역시 계집 때문이지……."

하며 옴폭한 눈을 멀거니 뜨고 앉았다.

"그러나 역시 그때가 순결하고 일생에 정말 연애 같은 연애를 했다구 하겠지. 암만해두 그때뿐이야."

명수는 동경에 있을 때에 일본 귀족의 가정을 연구하려고 좌천 남작이

라는 퇴직군인의 집에 가서 있을 때에 그 집 둘째딸하고 연애에 빠진 일이 있었다. 중환이는 언젠지 명수가

"매일 아침이면 아무두 모르게 아침 이슬이 촉촉한 붉은 장미꽃을 한 송이씩 새로 꺾어다가 흰 화병에 바꾸어 꽂아서 책상에 놓아 줄 제 그 앞에 앉아서 담배 연기를 내이기가 액색하였어!"

하며 풀 없이 웃던 것을 생각하여 보고 그러리라는 듯이 고개를 끄덕거리었다. 두 사람은 또 잠깐을 입을 답첬다.

"여난(女難)이라니 말이지 참 난 욕 보았네……."

"왜?"

"그리 대수룬 일은 아니지만 김 군한테 언제두 이야기했지? 저 희숙이 하구 혼담이 있다는 것 말이야."

하며 명수는 나직나직하게 입을 벌리며 누웠는 중환이를 내려다보았다.

③"그 계집애가 정옥이를 새에 넣고 나하구 만나자기에 가 보았더니 금세로 병이 났다고 안 오고 말았는데 아까 정옥이 집에 들러 보니까 내월 보름께면 결혼을 한다든가? ……내 별꼴을 다 당하지."

하며 명수는 웃어 버렸다.

"그건 또 무슨 작란인구?"

"글쎄 누가 아나? 심심파적으로 사람을 좀 흔들어 보는 게지."

"하지만 무어라구든지 말이 있겠지?"

"응 정옥이한테 한 편지를 보니까 만날 필요가 없다구 했드군."

하며 명수는 또 한 번 웃었다.

"필요가 없다구? 아, 필요가 없어졌단 말이야? 당초부터 필요가 없단 말이야."

중환이는 입을 삐죽하고 웃어 가며 물었다.

"누가 아우! 마치 내가 청이나 한 것처럼 면회사절을 한다는 말인 게지."

"흥 쑥스런 계집애두 다 보겠군!"

"하지만 그게 도리어 영리한 짓일지두 모르지!"

"남자 하나를 놀려 보기루 영리할 거야 무엇 있누."

"그야 처음부터 놀리자는 것은 아니겠지."

"글쎄……그러게 말하면 누구라든가 하는 돈푼 가진 사람의 후취댁으로 들어가려고 피차에 선까지 본 일이 있다는 소문두 있으니까 나 군두 그 세음쯤 대이구 실없은 작란으로 그랬는지 누가 아나. 하지만 반짇고리 앞에서만 자라난 처녀두 아니요 일본 유학까지 한 노처녀가 낯 서투른 남자하고 만나자고까지 할 때야 여간 생각하구 그랬을까? 그렇게 생각하면 지금 약혼한 남자보다는 나 군을 더 생각허는 게 분명할 테지! 그러면서도 나 군을 모욕하는 태도를 취하는 것은 무슨 까닭일꾸?"

"……결국은 돈 하나야!"

명수는 한참 있다가 이렇게 풀이 죽은 소리를 하였다. 중환이는 두 손으로 가락지를 끼인 위에다가 머리를 얹어 놓고 천정을 치어다보며 눈을 끔벅끔벅하고 자빠졌다가 천천히 입을 벌렸다.

"말하자면 나 군이 아직두 세상에 배겨나지를 못하구 일반적으로 여성이라는, 그중에도 조선 여성이라는 것과 많이 접촉을 해 보지 못하기 때문에 언제든지 그따위 꼴을 보는 거야. 덕순이만 하드라도 지금 저런 경우에 빠져 있으니까 나 군에게 매우 호의를 가지고 거의 연애에 가까운 감정을 느낄지 모르지만, 그것이 모르면 몰라두 연애까지는 가지 못하겠지. 적막하니 오라구 하는 것이 혹은 낚시질을 하는 수작인지는 모르지만 어떻든 나 군이란 사람에게 대한 아무 타산 없는 애착이나 호의보다는 무료하고 지리한 생활을 구원하여 내일 길을 나 군에게서 얻으려는 것에 지나지 않는 것은 분명한 이 아니야? 그러고 보면 나 군은 그 애의 꽁무니나 쫓아다니면서 심심파적이나 하여 주려 다니는 일밖에 없는 사람인가?"

"그것은 너무 지나친 생각이지. 사람의 감정이란 그렇게 단순한 것은 아니니까."

명수는 이렇게 부인을 한다.

"흥, 그럼 노비만 있으면 지금이라도 쫄레쫄레 쫓아가 보고 싶단 말이지? 하지만 지금 덕순이에게 자미 있는 이야기 벗이라두 하나 생겨 봐. 나 명수라는 '나' 자나 생각을 하게 되나. 사실 말하면 덕순이만 나무랠 것두 아니지. 나 군은 안 그런가! 지금 이런 편지를 받아보면 볼 때만은 매우 마음이 쏠리구 친구 이상의 애정이 있는 것같이 생각을 하겠지만 이따가 도홍이나 마리아나……그건 고사하고 길거리에서 지나가는 미인이라두 하나만 만나 봐요. 그때에 덕순이 생각이 나는가? ……"

"그는 그렇지!"

하며 명수는 웃으면서 또 담배를 빼어 물고 초조한 듯이 성냥을 확 그었다.

④ "통틀어 말하자면 여자니 남자니 할 것 없이 조선 민족에게 대하여서는 이대로서는 장래가 미덥지 못하다고 나는 생각하네. 어떤 때는 정말 미워! 물론 자기 자신까지……. 조선 사람이란 열 우물 백 우물을 파 보지 않으면 만족할 수 없는 인종이야. 근기도 없고 정열도 없으니까 한 가지 일에 몰두를 할 수두 없구 금세루 염증이 날 게 아니야? 두말할 것도 없이 조선 사람에게는 의지(意志)라는 것이 없어! 게다가 조선 사람에게는 이가 없어요. 무엇이든지 씹지를 못하는 백성일세."

중환이는 무슨 생각을 하는 사람처럼 여전히 천정만 치어다보며 천천히 말을 계속하다가 고개만 돌려서 명수가 집어 주는 담배를 받아서 피워 물고 또 입을 벌린다.

"……요컨대 조선 사람이란 연애라는 행복을 타지 못하고 나온 인종일세. 근기두 정열두 없는 사람에게 연애가 있을 리가 있나! 그러면 연애를 찾지 않느냐 하면 그렇지두 않지! 그러나 이가 없어 씹지를 못하느니! 하기 때문에 마치 피아니스트의 손가락이 키 위로 날아다니듯이 입술에서 입술로 날아다니는 연애밖에는 없을 테지! 연애 없는 민족! 그거야말로 조약돌이 깔린 길을 징 박은 신발로 밟는 것 같은 것이 아닌가? ……"

중환이가 여기까지 와서 잠깐 말을 끊으니까 명수는 우두커니 앉아서 귀를 기울이고 있다가

"그렇게 비관하지 않어두 좋으니 그건 김 군이 이때껏 연애를 경험해 보지를 못하였으니까 그러한 판단을 내리우는 거지……."

하며 반대를 하였다.

"하지만 안 되어요. 나두 아주 경험이 없지 않지만 다 쓸데없는 말이야.

춘향이 같은 열녀도 없구. 거의 연애의 신이라구 나는 생각하지만 춘향이는 벌써 죽었네……이런 소리를 하면 자네는 도홍이를 생각하겠네마는 도홍이는 분 바른 계집애요 춘향이는 아닐세. 자세 알아두게. 평양서 나가지고 서울서 자라난 대동권번 기생이요 남원 태생은 아닐세. 나 군의 혈관에두 이 도령의 피는 없느니……."

하며 중환이가 헛웃음을 치니까 명수도 따라 웃으며

"누가 아나? ……두구 보게 성공을 하는걸."

하고 입술을 꼭 다물었다.

"상관하려면 그건 쉬운 일이지. 지금이라도 돈 사오십 원만 들구 가 보게그려! 허허허……하지만 그는 고사하구 만일 춘향이가 사실에 있던 실제의 인물이라 하면 조선 사람도 유망하다구 할 수 있겠지……."

"무에 유망하단 말이야?"

"아. 글쎄, 그만한 정열이라든지 근기라든지 의지(意志)가 있다 하면 조선 사람의 민족성이 근본적으로 유망하다구 할 수 있지 않어? 소위 유물사관적 견지(唯物史觀的 見地)에서 보면 현재의 조선 사람의 민족성은 기형적(奇形的)으로 된 시대적 현상(時代的 現象)이니까 그렇게 비관을 아니 해두 좋겠지. 하지만 만일 춘향이라는 인물이 실제의 인물이 아니거나 시대를 대표한 전형(典型)이 아니라 하면 우리 민족성의 본질을 의심하지 않을 수 없지……."

중환이는 여기까지 와서 말을 끊고 몸을 뒤집어서 엎드리며 먹던 담배를 꾹꾹 으깨서 꺼 버린 뒤에 잠자코 앉았는 명수를 잠깐 치어다보다가

"이 도령! 우리 춘향이한테 가 볼까?"

하며 웃었다.

"미친 사람!"

하며 명수도 웃다가

"참 가 볼까? 하지만 들어앉았을까?"

"없으면 상관있나! 산보 삼아 가 보는 게지."

하며 중환이는 뭉깃뭉깃 일어나 앉았다.

⑤ "어디들을 가우? 나두 나갈까?"

명수하고 중환이가 건넌방에서 나와서 신을 신고 있으려니까 마루 한가운데에 이십 촉이나 되는 전등을 환하게 켠 밑에 책을 펴놓고 앉았던 문수가 뒤에서 바라보고 물었다.

"같이 가두 좋지. 하지만 어서 공부나 하게."

중환이의 대답은 확실히 문수를 떼어 버리는 눈치가 보이었다.

그러나 문수는 따라나섰다.

"내가 끼어서 자미 없는 일이나 없어? 고만둘까?"

문수는 두루마기 고름도 매이지를 못하고 허둥허둥 쫓아 나오며 두 사람의 대답을 들어 보려는 듯이 이런 소리를 하였다.

"그런 줄 알면 왜 나오나?"

이번에는 명수가 농담처럼 대답을 하였다. 그러나 문수는 코웃음을 치며 두어 발자국 떼어 놓더니

"이리 가지. 이리 나가는 게 가까운데."

하며 산턱골로 빠지는 컴컴한 좁은 길을 가리켰다. 두 사람은 잠자코 훤한 넓은 길로 나서서 뚜벅뚜벅 걸어간다. 문수도 하는 수 없이 따라왔다.

"강 군! 우리는 지금 산보를 가는 걸세."

세 사람이 느런히 서게 되니까 중환이가 문수의 얼굴을 들여다보며 이러한 소리를 하였으나 문수는 무슨 뜻으로 하는 말인지 몰라서 웃고 말았다. 명수도 따라 웃으면서 속으로

'역시 철학보다는 주판질을 하는 게 낫겠지!'

하는 생각을 하고 혼자 또 한 번 웃었다.

'확실히 도홍이 집에를 가자고 하였는데……나 때문에 고만둘 모양인가? '우리는 지금 산보를 가는 걸세!' 하지만 쫓아가는 거야 하는 수 있나!'

문수는 혼잣속으로 이러한 생각을 하여 보다가

"김 군! 지금 한 말이 무슨 소리야?"

하며 웃는 낯으로 물었다.

"못 들었나? 칸트도 산보할 제 가까운 길루 질러 다니더냐는 말일세. 허허허허."

"아 하하."

문수라는 사람은 과부의 외아들로 남의 없는 고생도 많이 한 사람이다.

"내가 아홉 살 되던 해 겨울에 과천서 책궤를 짊어지고 혼자 서울로 올러올 적에……참 말 말게. 꽁꽁이 얼어붙은 한강을 건너오다가 빙판 한가운데서 오두 가두 못하고 발발 떨 제……아, 참 그때에 어떡해서 얼어 죽지를 않았던지!"

이러한 술회(述懷)를 친구들에게 하는 것을 보면 그가 어떻게 고생을 한

어떠한 위인인가를 알 수 있을 것이다. 다섯 자밖에 아니 되는 조고만 몸집 위에 얹혀 있는 갸름한 얼굴에 오십이 넘은 사람에게도 그리 흔히 보지 못할 주름이 그물을 뜬 것을 보아도 그가 소학교 하나도 만족히 졸업하지 못한 것을 알겠다.

"난 처음엔 변호사가 되랴구 하였었지. ……변호사 집 아랫방에서 올올 떨어 가며 법학통론(法學通論)을 내리 외고 앉았던 생각을 하면……참 참……."

친구들에게 이런 소리를 할 때도 있었다. 그러나 친구들은 그의 열심이나 근기를 비웃지 않는 사람이 없었다.

"여보게 철학개론(哲學概論)은 법학통론과 다른 걸세."

하는 사람도 있고

"그럴 게 아니라 아주 그 책을 살라서 물에 타 먹게!"

하는 사람도 있고

"아냐. 그보다도 아주 씨름을 하거나 정사를 하는 게 좋겠지!"

하며 비웃기도 하였다. 그러나 문수는 이러한 체면 없는 조롱을 당할 때마다 얼굴이 벌개지며 웃기만 하면서도 이를 깨어물었다.

⑥ 사실상 문수에게 대한 철학 연구는 좀 힘에 겨웠다. 더구나 상당한 지도 없는 조선에 앉아서 일본 사람의 번역만 가지고 뚫어 나가려는 것은 억지다. 친구들이 놀리는 것은 도리어 자기의 결심에 물을 한 번 더 뿌리고 한 번 더 밟아 주는 것이지만 아주 당김도 할 수 없는 대문을 만날 때마

다 몸이 달 뿐이요 비관만 들어갔다. 그러나 내던질 수는 없었다.

"참 강 군! 자네두 도홍이를 안다지?"

세 청년은 해태 앞을 지나서 캄캄한 육조대로의 복판으로 걸어가며 중환이가 입을 벌렸다.

"응 알지. 작년 봄에 여러 번 놀았는데……우리 지금 가 볼까?"

문수는 반색을 하며 이런 소리를 하고 비단수건을 사서 준 일이 있었느니 얼마 동안은 쫓아다녀 보았으나 조용히 만날 기회가 없었느니 하는 이야기를 자랑삼아 한참 늘어놓았다. 중환이는 듣다 말고

"이거 왜 이러나. 자네까지 놀아나라나? ……대관절 철학자(哲學者)가, 칸트 선생에게 기생이 무슨 상관이 있단 말인가? 허허허."

"철학자두 본능(本能)의 전율(戰慄)은 있다네. 하하하."

"또 시작이로군! 본능의 전율인지 칸트 선생의 전율인지 어떻든 자네는 빠질 차렐세."

이번에는 명수가 웃지도 않고 한마디 하였다. 문수는 입을 실쭉하며 속으로 코웃음을 쳤다. 칸트 선생이라고 놀리는 것은 그리 듣기 싫을 게 없지만 빠질 차례라는 데에는 심사가 틀리었다.

'경쟁을 해 볼 테면 해 보지. 돈 한 푼 없이 마뜩치 않은 기생 외입은……. 위선 백 원 하나는 내일모레 새로 들어올 것이 있지……혼자 불러 봐두 오긴 오겠지만 중환이가 내게루 오면 좋긴 한데……무얼 한잔 먹이면 다 되지…….'

문수는 혼자 이런 생각을 머릿속에 그리며 따라갔다. 백 원 돈이 들어올 게 있다는 것은 일본 사람의 돈을 끌어서 여러 군데에 월수를 놓은 것을

모으면 될 것을 생각하고 하는 말이다.

도홍이는 어디를 갔는지 없었다.

"기대려 볼까?"

중환이는 댓돌 위에 남자의 구두가 놓인 것을 보고 명수와 웃으며 눈짓을 하다가 마루 끝에 판을 차리고 앉았다.

"지금 막 나갔는데 언제나 들어올지요? ……."

기생의 할미라는 늙은이는 안방 창을 가리고 서서 코 먹은 소리로 손님이 가 주었으면 하는 수작을 한다.

"놀음에 간 것은 아니겠지요?"

"네. 하지만……."

하며 노파는 말끝을 흐리마리하였다.

명수는 눈살을 찌푸리고 뜰 한가운데 섰다가 가자고 중환이를 끌고 나왔다.

"안방에 놈하고 둘이 들어앉았는지도 모르지."

명수는 문밖으로 나서며 또다시 눈살을 찌푸렸다.

"글쎄. 하지만 잠깐 보니까 모시 두루마기를 입은 자가 혼자 누운 모양이던데."

"어떤 작자야?"

"누가 아나!"

"요릿집 보이 같은 놈하구도 이러니저러니 하는 소문이 있는 계집이니까 보지 않아도 그따위 종류겠지."

두 사람의 뒤를 쫓아오던 문수가 웃으며 이러한 소리를 하였다. 잘 되었다고 문수는 생각하였다.

"요릿집 보이는 외입두 못 하나. 철학자가 오늘 좀 머릿속이 뒤틀린 게 로군."

명수는 일부러 이러한 소리를 하였다.

⑦ 구리개 모퉁이에 있는 카페에 들어가서 시간을 보내다가 세 사람은 또다시 도홍이에게 어슬렁어슬렁 찾아 들어갔다.

"어데 갔었니?"

중환이는 또 마루 끝에 털썩 앉으며 치마를 벗고 방문 밑에 앉았는 도홍이를 건너다보았다.

"아까 다녀가셨소? 난 누구시라구 했지."

하며 일어나서 중문간에서 어정어정하는 명수를 한참 내다보다가

"어서 들어오세요. 선생님이 아 이게 웬일이세요."

하며 수선을 떤다. 문수는 명수의 앞을 서서 들어오며

"오래간만이구려."

하며 손을 내밀었다. 기생은 컴컴해서 잘 보이지 않는 것처럼 고개를 빼어가지고 문수를 한참 들여다보다가

"참 오래간만이올시다그려."

하고 손은 내어주면서도 눈으로는 명수를 바라보고 어서 올라오라고 재촉이다.

"인제 난 쓸데없니? 날더러는 올러오란 소리두 없구나!"

중환이가 이렇게 트집을 잡으니까

"또 약주 잡쉈구려? 어서 가요 가!"

하며 앉았는 중환이를 떼어미는 도홍이의 입에서도 술 냄새가 살짝 끼쳤다.

"이거 왜 이러니! 너는 무얼 먹었길래 얼굴이 빨가냐? ……공연히 내가 입 한 번만 벌리면……."

"무어 어째? 입 한 번만 벌리면 어쩐단 말씀예요? ……당신 옆에를 갔더니 금세루 술이 배나 보다!"

하며 도홍이는 분합짝에 몸을 실리우며 한 팔을 벌려서 문설주를 잡고 섰는 것이 한층 더 미력이 있어 뵈이고 개개풀린 눈자위에 웃음을 떼이고 모로 앉았는 명수의 곁뺨을 노려보는 것이 한없이 귀여워 보이었다. 다만 '이쁜데…….' 하는 생각이 세 사람의 마음속에 똑같이 떠올랐다. 중환이는 한없이 한참 바라보다가

"응 무안을 보아서 얼굴이 저렇게 홍당무가 되었단 말이지! 너두 부끄러운 줄을 다 아는구나? ……알구 보니까 너두 철이 제법 났는걸!"

하며 비꼬는 수작을 하였다.

"이 양반이 말을 듣나 마나? ……누가 무안하답디까? ……응 아까 누가 와서 누웠던 걸 보시구 토라지신 모양이구려. 무엇 본새루 눈치만 남았구려! 왜? 샘이 나우? 남이 정든 님하구 무슨 짓을 하던 댁이 무슨 상관요 네?"

"댁이라? 이년 봐라!"

하며 중환이는 웃으며 벌떡 일어나서 구두 신은 발로 마루 위로 올라섰다. 도홍이도 깔깔대이며 안방으로 피해 들어가서 보료 위에 나가서 자빠졌다.

"어서 이리 들어와요 나 주사 선생님은 들어오시겠지?"

하며 쌔근쌔근하며 돌아 드러누웠다.

　은조사 단속곳 아래로 곱다란 모시고쟁이 가랑이가 살짝 내어다 보이는 하얀 포동포동한 다리에 휘감긴 것을 중환이는 창턱 밑에 앉아서 들여다보다가 지르신은 버선 뒤축이 미끄러져서 벗겨지게 된 발목을 잡아다니었다.

　"아야 사람을 죽이네. 어서 이리 들어와요."

하며 도홍이는 발딱 일어나서 앉더니

　"우리 술 먹을까? 내 한턱내지."

하며 일어나서 의걸이 문을 활짝 열어젖뜨리고 함부로 쑤석거리고 섰다.

　"자네 요새 인천 다니나?"

　중환이가 또 한 번 농담을 하였다.

　"왜 인천은?"

하며 이때껏 잠자코 도홍이의 거동만 노려보고 앉았던 명수가 말을 가로채었다.

　"도홍이가 한턱을 내인다니 말이지."

　"사람을 이렇게두 깔보기요. 당신은 인천만 알구 가까운 명치정은 모르슈?"

　도홍이는 안방 속에서 뻑뻑한 목소리로 한마디 하고 나서 짜증을 내이며 할머니를 불렀다.

⑧ "여기 넣어둔 돈 보셨소!"

여전히 쑤석거리며 마누라더러 물었다.

"난 몰라! 지갑에 있겠지."

노파는 또 코 먹은 소리로 대답을 하며 장 안을 들여다보았다. 도홍이는 별안간 화를 발깍 내이며 옷가지를 손에 잡히는 대로 집어서 방 안에다가 팽개를 치면서 혼자 종알거린다.

"얘 이거 웬일이냐? 가만 있거라. 내 찾아 주마."

마누라는 컹컹 소리로 말리면서 방바닥에 헤갈이 된 옷을 떨어지는 대로 주섬주섬 집어서 개키고 앉았다. 세 손님은 물끄럼말끄럼 서로 치어다보며 도홍이의 거동을 바라보고 앉았으나 송구스럽다거나 맬망스럽다는 생각보다는 모든 것이 귀엽고 예쁘게 보이었다.

"엥! 이놈의 살림을 깨트려 버리고 쪽박이라두 차구 나서든지……."

도홍이는 방문 밖으로 나오면서

"……살림이라구 누가 뒷배를 보아 주어야지. 아무 짓이라두 손이 맞어야 해 먹지."

하며 마루 끝으로 나오더니 퍼더버리고 앉아서 어멈을 불러 음식을 시킨다.

"미안하니 우리는 인제 가겠네."

중환이가 이런 소리를 하여 보았다.

"가실 테면 가구려. 누가 당신 때문에 그럽디까."

하며 얼마쯤 농치는 수작을 하고 나서

"글쎄 이것 보세요……."

하고 목소리를 낮춰서 애처로운 심중을 호소하려는 듯이 명수와 중환이

사이로 다가앉았다. 십칠팔 일의 이지러진 달은 인제야 저편 부엌 지붕 위로 뻘겋게 솟아 올라왔다.

"아무리 이러한 영업을 한대두 어머니가 있다든지 허다 못해 뒷배를 보아 주는 오래비라두 하나 있어야지요. ……참 기가 막혀! 내 붙이라구는 씨알머리두 없구 저 등신이 다 되신 외할머니 한 분이니까 나만 문밖을 나오면 이 집안이 어떻게 되는지 한시라두 마음이 놓여야지요."

하며 도홍이는 가벼웁게 한숨을 쉬었다. 세 사람은 똑같이 동정한다는 듯이 고개를 끄떡거리었다. 중환이도 이때까지의 실없는 태도를 변하여

"그럴 테지."

하며 목소리를 죽여서 다정하게 한마디 하여 주었다. 그러나 명수는 누구보다도 '불쌍하다!'고 생각하였다. 도홍이는 고개를 숙이고 분합짝에 기대어 앉았다가

"……밤중 같은 때 할머니하구 둘이 가만히 드러누웠으면 참 한심해 못 견디겠에요. 어떤 때는 저 늙은이가 저대루 죽지나 않았나 하구 실 같은 숨소리에 귀를 기울이고 드러누웠다가 별안간 전신에 소름이 쭉 끼치구 병이 나서 이대루 턱 드러누워 버리면 어떤 놈년이 들여다나 봐 줄까 하는 생각이 나서……."

도홍이는 술이 취하여지는지 거진 울듯이 목소리가 흐려졌다. 명수는 가슴이 선듯하였다. 금시로 도홍이를 끼어 올려 앉히고 울어 주었으면 자기의 심사도 시원히 풀리겠다는 생각을 하여 보았다. 그러나 별안간 아까 댓돌 위에 놓였던 흰 구두가 머릿속에 떠올라 왔다. 명수는 도홍이의 불그스름하게 상기가 된 얼굴을 살짝 치어다보았다. 중환이는 달을 바라보고

앉아서 도홍이의 하소연을 듣다가 고개를 돌리며

"그럴 테지. 하지만 그럴 쓸데없는 걱정을 하지 않아도 가는 곳마다 사람 살 곳 있다는 말이 우스운 말이 아니니까 저절루 길이 나서느니라."

하며 위로를 한 뒤에

"애! 그렇게 사내가 없어서 걱정이 되거든 내가 와서 있으랴? 밥값은 내마!"

하며 농쳐 버렸다.

"당신 같은 술독을 데려다가 무엇에 쓰게!"

도홍이도 웃어 버렸다.

⑨ "아까만 해두 그렇지……."

도홍이는 손님들이 마루 위로 올라와서 요리상에 둘러앉은 뒤에 틈을 타서 입을 벌렸다.

"누가 집안에 믿을 만한 사람이 있으면 알두 못 하는 손님을 안방으로 끌어들여서 버둥버둥 자빠졌게 하겠에요? ……들어와 보니까 어떻게 화가 나는지……."

이 소리 한마디가 하고 싶어서 이 계집은 이때까지 농담도 하여 보고 짜증도 내어 보고 설운 사정도 하였고 술까지 사 내인 것이다.

"그자는 누구길래?"

도홍이가 벌써 짐작하고 있는 질문이 순탄한 말씨로 중환이의 입에서 나왔다.

"두어 번 요릿집에서 만나기는 하였지만 성명도 모르는 잔데 요새 별안간 지근덕지근덕 쫓아다니면서 으레이 주인두 없는 방에 들어와 턱 드러눕지를 않나……아무리 이런 영업을 할망정 참 별꼴을 다 보겠어! 아까두 명화하구 놀라갔다가 들어오니까 궐자가 그때부터 대령을 하구 와서 있지 않어요! 명화 보기에두 꼬락서니가 뭐야요! 그래 하는 수 없이 할머니께 쫓아 보내 달라구 하구 다시 나가서 명화하구 한잔 하구 와서 보니까 그저 자빠졌겠지요……."

"그래 어떡했드람?"

"내쫓아 버렸지! 어떡해요."

"어떤 반뼈 자란 놈이 쫓겨나가드람!"

"반뼈 자라지 않으면 저는 별수 있나요? 나가라면 나갔지."

"그래 그때 명화두 있었어?"

"명화야 왜 있에요."

도홍이는 핀잔을 주듯이 말을 딱 자르고 술잔을 들었다. 중환이는

"그럼 너 혼자 내쫓느라구 퍽 애를 썼겠구나!"

하며 비웃어 줄까 하다가 애를 써서 변명을 하려는 것을 이해상관 없이 듣기 싫은 소리를 하는 것이 안되었다 생각하고 입을 담쳐 버렸다.

명수도 중환이하고 주거니 받거니 하는 도홍이의 말에 귀를 기울이면서 속으로는 이리저리 궁리를 하여 보고 궁리를 하여 보고 앉았다. 첫째에 명화하고 돌아왔을 때에 손이 들어와서 있는 것을 보고 쫓아 버리라고 이르고 나갔을 지경이면 어찌하여서 할미가 창을 가리우고 서서 우리더러 가달라는 듯싶이 냉정하게 굴었을꾸? 하는 의심부터 앞을 섰다.

173

'그러면 할미가 억지로 끌어대이랴는 봉인가?'

이렇게도 생각하여 보았으나 할미라는 위인이 보통 기생에미같이 거벽스럽거나 농간을 부릴 만큼 기승스럽지도 못한 것을 생각하면 그렇지도 않을 것 같다.

'아무가 와서 누웠기루 그리 될 거야 무엇 있어. 손님이 기생집 안방에 들어와서 누울 만하면 웬만한 외입쟁일껜데……'

명수는 하지 않아도 좋을 말이라고 생각은 하면서도 너무 입을 다물고 앉았는 게 겸연쩍어서 한마디 하였다.

"외입쟁이면 아무 기생집에 나가서 자빠졌어도 좋다고 누가 가르쳐 줍디까?"

"누가 배워 가지고 다니면서 외입하든? ……하지만 내가 와서 잠깐 누웠어두 그럴 모양이로구나?"

하며 명수는 살짝 웃어 보이었다.

"나는 누구길래 저번부터 밤낮 과붓집 똥녁가래처럼 내세시우? 흐흥!"

도홍이 바람에 배갈을 반잔 턱이나 먹은 명수의 얼굴은 한층 더 발개졌다. 그러나 도홍이는 약간 몸을 뒤로 재치는 듯하여 명수의 얼굴을 살짝 곁눈으로 흘겨보며 웃었다.

⑩ 문수는 중환이가 무엇이라고 떠드는 데에 귀를 기울이면서도 눈으로는 명수와 도홍이의 거동을 살피기도 하고 그쪽으로 정신이 팔리기도 하다가 도홍이가 명수에게 기탄없이 농담을 거는 것을 듣고는 그동안에

벌써 저만큼 친하여졌나? 하며 놀랐다.

"아 이 양반은 예가 종로 네거린 줄 아시나? 고만 떠들구 약주나 드세요!"

도홍이는 눈을 게슴츠레하게 뜨고 까딱거리며 앉았다가 중환이의 팔을 잡아다니었다. 중환이는 거기에는 돌아다보지도 않고 여전히 일본말로 떠들고 앉았다.

"……어떻든지 연애라는 것은 모든 힘[力]을 낳을 수 있다고 나는 생각하네마는 이러한 의미로 나는 조선 사람이 연애의 삼매(戀愛三昧)에 취생몽사(醉生夢死)로 세월을 보내라는 말이 아니라 다시 말하면 연애의 그 자체보다는 연애를 할 만한 모든 조건과 소질이 조선 사람에게 있었으면 좋겠다는 말일세. 그러나 연애라는 것은 감정이 순일(感情純一)하여야 할 것이요 자기의 생활에 대하여 깊은 자각과 날카로운 반성력(反省力)이 있어야 할 수 있는 것일세. ……요새 젊은 애들이 예배당 문 뒤에서 "아무개 씨, 오늘 달은 참 유난히도 밝습니다!" "아 참 그래요. 이 장미꽃 좋지요." "그건 웬 거예요? 누구를 주실 거예요? 어서 갖다 주시지요." 하며 내버려도 개도 집어 먹지 않을 소리를 속살거리면서 세상이나 만난 듯이 떠들다가 치맛자락이 떠들썩하여지면 "실상은 신성한 연애를 할 작정이라서……" 하며 난데없는 신성을 쳐들어 내이는 것을 가지고 연애 연애 하지만 그것은 연애가 아니라 무지(無智)라는 돈으로 산 본능적 생식(本能的 生殖)이라는 것밖에 아무것두 아닐세. 그것조차 없는 사람일 지경이면 밤을 낮으로 알고 돌아다니는 기생집 순례(巡禮)일세. 이것두 저것두 할 여지가 없는 사람은 아침 먹구 앉아서 저녁 걱정하는 축일세. 그리하여 나중에 남는 것은 불순(不純)이라는 것과 무감각(無感覺)이라는 것밖에 없느

니! 타락이라는 건 외입하는 것만이 아닐세……불쌍한 것은 조선 청년이
야. 이것이 만일 숙명적(宿命的)이라 할 지경이면 비참한 일일세…….”

“아 어서 이걸 잡수세요.”

도홍이는 말이 맺기를 기다리다 못하여 또 한 번 재촉을 하고 나서

“이건 싸우랴 여길 오셨나!”

하며 중환이를 책망을 하였다. 일본말로 신이 나서 퍼붓는 중환이의 말씨
는 알아듣지 못하는 도홍이에게 싸우는 것같이 보이었다. 그러나 그것은
문수가 무어라고 말을 잘못 하였기 때문에 중환이가 노한 것이라고 눈치
를 채었는지 문수를 잠깐 흘겨보았다.

“싸우기는 누가 싸워!”

하며 중환이는 식은 술잔을 들어 마시고 나서

“도홍이가 춘향 노릇두 못 하고 나 군이 이 도령 노릇두 못 하는 게 화가
난다는 말이야.”

하며 웃었다.

도홍이는 반색을 하면서

“누가 못 한다구 그래요?”

“내가 말야.”

“그럼 저 양반은?”

“저 양반? 무론 된다지!”

하며 중환이는 웃었다. 도홍이는 문수를 치어다보고 웃다가 명수를 은근
히 건너다보았다.

“하지만 강 군 말은 나 군은 이 도령 노릇을 못해두 자기 같으면 할 수

있다는데!"

하며 중환이가 커닿게 웃으며 도홍이를 치어다보았다.

"에끼!"

하며 문수는 웃고 말았다. 다른 사람들도 픽 웃었다.

⑪"그까진 소린 고만두구. 자, 인제라두 한잔 주."

하고 도홍이는 비인 잔을 들었다.

"인제 고만 먹지……김 군도 웬만큼 취하였는데……."

명수는 두 사람의 주홍빛이 된 얼굴을 바라보며 말렸다.

"이 양반이 정말 이 도령이 되랴나 봐! 누구 말마따나 언제부터 이렇게 알뜰한 정분이 났습디까?"

도홍이는 대떨어지게 말끝을 꼭꼭 박으며 중환이가 따라 주는 술을 받아서 한입에 들어부은 뒤에

"당신같이 먹을 줄 모르는 술상 앞에 앉아서 안주나 넙적넙적 집어먹으란 말이지? 그것두 팔불치의 하나예요!"

하며 얄미락스럽게 명수를 들여다보다가 눈웃음을 쳤다.

명수는 그동안 두어 번 혼자 왔을 때에 머리를 한가운데로 갈라서 빗겨 주마고 수선을 부리며 체경 앞에서 어깨에 매어달리어서 더운 입김을 일부러 곁뺨에 훅훅 끼쳐 주기도 하고 돌쳐나가는 사람을 다시 불러서 악수를 하자고 들뜬 목소리로 아양을 부려 가며 실랑이를 하던 생각을 하면 지금 이렇게 꼬집어서 무안을 주려고 하는 것이 중환이가 있기 때문에 부러

그러는 것 같은 모양이나 좀 열적지 않을 수 없었다.

'……그러나 중환이가 있기루 왜 그러나? 설마 중환이 하구 무슨 관계야 있을까? 만일 그렇다면? ……'

명수는 이렇게 생각을 하면서 별안간 얼굴이 취하여지는 것 같았다. 만일 그렇다면 자기는 눈치 없이 남의 춤에 노는 웃음거리나 되고 말 것이라고 생각하기 때문이다.

명수는 그런 소리를 들었다고 금세로 젓가락을 놓을 수도 없어서 이러한 생각을 혼자 머릿속에 그리면서 몇 젓가락 더 집어다가 볼이 메이게 씹고 나서

"자네는 상관없지만 김 군이 취하면 데리구 가기가 어려우니까 그러지!"
하며 말을 피하였다.

"안 데리구 가시면 고만이지. 이 집엔 방두 없습디까."

"하던 중에 쓸 만한 소리를 하였다."
하며 중환이는 웃으면서도 이 계집이 왜 이리누? 하는 의심이 없지 않았다. 그러나 유쾌하지 않을 수는 없었다.

명수는 머릿속에 여러 가지 생각이 주마등같이 떠올라 왔다. 위선 도홍이가 이 집에는 방이 없느냐고 탁 털어놓고 하는 수작을 보면 결코 중환이를 깊게 사랑하지 않는 것은 분명하다. 하지만 혹은 술이 취하여서 그런 소리를 하는지도 모를 것이다. 그렇게 생각하면 중환이더러 자고 가도 좋다는 말은 두 가지로 해석할 수가 있었다. 취중에 본심이 탄로된 것이라고 해석도 할 수 있고 또는 취한 바람에 정신없이 입에서 나오는 대로 한 말이라고도 할 수 있다. ……하지만 이 계집의 성질이 원래 은근이라든지 비

밀이라는 것을 모르는지도 모를 것이다. 이 계집만이 아니라 이런 생애를 하는 계집은 모두 그런지도 모르겠다. ……그러나 하던 중에 잘한 말이란 것은 웬 소리인가? 날더러 들으란 말인가? 그렇지 않으면 무심코 한 농담에 지나지 않는가? ……

명수는 이러한 조그만 데까지 속으로 캐이고 캐어 가며 중환이를 치어다 보았다. 그렇게 미울 것은 없어도 어떻든 더 앉았고 싶은 생각은 없었다.

'……하지만 김 군까지 취한 척하고 드러누워 버리면? …….'

이러한 염려도 하여 보았다. 그러나 중환이가 그리 취한 태도도 보이지 않고 도홍이에게 대하여도 무관심한 모양으로 별로 주의를 하지 않는 것을 보면 한편으로는 안심이나 그것이 관계있는 남녀 간에 흔히 보는 것과 같은 무관심인지 또한 의심이다.

⑫ 사랑은 정코 아름다우며 존귀한 것이다. 사랑이라는 것 그 자체가 그럴 뿐 아니라 서로 사랑하는 사람도 아름다워지고 순결하여지고 존귀하여지는 것이다. 그러나 여기에는 고통과 번민이 형상 있으면 그림자 있는 것과 같이 따라다니는 것을 미리 짐작하여야 할 것이다. 사랑의 눈[芽]이 틔운다는 것, 이것처럼 아름답고 귀여운 것이 어데 있으랴? 이것처럼 순결하고 신성한 것이 어데 있으랴? 이것이야말로 생명이 가장 크고 가장 높게 전개(展開)되려는 서곡(序曲)이다. 그러나 거기에는 고민이 있다. 심통(心痛)이 있다. 한숨이 있다. 초조(焦燥)가 있다. 의혹이 있다. 시기가 있다.

부모가 얻어다가 맡기어 준 마음에도 없는 어린 처녀하고 무서운 사흘

밤을 새이던 어렸을 적 기억과 이국 처녀의 불길 같은 추파에 피어나려던 청춘이 그대로 자지러지고 끓으려던 피가 그대로 가라앉은 채 스물일곱 살이 되는 오늘날까지 여자 육체의 비밀도 아직 모르는 명수의 앞에는 지금 도홍이라는 우상(偶像)이 돌연히 나타났다. 그것이 어떠한 운명이 결정적(決定的) 프로그램의 첫줄에 타점(打點)을 한 것인지 혹은 우연하고도 유희적(遊戲的)인 단순한 희롱에 지나지 않는 것인지는 이 필자(筆者)도 모르는 것이다. 그러나 명수의 잔잔히 가라앉은 정서(情緒)의 깊은 연못에는 사랑이라는 홍보석(紅寶石)을 던지어서 동그란 파문(波紋)이 먼 산의 아지랑이같이 살금살금 퍼져 나가고 평정한 그의 생활에는 어느 때 노도광랑이 일어날지 기약할 수 없는 것만은 사실이다. 그러나 그 파문과 그 광랑은 어디까지 번지고 얼마나 끓어 올라와서 어느 언덕에 부딪쳐 부서질지는 모를 것이다…….

아름다운 공상을 꿈꾸고 항구(恒久)를 생각케 하는 별 같다고 하는 것보다는 여름날 서늘한 저녁에 분잡한 시가로 달아나는 자동차의 헤드라이트 같은 두 눈! 아름답고 보드라운 음악보다는 함석지붕에 내리쪼이는 폭양에 눈이 부시게 반짝이는 반사광을 생각게 하는 그 목소리! ……통틀어 말하자면 이러한 데에서 명수는 자기의 시적 정취(詩的 情趣)를 만족시킬 만한 무엇을 얻지 못하겠지만 그래도 도홍이의 그 눈과 부딪칠 때 명수의 가슴은 무슨 독약이나 먹은 사람같이 옥죄이고 쓰리며 그 들뜨듯 하면서도 날카로운 목소리를 들을 때에는 뭉키었던 피가 일시에 확 퍼지는 것 같았다. 그는 벌써 도홍이를 생각지 않는 순간은 저주받은 순간이요 도홍이의 곁을 떠나는 고통은 그 곁에 앉았는 쾌락에 백 곱 천 곱이나 되는 줄을 깨닫게 되었다. 그러나 명수는 이것을 속에 깊이 감추고 앙앙한 심사를 못 이기며 도홍의 집에서 나왔다.

'설사 상관이 있다기루 관계있나!'

명수는 중환이가 웬만큼 취하였건만 머뭇거리고 뒤떨어지려는 기색도 없이 선뜻 나서는 것을 보고 안심하면서 이런 생각을 하여 보았다.

"허지만 아무리 생각을 해 봐두 그애가 거짓말을 곧잘 하는 게야."

명수는 잠자코 중환이의 뒤를 따라오다가 이렇게 혼잣말처럼 물었다.

"그야 그렇지!"

문수가 이렇게 대답을 하였으나 그것이 명수에게는 좀 불쾌하였다. 그렇다는 대답보다는 그렇지 않다는 대답이 나오기를 기다렸기 때문이다.

"무얼 보구 하는 소리야."

중환이가 다시 물었다.

"처음 갔을 때에 할미가 우리더러는 가 달라는 눈치를 보이고 안방에 누운 자를 감추지 않았어? ……그런데 도홍이 말은……."

하며 명수는 도홍이가 그자를 정말 쫓아 버리라 하였을 지경이면 할미가 그리할 리가 없지 않느냐고 설명을 하였다.

"그것은 할미가 고지식해서 쫓아내라는 바람에 우리두 쫓아내랴구 그랬는지도 모르지. ……하지만 너무 심하지 않은가? 벌써부터 투기를 해서는. 허허허."

"아 그런 것도 아니지만……."

하면서도 명수는 중환이의 대답에는 만족하였다.

3

① 노염이 아직도 그치지 못하여 항라 적삼 베 고쟁이를 벗기에는 좀 이르지마는 그래도 아침저녁으로 솔솔 불어오는 저녁 바람에는 부채도 한가한 세월을 만난 것 같고 부드러운 옷이 살에 닿는 게 좋을 때가 돌아왔다.

학교의 개학할 남은 날짜가 겨우 일주일밖에는 없다. ×여학교 기숙사에서도 시골서 올라오는 학생들이 두셋씩 대여섯씩 날마다 솔솔 기어들어 쓸쓸한 기숙사 구석에 고리짝이며 보따리를 풀어서 너더분하게 늘어놓고 풀 없이 자빠졌는 빛에 구석구석이 모여 앉아서 한여름 지내인 고향 이야기로 재결대이는 빛에 이 방 저 방으로 선생님 형님 아우님 하며 반가운 인사를 하려 돌아다니는 빛에……두 달 동안이나 깊은 잠에 빠진 것같이 적적하고 쓸쓸하게 문을 꼭꼭 닫아 두었던 기숙사며 학교 교사는 나날이 질번질번하여지고 가끔가끔 가냘픈 웃음소리도 흘러나오게 되었다.

사무실에서는 개학 날짜도 임박하고 교장이며 학교에 관계하는 선교사들도 내일모레 사이면 피서지에서 차차 돌아오기도 할 것이요 모여드는 학생들이며 새로 입학하는 아이들의 뒤치다꺼리도 하여 주려고 벌써 며칠 전부터 선생들이 모여들어서 엉정벙정하며 날을 보내게 되었다. 그러나 그중에도 한여름 동안 사감대리(舍監代理)를 보던 마리아는 한층 더 바빴다.

"그만하면 인제는 올러올 게지……남만 못 살게 무얼 하느라구 이때껏 못 오누?"

마리아는 하루에도 몇 번씩 원사감이 올라오지 않는다고 중얼거리었다.

그러나 입으로는 이러한 소리를 하면서도

  '사감이 오면은?'

하는 막연한 걱정이 없지 않았다. 더구나 모레쯤 원산서 돌아오리라는 교
장을 생각할 제는 공연히 얼굴이 달았다. 그것은 마치 집을 지키고 있던 하
인이 뒤주나 찬장이나 방세간에 손도 대어 보지 않았건만 저녁때가 되어
오면 문간만 내어다 보며 인제나 들어오나 인제나 들어오나 하며 조마조마
하여 하는 것과 같은 심사이다. 더구나 만일 뒤주 문이라도 열어 보았거나
장독대에 한 발이라도 디디어 놓았을 지경이면 한층 더 가슴이 두근거릴
것이었다. 마리아는 어쩐지 요사이 며칠을 마음을 가라앉힐 수도 없고 무
슨 일을 붙들려도 손 각각 머리 각각 노는 것같이 허둥허둥하게 되었다.

  학생이 집에서 가지고 온 돈을 맡으면서도 치부책에 십오 원이라고 쓸
것을 한 자리를 나려서 쓰기 때문에 십오 전이 된 것을 모르고 돈이 늘었
다고 한나절씩 세음을 따져 보다가 다른 선생에게 놀림을 받기도 하였
다……

  오늘도 학생의 두 떼가 돌아왔다. 그중에는 마리아의 고향에서 올라온
아이도 있었다.

  마리아가 점심을 먹은 뒤에 이층에 있는 자기 방에 들어가서 땀을 들이
고 있으려니까 문을 똑똑 두들기더니 열대여섯쯤 된 조고마한 계집애가
들어왔다. 이 아이는 마리아의 외가 편으로 어떻게 되는 아이지만 학교에
들어온 뒤로 마리아더러 아주머니 아주머니 하고 따르게 되었다. 마리아
도 아무쪼록은 뒤를 보아 주고 이때껏 친절히 하였다. 그러나 올봄부터는
마리아의 이 아이에게 대한 태도가 어쩐지 좀 설면설면하여졌다.

'조고만 년이 맬망스럽게……눈치만 남어서…….'

마리아는 가끔 무슨 생각을 하다가 이 계집애를 연상하고 입술을 악물며 혼자 이러한 소리를 할 때도 있었다.

이 계집애도 요사이 마리아가 자기에게 대하여 어떠한 감정을 가지고 있는가는 물론 눈치를 채었다. 그 후부터 이 아이는 마리아를 매우 무서워하고 미워하였다.

"왜 그러니?"

마리아는 이 아이가 치맛자락 뒤에 감춘 오른편 손에 하얀 양봉투를 들고 섰는 것을 눈치채이고 입을 비쭉하며 냉랭한 말씨로 물었다.

② "이, 이 편지를……."

그 계집아이는 얼굴이 발개지며 하는 수 없이 오른손을 내어밀었다. 이때껏 이러한 심부름은 한두 번이 아니었다. 그러나 이번같이 뼈가 저리게 싫은 때는 없었다. 집에서 떠날 때부터 편지를 가지고 가기가 싫어서 앙탈을 하여 보았지만 이때까지 하던 이모아저씨의 심부름일 뿐 아니라 우편으로는 부칠 수 없다고 하니까 부득이 가지고 오기는 왔다. 그러나 어린 마음에도 어쩐지 갖다가 내놓기가 어려워서 아침부터 망설이다가 죽을힘을 들여서 결단하고 가지고 온 것이다. 마리아는 눈살을 찌푸리는 듯하고 계집아이가 테이블 위에 내어놓은 갸름한 봉투를 잠깐 내려다본 뒤에

"그건 뭐냐?"

하며 시침을 뚝 떼이었다.

물론 모를 까닭이 없다. 올봄까지는 반가운 낯빛과 감사하다는 눈웃음으로 컴컴한 마루 구석에서나 뒷간에 가는 길에서 눈과 눈이 마주치면서 은근히 따뜻한 두 손길이 마주치면서 주고받던 그 봉투요 그 사람의 편지다.

그러나 이렇게도 냉정할 수야 있을까? 이 편지는 올봄에 주고받던 그 편지가 아니더란 말인가? 어쩌면 이렇게도 변하였을까? 이렇게 무서울까? ……

이 아이에게는 다만 무서울 뿐이었다. 그리고 너무도 이상스러워서 거의 울고 싶었다.

"아! 아저씨께서……."

계집아이의 목소리는 약간 떨리는 듯도 하고 미안한 일을 하여 아니되었다고 사과를 하는 듯도 하고 저편이 웃어 주었으면 고맙겠다는 듯이 애원하는 낯빛에 유순한 웃음을 떼여 보이었다.

마리아는 여전히 뾰로통하고 섰다가 풀어헤쳤던 적삼 고름을 다시 매고 부채질을 화가 나는 듯이 팔딱팔딱하고 섰다. 처녀아이는 까닭 모를 울음이 복받쳐 오를 듯한 것을 참으며 가벼웁게 고개를 숙이는 듯하여 인사를 하고 나가 버렸다. 머리를 층층이 따서 빨간 댕기를 넙죽하게 늘어뜨린 이 가냘픈 처녀는 기다란 마루로 혼자 총총히 걸어가며 어깨를 한번 으쓱 틀어 보았다.

"아주머니!"

이렇게 정답게 부르던 세월은 옛날 같았다. 작년 한겨울 동안 자기의 동생같이 어떠한 때는 거의 자기의 애인같이 사랑하여 주던 것을 생각하여 보면 가슴이 억색하여졌다. 매일 머리를 빗겨 주고 나갔다가 들어올 때마다 맛있는 과자나 과실을 틈틈이 사다가 주는 것은 고사하고라도 옷가지까지 틈 있는 대로 정성껏 뒤를 보아 주었다. 그러나 그 아주머니가 어째서 저렇게 쌀쌀하게 구는구? 하며 눈치만 볼 뿐이요 까닭을 알 수가 없었다. 다만 아저씨의 편지 까닭이려니 하는 짐작은 없지 않지만 아저씨 편지가 어떻게 와서 그리하는지 자기가 무엇을 잘못하여 그리하는지 이 처녀에게는 암만해도 알 수 없는 일이다. 설사 아저씨하고 틀리었기로서니 나에게까지 그렇게 금세루 무정하게 굴 게 무엇인구? 아저씨하구 틀리든지 친하든지 그것은 상관없다. 다만 나에게만 그전같이 친절하게 하여 주었으면……이 처녀는 다만 그것이 슬펐다.

"아주머니! 왜 노하셨소? 내가 무어를 잘못하였는지 일러주세요. 아주머니 마음에 맞도록 주의를 할께!"

하며 맞붙들고 물어보고 싶지만 약한 마음에 그렇게 할 수도 없었다. 그러나 그렇게 할 수가 없는 것이 한층 더 섭섭하고 애처로웠다. 지금 자기 방으로 총총히 돌아가는 이 처녀의 눈에는 까닭 모를 눈물이 글썽글썽하였다.

그러나 아무리 궁리를 하여 보아도 아주머니의 마음이 어찌하여 변하였는지 이 열대여섯 살밖에 되지 않는 아이에게는 알 수 없는 일이었다.

③ 음신이 두어 달 남짓하게 끊이었을 뿐 아니라 최후의 거절을 당한 그 사람에게서 새삼스럽게 편지가 온 것은 마리아에게 좀 뜻밖이었다. 마리아는 손에 들어 보려고도 아니하고 혼자 방 안을 이리저리 걸어다니다가 침대 위에 털썩 앉아서 또 한 번 봉투를 살짝 건너다보았다. 내용은 보지

않아도 알 것이다. 그러나 누가 들어오면 아니 되겠다는 생각이 나서 얼른 집어 쭉 찢었다.

"간밤의 심한 풍우 무섭고도 반가웠으며 즐겁고도 위험하였습니다. 나는 반갑고 즐거워서도 좀 더 세차게 불고 좀 더 많이 퍼부어 주기를 바랐으며 무섭고 위험하여서도 홍수가 나고 집이 쓸려 나가고 산이 무너지고 나무가 부러지고……이 몸까지 영원히 영원히 자취 없이 스러져 버리라고 축원하였습니다. 그러나 그 마지막 원까지도 성취하여 주시기에 하나님은 너무도 인색하셨습니다. 이 넓은 누리에 이 몸은 어느 곳에나 용납을 하란 말인가요?

마리아 씨! 나는 인제는 아무것도 원치 않습니다. 아무것도 바라지 않습니다. 인제는 원할 것도 없고 바랄 용기조차 없습니다. 그러나 마리아 씨! 그러나 마리아 씨! 오늘 아침에 일어나서 뜰에 나려가 보니까 내일이면 피이리라고 달고 아름답게 꿈꾸던 꽃봉오리 하나는 떨어졌습디다. 마리아 씨! 울타리 밑에 간들거리며 한 모대기 우거지게 피었던 백일홍 속에서 제일 크게 자란 한 그루 위에 큼직하고 허울 좋게 맺었던 그 한 송이가 허리께부터 똑 잘라져서 간들간들하며 있습디다. 아 얼마나 액색한 일입니까?

마리아 씨! 마리아 씨! 이것은 내가 이번에 나려와서 아침저녁으로 정성껏 거두어 주던 것이외다…….

그러나 마리아 씨! 하늘은 맑습디다. 그래도 하늘은 맑습디다. 언제 비가 왔더냐는 듯이 하늘은 높고 푸르게 개었습디다. 해쓱하게 여윈 이 뺨을 비추는 해만은 어제 보던 그 해입디다……"

마리아는 여기까지 보다가 고개를 숙인 채 종이에서 눈을 떼이어 거듭 뜨고 깜작깜작하며 앉았다. 눈에는 검누르게 더러운 목도리(칼라)가 떠올라 왔다. 그다음에는 뾰족한 턱이 눈에 보이었다. 오똑한 코 똥그란 눈이 떠올라 왔다. ……안상한 듯한 얼굴이 뚜렷이 눈앞에 나타났다. 마리아는 편지 사연을 이리저리 생각하여 보다가 살짝 웃었다. 그 순간에 일종의 애처롭기도 하고 정다운 생각이 가슴에 떠올라 왔다.

마리아와 같은 성격을 가진 사람으로서는 그를 미웁게 생각할 수는 없다. 안존한 거동, 종용종용한 가라앉은 말소리, 영리한 듯하고 정숙한 눈찌, 염증도 내이지 않고 그렇다고 초조히 서두르지도 않으면서 한결같이 차근차근히 하여 나가는 근면과 노력……이러한 것을 생각하면 장래가 믿음성스럽지 않은 게 아니요 마음에 들기도 하지만, 모든 것에 규모가 적고 또 그리 화사한 생활을 할 만한 자질이 있거나 희망이 있는 것 같지도 못하였다. 마리아의 눈으로 보아서는 결국에 꼼작꼼작하는 학자님이나 기껏해야 촌교회의 목사님밖에는 못될 것 같았다. 그것이 마음에 흡족치 못하였다. 그뿐 아니라 용모나 체격이나 의복 입은 풍채까지 아무리 보아도 궁기가 끼어 보이는 것이 좀 정떨어졌었다.

④ 마리아가 이 편지의 주인과 처음 만난 것은 작년 이맘때에 고향에서 서울로 올라오는 찻간에서이었다. 스물네 살이나 된 그때의 마리아에게 대하여서는 이 세상에서 처음 만나는 남자이었고 또한 처음 당하는 경험이었다. 이때까지 청춘의 모든 욕구를 절제(節制)라는 미덕으로 누를 만치

눌러 왔으나 우연한 기회로 자기 앞에 내던져 준 한 개의 남성은 그 절제력을 인사사정 없이 삼키어 버렸다. 마리아의 생활에는 이때부터 격렬한 변동이 생기었다.

스무 살 전후까지는 같은 기숙사에 있는 어린 동무나 자기보다 상급에 있는 학생들하고 형님 아우님 하며 이만한 나쎄의 처녀에게 흔히 있는 지향할 수 없이 애처롭고 쎈티멘털한 정서(情緒)를 북돋아 왔다. 그러나 먹는 나이와 같이 부풀어 오르는 정열은 동성 간의 단조한 사랑으로만은 만족될 수 없었다. 이십 전후 된 처녀의 핏속에 피어오르는 생명력(生命力)은 이성(異性)에게 대한 열렬한 동경(憧憬)으로 변하고야 말 것이다. 그리고 그 동경의 정열이 눌리면 눌릴수록 이성을 꿈꾸고 그리우는 힘은 아무리 굳세인 절제라도 깨트리고야 말 것이다. 그리하여 마리아에게 던져준 것은 이 편지의 주인이었다. 그 사람의 처음 편지가 아까 다녀나간 그 처녀의 손으로 마리아의 손에 살며시 쥐어질 때 그는 아무것도 생각할 수 없었고 아무것도 감각할 수 없었다. 정당한 판단력도 면밀한 음미(吟味)도 필요한 반성도 우열의 선택도 할 여지가 없었다. 다만 백청을 먹은 사람이 목이 말라서 잠근 문을 두드리면서 보꿈을 받도록 공중에 날뛰듯이 피가 끓을 뿐이었다. 그리하여 광명과 희망이 가득한 즐거운 한 시절이 양양한 앞길에 퍼지어서 자기의 발길이 닿기를 고요히 기다리고 있는 것 같았다. 모든 것이 아름답고 모든 것이 귀여웠다. 그중에도 그럼은 그 사람에 관한 모든 것이 반갑고 사랑스러웠다. ……그의 편지를 전하여 주는 조카딸은 천녀와 같이 사랑스러웠다. 그러나 이 세월도 그리 길지는 못하였다. 꿈같이 짧았다.

남자라는 것을 아침 안개를 격하여 바라볼 때는 다만 아름답고 신비(神秘)하고 겁이 나면서도 그리웠다. 그러나 해가 돋고 안개가 사라진 뒤에는 모든 것이 평범하여졌다. 모든 아름다운 꿈이 안개와 같이 사라졌다. 넓은 남자의 세계! 그 속에는 한 남자만이 있는 것은 아니었다. 그리고 거기에는 꿈속같이 공상에 그려 보던 아름다운 것보다는 승화(昇華)하여 오르는 자기의 성적 만족(性的 滿足)을 얻게 할 만한 많은 대상(對象)과 기회(機會)가 있는 것을 발견하였다. 그리하여 마리아가 둘째로 발견한 사람은 안석태 그 사람이었다.

안석태! 이 이름은 여유(餘裕)라든지 관대라든지 점잔이라든지 화사(華奢)라는 형용사를 무언중에 품은 것같이 들리었다. 그가 교회 속에서 제일 유력한 신자로 대접을 받고 순실하고 열심 있는 호남자로 칭송을 받느니만치 그 뒤에 섰는 ×여학교의 사무실에서나 학생 간에서도 이야깃거리가 되고 묘령의 처녀의 흠모를 받게 되었다. 그러나 그것은 황금의 후광(後光)이 석태의 머리 뒤에 비치기 때문이다…….

지금 편지를 들고 앉았는 마리아의 머릿속에는 이 편지의 임자의 얼굴이 환연히 떠올라 왔다가 사르르 스러진 뒤에는 안석태의 기름하고 코가 우뚝한 사내답게 생긴 얼굴이 떠올라 왔다.

마리아는 지금 끌려 들어가는 공상에서 벗어나려는 듯이 머리를 한번 흔들고 다시 편지로 눈을 옮기었다. 그러나 철필로 자디잘게 쓰인 글씨가 아리송송하고 글줄이 왔다 갔다 하면서 별안간 지난달에 열린 음악회의 전날 밤의 광경이 눈앞에 역력히 떠올라 왔다. 마리아는 얼굴이 금세로 화끈 취하여 오며 가벼웁게 몸서리를 쳤다. 염통이 뒤재주를 치는 것같이 가

숨이 콕 막혔다가 피가 활짝 퍼지는 것을 깨달았다. 우악한 팔쭉지가 두 어깨통을 얼싸안는 유쾌한 아픔을 느끼는 것 같다. 천정에 높이 달린 전등 불이 눈앞에 환히 보이었다. 남자의 숨소리가 귀에 들리는 것 같다…….

⑤ 마리아는 잡념을 깨트리려고 또 한 번 머리를 흔들고 다시 편지를 들여다보며 두어 줄 읽기 시작하였다. 그러나 그날 밤의 광경은 머릿속에서 어느 때까지 붙어서 떨어져 나가지 않고 글자는 다만 눈으로 스며들어 갈 뿐이다. 마리아는 벌떡 일어나서 침대의 저편 끝으로 가서 앉으며 정신을 가다듬어 다시 편지를 읽기 시작하였다.

"……나는 결단코 당신을 원망하지 않습니다. 사람에게는 남의 생활을 간섭할 권리가 절대로 없는 다음에야 그 사람이 자기의 뜻과 같은 생활을 하지 않는다고, 다시 말하면 그 사람 속에서 자기를 발견하지 못하였다는 이유로 그 사람을 원망하여서는 아니 될 것이외다. 당신에게는 당신의 성격이 있고 당신의 취미가 있고 당신만 걸어 나가실 당신의 생활의 길이 있을 것이외다. 그리고 그것은 본질적으로 다른 사람과 동화(同化)될 수 없는 당신만 가진 독이한 것이올시다. 그러나 상대자의 그 독이성(獨異性) 속에서 피차의 자기를 발견할 지경이면 거기에서 비로소 사랑의 눈이 틔울 것이외다. 그럼으로 만일 당신이 나의 독이성 가운데에서 당신의 그림자를 발견치 못하였다 하면 나라는 위인을 떠나서 다른 사랑의 대상을 찾아가신다는 것은 가장 떳떳하고 또한 자연한 일이라고 아니할 수 없습니다. 당신의 성격이나 당신의 취미나 욕구에 말미암아 당신이 스스로 발견한 생활의 길가에 천만의 남자가 동행하기를 원하기로 그 사람들 가운데에서 당신의 그림자를 발견치 못하면 아무리 수효가 많기로 그것이 결국에 무슨 소용이 있겠습니까. 당신에게는 당신의 길을 충실히 밟아 나가야할 의무가 있습니다. 그 의무를 다하려는 데에 당하여 나라는 것의 존재가무슨 상관이 있겠소이까……."

마리아는 여기까지 보았으나 무슨 뜻인지 분명히 머리에 떠오르지를않았다. 그러나 어디까지든지 겸양하는 태도가 반가웠다. 도리어 일종의동정에 가까운 가엾고 불쌍한 생각이 났다. 사실상 마리아의 심중을 정직하게 토설하여 본다 하면 그 사람에게 대하여 눈곱만큼이라도 악감은 없었다. 어떠한 장점이 있는지도 모르지마는 그렇다고 마리아는 이때껏 이렇다 할 만한 결점을 발견한 것도 없었다. 다만 그 사람이 마리아에게 대하여는 처음 만나는 남자라는 것 또는 한 동리에서 자라난 소꿉동무라는인연으로 이러한 관계까지 되었다가 지금 다시 헤어지지 않을 수 없게 되었을 뿐이다. 마리아는 또 계속하여 읽는다.

"……마리아 씨! 그렇다고 내게 고통이 없는 줄 아십니까? 내가 여기 온지가 벌써 석 달이 넘습니다. 백여 일 가까운 그동안에 나의 생활이 어떠하였는지 아십니까? 무엇을 하였는지 아십니까? 그러나 나는 아무 말도아니 하렵니다. 그까짓 소리를 늘어놓아서 무슨 소용이 있겠습니까. 내 괴로움은 결국에 내 괴로움이고 말 것 아닙니까. 당신의 선하품만한 값어치도 되지 못할 나의 석 달 동안의 생활을 호소한들 그것이 어떠한 말입니까. 사실 인제는 기진하였습니다. 입을 벌릴 용기도 없을 만치 피로하였습니다. 대관절 사랑이란 무엇입니까? 구할 것이 무엇입니까? 지금 와서는 어리석은 자기가 원망스럽고 분합니다. 그러나 이미 이러한 운명이 피차에 만나 뵈옵던 첫 순간부터 우리들 사이에 가로막혀 있었더라 하면 하루바삐 끝장이 난 것만 다행한 일이외다. 이보다도 이상의 깊은 인연을 맺었더라면 피차의 일생을 불행에 맺었을 것이요 따라서 무서운 파탄(破綻) 앞에 서는 그때의 고통은 얼마나 크고 깊었을까요……."

⑥ 사랑의 끝은 성욕의 충동이라는 원소(元素)의 동화작용(同化作用)으로 피우는 것이다. 다시 말하면 연애라는 심적 현상(心的 現象)을 일으키는 원동력(原動力)이 생명체(生命體)의 제일 밑층에서 굳세게 움직이는 성욕에 있다는 말이다. 하지만 그렇다고 성욕이 연애의 전체가 아닌 것은 물론이다. 만일 성욕에만 편벽된다 할 지경이면 마치 피어나는 꽃에 독한 거름을 많이 주는 것과 같은 결과를 얻을 것이다. 성욕을 다만 성욕대로 받거나 그것을 충족시킴에 너무 급하여서 이것을 능히 미화(美化)하고 정화(淨化)할 줄을 모를 지경이면 그것은 개 돼지에 지날 게 없을 뿐만이 아니라 정열의 낭비나 사랑의 힘의 발산(發散)밖에 아무 소득이 없는 것이다. 하기 때문에 이런 경향을 가진 남녀의 관계는 다만 추악할 뿐 아니라 오래 계속하지를 못하고 마는 것이다. 그러나 이러한 종류의 남녀, 다시 말하면 성욕의 충족만이 연애의 전체로 아는 천박한 남녀에게는 성욕을 충족시킬 기회가 없이 그 연애 관계가 깨트러질 때에는 피차의 인상(印象)이 아름답고 깊게 남을 수 있는 것이다. 독자는 나의 이 논리가 정확한가 아니한가를 마리아라는 처녀로 말미암아 증험할 수 있을 것이다.

자기가 버린 남자의 편지를 손에 들고 앉았는 마리아는 눈으로는 글자를 쫓고 머릿속에는 음악회 전날 밤에 석태와 만나던 광경을 그려 가면서 마음에는 이 편지의 임자가 가엾다는 생각을 하였다.

　"이렇게 될 줄 알았더면……그처럼 매정스럽게 하지 않아도 좋았을 걸……."

　마리아는 가벼웁게 후회하듯이 이러한 생각을 혼자 하여 보았다. 편지의 사연은 평범할 뿐 아니라 어떻게 보면 공연히 감정을 꾸며서 하는 말 같지만 자기 때문에 마음이 아프고 쓰리다는 남자의 하소연을 들을 제 불쾌하거나 밉지는 않았다. 오히려 반갑고 일종의 따뜻한 애정까지 느끼었다. 마리아는 편지를 읽는지 마는지 알 수는 없지만 여전히 눈은 파란 글자 위를 살살 쓰다듬으며 글줄을 쫓아 나간다. 입가에는 풀 없는 웃음이 떠올라 왔다. 그러나 그 웃음은 글귀를 보고 그리는 것도 아니요 무슨 희망을 가진 기쁨이 넘치는 웃음 같지도 않았다. 오히려 지난날의 기쁨을 다시 생각하면서 '인제는 하는 수 없다.'는 절망과 불만족에서 나오는 웃음 같았다.

　"……나의 전 생애를 마리아 씨에게 바친다 하기로 그것이 비싸다[高價]고는 못하겠지요?"

하며 마리아의 얼굴을 치어다보고 자기 말에 만족한 듯이 웃던 이 편지 임자의 방긋한 입과 그 입에서 젖빛 같은 구슬이 굴러 나오듯이 나직나직하고 천천히 흘러나오던 그 말과 윤광이 돌던 그 눈을 생각하여 보고 마리아는 열없이 또 한 번 웃고 나서

　"아, 하."

하며 옅은 한숨을 쉬었다. 그러나 이러한 아름다운 추억(追憶)이나 귀여운 한숨은 음악회 전날 밤 이전의 마리아에게는 없었다. 그리고 이 회상(回想)과 한숨은 이 편지의 임자의 사랑이 얼마나 순결하였던가를 상상하게 할 것이다. 다시 말하면 마리아는 그 남자의 육체의 비밀을 모르기 때문에 지금 와서는 무엇이라고 확실히 깨달을 수 없는 불만족과 서운한 감정을 느끼면서 다시 그리운 생각이 날 만치 깨끗하고 아름다운 인상을 받았다는 말이다. 백일홍을 심었던 그 사람은 백일은 고사하고 피우기도 전에 봉오리대로 떨어지는 것을 가만히 앉아서 보고 있다. 그러나 그의 가슴에도 한숨은 있을 것이다. 그의 눈에 예비된 눈물이 없다고 누가 대답하려는가?

⑦ 마리아는 십여 장이나 넘는 편지를 한 번 쭉 읽은 뒤에 또 한 번 가벼운 한숨을 쉬이고 편지를 오른손에 들은 채 접어 넣을 생각도 없이 멀거니 창밖을 내어다 보다가 다시 펼쳐 가지고 이 장 저 장을 뒤적거리며 눈에 뜨이는 대로 건져 읽고 앉았다.

"······고통은 참을 수 있겠지요. 고통은 사람을 보담 더 정하게 하고 보담 더 아름답게 하는 것이라고 생각할 제 나는 지금 당하는 이 고통을 달게 받으랴 합니다. 그것은 적어도 나에게 인생의 모든 형상[人生의 諸相]을 고요히 엿볼 기회를 준다는 위로라도 용감하게 받고자 합니다. 오히려 일로 말미암아 나의 앞길에는 뜻하지 않은 광명이 있을지도 모르겠고 크게 깨달으며 굳게 결심한 바가 있을지도 모릅니다······."

이러한 구절도 있다. 그러나 중간쯤을 지나가서는 분풀이 비젓한 말도 있다. 마리아는 그 구절을 눈으로 더듬어 찾아내어 가지고 눈살을 잠깐 찌푸리는 듯하더니 다시 자세히 읽는다.

"……마리아 씨는 나를 어떻게 생각하시든지 나의 눈이 검은 동안은 당신의 행복을 빌지 않을 수 없을 것 같습니다. 우리의 사괴임이 아무리 몇 달 못 되는 짧은 시간이었다 하드라도 당신이라는 검은 점이 내 머릿속에서 일생에 스러지지 않을 것이요 또 한 사람을 원망할 수 없는 나로서는 이 세상에서 누구보다도 먼저 당신을 생각하고 당신의 행복을 빌지 않을 수 없습니다. '마리아'라는 석자가 얼마나 나의 가슴에 못을 박겠습니까? 그러나 나는 그 석자 속에서 어느 때든지 음악을 듣고 안식을 얻고 생활의 목표를 얻습니다. 그러나 나는 악담은 아니올시다만 당신의 전도를 의심치 않을 수 없는 것을 섭섭히 생각합니다.

마리아 씨! 당신은 안석태라는 사람이 나와 같은 운명에 놓여 있다는 것을 모르시지는 않으실 테지요? 이런 소리를 하면 당신은 내가 시기에 못 이겨서 간롱의 소리를 한다고 웃으시겠지요만 내가 남의 서자(庶子)인 것을 무엇보다도 꺼리신다는 것이 사실이라 하면 어찌하여 나와 같은 팔자를 타고난 안석태 군은……서자! 서자! 서자란 서자란 무엇입니까?"

마리아는 여기까지 와서 입을 악물고 편지지를 두 손으로 걸쳐 잡으며 쭉 찢으려고 하였다. 그러나 그리할 용기도 없었다. 마리아는 다시 급히 읽어 내려간다. 그중에는 이러한 말도 있었다.

"……마리아 씨! 나는 충정을 가지고 당신의 명예를 위하여 그리고 당신의 장래를 위하여 한 번 더 깊이 생각하시기를 예수 씨의 이름을 빌어서 비옵니다. 안 군이 남의 서자이든 그것은 관계없는 일이겠지요. 그러나 만일 마리아 씨에게 양심이 있으면 무엇보다도 안 군은 처자를 가진 사람이라는 것을 잊지 마시라는 말씀이외다. 연애란 어떠한 것이요 거기에는 어떠한 힘이 움직이는 것인지는 나는 모릅니다. 하지만 자기의 생활을 올곧고 정당하게 인도하여 가지 못하는 데에 참된 사랑이 있을 리는 없겠지요. ……이것은 나를 위하여 애원하는 것이 아니라 당신의 양양한 전도를 위하여 이러한 하기 어려운 말씀을 올리는 것이외다. 누이에게 대한 것과 같은 정리로 하는 말씀입니다. 그러나 아무리 하여도 가실 수밖에는 다시 길이 없다 하실 지경이면 가십시오. 어서 가십시오. 갈 길은 가 보아야 할 것이 아닙니까. 어서 가서 분을 바르십시오. 금반지를 끼십시오. 금시계를 차십시오. 거기에 당신의 생명이 숨어 있으리다. 그리고 피아노를 울리십시오. 거기에는 속중(俗衆)의 박수와 갈채 소리가, 당신의 명예와 신문 기사거리가 있으리라……아아 마리아 씨! 나를 심하다고 마십시오…….”

⑧ 마리아는 한 줄 두 줄 읽어 나갈수록 입술을 한층 더 악물고 얼굴이 점점 빨개 오더니 손에 들었던 편지를 별안간 쪽쪽 찢어서 휴지 넣는 용수 속에 던지려다가 다시 생각하고 봉투에 꼭꼭 다져 넣어 가지고 책상 서랍 속에 던진 뒤에 침대 위에 픽 씨그러졌다.

“더럽히지 않은 영혼을 곱고 높게 그대로 영원히 가지소서. 그리고 더럽히지 않은 한 영혼(나는 스스로 더럽히지 않았다고 합니다)이 당신의 그 높고 높은 영혼을 기리 축복함을 잊지 마소서…….”

마리아는 이러한 끝 구절을 비스듬히 누워서 머릿속에 생각하여 보았다. 그는 아무 생각도 더 이어나갈 수가 없이 다만 울고 싶었다.

'더럽히지 않은 영혼! 더럽히지 않은 영혼!'

마리아는 속으로 이렇게 뇌이다가 어깨를 으쓱하며 몸서리를 쳤다. 브라운 교장의 냉랭한 두 눈이 앞에 나타났다. 가슴이 두근하며 염통이 뒤재주를 치는 것 같다. 또 한 번 어깨를 으쓱하며 몸을 틀어서 비스듬히 자빠졌다.

'결혼 안 하면 고만이다!'

이렇게 속으로 부르짖었다. 그러나 그다음 순간에는 명수의 해쓱한 얼굴이 떠올라 왔다. 또 그다음에는 브라운의 온유한 듯하면서도 사람의 뱃속까지 들여다보려는 듯한 살기스러운 두 눈이 다시 나타났다. 마리아는 눈살을 찌푸리며 가벼웁게 도리질을 하였다.

잠깐 동안 일정한 무슨 생각을 붙들 수가 없이 멀거니 드러누웠던 마리아는 식곤증이 나는지 두 눈썹이 무거운 것 같고 사지가 축 늘어지며 따분하였다. 잠이 폭폭 오면서도 머릿속에서는 주마등같이 이 생각 저 생각이 매암을 돈다. 화초밭에 옹송그리고 앉았는 편지 임자의 뒷모양, 교당에서 여자석 맞은편 앞줄에 팔짱을 끼고 열심으로 교단을 올려다보고 앉았는 안석태의 곁뺨, 도홍인가 하는 기생하고 좋아 지낸다는 명수가 요릿집에서 기생을 끼고 앉았는 모양……이러한 것을 그려 보다가 도홍이란 계집은 어떻게 생겼누 하는 생각을 어렴풋이 하며 머릿속에 그려 보려고 애를 쓰다가 일전에 석태가 눈이 큰 계집이라고 이야기하던 것이 생각나자 도홍이의 모습은 스러지고 또다시 브라운 교장의 늘 마음에 맞지 않는 그 눈이 또렷이 떠올라 왔다.

머리맡에 열린 창으로 산뜻한 바람이 살짝 불려 들어와서 마리아의 겉뺨을 핥고 달아난다. 마리아는 기지개를 한번 키우고 발딱 일어나 앉으며 속으로 '어떡하나?' 하는 생각을 하며 보았다.

교장이 돌아오고 개학을 하면 그럭저럭하는 동안에 여행권도 나올 것이다.

'떠나 버려?'

이런 생각도 없지 않지만 지금 이대로 훌쩍 나선다 하면 어쩐지 마음에 끌리우는 것이 많다. 그뿐 아니라 한여름 치르고 난 뒤에 몸이 퍽 휘진 것 같기도 하다. 요사이는 더욱이 따분하고 만사가 신산만 하다. 그런 일은 만만 없겠지만 먼 길에 나섰다가 몸이 좀 이상하여지면? ……하는 염려도 아주 없지는 않다

'무얼 여행권이 그렇게 속히 나오지는 못하겠지. 한 번 조사는 하여갔지만……'

이런 생각도 하여 보았다. 그러나 교장이 오면 지금같이 마음대로 펄렁펄렁 나다닐 수도 없을 것을 생각하면 어떻든지 그 안에 안석태를 한 번 더 만나보고도 싶고 걱정이라도 같이 하는 것이 한결 마음이 든든하다고 생각하고 마리아는 위선 나갈 차비를 차리려고 침대에서 일어났다.

⑨ 마리아가 나가는 길에 사무실에 들러 보니까 순자에게서 온 엽서가 책상 위에 놓여 있었다. 내일 아침에는 진남포에서 올라온다는 간단한 기별이었다.

"인제는 한 시름 잊겠군! 최 선생이 내일에는 온다니까……."

마리아는 저편에 앉았는 동무를 치어다보며 이러한 소리를 하고 나왔다. 최 선생이라는 것은 기숙사 사감인 순자 말이다. 학교에서 빠져나온 마리아는 사람의 눈을 피하느라고 길을 돌아 경기감영 앞까지 와서 서대문 우편국으로 들어갔다. 안석태 상점에 전화를 걸어서 늘 만나는 석태의 누이 집으로 오라고 하려는 것이다. 그러나 석태는 공교히 없었다. 언제 모양으로 있는 것도 자기 목소리를 알아듣고 부러 없다고 장난을 하는 것이 아닌가 하는 의심도 없지 않았지만 혹시 지금쯤 먼저 가서 기다릴지도 모르겠다 하고 마리아는 우편국에서 나와서 전차에 올라탔다.

그러나 석태는 누이 집에도 없었다. 마리아는 상점으로 사람을 보내 볼까 하는 생각도 없지 않았으나 한편으로는 오히려 잘된 듯싶은 생각도 어렴풋이 머리에 떠올라 와서 있다가 또 오마 하고 다시 나왔다. 그러나 전차에 올라앉은 그는 지금 어디를 가려고 차를 되짚어 탔는지도 모르는 사람처럼 표도 찍지 않고 멀거니 앞을 바라보고 있다. 그대로 기다려 볼걸 공연히 나왔다는 후회도 났다. 그러나 가 보지 않으면 마음이 아니 풀릴 것 같기도 하다.

'있기나 할까.'

마리아는 혼자 이렇게 생각하다가 별안간 화려하고 시원한 기생집 마루에 누워 있는 명수의 모양을 그려 보았다.

'가 보면 무얼 하누! ……도홍이에게 빼앗기구 말 것이다! 누가 아나? 벌써…….'

이런 생각도 하여 보았다.

'고만둘까?'

또 한 번 자기 마음을 꾸짖듯이 속으로 혼잣말을 하였다. 그러나 전차는 달아난다. 마리아의 몸은 여전히 담요 위에 앉았다.

차창이 표를! 하며 앞에 서니까 마리아는 거진 유성기에서 터져 나오는 듯한 목소리로 창황히

"도청 앞까지."

라 하고 바꾸어 타는 표를 받았다…….

명수는 마침 들어앉았었다. 다른 때는 그런 일이 없더니 어쩐지 가슴이 울렁울렁하고 겸연쩍은 생각까지 들어갔다.

건넌방에서 아무것도 아니하고 우두커니 앉았던 명수와 창밖에서 인사를 하고 마루로 올라서려니까 분합 안에서 낮잠을 자던 문수가 발딱 일어나서 맞아 주었다. 명수 방으로 들어갈까 말까 하며 망설이던 마리아는 도리어 잘 되었다고 생각하였다. 명수도 마루로 나왔다.

"오늘 강 선생님께 반가운 소식을 전하여 드리려고 왔습니다."

마리아는 모두들 잠자코 앉았는 것이 한층 더 겸연쩍어서 말거리를 생각하다가 저번에 왔을 때에 순자하고 놀러오라던 문수의 말을 생각하여 보고 이렇게 한마디 하며 웃었다.

"고맙습니다. 무슨 일이게요?"

문수도 웃으며 마리아를 치어다보았다.

"아까 편지가 왔는데 순자 씨가 내일 아침에는 올라오신대요……정거장에 아니 나가시렵니까?"

하며 마리아는 들뜬 목소리로 너털웃음을 웃었다.

"천만에요. 무슨 일이 있어 정거장에를 나가요. 인사두 못 하였는데……."

문수도 웃었다. 그러나 그 웃음은 언제든지 웃고 싶지 않은 것을 지어서 웃는 것같이 소리만 커다랗다. 마리아는 늘 이것을 이상스럽게 생각하였다.

⑩ 잠자코 앉았던 명수는 두 사람의 수작을 끊으려는 듯이

"그동안 안 군은 늘 만나세요?"

하며 물었다. 어쩐지 명수의 얼굴은 그전보다도 더 해쓱한 것 같고 화색이 없어 보이었다. 마리아는 도홍이라는 이름을 머릿속으로 뇌어 보면서 명수를 마주 치어다보다가 어쩐지 가엾은 생각이 났다. 그리고 이 가엾다는 생각은 한층 더 따뜻한 애정을 느끼게 하였다.

"요새는 교당에서도 별로 만날 수 없에요. 여기에는 늘 놀러옵니까?"

하며 마리아는 시치미를 뚝 뗐다.

"거진 날마다 한 번씩은 들러가나 보드군요마는 나는 별로 못 만났세요."

사실 석태는 덕순이가 떠나던 날 밤에 이 집에서 마리아를 만난 뒤로는 자주 출입을 하게 되었다. 그것은 문수가 석태를 이용할까 하고 괴이는 데에 끌려서도 그렇지만 마리아가 틈틈이 오지 않나 하는 눈치를 살피려는 생각도 있기 때문이다. 석태가 날마다 들여다보고 도홍이를 쳐들어 내어서 씩둑꺽둑하다가는

"요새 마리아는 한 번두 아니 오나? 그 계집애는 요새는 교당에서두 코빼기두 볼 수 없으니 웬일이야?"

하며 묻지도 않는 소리를 지— 자— 늘어놓고 슬금슬금 눈치를 보는 것을 볼 때마다 명수는 불쾌할 뿐 아니라 명수의 자존심은 마리아 앞에서라도 자기가 석태와 가까이 지낸다는 것을 체면에 안된 듯이 생각하였다.

"무얼 하러 그렇게 날마다 와요?"

마리아는 좀 의외라는 듯이 이렇게 물으며 남자를 치어다보았다. 명수는 잠자코 여자의 얼굴을 말끄러미 치어다보았다. 그러나 그 눈은 쌀쌀하였다. 마리아는 가슴이 뜨끔하였다. 그러나 그 눈은 자기의 거짓말을 힐책하는 것 같기도 하고 사랑을 느끼는 남자가 시기에 가까운 감정을 품고 원망하는 눈찌 같기도 하였다. 마리아는 명수의 시선을 피하면서도 마음으로는 기뻤다. 더구나 명수가 맥이 없이 풀이 죽은 모양이 마음에 들었다.

'도홍이하구는 어떻게 되었누? 아직 관계는 없는 모양이다!'

마리아는 속으로 이런 생각을 하며 앉았다. 명수의 눈이 그저 자기의 머리 위에서 반짝이는 것 같았다.

'이 사내가 이를 악물고 "너처럼 매정스런 년이 어데 있단 말이냐." 하며 주먹을 불끈 쥐고 덤벼들어 때리면? ……그러면 나는 가슴에 매달려서 울지!'

마리아는 난데없는 이러한 공상도 하여 보았다. 지금 마리아는 자기 애인에게도 호소할 수 없고 어머니 어머니 하고 부르는 브라운 교장에게도 의논할 수 없는 자기의 번민이나 복잡한 심사를 토설하고 지도를 받았으면 얼마나 위로가 될지 몰랐다. 지도를 받거나 위로를 얻지는 못하더라도 다만 이 심사만이라도 들어 줄 사람이 있으면 좋을 것 같았다.

"'당신에게 사랑하는 사람이 있는 것은 모르는 게 아닙니다. 그러나 당신에게 애인이 있다는 것이 어찌해서 나에게는 당신을 사랑할 권리가 없다는 것을 의미하겠습니까? 당신은 나를 사랑하든 말든 어떻든 나는 당신을 사랑합니다. 사랑한다는 이 엄숙한 사실만이라도 알아주셨으면…….”
이러한 소리가 이 남자의 입에 눈에 보이지 않는 불길에 싸이어서 터져 나온다 하면? ……모든 것을 자백하겠다. 모든 죄를 용서하여 달라고 대리석 같은 저 뺨을 홍보석 같은 저 입술을 눈물로 축여 주며 애원하겠다! 그러면 구원될 것이다……매달려 보고 싶다!'

⑪ 마리아는 앞에 앉았는 사람들도 잊어버리고 이러한 꿈속 같은 공상에 열없이 끌려 들어가다가 무심코 명수를 치어다보았다. 그러나 마주 보는 명수의 눈은 조소를 품은 것같이 마리아에게 보이었다. 마리아는 별안간 얼굴이 발깍 취하는 것을 깨닫고 정신을 가다듬으려고 몸을 바로 세우며 문수를 치어다보았다. 그러나 문수의 주름 많은 얼굴 모습이 별안간 아까 그 편지의 임자같이 보이더니 금세로 스러져서 날아가고 다시 문수의 웃음을 띤 얼굴이 뚜렷이 나타났다. 마리아는 잠깐 눈살을 찌푸리는 듯하더니 다시 웃는 낯으로 문수를 치어다본 뒤에
“참 덕순이에게서는 그동안 소식이 있에요?”
하며 명수에게 반쯤 고개를 돌리었다.
“네 두어 번 왔드군요.”
하며 명수도 나오는 웃음을 참으면서 여자를 치어다보았다. 그러나 그 웃음은 두 사람밖에 모르는 비밀을 가진 사람들이 가슴이 근질근질하여서 아무 의미 없이 웃는 것 같은 것이었다. 마리아는 명수의 웃음에 만족한

듯이 눈웃음을 치며

"무어라구 했에요? 좀 보여줍쇼그려."

"그리죠."

하며 명수는 자기 방으로 들어가서 봉투를 두 개를 들고 나왔다.

한 장은 저번에 중환이게 보이던 것이요 나중 한 장은 그동안에 동경으로 떠났을지 모른다고 장홍진이의 편지에 동봉하여 온 것이었다.

마리아는 처음 한 장을 다 읽고 나서 웃으면서

"그래 곧 가시겠습니까?"

하며 대답이 나올 때까지 남자의 얼굴을 한참 치어다보고 앉았다. 그 눈에는 온정이 어리운 이상한 윤광이 돌았다.

'이 여자의 눈치가 확실히 다르다!'

명수는 속으로 이렇게 생각하며

"글쎄 어떡하면 좋겠습니까?"

하고 웃어 보이었다.

마리아는 다른 편지를 펼쳐 들며

"내가 압니까?"

하고 속으로 읽기 시작하더니 중턱쯤 나려가서 고개를 반짝 들고 웃으며

"야단이로군!"

혼잣말처럼 이렇게 하고 또다시 명수를 익숙히 바라다본다.

"왜요?"

"글쎄 말이올시다. 하하하."

하며 마리아는 소리를 내어서 지금 본 데를 다시 읽는다.

"선생님! 인제는 자유올시다. 선생님이 언제인지 말씀하여 주시던 것과 같이 자기의 생활을 자기가 하게 되었습니다. 내 생활에 손가락 하나 건드릴 사람이 누구겠습니까? 정말 내 생활은 일로부터 시작합니다. 그러나 지금 나는 결코 행복스럽지는 않습니다. 그날그날의 생활이 유쾌하다고도 못하겠습니다. 자유는 결단코 행복만이 있는 것도 아니요 평화로운 것도 아닐 것 같습니다. 그것은 그 사람이 떠났다고 그러한 것이 아닐 것은 물론입니다. 나의 앞에는 어떠한 미지의 세계가 기다리고 있는 것 같지만 운명은 어떠한 방면으로 발끝을 끌어 잡아다닐지 누가 알겠습니까. 싸워나가야 하겠습니다……해방 해방 합니다. 그러나 해방의 비애(解放의 悲哀)를 지금 비로소 맛보는 것 같습니다. 자유에는 적어도 자기 자신에 대한 책임과 의무가 따르느니만치 그리고 지금의 자기가 얼마나 약하고 자기의 생활을 스스로 처단하여 나갈 만한 자격이 구비치 못하다는 것을 깨달으니만치 앞길이 염려스럽고 향방을 차릴 수가 없습니다. 고독의 비애! 그것은 독립한 한 개성을 더욱 연마하고 인격을 완성하는 데에 필요한 것이겠지요. 그러나 나는 여기 와서 노라의 처지를 생각지 않을 수 없습니다. 노라는 능히 그 깊은 고독의 비애를 이기어 나갔을까 의문이외다……."

⑫ "벌써부터 고독하니 구슬프니 하여서는 너무 심하지 않아요?"

마리아는 이러한 소리를 하고 그다음을 읽어 나간다.

"……지금까지 나는 '노라'를 찬미하여 왔습니다. 그러나 언제두 한번 말씀한 것과 같이 사회의 비난은 없지 않다 하더라도 노라보다는 B 여사에게 동정이 갑니다. 가만히 생각하면 노라도 남편의 품에서 빠져나온 뒤에 B 여사와 같은 길을 밟았을지도 모를 것입니다. 만일 그렇다 하면 노라의 편이 도리어 순리요 또 비난할 점이 없다고 하겠지요. 하여간에 우주의 만물과 만법이 양성(兩性)의 합리적 결합(合理的 結合)으로 말미암아 비로소 '완성(完成)'이라는 것을 얻는다 할 지경이면 노라와 같은 극단의 이지적 개인주의(理智的 個人主義)보다는 B 여사의 예술적 연애생활(藝術的 戀愛生活)에 가치가 있지 않은가 합니다. 선생님! 선생님은 어떻게 생각하십니까? 선생님의 높으신 의견이 듣고 싶습니다……."

덕순이의 편지는 마치 연애의 논문 같기도 하고 나는 연애를 할 터이라는 선언서 같았다. 마리아는 읽어 가면서 '대담도 하다!'고 생각하였다. 더구나 끝에 가서 역시 어서 떠나오라고 뇌이고 뇌인 것을 보면 덕순이의 심중이 환히 들여다보이는 것 같았다.

"그래 무어라구 대답을 하셨에요?"

"아직 답장두 아니 하였습니다."

명수의 대답은 풀이 없었다.

"그럼 답장을 하시면 뭐라구 하실 테에요."

마리아는 열심히 물으나

"글쎄요……."

하며 명수는 생긋 웃고 말았다.

문수는 여전히 책을 펴놓고 앉아서 귀를 기울이고 있다가

"덕순 씨의 말이 옳기는 옳지만 연애가 사람의 생활의 근본이 된다고는 못 하겠지요. 어떻든지 덕순 씨는 이때까지 경험하여 보지 못하였으니까

사랑에 주리니만치 한다면 꽤 열렬할 걸요."

하며 웃었다.

"덕순이 성미에 그럴까요. 그 사람두 한 가지 일에 골독하는 성질이 아니니까요."

"그 사람에게는 어린애와 같은 감정이 없으니까 정말 연애는 어렵겠지."

명수도 이러한 소리를 하며 뜰을 내다보고 고개를 끄떡하였다. 마리아가 돌아다보니까 중환이가 마루 끝에 와서 털썩 앉는다. 피로한 사람 모양으로 따분하여 보이었다.

"또 연애론인가? 논(論)만 말고 실행들을 해 보게."

중환이는 마루 안을 들여다보며 이렇게 한마디 하고

"그건 무언가? 또 덕순이한테서 온 편진가?"

하며 손을 내어 미니까 마리아는 웃으며 편지를 집어 주었다. 중환이는 뒤적거리며 여기저기 읽어보더니 마루 안으로 획 던지며

"종류 다른 러브레터로군."

하고 일어섰다.

"왜 올라오지 않고 그래"

"어서 가야지. 여자보다 밥이 그립어요"

하며 중환이는 마리아에게 인사를 하고 나가 버렸다.

중환이가 다녀간 뒤에 뒤미처서 석태가 흰 양복을 입고 들어왔다. 저고리를 벗고 앉는 석태의 어깨는 땀이 쭉 배었다. 그는 지금 누이 집으로 학교로 돌아서 허둥허둥 쫓아온 것이었다.

명수는 몇 마디 인사를 하고 편지를 가지고 자기 방으로 들어가 버렸다.

마리아도 고개를 숙이고 잠자코 앉았다가 일어났다. 석태는 여자의 거동을 살펴보다가 턱을 앞으로 끄떡하고 눈을 끔벅하였다. 마리아는 알아들었다는 듯이 잠깐 웃어 보이는 듯하며 뜰로 나려섰다.

석태는 마리아가 나간 뒤에 오 분 동안쯤 드러누웠다가 가 버렸다. 뒤미처서 명수도 나갔다.

4

① 중환이가 저녁 뒤에 병원에 다녀오다가 약병을 들고 문수의 집을 들러 보니까 주인은 없고 명수와 석태가 마루에 버둥 드러누워 있었다.

"문수 군은 어데 갔나?"

중환이는 무거운 몸을 주인의 책상 앞에 털썩 내어던지며 명수더러 물었다.

"아씨를 모시랴 갔다네. 그리지 않어도 아이가 돌아오면 자네게 보내랴고 하였는데 잘 왔네."

"인천 조건의 계속인가? 그리구서니 남은 앓어서 죽게 되어 누웠는데 혼자들만 뚱땅거리고 다니구……어젯밤에 일주일 만에 세상구경을 하여 처음 나왔다가 자네들을 만나고 어쩐지 섭섭하기두 하고 「사닌」 속에 나오는 폐병쟁이를 생각하여 보았네."

중환이가 어젯밤에 종각 앞에서 인천 갔던 일행이 전차에서 나리는 것과 만난 것을 생각하여 보았다. 비 끝에 가을을 재촉하는 찬바람이 쌀쌀한 초저녁에 감숭히 더러운 흰 양복을 입고 도홍이를 쫓아가던 명수의 쓸쓸한 뒷모양이 머리에 떠올라 왔다.

"그런 게 아니야. 미두 시장을 구경시켜 준다구 해서 안 군을 따라나섰다가 남대문 정거장에 가서 별안간 도홍이두 데리고 가자는 발론이 나니까 문수 군이 앞장을 서기 때문에 그렇게 된 거야."

하며 명수가 변명을 하였다.

"그래 며칠이나 있었담!"

"이틀 밤을 잤지만 비에 맥혀서 꼼짝을 못하고……에, 인제 그런 데는 참례 아니할 테야."

하며 명수가 웃으니까

"그래두 호강은 혼자 하구 그따위 소리를 하는군."

하며 석태가 놀렸다.

"호강이 무슨 놈에 호강이야. 어떻게들 야단인지 이틀 밤을 꼬박이들 새었군! 한구석에서 버스럭소리만 나두 신경이 흥분들이 되어서……하하하. 사람이 그렇게 되구 보니까 개새끼보다 얼마 날 게 없겠드군. 게다가 숙박기에는 부부처럼 써 놓고……내 창피해서……."

하며 명수는 또 한 번 커닿게 웃었다.

"문수 군은 어찌했누?"

"문수 군이 더 야단이지. 잘 때가 되면 꽁꽁 앓는 소리를 하고 하마터면……."

하며 무어라고 말을 이으려다가 웃고 말았다.

"그래두 나 군은 지금 죽어도 원이 없겠네."

석태가 이렇게 놀리며 웃었다.

"왜? 요정 난 모양이로군!"

하며 명수를 치어다보는 중환이는 웃으면서도 심사는 좋을 것이 없었다.

"아니요. 난 자세히 모르지만 거기까지는 못 갔겠지요. 그러나 어떻든 부부란 말이라도 들었고 민적에는 없더라도 그 여관 숙박기에는 어느 때까지 명수의 처 나도자라는 이름이 남아있을 거니까 일대의 성사이지. 하하하."

"일본말로 모모꼬로군! 그런데 오늘은 왜 데려오기로 했담. 가서 보지를 않구."

"그건 내가 발론을 한 것인데 아주 오늘 요정을 내어 가지고 세 분 중에 누구든지 여기서 결혼식을 하자는 말이에요."

하며 석태가 웃었다. 일하는 아이가 포도주를 두 병이나 하고 과자와 수밀도를 싼 봉지를 들고 들어왔다.

"그건 또 누가 사 보내든?"

하며 문수의 어머니가 안방에서 내어다 보고 쥐어박는 소리를 하였다.

"형님이요."

아이는 또 무슨 야단이 날까 보아서 조마조마하면서 봉지를 마루 끝에 놓았다. 형님이라는 것은 문수 말이다.

"에이 응 배랄먹을 자식! 하구한 날 돈을 저래서 출입을 하려두 신발 한 짝 변변한 게 없지……."

안방에서 중얼거리는 동안에 환한 마루에 앉았는 손님들은 잠잠히들 마주 치어다보며 서로 웃었다.

②"그거 뭐냐? 이리 가져오려무나."

명수는 마루로 올라오는 아이더러 일렀다.

"혼수 홍정이 요뿐이야? 그러나 빨간 술병을 놓고 귓머리를 맞푸는 것도 신식이로군."

하며 중환이도 빨간 술을 부은 유리잔을 들어서 훌쩍훌쩍 마시고 앉았다. 조금 있다가 문소리가 삐걱하고 콩콩콩 하는 구두 소리가 났다. 세 사람의 얼굴에는 일시에 긴장한 빛이 돌았다. 중문 밖에서 머뭇하며 안을 들여다보고 섰는 도홍이를 끌고 들어오는 문수는 연해 웃어 가며 좀 하둥하둥 하는 것 같았다.

도홍이는 분합 안으로 들어와서 두 손을 좌우로 짚고 은근히 좌중에 인사를 한 뒤에 맞은편에 앉았는 중환이를 건너다보고 웃었다. 이렇게 한 자리에 앉기는 오래간만이라는 뜻이다. 모시 진솔 치마에 무문관사인지 한 겹 저고리를 입고 수수하게 차린 것이 부드러운 인상을 주었다. 엷은 화장을 눈에 뜨이지 않게 한 두 뺨이 약간 볼그스름하게 상기가 되어 보이는 것도 한층 더 눈을 끌게 하였다. 네 사람의 시선은 한 군데에 쏠렸다. 도홍이는 어색한 듯이 고개를 숙이고 잠자코 앉았다. 아무도 입을 벌리려는 사람이 없이 침묵에 싸인 이 순간을 누구나 아끼려고 하는 것 같았다. 그러나

"그 뭐하니? 고뽀 하나 더 가져오라니까."

하며 문수가 역정 난 사람 모양으로 소리를 떽 지르는 바람에 고요한 리듬

에 싸이어 솔솔 움직이던 마루 안의 공기는 깨트러지고 말았다. 눈을 내리깔고 앉았던 명수는 눈살을 찌푸렸다.

"곤하지나 않소?"

석태가 마시던 잔을 다시 들면서 비로소 입을 벌렸다.

"아뇨. 하지만 오늘 웬종일을 잤더니 지금두 정신이 얼떨뜨름해요."

하며 도홍이는 웃어 뵈이었다. 문수가 굽 높은 유리잔에 포도주를 부어서 도홍이 앞에 갖다 놓으니까

"참 빛깔두 좋다!"

하며 들여다보고 또 한 번 웃었다.

"허지만 그 술이 무슨 술인지 자세히 알구나 자슈."

이번에는 중환이가 말을 걸었다.

"무슨 술이라니요? 포도주가 아녜요?"

"알긴 잘 알았소마는 그 술은 적어도 문수 군의 정성과 피루 빚어 만들었단 말이요. 허허허."

"그럼 이건 내가 먹을 게 아니군요."

하며 도홍이는 웃으면서 중환이 문수 명수의 차례로 치어다보았다.

"그건 내게 물을 게 아니라 저 목사님한테 여쭈어 보게."

하며 중환이는 석태를 가르쳤다.

"어쩌할까요? 이걸 먹어야 옳겠습니까? 안 먹어야 옳겠습니까?"

도홍이는 농담처럼 석태에게 물었다.

"마음대로 하게그려. 하지만 못 먹을 거야 무에 있나!"

"저 양반의 피와 정성으로 빚은 술잔을 받을 사람은 다른 데 계시다구

하시지 않았어요? 이따위 목사님이 어데 있단 말씀예요?"

도홍이는 어제 인천서 오는 길에 차 속에서 순자와 같은 여학생을 보고 두 사람이 문수를 놀리던 것을 생각하고 이러한 소리를 하였다.

"음! 그럼 여기 계신 두 분 중에 누가 주시는 술잔이면 받을 텐가."

"모르지요! 목사님이 주시면 먹지요."

하며 도홍이는 아양스럽게 눈웃음을 치며 석태를 치어다보았다. 석태도 만족한 듯이 따라 웃었다. 그러나 다른 세 사람은 웃는 듯 마는 듯하면서도 속으로는 좋지 않게 생각하였다.

'무어니 무어니 해두 역시 돈이다!'

이런 생각이 세 사람의 머리에 똑같이 들어갔다. 그중에도 명수는 인천 여관에 있을 동안 석태가 계집이 보는 앞에서 연해 돈 쓰는 생색을 내지 못해 하던 꼴을 보고 불쾌히 지내던 것을 다시 생각하고 눈살을 찌푸렸다.

③ "여보게 그건 다 실없는 소릴세마는 자네 생각에는 어떠한가? ……오늘 자네를 이리 청하여 온 것두 실상은 자네의 진담을 들어 보랴는 것일세. 자네두 그만큼 지내보았으면 짐작두 하겠네마는 쓸데없이 피차에 오해가 생긴다든지 하면 친하면 친한 친구끼리 나중에 자미없는 일만 생길 것이요……."

석태는 잠깐 사이를 두었다가 이렇게 다시 말을 꺼내었다. 그러나 그 말씨는 어디까지든지 점잖고 범연하였다. 말하자면 나는 너 같은 것과는 얼러 보려고도 아니하거니와 돈푼 들여서라도 친구의 좋은 일을 하여준다는 아량(雅量)을 보이고 한편으로는 우월감(優越感)을 느끼는 모양이었다.

"생각이 무슨 생각이에요?"

도홍이는 석태의 말을 못 알아들은 것은 아니나 여러 사람이 앉았는 이 자리에서 그러한 소리를 듣는 것은 의외일 뿐 아니라 아무리 대껸난 도홍이라도 무어라고 대답을 할지 정신이 얼떨뜨름하였다.

"아니 별다른 것을 묻자는 게 아니라 우리가 한여름 동안 자주 만나서 얼마쯤은 친하게 놀았고 또 여러분이나 자네나 피차에 정숙하게 된 것은 사실이지만 우리가 어떻게 하면 이대로 아무 감정 없이 헤어지거나 더욱 친숙하게 서로 도와 갈 수 있겠느냐는 말일세."

석태는 또 한 번 같은 소리를 뇌었다. 그러나 도홍이는 잠자코 앉았다. 그는 자기의 심중을 다시 한 번 살펴보며 자기가 이때까지 정말 누구를 더 마음에 두었던가를 분명히 생각하여 내이는 동시에 무어라고 대답을 하는 것이 좋을까를 생각하여 보았다. 명수도 점점 상기가 되면서 고개를 한 층 더 숙이고 앉았다. 석태의 앞에 앉았는 이 두 사람의 모양은 마치 남의 눈을 기어가면서 비밀히 연애를 하던 소년 소녀가 어른 앞에 나와서 자백을 하고 심판을 받는 것 같았다. 그러나 중환이는 속으로 코웃음을 치고 앉아서 듣는 둥 마는 둥 하며 책상 위에 놓인 잡지를 들어서 뒤적거리다가

"그런 것은 지금 이 자리에서 다짐을 받지 않어두 저절루 될 대루 될 것이요 또 우리라두 피차에 짐작이 없는 것은 아니니까 당자들에게 맽겨두면 고만 아니에요? 특별히 안 군이 우리 애를 쓸 게 아닐 것 같소이다."

하며 다시 태연히 책을 들여다보고 앉았다. 확실히 안석태의 태도를 못마땅히 생각하는 모양이었다.

"아니 내가 무슨 특별히 서두르랴는 것은 아니지만 인천 갔다가 온 뒤에 또 무슨 오해나 피차에 있을까 보아서……."

하며 석태가 말끝을 흐리마리하니까 도홍이는

"오해하실 것들이야 무에 있에요."

하며 좀 득의만면하여 입을 벌리었다.

"김 주사루 말씀하면 처음에 만나 뵈올 쩍부터 나 같은 것을 어떻게 보셨든지 마음에 두신 것은 사실이에요. 하지만 정말 김 주사께서 나를 사랑하셨을 지경이면 왜 나를 여러 친구 양반께 보이시어서 나를 지금 이렇게 만드셨는지 알 수가 없지 않어요?"

하며 도홍이는 여전히 책을 들여다보고 앉았는 중환이를 잠깐 치어다보고 다시 말을 이어 나가려 한다. 그러나 그 입가에는 가벼운 웃음이 떠오르고 명수의 귀에는 '지금 이렇게 만들'었다는 도홍이의 말이 또렷이 들리었다.

"……나는 김 주사께서 계집을 사랑할 줄 모르시거나 그렇지 않으면 나를 사랑하시지 않으신다구까지 생각하여 보았습니다……어떻든지 정말 사랑하신다 하면 그것을 받아들이랴는 생각은 지금까지 가지고 있었습니다. 그러나……."

도홍이의 말에는 점점 힘이 있어 왔다.

④"……그러나 지금 와서는 좌우 손에 두 분을 다 붙들고 있는 모양이에요. 오분오분이에요. 누가 더 힘이 세실지 어느 분에게 더 끌려갈지는

나두 모를 일예요. 그러나 두 분의 맘은 내가 다 자세히 압니다……."

　도홍이는 댕그렁댕그렁하는 어조로 이렇게 말을 맺고 숨이 찬 듯이 가
벼웁게 한숨을 쉬었다. 그러나 도홍이가 요사이 차차 설면설면하게 생각
하던 중환이를 명수만큼 생각한다 하며 오분오분이라느니 두 사람의 심
중을 자세히 아느니 하는 것은 어제 찻간에서 석태에게

　"김중환 군은 자네 같은 계집이 울고 매달려서 사랑을 구하면 식어 가는
열정이 다시 끓어오르고 사람답게 구원되겠다 하대……."
하는 소리를 들었기 때문이다.

　누구나 자기를 사랑한다는 말을 듣고 그 사람이 불공대천지수가 아닌
다음에야 반가워하지 않을 수 없지만 중환이같이 술이나 먹으면 실없는
소리나 하면서 자기가 사랑하는 듯도 하고 명수하고 좋아 지내도록 권하
는 듯도 하면서 돌아다니던 사람이 친구끼리는 그러한 진정을 토하였다
는 것이 의외는 아니라도 반가웠다. 그때 도홍이는

　"정말예요? 그 양반이 정말 그런 소리를 하세요?"
하며 석태의 말을 열심으로 다져보기도 하였다. 이것은 옆에 앉았는 명수
도 들어보라는 객기도 섞이지 않은 것은 아니지만 어떻든 그러한 소리를
들은 뒤로는 중환이를 다시 생각하게 되었다.

　지금 중환이는 눈으로는 여전히 펴놓은 책을 들여다보면서도 어제 전
차에서 뛰어나려오던 도홍이의 은근한 인사 "인제는 병환이 다 났어?" 하
며 어리광 비젓한 반말 눈치를 살피랴듯이 마주 치어다보던 눈찌……이
러한 것을 머리에 그려 보며 앉았다가 도홍이의 말이 그치자

　"노형이 알기는 무얼 안단 말이요."

하며 놓쳐 버렸다. 그러나 중환이는 도홍이의 말을 솔직하게 듣지는 않았다. 아무리 기생의 몸이라 하더라도 지금 이렇게 된 다음에야 새삼스럽게 석태에게 빌붙을 수는 없다손 치더라도 명수의 마음을 좀 더 태워 보고 그의 온정신을 그 조고만 손아귀에 쥐일 때까지 자기도 한편 손에 붙들고 있자는 수단이 아닌가 하는 의심이 중환이에게 없지 않았다.

그러나 명수가 가정의 불화로 떠돌아다니는 사람인 줄 아는 도홍이는 반드시 그렇게만 생각하는 것도 아니었다. 어데서 학비를 얻어서 어떻게 생활을 하여 나가는 사람인지 근지를 좀 더 캐어 본 뒤라야……라는 생각이 도홍이의 결심을 느스러지게 하였다. 그뿐 아니라 중환이의 텁텁하고 씩씩한 성질에 비하면 명수는 너무 깔끔하고 편협한 것이 마음에 서운하기도 하였다.

'그러나 어차피에 누구나 돈 없기는 일반이다.'

도홍이는 이러한 생각도 하여 보았다. 이러한 생각이 들어갈 때에는 조촐하고 캥캥한 명수의 용모가 술에 절어서 둔탁하게 보이는 중환이보다 마음을 끌었다.

좌중은 잠깐 고요하고 머리 위에 달린 전등불만 네 사람의 얼굴 표정과 마음속을 들여다보는 것 같았다. 명수는 점점 더 얼굴이 취하여 오며 입은 부레풀로 붙인 듯이 지리하게도 꼭 다물고 앉았다. 명수는 물을 떠 오너라 칼을 가져 오너라 쟁반을 내 오너라 하며 애꿎은 어린아이에게만 짜증을 내이고 앉아서 과실을 벗기어 가지고는 억지로 웃음을 보이면서 도홍이에게 권하기도 하고 석태에게 들라고도 하고 앉았다. 그러나 앙앙한 심사는 그 천연하지 않은 웃음에 싸일 수가 없었다. 더구나 도홍이를 불러 가지고 온 것이 석태나 명수에게 속아 넘어간 것 같고 도홍이에게 모욕을 당한 것 같아서 이 자리에 앉았을 수가 없었다. 그러나 벌떡 일어 나설 수도 없다.

⑤ 도홍이는 잠깐 앉았다가

"공부하시는데 나 같은 사람이 와서……."

하며 엉거주춤 일어나려 하였다. 그러나 문수에게는 그 소리가 비꼬는 수작같이 들리었다. 석태는 혼자 무슨 궁리를 하는 사람처럼 눈을 껌벅거리고 앉았다가 도홍이더러

"거기 잠깐 기다리우."

하며 명수를 눈짓을 하여 가지고 건넌방으로 들어갔다.

"내게 한 오륙 원쯤 있으니 가지고 나가서 어데로든지 데리고 가 이야기를 해 보게그려."

하며 석태는 지갑을 꺼내었다.

"아니 그러지 않어두 좋아!"

명수는 석태가 그와 같이 주선을 하여 주는 것이 고맙지 않은 것을 아니나 지금 당장에 도홍이를 오분오분으로 생각한다는 도홍이를 자기 혼자 데리고 나가는 것은 도홍이부터 웃을 것이요 중환이에게도 겸연쩍기도 하고 한편으로는 이야기가 이렇게 된 뒤에는 도홍이와 마주 대하여 앉으면 무어라고 수작을 붙여야 좋을까 하는 수줍은 생각도 들어갔다. 그뿐 아니라 석태가 도홍이 문제에 대하여 자기도 약간은 마음에 끌리면서 명수

에게 열심히 주선을 하여 주는 것은 마리아에게 다른 생각을 가질 여유가 없게 만들려는 수단같이 생각되어서 불쾌한 때도 많았다.

석태는 꺼냈던 지갑을 다시 넣으며

"그럼 내가 데리고 가서 자세히 물어봄세!"

하고 마루로 다시 나왔다. 마루에 앉았던 사람들은 방에서 나오는 두 사람의 눈치만 바라보았다. 그러나 도홍이는 석태가 특히 명수와 비밀한 이야기를 하고 나오는 것을 보고 믿음성스럽게 생각하였다. 중환이가 명수에게 중매를 든다고 떠드는 것을 실없는 소리라 하더라도 석태까지 명수에게 동정하는 것을 보면 중론이 일치한 것 같고 또 설사 명수가 돈에 꿀리는 한이 있더라도 석태가 뒤에 섰으니까 믿음성스럽다는 말이다.

도홍이와 석태가 나간 뒤에 문수는 아이를 불러서 늘어놓은 그릇들을 치우라 하고 자기는 책상 앞으로 다가앉아서 책을 폈다. 될 수 있는 대로 정신을 가다듬으려는 모양이나 글자는 가로 뛰고 세로 뛰었다.

"석태가 무어라구 해?"

중환이는 주인에게 자리를 내어주고 비켜 앉아서 여전히 잡지를 들여다보고 앉았다가 순탄한 낯빛으로 명수를 치어다보았다.

"웅! 날더러 어데든지 데리구 가서 이야기를 하라구!"

하며 명수는 중환이의 눈치를 살피듯이 마주 치어다보았다. 포도주 한잔에 발개진 명수의 얼굴에는 인제야 기죽을 피우게 되었다는 듯이 아까와 같은 긴장한 기색이 서리었다.

"가 볼걸 그랬지!"

하며 중환이는 웃다가 말을 다시 이어서

"나는 그 계집애를 머릿속에 그려 볼 때는 말할 수 없이 이쁜 것 같다
가도 딱 만나 보면 금세루 염증이 나서 아무 감정도 일어나지를 않으니 웬일
인지 몰라!"

하며 풀 없이 혼자 웃었다.

"김 군의 경향(傾向)으로는 그럴지도 모르지!"

명수는 무슨 다른 생각을 하는 사람처럼 힘없이 대꾸를 하였다.

문수는 책에다가 고개를 박고 두 사람의 이야기에 귀를 기울이고 있다가

"그, 왜, 조용조용히 못해!"

하며 그릇을 치우던 아이가 유리잔 부딪는 소리를 내이니까 소리를 빽 지
르고 발딱 일어나서 양복저고리를 떼어 입고 마루 끝으로 나가더니 모자
와 단장을 가져오라고 어린아이더러 소리를 빽빽 지르는 한편에

"이 밤중에 또 어데를 간단 말이냐?"

안방에서 터지어 나오는 어머니의 노기를 품은 거세인 목소리가 맞장
구를 쳤다.

⑥ "매우 역정이 나신 모양이로군!"

명수는 문수가 나간 뒤에 이러한 소리를 하며 드러누웠다.

'승리의 기쁨을 띠운 어조다!'

라고 중환이는 생각하면서 피곤한 듯이 픽 씨그러졌다가 뜰에 푸르게 비
추는 달빛을 보고

"우리두 나가세."

하며 다시 일어났다.

열나흘 날 이른 밤 달은 비늘같이 피어 퍼진 희고 엷고 구름 위를 눈에 띌 듯 말 둥 하게 살살 굴러가고 길가에 늘어선 포플러 잎을 가끔가끔 우수수 건드리며 가벼웁게 날아가는 가을바람은 추석 명절을 깨닫게 한다.

명수와 중환이는 어느 때까지 쑥쑥 뻗은 길을 나란히 서서 걸어 나오다가

"바다와 하늘과 달을 한꺼번에 보는 세음이로군!"

하며 중환이가 감격한 듯이 한마디 하니까 명수는 아름다운 명상(冥想)에 들어가는 침묵을 깨트리는 것이 아깝다는 듯이 고개만 끄덕여 보이었다. 그러나 실상은 지금의 명수로 달밤의 미감(美感)을 홀로 즐기기에는 현실 문제가 너무도 굳세게 머리를 눌렀다. 명수는 '바다와 하늘과 달을 한꺼번에 보'기 전에 사뿟사뿟이 떼어 놓는 자기 발밑에 깔리운 달빛밖에 보이지 않았다. 그 달빛은 한 달 전에 정옥이 집에서 마리아와 같이 나와서 자기 집으로 갈 때에 밟던 그 달빛이었고 석태와 마리아가 나간 뒤에 혼자 누웠다가 애처로운 심사를 젊은 여성의 향취에 고요히 잠재워 달래려고 도홍이 집 문 앞에 섰던 자기의 그림자를 비추어 주던 것도 이 달빛이었다.

"한 달 동안! 그날 밤에는 그 불그스름한 생초 모기장을 쳐 놓은 모양이었었지! 오늘 밤은 어떻게 하구 자누? ……벌써 가을이로구나!"

명수는 이러한 생각을 하다가 밑도 끝도 없이 가을 양복 걱정이 났다. 지금 입은 아래웃떼기도 연회색이기 때문에 그리 쓸쓸하여 보이지는 않지만 암만해도 여름치다!

"어떻게든지 되겠지만 자꾸 날짜만 드티어 나가면? ……."

명수는 혼자 이런 생각도 하여 보았다. 어쩐지 처량한 생각이 앞을 가리

우고 도홍이 앞에 쓸쓸한 여름 양복을 입고 고개를 툭 떨어트리고 섰는 을씨년스러운 자기의 모양이 눈앞에 오락가락하는 것 같기도 하다.

태평통으로 빠져나오다가

"나 군! 이리 가지?"

하며 중환이가 구리개로 향하고 건너서니까 명수는 정신이 번쩍 난듯이 고개를 쳐들어서 훤한 벌판을 한번 휙 돌려다 본 뒤에 중환이를 따라섰다. 그러나 명수의 머리에는 또다시 도홍이 집의 광경이 나타났다.

'지금쯤 이야기를 하고 앉았으렷다. 어떻게 앉았을꾸?'

하며 둘의 앉았는 체격과 농지거리를 하며 툭탁치고 있을 거동을 생각하여 보다가 별안간 쫓아가 보고 싶은 생각이 와락 났다. 그러나 차마 중환이에게 발론은 못하였다. 더구나 혼자는 낯이 뜨뜻해서 아니 될 일이라고 단념하였다.

'그러나 어쩌면 요릿집으로 갔을지도 모르지? 어데를 갔을꾸? ×관이겠지! 돈두 몇 푼 안 가지구 단둘이서니까……그러나 대관절 도홍이는 그 자제를 어떻게 생각하누? 석태는 분명히 마음이 끌리우는 모양이지만……'

명수는 또 이러한 의심이 들어갔다. 명수에게 대하여 지금 무엇보다 꺼리고 무서운 것은 돈 하나이다. 용모로서는 중환이를 이겼다. 이겼다고 장담은 못 할지라도 이길 것이다. 그러나 석태의 돈 앞에는 풀이 죽는다. 따라서 의심이 들어가는 것이다.

㉠'그러나 아무리기루 지금 새삼스럽게 저까지 튀어들지는 못할 거지. 첫째에 저두 체면이 있을 거구……만일 그랬다가는 마리아는 성할 수 있나?'

명수는 이렇게도 생각하여 보았다. 그러나 궁금증이 나서 못 견디겠다.

"김 군!"

명수는 뒤에서 소리를 치고 발씨를 재쳐서 중환이에게로 다가오면서

"우리 다시 집으로 갈까? 어쩌면 안 군이 다녀서 올지두 모르는데……."

하며 물었다.

"이리 해서 가지. 안 군의 상점두 들러 보구."

두 사람은 잠자코 걷는다.

"……자제가 왜 그렇게 애를 쓰는지 아나?"

명수는 또 한참 무슨 생각을 하다가 중환이더러 이러한 소리를 하였다.

"몰라!"

"자제가 요새 마리아하구 연애를 하는 모양인데……."

"응! 나두 좀 물어본다면서 잊어버렸지만 옳아……."

"그런데 마리아두 요새 내게 좀 눈치가 다른 싹을 자제가 알아채이고 도홍이를 내게 맡겨 놓으면 저는 저대루 안심이 될 터이니까 그리는 모양이지……."

하며 명수는 생긋 웃더니 다시 말을 이어서

"내 그저 우스운 것이 자제가 내게만 오면 연해 마리아의 소식을 물어보고 영어로 쓴 봉투만 보면 눈이 뚱그래서 지랄이야……."

하며 또 한 번 소리를 내서 웃었다.

"왜?"

"어디 선생이 영어를 아나."

"그래 마리아에게 편지가 오나?"

"오긴 무얼 와. 그 계집애두 역시 남자의 사랑보다는 무게가 나가는 것이 더 그리운 줄 안다네."

하며 명수는 코웃음을 쳤다.

"그야 그렇지. 사람은 빵만으로 사는 게 아니라고 하지만 그렇다고 빵이 없이두 못 사는 게이니까……그러나 어차피에 도홍이의 배를 째이고 보거나 동록내가 나기는 일반이니까. 그러고 보면 도홍이가 한결 낫지!"

중환이의 말씨는 모든 것이 신푸녕스럽다는 것 같다.

"어째서?"

"누구나 첫째에 돈 생각부터 앞을 서지 않는 것은 아니지만 마음에 드는 사내가 있으면 단 하루를 만나더라두 제멋대루 놀아보려는 자유도 있고 세상에서 닦여난 이만치 황금의 철학=돈의 철학도 터득을 하는 일면에 인정의 기미라든지 청춘의 '멋'이라는 것도 모르지는 않을 터이니까 말일세. 그뿐 아니라 그러한 화류계에는 청국 소설이 유행을 하기 때문에 로맨틱한 일종의 협기(俠氣)도 간혹 볼 수 있다고 하겠지. 물론 깊은 인간미(人間美)를 가진 것이 아니요 허영에 떼인 연극적 유희에 지나지 않지만……."

"그러나 웬걸 지금 기생에 그런 게 있을 리가 있나. 지금두 일본 같으면 그러한 협객 기분도 있고 멋도 부리는 게 있을지 모르지만."

"그두 그렇겠지! ……하지만 가 볼 때까지 가 보라구! 도홍이란 애가 그렇게 맘씨가 좋지 않은 애는 아니니까……."

병후가 되어서 그러한지 중환이의 말은 풀이 없었다. 매우 피곤한 모양이었다.

"어떻든 나 군은 행복이야!"

중환이는 어슬렁어슬렁 걸으면서 또다시 입을 천천히 벌렸다.

"왜?"

"자네에게는 위선 돌진성(突進性)이 있으니까 우리와는 다르단 말이야. 무엇이든지 하겠다 하면 기어코 하고야 마는 악지가 있는 것만 해두 행복스럽단 말일세. 그러나 나는 그만한 열정이 없어! 마치 김 나간 맥주 모양으로 밍밍할 뿐이요 계집을 보드라도 마음에 맞으면 어떻게든지 성공을 해 보겠다는 생각보다는 그러구 나면 무얼하느냐?는 생각부터 앞을 서니 무에 될 까닭이 있나……."

"그게 도리어 행복일지두 모르지."

"행복? 그런 게 타락일세."

⑧ "계집에게 대하여 용기가 없다기루 타락이랄 수야 있나? 그것은 김 군이 지리적으로 생겨서 너무 앞뒤 경우를 따지거나 그렇지 않으면 자네가 천질적으로 '미소지니스트'(계집을 싫어하는 사람이라는 뜻)인지두 모르지. 하하."

"하지만 싫지두 않으니까 걱정이란 말일세 허허허. 그런데 나의 타락이라는 것은 성격파산(性格破産)을 의미한 말이야."

하며 중환이는 입을 다물어 버렸다.

두 사람이 상업은행 앞을 지나며 다방골로 통하여 나가는 골목을 똑같이 일시에 들여다보고 두어 간쯤 지나가려니까 뒤에서 누가 부르는 소리가 났다. 두 사람은 놀란 듯이 획 돌려다 보았다. 안석태이다. 명수는 반색을 하며 서너 발자국 떼어 놓았다. 이리로 등을 두고 정류장 앞에 서서 전차를 기다리던 석태는 돌쳐서서 마주 오며

"나를 쫓아왔던가."

하고 웃었다.

"아니. 그런데 이때껏 거기 있었나?"

"응! 그런데 진짜데! 내일 한턱내게."

세 청년은 종로로 향하며 석태가 이렇게 놀렸다.

'언제는 가짜로 알았던가?'

명수는 속으로 이렇게 웃으며

"그래 무엇이라구 하던가."

"내일 두 분을 데리구 와 달라대. 아침이든지 오후 한 시에⋯⋯나 군! 갈 테지?"

명수는 잠자코 무슨 생각을 하는 모양이더니

"나는 고만두겠네. 김 군이나 가 보구려."

하며 중환이의 얼굴을 돌려다 보았다.

"글쎄 가두 좋구 안 가두 좋구⋯⋯."

중환이는 심상히 대답을 하였다.

"자넨 안 갈 건 무엇인가? ⋯⋯김 군은 꼭 가실 테지요?"

"내일 아침에 가십시다."

중환이는 무엇보다도 가서 눈치가 보고 싶었다.

"그래 이야기는 그뿐이던가?"

명수는 그래도 궁금증이 나서 또 물었다.

"꽤 잔소리가 많대. 하지만 나이 보아서는 영글 대로 영근 계집이야. 두 분의 결점이나 장점을 잘 아는 게 제법이야. 자네게는 여러 가지로 의문과 호기심을 가지고 자네의 지금 처지에 대하여 매우 동정을 하는 모양인데 자네 본집에 재산이 있느냐는 것을 슬며시 떠보드군."

"그래 무어라구 했나?"

명수는 열심히 묻는다.

"무얼 무어라구 해! 상당한 재산은 있지만 부친과 충돌이 생기어서 떠돌아 다닌다구 했지!"

하며 석태는 웃었다.

"재산! 우리 아버지한데 재산이 있기루서니 나는 피천 샐 닢 바라지두 않지만 왜 바른 대루 말을 하지 않았어?"

하며 명수는 그리 귀에 거슬리지는 않지만 얼굴을 쨍긋하였다. 명수에게 는 계집을 일시 속이고 환심을 사려는 것같이 된 것이 불쾌하였다.

"그럼 무어라구 하나? 화류계에 발을 들여노려구 하면 다 그래야 한다네. 자네는 아직두 젖퉁이나 먹어야 하겠네."

하며 석태는 웃고 나서

"어떻든지 자네가 마음에 드는 모양이나 성미가 까다롭다구 매우 걱정이 되나 보데……하하하……한데 김 군께두 매우 호감이 있드군요. 무엇보다도 머리가 명석하구 생긴 것 보아서는 내명하고 다정한 호인이라구 하며 연해 머리가 좋은 양반이라구 하드군요."

하며 곁두리로 중환이의 이야기도 보고를 하였다.

"호인이라구요? 쓸개 빠진 주정꾼이라구는 아니합디까?"

하며 중환이는 코웃음을 쳤다.

"그래 문수는 무어라구 하던가?"

명수는 만족한 듯이 이렇게 물었다.

"그 양반하구야 언제 친하였느냐구 하면서 남이 그러니까 덩달아 그런다구 코웃음을 치더군!"

석태는 이렇게 대답을 하고 잠깐 걷다가

"아, 참."

하며 무슨 말을 또 하려다가 명수를 꾹 찔러가지고 한 발자국 떨어져서 귀에다가 대이고 무어라고 수군수군하였다.

5

① 이튿날 중환이는 출근하는 길에 석태의 상점에 들러서 석태를 데리고 도홍이 집에 잠깐 들렀다가 사로 바로 들어갔다.

그러나 자기 책상 앞에 붓대를 들고 앉아서도 마음은 가라앉을 수가 없었다. 이때까지 느껴 보지 못한 애달픈 심사가 가슴에 떠올라 왔다. 손에 우연히 걸려 들어온 보배를 조약돌 틈에 던져 버린 뒤같이 서운하기도 하였다.

"그만하면 알겠습니다!"

아까 만났을 때에 도홍이가 하던 말이 붓대를 놀리고 앉았는 중환이의 귀밑에서 속살거리는 것 같았다. 도홍이의 보드라운 조고만 손이 지금 펜을 들고 앉았는 오른손등을 가볍게 쓰다듬는 것 같기도 하다. 근질근질하기도 하다. 중환이는 붓끝을 쉬이고 오른손등을 수염이 깔끔깔끔하게 난 턱주가리로 살짝 문질러 보았다. 웃음이 복받쳐 올라오고 이번에는 가슴이 근질근질하는 것 같았다.

"김 군이 연해 벙글벙글하는 것을 보니까 아마 어제 좋았던 모양이로군!"

하며 마주 앉았던 사원이 놀리었다. 중환이는 이 소리에 참았던 웃음을 커다랗게 웃고

"어 어."

하며 한숨을 쉬었다. 그러나 그 웃음은 헌청 나오는 것이었다.

'나두 반미친놈이로군!'

중환이는 속으로 이렇게 생각을 하며 다시 붓끝을 놀리다가

'그만하면 알겠습니다!'

또 한 번 속으로 뇌었다.

'나 군보다 더 생각을 하기 때문에 혼자 온 거라는 말은 물론 아니다. 손목은 왜 꼭 쥐었누? 그것이 마지막 이별인지도 모를 것이다……그러나 아무려면 무얼 하니! 가는 것은 가는 대루 내버려 둘 것이다. 가는 것을 좇을 필요도 없고 오는 것을 막을 까닭도 없다……더구나 친한 친구 하나 내버리는 것보다는……'

중환이는 이러한 생각을 하여 보다가

'만일 내가 도홍이를 기어코 데려온다면? 나 군은 어떠한 태도를 취할까?' 하는 생각을 하여 보고 자기의 관대한 태도에 만족한 듯이 속으로 웃었다.

오후 두 시가 훨씬 넘어서 편집을 들몰아쳐서 끝을 내이느라고 한참 분주한 판에 명수가 불쑥 찾아왔다.

"지금 바뻐?"

휴지가 산더미같이 싸인 책상 앞에 앉아서 눈에 부리나케 붓대를 들리고 앉았는 중환이 옆에 와서 명수가 가만히 물었다.

"응 조금만 있으면 끝이 날 텐데……."

"그럼 어서 끝을 내구려. 저기서 기다릴게!"

하며 명수는 응접실로 나갔다.

중환이가 편집을 마치고 총총히 명수 있는 데로 가 보니까 장홍진이하고 둘이 기다리고 앉았었다.

"장 군두 아까부터 와서 있었소?"

"아니 지금 나 군이 전화루 부르기에 좀 일찍 나왔지!"

"그런데 웬일이야? 무슨 수가 있나?"

중환이가 웃으며 명수를 바라보니까 명수도 생글생글 웃다가

"오늘 내가 한턱내인다네."

하며 나가자고 하였다.

새 청년은 안석태가 기다리고 있다는 홍련이의 집으로 향하였다. 큰길로 나오면서

"참 오래간만이로구려. 그동안 왜 그리 볼 수가 없어?"

하며 중환이는 홍진이에게 다시 한 번 인사를 하고

"덕순이한테서는 늘 소식이 있소. 지금 무얼 하구 있누?"

하며 궁금한 듯이 물었다.

"아직 일어를 연구한다던가?"

"누구한테? 정작 일어 교사는 아직 출장도 아니 하였는데……."

하며 중환이는 명수를 치어다보고 웃었다.

"한규 군이 신경쇠약으로 기숙사에서 나와 있다니까 아마 그 사람한테 배우는 모양이야."

"한규는 어데 있는데?"

"한집에 같이 있다던가……."

"옹! ……."

하며 중환이는 입을 답쳐 버렸다. 명수는 다른 데 정신이 팔리어서 듣는 둥 마는 둥 하며 아무 흥미를 느끼지 않았다.

② 무슨 반가운 일이 기다리어서 조바심이 나는 사람처럼 빨랑빨랑 걷다 뒷사람을 기다리느라고 걸음을 늦춰 보기도 하면서 앞서가던 명수는

"김 군!"

하며 획 돌아서더니

"아까 도홍이가 무어라구 해?"

하며 석태에게 들은 이야기를 또 물어보았다.

"옹! 그만하면 알겠다구 하드군."

"무얼, 알겠단 말이야?"

"누가 아나! 아마 나 군이 아니 오는 것은 나 군 성미가 좀 숫처녀같이 수줍은 데가 있어서 그러한 것을 알겠단 말인 게지."

"그래 김 군은 무어라구 했나?"

"잘 알았다구 뺨을 쓰다듬어 주었지. 그밖에는 아무 죄두 없네 허허허. 하지만 나올 제 내 손을 꼭 쥐는 것은 좀 수상하던걸!"

하며 껄껄껄 웃었다.

명수도 웃으며 나란히 걷다가 목소리를 낮춰서 겨우 들리게 말을 다시 꺼내었다.

"이번 일에 김 군의 태도라든지 심리는 잘 아네. 하지만 그 계집애가 너무 까부는 것 같고 믿음성스럽지가 못한 것 같애? 어떻게 생각하면 우리들을 놀리는 것 같기두 하지 않어?"

"무얼 보았길래?"

"무얼 본 게 아니라 어제 길에서 석태가 내게 귓속을 하지 않어?"

"그래?"

"석태더러 내 학비라두 대이겠다고 하드란 말인데 그런 게 다 경솔하고 어줍지않은 소리가 아니야?"

하며 명수는 중환이와 의견을 들어보라는 듯이 말을 끊었다.

"글쎄……어줍지않든 어떻든 제게 무에 있어야지."

"그러게 말이야……그야 제가 벌어서 대이겠다는 말인지도 모르지만 정말 그렇게 한다손 치드라두 꼬락서니가 뭐야! 내게 실상 있든 없든 그래두 처음부터 그렇게까지 궁한 꼴을 뵈이구서는 기가 줄어서 만나 보구 싶다가두 고만 앞이 굽으니까……."

하며 명수는 말 뒤를 흐리마리하여 버렸다.

　중환이는 명수가 학비 대인다는 말을 수굿하게 듣는 모양인 것을 속으로 반대를 하면서 무어라고 말을 하랄 제 뒤쫓아 오던 홍진이가

"무슨 이야기야?"

하며 가까이 오는 바람에 입을 답쳐 버리고 소리를 돋워서

"그런데 웬 돈으로 한턱을 낸단 말이야?"

하며 딴전을 붙이었다.

"안 군을 앞장을 세이구 외상이지……누가 아나 제가 그렇게 하자니까 돈은 생기면 물 작정하구 위선 먹구 보는 것이지."

　……세 사람이 홍련이 집에 들어가 보니까 석태는 자기 집 안방 삼아서 아랫목 보료 위에 기생을 앞에 앉히고 버둥버둥 누웠다가 벌떡 일어나 앉더니

"자, 인젠 차차 동하여 보지. 한데 오늘 나 군을 한번 호강시켜 보자구! 하하하 장 선생! 우리는 인제부터 병정입니다. 하하하. 한데 홍련이! 기생은 누구를 지휘할까?"

하며 석태는 떠들어대었다.

"모두 끼리끼리 부르면 고만이지! 나 선생 몫은 정해 있구……그것은 아무두 못 건드립니다. 하하하 그리구 이 양반께서는(홍진이를 가르치며) 그때 부르던 추월이가 있지요? ……웅! 그럼 저 김 주사만 외톨배기로군! 하하하."

하며 홍련이가 또 새새덕거린다.

③"그럼 자네는 누구하구 놀 텐가?"

중환이가 실없이 이런 소리를 하니까,

"그럼 나하구 짝을 채입시다."

하며 홍련이도 하하하 웃었다.

"얘 이건 좀 자미 없는데! 그래 나를 이렇게 구박을 하구 견딜 테야?"

이번에는 석태가 농담으로 반대를 하였다.

"하구 보면 이래저래 나만 녹는 판이로구나! 하지만 없으면 어떠냐? 누가 어머니 뱃속에서 나올 제 짝으로 나왔던? 외톨루 튀어나왔지! 나 군더러 말하면 나는 천질적 미소지니스트라니까! 허허허."

하며 중환이는 일어서면서

"자, 그럼 우리는 어서 나갑시다."

하고 앞장을 섰다.

"아 그래두 하나 정하구 가야지."

명수는 미안하기도 하고 어제 지나는 말로 한 미소지니스트라는 말을 초드는 것은 자기를 비웃는 것같이 들리기 때문에 이러한 소리를 하였다.

"아따 기생이 없다 없다 하기루 내게 술 쳐 줄 사람이야 없을라구? 내게 술 부을 때만은 도홍이두 빌리구 홍련이두 거들어 주게그려! ……하지만 그것두 자네들이 못 하겠다 하면 내가 하나 부름세그려. 어떻든 내 기생은 내게 맽기게!"

"그럼 누구를 부를 텐가."

"나가면 내 이야기하지!"

하며 중환이는 명수에게 눈짓을 하고 앞장을 서서 나왔다.

"자 오늘 어떻든지 명수 군을 올려 앉히자는 것이 목적이지?"

좁은 길을 휘 돌아나오면서 중환이는 입을 벌렸다.

"……그리고 보면 우리 연극 일판을 한번 꾸미잔 말이야. 위선 우리 명화의 집에 가 보세."

"그래서?"

"만일 있거든 그애두 부르구 또 저, 문수두 데리구 가세."

"그럼 명화를 자네가 맡겠단 말이지?"

명수가 열심으로 묻는다.

"옹. 그런 게 아니라 명화를 나 군이 맡게! 명화하구 자네 친하지 못하지?"

"옹! 보기는 몇 번 보았지만……."

"그럼 안 군은 친하겠군! 안 군이 앞장을 스우!"

웬일인지 오늘 중환이는 신기가 좋은 모양이다. 여러 사람들은 무슨 까닭인지 어리둥절하였다.

"그래 어떡한단 말이야?"

"그렇게 하면 모두들 짝이 들어맞고 문수하고 나만 없으니까 도홍이는 자연히 내게루 오지 않겠나?"

"그래 어떡한단 말이야?"

"어떡하긴 무얼 어떡해, 내게루 오지! 허허허."

하며 중환이는 혼자 껄껄 웃었다. 그러나 명수는 입을 꼭 다물고 그대로 쫓아간다.

"그럼 처음 계획이 틀리지 않아요?"

석태도 의아해서 중환이를 치어다보았다.

"틀리긴 무에 틀려요! 그렇게 해야 속히 요정이 나지요."

"연애의 사각관계(四角關係)를 만들자는 말이에요. 어떻게 보면 삼각관계일지두 모르지만……어떻든지 나 군일랑은 우리들이 노는 것은 본체만체하고 명화에게만 매달려서 있는 재주를 다 부려 보게. 그러면 꼭 성공하느니……나는 그저 도홍이하구 한잔 먹구 그 자리에 씨그러져 버리면 그다음 일이야 누가 아나. 내가 요릿집에 붙들려 있든 자네들이 장가를 가든! 허허허."

"딴은 꼭 되었군! 허허허."

홍진이가 위선 찬성을 하였다. 그러나 명수는 그럴듯하게도 생각되고 성공은 누가 누구하고 성공을 한다는 말인지 찌뿌드드하기도 하였다.

"젠장 그러다가 정말 나 군이 오쟁이를 져! 허허허."

석태도 매우 신중히 생각을 하다가 이렇게 염려를 하였다.

"오쟁이를 지게 되면 졌지 하는 수 있나! 하지만 내게는 계집이라구 걸려들어 본 전례가 없으니까 그런 염려는 결코 없지……어떻든 내 말대루만 해요. 요새 연애란 미두(米豆)나 다를 게 없습니다. 안 군! 인천서 쓰는 그 솜씨로 잘 꾸며만 노슈. 나는 병원에 다녀서 등장배우(登場俳優)를 또 하나 끌구 갈게."

하며 중환이는 혼자 떨어졌다.

6

① "오늘 만나야 하시겠다는 양반도 계시고 아까 만나신 양반도 계십니다. 그러나 꼭 만나서야 할 양반은 가시겠다고 발버둥질을 하십니다. 인천 여관 숙박부에 민적 등기를 하신 양반 말씀입니다. 삼십 분 안으로 오시지 못하면 모든 일은 낭패올시다."

이러한 안석태의 편지를 받은 도홍이는 마음이 좀 서성대이지 않는 것은 아니지만

'급한 일은 무슨 급한 일인구! 이렇게 비쌔인다!'

하는 생각도 없지 않아서 손씨를 재게 놀리면서도 될 수 있는 대로 느럭느럭 차리고 인력거꾼의 재촉을 받고서야 나섰다.

그러나 좌석에 나와 보니까 생각하던 것과는 딴판이다. 홍련이는 으레이 빠지지 않을 사람이지만 명화가 명수 옆에 앉았는 것은 좀 의외인 것 같았다.

"얘 너 웬일이냐?"

도홍이는 인사를 하고 일어나면서 명화를 내려다보고 불쑥 이런 소리를 하였다.

"난 못 올 데냐?"

명화는 이렇게 웃으면서 자기 곁으로 오라고 하였으나 잠깐 알찐알찐 하다가 아랫목으로 나려가서 홍진이의 옆에 앉았다.

"나 주사께서는 왜 삼십 분이 지나면 가신대더니. 그동안 이삼십 분만 되었에요?"

도홍이는 명화하구 무슨 소리인지 속살거리고 앉았는 명수의 뒷모양을 노려보며 이런 소리를 커다랗게 하였다. 그러나 명수는 자세히 듣지 못한 것처럼 자기의 하던 이야기를 다 마치고 나서 겨우 고개를 이리로 돌리고

"응? 뭐? ……누가 그런 소리를 해?"

하며 핀잔을 주듯이 한마디 한 뒤에 명화에게로 향하면서

"글쎄 일찍이 가졌더니 그렇게 못할 일이 생겼네."

하며 명화의 손목을 잡았다. 그러나 명수가 너무 시치미를 떼이기 때문에 그 눈에는 살기가 도는 것 같고 말씨에는 조소를 띤 것같이 들리었다. 더구나 명수의 말끝에 따라서 명화가 생긋 웃는 것을(그 웃음은 명수의 웃음의 대거리로 의미 없이 의무적으로 지어내인 웃음이지요) 볼 제 도홍이는 금세로 상기가 발깍 되는 것 같았다. 그러나

'수줍어서 저리거니!'

하는 생각을 하면 자기가 잘못 생각하였다는 생각도 다시 났다.

"그런데 김 주사는 어데 가셨에요?"

도홍이는 다시 석태에게 물어보았다.

"김 주사는 아까 만났으니까 인제는 또다시 볼 필요가 없다구 가셨다네. 어떻게들 된 세음인지 나는 모르겠네! 자네 잘못인지 내 잘못인지 원래 이런 일이란 술 석 잔을 못 얻어먹으면 뺨 세 번을 얻어맞는 것이지만……."

하며 석태가 웃으니까 홍련이도 따라 웃었다. 그러나 홍련이 역시 명수가 하는 말이 너무 쌀쌀한 것을 보고 좀 의아하였다.

"아무렇게들 마음대루 하시라고 하구려! 난들 압디까?"

도홍이는 이러한 소리를 하며 명수를 살짝 건너다보았다. 그러나 무슨 이야긴지 여전히 소곤소곤하고 앉았다.

　'친할 새가 없는데 언제부터 저렇게 친해졌누? 게다가 말땀 없는 사람이 오늘은 웬 수단구?'

　도홍이는 이런 생각을 하며 또 한 번 눈치를 바라보았다.

　"자네까지 모른다구 내던지면 인제는 아주 하는 수 없네마는 모두들 나를 치의를 하고 티격태격하니 억울한 일두 분수가 있지! 하하하 도홍이! 정말 우리가 의심받을 일이 있나? 하하하."

하며 석태는 도홍이를 보고 눈을 끔벅하면서 홍련이에게로 향하였다. 홍련이도 웃는 듯하였으나 두 사람의 눈치를 살피려는 듯이 석태를 치어다보았다 도홍이를 건너다보았다 하였다.

　"아무럼 벌써 언제부터라구! 하지만 누가 무얼 부탁이나 하였습디까. 그게 다, 무슨 당치않은 소리예요?"

하며 도홍이가 어이없다는 듯이 커닿게 웃으니까 석태는 일부러 눈살을 찌푸리고 책망하듯이

　"그 왜 남이 들으면 수상쩍게 들을 소리만 하구 앉았어? 실없는 사람두 다 보겠군!"

하며 농담 같기도 하고 진담 같기도 한 말을 하고 옆에 앉았는 홍련이가 들어서는 귀치않다는 듯이 홍련이를 은근히 손짓을 하여 보이며 도리질을 하였다.

②“그 왜 내흉스럽게 그러세요? 공연히 눈을 끔벅거리구. 누구를 놀림 감으로 아셨습디까.”

“무에 누가 내흉스럽단 말이야! 공연히 그따위 소리를 하니까 남들이 치의를 하는 게지.”

하며 석태는 시치미를 뚝 떼이고 또 한 번 은근히 눈을 끔벅하여 보이었 다. 도홍이는 석태의 태도가 어젯밤과 변한 까닭을 몰라서 혼자 이리저리 궁리를 하여 보다가 헛웃음을 치고 슬며시 일어났다.

“이거 왜 이리나? 나 군! 나 군! 도홍이가 간다네!”

석태가 말리는 바람에 도홍이는 잠깐 멈칫하며 무심코 명수를 건너다 보니까 여전히 본체만체하고 앉았다.

‘어떻든지 무슨 까닭은 난 모양이다!’

도홍이는 변소로 가면서 이렇게 생각하여 보기 시작하였다.

‘……나 씨하구 김 씨의 티격태격이든지 그렇지 않으면 안 씨하구 무슨 관계나 있는 줄 알구 오해를 하였거나 혹은 안 씨가 야심을 가지고 이 벽 치구 저 벽 치며 다녔는지두 모를 게다……그러나 안 씨가 눈을 끔벅거리 는 것을 보면 아주 이 자리에서 자기와 벌써 관계가 있었다는 것을 여러 사람들이 눈치채이게 하여 놓고 제가 뒷구멍으로……사실 그렇지 않으면 야 제 돈 들여가며 그리고 다닐 묘리도 없을 게지. 하지만 별안간 명화는 웬일인가? 언제적 일을 탄로를 내이려고 증인을 불러온 모양인가?’

도홍이는 변소에서 나와서 손을 씻으면서도 이리 저리 궁리를 하여 나 가다가 여기까지 와서 한 달 전에 ×가 왔다가 가던 날 밤에 마루에서 청 요리를 먹으며 중환이에게 문초를 받던 것이 생각났다.

'그러나 김은 정말 왔다 갔나? 김만 오면 알 수 있으렷다……어떻든 명화하구는 좀 어려울걸! '너 아니라두 또 있다!'는 수작이겠지마는 그 애같이 여간 돈은 돈으로 아니 아는 것에게 걸려들 수두 없겠지만…….'

도홍이는 이렇게 생각은 하였지만 안심은 아니 되었다. 손님방에 들어와 보니까 그동안에 추월이가 와서 자기 앉았던 자리에 앉았다. 어디로 가서 자리를 잡어야 좋을지 사실 난처하였다.

도홍이는 명수에게는 눈도 거듭떠보지 않고 추월이 옆에 앉았다. 모두들 끼리끼리 앉았고 자기만 따돌리는 것 같았다. 어떻게든지 해서 빠져 달아나고 싶건만 상도 안 들어와서 입을 벌릴 수가 없다. 명수와 처음 만나는 날도 이 방에서 놀았겠다! 하는 생각을 할 제 그날 판을 쓰던 자기와 지금 한구석에 기를 펴지 못하고 앉았는 자기의 처지가 그렇게도 변하였을까? 하고 공연히 얼굴이 달는다. 아까 변소에서 궁리하던 것이나 어떻든지 꾹 참고 눈치만 보리라던 생각은 다 스러지고 무엇보다도 동무들 앞에 부끄러운 생각부터 앞을 섰다.

'김 주사라두 와 주었으면! 인력거를 보내 달라 할까.'
하다가 아까 사무실에서 보이더러 중환이가 정말 다녀갔나 물어보지 않은 것을 후회도 하였다. 그러나 지금 또다시 나가잘 수도 없고 감히 발론을 할 기운도 없다.

열적고 지루하며 진땀이 부쩍부쩍 흐르는 시간을 그럭저럭 삼십 분 동안이나 보내고 나니까 전등불이 막 들어온 뒤에 중환이가 뜰에서 저벅저벅 들어오는 것이 도홍이의 눈에 띄었다. 눈이 반짝 뜨이고 까부러져 들어가던 기운이 금세로 소생이 되는 것 같았다. 마치 시집간 새색시가 친정붙이를 만난 이만큼이나 반가운 모양이다.

③ 약병을 들고 어슬렁어슬렁 들어오는 중환이는 자기에게 인사를 하느라고 일어서는 기생들 곁에 예정대로 각기 채를 잡고 앉았는 것을 보고 잘 되었다는 듯이 빙긋 웃었다.

"강 군은 왜 아니 온다든가?"

하며 치어다보는 명수도 웃는다. 이것을 본 도홍이는 좀 의외로 생각하였다.

"아니 오겠다구 앙탈을 하기에 그대루 내버려 두었지만 좀 있으면 궁금증이 나서 오겠지."

중환이는 도홍이에게 짠지빛이 된 맥고자와 까만 약병을 주면서 이렇게 대답을 하고 명수 옆에 가서 앉으려니까 도홍이가 부리나케 와서

"이리 오세요."

하며 아랫목으로 끌어다 앉히고 그 앞에 두 발로 몸을 괴이고 앉아서 남자의 무릎 위에 자기 무릎을 얹어 놓고 남자의 손길을 잡았다.

"왜 인제 오세요?"

하는 들뜬 목소리는 남자를 책망하는 듯도 하고 아양스럽기도 하였다.

중환이는 반가운 듯이 웃어 보이고 눈을 석태에게 주었다. 효험이 이렇게 있다는 말이다. 그러나 명수는 여전히 약조를 지키고 있었다. 즉 도홍이는 아주 중환이에게 맡겨 놓고 명화의 손목을 그저 붙들고 앉아서 속살거리고 있다. 그러나 눈치 빠른 사람은 그때의 명화는 이 남자가 왜 이렇

게 급작스리 친절하게 구는구? 하는 의심이 있는 것같이 멀거니 명수를 치어다보다가는 도리어 도홍이와 중환이의 쪽을 부러운 듯이 건너다보면서 명수의 이야기는 귓가로 헌청 듣는 양을 무심코 보지 않았을 것이다. 그뿐 아니라 다른 기생들의 눈도 이 두 사람들에게 모이었다. 그중에도 홍련이는 도홍이를 중심으로 한 설왕설래를 짐작하느니만치 한층 더 의아하였다.

'저렇게 탁 터놓고 꼴사납게 기룽거리는 것을 보면 아직인 게 분명하지만……'

홍련이는 이런 생각을 하며 석태의 귀에다가 대이고 웬 까닭이냐고 물어보았으나 석태도 웃으면서 모른다고 한다.

'하지만 이상두 하다. 나 씨와 김 씨가 별로 틀리지도 않은 모양인데. 어떻든 안 씨하구는 관계가 없는 게로군……'

홍련이는 이러한 생각도 하여 보았다.

"그런데 아까 왜 그렇게 뺑소니를 치셨에요? ……그저 약을 잡수시니까 오늘은 약주 잡수시지 마세요."

어느덧 도홍이는 몸을 틀어서 중환이와 기역 자로 앉아서 중환이의 양복저고리에 붙은 비듬을 날씬한 엄지와 검지로 조고만 동그라미를 만들어서 톡톡 털기도 하고 뚱뚱한 목 밑에 늘어진 넥타이를 바로 맺어 주기도 하면서 이러한 소리를 하고 있다. 도홍이가 자칫하면 여러 사람에게 좀 더럽게도 보이었으나 그러나 아양스럽고 어울리지 않는 것도 아니었다. 중환이는 분에 겨운 호강을 한다고 혼잣속으로 웃어 보았다. 그러나 가슴속이 근질근질하는 것 같았다. 상을 들이게 되니까 중환이는 문수에게 인력거를 보내자고 발론을 하였다.

"그건 왜 그리세요."

도홍이는 남이 듣지 않게 반대를 하였다. 그러나 중환이는 일본말로 오늘 연극의 중요한 배우니까 불러야 한다 하며 분부를 하였다.

술이 웬만큼 돌고 장고가 굴러 나올 때쯤 되어서 문수는 감사하다는 낯빛으로 달겨들었다.

④ 명수가 도홍이하고 떨어진 것을 보고 마음에 싸서 그랬든지 문수는 의외에 유쾌한 듯이 먹을 줄도 모르는 술을 몇 잔 하여 가며 이것저것을 달게 먹고 앉았더니 수심가의 한판이 끝이 날 때쯤 되어서 별안간 뒤꼍 창밖으로 나가서 이리로 등을 두고 꿱꿱 하며 도르는 소리를 내이고 섰다. 기생들은 일시에 눈살을 찌푸렸다. 명수도 건너다보며 앙등그리었다. 중환이와 잔을 주거니 받거니 하고 앉았던 홍진이는 벌떡 일어나서 나가더니 도르는 사람의 등을 두드리고 섰다. 그러나 그리 많이 먹지도 않은 문수는 여전히 난간에 매달려서 용이히 들어오지를 않는다. 중환이도 따라 나갔다. 여러 사람들의 시선은 창밖에 엎친 데 덮쳐서 꾸물꾸물하는 세 사람에게 쏠리었다. 조금 있다가 중환이가 웃으며 들어오면서 도홍이를 보고 나가 보라고 눈짓을 하니까 도홍이는 눈살을 찌푸리며 어깨통째 도리질을 하였다.

"그리지 말고 어서 잠깐 나갔다 들어와요."

중환이는 여전히 웃으면서 소리를 낮춰서 달래고 도홍이의 뒤로 가서 겨드랑이를 끼어 안아 올렸다. 도홍이는 까닭을 알아차렸다는 듯이 웃으면서 눈살을 찌푸리고 창밖으로 나갔다. 명수는 코웃음을 치고 석태는 중환이를 건너다보며 커닿게 웃었다. 기생들도 대강 짐작하겠다는 듯이 저희끼리 마주 보고 웃으면서

'저 양반두 한 몫 보랴는군.'

하는 생각들을 하였다.

조금 있다가 도홍이의 팔에 매달려서 들어온 문수는 숨을 급히 몰면서 자기 앉았던 자리에 쓰러져 버렸다.

또 한바탕 소리가 시작되는 동안에 술꾼들은 딴 세상을 배포하고 가는 밤이 아깝다는 듯이 부어라 마셔라 하며 앉았다가 중환이가 문수를 일으키었다. 그 바람에 홍련이는 장고를 밀어 놓고 제자리로 다가앉고 명화도 명수의 곁으로 갔다.

"애 이리와 술 부어라!"

중환이는 저쪽 창턱에 걸어앉아서 달을 치어다보며 처량하게 혼자 콧노래를 부르고 있는 도홍이를 돌려다 보며 불렀다.

대해장강 흐르는 물 누가 막으며
서산으로 지는 해 누가 잡으리.
쓸데없다! 쓰는 마음 고만두어라!

도홍이는 서너 잔 한 불그스레한 얼굴에 심란한 빛을 떼이고 사뿟이 일어나서 이리로 오며 들릴락 말락 하게 입속으로 소리를 부르면서 중환이

옆에 오더니 몸을 탁 실리며 고개를 그의 넓적팔 위에 가벼이 던지고 속으로 한숨을 쉬었다. 중환이는 가슴이 자릿하는 것 같고 도홍이의 뺨이 닿는 오른팔이 짜르를 하는 것 같았다. 그러나 속으로는 가슴이 선득하였다.

'쓸데없다! 쓰는 마음 고만두어라!'

그건 누구더러 하는 말인구? ……주기가 활짝 돌아서 부걱부걱 괴어오르는 듯한 중환이의 머릿속에는 이러한 생각이 반딧불같이 반짝 떠올랐다.

그러나 이러한 의혹과 불안은 중환이에게만 있지 않았다. 시장하다고 밥을 먹고 앉았던 문수는 얼굴이 금세로 취하여 오르는 것 같고 입가가 뒤틀리는 것 같았다. 그리고 명수는 멀거니 도홍이와 중환이를 건너다보고 앉았다.

'흐르는 물 누가 막으며 지는 해 누가 잡으리?'

……흐르는 물은 누구요 지는 해는 누구를 가리킨 말인가? ……이렇게 생각할 제 명수는 안타까운 생각을 걷잡을 수 없었다.

'어떻게 할까? 어떻게 할까?'

명수는 속으로 지향을 할 수 없이 이렇게 혼자 물어보았다. 그러나 도홍이는 명수를 본체만체하고 여전히 중환이의 팔에 기대어서 새근거리고 있다.

7

① ××관 아래층 건넌방에서 중환이의 문자로, 연극 한 판을 꾸민 그 이튿날 아침 동이 훤히 틀 때이었다.

중환이는 추워서 그랬든지 변소에를 가려고 그랬든지 인제야 겨우 잠이 깨었다. 아직도 술이 취한 벌건 눈을 게슴츠레 뜨고 천정을 치어다보니까 흐릿한 전등이 아직도 졸린 듯이 높이 매달리고 꺼멓게 걸은 유착한 보꾹이 어리숭어리숭 보인다. 찬장 뒤주 탁자……가 눈앞에서 매암을 돈다.

'얘! 이거 마루가 아니냐?'

하며 정신이 반짝 나는 듯하여 위에 걸친 이불을 손으로 밀며 일어나려니까 머리가 팽 내어돌린다. 잠깐 진정을 하려고 다시 드러누워서 자세히 살펴보니 암만 보아도 어제 낮에 본 홍련이 집 마루 같다.

'저 방에는 안석태가 자나?'

중환이의 머리에는 우선 이러한 생각이 꿈속같이 떠올라 왔다.

'그러나 내가 어째 여기에를 왔나? 누가 데리구 왔드람? 아니 헤어질 제 어떻게 되었누?'

중환이는 요릿집에서 어떻게 나왔던지 아무리 생각을 하여 보아도 아리숭아리숭하였다.

"가만 있어! 거진 끝판이 되어 갈 제 명수가 와서 헤어질 때에 도홍이를 한 걸음 먼저 데리구 가면서 이야기를 하고 싶으니 그리 알라고 석태와 나한테 부탁을 하였겠다! 그러나 그다음은 어떻게 되었던구? 응……응 도홍이가 술을 길어 들이라고 야단을 치니까 나더러 고만 멕이라고 명수가 애를 무럭무럭 썼겠다. 그다음은? ……."

중환이는 이렇게 생각을 하면서 어떻게 요릿집에서 나왔던가를 생각해 보려고 애를 썼으나 암만해두 알삽하고 그 대신에 도홍이가 하던 소리, 오른팔에 뺨을 대일 제 코에 맡히던 가슴을 간지르는 듯한 내음새, 쌔근거리던 숨소리, 노려보던 명수의 눈⋯⋯이러한 것이 한꺼번에 머릿속에서 갈팡질팡하는 것 같았다.

"어떻든 자미있었다. 대성공이다. 그러나 명수는 정말 도홍이에게로 갔나?"

어렴풋이 이러한 생각을 꿈꾸듯 하다가 옥신옥신하는 관골을 두 손으로 우겨 쥐며 다시 일어나서 분합짝을 열어젖뜨리고 비쓸비쓸 나왔다. 가을비가 소리 없이 보슬보슬 나리운다. 어깨가 으스스하고 정신이 번쩍 드는 것 같으나 안경을 잃어버린 그의 눈에는 아직도 모든 것이 뿌옇게 보일 뿐이다. 양복저고리가 수세미가 되었다.

'큰일났군!'

중환이는 깜짝 놀라며 속으로 이렇게 부르짖었다. 출근하려면 양복을 어떡하나? 하는 걱정이다. 뜰로 나려가서 차근차근한 비를 맞아가며 수채 앞에다가 소변을 보면서 한번 휘 돌려다 보더니 중환이는 깜짝 놀랐다.

"응? 얘 이것 봐라!"

뜰에 박인 웃돌이며 장독대의 위치가 분명히 도홍이 집이다.

중환이는 눈이 휘둥그레지며 댓돌에 놓인 신발을 살펴보았다. 명수의 반질반질한 노랑 구두가 건넌방 툇마루 위에 놓여 있다. 중환이는 복받쳐 오르는 웃음을 참으면서 분합 안으로 들어가서 다짜고짜 안방문을 드윽 열어젖뜨렸다.

양복저고리만 벗고 컴컴스레한 방 속에 윗목 쪽으로 도홍이와 나란히 누웠던 명수는 허리에 용수철을 대인 것같이 발딱 기역 자로 일어나며 생긋 웃었다.

"에이 추워! 에이 추워!"

하며 중환이도 웃으면서 두 사람의 틈바구니로 잡담 지하고 부스럭부스럭 기어 들어가서 끼었다. 명수는 소리를 내어서 깔깔 웃으며 이불 속에서 빠져나오더니

"인제 가지!"

하며 대신 누운 중환이 앞에 눈을 내리깔고 앉았다.

"가만있어! 나는 이 집 주인하구 시비를 좀 헐 테야! ……여보! 마님! 마님!"

하며 중환이는 이불을 폭 뒤집어쓰고 누웠는 도홍이를 꾹꾹 찔러 보았으나 자는 척하고 꼼짝도 아니하였다.

②"……글쎄, 사람을 그렇게 구박을 할 수야 있나! 이 추위에 마루에서 사람을 재이구! 어젯밤 일을 좀 생각해 봐요. 불과 대여섯 시간 사이에 사람의 마음이 그렇게두 변할 수야 있나? ……그런데 이 사람이 정말 자는 세음이란 말인가?"

하며 중환이가 이불을 휙 젖히며 얼굴을 들여다보니까

"응!"

하며 눈을 감은 채 웃음을 참느라고 아랫입술을 악물고 벽을 향하여 살짝 돌아누웠다.

"도홍이! 도홍이! 으흐흥……."
하며 중환이는 앓는 소리처럼 깊은 한숨을 쉬이고 다시 말을 잇는다.

"정말 '유망한 청년' 하나 죽는 것을 보아야 시원하겠나?"

중환이의 말소리는 실없는 듯하면서도 떠는 것 같고 거진 울음이 복받쳐 오를 것 같았으나 명수는 '유망한 청년'이라는 말에 쌕쌕 웃었다. 중환이는 또 한 번 깊은 한숨을 쉬이고 나서 다시 푸념을 한다.

"아하 한강철교로 왜 나가누? 자살이란 왜 하누? 하였더니 인제야 참 정말 알겠군! 그래 나 군만 해두 야속하지! 친한 친구라구 그렇게까지 할 수야 있더람!"

울 듯 울 듯한 목소리로 또 입을 벌리더니 목이 메어서

"그저……? 그저 독약이라두 먹여서 이 집 지붕 밑에서나 죽게 하여 주었더면……한이 없었겠지만……."
하며 훌쩍훌쩍 코를 마시는 소리를 내었다.

돌아누웠던 도홍이는 깜짝 놀라서 눈을 똥그랗게 뜨고 돌려다 보았다. 그러나 지금 이 남자가 정말 우는 세음인지 실없이 그리하는지 잠깐 분간을 할 수가 없었다. 그 순간에 자기 같은 계집이 반하여 준다면 구원되겠다고 하던 말이 머리에 떠올라 왔다. 가엾은 증이 잠깐 가슴속에 반짝하였다. 좀 더 끌껄! 너무 급하였다! ……이러한 생각도 하여 보았다. 그러나 울상을 하고 번듯이 자빠졌던 중환이의 입가에는 웃음이 떠오르더니 별안간 일이 탁 터지며 껄껄껄 웃었다. 도홍이도 따라 웃었다. 명수도 유쾌

한 듯이 웃었다.

"이거 웬일야? 미쳤소."

"미치긴 누가 미쳐! 그렇게 좀 미쳐 보았으면 좋겠는데 너무 정신이 말똥말똥해서 미친 체를 하여 보았단다!"

하며 벌떡 일어났다.

"이건 어젯밤 연극의 속편인가?"

명수는 일본말로 이렇게 한마디 하고 중환이를 따라 나왔다. 도홍이는 다시 불러들이려다가 가는 대로 내버려 두고 말았다.

'천박한 짓을 하였다!'고 중환이는 속으로 자기의 점잖지 못한 것을 후회하였다. 그러나 또 한편으로 다시 생각하면 아무리 취중이라도 쫓아와서 잔 것이 불찰이지 열적은 지금의 처지를 창피하지 않게 꾸며 넘기려면 그렇게나 하는 수밖에 없었다.

두 청년은 수세미가 된 양복을 입고 비를 촉촉이 맞으면서 사람이 드문 골짜기 길을 찾아서 잠자코 걸어갔다. 그러나 빨리 걸으려고도 아니하고 맥이 풀린 사람들처럼 어슬렁어슬렁 걸었다.

"그런데 내가 왜 쫓아갔어?"

중환이는 역시 후회하는 듯이 이렇게 물었다. 어쩐지 자기 자신에게 대하여 불쾌한 생각도 일어났다.

"뒤쫓아서 안 군하고 같이 왔다가 마루에 털썩 앉더니 그대루 씨그러져서 인사정신을 모르는구먼! 처음에는 부러 그러나 하였더니 두드리구 끌어 잡아다니구 해야 꿈작이나 해야지! 그래 하는 수 없이 겨우 마루 안으로 끌어다가 뉘이고 양복저고리만이라두 벗기려니 천생 되어야지……."

명수는 열심히 변명을 하고 나서 웃었다.

"암만 생각해두 실례로군!"

중환이는 자기의 일이 꼴답지 않게 된 것을 분해하는 모양이었다.

"상관있나! 내가 장가를 가는데 후배를 세운 세음만 치면 고만이지."

하며 명수는 쌕쌕 웃다가

"그러나 아까 추워 추워 하면서 자리 속으로 부둥부둥 기어들 때는 참 정말 천진한 어린아이 같았어! 김 군의 성격에는 그런 아름다운 데가 있던가 하구 정말 반가웠어!"

하며 명수는 위로 삼아 이러한 소리를 하고 웃었다.

③온종일 오락가락하던 비는 저녁때쯤 되어서부터 차차 개어 가는 듯하더니 싸리문 뒤에서 해죽해죽 내어다 보는 처녀의 얼굴처럼 하야스름한 햇발도 가끔가끔 비춘다.

중환이는 신문사에서 나오는 길에 역시 약병을 들고 어슬렁어슬렁 문수의 집으로 향하였다.

"왜 가우? 아무두 없어?"

문수의 집 문간에서 중환이는 홍진이와 마주치며 인사 대신에 이렇게 물었다.

"아무두 없드군. 안 군두 온다더니……."

하며 홍진이는 다시 중환이를 따라섰다.

"어서 오! 애 만나 보셨소?"

문수의 어머니는 부엌으로 들어가려다가 돌쳐서며 들어오는 중환이에게 묻는다.

"몰라요."

"글쎄 오늘 아침에 비가 오는데 아침도 아니 먹고 나가더니 왼종일을 아니 들어오는구려. 어쩌면 같이 다니다가 혼자 내버리구……."

하며 마루 끝에 털썩 앉는 중환이를 건너다보는 문수의 어머니의 눈은 좀 실룩하여지면서 원망하는 것같이 퉁명스러웠다.

"어데를 갔을까? 나는 인제야 신문사에서 나오는데요."

중환이는 변명 삼아 이러한 소리를 하고 느적느적 마루 위로 올라가서 홍진이와 명수의 방으로 들어갔다.

조금 있다가 명수가 타박타박 들어왔다. 아까 보던 것과는 다른 양복을 입었다. 검정 서지의 말쑥한 겨울 양복이다.

"꽤 기대렸지?"

하며 방으로 들어와서 중환이의 옆에 앉는 명수의 목에 매달린 검은빛 나는 진보라 넥타이는 윤이 반즈르를 흐르는 신건이었다.

"문수 군 보았소?"

중환이는 명수의 몸치장을 유심히 노려보며 이렇게 물었다.

"몰라. 아침에 내가 들어오니까 별안간 뛰어나가더니 그저 아니 들어왔나? 한강철교로 나간 거지!"

이렇게 코웃음을 치는 명수의 기색은 허둥허둥하는 빛이 보이었다.

"돈 생겼네그려? 저기 다녀왔나?"

중환이는 약간 조소하는 말씨로 이렇게 물었다. 명수는 웃고 말았다.

세 청년은 덤덤히 앉아서 담배만 피우고 있으나 그 얼굴들에는 가벼운 피로와 엷은 애수의 빛이 끼어 보이었다. 그러나 명수의 얼굴만은 좀 불그스름하였다. 바깥에서는 또다시 비가 시작된 모양이다. 쪼르륵쪼르륵 하는 낙수 소리가 부엌으로 들락날락하는 발자취 소리와 섞이어서 고요히 어두워 들어오는 방 안의 침묵을 깨트렸다.

세 사람이 눕고 안고 하여서 어제 이야기를 숙덕거리고 있으려니까 문수가 불쑥 들어왔다. 회색 레인코트는 비에 쪼르륵 흘렀다. 눈이 퀭하여지고 아랫입술이 빼쭉이 나온 것이 자기 어머니의 눈에도 살기가 등등하여 보이었다.

문수는 마루로 선뜻 올라서더니 암말 아니하고 안방으로 들어가서 코트를 벗어서 윗목 구석에 획 던져 버리고 아랫목에 가서 픽 씨그러졌다.

"어데를 갔다 왔니? 무얼 먹었니?"

문수의 모친은 눈이 휘둥그레서 안방으로 쫓아 들어오며 누웠는 아들을 내려다보았다.

"몰라요! 걱정 마세요."

문수는 눈살을 앵동그리뜨리며 돌아 드러누웠다.

"배라먹을! 자식두 어쩌면 고따위루 생겼누! 혼자 바르를 뗄구 다니며……하지만 친구들두 그렇지. 같이 놀라다니다가 혼자만 따돌리구……."

문수의 어머니는 방에서 나와서 마루 끝에 앉으며 푸념을 하기로 판을 차린다.

④ "왜 또 야단이야? 자기 자식을 외입 아니 시킨다고 역성을 드는 부모 두 이 세상에 있드람?"

명수가 이렇게 비웃으니까

"공연한 트집이나 거염이지. 저리다가두 정말 외입을 시켜 보아! 그 탓은 누가 듣게."

하며 중환이는 웃다가 안방에다 대이고 문수더러 건너오라고 소리를 쳤으나 중얼거리는 어머니의 소리만 들린다.

"어데를 갔다가 왔누. 참 정말 철교로 돌아다니다가 왔나?"

중환이는 잠깐 있다가 입을 벌렸다.

"철교에는 왜?"

"응. 도홍이 문제가 일어나 뒤로는 매일 나가다시피 한다니까……그저께두 여기에 도홍이가 다녀간 뒤에 혼자 나갔드라던데!"

중환이는 홍진이에게 이렇게 대답을 하고 다시 말을 이어서

"그러나 선생이 진정으로 비애(悲哀)를 느낀다는 것보다는 비애를 향락하는 사람이야! 그렇지 않어? 깊은 비애로 가슴을 태운다는 것보다는 자기가 지금 가엾은 처지에 있거니! 이 세상에 자기처럼 불쌍한 사람은 없거니! 하는 생각으로 혼자 눈물을 흘려 보고 한숨을 쉬어 보는 것을 일종의 쾌락으로 아는 사람이 있느니! 강 군의 요새 하는 행동두 역시 그런 것이야."

하며 드러누웠다.

"하지만 정말 연애를 할 지경이면 저렇게 될지두 모르지!"

홍진이는 웃으며 듣고 앉았다가 이렇게 대답을 하였다.

"이렇든 저렇든 머릿살 아픈 본능의 전율이로군. 하지만 이렇게 문제가 하나씩 둘씩 낙착이 지어 가는 것은 다행한 일이라구 할 수밖에 없지. 위선 희숙이가 시집을 가니까 명수 군도 네게 질 내 아니라구 부랴부랴 장가를 들었고 그 덕에 안 군은 인제는 마음을 놓고 마리아와 태평락을 부를 모양이요 문수 군은 도홍이를 빼앗긴 반동기분(反動氣分)으로 순자에게 갈지도 모를 것이요……하구 보면 장 군하고 나만 차례에 못 가는구면. 허허허. 하지만 장 군일랑은 저 누구든가? 그 하나 있지 않소? 장안에 이름 높은 양반이 한 분 있지?"

중환이는 이렇게 이죽이죽하며 누워서 홍진이를 치어다보았다.

"이름 높은 양반이 누구야?"

"그 왜 내흉스럽게 생딴전을 붙여? 뚝발이 아씨라든가 하는 양반 말이야. 허허허."

"에끼 미친 사람!"

하며 홍진이는 웃으면서도 질색을 하더니 말을 바꾸어서

"그래 희숙이는 시집을 갔나?"

하고 물었다.

"왜 일전에 신문에까지 난 것을 못 보았소? 벌써 사흘이 되었나 나흘이 되었나?"

"누구하구?"

"누구라든가 나두 잊어버렸지만 하여간 돈푼 있는 집 아들이라니까 잘 되었지. 다만 그 통에 나 군이 사내 체면을 깎이게 된 것만은 유감이지만……허허허. 그러나 그 역시 상관있나! 저편은 조선호텔에서 예식을 하였는데 이편은 ××관에서 희극 일판을 꾸미구 저쪽은 결혼 후에 신혼여행을 하였지만 이쪽은 예식 전에 인천까지 다녀왔으니까 결국은 피장파장이지! 다만 저편은 남자가 돈이 있는데 이편은 여자 편이 학비라도 대이겠다는 것이 좀 절차가 바뀌었을 뿐이지…….”

하며 중환이는 명수의 얼굴을 치어다보았다.

“이거 왜 또 이래? 내 한턱내일 테니 제발 좀 고만두어 주.”

명수는 ‘학비’라는 말에 얼굴이 발개지며 웃었으나 그리 불쾌하지는 않았다. 지금 와서는 희숙이 같은 것은 염두에도 없는 모양이다.

“한턱내인다는 것은 반가운 소리일세마는 땅은 몇 마지기나 팔았나?”

하며 중환이는 역시 시룽거리고 누웠다.

그러나 이 소리를 들은 명수의 얼굴은 별안간 상기가 되는 듯싶었다. 아까 덕부(德富)의 집에 들어앉았을 때의 광경이 머리에 떠올라 왔다. 눈살을 잠깐 찌푸리다가 살짝 펴고 태연히 중환이를 치어다보았다.

⑤ 명수는 얼마 전부터 덕부상회라는 일본 사람의 무역회사에 두세 번 교섭이 있어서 며칠 후에는 취직을 하게 되었었다. 그 늙은 주인과는 원래 친교도 있거니와 명수의 맑고 산뜻한 위인을 반가워하고 더욱이 명수가 일어와 영어에 능통하는 고로 공식은 아니나 비서역(秘書役) 겸 서기라는 격으로 상당한 보수를 주고 고빙하여 가게 되었다. 그러나 명수는 상인과 접촉할 수 없는 자기의 성질을 생각해 보지 않을 수 없었고 또 한편으로는 만일 학비의 보증만 얻으면 다시 일본으로 가려던 차이기 때문에 피차

에 담판이 어우러져 들어가는 동안에도 매우 꺼리고 주저하였다. 그리하여 다시 동경에 갔다가 온 뒤에 일에 착수하겠다고 엉거주춤하는 수작을 하고 며칠을 지내 왔다. 그러나 변통하려던 학비 문제는 거의 다 실패하고 그저께서 어저께로 믿은 돈 변통도 오늘까지 끌다가 또 며칠이 물러 나가는 것이 암만하여도 믿음성스럽지 못하였다. 명수는 앞이 탁 막히는 것 같았다. 일본에는 못 간다 하더라도 위선 생활의 안전을 어찌 못할 걱정은 없지만 당장에 도홍이 문제를 어떻게 하나? 양복도 구처를 해야 하겠고 오늘이라도 다시 한 번 도홍이를 들여다보려면 돈푼 수중에 있어야 할 지경이다. 명수는 몸이 달았다.

"덕부한테 말을 해 보아?"

오늘 아침부터 비를 맞아가며 돌아다니던 명수는 나른한 몸을 안석태 상점의 점방에 내던지고 누워서 생각하여 보았다. 일본에도 아니 가고 내일부터라도 곧 일을 시작할 터이니 얼마간 먼저 변통하여 달라면 못한다고는 아니 할 것 같았다. 그러나 창피한 생각이 앞을 섰다.

'저놈더러 사정을 이야기하고 한 달만 돌리라고 해 보아?'

앞에 앉았는 안석태를 노려보며 이러한 생각도 하여 보았다. 그러나 그것도 아니 될 일이다. 말이 나오지도 않으려니와 석태라는 위인이 지금 자기의 곤란을 보고 속으로 싸다고 할지도 모를 것이요. 어떻든 웃을 것이다. 명수는 혼자 안타까워서 오정이 넘어서 한 시가 들어가는 시계를 치어다보며 멀거니 누웠었다.

'이래서 사람이 몸이 달고 나중에는 타락하는 것이다!'

이러한 생각도 하여 보았다. 그러나 어젯밤에 도홍이에게서 잔 것만은 후회하지 않았다.

"어떻든 가서 보는 게다!"

하며 명수는 덕부상회에 전화를 걸어 보았다. 마침 주인은 있었다. 그렇지 않아도 만나 보아야 할 일이 있으니 곧 오라고 한다. 명수는 활기가 났다. 만나야 할 일이 있다는 것이 무엇보다도 반가웠다.

'집으로 찾아가서 만났더면 좋을 걸 여러 사람이 있으면 어떡하나?'

명수는 진고개로 발씨를 재치며 이러한 생각을 하여 보다가 마헤다레(일본 상인이 입는 행주치마 같은 것)를 입은 점원들이 힐끔힐끔 돌아보며 북적대이는 광경이며 사철 우중충한 방 속에 장부를 늘어세운 큰 테이블 앞에 걸어앉아서 재잘대이는 꼬장꼬장한 늙은이를 머리에 그려 보고 눈살을 잠간 찌푸렸다. 어쩐지 발씨가 늘어지고 가서 마주 대하면 말을 꺼내일 용기가 나올 것 같지 않았다. 그러한 소리를 하였다가는 잗단 장사치로 자수성가한 사람, 더구나 조선에 와서 삼사십 년을 있던 일본 사람의 성미라 부려보기도 전에 신용을 잃어서 모처럼 얻어걸린 직업조차 잃어버리게 되지나 않을까 하는 염려도 없지 않았다.

⑥ 이와 같은 복잡한 생각이 머리에서 매암을 돌면서도 오늘 밤에 자기를 기다리고 머리맡 경대 옆에서 눈을 깜박거리며 앉았을 도홍이의 거동이 눈에 아릿아릿하는 것 같았다. 땅이 질척거리는 좁다란 길을 철벅거리며 가는 명수는 얼이 빠진 사람같이 다리 각각 머리 각각 놀았다. 비호같이 날아가는 자전거와 앞뒤에서 에엣 소리를 치며 달겨들고 굴러가는 인

력거 바퀴에 몇 번이나 부딪칠 뻔하였다. 그러나 머릿속에서는

'말을 아니하여 보면 어떡할 테냐.'

고 책망을 하였다.

그러나 덕부의 수작이라든지 대접은 은근하였다. 그가 만나고자 하였다는 것도 별일은 아니었다. 내년 봄쯤 되어서 조선물산을 장려하고 조선 노동자의 생활난을 완화하기 위하여 다시 말하면 조선 사람 노동자의 일거리를 만들어 주기 위하여 회사를 하나 세우려는데 그 취지서를 지으라는 부탁이었다. 명수는 자기를 위선 시험하여 보려는 것이라는 생각이 없지 않아서 좀 불쾌한 듯도 하였으나 쾌히 응낙하였다. 그러나 요담을 기다랗게 늘어놓은 뒤에 주인은 이러한 말을 보태었다.

"……어떻든 요새같이 전황한 때에 올 안으로는 곧 될 수는 없지만 내년 봄쯤이나 되면 얼마쯤은 자본도 돌게 될 것이니까 여러 가지로 선전도 해야 하겠고 각 지방의 물산이며 원료(原料)의 공급력(供給力)도 위선 조사를 해야 하겠으니까 나 군은 특별히 여기에 힘을 써 주도록 하시오. 사실 말이지 올 가을 들어서부터는 재계의 타격이 여간 심한 게 아니오. 시세의 변동이라든지……무어 말이 아니요. 창고의 물건은 쌓인 채 내보낼 도리가 없어서 본점 지점 할 것 없이 부리던 사람의 인원을 삼분일이나 줄여버렸지만 아까 말한 거와 같은 일도 생기구 무능한 사람을 여럿을 부리는 것보다는……."

하며 자질구레한 소리를 늘어놓은 뒤에 아무쪼록 돈 들이고 일본에 갔다 올 것 없이 일을 열심히 보아 달라는 부탁을 하였다.

명수는 무슨 소리를 하는지 자세히 귀에 들어오지는 않으나 연해 연방

재계가 공황하니 시세가 안 되었느니 물건이 나가지를 않느니 하는 소리가 귓가에 스칠 때마다 정신이 반짝반짝 들었다.

'아무리 재계가 공황하기로 백 원이나 일백오십 원 돈이야 없다고 할까?'

이러한 생각을 하며 주인의 재절대이는 입을 바라보다가 생글생글 웃으며 사람의 얼굴을 쏘듯이 들여다보는 그 눈을 마주칠 때는

'내가 다 알고 앉았다. 일본에 갔다 온다는 핑계로 여비나 청구할 작정이지? 하지만 상인이란 단돈 한 푼이라도 어림없이 내어놓은 게 아니다. 이 철부지야!'

하며 비웃는 것 같았다.

명수는 눈이 화끈거리고 머릿속이 뒤범벅이 된 것 같았다. 귀까지 멀어간다. 그러자 별안간 어제 도홍이가 부르던

"쓸데없다! 쓰는 마음 고만두어라."

하는 소리가 귀밑에 들리는 것같이 머리에 떠올라 왔다. 뒤를 이어서 선들선들한 방에 교자상을 에워싸고 쭉 둘러앉았는 광경이 보인다.

'그러나 왜 내가 이런 생각을 하고 앉았누? "쓸데없다! 고만두어라······" 무두무미하게 이런 생각이 나는 것을 보면 안 되려는 게군!'

명수는 속으로 웃고도 싶고 부끄럽기도 하였다. 그러나 아까 일본에는 가지 말라는 말을 생각하면 개구를 할 언턱거리가 생긴 것 같았다.

"어떡할까?"

명수는 주인의 얼굴을 먹먹히 바라보다가 채 결심을 하지 못하고

"실상은······."

하며 테이블 위에 덮어 놓은 두껍다란 가죽 모서리를 한 장부 위에 눈을

던졌다.

⑦ 그러나 입이 얼얼하여져서 다음을 계속할 수 없었다. 명수는 자기의 입에서 '실상은……'이란 소리가 확실히 나왔는가 자기의 귀를 의심하면서 주인의 얼굴을 다시 치어다볼 제 주인은 벌써 쳐들어오려는 대적을 막아 내이려는 사람처럼 눈을 똑바로 뜨고 정색을 하며 젊은 손님을 마주 바라보았다.

'아차! 고만둘걸.'

명수는 가슴이 뜨끔하였으나 말을 잇지 아니할 수 없었다. 그는 자기의 눈을 둘 데가 없어서 허둥허둥하며 자기의 할 말을 입이 재이게 간단히 몇 마디 하였다. 다시 말하면 그대의 의견에 좇아서 동경행은 중지하겠다는 것과 그리하자면 백 원 하나만 돌려주어야 생활비와 동경에 있는 세간을 옮겨올 수 있다는 말이다. 그러나 이 짧은 몇 마디는 명수의 입에서 나온 말이 아니라 도홍이가 명수의 혀[舌] 밑을 붙들고 놀린 것이다. 주인의 얼굴을 치어다보고 앉았는 명수의 이마에는 기름땀이 비집어 나왔다.

백 원 돈!

그것이 대체 무엇인가?

일 분 동안이나 잠자코 앉았던 늙은 주인은 명수의 눈치를 살피듯이 눈을 말뚱말뚱 뜨고 치어다보다가 웃는 듯하며

"그럴 테지요."

하며 약간 고개를 끄덕거리는 것 같았다.

명수는 자기의 귀를 의심하였다. 그러나 자기에게는 그만한 수완과 자격이 있다는 만심도 일어나는 동시에 너무 긴장하였던 마음이 맥없이 확 풀리고 그 백 원이라는 돈이 도리어 시들하여졌다. 그러나 이러한 생각은 오랫동안 머릿속에 머무를 게 못 된다. 오직 고마웠다. 그리고 잔뜩 뭉키었던 뇌가 급작스리 술술 풀리는 것 같았다. 인생이란 유쾌한 것 인정이란 아름다운 것이라고도 생각되었다. 그리고 이렇게 손쉽게 들어줄 줄 알았더면 일백오십 원이라고 할 걸! 하는 후회도 났다.

만일 이때의 명수가 덕부의 집 문간에서 자기의 애인, 당장 사랑하는 도홍이의 사진이 떨어진 것을 우연히 집었다 하면 그는 너무도 의외임에 놀라며 반갑고 신기하였을 것이다. 그러나 그는 이 종잇조각 한 장을 받아 넣을 때만큼 의외이었으며 반갑고 신기하였을까? 또한 만일 이 종이 한 장을 빼앗기지 않으려면 그 사진에 침을 뱉고 갈갈이 찢어서 제일 더러운 곳에 버릴 필요가 있다 하면 그는 거듭 생각할 여지도 없이 그리하였으리라. 이 흰 종이 한 장 속에는 그림 아닌 도홍이의 얼굴이 있고 붉은 피가 도는 보드라운 몸이 쌓이어 있다. 두 사람의 피와 피를 엇걸어 주는 에테르가 그 속에 있다. 계집을 사랑하는 남자의 체면이 또한 거기에 있다.

그러나 어제만 하여도 그에게 대한 이 돈표가 그 반만 한 값어치도 없었을 것이다. 그러면 오늘은 어찌하여 열 곱의 값어치와 무게를 헤아리게 하는가? 도홍이란 한낱 여성의 이름이 그에게 이처럼 큰 힘을 느끼게 하는 것을 누가 아니라고 하려는가?

명수는 지금 컴컴하여 가는 방 속에 앉아서 자기의 얼굴이 붉어져 가는 것을 깨달았다. 그의 머리에는 아까 자기가 덕부를 만나려고 갈 제 얼마나 망설이고 쭈뼛거리었으며 그와 마주 앉았을 때에 얼마나 마음을 졸이고 얼이 빠졌었던가? 그 집에서 나올 때에 얼마나 기뻐하고 갖은 화려한 꿈과 망령된 생각으로 자기의 영혼을 더럽혔던가를 뉘우치면서 다시 생각하여 보았다.

'더럽다!'

명수는 혼잣속으로 이렇게 부르짖어 보았다. 그의 눈앞에는 또다시 아까 그 상회에서 도적질이나 하여 가지고 나오듯이 누가 보지나 않을까 누가 뒤에서 옷자락을 잡지나 않을까 하며 살살 빠져나오던 자기의 꼴을 머리에 그려 보았다.

그러나 그의 입가에는 가벼운 웃음이 떠올라 왔다. 그것은 자기 자신을 조소하는 웃음이요 '어찌하는 수 없다.'는 자포자기에서 나오는 웃음이다.

⑧ 세 청년이 명수의 발론으로 어제 갔던 요릿집으로 가려고 나오려니까 문수의 모친은 마루 끝에 놓였던 밥상을 버쩍 들어다가 마루 한가운데에 딱 놓으며 핀잔을 주듯이

"어서 진지 자시고 나가우."

하고 나서 아들더러 밥 먹으라고 소리를 꽥 질렀다.

'밥값을 내지 않았다는 수작인가?'

명수는 속으로 이렇게 생각하여 보고 눈을 홉떠서 주인마누라를 노려보고 마루 끝으로 나왔다. 그러나 문수의 어머니가 가슴을 부글부글 끓이고 쿵쾅거리는 것은 하특 명수의 밥값 때문이 아니라 그렇다고 문수가 친

구들 사이에서 떨어지는가 보다 하여 그리함도 아니다. 피가 팔하고 변덕이 습진을 하고 시기심이 많은 그가 이십 년이나 과수로 지내는 동안에 그러한 괴벽한 성질이 굳은 뿌리를 박게 된 것이다.

명수는 속으로 웃으면서도 눈꼴이 틀리고 자기의 승리를 한층 더 자랑하고 싶었다.

비는 여전히 촉촉이 오고 시시각각으로 솔솔 뿌리는 땅거미는 넓은 마루 속에까지 기어 들어온다. 우중충한 속에 음산한 기운이 쌀쌀히 돈다. 일 초 이 초 오 초 십 초……일 분 동안이나 살기가 등등한 침묵이 흘러갔다. 누구나 어서 이 침울한 공기 속에서 빠져나가려는 생각이 간절하였다.

"너나 나와서 먹으렴! 어느 때까지 상을 뻐듯드려 놓아 둘 모양이냐?"

주인마님은 또 한 번 쥐어박는 소리를 하였다. 문수는 충혈이 된 눈이 깔딱 뒤집히어서 마루로 튀어나오더니 속으로 끌어다니는 소리로

"김 군!"

하며 불렀다. 잠깐만 들어오라고 한다.

"같이 나가세. 나가면서 이야기하세그려."

중환이는 살기가 뻗치어서 주름 많은 조고만 상이 뒤틀린 문수를 물끄러미 치어다보다가 일부러 심상하게 대꾸를 하였다.

"잠깐만 들어와요. 그래 못 들어올 게 뭐요?"

하며 소리를 꽥 지른다. 중환이는 심사가 불끈 났으나

"왜 오늘 이렇게 역정이 나셨나? 그러지 말고 어서 나서게!"

하며 농쳐 버렸다.

"이건 농담으루 아나! 사람을 얼마나 놀려야 흡족할 모양인구."

하며 문수는 자기 자리로 가서 책상 앞에 앉았다.

"어째 사람이 그 모양이야? 내가 무얼 잘못했다고 야단인가?"

중환이는 마루 안으로 한 걸음 들어서며 나무라듯이 소리를 질렀다.

"무에 어째? 지금 와서는 자네들은 친구라구두 생각하지 않지만 너무 심하이 심해!"

"무에 심하단 말이야!"

중환이는 달래듯이 예사롭게 물었으나 속으로는 심사가 틀리었다.

"아 그래 모르겠단 말이야? 내게두 인간성이 있구 인격이 있구 눈치가 있네. 그렇게 업신여길 게 아닐세. 너무 심하고 너무 야속하지……사람을 사람으로 알면 그렇게는 못하느니!"

하며 그가 올라서 악을 바락바락 쓰다가 분에 못 이기어서 울음이 탁 터지었다. 여러 사람은 멀거니 서서 바라볼 뿐이다. 문수는 이를 악물고 흑흑 느끼다가 일본말로

"난 나는 오늘 죽든지 어떡하든지 인제는 자네들 눈에 다시 띄지는 않을 텔세. 하지만 그년더러 한마디 일러주게. 이 세상에는 너를 사랑하던 사람이 또 하나 있었다고……."

하며 말이 마치자 서랍에서 검은 녹이 군데군데 슨 면도칼을 꺼내더니

"자네들 보는 앞에서 찌르는 것을 보여줌세……."

하고 파란 칼날을 번쩍 쳐들었다. 중환이는 잠깐 나려다보다가 종용히 가서 손목을 잡으며

"무슨 미친 짓이야? 글쎄 날더러 무얼 잘못했단 말이야? 자네 마음은 안 알아주고 나 군에게만 동정을 하였단 말이지?"

하고 칼을 빼앗아서 책상 위에 딱 던졌다.

⑨ 문수는 고개를 숙이고 여전히 흑흑 느끼며 가만히 앉았다가

"어머니!"

하고 벼락같이 소리를 지르고 나서

"돈 있는 대로 내주세요. 오늘 밤으로 어데든지 갈 테에요."

이때까지 마루 끝에 담배 피워 물고 돌아앉았던 어머니는 인제야 돌아

다보고 핏대를 올리며

"돈이 무슨 놈의 돈이냐? 가든 말든 내가 아니?"

"그럼 무어든지 있는 대로 어서 내세요."

"무어 내란 말이야 다 깝살려 버리구. 네 어미 비녀나 빼앗아가랸?"

하며 어머니는 머리에 꽂히었던 금비녀를 빼앗아 마루 안으로 부러지라

는 듯이 내어던졌다. 쨍그렁하는 소리가 컴컴스레한 마루 안에 잔잔히 흘

렀다.

……전등이 확 켜졌다. 여러 사람의 눈은 누른빛이 아른아른히 비치는

금비녀로 쏠리었다.

하편

1

① 추석 뒤에 두어 번이나 삼사일씩 두고 찔끔찔끔하던 비가 반짝 개인 뒤에는 제법 찬바람이 불기 시작하고 햇빛도 한층 더 엷어졌다. ×여학교 기숙사 뒤뜰에 학생들이 되는 대로 심어 놓았던 맨드라미 백일홍들도 어느 틈에 까맣게 타서 오그라져 붙고 그 대신에 자줏빛 분홍빛 누른빛의 크고 작은 국화만이 아침저녁으로 간드럭일 뿐이다. 창 밑에 잔디밭도 그렇게 보아 그런지 벌써 이파리 끝이 희끗희끗하여진 것 같다. 몸이 가뜬하여지고 머릿속은 높게 개인 푸른 하늘같이 깨끗한 것 같으면서도 어쩐지 심란하고 고요한 가을날이다.

마리아는 오정에 끝이 나는 학과를 마치고 허둥허둥 점심을 한술 뜬 뒤에 며칠 전부터 금을 말짱히 펴서 걸어 놓았던 검불그레한 세루 치마로 갈아입고 바늘을 뚝 떼인 생옥양목 깨끼저고리 위에는 감장 시곗줄을 목 뒤로 걸어서 늘인 뒤에 거울을 다시 한 번 들여다보았다. 젖빛 같은 살결이

포동포동한 그 밑으로 불그름한 피가 잔잔히 흘러가는 것을 생각게 할 만치 생기가 가득하고 윤기가 도는 자기 얼굴이 거울 속에 나타났다. 그는 만족한 듯이 방긋이 입가에 웃음을 띄어 보고 섰다가 거울을 놓고 저고리 앞섶 자락을 달싹하더니 허리춤에서 손가락 한 마디만 한 금시계를 꺼내 보고 다시 넣었다. 한 시 반이다. 그러나 그다음 순간에 그의 머리에 떠오른 것은

"분을 바르십시오. 금반지를 끼십시오. 금시계를 차십시오. 거기에 당신의 생명이 숨어 있으리다!"

라고 비웃은 처음 애인의 편지 사연이었다.

마리아는 무심코 아랫입술을 악물며 책상 위에 놓였던 흰 껍질 한 얇다란 책을 집어 들고 방문 밖으로 나왔다.

'두구 보렴! 돈에 팔려갈 난 줄 아나!'

마리아는 누구더러 하는 말인지 속으로 이렇게 혼자 역정을 내이며 층계를 나려와서 교장실로 들어갔다.

"어머니! 잠깐 다녀 들어와요?"

하는 마리아의 목소리는 돈이나 취하러 온 사람처럼 쭈뼛대이고 영어의 발음도 좀 더듬는 듯하였다. 미스 브라운은, 거기에는 대답도 아니하고 마리아의 손에 있는 책을 노려보며

"그 책은?"

하며 손을 내밀었다. 일본말로 씌인 것이라 알아볼 까닭이 없다.

"공연히 이 책을 들고 들어왔다!"

하는 생각도 없지 않았으나 묻는 대로 우물쭈물 대답을 하고

"저번같이 늦게 들어오면 아니 되어요!"

하는 암상스러운 소리를 뒤에 두고 허둥허둥 빠져나왔다. 어쩐지 모욕을 당한 것 같기도 하고 그러한 말을 들어서 싸다는 생각도 났으나 붉은 벽돌집을 등을 지고 돌층계로 내려설 때 마리아는 가슴을 쓰다듬어 내리운 것 같았다.

"저번같이……."

라는 것은 추석 전날 밤 말이다. 내일 추석 명일에는 학생들을 놀린다고 하기에 마리아는 수양어머니인 브라운 교장에게 별로 말도 아니하고 안석태에게 놀러 갔었다. 그러나 교장이 돌아온 뒤로는 발등이 저려서 제품에 조심을 하느라고 그 전번 주일에도 일부러 아니 나갔기 때문에 그날 석태와 만난 것은 꽤 오래간만이었었다. 이러구러 하여 그날은 취침시간이 지난 뒤에 돌아왔었다. 그 이튿날 브라운에게 눈이 빠지도록 몰려대었다.

"이럴 터이면 미국은 단념하는 게 좋겠지!"

나중에는 이러한 소리까지 하였다. 그 후부터는 허가를 맡고 외출하기로 하였지만 어느 때든지 '저번같이 늦게 돌아오지 말라.'는 잔소리를 듣게 되었다. 그러나 교장이 뚱기는 이 말은 어느 때든지 마리아에게 그날 밤을 연상케 하여 일종의 유혹을 일으키었다.

② 일 년에 두세 번쯤 열어 볼까 말까 한 앞대문에는 유착한 자물쇠가 장정의 엄지손가락만한 커다란 고리 앞에 비뚜름히 매달려 있다. 마리아는

옆으로 난 쪽문을 열고 적지 않은 몸의 두 끝을 맞대이고 겨우 두 발을 내어 디디니까 조고만한 문짝은 돌을 매달은 쇠사슬에 찌르륵 끌리며 덜컥 닫혀지는 소리가 등덜미를 치는 것 같았다. 마리아는 약간 몸서리를 치는 듯하며 휙 돌아보았다. 뱃속까지 속이 찌르를 하는 것 같았다. 요사이 마리아는 이 문을 들락날락할 때마다 알 수 없는 분노를 느끼기 시작하였다.

'아서라! 그래두 십여 년이나 살던 집이다!'

속으로 이렇게 자기의 마음을 꾸짖건마는 암만하여도 감옥문 같은 생각이 나서 더욱더욱 싫증이 난다. 마리아는 지금도 재작년에 ××감옥에 들어갈 제 순사가 문을 똑똑 두드리니까 안에서 '따양' 일 원짜리 은전만한 구멍으로 까만 눈이 반짝하고 내어다 보더니 조고만 곁문을 열어 주던 것을 머릿속에 그려 보고 가벼웁게 한숨을 쉬었다. 그러나 왜 요사이 그러한 생각이 났는지는 별로 궁리를 하여 보려고도 아니하였다. 그는 총총걸음을 걸으면서 손에 가진 책을 쳐들어서 또 한 번 들여다본다.

하얀 책 껍질 위에는 어떠한 곳간의 들창이나 감방의 공기 빼이는 구멍까지 철사로 얽은 조고만 창턱에 올빼미가 무엇에 놀란 듯이 두 눈을 동그랗게 뜨고 밖으로 향하여 앉았는 모양이 그리어 있다. 마리아는 처음에 명수의 책상에 놓인 이 책을 들여다보다가 그 그림이 마음에 들어서 빌려 달라고 하던 것을 생각하여 보았다.

마리아는 야조개로 꼽들여서 잠깐 가다가 시장으로 들어가 배와 사과를 섞은 과실 한 광주리를 사서 들고 내수사 앞을 지나 종교를 건너섰다.

명수는 나달 전에 보던 때보다는 좀 나은 것 같았다.

"어제 오늘은 일기가 좀 따뜻하여져서 훨씬 난 모양이에요."

하고 명수는 일어앉으며 콜록콜록 기침을 하기 시작하더니 좀처럼 끊이지를 않는다. 얼굴이 금세로 빨개지며 숨이 급하여졌다.

"일어나시니까 그렇지요. 누세요……어서 누세요."

마리아는 근심스러운 눈찌로 바라보며 좀 더 친숙하였으면 가슴에 손을 대이어서라도 누이고 싶었다. 명수는 하얀 요잇을 시친 얄팍한 요 위에 반듯이 누우며 마리아를 치어다보며 방긋이 웃다가 머리맡에 펼쳐 놓은 편지를 생각하고 눈으로는 마리아의 눈을 좇으면서 손을 올려서 살짝 덮어 놓았다. 마리아는 무심한 듯이 고개를 숙이고 파르스름한 봉투를 곁눈으로 빠르게 살짝 보았다. 뒤집혀 놓였기 때문에 내인체로 익숙하게 획획 갈긴 '봉' 자가 반쯤만 보이고 그 외에는 아무것도 없었다.

'역시 편지가 오는군!'

마리아는 속으로 이러한 생각을 해 보다가 까닭 모를 질투에 가까운 감정이 일어나는 것을 깨달았다.

"그저 약은 잡수세요?"

여자는 말끝을 잡지 못하여 애를 쓰다가 상기가 된 얼굴을 쳐들며 남자를 나려다 보았다.

"네 인젠 내일모레쯤은 일어나게 되겠지요."

하며 명수는 또 한 번 웃어 보인 뒤에 마리아의 옆에 놓인 책을 턱을 기울여 내려다보며

"벌써 그 책을 다 보셨에요?"

하며 여자의 눈치를 살피려는 듯이 바라보았다.

"난 일본말이 부족해서 모를 데두 있구요마는 자미있던 걸요. 하지만 약

혼한 계집애가 A를 버리고 같은 폐병쟁이의 B에게로 간 것은 그 동기가
좀 박약하고 심리를 알 수가 없던 걸요?"

마리아는 이렇게 대답을 하면서 시겟줄을 만적만적하고 앉았다.

③ "그리게 연애지요. 이론(理論)을 초월(超越)하고 상식을 초월하고 모
든 조건과 사정을 초월한 절대경(絶對境) 신비경(神秘境)이 없으면 연애가
성립되겠습니까."
하며 명수는 일단 말을 끊었다가

"하지만 상식을 초월한다는 말은 연애하는 사람의 심리라는 것은 도저
히 상식으로 판단할 수 없다는 말씀이지요."

"그리기루서니 남자에게 자백을 하려 쫓아가서 밤을 새이며 맞붙들고
울기까지 하고도 뿌리치고 오다니……차마 발길이 돌아올까요?"
하며 마리아는 남자의 얼굴을 바라보았다.

"쉽게 말하면 그럴지도 모르지만 거기에 연애의 절대성이 있고 그 여자
의 사람으로서 강한 점이 있는 것이겠지요. 마음으로는 벌써 B를 사랑하
면서 어떻게 자기의 양심을 속이고 A의 품으로 갈까요? 그렇게 아니하는
데에 '지각' 있는 현대인(現代人)의 자랑이 있는 것입니다. 양심(良心) 앞에
진실(眞實) 앞에……전심전령(全心全靈)이 융합하여 법열(法悅)이라는 도
가니에서 심령이 끓어 오르고 하느님이 기뻐 놀랄 만한 사랑 앞에……돈
이 뭐예요? 명예가 뭐예요? 학문이 뭐예요? 건강이 뭐예요? 그런데 무슨
힘이 있다고 생각하십니까? 돈 없는 폐병쟁이면 어떻단 말이에요? ……"

명수의 눈에는 이상한 광채가 돌고 평상시와는 딴판으로 한마디 한마디에 불같은 힘이 끓어 올라왔다. 그것은 사랑에 성공한 사람의 깊은 자신과 희망에서 나오는 말 같기도 하고 실연이라는 쓴 경험을 맛본 사람이 실망하고 저주하면서도 사랑의 이상을 아직 버리지 않은 사람의 말 같기도 하였다.

'……도홍이에게 정말 반한 거로군! 하지만 기생년 쳐 놓고 그러한 사랑을 할 줄 알까?'

마리아는 이러한 생각을 하며 명수의 머리맡에 덮어 놓은 인찰지를 한번 거듭떠보고 말을 꺼낸다.

"하지만 그 여자두 A의 아버지가 파산을 당하여서 공부두 못 하게 되고 촌 속에서 죽은 아버지의 뒤를 이어 가지고 쩔쩔매이게 되니까 실쭉하여진 게 아니에요?"

"그렇기루 말하랴면 B는 더하지 않어요? 의지가지없는……더구나 폐병에 걸린 사람이 아니에요. 사람의 마음이란 그렇게 이해타산으로 움직이는 게 아닙네다."

명수는 힘없이 이렇게 한마디 하고 까부라져 들어가는 한숨을 들리지 않게 속으로 쉬었다. 아까 신이 나서 매우 자신 있게 하던 어조와는 딴판이다. 두 사람은 잠깐 입을 담치었다. 그러나 마리아의 귀에는 명수의 말이 반갑기도 하고 자기에게 들으라고 하는 말 같아서 가슴이 뜨끔하기도 하였다. 그의 머리에는 청혼을 퇴한 첫째 남자와 석태의 얼굴이 떠올라 왔다. 그리고 그는 그 남자에게서 석태에게로 마음이 옮은 동기를 생각하여 보려 하였다. 그러나 이렇다고 집어내일 만한 까닭을 모르겠다. 모른다는 것보다는 자기의 심중을 환한 등불 앞에 내어놓기가 두려웠다. 그러면 명수에게는 마음이 어찌하여 쏠리는가를 생각하여 보려 하였다. 그러나 그것도 막연하다. 그다음에는 그 두 사람과 명수의 세 사람을 대조하여 보려 하였다. 그러나 머릿속이 부걱부걱 취하여 오르는 것 같고 아리송아리송 하다가 명수의 해쓱하고 경건한 얼굴 표정이 머릿속에 환히 떠올려 왔다. 차근차근하고 명랑한 목소리가 귀에 들리는 것 같다……마리아는 깜작 놀라며 고개를 번쩍 들고 누웠는 남자의 얼굴을 바라다보았다. 그의 얼굴은 말할 수 없는 고통이 있는 사람처럼 뒤틀리고 해쓱하여졌다.

④ "왜 어데가 아프세요?"

마리아는 민망한 듯이 남자의 얼굴을 들여다보고 앉았으나, 명수는 잠자코 천정만 치어다보고 누웠다. 그는 속으로 '암만해두 조선 여자는 아무 짝에 못 쓴다!'고 부르짖으며 마리아에게로 눈을 옮기었다. 마리아는 급히 고개를 숙이었다.

'석태가 오면? ……'

하는 염려가 없지 않으나 그렇다고 가고 싶지는 않았다. 동시에 남자가 좀더 앓아서 누웠으면 하는 난데없는 생각도 났다. 약도 달이고 앞에서 시중도 들어 주고 싶었다. 마리아는 발딱 일어나 방문 밖으로 나가서 부스럭부스럭하더니 과일 광주리를 들고 들어왔다.

"그건 왜?"

하면서도 병인은 기뻐하였다. 마리아는 명수가 가리키는 대로 제 손으로 책상 서랍을 열고 칼을 꺼내놓더니 마루로 나가서 커다란 양접시를 달래 가지고 들어왔다. 마리아는 자기 손으로 이렇게 하는 것이 기뻤다. 마치 살림살이를 하는 것 같기도 하다. 기숙사에서도 늘 하여 본 일이지만 그와도 다른 운치가 있고 보람이 있는 것 같았다.

"참 그런데 댁이 서울이시라면서 왜 이렇게 나와 계셔요? 무에나 댁만 하겠습니까."

마리아는 배를 네 골에 오려서 익숙한 솜씨로 벗기며 이런 소리를 하였다. 명수는 몸이 괴로운 때에 이렇게 친절히 하여 주는 것이 고맙고 한없이 기뻤다. 도홍이가 와서 이렇게 해 준다면! 하는 생각도 났으나 다소간 교육을 받은 여자이니만치 은근하고 속되지 않은 데가 마음에 들었다. 그는 모로 팔을 짚고 기웃이 일어나서 과실을 먹다가

"별로 이유는 없지만 나와 있는 것이 역시 기운을 펴고 편한 점이 많아요." 하는 말소리는 어느 틈에 한층 더 은근하여졌다. 그러나 마리아는 모든 것이 궁금하다는 듯이 여러 가지를 물었다. 부모가 계시냐? 집은 어데냐? 날마다 가서 뵈입느냐? 어떻게 살아갈 테냐? ……마치 호적 조사를 하거나 중매가 신랑 신부의 내력을 캐이듯이 슬금슬금 묻고 앉았다. 명수도 별로 불쾌할 것이 없어서 자기 생각대로 정직하게 대답을 하여 주었다.

"하지만 선생님은 행복이십니다."

마리아는 다 듣고 나서 자탄하는 어조로 이런 소리도 하였다.

"무에 행복이란 말이에요?"

명수는 마리아가 집어 주는 수건을 받아서 손을 씻으면서 정색을 하고 물었다.

"나보담 말씀이에요!"

"마리아 씨는 어떻길래요?"

"……두고 보시면 아실 날이 있겠지요."

하는 마리아의 목소리는 처량한 듯이 까부라졌다. 명수도 더 캐어 물을 근력이 없었다. 저녁때가 되어 갈수록 예증의 열(熱)이 또 오르기 시작하는 것 같았다.

마리아는 고개를 숙이고 가만히 앉았다가 뜰에서 자박자박 나는 남자의 구두 소리를 듣더니 깜짝 놀라며 명수의 다리 위로 허리를 펴고 창틈으로 내어다 보았다. 바로 앉는 여자의 얼굴에는 안심하였다는 웃음이 떠올라 왔다. 명수도 그 뜻을 알아차리었으나 일종의 유쾌를 느끼었다.

"인제는 가 봐야 하겠습니다."

하며 마리아는 딱 결심한 듯이 일어나면서

"요새두 덕순이에게서 소식이 있어요?"

하고 지나는 말처럼 물었다.

"'요새두'라니요?"

하며 명수는 말의 책을 잡으려는 듯하다가 웃으며

"저번에 언젠지 한 번 온 뒤에는 다신 없어요."

하고 일어앉았다.

마루로 나가던 마리아는 문수와 마주쳤다. 할 이야기가 있으니 잠깐만 들어오라고 지성껏 붙들었으나 마리아는 벌써 뜰로 나려섰다.

문수는 하는 수 없어 잠깐 기다리라고 하고 하얀 종이에 싼 떡 같은 것을 들고 나오며 혼자 웃는다. 마리아는 벌써 눈치를 채었으나 눈을 둥그렇

게 뜨며

"무어예요?"

하고 핀잔을 주듯이 물었다. 문수는 얼굴이 발개지며 황망히

"저, 저, 최……."

하고 건넌방에서 들을까 보아 입을 닫쳐 버렸다.

"그런 심부름은 난 몰라요."

하며 마리아는 웃으면서 손을 내어둘렀다.

2

① 마리아가 다녀가던 이튿날 즉 일요일 저녁 배달에 명수는 마리아에게서 온 엽서 한 장을 받았다.

"아까 너무 오래 앉았다가 와서 그 후에 도리어 열이나 더 나시지 않았는지 오면서도 몇 번이나 뒤가 돌려다 뵈옵든지. 부대 조섭 잘 하십시오. 가을밤은 겹겹이 깊어 가고 침울한 이 벽돌집은 고요한 꿈에 잠기었습니다. 이 가운데에 이 사람은 무엇을 하려 혼자 깨어서 차디찬 베드 위에 앉았는지 자기조차 모르겠습니다. 만사가 무심한 것 같기도 하고 울고도 싶습니다.

선생님! 선선합니다. 조심하십시오. 안녕히 주무십시오."

명수는 한 번 읽어 보았다. 뒤집어서 자기 성명과 마리아의 영어로 쓴

이름을 자세히 들여다보았다. 의외이었을 뿐 아니라 반가웠다. 도홍이가 처음으로 편지하였을 제(그것은 바로 그그저께 일이다) 명수는 자기의 이름이 여자의 붓끝으로 씌운 것을 신기하고 반갑게 생각하였다. 그러나 공연히 편지 사연을 멋결지게만 늘어놓고 어서 오라고 한 것을 보고 곧 불쾌히 생각하였었다. 더구나 집세전에 몰린다고 오십 원을 더 청구하던 그 이튿날부터 감기와 몸살로 드러눕기 때문에 명수의 생각으로는 무신하게도 되었지만 앓는 사람더러 오라고 하는 것은 돈 때문에 꾀병이나 하는 줄로 짐작하고 하는 수작 같아서 여간 불쾌하지 않았었다. 그러나 지금 마리아의 편지는 불과 몇 마디 아니 되건마는 따뜻하고 애처로운 정회가 구절과 구절 사이에서 비집어 나오는 것 같았다. 명수는 또 한 번 뒤집어서 읽어 보았다. 씹어서 맛을 보랴듯이 한 구절 한 구절씩을 속으로 외웠다.

'선선합니다. 조심하십시오…….'

명수는 속으로 또 한 번 뇌었다.

'사람의 자식이 아무리 '그 짓'으로 뭉쳐 만 긴 탯덩이에 끌려 나왔더라도 이 한마디만은 정말이겠지? 적어도 이 말을 쓸 때만이라도 사람다운 진정을 느끼었을 것이다!'

이렇게 생각할 제 명수는 과거에 도홍이와 어쩌고 미래에 마리아와 어떻게 되리라는 생각을 할 여지가 없이 다만 가슴이 뿌듯한 것 같았다. 조선 여자에게는 절망하였다 하면서도 인제 정말 사랑다운 사랑을 경험하는가 보다 하는 생각도 일어났다.

그 이튿날 월요일의 낮 배달에는 둘째 번의 편지가 마리아에게서 왔다. 잿빛 양봉투를 자리 속에서 뜯는 명수의 손끝은 약간 떨리었다.

'그처럼 생각하든 도홍이의 편지를 받을 때에도 아무렇지 않았건만……'

하는 생각이 명수 자신에게도 떠올라올 만치 마음이 움직이었다.

"어느덧 바깥에는 비가 시작되었습니다. 창문 밑에 섰는 아카시아 나뭇잎을 간지럽게 건드리는 빗방울 소리가 어둠에 얼어붙은 듯이 잠잠한 밤공기에 안기어서 저 창틈으로 솔솔 흘러들어올 때마다 차디찬 이 몸에는 좁쌀 같은 소름이 하나둘씩 쪽쪽 끼칩니다. 북받쳐 오르는 설움에 흘흘 느끼며 우는 듯한 밤이외다. 머리를 풀어헤치고 목소리를 졸여 모기같이 우는 밤이외다. 아 지금 선생님은 어떻게 주무시는가? 자기에는 아깝고 깨어 있기에는 무서운 밤이올시다.

한 시간 전에 대담히 그러나 무의식하게 이 엽서를 써 놓은 뒤에, 자리옷을 갈아입고 누웠다가 별안간 우득우득 하는 빗소리에 지금 또다시 일어 나와서 이 엽서가 놓인 이 자리에서 또 붓을 들고 앉았습니다. 이 엽서는 내일이면 선생님 책상 앞에 놓이겠지요. 그러나 또 무슨 말씀을 아뢰려고 이 붓을 들고 이 자리에 앉았는지 나도 모르겠습니다."

②"……그러나 이 편지가 병상에 계신 선생님을 불쾌케 하여 드리지나 않을까? 또는 이로 말미암아 이 사람을 천하에 용납지 못할 고약하고 대담한 계집이라고 꾸지람이나 아니하실까? 하는 생각을 하면 나가던 붓끝도 옴치라지고 그저 울고만 싶습니다. 과연 이 천지간에 용납할 수 없는 몸이외다. 인생 인생이란 이렇게도 괴롭고 한평생 살아가기란 이처럼도

어려운 것인가? 인제서야 겨우 눈을 뜬 것 같습니다. 지난달이던가(바로 개학하기 며칠 전에 댁에 갔을 때 덕순 씨의 편지를 보여 주시던 날 말씀입니다) 그날 왜 갔었누? 그날 가지만 않았더면 또 한 가지 걱정은 생기지 않았을 것이다. 그러나 이미 갔었을 것 같으면 속에 있는 생각이며 갈피를 잡을 수 없는 이 마음을 시원하게 말씀이나 하여 높으신 가르치심이라도 받었더라면 하는 후회가 지금도 없지 않습니다. 더구나 그날 댁에서 나와서 안 씨와 같이 도청 앞에서 전차에 막 오르랴 할 제 선생님께서는 저쪽 해태 앞을 지나 나오시면서 잠깐 흘겨보신 뒤에 외면을 하시고 마셨지요. 그때 만일 쥐구멍이 있으면 들어가기라도 하였겠지요. 그러나 그때부터 정말 고통이란 것이 무엇이요 번민이란 것이 무엇인 줄을 알았습니다. 무론 안 씨하고 작반을 한다기로 그리 죄가 될 것도 아니요 선생님으로서는 무심쿠 보셨을지도 모르지요마는 저는 가슴에서 바작바작하는 소리가 나는 것을 깨달았습니다. 그날 돌아와서부터 이 편지를 쓰려고 얼마나 애를 썼을까요. 그러나 선생님! 무슨 말씀을 아뢰겠습니까. 말씀을 하기로서니 그것이 무슨 소용이 있겠습니까. 만일 우리가 그 소설에 나오는 인물과 같은 길을 밟지 않을 수 없을 처지에 있는 것을 분명히 깨달았다 할 지경이면 피차에 아무 말없이 그대로 살짝 덮어두는 것이 가장 현명한 일이겠지요. Y라는 여자가 약혼한 A라는 남자를 버리고 B에게로 가지 않으면 아니 된 것과 같은 비극을 나도 면할 수 없게 된다 하면 어떻게 할까요. 그러한 운명을 거역할 수 없게 된다면 어떻게 할까요? 무서운 일이외다. 단언할 수 없는 일이외다. 보증할 수 없는 일이외다. 선생님은 약혼한 남자를 버리고 그 남자의 친구에게로 달아난 Y의 태도를 부득이한 일 막을 수 없는 일이라고 말씀하셨지요? 그러면 남더러도 왜 무섭다고 하느냐? 너의 갈 길은 분명하지 아느냐고 대답하실 용기가 있습니까? 선생님은 아까 무어라고 하셨습니까? 이론을 초월하고 상식으로 판단할 수 없고 모든 조건과 사정을 물리칠 만한 힘이 있어야 비로소 거기에 사랑의 절대경과 신비경이 있다고 하셨지요. 그러면 선생님에게는 그만한 힘이 계십니까? 선생님은 분명히 세상이 그리하는 것을 허락지 않는다 도덕이 용서치 않는다 사람의 신의(信義)가 그럴 수 없다 너 자신의 장래를 위하여 망령된 생각을 하지 말라고 가르치시겠지요.

그러나 선생님! 아무리 한 남자에게 일생을 바치마고 허락한 일이 어렵고 소중한 일이라고 할지라도 사랑이 스러지고 저편의 인격을 의심하게되고 자기의 양심이 허락지 않으면 어떡합니까. 자기를 속이고 일생을 망치더라도 그 소위 신의를 지키고 그 소위 도덕을 지켜야 하겠습니까? 자기의 양심을 속이는 것부터 죄가 아닐까요? 선생님! 분명히 대답을 하여 주시옵소서. 제삼자로서 공평하게 판단을 나리소서. 더 하고 싶은 말씀은 끝이 없습니다. 그러나 이것만 무어라고든지 대답을 하여 주시면 자세한 말씀을 다시 아뢰겠습니다. 밤이 이슥하였습니다. 선생님의 꿈에는 어떠한 행복스런 그림자의 나래가 가벼이 날아 앉는가요? ……."

③"……지금 예배당에서 돌아왔습니다. 오늘 밤에도 또 비가 촉촉이 옵니다. 어젯밤보다도 더 을씨년스럽고 울고만 싶은 밤입니다. 지난 새벽에 생각나는 대로 괴둥대둥 끄적거려 놓았던 편지는 아까 엽서와 함께 부치

랴다가 또 객기가 나서 고만두었습니다. 속에 있는 말씀을 다 아뢰랴면 몇 십 장 몇백 장을 써야 좋을지는 모르겠습니다마는 그다음을 계속하려 합니다.

그러나 선생님! 사람의 길이라는 것은 무엇입니까? 어떻게 사는 것이 정말 사는 것일까요? 교당에를 가면 성경 구절을 해석하여 주고 목사가 열심히 설교도 합니다. 기도를 올립니다. 그러나 지금 제가 찾는 길이나 제가 알랴는 것은 하나도 얻어 볼 수가 없습니다. 이때껏 무심쿠 지내왔지만 요사이 와서는 언제인지 덕순 씨 집에서 김중환 씨가 떠들던 말씀이 무리치 않다는 생각도 납니다. 그들은 우리의 실제의 생활이라든지 그날그날의 산 문제와는 아주 다른 어떠한 높고 꿈같은 세계만 올려다보고 있는 것 같습니다. 대관절 종교란 무엇이요 신앙이란 어떠한 것이며 교회에는 왜 나가야 되는 것인지도 의심하게 되었습니다. 그들이 우중충한 교당 안에서나 학교 속에서 서로 웃고 공손하고 사약하고 노래를 하고 기도를 하는 것은 마치 서투른 배우가 무대 위에서 자기도 알지 못하고 흥도 없는 동작이나 말을 배운 대로 옮기고 있는 것 같습니다. 그리고 구경꾼들은 선하품을 하고 앉았다면 어떻게 되겠습니까. 적어도 그들에게는 피가 돌지 않는 것 같습니다. 암만하여도 하루바삐 이 집에서 이 방에서 벗어나야만 할 것 같습니다. 물론 교회에서나 학교에서는 전과 같이 오히려 전보다도 더 친절하게 굽니다. 그러나 그것이 지금의 나에게는 도리어 일종의 고통거리입니다. 그것은 아마 내가 얼마 아니 되어서는 미국에 가게 된다는 바람에 일종의 부러움과 이해상관 없는 추세이겠지요. 그러나 만일 그렇지 않다고 하면 분명히 그것은 나를 비웃는 것일지도 모를 것이외다. 사실 여러 사람들이 미국에는 언제 떠나느냐 갔다가 오면 우리 같은 것은 눈도 거듭떠보지 않겠구나! 너는 원래 인복이 좋더라! 그러나 결혼은 어떻게 할 테냐……이러한 소리를 만날 때마다 부러워하는 듯도 하고 조롱 같기도 하게 물을 제 참 정말 얼굴이 달습니다. 나의 지금 심중을 알아차리고 떠보는 수작인지 갈피를 차릴 수가 없습니다. 제풀에 심사가 날 때에는 모든 사람이 나의 대적 같습니다. 모든 사람이 나에게 돌을 던질 때가 오기만 축수하고 기다리고 있는 것 같습니다. 그들은 내 머리채를 휘잡아서 젖은 구렁에 굴려 놓고 빙 둘러서서 시원하고 유쾌한 듯이 껄껄 웃을 날을 생각하고 지금부터 좋아서 나만 보면 웃는 것 같습니다. 암만하여도 인제는 어떻게든지 요정을 내야 하겠습니다.

지금 밖에서는 비가 죄아쳐 옵니다. 흘흘 느끼는 소리가 뚜렷이 들리는 것 같기도 합니다. 바람까지 시작된 모양입니다. 모든 것이 피와 웃음과 힘과 호흡을 빼앗기고 방탕한 눈물이 대지를 적시며 한숨 짓는 것 같습니다. 그러나 이것은 오는 해를 위한 생명력의 절약이요 저축이요 그리고 영원한 위안과 자비와 희망과 송영에 채운 햇발은 내일 아침이면 그 눈물의 방울을 따라 올려갈 것이외다. 그러나 제 가슴 밑으로 소리 없이 흐르는 이 눈물은 누가 씻어 주렵니까. 제 가슴을 태우는 제 불길로 말려 버리렵니까?

그러나 선생님! 선생님도 웃으시렵니까? 세상 사람들과 같이 웃으시렵니까. 그것은 너무도 참혹한 일이외다. 천만 사람이 웃더라도 선생만은 웃으셔는 아니 될 일이외다. 선생님이 같이 울어 주신다면 세상 사람이 이 얼굴에 침을 배알기로 그것이 무어란 말씀입니까. 그러나 선생님은 웃으실 테지요. 선생님에게는 나 같은 것을 머리에 두실 여지가 없으시겠지요. 만일 그렇다 하면—아, 무섭습니다. 그렇다 하면 나는 어떡할까요?

선생님! 나는 세 길 네 길 한복판에서 쩔쩔매고 섰는 에미 애비 없는 고아외다.

한마디만 어데로 가라는 꼭 한마디만 천 마디 만 마디의 성경 구절보다도 힘 있는 선생님의 말씀 한마디만 듣고 싶습니다……."

④ 명수는 마리아의 편지를 보고 이때까지 공상과 추측으로만 머릿속에 그려 보던 문제가 인제는 분명한 목전의 문제로 자기의 태도와 결심을 기다리고 있게 된 것을 깨달았다. 동시에 마리아와 석태 간에 그동안 어떠한 감정의 갈등이 일어났는지 또는 자기에게 대한 마리아의 감정과 태도가 얼마나 믿을 만하고 근저가 박힌 것인지 의문이었다. 어저께 엽서를 받았을 때에는 반갑지 않은 것은 아니지마는 이 계집애도 희숙이 모양으로 잠깐 머리에 떠오른 센티멘털한 충동으로 이러하거니 하며 차차 뒤를 보리라 하는 호기심을 가졌을 뿐이었으나 지금 이 편지를 보면 분명히 상당한 정열도 가진 모양이요 그것보다도 여러 가지 복잡한 문제의 해결을 하여 달라는 것 같기도 하고 그렇지 않으면 학교에서나 교회에서 명예가 타락될까 보아서 자기를 이용하려거나 그렇지 않으면 내친걸음에 실컷 마음대로 놀아나 보겠다는 일종의 자포자기로 다시 새로운 남자를 고르다가 요행인지 불행인지 자기가 셋째 번으로 걸려든 것 같다고도 생각하여 보았다.

명수는 밤이 이슥토록 혼자 드러누워서 이 생각 저 생각 하다가 어떻든 되어 가는 꼴이나 보자 하고 드러누워서 답장을 썼다.

"나는 지금 기뻐하여야 옳을지 슬퍼하여야 옳을지 분간을 못 하겠습니다. 그러나 당신의 글월이 너무도 의외임에 놀라지 않을 수 없습니다. 그리고 이 사람에게 듣고자 하시는 꼭 한마디라는 것은 무엇을 의미하신 것인지도 모르거니와 그 한마디를 예비하지 못하였던 것을 미안히 생각합니다. 또한 예비하였었다 할지라도 그 한마디를 입 밖에 내일 만한 용기가 없었으리라는 것을 생각할 제 더욱이 유감입니다. 지금 당신은 삼거리에서 섰다고 하셨지요. 그러나 그 세 길 네 길 중에 한쪽 길에 대하여만 숙명적(宿命的)이 아니냐고 무서워하고 염려를 하시는 것은 무슨 까닭입니까? 한 길에 대하여 결정적 운명(決定的 運命)의 힘이 움직인다고 생각할 지경이면 다른 두 길에도 역시 그러한 힘이 활동을 아니하리라고 어떻게 장담을 하겠습니까? 비록 똑같은 성격과 똑같은 처지와 똑같은 사정을 가진 사람들이 똑같은 환경(環境)과 관계에 놓여 있더라도, 다시 말하면 지금의 우리가 당신이 읽어 보신 소설에 나오는 인물들과 조금도 다를 것이 없다 하기로서니 우리도 그와 같은 운명의 지배를 받게 되리라고는 도저히 상상할 수 없을 것이 아닙니까. 더구나 기위 그와 같이 되고야 말 것이니 자진하여서 그 소설의 인물들을 모방하고 그 소설을 희곡화(戲曲化)하여 우리의 실제 생활로써 아주 연극을 실연하자고 하시는 말이라고 해석할 지경이면 그것은 자기라는 것을 장난감으로 알고 인생이란 것을 유희로 아는 어릿광대의 심심풀이겠지요. 그러한 일은 처음으로 문학에나 소설에 취미를 붙인 사람에게 흔히 보는 현상이지만 그에서 더한 자기모욕이 없겠지요.

지금 당신에게는 종교와 재산과 연애라는 세 길 네 길에서 헤매이시는가 봅니다. 그러나 아무 길로라도 나가십시오. 그것은 당신이 사람으로서 보장할 수 있는 특권입니다. 가치(價値)라는 것은 사람에 따라서 다르다고도 할 수 있으니까 가치가 있다고 생각하시는 길로만 나가시면 고만 아니오니까. 이리 하여라 이리 하지 말라고 권고하는 것은 나의 주의(主義)가 허락지 않는 것입니다. 당신에게도 학문이 있고 주장이 있고 남모를 사정이 있겠지요? 그러면 어찌 다른 사람의 간섭을 허락할 여지가 있겠습니까. 사람이 사람의 생활을 간섭하고 지배하는 것은 큰 인간 모욕(人間侮辱)이요 죄악입니다. 그리고 만일 혀끝으로 사람의 운명을 좌우한다 하면 그것은 그보다 더한 인간 모독(人間冒瀆)이요 그보다 더 큰 죄악입니다. 그러나 나더러 같이 울자고 하셨지요? 네. 울 만한 일이면 같이 울다 뿐이겠습니까? 그러나 그 외의 일은 아무것도 하여 드릴 힘이 없음을 슬퍼합니다……."

⑤ 명수의 병은 감기가 쇠하여 약간 폐렴의 증세가 있다고 하였으나 열(熱)도 매우 빠지고 십여 일이나 드러누웠으려니까 갑갑증도 나서 오늘 처음으로 일어나서 오래간만에 출입을 하게 되었다.

오정이나 가까이 되어서 겨울 외투까지 든든히 입고 나선 명수는 위선 도홍이 집에를 들여다볼까 하다가 그래도 덕부상회를 일주일 남짓밖에 가지 않고 그대로 드러누운 것이 미안하여서 그리로 향하리라고 전차에 뛰어올랐다.

"아주 쾌하슈? 감기로 이 주일이나 누웠었으면 제법 심한 것이었을걸?"

서무를 맡아 본다는 사십객이나 되는 점원 하나이 들어와 섰는 명수를 바라보며 이러한 인사를 하였다. 어쩐지 비웃는 것 같기도 하고 책망하는 것 같기도 하다. 주인은 어데 갔느냐고 물으니까 그저께 밤차로 대판에 떠났다 한다. 명수는 잘 된 것 같기도 하나 들어오던 맡에 십여 일이나 결근을 하였다고 저희끼리 무슨 뒷공론이나 아니하였는지 몰라서 막연한 걱정도 없지 않았다. 무슨 바쁜 일이 있으면 같이 하자고 하고 싶은 생각도 없지 않았지만 그렇게 한 손 접고 들어가는 수작을 하기도 싫은 생각이 나서 명수는 벙벙히 앉았다가 곧 일어났다. 그러나 그자는 주인이 돌아오지 않으면 일거리도 별로 없을 테니 오지 않아도 좋겠다고 하며 사람을 떠보려는 것처럼 눈을 껌적하며 웃었다. 명수는 더욱더욱 열적고 얼굴이 확 달는 것 같았다. 길거리로 나와서 더운 김을 휘 쉬일 제 마음이 후련한 것 같으나 불쾌한 생각은 분노로 변하였다.

'한 달쯤 다니면 백 원 값어치는 되겠지. 굶어 죽으면 죽었지 장사치하구는 말을 겨루어 볼 수가 있어야지.'

이런 생각도 하여 보았지만 그러고 나면 한겨울을 어떻게 지내겠느냐는 불안이 그 덜미를 짚는 것 같았다.

'대관절 어떠하면 좋드람.'

하며 그는 구리개로 향하며 자기의 주변 없는 것을 나무라듯이 짜증을 내어 보았으나 아무 생각도 머리에 떠오르는 것이 없다.

'하여간 가 보지. 물색이나 보는 수밖에 있나!'

그는 넋이 빠진 사람처럼 얼없이 다방골로 꿉들여서며 속으로 이런 생각을 하여 보았다.

뜰로 자박자박하며 명수가 들어가려니까 유리 구멍으로 내어다 보고 앉았던 도홍이는

"에구!"

하며 미닫이를 열고 일어서서 내어다 보다가 고개를 돌리며 무어라고 한마디 한 뒤에 다시 인사를 하고 자기 섰던 데로 들어오라고 한다. 명수는 낌새를 채었으나 들어오라는 데로 들어서려니까 모시 겹두루마기를 입은 큼직한 남자가 방문을 열고 나갔다.

"누구야?"

"응 조합에서 시간대를 보내마더니 며칠만 더 참으라구 사정을 하랴 왔군요. 한데 언제부터 일어나셨에요? 나두 간다 간다 하면서 한 번두 못 가 뵈었지만······어떻든 곧 일어나셨으니 다행이지. 아닌 게 아니라 신색이 좀 못되신 것 같군!"

도홍이는 말끝을 돌려서 혼자 인사를 죽 늘어놓으며 남자의 얼굴을 유심히 들여다보았다.

"편지에두 말했지만 일주일쯤은 아주 혼이 나서 꼼짝이나 할 수 있어야지! 자네 편지에는 내가 꾀병이나 하는 줄 알고 그저 오라구만 하였데마는······."

명수는 겨우 이렇게 변명을 하였으나 열이 또 나느라고 그런지 별안간 얼굴이 또 달아 온다.

"천만에 누가 그렇게야 생각을 하였을라구! 김 주사두 발을 똑 끊으시

니까 내게 무슨 불민한 일이나 없었나 하구 여간 애가 씌어야지요. 그래서 그런 것이에요. 그러구 사실 가 뵈이련만 다른 데 계시면 몰라도 강문수 씨 댁에야 어떻게 발을 들여놓을 수가 있어야지요……."

⑥ 도홍이의 표정이나 태도가 어쩐지 들썩들썩한 것 같아서 명수도 마음을 턱 놓고 오래 앉았을 수가 없었다. 쓸데없는 변명과 입에 붙은 인사를 주거니 받거니 하다가는 말이 동이 떨어져서 열적고 괴로운 침묵이 두 사람의 마음을 제각각 딴 데로 떠돌게 하는 것을 피차에 깨달았다. 명수는 견딜 수가 없어서 신열이 또 난다는 핑계를 하고 나와 버렸다. 구두를 신으면서 저쪽 댓돌 위에 칠피구두가 놓인 것을 보고 그는 쫓겨나오는 것 같아서 한층 더 불쾌하였다.

'하는 수 없다. 역시 기생이다!'

혼잣속으로 이렇게 생각할 제 자기의 신세가 가련하고 계집에 대한 분노가 목 밑으로부터 살쩍까지 빨갛게 치밀어 올라왔다.

'그러나 기껏해야 오십 원이다. 그까짓 청구를 수용하지 못하는 나두 나지만 오십 원 돈에…….'

그는 이렇게 경멸하는 듯이 코웃음을 치다가 문득 마리아가 생각이 났다. 동시에 어쩐지 새로운 힘이 가슴속에서 솟아 나오는 것 같고 결코 비관을 하거나 절망할 처지까지는 되지 않았다고 혼자 기뻐하였다. 가슴속에 따뜻한 김이 어리우는 것 같기도 하였다.

'편지 답장을 너무 심하게 하였어! 어쩌면 노할지두 모르지? 그러나 자제하구는 어떻게 된 세음이길래 인격에 의심이 생겼느니 어쩌니 하는구?
어떻든 노하지 않았으면 오늘쯤은 또 무슨 편지든지 있으렸다!'

이런 생각이 괴둥대둥 머리에 떠오르자 안석태의 눈치를 보리라 하고
길을 돌아서 상점을 들여다보았다. 주인은 마침 없었다. 전화를 빌어서 신
문사에 걸어 보니까 중환이도 출장한 데서 아직 돌아오지 않았다 한다. 명
수는 하는 수 없이 좀 피로한 다리를 끌면서 타박타박 걸어 올라갔다. 그
러나 집에 들어와 보니까 왔을 듯한 편지는 아무리 찾아보아도 없다.

온 밤새도록 번열증으로 신고를 하였다.

썩 낫지도 않아서 나가 싸지른 죄로 다시 콜록거리고 드러누운 지 이틀
되는 날 즉 답장을 부친 지 나흘 만에 명수는 남모르게 기다리던 편지를
마리아에게서 받았다.

"염려와 기대와 공포와 축원과 후회와……이러한 모든 복잡한 생각 속
에서 가슴을 두근거리고 몸을 떨면서 기다리던 글월은 어떻든 제 손에 들
어왔습니다. 내가 쓰는 봉투보다도 더 진한 회색 양봉투를 사감(최순자)선
생이 내어줄 제 나는 벌써 선생님 편지인 줄을 직각적(直覺的)으로 알았
습니다. 나의 얼굴에는 모닥불을 붓는 것 같습니다. 손끝이 바르를 떨리었
습니다. 아마 수상스럽게 알았겠지요. 그러나 나의 사정을 짐작하는 순자
씨는 설마 선생님에게서 오는 것이라고야 생각하였겠습니까? 그러나 선
생님! 나는 그 편지를 받아들고 자기 방으로 들어가서도 한참 동안은 뜯
어 보지를 못하였습니다. 왜요? 거기에는 나의 운명을 결정하는 선언서
가 들어 있었기 때문이외다. 그리고 까닭 없이 가슴이 뒤집혔기 때문이외
다……그러나 선생님! 결국은 절망입니다. 분에 겨워 울고 싶었습니다.

선생님! 사람의 혀끝으로 사람의 운명을 좌우하는 것은 사람의 생활을 간섭하는 것보다도 더 큰 죄악이라구요?

실례올시다마는 발 빠지는 수작으로는 이보다 더 묘할 수가 없겠지요. 그러나 선생님! 선생님이 정말 이 어리고 불쌍한 것의 장래를 생각하시고 누이동생만치라도 알아주신다 하면 그러한 말씀은 아니하셨겠지요? 그리고 선생님은 무어라고 하셨습니까? 제가 본 소설을 희곡화(戲曲化)하여서 마치 자기가 배우나 광대처럼 연극을 하듯이 하려고 하느냐고 꾸지람을 하셨지요? ……

⑦ 그리고 인생을 유희로 생각한다고 꾸지람을 하셨지요? 실없는 말씀이 아닙니다. 너무도 남의 속을 몰라주십니다. 지금 제가 흥에 겨워서 노랫가락을 하고 있는 줄 아십니까? 굶은 사람더러 과식(過食)의 폐해를 설명한다면 어떻게 되겠습니까? 집에 갈 길을 찾지 못해서 헤매이는 아해더러 집을 왜 잃어버렸느냐고 책망만 하시고 오늘 저녁에 밥을 굶고 길가에서 떨면서 새이리라고 일러만 주시면 고만이겠습니까? 너무도 기가 막히고 너무도 야속하여서 다시는 붓대를 들지 않으려고 하였습니다. 그러나 덜미를 짚는 일이 있습니다. 선생님께 나의 구주(救主)가 되어 줍시사고 애원할 때가 닥쳐왔습니다.

지금 나를 모든 유혹으로부터 막아 주고 새로운 생명을 얻을 만한 힘이 나의 온 몸뚱아리와 온 영혼을 점령하여 주지 않으면 나는 도저히 구원될 수 없습니다. 새로운 힘! 나의 명예욕보다도 나의 허영심보다도 나에게 구혼하는 남자의 열정보다도 재산보다도 미국 유학보다도 내 자신의 판단력(判斷力)보다도……모든 것보다도 더 큰 힘! 나는 그것을 선생님께 바랍니다. 내가 원하는 그 힘은 아직 선생님께만 있는 것을 나는 확실히 믿습니다. 나의 갈 길은 아무 데도 없습니다. 미국도 아닙니다. 재산 있는 가정도 아닙니다. 돈을 내어보이며 달래는 남자의 품속도 아니외다. 허위와 가식으로 버티어 놓은 교회도 아닙니다. 이러한 것들에게 끌리기에는 선생님의 힘이 너무도 굳세게 나를 사로잡았습니다. 그러면 선생님은 내가 꼭 한마디만 하여 줍시사고 한 것이 무엇인지를 아셨습니까? 아 선생님 선생님은 울 만한 일이면 같이 울어 주신다고 하셨지요? 감사합니다. 그러나 정말 같이 우실 만큼 친절하시면 왜 그 한마디를 아끼십니까? 하시고는 싫어도 나를 못 미더워서요? 그러지 않으면 선생님 앞에 두 손을 짚는 여러 여성에게 한결같은 신의를 지키시려고요? 저번에 무어라고 하셨습니까? 도홍이는 역시 기생이라고 하셨지요? 그러면 또……? 여기까지 쓰니까 지금 이 밤중에 누가 아래층에서 이리로 올라오는 발자최가 납니다. 고만둡니다. 요다음 일요일 아침에 가서 뵈옵고 자세한 말씀을……."

"취침시간이 넘어서 살금살금 내 방으로 올라오는 인기척이 나기에 누군구 하고 깜짝 놀랐더니 최순자 씨외다. 한 시간 동안이나 이야기를 하다가 지금 나려갔습니다. 그러나 듣는 소리마다 머릿살 아픈 걱정거리뿐이외다. 한데 문수 씨는 어쩌자구 인사도 없는 터에 불쑥 순자 씨에게 책을 보내셨습니까? 딱한 일이외다. 지금 그 책과 편지를 가지고 와서 날더러 어떡하면 좋겠느냐고 묻습니다그려! 어제 아침에 온 것을 감춰 두었다가 생각다 못하여 의논하려 가지고 왔다 합니다. 그러나 데카르트의 철학

책인 모양인데 무슨 뜻으로 그 책을 보냈는지 편지 사연을 보아도 부득요 령이라고 눈이 뚱그래서 애를 부둥부둥 씁니다. 딱한 일이올시다. 그럴 줄 알았더면 일전에 문수 씨가 나더러 전하여 달랄 적에 심부름을 해 주고 전 후 사정을 자세히 이야기나 하였더면 좋았을 걸 하는 생각도 납니다. 이 왕 이렇게 된 다음에야 나는 결코 상관을 하니 하겠습니다마는 남의 학교 의 사감인 순자 씨의 체면을 생각하여서라도 주의하라고 문수 씨에게 권 하여 주시옵소서. 그는 그렇다 하고 나에게는 또 큰일 날 일이 생겼습니 다. 브라운 교장이 순자 씨에게 내 말을 묻더랍니다. 안 씨와 무슨 관계가 생겼느냐고요. 그예 공연한 소문이 퍼지고 마나 봅니다. 아무 생각도 아니 듭니다. 될 대로 되라는 수밖에 없지요. 자세한 이야기는 사흘 후 일요일 에 만나 뵈옵고 아뢰지요. 병환은 아주 염려 없습니까. 얼른 쾌차하여 주 시옵소서. 나를 위하여……."

⑧ 일요일 아침 열 시 반쯤 해서 마리아는 선통한 대로 명수를 찾아왔다. "아침 예배는 안 보고 오셨습니다그려."

두 사람은 화로를 격하여 놓고 점점 상기가 되는 얼굴을 마주 숙이고 앉 았다가 명수가 겨우 입을 벌렸다. 그의 말소리는 목구멍이 다 막힌 것같이 뻣뻣하였다. 마리아는 눈에 겨우 떼일 듯 말 듯한 잔파동이 끊일 새 없이 흐르는 두 어깨를 축 늘어뜨리고 여전히 고개를 소곳하고 앉았다. 갑갑한 침묵은 또다시 두 사람의 입에 거멀을 하여 놓았다. 두 사람의 손은 피차 에 저편 마음속을 휘젓고 앉았으나 무엇이 손에 잡힐지를 몰라서 애를 쓰고 앉았는 모양이다. 마치 컴컴한 방 속에서 똑같이 무엇인지를 휘더듬어 찾다가 두 손길이 맞닿으면서 한 물건을 동시에 잡았으나 그 두 손이 맞붙들게 되기까지는 아직도 시간을 요하고 여러 가지 절차가 있어야 할 것과 같은 세음이다. 한편이 한 끝을 놓으면 다른 한 끝은 아직도 저편 손에 쥐어 있을 것이다. 잘못하면 그 물건은 한 사람의 소유가 되어 버리고 두 사람의 손길은 영원히 다시 만날 길이 없어질지도 모른다. 다만 두 손길이 한 가지 목적을 위하여 같은 순간에 그 물건을 버릴 때에 비로소 두 손은 아무 거리낌 없이 맞붙들게 될 것이요 두 사람의 영혼은 그 엇걸린 손바닥 사이에서 한 덩이가 되고 말 것이다. 그러나 그렇게 되기까지는 가장 중요한 그러나 가장 위험한 시간이 두 사람 사이에 멀고 깊은 함정을 묻어 놓았다. 두 사람의 신경은 점점 더 흥분하여지고 입속이 바지직바지직 타는 것 같다. 가슴 속이 오그라져 붙는 것처럼 갑갑하고 몸이 달는다.

"너무 뜻밖인 데에 놀랐습니다. 하지만 지금까지 하신 말씀이 실없는 작란의 말씀은 아니겠지요?"

명수는 참다못하여 겨우 또다시 입을 벌렸다. 여자는 두 뺨이 불그레한 얼굴을 비로소 쳐들고 열에 떠서 윤광이 도는 눈으로 남자를 대담하게 쏘듯이 바라보았다. 그 눈은 마치 '당신은 얼마나 사람을 의심하면 만족하겠습니까?'고 책망하는 것 같았다. 동시에 그 팔초한 듯한 큼직한 얼굴은

'당신은 나의 손을 나의 머리를 나의 이마를 나의 뺨을 나의 이 입술을……나의 온몸을 그리고 나의 온 정신을 점령하겠다고 그런 소리를 하셨지요?'

하는 희망과 안심과 감사의 여러 가지 감정이 어리운 듯이 온유하고 화려

하게 보이었다. 그러나 다음 순간에는 그 얼굴이 또다시 흐려지고 머리는 앞으로 처지었다. 아직도 떨어지지 않은 두 입술은 가슴이 아파 못 견디겠다는 듯이 뒤틀리었다.

"한데 일전 편지에 하신 말씀은 무슨 소리예요? 브라운 교장이 무어라구 해요?"

"별소리 아니에요. 안 씨하구 약혼을 했다니 정말이냐고 순자 씨더러 묻드라드군요."

"그래 무어라구 했대요."

"물론 그런 일은 없다고 했겠지요."

마리아는 힘을 들여서 분명히 대답을 하였다. 명수는 깜짝 놀랐다. 이처럼 막 잘라 말하는 것을 보면 그동안 두 사람을 육체적 관계까지 있으리라고 넘겨짚었던 자기의 생각이 도리어 천박한 것 같기도 하였다. 그러나 어떠한 동기로 두 사람의 사이가 그렇게 벌어졌는지 용이히 추측할 수가 없었다.

"그래 교장이 마리아 씨에게 직접으로는 아무 말 없어요."

"금요일 날 저녁에 자기 집으로 오라고 해서 물어보드군요."

"그래 무어라구 하셨에요."

"역시 마찬가지지요……하지만 어떤 망한 것들이 그따위 소리를 속살거리고 다니는지요. 어떻든 인제는 브라운 교장도 의심이 풀리었에요. '그러면 그렇지 입에 붙은 말로라도 어머니라고 부르는 나두 모르게 그런 일이 있을 리가 있겠니?' 하며 웃드군요."

하며 마리아도 생긋 웃어 보이었다.

⑨ "그러나 일전 편지에는 분명히 약혼하신 것같이 말씀하시지 않으셨에요?"

명수는 검붉은 세루치마 위에 놓인 여자의 길직길직한 하얀 손가락을 내려보고 앉았다가 이렇게 물었다.

"원래 분명히 허락한 것은 아니지만 사람을 속이고 농락을 하려는 게 무엇보다도 비루하니깐요……."

"속이다니요?"

명수는 벌써 짐작지 못한 게 아니나 시치미를 떼이고 물었다.

"상처를 하였다더니 나중에 알고 보니까 상처는 고사하고 자식이 둘이나 있다는데요."

하며 남자를 치어다보는 마리아의 눈에는 살기가 뻗치었다. 속았던 것이 분하다는 모양이다.

"전실이 있거나 자식이 있거나 상관이 무어에요. 그 사람에게 대한 사랑만 있으면 고만 아녜요?"

"하지만 속이거나 돈으로 계집의 허영심을 유혹하고 계집을 사려고 하는 사람에게 사랑이 있겠에요? 선생님은 그래두 찬성하시겠습니까?"

하며 마리아는 잠자코 말뚱말뚱 치어다보는 명수의 눈이 무슨 말을 하나 알아보려는 듯이 한참 마주 치어다보다가 그 쌀쌀한 눈이

'그러나 너는 정말 돈을 보고 약혼을 하지 않았던?'

하며 비웃는 것 같아서 고개를 힘없이 떨어트리며

"아무것도 몰랐을 때는 모르지만 그런 줄 번연히 알고 나서야 사랑이 계속될 수 있에요."

라고 변명을 하였다.

"그는 그렇다 하드라도 미국에 가시는 것은 왜 망설이십니까? 정말 파혼을 하신다면 거리낄 것이 없어 도리어 잘된 세음이 아니에요?"

명수는 삼거리에서 헤매인다는 마리아의 말을 생각하고 이렇게 물었다. 그러나 마리아는 아무 말없이 입을 답치고 앉았다.

'사랑을 위하여 유학을 희생을 해?'

명수는 속으로 이렇게 생각하여 보았으나 그렇게 생각하는 자기가 어리석다고 속으로 웃었다. 무슨 다른 까닭이 있는 것이 분명한 일이다.

결혼과 유학이라는 두 길에서는 방황할지 모르지만 설사 자기를 사랑한다 하더라도 유학하러 가지 못할 이유 없을 것이라고도 명수는 생각하였다. 두 사람은 또 덤덤히 고개를 숙이고 앉았다.

"선생님은!"

하며 마리아는 고개를 억지로 들어서 남자를 힐끈 보고 나서

"저번에 편지한 것을 어떻게 생각하세요?"

하고 또다시 용기를 내어서 남자를 치어다보았다.

"무엇을 말씀에요?"

"……."

"대강 짐작이 없는 것은 아닙니다. 하지만 만일 안 군과의 문제가 깨지고 만다 하면 이것을 좋은 기회로 삼아서 처음 계획대로 뚝 떠나 버리시는 게 좋겠지요. 공연히 다른 생각을 가지고 이리쿵저리쿵 하다가는 전도에도 좋지 않고……어련히 생각하셨겠습니까마는 마리아 씨는 지금에 제일 위태한 시기니까 앞뒤 경우를 잘 살펴서 나가서야지요."

명수의 어조는 어느덧 교훈적으로 되었다. 마리아는 화롯불을 들여다보며 앉았다가

"알아듣겠습니다. 세 길 네 길에서 한 갈래 길만 막아서서 두 길 중에 한 길로만 가라고 하시는 말씀이지요? 그러나 나머지 한 길은 어떡하나요? 선생님의 꼭 한마디를 듣자는 것은 그런 말씀이 아닙니다……."

하며 마리아는 점점 어조를 높이고 힘을 주어서

"……선생님! 그만 것은 저도 짐작하는 일예요. 그러나 선생님의 마지막 한마디가 아니겠지요."

하며 고개를 바짝 쳐들고 남자를 흘려보았다.

⑩ 원망하는 듯 애원하는 듯 위협하는 듯한 눈길이 자기의 얼굴을 간질이는 것을 깨달은 남자는 무심코 머리를 번쩍 쳐들자 두 사람의 눈길이 살짝 부딪치며 일시는 고개가 마주 수그러졌다. 가장 분망하나 그러나 가장 무겁고 지리한 한순간이 두 사람의 가쁜 숨결과 같이 흘러갔다. 팔짱을 끼고 책상 모서리에 가벼이 기대어 앉았는 명수의 눈은 그 입과 같이 꼭 붙었다. 지금 그에게는 무슨 고통이 있어서 마리아의 원하는 '꼭 한마디'가 그 입에서 나오기를 꺼리는 것은 아니다. 그의 입은 '그 짓'에 대하여 '진정'을 낭비하지 않기를 신칙하려고 담기어 있고, 그의 눈은 그 짓에 도금한 그 여자의 보드라운 손등과 붉은 입술과 원망과 웃음을 함께 품은 맑고 시원한 눈과 남자의 뜨거운 입김이 스치기를 기다리는 널찍한 이마와 날씬한 목에 대한 유혹을 물리치려고 꼭 감기인 것이다. 그러나 그의 가슴은

여자의 숨소리와 같이 장단을 맞추고 머릿속에서는 희숙이, 도홍이, 덕순이라는 이름과 얼굴이 꼬리를 맞물고 돌아다니었으나 하나도 또렷이 떠오르는 것은 없었다.

"신열이 또 나세요?"

마리아는 눈을 감은 남자의 좀 여윈 듯하나 발갛게 피인 뺨을 골똘히 들여다보다가 풀 없는 소리로 애처롭게 물었다. 애정과 연민에 떨리는 목소리다.

"아뇨."

남자의 입은 열리었으나 그 눈은 그대로 있다.

"좀 누시지요."

"아뇨."

두 번째 입이 벌리었다. 그리고 게슴츠레 뜬 남자의 눈은 여자의 얼굴을 살짝 쓰다듬고 자기의 무릎 위로 떨어졌다. 마리아는 가슴이 뜨끔하였다. 게슴츠레 뜨는 흘겨보는 남자의 눈은 마지막 한마디를 여자의 뼛속까지 울리게 부르짖은 것이다. 마리아의 가슴은 바르를 떨리었다. 남자의 가슴에 얼굴을 파묻고 눈물을 흘려 보고 싶은 공상이 떠올라 왔으나 자기 마음을 억제하고

"공연히 괴로우시게 해서 노하시지 않으셨는지?"

하며 입가에 웃음을 띄웠다.

"……."

"그럼 난 가겠습니다."

마리아는 마지막으로 다져 보았다. 그러나 남자는 여전히 고개를 숙이

고 가만히 앉았다.

"선생님! 나 선생님!"

"네?"

"잘못하였습니다."

"무엇을요?"

두 사람은 또 입을 담치었다.

"선생님! ……좀 누우시지요! 신색이 안되었는데요."

"글쎄 머릿골이 좀 아퍼요."

남자는 별안간 파랗게 질린 얼굴을 뒤로 재쳐서 두어 번 흔들고 깔아놓 았던 하얀 자리 위에 기운 없이 모로 씨그러지며 눈을 또 감았다. 그러나 입가에는 안온하고 평화로운 표정이 돌았다. 마리아는 화로를 비켜놓고 다가앉으며 자줏빛 명주 천의를 끌어다녀서 사쁫이 덮어 주었다.

'어떡해서든지 기숙사에서 빠져나와 있어야 하겠다. 숨어 버리면 고만 이지…….'

누웠는 남자의 얼굴을 갸웃이 들여다보고 앉았던 마리아의 머리에는 무두무미하게 이런 생각이 떠올라 왔다. 남자는 여전히 가만히 누웠다가 살며시 눈을 뜨고 웃으며

"참 덕순 씨 온 것 아슈?"

하며 마리아를 바라보았다.

"몰라요. 언제 왔세요?"

마리아는 천연히 대답을 하였으나 놀라지 않을 수 없었다.

"엊저녁에 왔대요. 김중환 군이 출장 갔다가 오는 길에 차 속에서 우연

히 만났다나요."

"그래 여기 왔세요."

"아뇨. 이따쯤 올지 모르죠."

마리아는 무슨 생각을 하듯이 눈만 깜박깜박하고 한참 앉았다가 무슨 결심이나 한 듯이

"선생님!"

하고 불렀다.

"네?"

"괴로우신데 미안합니다만……이것을 좀 보아 주세요."

하고 마리아는 옆에 놓았던 꺼먼 가죽지갑에서 네 골에 접은 봉투 하나를 꺼내서 명수에게 주었다. 명수는 또 무슨 편지인구? 하며 받아서 겉봉을 보니까 좀 구겼으나 앞뒤에 아무것도 씌우지 않고 위는 봉하여 있다.

"뭐예요?"

하며 쭉 찢어서 갸름한 종이 한 장을 펼치던 명수는 눈이 휘둥그레지며 마리아를 손에 든 종이 위로 흘겨보았다. 마리아는 숨을 죽이고 고개를 숙이고 앉았다.

⑪ "이게 언제 온 거예요?"

명수는 편지는 보려고도 아니하고 눈살을 찌푸리며 여자를 여전히 치어다보았다.

"거기 보시면 날짜가 있겠지요. 지난 화요일이니까 엿새가 되었나요."

"그럼 내게 편지 보내신 뒨가요?"

"처음 편지를 부친 이튿날쯤 되나 봅니다."

"그래 정말 단지(斷指)를 하였나요?"

"아녜요 엊저녁 예배에 왔을 제 멀리 보았지만 말짱한 모양이던데요."

놀란 바람에 그렇게 묻기는 하였으나 마리아의 말을 듣고 생각하니 아닌 게 아니라 어제 오후에 안석태가 왔을 때에 왼편 새끼손가락에 안으로 반창고를 붙였던 것을 본 법하다.

"그러나 새끼손가락쯤 베었기루 피가 이렇게 많이 나왔을까?"

명수는 커다란 핏방울이 뚝뚝 떨어지고 '안'이라고 서투른 영어글자를 갈긴 밑에 피로 손가락 도장을 찍은 편지를 읽기 시작하였다.

"요사이 당신의 태도에는 매우 모호한 점이 많은 것을 섭섭히 생각합니다. 모든 것을 내가 잘하였다는 것은 아닙니다. 그러나 이때까지의 우리의 관계를 생각하면 그렇게 임의로 하지는 못할 게 아니요? 정, 그러시면 '최후의 수단'을 쓴대도 나는 조금도 꺼릴 것이 없겠습니다. 당신도 명예라는 것을 생각하시겠지요? 나는 오늘 밤차에 급한 볼일로 평양에 갑니다. 사오일 후에 올라오겠습니다. 장황한 말씀 아뢰올 수 없습니다. 그러나…… 지금 당자에 수만 원의 손해가 덜미를 잡는다손 치더라도 아까울 것은 없습니다. 그러나……아 그러나……(중략) 요사이 나명수 군에게 자주 가신다는 것은 풍편에 들었소이다. 그러나 병구완에 몸이 지치실까 보아 염려올시다. (중략) 어떻든 미국은 일 년만 참으면 같이 가시게 될 것이외다. 지금 멀리 떠나기 전에 한 번 뵈옵고 싶건만 간절한 마음을 이 글월에 싸매어 보내나이다. 마지막 맹서로 주 예수 그리스도의 이름을 받들어 이 표적을 영원히 변함없으실 마리아 씨에게 엎디어 바치나이다……."

명수는 보던 편지를 힘없이 떨어트리며 속으로 웃었다.

'평양이 무슨 놈의 평양이야! 이렇게 해 놓고 계집애의 뒤를 밟으려는 수작이던 모양이지! 흥.'

하며 명수는 문수가 그동안 놀러다니었다고 하던 말을 생각하여 보고 더욱이 석태의 거짓말이 미웠다. 어떻든지 이 편지를 보면 두 사람이 육체적 관계까지 있는 것을 용이히 짐작할 수 있었다. 그러나 그것을 책하려는 생각이 나기 전에 자기네의 비밀을 탄로하겠다는 듯이 위협을 한 남자의 태도가 더럽고 미웠다. 그 반동으로 마리아가 가엾고 그 남자에게로 보내는 것이 아까운 생각이 났다.

마리아는 아랫입술을 악물고 쭈그려뜨리고 앉았다가 꺼먼 핏덩이가 드문드문히 박인 종이를 집어서 둘에 척 접더니 돌아앉으며 화로 위에 툭 던지고 성냥을 득 그어대었다. 후르를 불길이 오르더니 꺼먼 재가 더운 김에 따라 올라서 방 속으로 펄펄 날은다. 명수는 드러누워서 나는 재를 눈으로 쏘다가 마리아의 쭈그리고 앉았는 뒷모양을 한참 바라보고 나서

"마리아 씨!"

하고 다정하게 불렀다. 이리로 돌라앉는 마리아의 눈에는 눈물이 고인 모양이나 할 일을 한 사람의 만족이 있는 것 같았다.

"그건 왜 태여 버리셨소. 보낸 사람한테 미안하지 않아요."

"……."

"무어든지 외골수로만 생각할 게 아닙네다!"

마리아는 여전히 고개를 숙이고 입술을 악물고 앉았다가

"하는 수 없지요. 그동안 일을 생각하면 미안하지 않은 게 아니지마는 그 사람 역시……."

하며 마리아는 목이 메어서 말이 끊이었다.

"하는 수 없어요. 선생님! 나는 오늘 학교에서 나올 제 결심하였습니다. 그래서 그 편지를 갖다가 드린 것입니다."

하고 목이 메이는 소리를 떨며

"피, 피를……한 달 전까지 자기의 남편이 되리라고 생각하든, 남편이 되리라고 생각하든 남자의 피를 드렸습니다. 남자의 맹세를 짓밟아서 선생님께……맹세를 세웠습니다. 이 이만하면……."

하고 마리아는 으앗 하며 울음이 터지었다.

3

①"무어라구들 잔소리는 아니합디까? 아무렇든지 용하우."

덕순이가 커다란 가방 하나와 보통이를 인력거꾼에게 들려 가지고 들어오는 것을 창으로 받아들이면서 장흥진이는 웃었다.

"무어라구 하거나 말거나! 인제는 남 된 이상에 욕을 하면 하랬지…… 그동안이 꽤 오랬어요?"

덕순이는 휑뎅그렇게 비인 낯 서투른 방 안을 휘 돌려보며 다시 말을 이어

"저녁 진지는 예서 같이 하십시다."

하고 홍진이를 치어다보았다.

"아니 가서 먹지요. 하지만 집이 괜찮습디다. 명수 군두 요전에 예서 묵었었겠다. 하지만 서울서 이렇게 여관 생활을 해 보는 것은 처음일걸요?" 하며 웃었다. 덕순이도 무어라고 말을 꺼내려다가 신산한 듯이 풀 없이 픽 웃고 말았다.

어제저녁에 돌아온 덕순이가 오늘 별안간 이 여관으로 나온 것은 전연히 장홍진이의 말에 솔깃하여 지성껏 말리는 것도 듣지 않고 우격을 부리기 때문이었다. 이삼 년은 있다가 오려니 하였던 사람이 오늘 아침에 아무 소문도 없이 달겨드는 것을 보고 홍진이는 일변 반갑기도 하지만 놀라지 않을 수 없었다. 더구나 허둥허둥하기도 하고 쭈뼛거리는 양이 수상하였다. 어떻게 할 작정으로 벌써 나왔느냐고 물어보아도 그저 빙글빙글 웃기만 하고 미국서 소식이나 자주 있느냐고 인사를 하여도 "나는 몰라요 몰라요." 하며 괘달머리만 부릴 뿐이다. 그러나 무슨 눈치를 보려는 사람처럼 서울서 자기의 평판이나 아니 돌더냐? 그동안 경애에게서 편지가 혹시 있었느냐? 명수는 왜 일본에 못 가고 말았느냐는 딴소리만 물었다. 홍진이는 여러 가지로 궁금도 하고 그동안에 덕순이의 마음이 어떻게 변하였는지 또는 동경서는 어떠한 생활을 하였고 자기 남편과는 무슨 설왕설래가 있었는지를 캐어묻고 싶었으나 자기가 묻기 전에 위선 안심을 시켜 놀 필요가 있다고 생각하고 동경 소식은 아무것도 모른다는 것과 명수가 그동안 난봉이 났더라는 말까지 실없는 말도 가끔 섞어 가며 정직하게 알려 주고 나서 한규와 경애의 사이는 그 전대로 원만히 지내 가느냐고 물으니까

"누가 압니까. 어느 해가에 남의 집 살림까지 들여다보겠습니까."

하며 어떠면 경애도 얼마 있다가 나오리라는 말까지 들려주었다. 이러한 이야기를 하는 동안에 덕순이도 얼마쯤 마음이 가라앉은 틈을 타서 홍진이는 좀 속을 캐어 볼 생각으로

"그래 어떻게 할 모양이요. 응화 씨가 돌아오기 전에 무엇이든지 한 가지를 마치고 나서 다시 집을 지니고 앉도록 해야지 공연히 이리구 다니기만 하면 요새 세상에 제격하면 없는 말 있는 말 할 것 없이 공연한 소문만 나지 않겠소."

하며 물으니까 덕순이는 잠깐 코웃음을 치는 듯하더니 급작스리 의논성스럽게 목소리를 낮추면서

"글쎄 그래서 실상은 나왔는데요……그 모양으로 가서 들어앉았으니 여기 일두 궁금하구 얼마 되지 않던 돈은 미국서 급히 쓰겠다구 하기에 반이나 보내구 나니까 차차 나중 일이 겁두 나구……."

하며 급히 말을 끊고 남자를 치어다보았다.

"그럼 어떡한단 말예요."

"그러니까 지금이라두 학비가 나올 구멍만 튼튼하면 앞뒤를 회동그랗게 끊고 나서 한시름 잊은 뒤에 정말 독립한 생활을 해 보구 싶지만 어떤 놈이 돈을 내어놓아야지요. 돈푼 쓰겠다는 놈은 컴컴한 생각을 가질 것이요……하하."

하며 유난히 달뜬 소리로 웃었다.

이러한 이야기를 수군거리며 둘이 아침을 뜨고 나서 명수에게 가 보자고 하여 나오다가 홍진이는 좀 더 속을 떠보리라 하고 말을 다시 꺼냈다.

"하니까 지금이라두 학비만 구처가 되면 아주 끝장을 내버리겠단 말이

지요?"

"글쎄 형편 보아가지고 아무쪼록 그렇게 해 보랴는데 어떻게 하는 게 좋을까요."

②"그건 날더러 물으실 게 아녜요."

하며 홍진이는 말을 뚝 끊었으나 심중으로는 어데까지 자기에게 의논을 하는 것이 반가웠다. 덕순이도 더 입을 벌리지 않았다. 그러나 남자는 여자가 무어라고 한마디만 더 하기를 기다리다가

"그 문제에 대해서 나는 아무 말을 안 할 작정이지만 이 말 한마디만은 똥겨 드리지요."

하고 무슨 생각을 하는 모양이더니 말을 이었다.

"……어쨌든지 지금 와서는 끝장을 내겠다, 나는 김응화의 집사람이 아니다고 생각하시는 터이지요? 그러면서도 학비가 구처가 되어야 결단을 하겠다는 것은 뒷길을 두랴는 모양이나 너무도 약은 수작이 아니에요? 학비가 아니 되면 어떻게 하실 작정인가요? 물론 돈으로 해서 이혼을 하느냐 안 하느냐 하시는 것은 아니겠지요? 그는 고사하고 마음으로는 남편두 친구두 아니라고 생각하면서 그 사람의 돈을 쓰고 밥을 먹고 그 사람의 집에 몸을 담어 두는 것은 양심상 부끄러운 일이 아니요? 무엇이든지 한 가지씩 딱딱 결정을 해 나가야지 밤낮 그 모양으로 뭉깃뭉깃하고 있으면 몸만 축가고 나중에는 아무것도 되지 않고 말걸요. 좀 심한 말인지는 모르지만 지금 형편으로 보면 생활의 안정을 얻지 못하리라 그 집에서 나오면 당

장에 굶어죽으리라는 걱정, 단순한 그 이유로만 김 씨 집 문에다가 턱을 괴이고 있는 형편이 아니요. 이런 소리를 한다고 노하시진 마세요……그러나 그렇다고 지금 그 집에 계신 것이 잘못이라는 것은 아니에요. 하지만 인격의 해방이라는 것을 표방한 정신적 동기에서 나온 것을 생각하시는 동시에 그리 서두를 게 아니라 깊이 생각을 더 하시고 서서히 일을 조처하시라는 말이에요."

홍진이는 좀 더 힘 있게 말을 맺으려 하였으나 남이 들으면 남의 유부녀를 유인하는 것 같기도 하고 또 덕순이만 하더라도 자기가 무슨 야심을 가지고 한층 더 부채질을 하는 것같이 들을 것 같아서 어름어름하고 입을 다물어 버렸다.

"그렇게까지 하시는 것은 너무 심한 말씀이지요. 그러나 두 달 전에 이 집에 다시는 발을 아니 들여놓으리라고 결심을 한 사람이 또다시 넘실넘실 기어들어 간 것을 보고는 누구나 그렇게 말하겠지요. 그렇지만 어떡합니까? 딱 와서 보니 그래두 발이 그리로 끌리는 것을……."

덕순이는 별안간 자기의 신세가 가엾은 것을 자탄하는 구슬픈 생각이 나는 동시에 자기가 마음이 약하여서 또 실수를 하였다는 후회가 났다. 잠깐 말이 끊기고 두 사람은 덤덤히 섰다가 덕순이는 무슨 결심을 한 듯이

"선생님! 지금이라두 떠나랴면 어디 갈 데가 있을까요?"
하며 홍진이를 치어다보았다.

"왜요?"

"아 글쎄요……오늘 옮겨 앉겠습니다. 선생님 말씀이 옳아요. 인제야 참 결심하였습니다. 어디로든지 떠나갈 테에요."

이 소리를 들은 홍진이는 자기의 말이 이렇게도 힘 있는 것이 기쁘고 또 잘되었다고도 생각하였으나 한편으로는 겁이 더럭 나기도 하고 이 뒷일이 어떻게 될는지 애가 씌우지 않을 것도 아니다. 인제는 두수없이 의심을 받을 것이요 따라서 분에 겨운 책임을 지고 나서야 할 시기가 정말 돌아온 것 같았다. 그 대신에 이 여자에게 대한 애착심은 부쩍 머리를 드는 것을 놀랄 만치 분명히 깨달았다.

"공연한 소리 마세요. 어차피에 얼마 아니 계시다가 가실 게니 그저 그대루 지내다가 어서 동경으로 떠나 버리시구려⋯⋯지금 떠나구 보면 제일 내가 치의를 받을 거니까⋯⋯."

"치의가 무슨 치의예요. 나두 인제는 제 인격을 가진 한몫 가는 사람이에요. 제가 제 책임을 지고 하는 일에 누가 무어라구 해요. 정 그러실 테면 선생님부터 아무 상관을 마십쇼구려."

덕순이는 확신이 있는 사람처럼 말을 잘라 버렸다.

이와 같이 하여 홍진이는 엉거주춤하는 수작을 하면서도 기어코 덕순이의 고집대로 이전부터 알던 이 여관을 지시하여 주고 명수한테 갔다가 저녁때가 다 되어서 다시 이리로 와서 홍진이를 기다리게 하고 덕순이는 며느리만 있는 아들의 집에 가서 짐을 가지고 나온 것이다.

③ "어떻든 잘 되었에요. 마침 아드님두 아니 계신 데 가서 말썽두 아니 되구⋯⋯하지만 저기 (미국) 편지는 하겠지."

지금 두 남녀는 저녁 밥상을 받고 앉아서 제각기 제 생각에 골몰을 하다가 덕순이가 이렇게 말을 꺼냈다.

"그야 물론이지요만 어쩌면 내외간에 누구든지 찾아오겠지요. 그리구 미국다가 편지를 하면 내 말두 할 걸……부지중에 공연히 나만 창피한 꼴을 당하게 되어서……허허허."

"창피는 무슨 창피예요? 내 일만 얼른 귀정이 나면 곧 떠날 텐데요."

"내 일이 무슨 일이에요?"

"글쎄 학비 문제를 어떻게든지 귀정을 내어 가지고 가야 할 텐데요?"

"글쎄요……."

두 사람은 또 잠깐 말이 끊이었다가

"실상 말하면 아직은 일본말을 더 공부해야 할 테니까 몇 달 동안 여기 있어두 관계치 않겠지만……."

하며 덕순이는 남자의 의향을 물으려는 듯이 치어다보았다.

"그두 그렇지요."

하며 풀 없이 대답하는 홍진이의 머릿속에는 아까 명수의 집에서 마리아와 마주쳐서 서로 눈치들만 살피며 앉았던 광경이 떠오르자 역시 명수에게 일어나 배우며 서울서 흐지부지 지내려나? 하는 생각을 하다가

"참 그동안 한규한테 일어를 배왔다지요?"

하며 비웃는 웃음을 떼였다.

"한규 씨한테 배우긴 뭐를 배워요. 지독한 신경쇠약에 걸려서 어린애처럼 짜증만 내이구……."

하며 덕순이는 코를 간질인 어린아이의 웃음같이 공연히 싱긋하고 한눈을 팔았다.

"왜 그렇게 되었에요? 지금두 그저 거기 있나요?"

"누가 압니까? 한데 내가 나오기 전에 천엽(千葉)으로 간다고 벌써 떠나 갔건만 간 뒤에는 편지 한 장 없으니까 그 뒷일은 모르지요."

하며 여자는 저를 짓고 얼른 물을 마신다. 어떻든 한규의 이야기는 될 수 있는 대로 피하려는 모양이다.

밥상을 치운 뒤에 두 사람은 이 이야기 저 이야기 하다가

"참 마리아는 정말 안석태하구 결혼을 할 모양인가요."

하며 덕순이는 아까 홍진이에게 들은 말을 생각하며 물었다.

"글쎄 미국으로 간다기두 하니까 모르지……."

"미국요? 그놈의 미국은 입으로만 가는 게로군! 가긴 다 갔습니다. 하지만 암만 보아두 명수 씨와 좀 이상하던데? 아까 왜 못 봤에요? 공연히 하둥하둥하구 고개두 잘 쳐들지 못하면서. 그리구 울었는지 눈이 빨개서……."

"글쎄 좀 다르긴 하드군마는 설마……그두 모르지만."

"설마가 뭐예요? 두구 보면 알지만 연애하는 계집의 눈이라든지 표정은 달라요. 하하하."

"어떻게 달라요? 경험이 꽤 계신 게로군!"

하며 홍진이가 놀리듯이 웃으니까 덕순이도

"하하하."

하며 따라 웃는다.

"아 그런데 경애는 아직 방학두 아니 되어서 왜 나온대요?"

"누가 압니까. 직접 듣지는 못하였지만 늘 몸이 성치 않다니까 그래서

그리는 게지. 어쩌면 안 나올지두 모르지요.”

“그러나 오실 젠 만나 보셨소?”

“기숙사에 들어앉았는데 바빠서 찾아가지를 못했으니까 내가 나온 것두 모를 걸요.”

한규하고 같이 있게 되었다 할 제부터 어쩐 까닭인구 하는 생각이 없지 않았지만 형이니 아우니 하는 터에 귀국을 하면서 찾아보지도 않았다는 것이 홍진이에게는 좀 괴이쩍었다. 무어라고 물었으면 자세한 이야기를 들을 수 있을까 하는 생각을 하다가

“그리구서니 서로 의지를 하구 있다가 간다 온다 말없이 오는 수야 있나? 무슨 감정이 나지는 않았겠지요?”

“별소리를. 감정이 날 까닭이 있에요. 차 속에서 중환 씨두 그런 소리를 하드구먼마는……한규 군이 신경쇠약으로 둘이 만나기만 하면 공연히 좋 알거리며 사랑싸움을 하니까 남들도 둘이 틈이 벌어진 줄 알구 말하기 좋 아하는 자식들이 나 때문에 그렇다고 어쩌니저쩌니들 하는 바람에 경애 두 나를 이상스럽게 보는 모양이지만 누가 압니까. 제 마음대로들 생각하 라지요. 그런 것은 내게는 열두째 일이올시다.”

하며 제풀에 뾰로통해서 앉았다.

④ 묻기도 전에 괴둥대둥 변명을 하는 덕순이의 말은 홍진이에게 한층 더 호기심과 의심을 일으키었다. 더구나 기차 속에서 중환이도 경애와 오 해가 생겼느냐고 하더란 말을 들으면 중환이는 어데서 소문을 들었기에

그런 소리를 하였을 것이요 또 덕순이가 오늘 아침에 만나는 맡에 무슨 비평이 없었더냐 경애에게서 편지가 오지나 않았느냐고 묻던 것과 종합을 하여 보아도 그 사이에 무슨 사정이 있는 것이 분명하여 보이었다.

"동경서는 무어라구들 하기에 그래요? 아무리 무슨 말이 돌기루서니 경애 씨가 그럴 거야 무에 있나요."

하며 홍진이는 속을 뽑으려는 듯이 싱긋 웃었다.

"그리게 말이지요. 지금 동경에서들은 제각기 야단들이요. 별별 더러운 소문이 다 돌아다니고 이 구석 저 구석에서 주먹질들이 나구 법석이니까 더 말할 것 없지만 경애까지 나를 이상하게 생각하는 것은 억울하다는 것보다두 기구멍이 막혀서 말이 아니 나와요. 두구 보라지요 애를 써 변명할 것두 없구요……에엥."

하며 기가 막힌다는 듯이 한숨을 쉬인다.

이와 같이 덕순이가 제풀에 분개도 하고 연해 변명을 할수록 홍진이는 더욱더욱 의심이 들어갔다. 사실상 덕순이에게 감잡힐 일이 없더라도 두 달 남짓한 동경 생활이 덕순이에게는 얼마간 변동을 주었고 또 좋지 못한 소문이 돌아다니는 것도 사실인 모양이다. 언제든가 중환이가

"한규하구 같이 있으면 좀 안심은 아니 될걸. 나 군 대신에 장 군이나 쫓아가 보구려. 확실히 경계할 필요가 있으니……."

하며 자기를 놀리는 것을 생각하여 보고 홍진이는 좀 불쾌하였다.

"그래 김중환 군이 무어라고 물어요?"

"어데서 얻어들었는지 한규하고 경애는 벌써 갈라섰다는 둥 어째서 한규하구 동행을 해서 나오지 않았느냐는 둥 하며 시룽대드군요……김중환

이두 그동안에 전보다 더 이상해졌드군요. 말끝마다 남을 놀리듯이 비웃어 가며 시룽거리구……사람이 왜 그 모양이 되어 가는지…….”

하며 여자는 점점 신경이 흥분하여지는 모양이다. 홍진이는 역시 밤낮 물어봐야 그 말이 그 말이라고 생각하고 조금 더 앉았다가 일어섰다.

그 이튿날 저녁때 홍진이가 또다시 덕순이에게 가 보니까 아침에 나가서 아니 들어왔다 한다. 명수에게나 정옥이 집에 가면 만나려니 하고 위선 명수에게 들러 보니까 과연 거기 들어앉았다. 중환이도 와서 앉았다. 문수는 들락날락하며 깔깔대이고 매우 신기가 좋은 모양이나 여전히 콜록거리고 앉았는 명수는 그럴 적마다 눈살을 찌푸린다. 어쩐지 방 속이 우중충하고 여러 사람의 기분이 흐트러져서 대개는 입을 닫치고 앉았으나 신경이 더욱 흥분되어 가는 모양이다. 중환이만 이 사람 집적 저 사람 집적 하며 혼자 껄껄거리고 앉았다가 홍진이를 만나더니 이번에 시골 다녀오는 길로 자기 아버지와 충돌을 하여서 이틀씩이나 대접전을 하였느니 나도 인제는 독립생활을 할 터인즉 여관 하나만 얻어내이라느니 여자 친구를 만들기 위하여서라도 여관 생활이 꼭 필요하다느니 하며 웃지도 않고 장황히 늘어논 뒤에 이번에는 덕순이에게 들러붙어서 진담같이 의논성스럽게

“지금 계신 집에는 방이 비인 게 없어요.”

하고 물었다.

그래도 홍진이는 웃으면서 이거 왜 이러느냐고 별로 대수롭게 여기지 않으나 덕순이는 화중이 나서 우물쭈물 얼러 마치고 곧 일어나서 가 버렸다. 덕순이가 나간 뒤에 명수는 피로한 듯이 자리를 깔고 누우며

“왼종일을 턱밑에 와 앉아서 잔소리를 하니까 나중에는 진땀이 부쩍부

쩍 나서……."

하며 눈살을 찌푸렸다.

⑤"그런데 왜 벌써 뛰어나왔누? 괴둥대둥 하는 소리가 암만해두 수상해!"

명수가 잠깐 누웠다가 이런 소리를 하며 홍진이를 치어다보니까

"나 역시 모르지……경애가 나오면 자연히 알게 되겠지만."

하고 중환이더러

"무슨 소문이 있습디까?"

하며 물었다.

"소문이 무슨 소문이야. 하지만 눈치가 다르기에 속을 좀 뽑아 보았을 뿐이지……허허허."

하며 중환이도 웃다가

"장 군두 인제는 빠질 차렌가 보! 공연히 어름더름하다가 덤터기나 쓰지 말구 나처럼 초연주의(超然主義)를 취하오. 그따위들하구 대가리를 맞부벼야 터질 것은 대가리밖에 없으니. 그러나 나 군, 도홍이 문제는 아직두 진행 중인가?"

하며 누웠는 명수를 내려다보았다.

"글쎄……자네의 판단에 맡겨 두지."

명수가 한참 있다가 힘없이 대답을 하니까 코웃음을 치고 앉았던 문수가 말을 가로채이며

"흥……'아이 엔 지(ing)'가 아니라 벌써 '이 디(ed)'라네."

하며 커닿게 웃는다.

"'이 디'라니?"

"과거(過去)란 말이야."

"그럼 자네는 '아이 엔 지'겠구먼?"

하며 중환이가 문수를 치어다보니까 문수는 유쾌한 듯이 웃는다.

"좀 이야기를 하게그려. 하지만 대관절 책은 무슨 책을 보냈나? 물어보지 않어두 철학개론(哲學槪論)이겠지?"

하며 중환이가 여전히 이죽이죽하니까 문수는

"그건 어떻게 알았어?"

하며 깜짝 놀란다.

"내가 모르는 게 어데 있단 말인가? 그래 무슨 책이야?"

"아마 철학개론은 아니지. 데카르트의 방법(方法)과 성찰에 관한 책이지? 하하하."

하며 이번에는 명수가 말을 가로채었다.

"허허허. 연애 방법과 애인끼리의 성찰이란 말인가? 하여간 되었네. 그만하면 철학적 연애(哲學的 戀愛)라는 새 기록이 생겼네그려. 데카르트가 중매를 서구, 아니 병정 노릇을 하구……허허허."

"아니라네. 조선 엘리자베스 여왕 전하(女王 殿下)께 조선 철학자(哲學者) 데카르트가 바친 책이라네."

하며 명수가 또 새룽새룽 웃었다.

"응! 그럼 그 책이 엘리자베스 여왕에게 올린 데카르트의 편지가 있는 그 책이로군! 허허허. 하구 보면 최순자가 엘리자베스 여왕이 되셨군. 허허허."

하며 중환이가 웃으니까

"똑 되었구면! 엘리자베스 여왕두 한 다리를 잘름잘름한다더니 최순자두 한편 다리를 절은다니까 꼭 들어맞았군!"

하며 홍진이도 말참례를 하였다.

"하하하. 마음대루들 떠들게. 그러하지만 그 책에 있는 엘리자베스는 제임스 일세의 딸이라네. 영국 여왕인 엘리자베스와는 다르니."

하며 문수가 주석을 내이니까 중환이는

"그거 안 되었네그려. 제임스 일세 따님은 대리를 아니 절든가?"

하며 또 커닿게 웃었다.

⑥ 문수가 오늘 처음으로 최순자를 만나 보게 된 것은 역시 마리아의 주선으로다. 어제 일요일 아침에 마리아가 명수를 만나 보고 갈 때에 문수가 쫓아 나오면서 순자가 무어라고 하지 않더냐고 물으니까

"그게 무슨 일이에요? 불쑥 편지니 책이니 보내시니 놀라지 않겠에요. 아무리 그전부터 실없는 이야기는 있었다 하기루서니!"

하며 책망을 하면서도

"어떻든지 한번 만나 보십쇼그려. 오늘 하학 뒤에 나를 찾아오시면 어떻게든지 만나시게 해드리지요."

하며 은근히 자기가 중간에서 힘을 써 주마는 눈치를 보이었다. 이것은 마

리아가 문수를 자기 사람으로 만들어 놓아야 명수와 연락을 취하는 데에도 편할 것이요 이편 일이 안석태의 귀에 굴러 들어가지 않게 되리라는 생각으로 순자의 의견 여부를 다져 보지도 않고 한 말이지만 덕순이가 별안간 덤벼든 것이 암만하여도 자기들의 사랑에 무슨 불길한 그림자를 던져 준 것 같기도 하여 마음이 놓이지 않는 동시에 문수를 덕순이의 편으로 빼앗기면 아니 되겠다는 염려도 또한 문수에게 이 반가운 한마디를 들려주게 된 한 가지 동기이었다. 어떻든지 간에 이와 같이 하여 오늘 저녁때에 파르스름한 양복을 입은 조고마한 문수의 뒷모양이 ×여학교 붉은 벽돌집 돌층계 앞에 나타나게 되었다……

"그래 만나 보니까 어떻든가?"

누웠던 명수가 이렇게 물으며 흥미가 있는 듯이 일어나 앉는다. 문수는 생글생글하며 마리아를 따라서 응접실에 들어가 앉은 지 이십 분이나 지난 뒤에 순자가 벌벌 떨면서 들어오더란 말과 단둘이만 마주 앉게 되었을 때에는 자기 역시 마음이 가라앉지를 않아서 정말 할 말은 못하고 말았다는 이야기를 한 뒤에

"어떻든 불쌍해! 누가 뭐라고 하던지 이번만은 꼭 성공을 해 보일 작정이지만……."

하며 희망에 채인 눈찌에 웃음을 띠었다.

"여보게 시장하이! 그런 소리는 거저 듣지는 못하겠네."

빙글빙글 웃으며 듣고 앉았던 중환이가 말을 자르니까 명수는 말리면서 손목이나 잡아 보았느냐고 물었다.

"손목? 흥 나는 그런 사람이 아닐세."

하며 문수는 입을 닫쳐 버렸다. 명수더러 들어 보란 말이다.

"그럼 자네 연애는 어떤 연애란 말인가? 그러나 자네 체수가 적은 것을 보니 자네게는 소작인(小作人)이 몇 명 아니 되겠다고 걱정은 아니하든가?"
하며 중환이의 삐뚤어진 입이 또 열리었다.

"에이 또 그따위 소리를."

문수는 질색을 하며 다시 말을 이어서

"하지만 몸이 이러니까 제 분수에 시집갈 생각은 꿈에도 없지만 설사 가정생활 한다기로 남보다 곱이나 돈이 들겠지요 하며 우물쭈물하드군."
하며 무엇을 생각하듯이 눈을 깜박거리고 앉았다.

"그거 보게. 역시 혓바닥보다는 숟가락이 나은 것이니! 어서 밥이라두 내오게. 자네들이 미지근한 계집애의 입술이나 빨고 앉았는 옆에 나는 돌아앉아서 뜨거운 밥숟가락이나 빨고 앉았으랴네."
하며 중환이는 여전히 듣기 싫은 소리를 하고 앉았다.

"자네는 비웃으랴거든 좀 크게 인생의 전면을 내려다보고 비웃게! 아무튼지 자네에게는 이상이 없어. 그뿐 아니라 언제든가 도홍이 집에서 지금 세상에는 춘향이나 이 도령이 없다고 개탄을 하지 않았나. 그러든 사람이 지금 와서는 그게 무슨 소린가?"

문수가 이렇게 중환이에게 반박을 하니까 홍진이가 말을 가로채이며

"김 군이 비웃는 것은 현실에 대하여 너무도 실망을 하기 때문에 비웃는 것이지 인생에 대한 이상이 없다거나 연애를 무시하여서 그런 것은 물론 아니겠지. 하니까 모든 것을 비웃는 데에서 한 걸음 더 나간다 할 지경이면 그것은 곧 이상에 향하여 돌진하는 노력이 될 게 아니요?"

하며 웃고만 앉았는 중환이를 바라본다.

4

① 명수의 병은 몸져눕기까지 심하지는 않아도 썩 시원치는 못하였다. 그러나 하여간 남의 일을 보아 주마 하여 놓고 어느 때까지 누웠을 수가 없어서 덕부상회에 출근하기를 시작하였다. 그러나 가서 앉아야 별로 자기의 사무 상이 있는 것도 아니요 또 지정하여 준 일감이 없으니까 도리어 귀치않아 들어간 지는 벌써 한 달짝이나 되건마는 이때까지 한 일이라고는 조선물산제조회사인가 하는 것의 창립 취지서 한 장을 지어 준 것뿐이요 그나마 주인은 잘 지었다고 하였건만 아직 인쇄도 아니하고 내버려둔 모양이다.

"당신은 글을 잘 써! 역시 문필에 취미가 더 있지요? 그 길이 성공하는 데 첩경일걸."

이러한 소리를 주인의 친척이라는 사무원에게 들을 때에는 저절로 얼굴이 붉어지었다. 아니 갈 수 없어 가면은 물에 기름 한 방울같이 베돌 수밖에 없고 고만두어 버리자니 당장에 덜미를 잡는 생활문제며 취직한 핑계로 여기저기 얻어 쓴 빚냥을 조처를 할 길이 없다. 아침에 나갈 때에는 '오늘은 말하겠다. 설마 입에 거미줄이야 칠까.' 하고 결심을 하였다가도 그대로 돌아오곤 하였다. 그러나 다만 한 가지 마음에 든든하고 위로가 되는 것은 이틀 걸러나 사흘 걸러씩 마리아에게서 편지를 받는 것이다. 오는 편지마다 죽기까지 사랑하고 싶다느니 어떠한 일이 있더라도 학교에서 빠져나와서 선생님의 품으로 찾아 들어가겠다느니 도홍이나 덕순이의 반만큼이라도 자기를 생각하여 주면 자기는 지금 죽어도 원이 없겠다느니 하는 말을 괴둥대둥 되풀이를 하고 나서는 석태의 문제를 어떻게 하였으면 좋겠느냐는 의논뿐이다. 그러나 명수는 어찌하였든 반가웠다. 덕순이는 매일 밤이면 와서 턱을 치받치고 앉았으나 대개는 문수나 홍진이하고 씩둑거리고 앉았는 대로 내버려 두었다.

이 모양으로 그럭저럭 십여 일이 지난 뒤에 김장 추위를 하느라고 처음으로 음산하고 매우 쌀쌀한 어느 날 오후이었다. 몸이 또다시 찌뿌드드하고 심사가 더욱 불편하여서 좀 일찍이 나오려고 하는 차에 석태에게서 전화가 왔다. 나오는 길에 자기에게 잠깐 들러 가라는 부탁이다. 그는 모자를 떼어 쓰고 곧 나섰다. 그러나 나당기게 된 뒤로 두어 번이나 들렀어야 만날 수도 없고 자기 집에는 요사이 발그림자도 보이지 않던 사람이 별안간 만나자는 것은 좀 수상하였다. 마리아의 이야기를 꺼내면 무어라고 대답할까 하는 다소의 불안이 없지 않았다.

"오래간만일세그려!"

석태는 상점으로 들어서는 명수를 맞으며 아무 사색 없이 인사를 한다.

"그러나 왜 호출을 놓았나? 무슨 좋은 일이나 있나?"

명수가 눈치를 살피면서 이렇게 한마디 하니까 석태는 웃으면서 모자를 쓰고 같이 나선다.

"좀 의논할 게 있으니 어데로든지 가세."

하고 석태는 옆댕이 골목 안에 있는 서양 요릿집으로 명수를 끌고 갔다.

"그런데 나 군! 이때껏 내 입으로는 이야기한 일이 없네마는 자네두 아다시피 마리아는 나하구……."

석태는 비인 요릿상을 격하여 마주 격하여 앉았다가 겨우 입을 벌리었다.

"그래서? ……."

"글쎄 그래서 명색이 약혼이랍시구 하여 놓았는데 교회에서들은 눈이 뒤집혀서 반대들이요 브라운 교장이 올 안으로는 같이 데리고 귀국을 한다고 요사이 사방으로 사람을 놓아서 마리아의 여행권 운동을 하여 불원간 나오게 되었다는데 어떠하면 좋을지 자네는 브라운이허구두 친한 터이니 어떻게 힘 좀 써 주지 않으랴나?"

명수의 귀에는 석태의 말이 의아하게 들리었다. 자기를 떠보는 수작인지 정말 아무것도 모르고 하는 진담인지 그렇지 않으면 마리아가 농간을 피워서 학교에서 빠져나오려고 석태를 일시 이용하려는 것을 모르고 그리하는 수작인지 알 수가 없었다.

"그래 자네는 지금 어떻게 했으면 좋겠단 말인가?"

② 석태는 어떻게 말을 할지 몰라서 한참 망설이다가

"참 바른 대루 말이지 지금 와서는 마리아가 내게서 도저히 떠나지 못할 사정이 있네. 미국에를 갈 생각이 간절하여 그러는지는 모르지만 미국에를 간다손 치드라도 결혼이야 못할 게 없겠고 일 년만 있으면 내라두 보내 주마는데 왜 그리는지 요새는 내게 대한 태도가 점점 달라지니……설마 저번 폭락에 내가 경을 쳤다는 소문을 듣고 겁이 나서 그리할 사람은 아니겠지……."

"그야 물론이지. 한데 그래 그 뒷갈망은 다 되었나."

"아! 그건 벌써 언제 일이라구……."

하며 석태는 대수롭게 놀란 듯이 눈을 커닿게 뜬다.

석태는 올가을 들어선 뒤로 일년 가까이 억지로 부지하여 오던 미두(米豆)에서 연거푸 내리치는 폭락에 전후 세 번이나 이삼만 원 가까운 봉패를 당하였다.

소문에는 쉬쉬하며 얼마 아니 되는 것을 다 미봉하여 놓았다고 하기는 하지만 기실은 남의 돈을 끌어서 하던 터에 지금 와서는 머리를 들 수 없는 참혹한 형상이다. 마리아에게는 물론이지만 아무도 모르는 그 내용을 들여다보면 들어 있는 집문서까지 들어가고 상점이라고는 사실상 텅 비인 거나 다름이 없다. 아무리 원상회복이 된다 하더라도 툭툭 털고 나선다면 사오만 원 하나는 걸머지고 말 형편이나 지금 같은 이판에 도저히 헤어날 가망이 없다.

"그래 저편에서들은 무어라구들 한단 말인가?"

명수는 석태의 눈을 피하며 다시 입을 벌렸다.

"첫째는 내가 유처취처라는 것에 기를 쓰고 반대요 그다음에는 미국에 갈 사람을 왜 그리느냐고 하니 그 벽창호의 소리가 있나? 더군다나 브라운이는 자기가 모르고 약혼을 하였을 리도 없거니와 당자도 절대로 그런 일이 없다는데 누가 그따위 소리를 하고 다니느냐고 야단이라니 부지중에 나만 미친놈이 되고 말지 않나? 그는 고사하고 지금 와서 마리아까지 놓치고 보면 나두 인제는 절대절명일세."

하며 석태는 풀이 죽어진다.

"절대절명이라니?"

명수는 단순히 실연을 하면 그렇다는 말인지 사업에 실패한 이때에 애인까지 잃어버리면 그렇다는 말인지 들어 보려 하였으나 그는 잠자코 앉았다.

"글쎄 말을 해 보는 것은 어려운 일이 아니지만 당자가 부인(否認)을 한다는 데야 어렵지 않은가? ……그러나 대관절 어떻게 교섭을 하란 말인가?"

"그야 뻔한 것이지. 위선 내가 독신이란 것, 당자가 무서워서 말은 아니하나 마리아의 아주머니와 당자가 내용으로 승낙하였다는 것 또는 결혼한 지일 년 안으로는 자비로 미국에 보내겠다는 세 가지만 자네가 변명해 주면될 게 아닌가? ……사실상 친구 하나 살리는 세음 치고 좀 힘써 봐 주게."

하며 석태는 애원하는 듯이 명수를 치어다본다.

"그러나 마리아는 무어라구 할지 아나? 위선 마리아를 만나 보고 의견을 들어 보아야 하지 않겠나?"

명수는 속으로 웃음을 참으면서 이렇게 한마디 하니까

"그럼 그렇게라두 하지."

하며 대번에 찬성을 하였다…….

그 이튿날 토요일 오후에 명수는 상회에서 좀 일찍이 네 시쯤 하여 돌아와 보니까 석태와 마리아가 약조한 대로 벌써 와서 앉아 기다리고 있었다. 그저께 명수의 발론으로 셋이 만나기로는 하였으나 어데서 만날까 하고 한참 의논을 한 결과 좀 분주하더라도 명수에게로 모이게 결정을 한 것이

다. 명수는 일어서 맞는 마리아에게 눈으로 묵례를 하고 자기 자리로 가서 앉으며 석태더러

"늦어서 안되었네."

하고 인사를 하였다. 세 사람은 뻥뻥히들 앉아 있다. 명수는 낮에 와서 있는 일본 신문을 들여다보고 마리아는 눈을 내리깔고 석태는 두 사람의, 더욱이 마리아의 눈치만 살피고 앉았다.

"그래 두 분이 무슨 의논이 있었나요?"

명수는 한참 있다가 이 자리에서는 암만하여도 자기가 먼저 말 꺼내는 수밖에 없다 생각하고 비로소 입을 벌리었다.

③ "별로 의논한 것도 없지만 자네가 직접으로 들어 보고 판단을 해 주게."

명수의 말이 떨어진 뒤에도 한참 있다가 석태가 대답을 하였다. 명수는 처음부터 이렇게 되리라고 짐작한 바요 또 될 수 있는 대로는 이 자리에서 마리아의 생각이 어떠한가를 분명히 시험하여 보는 동시에 만일 자기에게 대하여 마음이 기우는 것이 분명할 지경이면 석태에게도 분명히 눈치를 채이게 하리라고 결심하였던 바이다. 그러나 명수는 딱 마주 대하여 놓고 보니 자기의 처지가 매우 어렵고 우스운 것을 깨달았다. 양심상 커다란 죄를 짓는 것 같기도 하다.

"그래 마리아 씨는 어떻게 생각하셔요. 이왕이면 브라운 교장에게 분명히 사정 이야기를 하고 어떻게든지 결정을 해 버리는 게 좋지 않아요!"

명수는 고개를 숙이고 앞에 앉았는 마리아를 건너다보며 타이르듯이 한마디 하여 보았다. 그러나 그것은 자기의 양심에서 나오는 말은 아니었다. 마리아는 잠자코 앉았다.

"말을 분명히 하구려."

석태가 옆에서 재촉을 하였으나 그 태도는 마리아에게도 매우 천착하게 보이었다.

"글쎄 지금 와서는 되어 가는 대로 내버려 두는 수밖에 없어요. 여행권이 나온대야 오늘 내일로 나올 것도 아니요, 지금 불쑥 교장한테 그런 말을 하면 피차에 꼬락서니만 사납고 죽두 밥두 안 되지 않아요? 좀 더 참아 보다가 여행권이 나오면 이삼 년 동안 물러서 다녀온 뒤에 예식을 할 것이요 아니 나오면 그때 가서 다시 발론을 하는 것이 제일 상책이겠지요."

마리아의 말은 과연 영리하다고 명수는 생각하였다. 그러나 지금 마리아의 말을 들으면 어제부터 석태가 울상을 하고 다니며 새에 들어 주선을 하여 달라는 것은 마리아의 농간도 아니요 또는 석태가 명수를 떠보려고 그러는 것도 아닌 것을 알 수 있다. 오히려 석태의 처지가 명수보다 위태로운 것을 깨닫고 명수가 친구의 의리상 마리아에게 두 마음을 가지지 못하게 보짱을 안기려는 수단이요 또는 명수와 경쟁을 하거나 대항하는 태도를 버리고 빌붙는 체하고 다시 마리아를 자기 손에 빼앗아 들이려는 계책으로 이 기회를 꾸민 것이라고 명수는 비로소 깨달았다. 그러나 석태는 명수의 손에서 빼어낼 수는 있다손 치더라도 그렇다고 금세루 만족할 수는 없다. 여행권이 미구에 나올 것은 분명한 일인즉 그리고 보면 마리아가 미국에를 다녀 나올 때까지 기다리는 그동안에 자기의 신상에는 어떠한 변동이 있을지 또는 지금의 마리아와 그때의 마리아 사이에는 운니의 차가 있을 것이요 따라서 그때의 마리아와 자기의 거리는 지금보다 몇 갑절 멀어질 것이다. 미국으로 놓치고만 보면 뒷일은 뻔한 일이다.

"글쎄 늘 하는 말이지만 미국은 내가 담당할 테에요. 미국도 가고야 말 미국이요 결혼도 하고야 말 결혼이니 여행권이 나온다손 치더라도 받아만 두었다가 예식을 한 뒤에 기한 안에 떠나게만 되면 고만 아니요. 그러니까 나 군더러 어떻게 잘 주선을 해 달라지는 말이요."

하며 석태는 또 한 번 달래 보았다. 그러나 마리아는 잠자코 앉았을 뿐이다. 명수의 갖은 흉하적을 다 하고 명수의 병구완하러 다닌다고 비꼬던 사람이 지금 자기를 끌고 와서 애걸복걸을 하고 앉았는 남자가 점점 더 비굴하여 보이었다.

"두 분 말씀이 다 옳은 말씀이요마는 안 군! 어떻든 얼마 동안 더 기다려 보는 게 어떻겠나?"

명수는 한참 있다가 이렇게 중재를 하고 나서

"결국의 문제는 두 분의 마음이 변하고 아니 변하는 데 있으니까 안 군! 마리아 씨의 인격을 존중하고 신임할 지경이면 그리는 것두 좋겠지?"

"글쎄 누가 마리아 씨의 인격이라든지 마음을 못 믿어서 그러는 것은 아니야. 하지만……."

하며 석태는 그래도 용이히 찬성을 하려고는 아니한다. 이러는 동안에 문수가 출입하였다가 들어오는 바람에 결국은 이렇다 저렇다는 결정도 없이 세 사람은 입을 닫쳐 버렸다.

문수는 모자도 채 벗지 못하고 바로 명수의 방으로 들어오더니 무슨 의

미를 품은 웃음을 띤 눈으로 마리아를 잠깐 내려다보고 문 밑에 앉으며

"나 군! 경애가 벌써 나왔드군!"

하고 또다시 마리아를 바라본다.

④ 경애가 나왔다는 말에 마리아가 반가운 듯이

"언제 나왔대요?"

하고 물으니까 문수는 아까 장흥진이를 길거리에서 만나니까 벌써 그저께 저녁에 나와서 정옥이 집에 묵는다고 하더란 말을 들려주고 나서

"지금쯤 덕순이두 거기 있을걸. 장 군이 가자는 것을 나는 싫다구 왔지만."

하며 말을 보태었다.

"응 그럼 좀 가 볼까? 필경 무슨 이야기가 있으렷다!"

명수가 이런 소리를 하며 팔에 감은 시계를 들여다보니까 마리아도 가는 길에 잠깐 들여다보고 가겠다고 앞장을 서서 일어섰다.

문수는 그 후의 순자의 소식을 들으려고 저녁이나 같이 먹고 있다가 가보라고 마리아를 한사코 붙들어 보았으나 저녁 전으로 학교에 들어가야 할 일이 있다고 명수를 도리어 재촉을 하여 나서 버렸다. 어쩐지 문수와 종용히 만나기를 부끄러워하는 모양 같았다.

'순자가 무어라고 하였을 지경이면 내게 전하여 줄 터인데…….'

문수는 다들 나간 뒤에 이렇게도 생각을 하며 며칠 잊어버렸던 일을 새삼스럽게 이리저리 공상을 하고 앉았다. 정옥이 집으로 향한 세 사람은 전

찻길 앞에서 석태와 헤어졌다. 마리아는 좀 겸연쩍은 듯이 석태더러 같이 가지 않으려느냐고 입속에서 어물어물하여 보았으나 석태는 명수에게만 끄덕하며 인사를 하더니 뒤도 아니 돌아다보고 획획 가 버렸다.

정옥이 집에는 문수의 말과 같이 덕순이와 홍진이가 와서 있었다. 그러나 경애는 낮에 나가서 아직 아니 들어왔다 한다.

"그런데 어째 나왔대?"

마리아가 무슨 말끝에 정옥이더러 물으니까

"그건 날더러 물으면 아나? 적어도 같이 있던 이분더러라두 물어봐야지!" 하며 주인은 덕순이를 가리키고 웃었다. 여러 사람의 눈은 일시에 덕순이에게로 쏠리었다가 다시 정옥이를 치어다보았다. 적어도 정옥이만은 무슨 낌새를 채이고 있거니 하는 짐작들을 하고 앉았는 모양이나 정옥이는 얼굴이 벌개지는 덕순을 웃으며 잠깐 건너다볼 뿐이요 잠자코 앉았다. 덕순이도 정옥이의 시선을 피하는 길에 마리아를 매서운 눈찌로 흘겨보고서는 고개를 숙이고 풀 없이 앉았다. 암만하여도 여러 사람의 기색이 순편치 못한 것을 눈치 채인 홍진이는 커다란 몸집을 일으키며 먼저 간다고 나서려니까 그제서야 경애가 타달타달 들어온다.

"앗! 어떻게 알구들 오셨세요?"

경애는 해쓱한 얼굴에 웃음을 띄이고 명수를 바라보며 인사를 하고나서 그 곁에 앉았는 마리아 옆으로 가서 앉으며

"참 편지 한 장두 못 하구……난 그동안 미국에 가실 지경이면 동경서 만나 뵈려니 하구 밤낮 기다렸지!" 하고 인사를 하고 나서 무어라고 하는 마리아의 대답은 채 듣지도 않고 덕

순에게로 향하더니

"형님! 지금 다른 데 계시다지요? 그래 온다간다 말두 없이……며칠이나 있다가 가니까 아니 계시겠지!"

하며 눈을 두세 번 껌적거리며 무어라고 어물어물 변명을 하고 나서

"그래 저기서는 잘 가 있는 모양이지!"

하며 한규의 소식을 물으니까 경애는 정옥이하고 그랬소? 저랬소? 하며 자기끼리 무슨 수작을 하고 나서

"누구 말이야요?"

하고 딴전을 붙이었다. 덕순이는 이 자리에 앉은 사람이 모다 자기만 치어다보는 것 같아서 얼굴이 점점 더 벌개지는 것 같고 모든 사람이 자기만 돌려내이고 뒷공론들을 하는 듯싶어서 앉았기가 송구스러우면서도 속으로 분이 벌컥 치밀어 올라왔다. 돌아온 뒤로 이때껏 한규의 편지를 못 받아 보았으니까 그동안에 저희끼리 또 어떻게 하고 나왔는지는 모르겠지만 여러 사람 앞에서 일부러 짓는 듯한 경애의 냉정한 태도가 맬망스러워서 못 견디겠다. 그러나 덕순이는 말문이 막히어서 잠깐 벙벙히 앉았다가 얼얼한 목소리로

"아 천엽에서 돌아오지는 않았지?"

하며 숫기 좋게 그러나 겨우 말을 이었다.

"몰라!"

경애는 좀 앙칼진 듯한 목소리로 한마디 하고 말을 끊어 버렸다. 여러 사람은 두 여자의 눈치만 잠자코 보고 앉았다가 아까부터 가겠다던 홍진이가 일어서는 바람에 나도 나도 하고 다 일어나 버렸다.

⑤그러나 경애가 온 지 오륙 일쯤 지나서 덕순이의 자취는 서울서 사라져 버렸다. 그가 동경으로 다시 갔다는 말만은 홍진이 입에서 나왔으나 그 외의 일은 아무도 아는 사람이 없었다. 중환이나 명수가 이리저리 캐물어도 홍진이는 어쩐 까닭인지 덕순이의 말이라면 참견을 하기 싫어하는 눈치이었다. 명수도 정옥이한테 가면 대강이라도 좀 자세한 이야기를 얻어들을 수 있으려니 하면서도 처음 찾아갔던 날 그 모양으로 물끄럼말끄럼 치어다보기들만 하다가 피차에 불쾌한 감정으로 헤어져 온 뒤로는 별로 가고 싶지 않았다. 명수까지 덕순이의 한패로 오해하는 것 같은 게 더욱이 불쾌하였다. 그뿐 아니라 사실상 낮에는 그래도 엉기어서라도 겨우 출근을 하지만 저녁에 돌아오면은 사지가 쏙쏙 쑤시고 숨이 받아서 밤새도록 신음을 하느라고 어느 경황에 남의 일을 쫓아다니며 캐어 보고 싶은 근력도 없어지고 한편으로는 마리아의 문제가 이러쿵저러쿵 하기 때문에 그런 일은 신지무의하고 지내왔다.

그러나 그 후 며칠 지낸 뒤에 중환이가 초저녁에 얼쩡해 와서 마리아가 어쩌니 경애가 자기 집으로 나려갔느니 하며 누웠는 명수 앞에서 씩둑꺽둑하며 실컷 떠들다가

"아 그런데 오늘 알구 보니 덕순이가 그렇게 급히 달아난 것은 까닭이 있드군."

하며 말을 꺼냈다.

"왜?"

"아까 홍진이하구 저녁을 같이 먹으면서 이야기를 들으니까 처음에 올 적부터 경애보다 앞질러 나와서 한규와 어쨌다는 소문을 막으려고 한규

하고도 발을 끊은 모양을 뵈이고 나와서 어떻게 자네하고 얼러보랴구 한 것이라서 이것저것 다 틀리구 게다가 웅화의 집으로 보낸 한규의 편지를 아들이 뜯어 보구 야단이 났나 보드군. 홍!"

하며 중환이는 코웃음을 친다.

"야단이라니?"

"미국다가 저 아버지더러 어서 나오라구 전보를 논 모양이라는데!"

"전보를 놓았기루 그렇게 급히 동경으로 가면 뭐를 하나?"

명수는 눈을 깜박깜박하며 중환이를 치어다보고 누웠다.

"여기 있어야 아무도 대거리를 해 주는 사람도 없고 서울 바닥에서 소문만 짝자그를 날 터이요 머뭇거리고 있는 동안에 뚝발이 영감이 정말 나오면 안 만날 수도 없구 모든 게 성이 가시니까 그렇지 않어?"

하며 중환이는 픽 웃었다.

"글쎄. 한데 한규하구는 정말 무슨 병통이 났나?"

"남의 일을 누가 아나. 하지만 편지를 들켰으니 경애가 정옥이더러 울며불며 하소연을 하드란 것을 보면 알쪼지! 하지만 대관절 어떻게들 될 작정으로 그 모양으로 쩔쩔거리구 다니누?"

하며 중환이는 제풀에 짜증을 내이며 한숨을 쉬인다. 명수도 잠자코 반듯이 누웠다.

"나 군두 여보게!"

하며 중환이는 눈을 감고 누은 명수의 유난히 해쓱하게 여윈 얼굴을 한참 내려보다가 다시 말을 꺼낸다.

"지금 마리아하구 어쩌니어쩌니 하지만 나는 암만 보아도 마리아가 자네를 농락이나 하지 않는가 싶어서 좀처럼 믿을 수가 없네. 가게 된 미국도 싫다 시집을 오면 학비를 대어 주마 하는 약혼한 사람도 싫다 하면서 골골하는 자네게로 오겠다는 것은 정말 사랑이란 그러한 거라고도 하겠지만 암만해도 거기에는 무슨 까닭이 분명히 있는 게 아닌가 하네. 어떻든지 간에 위선 미국으로 보내게 하는 게 좋겠지. 그것도 자네가 새에 들어서 상관을 할 게 아니라 당자더러 그렇게 이르는 게 좋지 않어? 그리고 자네도 어떻게 공부를 좀 더 한 뒤에 결혼이구 무어구 해야 할 게 아니야?"

하며 중환이는 말을 잠깐 끊었다.

"그러나 저러나 제일에 병부터 어서 낫고서 연애니 결혼이니 떠들어야지 이렇게 시름시름 앓다가는 참 걱정일세."

하며 매우 염려를 하는 모양이다. 명수도 친구의 진정을 반갑고 감사하게는 알았으나 공연한 잔소리를 한다는 꼬장꼬장한 생각으로

"자네는 시험관(試驗官)이나 흔들구 있을 사람이지 시인(詩人)은 아니야!"

하며 웃고 말았다. 중환이도 좀 실쭉해져서 잠자코 앉았다가 벌떡 일어났다.

⑥ 이튿날 명수는 상회에서 돌아오는 길에 어제 중환이에게 들은 이야기를 생각하고 정옥이 집에 들러 보았다. 주인 부부가 안방으로 들어오라고 하여서 명수가 안대청으로 올라서려니까 방문을 열고 뚜르를 나와서 건넌방으로 피하여 가는 삼십 남짓한 젊은 아낙네와 지나쳤다.

"지금 그 아낙네가 형님이세요?"

명수는 부전부전히 묻고 싶지 않았으나 덕순이보다 먼저 웅화의 재취로 들어갔다가 첫날밤에 놀라서 이혼하고 말았다는 이야기가 머리에 떠올라와서 호기심에 끌리어 물어보았다.

"네! 왜 그러세요."

정옥이도 그런 생각을 하였던지 웃으면서 대답을 하였다.

"글쎄 말이에요."

하고 명수는 웃는 듯하며 말을 이어서

"지금은 본가에 계신가요?"

"아뇨. 숫처녀나 다름없으니까 다시 정식으로 가서 벌써 남매나 났는데요."

하며 주인아씨는 또 생긋 웃어 보인다. 명수는 우연히 이러한 이야기를 듣고 덕순이 생각을 해 보다가 별안간

"그런 걸 보면 역시 들어앉은 부인네가 낫지 않아요?"

하며 주인을 치어다보니까 이 청년 화가도

"그렇다뿐이에요."

하며 찬성을 하고 한참 앉았다가

"그것도 깊은 자각만 있고 정말 인생에 대한 열정이 있다든지 생활의 길을 안다 할 지경이면 부인해방이니 자유연애니 자유결혼이니 하여도 무방하겠지요. 하지만 지금 조선에 앉아서야 어림 있습니까. 전사회로 말하면 처음부터 문제두 아니 되겠지만 개인으로 말하드라도 소위 자각이라는 것이 어떠한 정도까지 심각한지 모르지요. 하구 보면 근본 원리가 그른

것이 아니라 사람의 죄요 시대의 죄겠지요."

하며 어느덧 이론을 끌어내다가 듣는 사람이 우습게 알 듯하여 말끝을 얼른 돌려서 자기 부인을 가리키며

"저 친구만 하드라두 부득이 들어앉았게 되었으니까 저만하지 만일 요새 누구니 누구니 하는 사람들처럼 나다니며 연단에라도 몇 번 나서 보슈? 나중에 무에 될지 누가 아나!"

하며 농쳐 버리고 웃었다. 명수도 젊은 내외를 바라보며 웃다가

"참, 그런데 경애는 어떻게 된 세음이에요?"

하며 물었다.

"어떻게 되긴요. 일전에 자기 집에 나려갔으니까 내년이나 되어야 다시 갈 걸요."

하며 정옥이는 시치미를 떼었다.

"왜 숨기세요. 다 알구 앉았는데요. 그런데 아주 헤어지기루 되었나요."

"모르죠. 누구 말이 옳은지 두구 보면 알겠지요."

하며 정옥이가 웃으니까 남편은 가만히 앉았다가

"아무튼지 사람 하나 또 버리게 되었지."

하며 웃는다.

"누가요? 경애 말이지요? 그 사람이 그렇게 허픕한 줄 아슈?"

"허픕하지 않으면 어째! 약혼이니 무어이니 해 놓구 그 모양이 되었으니 마음은 달뜨고 다시 혼처는 잘 나서지 않구 하면 부지중에 사람 꼴만 못 되구 말지 않어? 지금이야 일생을 독신으로 지내느니 신앙생활에 한 걸음 더 들어갔느니 하지만 다 쓸데없는 소리지!"

하며 부부가 주거니 받거니 하는 동안에 명수는 알고자 하던 것을 다 들을수가 있었다. 즉 한규가 신경쇠약증에 걸린 것은 사실이나 천엽으로 한양을 하러 갔다는 것도 거짓말이요 덕순이가 잠깐 돌아온 것은 학비 문제가아니라 내년 봄에 한규가 졸업하면 학교에서 운동을 하여 미국으로 가게되기 때문에 덕순이도 같이 갈 작정으로 노비를 구처하러 온 것이요 한규가 지금 동경 시내에 있기는 있지만 어데 있는지 경애도 모른다는 사실이다. 정옥이는 이야기에 끌려서 들은 대로 명수에게 옮기고 나서

"사내란 다 그 모양인지? 어쩌면 이때까지 몰래 숨어 있다가 사랑하든 계집애를 불러다 놓고 이것 보라는 듯이 다른 계집하구 툭탁 치며 기롱하구 앉았드람! 내가 경애 같은 처지를 당하였드라면……."

하며 분한 듯이 아랫입술을 악물었다.

5

① 명수의 병은 그예 늑막염이 되고 말았다는 진단은 받았으나 증세를보면 단순한 늑막염 같지도 않았다. 신열이 떠날 때가 없다든지 해소증이있다든지 가슴이 뜨끔거리는 것은 물론이지마는 전신의 피로가 나날이심하여 가고 신경이 극도로 흥분을 하여 밤이면 헛소리를 하여 가며 여간번고가 아니다. 그 수척한 몸에서 온 밤새도록 요가 흥건히 젖을 만치 허한을 흘리고 나면 그 이튿날은 갱신을 못할 만치 맥이 풀리지만 그래도 낮

이면 정신이 반해지는 바람에 악지를 쓰고 나다니기는 하지만 그것도 요사이 와서는 아주 기진을 해서 대개는 또다시 뒤집어쓰고 눕는 날이 삼사일씩 계속하게 되었다. 이렇게 몸이 아픈 때는 마리아라도 좀 와서 주었으면 하는 생각이 간절하나 정옥이 집에 같이 갔던 다음 주일에 잠깐 다녀간 뒤에 웬 까닭인지 편지 한 장 없고 지난 주일에도 일요일 저녁까지 이틀씩이나 기다렸건만 도무지 들여다보지를 않는다. 전전 주일에 왔을 때에도 몸이 불편한지 걱정이 많아서 그랬던지 따분한 모양으로 별로 이야기도 하지 않고 잠깐 앉았다가 가던 것을 생각하면 애가 씌어서 참을 수가 없다. 예배당에 갔던 문수더러 물어보면 여전히 출석은 하였더라 한다. 석태란 놈이 또 무슨 지랄을 하였나? 하는 생각을 할 제는 하다못해 석태라도 와 주었으면 좋겠건만 요사이는 발그림자도 보이지 않는다. 오라고 편지를 해 보아? 이러한 생각이 하루에도 몇 번씩 나지만 가만히 생각하면 입으로는 미국을 가거라 어째라 하면서 주착없이 불러내어서 마음만 점점 더 달뜨게 하는 것이 아니 된 것 같고 또 그동안에 석태와 무슨 이야기가 있어서 자기에게 대한 감정이 어떻게 변하였을지? 희숙이한테 그런 꼴을 한 번 당하고 도홍이에게까지 창피하게 된 뒤로는 한층 더 여자에게 쭈뼛거리게 되었다.

이러한 고독과 불안 속에서 깽깽하여 가며 또 오륙 일 지냈다.

이번 주일에는 오겠지! 이러한 기대로 토요일이 돌아오기만 기다리면서 무료하고 지리한 그날그날을 보냈다. 그러나 때때로 거진 광증같이 가슴속을 휘저어 놓은 막연한 불안과 질투심은 기어코 명수에게 붓대를 들게 하였다. 열에 떠서 무어라고 써 보냈는지는 명수 자신도 기억에 남아 있지 않다. 그러나 이 토요일에도 아니 올까 보아서 미리 부탁을 하여 둔 것은 잊어버리지 않았다.

명수가 편지를 부친 지 이틀 만에 즉 토요일 저녁 배달에 기다리던 마리아는 아니 오고 이 같은 간단한 편지 한 장이 명수의 병상을 위문하러 왔다.

"만나 뵈온 지가 벌써 두 주일이나 됩니다그려. 기다리실 줄도 알았고 궁금해서 가고 싶지 않은 것도 아니었습니다. 그러나 사정이 허락지를 않습니다그려……편지를 보오니 선생님 앞에 앉았는 듯 반갑습니다마는 암만하여도 병환이 더치셨나 봅니다. 어떡하신단 말씀입니까. 그러나 경애 씨의 걱정은 왜 그리하십니까. 제게다 비하면 그 사람은 몇 곱이나 행복스러운지 모르겠습니다. 그리고 한규 씨가 숨어 있다가 발각이 되게 되니까 덕순 씨하고 둘이 앉아서 경애 씨를 불러다 놓고 모양 사납게 하였다구요. 그렇지만 염려 마십시오. 설마 저야 그런 짓을 하겠습니까? 제가 이때까지 학교에서 빠져나가겠다는 것은 한규 씨가 한 것같이 농락을 부려서 안석태 씨의 모양을 사납게 하려는 것은 아닙니다. 너무 심려 마십시오. 설마 선생님을 덕순 씨의 처지처럼 만들겠습니까. 그러나 참 어떻게 조처를 해야 좋을지 모르겠습니다. 모든 것이 절망(絶望)이요 모든 것을 단념하지 않으면 안 될까 봅니다. 모든 것이 제 죄니까 누구를 원망하겠습니까. 여행권은 아마 얼마 아니 되어서 나올까 봅니다. 그런데 어떠면 순자 씨도 같이 가게 될지 모릅니다. 순자 씨의 여행권은 물론 늦을 터이니까 같이 가게 되면 내년 일월께쯤 떠나게 되는지요? 이런 이야기는 아직 문수 씨께 마십시오. 자세한 말씀은 일요일 오후에 가서 뵈옵고 아뢰지요. 그러나 요사이는 문밖에 나서기가 서먹서먹하여져서 어렵습니다……."

②그 이튿날 일요일에도 마리아는 그림자도 보이지 않았다. 오후에 문수더러 예배당에서 마리아를 보았느냐고 슬며시 물어보니까 여전히 왔더라 한다. 웬일인구? 하면서도 이때나 올까 저때나 올까 하고 속으로만 조바심을 하는 동안에 어느덧 전등불이 들어오고 말았다.

이렇게 되고 보니 무심코 넘기었던 편지 사연까지 깊은 의미가 있는 것 같이 생각되었다. 명수는 마리아의 편지를 다시 한 번 꺼내 보았다. 한규가 동경에서 한 것같이 학교에서 피해 나온다든지 숨어 있다가 발각이 되면 자기가 창피하겠다는 말에 대하여 염려 말라고 말한 것도 좀 이상하지만 미국으로 가려고 결심한 것 같은 말씨가 이때까지 권고한 일이건만 서운하지 않을 수 없었다. 그는 고사하고 절망이니 단념이니 모든 것이 제 죄이니 한 말은 무슨 까닭인지 알 수가 없었다. 미국에를 간다기로 '제 죄니까 누구를 원망하겠습니까.'라고까지 할 이유를 모르겠다.

'하지만 밑두 끝두 없이 순자하구 같이 간다는 말은 또 무슨 소리인구?'

명수는 이리저리 생각하여 볼수록 궁금증이 나서 못 견딜 지경이다. 그러나 극도로 흥분한 그의 신경을 놀래인 것은 마리아의 구두 소리나 옷자락 스치는 소리가 아니라 아홉 시를 치는 떼떼 소리뿐이었다. 밤 예배를 보고 온 문수는 마리아가 예배시간에 풍금을 치고 있더라는 보고를 하였다. 명수는 화증이 슬며시 나서 문수더러 순자가 미국에 간다고 하더라는 말을 할까 하다가 안간힘을 쓰면서 참아 버렸다.

이튿날 아침에는 이러한 편지가 마리아에게서 왔다.

"붓대를 들기가 부끄럽습니다. 무서운 생각도 납니다. 웬종일 기다리셨을 것을 생각하오면 안절부절을 못하겠습니다. 그러나 이것은 못 가 뵈었다는 변명을 하려고 쓰는 것은 아닙니다. 편지라도 쓰지 않으면 염통이 얼어붙거나 널치가 되어서 나가자빠질 것 같습니다. 선생님! 저를 의심하십니까? 저의 시간을 그다지도 선생님께 아끼는 줄 아십니까? 매일 같은 일을 합니다. 날이 새이면 일어나고 학생이 오면 백묵을 들고 저물면은 사나운 꿈자리 속에서도 눈을 붙입니다. 그러나 머릿속에서도 한결같은 그러나 다시는 변통수 없는 뻔한 일을 시시각각으로 뇌이고 또 뇌입니다. 제머릿속에서 한 초 동안인들 선생님의 생각이 떠날 때가 있다고 누가 증명을 하겠습니까. '그렇지 않다고' 증거를 세울 수 없는 것같이 그렇다기로서니 선생님은 용이히 믿으실 리가 있겠습니까. 그러나 그렇다면 무얼 합니까. 무덤에 한 발을 걸쳐놀 때까지 생각한다기로 그것이 결국에 어떻단말씀입니까. 인제는 모든 것이 쓸데없는 옛날의 묵은 기억밖에 되지 않을것을 알매 제 일이건만 몸이 떨립니다. 곱고 정한 기억은 곱고 정하게 그대로 봉하여 두는 것이 좋겠지요. 더럽힌 몸에도 곱고 정한 기억이 숨기었다는, 그보다도 이 세상에 자기 이외에는 알지 못하는 '곱고 정한 기억'이품기었다는 '비밀'을 가진 것이 얼마나 저의 일생에는 두 번 얻지 못할 행복이요 인생의 광영일까요.

선생님 저는 막다른 골짜기에 몰려 들어온 한 다리 저는 강아지외다. 저는 올 때까지 왔습니다. 여기서 더 갈 데가 어딥니까? 누가 능히 반걸음이라도 더 나가게 하겠습니까? 선생님! 결코 저더러 약하다고는 마시옵소서. 사랑의 힘이 졸아붙었다고는 꿈에도 생각 마시옵소서……아아 아아!울고 싶습니다. 그러나 눈물조차 말랐습니다.

선생님! 고만두지요. 천 마디 만 마디를 사뢰옵기로 무삼 소용이 있겠습니까……오늘 기다리셨겠지요? 그러나 왜 못 간 까닭은 아니 왜 아니 간 까닭은 말씀 아니하랍니다……."

③ 마리아의 태도가 그렇게 급작스리 변할 줄은 꿈에도 생각지 못하였다. 단순히 미국으로 가기로 결심을 하였으면 한 번쯤 찾아오지 못할 까닭도 없고 그처럼 절망적 어조로 거진 절교장 같은 편지를 할 리가 없다. 그러면 명수에게 대한 애정이 스러지고 아니 스러진 것은 지금 와서는 다시 문제를 삼을 것이 아니다. 그러나 무슨 사정이 생기었는지 왜 자세한 말을 못하고 우물우물하는지를 알 수가 없다. 석 달 전에 희숙이가 시집가기 전에 장난을 한 것과는 물론 다를 것이다. 그러면 대관절 무슨 일이 생기었는가?

편지를 펴들고 누웠던 명수의 손끝은 바르를 떨리었다. 눈을 마섭게 뜬 그의 얼굴은 파랗게 질리고 꼭 닫은 입가는 경련적으로 켕기는 것을 자기도 깨달았다. 천정을 가만히 치어다보고 누웠던 그는 별안간 얼굴이 빨개지며 기침이 터지어서 뒤재주를 쳐가며 콜록거리다가 일어나 안고서야 겨우 진정이 되었다. 머리맡에 놓았던 종이를 집어서 배앝는 침에는 붉은 담이 섞이었다. 명수는 눈살을 찌푸리고 한참 들여다보다가 쑤세쑤세 하여 재떨이에 던져 버리고 나서 펴 놓았던 편지를 다시 한 번 내려다보더니 홱 집어서 쪽쪽 찢기 시작하였다. 찢은 종잇조각을 피침이 싸인 휴지 위에 후르를 던진 뒤에 그는 책상을 노려보다가 뭉깃뭉깃 다가앉더니 서랍이 잠긴 것을 생각하고 다시 일어나서 양복 주머니 속에 있는 열쇠를 꺼내서 열었다. 그 속에는 마리아에게서 온 편지가 차곡차곡 들어 있었다. 그는 한 장씩 한 장씩 꺼내서는 피봉의 앞뒤를 자세자세 들여다본 뒤에 손을 빼어서 쪽쪽 찢기 시작하였다. 반도 다 찢기 전에 세수를 하고 안방에서 책을 펴놓고 앉았던 문수는 짝짝 하는 소리에 발딱 일어나서 명수의 방으로 건너왔다. 그러나 명수는 눈을 거듭떠보지도 않고 앉아서 편지를 찢고 있다. 문수는 한참 나려다보고 섰다가 나가 버렸다.

납초 덩어리같이 파랗게 질린 명수는 아침도 아니 먹고 온종일 가만히 누웠었다. 가만히? 과연 그의 몸은 가만히 가로뉘어 있었다. 그러나 그 하루는 일 년, 십 년이라는 시간을 졸여 붙인 듯한 가장 바쁜 시간이었다.

명수의 입이 영원히 떨어지지 않을 것같이 꼭 붙은 지 사흘 만에 그의 책사에는 마리아의 최후의 편지가 놓여 있었다.

"……모든 것이 운명입니다. 죽지 못해 사는 세상이라더니 참 정말이외다. 죽지 못할 지경이면, 목숨을 부지하려면, 명예를 잃지 않으려면 한 길을 취하는 수밖에 없습니다. 용서하여 주시옵소서. 갑니다. 저는 갑니다. 그러나 미국으로 가는 것은 아니외다. 같은 서울 안에 있습니다. 제가 어느 구석에서든지 결혼식을 하였다는 소문을 들으시거든 마리아의 장지는 어데냐고 물어 주십시오.

저의 집 문전에서 어린아이의 우는 소리가 나거든 에미의 죄를 대속하여 달라는 기도 소리로 들어 주십시오. 할 말씀은 다 하였습니다. 이만하면 저의 마음을 알아주시겠지요. 왜 이렇게 더러운 세상이냐고 한탄한들 무삼 소용이 있겠습니까. 문수 씨더러도 단념하시라고 일러주시옵소서. 그 전부터 말이 있던 미국에 있는 어떤 분과 사진으로 약혼이 되고 말았습

니다. 얼마 아니 되어서 떠나게 되겠지요. 모든 것을 용서하시라고 여쭈어

주십시오……."

필자의 말

마리아가 석태 씨를 품고 자기 고향으로 나려가서 촌 교당에서 석태와
혼례식을 거행한 일이나 명수와 덕순이와 한규와 경애와 중환이 등 여러
사람의 그 후의 운명과 생활이며 문수의 고통, 순자의 실패, 응화의 낙심
들, 이 모든 것을 독자에게 전하려면 다시 이것의 반만 한 장편이 될 것이
외다. 그러나 독자 여러분도 웬만큼 지리하시겠고 필자도 역시 매우 분망
하여 이에 끝을 마치고 좋은 기회에 다른 형식으로 속편을 쓸까 합니다.
그러나 이 소설이 완결되지 않는 것은 아니라는 말을 보태어 둡니다.

  * 《동아일보》 1923.8.27.~1924.3.5(129회)

진주는 주었으나

1

①오늘 오후쯤 올라오리라고는 생각하였지만 퍼런 학생복에 커다란 대팻밥모자를 우그려 쓴 효범이의 뒤에 문자의 조그만 얼굴이 나타날 제 누구보다도 깜짝 놀란 사람은 인숙이었다. 인숙이는 마루 한가운데 우두커니 서서 연방 뜰로 들어오는 두 사람을 내려다볼 뿐이었다. 효범이가 싱긋 웃으면서 축대 위로 올라설 때까지 그는 어떠한 태도로 무어라고 인사를 해야 좋을지 머릿속에 선뜻 어림이 들어서지를 못하여 물끄러미 바라만 보다가 얼굴이 발개지며 입을 닫은 채 인사 대답을 하고 나서야 효정이를 불렀다.

"응? 효범이가 왔어? 문자두?"

주인아씨는 뒷곁에 붙은 찬간에서 도마를 똑똑거리다가 깜짝 놀란 소리를 치며 부엌문으로 지나 나오는 양이 문자가 오기를 속으로 은근히 기다렸던 모양이다. 새로 풀 해 다린 모시 행주치마에 손을 씻으면서

"아, 이게 누구야? 죽지만 않으면 만나 보는 게로군!"

하며 축대 밑에서 알찐알찐하는 문자의 손을 잡는 효정이의 눈에는 눈물까지 글썽글썽하였다.

"형님두 퍽 변하셨구려!"

두 손으로 효정이의 손을 포개 잡고 말이 막혀서 섰던 문자는 이렇게밖에 더 할 말이 없었다. 옛날의 정리를 생각하면 효정이가 자기에게 기대하니만큼 반갑지 않은 것도 아니요 슬픈 생각이 없지도 않겠지만 삼 년 동안의 풍상은 네 살이나 위인 효정이보다도 모질게 만들었고 내 앞이 굽은 생각부터 들게 만들어 놓았다.

"저번에 효범이가 와서 누님, 문자란 여자를 아우? 하기에 왜 그러냐니까 인천서 만나 보았다지 않어? 참, 난, 죽었다가 살아난 줄 알았어."

하며 효정이는 진정으로 반가운 듯이 문자의 야위인 하얀 상을 들여다보고 앉았다.

"글쎄 나 역시, 소문은 들으면서 그 후로는 몇 번 서울에 왔건마는 늘 도망구니처럼 다니니까 어디 사시는 것조차 모르다가 효범 씨하고 우연히 인사한 뒤로는 어찌 반갑든지……"

하고 문자는 방문 밑에 섰는 인숙이를 잠깐 거듭떠보고서 방 안을 한번 휘돌려다 보았다. 아까 마루 위에 올라설 때부터 마루가 매끄럽도록 번질번질 길이 들고, 찬장 뒤주니 하는 마루 세간이라고는 없고, 피아노와 등 안락의자의 규모 있게 늘어놓은 것을 보고

'시집 잘 갔다더니 팔자 좋기두 하다!'

하는 생각이 아니 일어날 수 없었지만 방 안 치장을 보아도 문자는 부러운

생각은 고사하고 자기가 지금 입고 앉았는 뻣뻣한 광당포 치마로 눈이 내리깔리지 않을 수 없었다.

'올여름에 간신히 장만한 중치모시 치마가 하나 있는데 그거나마 빨아 다려 입고 올 것을 효범이가 서두는 바람에 내 꼴 남 뵈러 오는 줄은 모르고……'

하는 후회가 머리에 떠올라 왔다.

"그래 학교는 벌써 시작했소?"

"벌써 닷새나 되었지만 몸두 찌뿌드드하고 하기에 한 이틀 놀자고 뺐지."

하면서 학교까지 놀고 효범이를 쫓아 나선 자기의 뱃속을 비웃지 않을까 하는 염려도 없지 않았으나

"그럼! 며칠 빠지기루 어때! 댓새 편히 쉬구 가지."

하며 효정이가 다시 손목을 붙들어 주는 바람에 마음이 놓였다.

"그래 인천으론 언제 왔어? 저기보다는 낫지?"

효정이는 문자를 만나니까 문득 삼 년 전에 학교 속을 발끈 뒤집어 놓은 M과의 일이 생각나서 이렇게 물어보았다.

"저기서야 얼마 있었다구요 곧 황해도로 나왔다가 작년 가을에 인천으로 왔는데."

"그럼 M 씨는 지금 어데 있누?"

삼 년 전에 문자가 졸업 미처 M의 편지 일절로 졸업이 위태한 것을 겨우 면하고 학교를 나서는 길로 M과 같이 M의 고향인 평안도 촌 속 어느 학교로 갈 때에 서로 울고 짜고 하던 광경을 효정이는 눈에 암암한 듯이 머리에 그려 보았다.

"지금 일본 있지요."

문자는 M이란 말을 듣더니 얼굴이 발개지며 머뭇거리다가 겨우 이렇게 대답을 하였다.

②M의 이야기를 묻는 것이 문자에게 그리 듣기 싫은 것은 아니었다. 그러나 M이라는 사람으로 말미암아 연상되는 학생 시대의 기억이 불쾌하였다. 더욱이 그때의 자기의 꼬락서니를 여러 동무의 기억에서 영원히 스러지게 할 수 없다는 것을 생각할 제 자기는 이 세상을 떠나는 날까지 자기의 인격에 어쩌할 수 없는 오점을 가지고 있는 것이요, 그 오점을 생각할 때마다 여러 사람 앞에 언제든지 낯을 붉히지 않고는 마주 대할 수 없는 일종의 굴욕을 느끼지 않을 수 없다.

문자가 코빼기도 못 본 M에게서 처음 편지를 받은 것은 열여덟 살 되는 해 이맘때이었다. 진남포 집에서 여름을 보내고 다시 올라오려던 며칠 전에 하고많은 사람 중에도 지금 마주 앉았는 이 김효정이의 이름으로 여자 편지처럼 하여 집안사람의 눈을 속여 피가 스밀 듯한 글귀로 타는 가슴을 하소연한 것이었다. 그때의 문자는 가슴이 선뜻하고 몸이 떨리지 않을 수 없었으나 단순히 놀라기만 하고 고만둘 나이는 아니었다. 어떤 학교 다니는 어느 집 아들인지는 몰라도 편지 사연으로 보아서는 한 교회에서 자주 만나던 남자이요 자기의 일은 샅샅이 아는 것이 분명하였다. 더구나 부모끼리는 교회 일로 서로 아는 처지인 것이 한층 믿음성스러웠다. 그러나 어떻든 원망으로라도 한 번 만나 보고서야 답장을 하든 말든 할 것이다. 피봉에 효정 언니의 이름을 썼을 때는 분명히 효정 언니는 이 남자를 아는 게다. 그러면서 서울로 올라가기만 하면 모든 것이 분명히 되리라 생각으로 별안간 날짜를 다가서 올라왔었다. 그리하여 올라오는 길로 찾아가 본 사람도 효정이었고 만나는 맡에 서슴없이 내어놓은 것도 M의 편지였다. 그때에 일변 놀라며 일변 웃고 놀리던 효정 언니의 표정을 지금 문자는 머리로 그리며 그때와 같이 마주 앉았는 효정이를 살짝 치어다보고서는 고개를 다시 숙였다.

문자의 생활은 그때부터 시작되었다. 아니 효정이의 인생의 꿈도 그때부터 그 면사포를 거두려고 하였다. 그러나 그 후 삼 년은 피차에게 무엇을 던지고 허겁지겁을 해 달아났다.

"그래 예식은 벌써 했을 터이지?"

효정이의 말은 문자가 듣기 싫어하는 것을 짓궂이 묻자는 것은 아니었으나 문자의 귀에는 조롱이 섞인 듯이 들리었다.

"예식은 무슨 예식이요?"

문자는 억지로 한마디 하고 어색한 낯빛을 선웃음으로 감추지 않을 수 없었다. 확실히 일종의 수치를 느끼는 모양이었다.

"문자도 인제는 신사상가가 되었군!"

하며 효정이는 웃었다. 문자가 예식을 무시하고 삼 년이나 M과 살아온 것을 비웃는 수작이었다. 그러나 문자는 아무 말없이 눈살을 찡그려 보았다.

실상 문자로서는 M이 일본 갔다가 학비조차 없어서 지난봄에 뛰어나와 가지고 시골 서울로 공연히 쏘다니기만 한다는 말은 차마 입에서 나오기를 않았다. 무슨 일부러 M을 싸고돌려는 애틋한 정이 있는 것은 아니지만 지금 이 자리에서, 차리고 앉았는 범절이며 화색이 영롱하게 활짝 피어서 어느 모로 뜯어보던지 팔자 좋게 거들먹거리고 있는 지금 이 자리의 효정이 앞에서 나이 근 삼십이 되도록 학교 하나도 변변히 마치지 못하고 돌아다닌다는 말을 하기에는 너무나 굴욕을 느끼는 것 같았다.

'이 굴욕에서 벗어나 나도 남같이 얼굴을 들고 다녀 보리라. 뭇 동무들의 뒷손가락질을 받아가면서도 몇백 명 생도 중에 단 하나 효정이가 감싸주는 덕에 이래저래 졸업이랍시고 하고 나올 제 누가 무어라고 하든지 M 하나만은 훌륭한 인물이 되도록 도우리라. 사회에 한몫하는 남이 눈을 거듭떠볼 만한 신사가 된 뒤에 어깻짓을 하며 결혼식을 거행할 날이 있으리라. 그날에 가서야 이 굴욕을 씻고 나도 곤댓짓하고 살리라'고 결심한 삼년 전이나 이 자리에 효정이에게 문초를 받는 죄인처럼 서울 바닥에 있는 M을 동경 가서 있다고 속이지 않을 수 없는 삼 년 후인 지금의 자기를 돌려다 볼 제 또다시 새삼스런 굴욕에 어깨가 우그러지는 것을 깨닫기 때문이다.

③ "지금 말해야 쓸데없지만 이왕이면 그때 아주 예식을 해 버렸더라면 좋았을지두 모르지?"

한참 앉았다가 효정이가 이런 소리를 불쑥 하고 웃으면서 문자를 치어다보았다. 문자는 그 눈치를 못 깨달은 것이 아니었다. M과의 관계가 버스러져 가거나 그렇지 않으면 그동안에 아주 편신히 끊치지나 않았나 하는 염려와 의심으로 눈치를 떠보는 모양이다. 그러나 문자는 애를 써 변명하려고도 아니 하였다.

"그래 M 씨는 다시 들어갔어?"

또 효정이는 꺼냈다. 그러나 문자는 인숙이가 과실과 차를 들고 들어오는 바람에 잘 되었다 하고 입을 다물어 버렸다. 효정이도 눈치를 채고 더 묻지 않았다.

문자 앞에 앉은 인숙이는 남의 눈에 띌 만치 유난하게 공손하고 수줍은 태를 지었다. 그러나 말끝마다 입귀를 삐죽이 쫑긋거리며 웃음을 띠인 눈으로 거듭떠보는 것은 문자에게 대하여 경계를 하면서도 멸시를 하는 태도이었다.

"형님한테 이야기는 퍽 많이 들었어요. 한 번 뵈었으면 하였지요."
하고 문자를 면구하도록 쳐다보는 그 눈은 문자의 얼굴을 요모조모로 뜯어보려는 것 같았다. 까만 상치마에 생삼팔 적삼을 팔을 걷어 입은 것이 날씬한 키에 퍽 어울리어서 여자끼리도 눈에 들었다. 더구나 집에서 입고 휘두르는 상옷이 자기의 뻣뻣한 광당포 치마저고리에 비하면 몇 곱이나 곱고 보드라운 감촉을 줄 것 같은 것이 문자의 기를 죽게 하는 것을 깨달았다.

'오지 않으니만 같지 못하였다.'

효정이가 찬간으로 나간 뒤에 문자는 혼자 이렇게 생각하였다.

"어떠세요? 곤하시지요? 좀 누우시지요."

효범이는 자기가 쓰는 사랑에서 목욕을 한 후 산뜻한 고의적삼으로 갈아입고 들어와서 시침을 떼고 인사를 하니까 문자는 외로운 자기 처지에서 구원된 듯이 반기며 일어났다. 인숙이는 어정버정하다가 두 남녀의 마

355

주치는 얼굴을 치어다보며 휙 나가 버렸다.

"누나! 무얼 좀 가져오구려. 점심을 아니 먹었는데."

효범이는 서창 밖을 내다보고 누이더러 주의를 시켰다.

"응? 이때껏 점심을 안 먹었어?"

아주 저녁으로 대접하려던 누이는 깜짝 놀라며 방 안을 들여다보았다.

"차를 놓쳤지요, 그래 한 시간이나 길로 헤매었지만 어디 점심 먹을 데가 있어야지."

"왜 점심 먹을 데가 없더람……."

하고 누이가 웃으니까 효범이도 따라 웃으면서

"학생복을 입고 혼자도 아닌데 어디 음식점에를 들어갈 수가 있어야지……."

하고 문자를 돌려다 보았다.

문자도 마음 놓고 웃는 웃음을 입가에 띠며 아랫목 벽에 뒷짐을 지고 기대서서 아양스럽게 몸을 흔들어 보이었다. 두 남녀의 머리에는 차 기다리던 한 시간 동안 마음 놓고 호젓이 산보할 기회를 얻었다는 것이 우연한 기회이면서도 두 사람에게는 우연치 않은 계획이 있었던 것같이 생각이 되어서 마음과 마음이 한 걸음씩 가까워오는 것을 깨달았다.

"그렇게 벼르시던 피아노 안 치세요? 이리 나오세요."

효범이는 아무쪼록 문자가 열적어 하지 않도록 재미있는 이야깃거리를 끌어내려고 생각하며 마루로 나가서 안락의자에 앉아 불렀다.

"무얼 내 칠 줄 아나요."

문자는 생글생글하고 따라 나오더니 효범이 앉은 의자에 기대어 서듯

이 다가서며 목소리를 낮춰서

"왜 내가 치지 않아도 치실 분이 없어서요?"

하고 효범이의 귀에 더운 입김이 끼치도록 고개를 숙이고 깔깔 웃었다. 그러나 그 눈은 효범이의 표정을 약삭빨리 찾아보려고 빨리 놀았다.

④ 모든 점을 보아서 인숙이가 자기보다 나을 뿐 아니라 서울로 놀러온 첫째의 목적이 효범이에게 가까이할 기회를 얻으려던 것인데 천만뜻밖에 효범이의 신변에 군세인 적진이 치어있다는 것이 놀라운 일이었고 그것이 심하여서는 엷은 시기로 변치 않을 수 없었던 것이다. 그러나 피아노 치라는 데 나눈 인사 한마디에 어둔 밤의 홍두깨로 인숙이와의 사이를 의심하는 듯한 수작을 붙이는 것을 듣고는 효범이의 마음이 불쾌치 않을 수 없었다.

"그게 무슨 말씀예요?"

효범이는 별안간 정색을 하고 문자를 치어다보다가 문자가 어색해하는 듯이 입이 샐룩하며 통통한 입술이 가벼이 떨리는 것을 보고는

"내가 한번 칠까요?"

하며 농쳐 버리고 피아노 앞으로 가서 열어젖히고 선 채 건반을 오른손으로 한 음계를 올려보더니 고 옆에 섰는 문자를 치어다보고 입을 벌렸다.

"사람의 감정이 이 키[건반]같이 순간적으로 예민하게 움직인다면 좋지 않은 게 아니지만 결국은 불건강을 의미하는 게 아니에요. 가령 말하자면 심령이 명철하다든지 의지가 건확하다든지 취미가 고아하다든지 할 지경

이면 통일된 인격이 저절로 생길 것이니까 조그만 감정만이 바늘 끝같이 전 인격을 휘젓고 돌아다니지는 못할 것이 아니야요? 남을 꼬집고 의심하는 것에서 벗어나야 인류는 영원한 행복을 얻겠지요."

효범이는 어느덧 열변적으로 말을 하다가 웃어 버렸다. 그것은 아까 문자가 한 불쾌한 소리에 대하여 교훈적 태도를 보이려는 것이었다. 문자는 얼굴이 빨개졌다. 두 사람 사이에는 이 분간쯤 어색해하는 침묵이 계속되었으나 다행히 마루에 매달은 전화가 깨트려 주었다. 효범이는 전화통으로 갔다, 문자는 잘되었다고 한숨을 휘 쉬었다.

"인숙 씨! 전화 받으세요."

효범이는 아래턱에 수화기를 걸며 건넌방으로 대이고 소리를 쳤다.

"누구래요?"

"글쎄 모르겠습니다. 일본 여자의 목소리인 모양인데요."

하며 효범이는 무엇을 생각하는 듯이 고개를 기웃이 돌리더니 의자에 가서 앉으며 전화를 받고 섰는 인숙이의 뒷모양을 바라보고 있다.

"……네! 네! 지금은 안 되어요. 미안합니다마는 요 다음으로 하지요……"

일본말로 여기까지 대답하더니 수화기를 떼려다가 다시 귀에 대고

"그럼 모레쯤……실례만 해서 미안합니다."

하고 전화를 똑 끊어 버리었다. 분명한 발음이며 일본 여자다운 애교 있는 어조에 문자는 또 한 번 놀라지 않을 수 없었다. 전화를 다 받고 효범이의 시선을 피하면서 안방으로 들어가려던 인숙이는 문자의 옆으로 두어 발자국 떼어 놓으면서

"피아노 좀 치시지요."

하고 인사성으로 웃어 보이었다.

"웬걸요 선생님이 계신데."

"천만의 말씀두. 조선 나온 뒤론 일주일에 한 번이나 쳐 보았을라구요. 그것두 안 쳐 보니까 손이 굳어서……"

하며 겸손은 하면서도 역시 자기는 예술가라는 자랑이 얼굴에 나타났다.

"곤하시겠지요. 우리 방으로 좀 들어가서 누우시면 어때요."

문자와 이야기가 잠깐 끊기었다가 인숙이는 효범이가 보는 앞에서 문자에게 정숙히 하여야 하겠다는 생각을 하고 화두를 돌려서 문자를 자기 방으로 끌고 들어갔다. 뒤에 남은 효범이는 두 여자의 뒷모양을 바라보다가 심심파적으로 옆에 놓인 신문을 들어서 훑어보고 앉았으나 머리에는

'지금은 안 되어요. 모레쯤……'

하는 인숙이의 전화 받던 소리가 귀에 아직도 남아 있었다.

⑤ "에그, 영감님 들어오시는군,"

인숙이 방에서 세 여자가 지껄이다가 주인아씨가 벌떡 일어나 나가는 바람에 문자가 힐끗 내어다 보니까 주인영감은 생각하던 것 보아서는 늙었으나 기름한 상에 콧날이 쭉 뻗은 것이며 큼직한 쌍꺼풀 진 눈에 기운꼴이 발려 보이는 것이 훌륭한 중로 신사이었다. 문자와는 저녁밥 후에 평복으로 갈아입고 나가는 길에 주인아씨가

"삼 년 만에 만나는 우리의 동생하구 인사나 하시구 나가세요."

하며 소개를 하는 김에 만나 보았다.

"네. 말씀은 효범 군에게 들었지요. 내야 별로 집에 들어앉았는 게 아니고 하니까 며칠이든지 편히 쉬어 가시지요, 하절에 집은 협착하지요마는……허허허"

하며 진 변호사는 두루마기를 입고 안락의자에 앉아서 너털웃음을 웃고 곁에 앉았는 처남을 보다가 다시 문자를 자세히 치어다보고 일어났다. 모자는 아내의 손에서 받아쓰고 단장은 인숙이가 집어 주는 것을 받아들고서. 문자는 좋은 남자라고 생각하였다.

"누님 오늘은 오래간만에 산보나 가 보지 않으려우? 문자 씨두 심심할 테시고 하니."

효범이는 매부가 나간 뒤에 안방에 엎드려서 저녁 신문의 소설을 다 보고 나서 마루에 앉았는 누이더러 소리를 쳤다.

"오래간만에 이야기나 하지 나가야 무엇 볼 것이나 있다구."

"하지만 나는 내일부터 학교 가기 시작을 할 테니까 진고개 가서 무엇 좀 살 것두 있구……"

하며 효범이는 마루로 나와서

"문자 씨, 안 가시려우."

하고 이번에는 문자를 추겨 보았다. 문자는 못 이기는 체하고 따라나서고 싶었지만 오래간만에 만나는 효정이가 어떻게 생각할지 몰라서

"글쎄요. 형님이 같이 나가신다면……"

하고 효정이를 치어다보았다. 그동안에 효범이는 사랑으로 쭈르를 나가서 교복으로 바꾸어 입고 널따란 쌍줄 흰 테를 두른 경대의 교모를 쓰고 굽다란 단장을 휘두르며 나섰다.

"얘가 없는 돈에 또 아버지를 졸라가지고 와서 이 야단이로구나."

하며 누이는 살짝 나무라는 듯하였으나 문자도 나가고 싶어 하는 터에 그대로 둘만 내어 보내는 것이 무엇 하여 하는 수 없이 쫓아 나섰다.

"인숙 씨두 같이 가시지 않아요?"

안방에서 치장을 차리며 문자가 이렇게 물어보니까

"글쎄 몸이 아픈 모양이니까……"

하며 효정이는 건넌방에다 대이고 소리를 쳐 보았으나 감감하다.

'어느 틈에 혼자 나갔나?'

하고 효정이가 들여다보니까 책상에 돌아앉아 무엇을 쓰다가 덮어 놓으며 고개만 돌려다 보며

"난 안 나가요. 다녀오세요."

하고 공연히 눈살을 찌푸렸다. 문자는 잘 되었다고 생각하였다.

"인숙 씨가 무슨 걱정이 있는 사람 같지 않아요?"

세 사람이 길로 나오다가 문자가 이렇게 물으니까 효정이는

"왜?"

하고 웃어 보이었다. 오라비도 잠자코 걷다가

"급한 게 시집갈 걱정이겠지……"

하며 코웃음을 쳤다. 문자는 쌕쌕쌕 웃으면서

"에그, 말씀도……"

하며 책을 하는 듯하였으나, 효범이가 인숙이에게 대하여 냉소를 하는 어조가 반갑지 않은 것은 아니었다.

"그 왜 사람이 점점 못되어 가! 대학을 가면 사람이 더 능글능글해지나!"

하고 누이도 눈살을 찌푸렸으나, 별로 인숙이를 위하여 두둔은 하려 아니 하였다. 문자는 아까 인숙이가 주인영감의 단장을 집어 주던 양을 머리에 그려 보며 잠자코 말았다.

⑥ 산보는 좀 늦었다. 상점 몇 군데를 휘돌아서 효정이가 한턱낸다는 아이스크림까지 먹고 오느라고 집에 돌아와 보니 벌써 열한 시를 쳤다. 그러나 먼저 들어온 주인영감이 대청에는 등장교의에 안방 문을 향하여 비스듬히 누웠고 인숙이가 뾰로통한 눈치로 안방 영창 앞에 먼 산을 바라보고 마주 앉았다. 문자는 눈살을 찌푸렸다. 형세가 온화롭지 못한 것은 누구의 눈에도 띄었다.

"퍽 늦으셨습니다그려."

인숙이는 마지못하여 인사를 하며 일어섰으나 날카로운 안광은 효정이의 뒤에 따라 들어오는 두 남녀의 얼굴로 쏠리었다.

"언제 들어오셨소?"

효정이는 마루로 올라서며 남편을 바라보고 입을 삐쭉하여 보였다.

"응 조금 아까……한데 원 산보가 그리 늦어!"

하고 주인은 순탄히 나무라는 듯하면서 걸어 올렸던 정강이를 내리고 바로 앉더니

"효범이 벌써 자련?"

하고 사랑으로 나가는 처남을 불러올렸다.

"손님두 계시구 하니 오래간만에 이야기나 하다 가. 나도 사랑에서 잘

테니 같이 나가지."

하고 문자와 처남을 불러 앉히고 무엇이든지 먹을 것이라도 사 온 것이 있거든 내놓으라고 신기가 좋은 듯이 껄껄대인다.

두 남자가 교의에 파묻혀 앉은 앞에 세 미인이 마루 끝에 환히 달아놓은 전등불을 이고 몰려 앉았는 광경은 산들산들한 늦은 여름의 밤 경치로 보아서 피차의 속으로는 어떠하든지 단란한 한 가정의 따뜻한 정취가 흐르는 것 같았다. 주인은 아까 심상히 본 문자의 약간 상기된 듯한 얼굴에도 남에게 빠지지 않을 미인의 소질이 있는 것을 유쾌히 바라보며 말을 붙인다.

"원 댁이 평양이시라지요?"

"아니요, 진남포에요."

문자는 세 여자 중에 자기 처지가 제일 곤란한 것을 깨달으니만치 그리고 지금껏 이 늙은이가 인숙이와 단 둘이만 마주 앉았던 광경과 불쾌한 상상이 머리에서 떨어져 나가지를 않고 일종의 미운증으로 변하여 나가는 것을 깨달으니만치 문득 몸 둘 곳이 없는 것같이 남자의 시선을 피하며 효정이의 뒤로 숨었다.

"그럼 지금 인천에는 시댁이신가요?"

남편이 일전에 들은 말은 다 까먹은 듯이 딴청을 텅텅하고 앉았는 것을 듣고 효정이는 눈살을 찌푸려 보였다,

"아뇨."

문자는 얼굴이 더욱 빨개지며 겨우 한마디 대하였다. 효범이는 약간 불쾌를 느끼었다. 문자에게 대하여 인숙이 앞에서 호의를 표하는 것은 인숙이와 자기 사이를 경계하던 매부로서는 그럴 듯도 하지마는 점잖지 않게

어린 여자를 까부는 수작을 하고 앉았는 것이 어린 자기네에게 모욕 주는 것이라는 반항심까지 아니 날 수 없었다.

"아 참, 어느 학교에 계시다지? 하여튼 지금 여자로는 교육 사업이 제일 적당해. 인숙 씨도 그런 교육 사업이나 해 보면 어떻소?"

주인은 별안간 화두를 돌려다가 인숙이를 끌어넣고 눈을 끔뻑끔뻑하며 인숙이를 보고 웃었다. 인숙이는 입을 실쭉하며 남자를 치어다보았다. 그러나 그것은 단순히 음악가인 자기에게 모욕을 하였다 하여 그러는 것만은 아니었다. 자기를 놀리는 남자의 심장이 미운 것도 물론이지만 문자와 자기를 같은 정도로 보는 것이 분하기 때문이었다. 그러나 어떻든 이 순간에 구경하고 앉았는 여러 사람들의 심중에는 불쾌한 기분을 서리어 주었다. 처남은 공연히 신문만 뒤적거리다가 인숙이의 흘겨보는 차디찬 시선이 매부에게서 자기의 얼굴로 옮겨오는 것을 깨닫자 더 참을 수 없다는 듯이 벌떡 일어났다. 그러나 문자를 그대로 내버려 두고 나오기가 서운한 듯하여 서성대이다가 문자를 바라보았다. 오동통한 조그만 얼굴이 해죽하고 이리로 향하며 갸름한 두 눈에 아양을 품은 웃음이 자기 얼굴을 어루만질 제 그는 순간적으로 행복을 느끼었다.

2

①이튿날 효범이가 학교의 개학식에 다녀오니까 문자와 인숙이는 같이 옛날 학교에 놀러갔다고 없었다. 아침 먹고 나갔다는데 두 시간이나 은근히 기다려야 돌아오지를 않는다. 효범이는 안으로 들어와 점심을 먹고 어정버정하다가 피아노 위에 있던 끝으로 아무렇게나 얹어 놓은 편지 한 장이 눈에 뜨이자 효범이는 무심코 들어 보았다. '조인숙 씨'라 하고 삼전 우표가 붙었다. 뒤를 보니 음악계사의 인쇄한 봉투다. 효범이는 그대로 놓고 돌쳐서려다가 글씨가 낯익은 듯하여 다시 들어서 자세히 보니 암만하여도 이근영이라는 효범이가 인천서 한여름 동안 같이 놀던 친구의 필적이다. 그의 필적도 그리 기억에 남을 만치 여러 번 본 것은 아니다. 웬일인지 효범이와는 사귄 지 얼마 아니 되건마는 몹시 친절히 굴었고 혹시 자기 여관에서나 놀러가서 청할 적마다 보내는 편지를 서너 번 받아 본 일이 있었다. 겨우 무식을 면할 둥 말 둥한 필법이 좀 다른 듯도 하지만 찍찍 갈겨쓰는 데에 남다른 유표한 점이 있었다.

'흥 이상두 하다!'

하며 또 보고 또 보고 하다가 우표 위의 스탬프를 보니 어젯밤에 인천에서 늦게 부친 것이다.

'얘 이건 정말 도깨비놀음 같다.'

하며 효범이는 어떠한 생각이 머릿속에 떠올라 왔다.

"이거 보오, 누님. 이 편지가 언제 왔소?"

"아까 아침에."

"그럼 왜 안 보고 나갔소?"

"몰라. 아마 어멈이 받아다가 둔 것을 무심코 그대로 두고 나간 게지. 왜 그래?"

"글쎄 말예요. 오기는 음악계사에서 온 편지인데……인숙 씨가 인천에 아는 사람이 있어요?"

"있을지도 모르지. 저번에 연주회 때에 가지 않았든? 어디 이리 좀 보자." 하며 누이는 손을 내밀었으나

"그건 봐 무얼 하우."

하며 효범이는 제자리에 다시 놓고 머리로는 지난봄에 인천 연주회에 같이 가자고 끌리어 가던 생각을 그려 보았다.

"효범 씨가 안 가면 나두 그만둘래요. 낯 서투른데 여관에서 잘 수도 없고 하니까 묵게 되면 효범 씨 댁에서 묵고 올라오게 되면 같이 올라오구 하게요. 네? 가시죠?"

"에고이스트!"

"누가 에고이스트에요? 안팎노자 물어드리고 공으로 구경시켜 드리고 하면 고만 아니에요?"

"인숙 씨의 독주 같은 것은 안 들어도 좋아요."

"안 들어도 좋다? 정말? 정말."

하며 손가락을 비트는 바람에 그예 항복을 하고 토요일 오후에 인숙이를 따라나섰던 것이다. 그때의 달떴던 마음! 이때껏 친척 이외의 이성하고 한 자리에 앉아보지 못하던 효범이는 신기하기도 하고 떠나기 전에 집에서 무람없이 장난할 때와는 딴판으로 서로 서먹서먹하여지고 옷자락이 지나

치기가 무섭게 공연히 염통이 목줄기 밑에 치붙는 것같이 숨이 막히고 두 팔이 떨리는 것을 진정시키려다 못하여 인숙이가 눈치를 챌까 보아 기차 밖으로 피해 나가면 어느덧 또 쫓아 나와서 떨리는 손끝을 잡히고는 얼굴이 벌겋게 취하고 하던……생각을 하면 지금도 몸이 화끈거리는 것 같다.

　'벌써 옛일이구나. 불과 두 달 남짓한 동안에 변하기로서니 이렇게 변할 수야 있나? 하지만 왜 보기 싫은증이 났더람? 의심할 거리가 어디 있더람? 한집 식구인데 같은 방에서 이야기를 했다고? 다른 남자와 같이 인천으로 놀러온 것을 보았다고?'

　여기까지 와서 효범이는 더 생각해 보는 것이 무서운 듯이 고개를 흔들었다. 그러나 일본 유가타를 입은 인숙이와 매부가 월미도 조탕 별실 이층에 나란히 섰던 광경이 눈앞에 나타난다.

　'아니다. 아니다. 내가 잘못 본 게다. 분명히 헛보고 의심을 하는 게다. 남을 의심하는 것처럼 죄는 없다고. 어제 문자더러도 말하고서……하지만 그들이 그때 나를 보고 왜 그리 질겁을 해 달아났을까? 하여튼 상관이 없는 일이다. 아무래도 좋지 않으냐?'

하며 효범이는 코웃음을 치다가 다시 기를 소스라치며

　'아무래도 좋다니? 그건 안 될 말이다!'

하고 뒷짐을 지며 북창 앞에 딱 버티고 섰다. 오후의 햇발은 옅은 듯하나 그래도 이글이글 더워 보이었다.

②'하지만 내게 인숙이를 미워할 권리가 있는가? 언제 내가 사랑하려는 꿈이나 꾸었던가? 사랑하려 하였다 하더라도 자기 생각대로 자기의 의사와 자기의 책임을 가지고 하는 일에 간섭을 하려기는 고사하고 미워할 권리가 어디 있으며 또 그리해 무슨 잇속이 있단 말인가? 다만 그들에게 그것만 없으면 고만 아닌가? 위선자만 아니고 보면 모든 것은 용서되고 허락될 게 아닌가? 결국 내가 못생긴 놈이다.'

하며 멀거니 섰으려니까 문자와 처음 만나 인사를 하던 날 새로 감은 머리를 저 햇빛같이 뜨거운 양지에서 말리다가 우리 일행을 만나서 쩔쩔매던 양이 머리에 불쑥 떠오른다.

'머리를 언제든지 둘이만 만날 때에 그렇게 풀어헤치게 해 보았으면 어떨꾸? 하지만 내가 그렇게 하라구 해야 들을라꾸? 그런데 어디를 이렇게 돌아다니누? 내가 있었으면 인숙이하구 같이 나가지 못하게 하는 걸…… 그따위 머리끝에서부터 발뒤꿈치까지 허영으로 빚어 만든 고깃덩어리에 예술이 무슨 놈의 예술!'

효범이는 또다시 인숙에게 분노를 느끼자 피아노 위에 놓은 편지를 다시 집어서 비쳐 보았다.

"무슨 편지란 말이냐? 내가 보면 알지."

누이는 방 안에서 일을 하며 오라비의 거동을 보다가 자기도 궁금한 듯이 뛰어나와 빼앗았다.

"그대로 둬요. 남의 편지를……"

효범이는 누가 무어라고 하지 않는데 제풀에 그대로 두라고 한다.

"누가 어쩌니? 가만있어."

하고 한참 비치어 보더니

"음, 음악회 초대권이로군."

하며 잡담 제하고 쭉 찢는다.

"에그! 남의 편지를!"

하며 효범이는 누이 손에서 편지를 빼앗으려 하였으나 벌써 찢어진 것을 보고는 시원한 생각도 없지 않았다.

"아무리 입장권이라도 남에게 온 사찰인데."

하고 또다시 눈을 찌푸려 보이었다.

"누가 어쨌니. 내가 저번부터 부탁하여 둔 거니까 상관없다."

고 누이는 네 골에 접은 종이를 쑥 빼어 내었다. 그것은 음악회 초대권이나 프로그램이 아니라 파르스름한 여자가 쓰는 레터 페이퍼였다.

'편지로군!'

하는 생각은 두 사람의 머리에 일시에 떠올라 왔으나 아무도 입 밖에 내지는 않았다. 도리어 기대와 짐작이 어그러지지 않았다는 반가운 생각과 호기심이 나서 황황히 펴 보았다. 그러나 웬 세음인지 전문 삼분지 이는 일본말로 지치발지치발 그리었고 나머지는 조선문으로 함부로 갈긴 남자의 편지였다.

잎 끝에 맺은 이슬의 낱낱이 하나라도 구슬이 아니었었던들 누리에 이처럼 슬픈 일이 또 어디 있겠습니까? 그것은 님의 보드라운 소매를 부질없이 적실까 함입니다. 만나 뵈올 적마다 때때로 새롭고 길길이 깊어 가는 우리의 기억의 낱낱이 하나라도 진주가 아니 되오면 그처럼 가엾을 일이 또 어디 있겠습니까? 그것은 그 진주가 우리의 일생을 꾸미고자 봉 박는 대신에 애꿎은 도야지의 발톱만 상할까 두려워 그리함입니다. 하물며 남의 입술을 적신 침이 쓰다고 하심에리요! 그때에 이 몸을 거두어 준 것은 오직 검은 파멸뿐이외다. 누리는 위하여 어두울 것이외다.

님이시여! 이 가엾은 목숨을 위하여 희생하실 촌음조차 없다 하십니까? 앞 못 보는 걸인을 위하여 한 톨 밥을 아끼는 자는 한 가지로 불행할지어다. 그러면 님의 귀여운 명에를 맞삽고저 일생을 받드는 자가 있음을 기억하소서……(이상은 일본문) 그런데 일전에는 참 실례가 많았습니다. 가신 뒤에 일각이 삼추 같은 닷새 동안에 목숨이 부지한 것만 다행이외다. 하여간 내일은 노는 날이기로 저번 약조와 같이 낮차로 올라가서 오후 네 시까지는 제백사하고 늘 뵈옵든 그곳으로 가겠사오니 아무쪼록 눈이 빠지게 하지 말아 주시옵소서. 물론 진 선생도 거기에서 만나실 터이외다. 다만 예식 날의 영광을 꿈꾸면서 이만 총총 그치나이다.

팔월 삼십일 일 이근영

전화로 자세한 말씀 다 사뢰지 못하와 써 놓았던 이 글월을 참다못하여 드리나이다. 이 몸인 듯 보아 주시고 부디 약조를 어기지 마소서. 인천 정거장에서

③ 효정이는 두어 줄 읽다가 킥킥 웃으면서 맨 뒷장의 이름부터 보고자 하였으나 오라비는 놀란 듯한 눈을 껌뻑거리며 여전히 계속하여 속으로 읽고 앉았다.

"이근영이라는 사람이 누구냐?"

편지를 다 읽은 뒤에 누이는 어이가 없는 듯이 물어보았다. 그러나 효범이는 편지를 오른손에 꼭 쥐고 얼빠진 사람처럼 어느 때까지 멀거니 앉아 있을 뿐이다.

누이는 더욱이 의심이 날 뿐 아니라 동생의 눈치가 다른 것을 알아차리고

"인천에 사는 모양이니 너도 이 씨를 알겠구나?"

하고 또 물었다.

"알지요."

효범이는 간단히 대답을 하고 말았다.

"무엇 하는 사람인데 인숙이가 어떻게 알았을까? 아마 매부 형님이 중간에 든 모양이지?"

하며 누이는 입을 삐죽하고 코웃음을 쳤다. 그러나 효범이는 깊은 한숨을 쉬면서 잠자코만 앉았다가 성냥을 확 긋더니 파란 종이 한 끝에 불을 붙였다.

"얘 이것 미쳤니? 남의 편지를 살라 버리면 어쩐단 말이냐?"

하고 누이는 놀라 덤비며 반 토막쯤 타오른 성냥을 들은 효범이의 오른팔을 붙들었다. 그러나 빳빳한 종이 귀퉁이에 붙은 불은 은은히 검은 연기와 같이 효범이의 왼손에서 타올라 왔다.

"내가 경솔히 뜯은 게 잘못이지. 하지만 남의 편지를 뜯어 보고 살라 버린 것이 발각되면 어떻게 한단 말이냐?"

누이는 점점 세차 가는 불길을 바라보며 걱정을 하였다.

"상관없어요. 그런 편지는 뜯어 보아도 좋고 이렇게 살라 버려도 좋아요. 징역을 해도 내가 하고 욕을 먹어도 내가 먹을 거니……자! 이렇게 소지를 올려서 시집을 가서야지요……오늘은 내가 무당 노릇을 하는군! 허허허."

하며 웃다가 이를 악물면서

"썩은 고기를 담은 은쟁반에 뚜껑을 하는 놈이 누구란 말이요."

하고 시원스럽게 타오르는 불길을 골똘히 들여다보고 앉았다.

마지막으로 재가 되려는 파란 종이의 밑둥이 점점 졸아들자 효범이는 천정으로 향하여 벌건 불덩어리를 휙 치올리면서 벌떡 일어나더니 별안간 두 팔을 내젓고 쿵쾅쿵쾅 춤을 추면서 무당 소리를 흉내 내어 얼씨구! 얼씨구! 손톱 밑에 가시 든 줄은 알아도 염통 밑에 쉬 스는 줄은 모르느니라. 금고 밑에 흰 동전 느는 줄은 알아도 기둥 밑에 흰개미 꾀는 줄은 모르느니라. 이것이 인간 말세의 마지막 장이니 썩은 고기 담은 은쟁반에 뚜껑을 덮으면 오뉴월 염천에 파리가 꾀인다는 말이다. 얼씨구! 얼씨구! 하고 효범이는 발꿈치로 빙그를 돌더니 자기 누이 앞에 우뚝 서며 날아갈 듯이 합장배를 하고 헌청 나오는 웃음을 커다랗게 껄껄 웃고 교의로 가서 앉았다.

효정이는 웃어야 좋을지 울어야 좋을지 몰랐다. 다만 어떤 영문을 모르는 침모와 하인만은 무슨 구경거리나 난 듯이 허리가 부러지면서 서방님! 그게 무슨 망령이세요, 어쩌면 그렇게 잘 하세요, 하고 칭찬이다. 그러나 누이는 무엇보다도 동생의 정신에 이상이 생기지나 않았나? 하는 의심이 부쩍 나서 근심스러운 눈치로 가만히 동정만 살피고 섰다.

"누님! 내가 너무 심하였지? 하지만 내가 미치지는 않았으니 염려 마슈……그러나 말하자면 내가 미친 게 아니라 세상 놈이 다 미치니까 나까지 미쳐 가는 판이요."

하고 효범이는 깊은 한숨을 쉬며 등교의 뒤에 머리를 대고 천장을 치어다본다. 효정이는 무엇을 생각하는지 해쓱하여졌던 얼굴이 점점 빨개지며 위아래 입술을 번갈아가며 초조히 빨고 섰다가 결심을 한 듯이 말을 꺼낸다.

"얘!"

부르긴 불렀으나 또 말을 이을 수 없는 모양이다.

"네?"

하고 효범이는 고개를 들었다. 의혹에 쌓인 눈과 눈이 마주 싸울 뿐이요, 말은 좀처럼 나오지 않았다.

④ "왜 그러세요."

효범이는 자기가 누이 집에서 너무 들쌘 것이 미안한 판이라 혹은 무슨 꾸지람이 나올 것 같아 또 물었다.

"아니 그렇게 놀랄 게 아니라 혹시 내게 숨긴 일이 있니?"

하고 누이는 얼굴이 벌개 앉아 있는 아우를 똑바로 바라다보았다.

"숨긴 일이라니요?"

"너 올봄에 인숙이하고 인천 나려 갔었지?"

"네."

"그때 인숙이가 뭐라고 하든?"

"무얼 뭐라구 해요."

효범이는 시치미를 딱 잡아떼다가 자기의 짐작이 긴가민가하여 다시 묻는다.

"그래 어쨌단 말씀예요?"

"아니 글쎄 말야."

하고 누이는 그래도 머뭇거리다가

"너도 알겠지만 남녀관계란 우스운 것이니라."

하고 일부러 웃어 보였다.

"흥……누님이 나를 의심하시는구려. 하지만 설마 내가 인숙이를……"

하고 효범이는 코웃음 치며 아까 모양으로 의자에 턱 실려 버렸다. 그러나 효범이의 마음은 찌르를 하는 것을 깨달았다. 인천 음악회에 내려가던 날 오른손 새끼손가락을 비틀며 '안 갈 테야, 안 갈 테야' 하고 종주먹을 대일 때 기가 탁탁 막히면서도 전 육신을 포근포근히 품어 주는 듯한 그의 그 정답던 목소리와 손가락 마디가 녹을 듯이 아프던 것을 생각하고서는 금 시로 구역이 나는 듯이 침을 삼키며 오른편 새끼손가락을 무심코 만져 보 았다.

"글쎄 내가 의심하는 게 아니라 혹시나 뜻과 같지 않아서 화증이 나서 그러지나 않나 하고 말야."

누이는 안심은 되었으나 그래도 동생의 심사는 몰랐다.

"인숙이가 뜻대로 못되어 내가 화가 난단 말예요? ……그것은 인숙이더 러 물어보시면 더 잘 아시리다."

하고 효범이는 이를 악물고 안간힘을 써서 한마디 한 뒤에 목소리를 낮춰서

"그래 자기가 사랑하던 계집을 친구에게 팔아넘긴단 말이 될 말예요? 더구나 그 계집은……"

효범이는 고개를 떨어뜨렸다. 누이는 귀가 반짝 뜨였다.

"얘 그게 무슨 소리냐?"

"무에 무슨 소리란 말씀요? 내가 이런 소리를 하면 내 일평생의 은인인 누님 내외분을 불화하게 이간질이나 하는 것 같지만 매부 형님이 인천 월미도까지 데리고 숨어다니면 알조가 아니요?"

하고 효범이는 소리를 쳤다.

"그야 누가 아니? 이근영인가 하는 사람과 혼담으로 해서 그리했는지?"

듣고 보니 그럴 듯도 하지만 애를 써 부인하지 않고 효범이는 아무쪼록 누이 말을 믿어야 하겠다고 생각하였다. 그러나 인숙이하고 인천 다녀온 지 며칠이 못 되어서 하계방학 바로 전 어느 날인지 자기 누이도 없는 날 낮에 학교에 다녀서 들어오다가 본 일을 생각하면 자기의 추측을 믿어야 좋을지 자기 누이의 호의적 해석을 믿어야 옳을지? 사람의 비밀이라든지 사람을 의심한다는 것은 이렇게도 무섭고 이렇게도 괴로운 일인가? 하며 효범이는 다시 생각지 않으리라 하고 눈을 감으면서 머리를 몇 번이나 흔들었다.

남매는 잠깐 가만히 앉았다가 누이가 먼저 입을 벌렸다.

"그런데 얘 그 편지를 사른 것은 언제든지 발각이 나고 말 텐데 어떡하니?"

여자의 마음이라 그래도 안심이 안 되는 모양이다.

"염려 마세요. 그 편지 내가 쓴 것이에요."

"응? 네가 쓰다니?"

누이는 또 한 번 깜짝 놀랐다.

"내가 이 손으로 써 준 것이에요. 흥!"

하며 효범이는 웃었다.

⑤"네 손으로 쓰다니 그게 무슨 소리냐."

누이는 눈이 뚱그래서 또 한 번 물었다.

"참 어이가 없어 말이 안 나오니까."

하며 효범이는 몹시 괴로워하는 눈치로 입술을 악물고 앉았다가 말을 잇는다.

"이가라는 놈이 어떤 자인지나 안답니까! 이 여름에 해수욕장에서 알게 되었는데 나이 오십이나 된 자가 퍽 공손하고 친절하기에 좋은 사람으로 알았더니 떠나오기 전전날엔가 찾아와서 꼭 만나야 할 일본 기생이 있는데 잠깐만 만나자는 편지를 써달라고 짓궂이 청을 하겠지요. 처음에는 실없이 놀리기도 하고 하다가 너무 조르는 바람에 끄적거려 주었더니 그게 이 집으로 돌아올 줄이야 누가 알았겠어요."

"그게 무슨 소리냐. 그리구선 인숙이한테 하필 일본말루 편지를 할 건 뭐야?"

누이는 어리둥절하여 아직도 의심이 덜 풀리는 듯이 이런 소리를 하였다.

"그게 다 꾀임 수단이지요. 그러나 아무리 돈푼은 있다 하더라도 그따위 놈에게, 더구나 처자가 줄줄이 있는 팔난봉에게 인숙이를……"

하며 효범이는 소리를 낮추며 뒤를 흐려 버렸다.

"낸들 누가 아니?"

하며 누이는 얼굴을 찡그리다가 자기 남편이 혼인하라고 애를 쓸 때도 그랬으려니 하는 생각을 하고서는 어깨를 으쓱거렸다.

효범이는 지금 살라 버린 재가 바람 부는 대로 마루 구석에서 이리저리 후루루 날리는 것을 가만히 바라보며 조선말로 쓰인 편지 사연을 생각해 보고서는 무슨 짐작이나 섰다는 듯이 몸을 소스라쳐 바로 앉으며 전화통을 바라다본다.

"누님! 어제 내가 온 뒤에 인숙이에게 전화 오지 않습디까?"

"그래."

"그게 분명히 이가에게서 온 것이요. 어제 내가 올라올 줄은 궐자도 알았으니까 그저께 부치려던 편지를 그만두고 제가 올라왔다가 못 만나고 내려간 게요……인숙이도 전화로 어제서 모레라고 했으니까 내일 오후 네 시에 보면 알지."

효범이의 얼굴에는 긴장한 빛이 돌았다. 그인 지금 마굴로 끌려 들어가는 어린 여성 하나를 구하여 보겠다는 의협심이 머리에 가득하여 별안간 기운이 부쩍 솟는 듯싶었다. '이래 뵈두 리통환(청국배)이 인천 부두에만 들어오면 청국놈들이 벌벌 떨게 하든 내다! ……'고 효범이는 남모르게 주먹을 쥐었으나 그는 겨우 스무 살밖에 안된 도련님이다.

"하지만 본계집이 있는 놈이 예식은 또 무슨 예식인구?"

누이도 얼떨떨해 앉아서 이 궁리 저 궁리를 하는 모양이다.

"남의 첩 노릇 하기는 창피하다니까 공회당이나 조선호텔에서 거드럭거리고 광고나 내자는 말이지……아무튼지 형님이 딱한 이입니다. 나이 사십이 넘었으니 그만하면 지각두 나련만……"

효범이는 열이 치받치는 바람에 누이 앞에서 매부의 흉하적을 하기 시작한다.

"얘 듣기 싫다! 누가 그런 걱정 하라든?"

"흥! 누님에게 듣기 싫은 소리니까! 하지만 어제두 못 봤소? 마주 턱 앉아서……문자를 보기에도 부끄럽지 않은지? 그리구두 뻔뻔스럽게 노닥거리구 앉아서……흥! 그것두 신사야? 일류 변호사라구 선생님 선생님 개올리지!"

성미가 점점 더 부풀어 올라오는 동생을 달래느라고 누이는 잠자코 듣고만 앉았다 일어서며

"얘, 어서 너 할 공부나 부지런히 해서 너만 그러지 말렴!"
하였다.

"너만 그러지 말아요? 세상이 다 그래두? 내일 네 시에는 밀회한다는 그곳부터 찾아내야지!"
하며 효범이는 열에 데인 사람처럼 마루 끝으로 뛰어나갔다.

"비싼 밥 먹구 그런 지각없는 소리 말구 어서 입을 덮치고 한구석에서 공부나 해요!"

"뭐 어째요? 비싼 밥 먹는다구?"
하며 효범이는 눈을 똑바로 뜨고 돌아서서 누이를 흘겨보다가

"흥 내일부터 이 집에서 밥 안 얻어먹으면 그만이지!"
하고 사랑으로 후닥닥 나가 버렸다.

⑥ '패를 붙이고 나서서 젊은 계집의 고기를 뜯어 먹는 게 한결 나을 것이다. 참다랗게 유학하는 남의 집 계집애를 데려다가 일 년쯤 대어준 학비를, 밑천을, 아니 몸값을 빼내느라고 제 마음껏 농락할 대로 하고 싫증이 나니까 친구를 꾀음꾀음해 팔아 넘기구 저는 혼자 영리하게 언제 이랬더냐는 듯이 입 씻고 구경 삼아 코웃음이나 치자는 말이지? 더러운 놈의 세상두 많다!'

사랑으로 나온 효범이는 비싼 밥이란 말에 더 흥분이 되어 혼잣속으로 부르를 끓인다.

'파는 놈두 파는 놈이지만 사는 놈두 그놈이다. 매부 솜씨에 그저 어수룩하게 내놓을 리는 만무할 게지? 무슨 병집을 잡아서든지 단돈 몇천 원이라두 걸리는 게 없고서야 그럴 리는 만무다. 아닐 적엔 인숙이하구 지나는 말 한마디만 건너도 두 눈에 쌍심지가 뻗치더니 요새는 개 닭 쫓듯이 뾰로통뾰로통해 하는 것을 보아도 알조다. 그러나 차작염서에 쌩퉁그려 가지고 예식이니 깨몽둥이니 하는 년도 신세 다 마친 년이지! 그따위 년이 무어? 연애? 예술? 흥! 아무리 세상이 말세라두……'

여기까지 생각을 하다가 불쑥 자기 누이가 이리로 시집올 때 일이 머리에 떠올랐다.

'아무리 내 누이라두 오롱이조롱이다. 여덟 달 만에 사내를 낳았기에 망정이지 그따위 놈의 씨는 받아다가 무엇하게! 자! 그러니 이 세상에 어떤 놈이 바르고 어떤 놈이 올곧단 말인가? 이놈의 집밥을 못 먹기루 입에 거미줄이야 치겠니! 그 더러운 밥을 얻어먹고 썩은 공부는 하면 무에 신신하단 말인구. 차라리 직접 행위로 젊은 계집년의 피를 빨아먹으면 그 턱찌

기나 주워 먹는 것보다는 남 볼 상에라도 낫겠지……하지만 내 누이는 그때 형편이 동정 아니할 수도 없었다고두 할 만하지. 사십 원 월급에 일곱 식구가 턱을 치받치고 천상바라기처럼 앉았으니 어린 여자의 마음에…… 그때에 내가 이만한 나이였더라두 그렇게는 안 되었겠지만……그러나 이왕이면 아주 기생이나 갈보가 되었든 편이 적어도 양심상 훨씬 나았을 것이다.'

효범이는 여기까지 생각을 하다가 누이가 정말 가정의 희생으로 옛이야기책에 있는 것 모양으로 기생이나 갈보가 되었던들 어떠하였을까 하는 공상을 하여 보고 눈물이 핑 돌았다. 어머니 얼굴을 모르고 누이 손에 잔뼈가 굵어지다시피 한 효범이로서는 누이밖에 이 세상에는 의지할 곳이 없는 것을 절실히 깨달을 제 그는 아까 누이에게 불쾌한 소리를 하고 나온 것을 후회하였다.

'하지만 대관절 이 앞이 어떻게 되어 갈 세음인구? 어떻게 해야 할 셈평인구?'

하고 어린 효범이는 '이 집을 떠나면은?' 하는 몽롱한 공포심과 막연한 공상에 또다시 끌려들어 가다가 어느덧 쓰러져서 잠이 들었다.

몇 시나 되었는지 효범이는 누가 몹시 흔드는 바람에 눈을 번쩍 뜨고 놀라서 깨었다.

"무슨 잠을 이렇게 주무세요?"

하며 손끝을 살금히 더듬어 잡아 일으키는 것은 얼떨결에도 문자인 줄 또렷이 알아보았다. 열어젖힌 방 안은 벌써 어두침침하였다.

"어서 정신 차리고 들어가 진지 잡수세요."

"그런데 어딜 갔다가 인제 오셨어요? 나는 벌써 가신 줄 알았지."

"가다니요. 내가 있으면 귀찮은 일이 계세요?"

문자의 머리에는 또 인숙이가 떠오른 수작이다.

"아니 기다리다 못해 잠이 들었기에 말예요."

문자는 효범이의 솔직한 말에 끌리었든지

"들어오시기를 기다리다 못해 나온 사람은 어쩌구요."

하며 몸을 앞으로 실리려는 듯 갸웃이 하며 효범이를 치어다보았다. 효범이는 인숙이에게 배운 '키스'를 이 여자에게도 시험하여 보려는 충동이 버럭 났으나 '장래의 남편이 있는 사람이다!' 하는 생각이 머리에 번쩍 떠오르자 손을 탁 놓고 일어섰다.

⑦ 나들이 갔다가 온 인숙이는 신기가 좋았다. 효범이를 깨우러 나간 문자가 좀 지체를 하여서 둘이 앞서거니 뒤서거니 하며 들어오는 것이 마음에 실쭉하기도 하였지만 그래도 예전에 하던 것과 같이 효범이의 밥상을 들어다 놓기도 하고 효범이가 밥이 탐탁지 않은 듯이 느른해 앉아있는 것을 보고는

"춤을 너무 추셔서 지치셨습니다그려. 어서 진지 잡숫구 저희들도 보게 또 한 번 추세요."

하며 여러 사람을 웃기기도 하였다.

효범이는 춤 일절이 나올 때 마음이 선뜻하기도 하였지만 그보다도 인숙이의 태도가 어제와는 딴판으로 친숙하여진 것이 이상하였다. 그러나

그것은 오늘 온종일 문자와 다니는 동안에 문자 자신과도 친하여졌지만 문자의 말눈치가 효범이를 어린아이로 여기고 처음부터 사랑이니 무어니 하는 생각이 없는 눈치를 보고 안심이 된 까닭이었다.

그러나 효범이는 인숙이가 가까이할수록 일종의 고통을 느끼지 않을 수 없었다. 편지 일절을 이 계집이 알면 노할까 부끄러워할까. 효범이는 이런 생각을 하여 보았으나 어떠하리라는 분명한 판단이 떠오르지를 않았다. 어쩌면 이 계집의 성격으로 '그러면 어떤가요. 그런 미친놈의 편지는 보나 마나 보지 않아도 개수작이겠지.' 하며 대수롭지 않은 듯이 코웃음을 쳐 보이면서도 속으로는 앓을지도 모를 것이다.

'하지만 또다시 내게 무엇을 구하겠다는 수작인구. 부자 서방을 맞아갈 테면 갔을 뿐이지 이 이상 또 무슨 망신을 시키려구 요사를 쩔노.' 하는 생각을 하고서는 이가 갈리게 얄밉고 분한 증이 났다.

'흥 내게는 이성의 젊은 맛에……이가 놈에게는 돈 맛에 두 다리를 한꺼번에 걸쳐 놓고 넘나들자는 말이었다.'고도 생각하여 보았으나 그럴수록 괘씸하였다.

저녁밥을 몇 술 뜨는 둥 하고 나서 효범이는 마루로 나와 앉아서 한 번 휘돌려다 보며 아까 일을 생각하여 보았다. 신이 오른 무당처럼 너울너울 춤을 추던 자기와 모양이 머리에 떠오를 제 별안간 부끄러운 증이 난다. 더구나 뱅그를 돌아서며 마치 어릿광대가 무대 위에서 구경꾼에게 '기운 얻읍소!' 하고 꼬박하듯이 누이에게 합장배를 하던 자기의 거동이며 누이의 놀라는 양을 생각하여 보고서는 자기 일이건만

'왜 내가 그런 야비한 짓을 했을꾸? 젊은 계집에게 오는 남자의 편지를

가로채보고 그랬다면야 누가 보든지 애인을 빼앗기게 되어서 미쳐 났다고 할 게다. 누님이 의심을 하는 것도 무리치 않은 일이다……하지만 내가 정말 이 계집을 사랑하려고 생각해 본 일이 있나? 천만에! 결단코!'

효범이는 굳게 부인하고 나서도 옆에 걸터앉아 신문을 보는 인숙이의 곁뺨을 거들떠보았다. 여름을 치러서 그러한지 그동안 볼이 좀 야위었고 눈이 들어간 듯하다. 눈살은 요사이 생긴 버릇으로 늘 짜붓하고 있으나 입가에는 일부러 짓는 듯한 화순한 기운이 어리었다. 그는 남자의 빠른 시선이 자기에게로 오는 것을 깨닫고 웃을 듯이 입을 쫑긋쫑긋하며 고개를 더 숙였다. 모든 것이 의식적으로 태를 짓는 것 같다. 효범이는 곧 외면을 하였다. 그러나 다시 한 번 보려는 충동에 두 번째 고개를 들었다. 불빛을 옆으로 받은 기름한 속눈썹 밑에서 윤광에 젖은 검은 동자가 신문의 어떠한 한 점에서 어느 때까지 머무르고 있는 것을 볼 때 효범이는 이 계집이 지금 신문을 보고 앉았는 것이 아니라고 직각하였다. 두 번째에 남자의 시선을 받을 때 인숙이는 참았던 미소가 저절로 떠오르며 고개를 기계적으로 쳐들었다. 그러나 남자의 태도가 의외에 냉정한 것을 보자 갖은 호의를 다 품은 그 미소는 무지한 손가락에 스친 눈같이 금시로 꺼지고 시선은 다시 신문 위를 더듬었다. 그러나 그다음 순간에는 효정이와 마주 밥상을 받고 앉았는 문자에게로 눈이 갔다.

'저 입술이다! 요사스런 년! 그러나 어떠한 남자에게라도 허락하는 한 계집의 입술을 단 한 번……그나마 계집이 선손을 걸어서……대어 보았기로 그것이 사랑의 귀여운 표징일 것도 아니요 죄가 될 것도 아니다.'
하며 효범이는 낙지이후에 처음으로 이성의 입술을 맛보던 때의 광경을 생각하여 보았다. 그때에 자기는 꿈속같이 다만 어리둥절하였으므로 지금 분명히 그때의 기분을 생각해 낼 수는 없으나 화끈하는 여자의 숨결이 코 밑을 찌를 제 인숙이의 얼굴이 파랗게 질리며 바르를 떨던 모양을 생각해 보고서는, 가쁜 숨을 남모르게 휘 쉬었다.

⑧ 반분은 무안한 생각과 반분은 시기로 문자를 돌려다 본 인숙이는 눈길이 마주치자 역시 어색한 생각이 나서 창졸간에

"문자 씨, 언제 가우?"

하고 말을 걸었다. 그러나 문자의 귀에는 좀 고깝게 들렸다.

"왜요? 내일쯤은 가야지."

"내일? 어디 내일 가나 보자."

하며 효정이는 웃었다. 사실 문자도 그렇게 속히 갈 수가 없는 것 같았다.

"암 이왕이면 모레 음악회 구경이나 하고 가시구려."

인숙이는 인사성스럽게 이렇게 휘갑을 쳤다. 그러나 효정이는 음악회란 말에 아까 편지를 찢은 생각이 나서 얼굴이 확확하여지며 오라비를 잠깐 치어다보다가 시치미를 떼고 얼른 말을 돌렸다.

"한데 입장권은 가져 오마는 말뿐인가?"

하고 효정이는 또다시 오라비를 바라보았으나 효범이는 무엇에 얼이 빠졌는지 멀거니 앉았다.

"참 오늘 내게 편지 안 왔어요?"

인숙이는 입장권이란 말에 되놀라서 묻는다.

"아니."

"그 음악회장에서 오늘쯤은 청첩을 보낸다구 하기에 말씀예요. 내일은 꼭 가져오지요."

하며 인숙이는 무슨 눈치를 살피려는 듯이 눈을 깜박깜박하며 효정이를 바라본다. 효정이는 인숙이가 정말 눈치를 채지 않았나 싶어서 가슴이 선뜩하고 얼굴이 발개지는 것을 감추려고 밥술을 급히 떠 넣으며

"그럼 내일은 잊어버리지 말고 꼭!"

하고 어름어름하였다.

음악회의 청첩이 오늘쯤 왔으리라는 것은 벌써부터 속으로 꾸며 두었던 거짓말이다. 음악회 입장권쯤이야 인숙이가 출연하는 다음에야 몇 장이고 가져오려면 벌써 가져왔겠지만 가짜 입장권이 우편으로 오고 아니오는 데는 인숙이의 일생의 운명을 결정하는 중대한 문제가 달려 있던 것이다.

"아무려니 내일이야 잊을려구요. 하지만 내일은 참 바쁜데……집에서 연습도 해 보아야지! 오후에는 회장에 모여서 반주를 맞춰 본다지……"

하며 인숙이는 효범이를 살짝 쳐다보았다. 그러나 효범이는 못 본 척하고 속으로

'오후 네 시에는……만나야지!'

그러나 효범이로서는 그렇게 단순히 웃어 버리기만 할 문제가 아니었다. '내일 네 시'에 대한 방책을 연구하지 않으면 안 되겠다고 생각하였다. 적어도 이가와의 관계가 어떻게 된 것인지 내용이나 알아보려는 것이다. 하여간 밀회하는 장소를 알아 놓는 것이 급한 문제이다, 고 효범이는 생각

하였다.

'그러나 어떻게 알아낸담? ……아침부터 전화통과 눈싸움을 하다가 저번처럼 내가 먼저 전화를 받으면 혹시 될지 모르지! 하지만 누가 전화를 거느냐고 묻기로서니 바로 대어 줄 리가 있다구!'

'아니 그보다도 이가가 인천서 올라오는 것을 정거장에서 지키다가 뒤를 쫓으면 되겠지만 나는 들키기가 제격일 게다. 뉘게 부탁을 해도 좋지만 다른 사람은 이가의 얼굴을 모를 게니 쓸데없지. 웬만하면 변장을 해 보아? 이건 정말 활동사진 격인걸……'

하며 효범이는 인숙의 얼굴을 쳐다보다가 허허허 하며 커다랗게 웃었다.

세 여자는 깜짝 놀라서 눈이 휘둥그레지며 일제히 효범이를 쳐다보았다.

"너 정말 실성을 했니? 사람을 놀래두 분수가 있지……"

하며 누이는 나무랐으나 아까 일을 생각해 본 누이는 한층 더 걱정이 되어서 가만히 동생의 동정을 살피고 앉았다. 문자와 인숙이도 얼굴이 해쓱하여 바라만보고 앉았다.

"왜들 그러슈?"

효범이는 여전히 웃으면서 세 여자를 돌려다 보았다.

"왜 그러다니? 놀라지 않겠니? 별안간 앉았다가 허허허……가 뭐냐."

"왜 웃었는지 좀 들어 보랴우? 지금 시(詩)를 한 구 생각했는데 그것이 세상에 발표되면 조선의 '셰익스피어'가 났다구 신문에서 내 사진이 나구……."

하며 어린아이같이 또 낄낄 웃는다.

"그래 어떻게 지었어요?"

문자는 다소 안심이 된 낯빛으로 반기며 물었다.

"무슨 시냐고요? 글쎄……"

하고 잠깐 생각을 하더니

"고운 빛 높은 향기를 감추고 아끼는 들꽃에 한걸음 뒤 미친 꿀벌은 허기져 객사(客死)를 하건만……허허허……고만둡시다. 그따위도 시라고 하면 조선 문단이 망하게! 허허허……머릿속 골이 좀 아프다. 오늘은 일찍 자야 하겠군!"

하고 효범이는 나는 듯이 일어나서 신발을 찍찍 끌고 사랑으로 나가 버렸다.

⑨ '그러나 그렇게 쫓아다니며 헤살을 놓으면 뭐가 시원하단 말인구? 나두 미친놈이다. 일시 계집에게 농락을 당한 앙갚음은 되겠지만 그런댔자 쾌재! 쾌재!를 부를 건덕지가 뭐가 있더람? 같이 살지도 않을 계집을 못살게 하고서 다시 거들떠보지도 않으면 그야말로 나무에 오르게 해놓고 흔드는 셈이지!'

효범이는 자리를 깔면서 이렇게 생각하여 보았다.

'아니 그렇게 말할 것도 아니다. 누가 언제 그 계집을 사랑하였나? 앙갚음이고 뭐고 하게! 앙갚음이란 말은 제풀에 제가 지고 들어가는 연문의 소리다……적어도 인도 문제다! 인도를 위하여 의협적 본능을 발휘해 보자는 것이다. 어떻든지 해 볼 때까지 해 보고 마는 게다!'

그는 자기 자리 위에 팔짱을 끼고 꿇어앉아서 입을 악물었다.

'자! 그러고 보니 어떻게 한다? 밀회하는 장소는 알았다손 치고, 그 후에는 어떻게 한다?'

효범이는 벽에 비치는 그림자와 이야기하듯이 열심히 공상을 계속한다.

'물론 세 놈년이 모였으렷다! 이가, 진 변호사 영감……그러나 하여간 뛰어들어가 보는 게지! 하지만 인숙이가 불쌍하다! 그 자리에서 나를 만나면 얼굴빛이 어떻게 될꾸? 아무리 당찬 계집이라두 기막히렷다!'

'그래서 그다음에는 어떻게 한다? 설마 학생의 신분으로 술 한 잔 얻어먹으러 왔다고 할 수도 없고……너희들은 허가장도 없는 뚜쟁이 겸 포주이니 잡으러 왔다 할 수도 없고……에라 그거야 어떻게든지 딱 당하면 말이 나오겠지만 그보다도 더한 것은 추격을 할 문제이다.'

효범이는 자기의 공상이 점점 가경에 들어가서 감기 기운이 있는 것도 잊어버리고 연해 고개를 비틀어 가며 연구를 계속한다.

'변장이 제일 좋기는 좋지만 이가 놈을 놓치는 날이면 제이선(第二線)의 방비가 있어야 될 것이다. 즉 인숙이를 미행하여야 될 테인데……문자더러 좀 부탁을 해 볼까……. 아서라! 해 달라면 해 주기야 하겠지만 이런 데 부려먹기는 좀 가엾다. 남의 인격 모욕은 고사하고 그만큼 호의를 가지고 있는데 그게 될 말이냐!'

하며 효범이는 혼자 머리를 설레설레 내저었다.

'그럼 누구더러 해 달랄꾸? 이런 때 아는 여자가 하나라도 있었으면……그러기에 무슨 일을 하자면 큰 일이구 작은 일이구 여자가 필요한 것이야!'

효범이는 금시로 우연히 여자숭배론과 이용론자가 되었다.

'정 하면 문자라도 등장배우로 쓰는 수밖에! 하지만 다른 적당한 여자가 없을까? ……'

여기까지 생각을 하고 나니까 자박자박하는 소리가 창밖에서 나더니 누가 미닫이를 방긋이 연다. 효범이는 제정신이 번쩍 들며 내다보니 효정이다.

"누님 왜 그러슈?"

"아니 머리가 아프다더니 관계치 않으냐?"

누이는 염려가 되어서 나온 모양이다.

"관계치 않어요."

하고 다시 보니 누이 뒤에는 문자가 생글생글 웃으며 섰다.

"아직 자지 않으니 들어오시구려."

효범이는 내심으로 잘되었다 하고 불러들였다.

"저녁두 변변히 먹지 않구 시장치 않으냐? 우유차나 한 잔 먹으련?"

누이가 툇마루로 올라오다가 이런 소리를 하니까 효범이는 좋다구나 하고 그렇게 하라 한 후 문자만 불러들였다.

"그러지 않아도 지금 문자 씨를 가서 뵈려구 했는데……."

하며 효범이가 말을 꺼내니까 책상에서 이 책 저 책을 집어서 공연히 뒤적거리며 무슨 말이 나오기를 기다리고 있던 문자는 반색을 하며 얼굴을 번쩍 든다.

"네?"

"뭐 하나 문자 씨의 힘을 빌려야 할 게 있는데 들어주시려우?"

"하다뿐이겠어요!"

"고맙습니다. 그러나 한 가지 어려운 조건이 붙는데요?"

"무슨 조건이요?"

하며 문자는 남자의 기색을 열심으로 살핀다.

"다른 게 아니라 내가 말씀하는 이외의 일은 조금이라도 알려고 하시지 말라는 것이에요. 물론 물으신대야 대답할 리도 없지마는……그리고 이 것은 내 허락이 있을 때까지는 누구에게든지, 우리 누님에라도 절대로 비밀히 해 주시길……이 두 가집니다."

"뭔데요?"

별안간 이런 소리를 듣는 문자는 무서운 증과 호기심과 기대에 뒤범벅 이 된 표정으로 남자를 쳐다본다.

⑩"글쎄 그렇게 물으시면 안 되어요. 강제로 허락을 받자는 것은 아니 니까 '예스'든지 '노'든지 두 가지 중에 대답만 하세요."

"글쎄요."

문자의 신경은 점점 긴장하여졌다. 평소에 생각하던 바와는 딴판으로 무섭게 손아귀 힘이 센 수작을 하는 것이 나이 보아서는 맹랑하기도 하고 한층 귀엽기도 하나 무서운 증과 호기심과 기대의 뒤섞인 감정은 극도로 날카로워져서 숨이 막힐 지경이다.

"그럼 못 들으시겠단 말씀입니까?"

하고 남자는 억누르는 수작으로 눈을 똑바로 떴다. 문자는 별생각이 다 떠 올라 와서 물레바퀴 휘돌 듯이 머릿속에 맴을 돈다.

'춤을 추고 공연히 혼자 낄낄대고 시를 지었느니 어쨌느니 하며 허튼 수작을 하더니 정말 실성을 하려고 이러나? 효정 언니나 어서 와 주었으면……'

하고 머뭇머뭇하니까 도리어 누님이 나오면 아니 될 터이니 어서 가부간 대답을 하라고 성화를 바친다. 나중에는 경솔히 소청을 듣겠다고 얼른 승낙을 한 것이 잘못되었다고 후회까지 하였다. 그러나 한 번 하마고 대답한 일이요 또 무슨 소리가 나오려는지 궁금하기도 한지라 문자는 두 번째 승낙을 하고 말았다. 마지막 승낙까지 받은 효범이는 싱긋 웃고 나서

"그럼 이야기하지요."

하며 목소리를 한층 낮추더니

"저."

하고 또 한참 눈만 껌적껌적하며 무슨 생각을 하다가

"저 내일요."

하고 세 번째 말을 끊는다. 문자는

"내일요."

라는 말에 마음이 털썩 놓이고 극도로 긴장하였던 신경과 감정이 일시에 늘어진 듯이 소리 없는 한숨을 후! 쉬이고 나서

"말씀하세요."

하고 남자를 치어다본다.

효범이는 부탁할 것을 간단히 말한 뒤에

"그러니까 요점은 인숙 씨가 네 시 전후해서 어디 있는 것을 좀 알자는 말이에요. 혹은 내가 인숙 씨와 무슨……요새 문자로 연애 관계나 있어서

그러는 줄 아실지도 모르지만 적어도 이것은 사회와 인도를 위하여서 우리가 헌신적으로 노력하는 첫걸음이니까 그 점만 아시고 도와주시겠지요?"

하고 말을 맺었다.

"어렵지는 않은 일입니다마는……"

하며 문자는 입을 벌렸으나 뒤를 이을 힘이 없었다.

'남자란 입 힘으로 버티는 것'이라는 남자관이 M과 삼 년 간 연애 생활을 하여 오는 동안에 골수에 박히도록 새겨 온 문자다. 지금 이 당장에서는 인숙이와 연애 관계가 아니니 어쩌니 하지만 뱃구멍에 유리를 붙이지 않은 다음에야 누가 알랴?고 의심하는 것도 당연한 일이다.

"그러면 못하시겠다는 말씀이에요?"

효범이는 점점 더 덤비며 잡아 채치는 수작을 한다.

"글쎄, 못한다는 게 아니라요."

하고 문자는 남자의 코를 간지르는 수작으로 또 아름아름한다.

"밤낮 해야 도로 아미타불이 아닙니까? 대관절 문자 씨가 내 인격을 믿으십니까 못 믿으시겠습니까?"

하며 효범이는 고삐를 바짝 다가쥐었다.

"그건 너무 심한 말씀이 아니에요."

문자는 너무 긴장하였던 뒤라 히스테리컬하게 목이 메어 간다.

"그럼 왜 그러세요. 정 그래도 못 하시겠다면 고만두시지요."

하고 효범이는 추이었던 고삐를 탁 놓으며 마음껏 느꾸어 주는 수작을 하였다.

고개를 한참 숙이고 있던 문자는 별안간 아까 같은 긴장한 얼굴 쳐들며

"하지요. 무엇이든지 하지요. 효범 씨의 소청, 효범 씨가 하라시는 일인 다음에야 하다뿐이겠습니까. 설사 내가 두 분 사이에서 이용이 되고 나중에 망신을 한다손 치더라도 결국은 효범 씨 때문이 아닙니까? 물론 지금 말씀하신데 대하여 효범 씨의 인격을 생각하더라도 손톱만큼이라도 의심은 아니합니다마는……"

하고 두 눈에서 흘러나릴 듯한 눈물을 고개를 숙이며 남자의 눈에 띌 새 없이 모시 적삼 소매에서 꺼내인 손수건으로 살짝 씻었다.

효범이는 문자의 얼굴을 눈이 뚫어지게 들여다보다가 오른손을 확 내밀었다. 두 남녀는 효정이가 나올 때까지 힘껏 쥐고 앉았었다.

⑪ 이튿날 다섯 시가 조금 넘어서 깨어 보니 날이 꾸물꾸물하는 것이 암만하여도 비가 올 것 같다.

효범이는 눈이 떼이자 홑이불을 걷어차고 우뚝이 일어나 앉았으나 머리가 지끈지끈하고 눈시울이 옥조이며 뒤로 끌어 잡아다니는 것 같다. 잠이 부족한 탓도 있겠지만 어제 낮잠에 감기가 든 데다가 밤에 누이가 따뜻이 데워다가 준 우유차를 먹었더면 좋았을 것을 그것은 한사코 싫다 하고 냉수에 '칼피스'를 타서 서너 잔이나 들이킨 뒤에 배니 사과니 할 것 없이 흥분한 바람에 함부로 먹은 탓이었다.

그러나 지금 중대한 계획을 하여 놓고 감기쯤에 편안히 누워 있을 때가 아니다. 일어나는 길로 세수를 하고 안으로 들어가서 밥을 재촉하여 먹는 척만 하고서는 벤또를 들고 나와서 교복에 교모를 우그려 쓰고 가방에 벤 또 외에 손에 잡히는 대로 책 몇 권을 집어넣어 가지고 일부러 안으로 돌아서 나왔다. 나오다가 행랑방 문 밑을 보니 아범의 짚신이 보이지 않는다. 효범이는 골목 모퉁이에서 어떻게 할까 하고 잠깐 망설이다가 문득 생각나는 것은 길 건너 선술집이다. 이 꼭두식전에 갈 데라고는 거기밖에 없으리라 하고 그 앞으로 휘 지나치며 들여다보니까 뚝배기를 들고 정신없이 훌쩍거린다. 맞춤이다! 하고

"아범."

하니까

"네, 서방님!"

하며 말장구를 치고 뚝배기를 든 채 뛰어나온다.

"여보게, 달게 먹는데 안 되었네마는 이리 잠깐 나오게."

아범은 눈이 둥그레져 뚝배기를 갖다 두고 줄줄 쫓아 나왔다. 두어 집 걸러서 꼽들이는 막다른 골목으로 끌고 들어왔다.

"아범, 자네 인력거옷, 합비 말일세……몇 벌 가졌나?"

"두 벌 있습죠. 하나는 길길이 나가서 좀처럼 입을 수가 없는데 한 벌만 더 해 줍시사고 그렇게 말씀을 해야 영감마님께서 천생 들어주시게 말씀입죠!"

하며 아범은 단통 영감마님께 대한 불평을 늘어놓는다.

효범이는 그런 소리를 듣고 섰을 때가 아니지만 흥! 흥! 하며 다 들어간 뒤에

"여보게 그러면 그 낡은 것을 나를 잠깐 빌려주게. 대신 해 주도록 할 것이니."

"네 천만에! 쓰시다 뿐이세요. 한데 서방님 그건 뭘 하시랍쇼?"

"응! 며칠 있으면 학교에 대운동회가 있는데 가장행렬에 쓰려고 하는 걸세. 그럼 지금 들어가서 가지고 나오게."

"네, 가져옵죠만은 퍽 더러워요. 진작 말씀을 하셨드면 빨아드렸는데옵죠."

"응! 더러운 게 더 좋으니. 깜빡 잊어버렸다가 지금 가는 길에 생각이 났네그려."

아범은 한걸음에 가서 아주 신문지에까지 싸서 들고 나왔다.

"그런데 영감마님께 그런 말씀은 말게. 아시면 좀 하실 텐가? 공연히 그런데 빌려서 못 입게 만들었다고 꾸중을 하실 테니……아씨께도 아무 말씀 말게!"

"아무렴입죠. 서방님 분부면야……"

"자, 이건 술이나 사 먹게."

하고 효범이는 오십전배기 하나를 내어주고 나섰다. 이 집에서는 하인까지도 아씨 편이다. 따라서 서방님의 말이라면 임의롭다.

효범이는 그길로 쏜살같이 익선동 구석에 사는 지성준이라는 사람의 집으로 찾아갔다. 오막살이 네 칸에 다 찌그러져 가는 집이다. 이 사람은 매삭 이십오 원에 목을 매고 진 변호사 사무소에서 재판소 심부름은 고사하고 아이놈이 없으면 담뱃가게 심부름까지 쫄레쫄레 다니는 효범이의 친구다. 친구라야 나이 사십이 넘었으니 존당뻘이지만 사정이 하도 딱한 데다가 사람이 무척 좋고 말수가 없는 탓에 효범이가 극진히 대접도 하려니와 담배를 굶주리는 것을 보면 일부러 사다가 준 적도 있다시피 힘껏은 동정도 하였고 넉넉지 않은 학비에서 오십 전 일 환씩 꾸어 준 일이 한두 번이 아니지만 그것이 술 담배 값이 아니라 기막히는 좁쌀 다섯 홉거리인 줄을 짐작하는 효범이는 월급날마다 가지고 오는 것을 돌려보내곤 할 만큼 무관히 지내는 처지다.

"아, 아 거 웬일이슈? 학교에 가시다가?"

지 주사는 언제 보아도 검누릇하게 통통히 부은 상으로 일각대문을 찌꺽하고 자라 모가지처럼 얼굴을 내밀고 놀란다.

⑫ "지 주사한테! 좀 폐를 끼칠 일이 있어서 왔는데 좀 들어갈 데가 없을까요?"

"에그, 천만의 말씀을……들어오시려면야 앉으실 데가 없겠습니까마는 누추해서 원……한데 학교에 가시다 말고 왜 그리하서요?"

"하여간 들어가서 이야기하십시다."

하고 효범이는 주인을 앞세우고 건넌방으로 기어들어 갔다……한 시간 후에 지 주사 집 일각대문 안에서는 까맣게 더러운 베 고의적삼에 어깨를 조각조각 깁고 노랗게 땀에 절은 인력거꾼 옷을 걸친 인력거꾼이 이화표도 없는 찢어진 학생 모자를 우그려 쓰고 옆구리에는 신문지에 싼 보퉁이를 들고 톡 튀어나왔다.

……또 한 시간 뒤에는 경성역의 인력거 정류장 뒤에 똑같은 차림차림한 청년이 퍼더버리고 앉았다. 그는 인력거조차 못 끌게 되어서 여기저기 병문으로 굴러다니면서 예전 동무들의 덕에 모주 잔이나 얻어먹는, 말하

자면 인력거꾼 중에도 신세를 다 마친 사람쯤밖에 안 되어 보이나 그래도 볼일이나 있는 듯이 경인선 열차가 도착하는 시간이면 반드시 다른 인력 거꾼 틈에 섞이어서 어정버정하며 출구로 한소끔씩 쏟아져서는 넓은 마당으로 흐트러지는 하고많은 승객의 얼굴을 땅에 흘린 좁쌀알이나 고르듯이 고르고 섰다. 그러나 두 차례가 지나도록 그래도 그의 볼 일은 미진하였든지 오정이 넘도록 여전히 열좌를 한 인력거 뒤에 고개를 파묻고 앉았더니 새로 두 시 오 분 차가 지동치듯 몰아드니까 생기가 펄쩍 나서 뛰어 일어났다……그러나 일어날 때의 생기와 눈에 어리운 영채와는 딴판으로 꽁무니를 한층 더 슬슬 빼며 베돌더니 쏟아지는 구름 같은 사람 중에서 어떠한 사람의 얼굴이 그의 상열이 된 눈동자에 박혔든지 어깨춤을 추며 썩 돌아서서 곁눈질을 흘낏흘낏하여 가며 전차 정류장 앞까지 와서는 몇 간 통 떨어져서 딱 서 버린다. 세상에 사람 잡는 것으로 일생의 생활을 삼는 사람도 많거니와 이 사람이 오늘 반나절 동안 한 소행사를 뒤쫓아 살핀 사람이 있을 양이면, 그리고 그의 일생살이 중에 지나는 소 잔등이의 모지라진 털 하나라도 눈 기이고 뽑은 일이 있을 양이면, 이 되다 찌부러진 인력거꾼 앞으로 지나치기를 꺼리었으리라. 그러나 미색에 앞이 어둡고 애욕에 등이 몰리는 인천 거부 이근영은 행복스러울 오늘날에 소리 없는 총구멍이 덜미를 노리는 줄이야 모를 것이다.

광화문행 전차가 비호같이 달려와서 머무르매 오류 인의 승객이 앞을 다투어 오르는 판에 셋째로 올라가는 흰 양복쟁이를 눈여겨본 거지 인력거꾼은 두어 간이나 떠난 차 바탕에 홀홀 날아오르더니 저편 차장대로 숨어 서서 차가 머무를 때마다 혹은 입을 어루만지며 혹은 코를 쓰다듬고 혹은 눈을 비벼서 얼굴의 반을 가리우고 유리창을 들여다보는 것은 경성역 앞에서 셋째로 탄 흰 양복쟁이다. 윗수염이 노릇하고 머리는 반백이 되었으니 나이는 오십 전후일 것이요 눈귀의 잔주름과 피둥피둥한 얼굴에 굽다란 주름이 길이로 가로로 고랑을 지었으니 차림차림의 호사로운 것으로 보아 자수성가하기에 그 꼴쯤 된 모양이다.

전차가 구리개 네거리에 다다르자 이 노신사는 개화장을 앞세우고 선뜻 내려선다. 차장대에 섰는 인력거꾼은 눈이 번쩍 띄며 속으로 흐흥 하고 차가 시구문으로 향하여 도는 대로 내버려 두고 끌려가며 살피려니까 흰 양장의 노신사는 바꾸어 타는 것이 아니라 연해 개화장을 내두르면서 생명빌딩의 유착한 양옥집 앞으로 길을 건너서 조붓한 골목 모퉁이에 잿빛으로 삼층이나 우뚝이 선 서양요리점의 골목으로 내인 옆문을 밀고 그 앙바틈한 몸을 감추어 버렸다. 헌다한 넓은 대문이 큰길 가로 번듯이 있건마는 그 뚱뚱한 몸집을 고 좁은 문으로 숨기는 것을 보니 남의 집 울타리 구멍만 파 버릇한 함부로 길러 내인 개새끼의 버릇을 남 못 주는 눈치이다. 차 위에서 득의만면하여 '하하' 하고 속으로 웃던 거지 인력거꾼은 뒤도 안 돌아다보고 선뜻 내려서 동양척식회사 앞 수하동 모퉁이의 인력거 병문 앞에 가서 어정버정하고 있으니 병문친구나 지나치는 사람이나 그의 차림으로 보아 눈여겨볼 사람은 만무하다.

⑬ 시계를 꺼내 보니 거진 세 시다.
'이놈 아주 눌어붙어 앉아서 기다리는 게로구나?'

하며 서성거리는 동안에 온종일 꾸벅꾸벅 졸던 하늘은 보슬비를 뿌리기 시작하였다.

'얘, 이래서는 안 되겠다. 저 맛난 요릿집에 오시는 신사숙녀이시니 으레 이 인력거를 잡고 오실 게다. 하고 보면 우비로 가린 인력거 속에서 문지방 안에 발을 내놓으면 옷자락을 볼 수 있겠니. 세 시 삼십 분까지 그놈이 안 나오거든. 어떻게든지 별반 수단을 취하여야겠다.'

인력거 장 처마 아래 들어서서 비를 피하며 건너편 잿빛 삼층집에 드나드는 사람만 눈가에서 불이 나게 노려보던 인력거꾼은 속으로 궁리궁리하다가 시계를 다시 꺼내 보니 세 시 삼십 분까지는 아직 오 분이 있다.

'어떻게 할까? 잠깐 몸을 숨길 데가 있어야 하지?'

하며 망설이다가

'에라, 혹시는 권도라는 것도 필요한 것이다!'

고 결심을 하고 병문 안으로 들어섰다.

"여보소, 잠깐 급한 일이 있어 그러니 옷을 바꿔 입을 동안 방에 좀 들어가게 해 주구려."

같은 인력거꾼이라 물론 이의가 있을 리가 없다. 방으로 썩 들어선 그는 옷을 벗어 놓고 신문보퉁이를 풀어서 파란 학생복의 위아래를 후다닥 입고 모자의 이화표와 두 줄을 다시 둘러 우그려 썼다.

이렇게 꾸며 놓고 보니 비로소 경성제국대학 예과생 김효범이가 다시 살아온 것 같다.

"여보 전화 좀 합시다."

효범이는 될 수 있는 대로 완만한 태도를 보였다.

"네, 하십시오."

이때껏 웬 놈의 자식이 들어와서 이 법석을 하누 하며 눈을 휘둥그렇게 뜨고 경계를 하면서 여차직하면 집어치거나 파출소에 전화를 걸려고 잔뜩 벼르고 앉았던 주인이며 두세 명의 차부는 인제서야 안심한 듯이 얼굴빛이 피면서 말씨가 고와졌다.

"나를 여러분이 혹시 수상하게 알 듯싶으나 무슨 일이 있어서 그러는 것이니까 아무런 염려 마슈."

효범이는 이렇게 한마디 하고 우선 진 변호사 사무소에 전화를 걸고 지 주사를 불러내었다. 이것은 말하자면 제삼선(第三線)의 본부이다. 지 주사의 보고에 의하면 주인은 아직 나가지 않았다 한다. 그다음에 집에다 대이고 거니까 효정이가 나와서 받는다. 문자도 없고 인숙이도 없다 한다. 으레이 없을 것이다. 어쩌면 친구의 집에서 저녁밥을 먹고 들어갈 터이니 기다리지 말라고 일러놓고 끊어 버렸다.

셋째 번으로 비로소 범인이 잠복한 현장에 전화를 걸었다.

"네! H정이올시다."

하며 일본 계집애가 받는다.

"거기 손님에 인천에서 오신 리상이 계신데 그저 계신지 알아보고 여기는 진 변호사 댁인데 지금 곧 가겠습니다 하고 말씀해 주쇼."

"네 잠깐 기다려 주십쇼."

전화는 잠깐 끊겼다. 효범이는 수화기를 귀에 대고 앉아서 가슴이 울렁울렁하도록 기쁜 것을 참지 못했다.

"이것 보세요. 기다리시게 해서 미안합니다. 방금 손님은 기다리고 계신

데 곧 오십시사고요."

"네! 그런데 그 손님 방이 몇 번인가요?"

"이층 육 호예요."

하고 전화는 딱 끊겼다.

'대성공!'

효범이는 속으로 이렇게 부르짖으며 주인에게 은근히 인사를 하고 인력거 방을 나섰다.

'흠! 이만하면 가형사(假刑事) 노릇도 하겠고 활동사진 배우로 밥을 빌어먹을 수도 있겠군! 하지만 문자는 어데서 공연히 애를 쓰누? 말하자면 지금 제이선은 활약 중인 세음이로군!'

하며 효범이는 회심의 미소를 띄며 비는 솔솔 내리 뿌리나 뚜벅뚜벅 H정으로 건너섰다.

⑭ H정 이층으로 거침없이 올라간 효범이는 하녀가 맞을 새도 없이 아무 방이나 문이 열린 데로 우선 몸을 감추었다.

"혼자세요. 그럼 이리 오시죠."

하고 하녀가 와서 아무 데나 적은 방으로 끌고 가려 하는 것을 붙들어서 일 원짜리 한 장을 쥐어 주니까 모든 일이 효범이 소청대로 되었다.

아무튼지 이가가 내다보거나 눈치채일까 보아 조심조심하며 육호실 옆방으로 자리를 옮기었다. 들어가며 보니 아닌 게 아니라 육호실 문 앞에는 슬리퍼가 한 개 밖에 아니 놓였다. 하녀를 데리고 술을 먹는지 낄낄대는 이가의 목소리도 들린다.

효범이는 하녀를 내어보내고 우선 방안을 검사해 보니 옆방과 뚫린 구멍이라고는 하나도 없으나 장지 한 겹밖에 격하지 않은 터이라 말소리는 아무리 소곤거리는 소리라도 넉넉히 들릴 모양이다.

'하여간 이만하면 대성공이다. 이따가 습격을 할 제 이리로 장지를 쓱 열고 떡 버티고 섰다가 한번 껄껄 웃어 주면 저희들도 기가 막히렷다.'

효범이는 이렇게 생각을 하니 유쾌하기 짝이 없다. 비 오는 바깥을 내어다 보다가 방 한가운데 커다랗게 자빠지며 생각을 계속한다.

'요놈의 자식. 나를 감쪽같이 속이고 내 손으로 쓴 편지를 계집에게 자랑을 해. 그러나 그것이 내 손으로 다시 들어왔다는 것은 암만해도 귀신의 짓이다. 오늘은 어떻든지 간에 내게 경을 좀 쳐 보아라'

하며 유쾌한 듯이 드러누운 채 오른팔을 두서너 번 뿌리쳐 보니 고단은 해도 이가 따위 놈은 두엇 집어칠 수가 있을 것 같다. 그러나 이때껏 조심을 하느라고 몰랐던 신열이 선선한 방에 누우니까 부쩍 솟는 모양이요 머릿골이 지끈지끈한다.

'이랬다가는 이따가 일이 염려인 걸'

하며 술을 몇 잔 먹으면 기운이 소생될까 하고 술을 가져오게 하였다. 한 잔을 먹고 나니 속이 그대로 문드러지는 것 같다. 사실 종일 공복이었다. 그래도 연거푸 석 잔을 먹고 나니까 금시로 얼굴이 발개지며 정신이 훨씬 나아졌다.

'인숙이 덕에 난생처음으로 술을 먹는고나.'

하고 효범이는 비통한 웃음을 속으로 웃었다.

시계를 꺼내 보니 네 시 반이 넘었다. 옆의 방에서는 전화질을 하고 이가가 들락날락하며 야단이다.

'두들겨 주자면 세 놈년을 똑같이 두들겨야 할진대 차마 매부와 인숙이에게 손찌검은 아니 될 게니 혼자 있는 김에 이가 놈이나 흠씬 경을 쳐 놓고 가 버릴까?'

하는 객기가 불쑥 났으나 그보다도 이야기를 듣는 게 첫 공사라고 돌려 생각하고 취기가 들수록 뚝딱거리는 가슴을 간정을 시키고 밥을 먹기 시작하였다.

몇 술 뜨고 앉았으려니까 밖에서 쿵쾅거리고 떠들썩한다. 효범이는 밥을 씹다 말고 숨을 죽이며 얼어붙은 듯 귀를 기울였다. 그러나 여자의 발자취는 아니 들린다.

"너무 늦어 미안합니다. 이 애는 그저 안 왔지요."

방으로 들어서며 호들갑을 부리는 것은 매부의 목소리다. 효범이는 입에 물었던 밥을 겨우 삼키었다.

"그럼 어떻게 된 세음예요? 댁에서 떠나오신다는 선통이 오기에 나는 따님을 데리고 오시느라고 이렇게 늦나 하였더니 그럼 따님은 못 만나신 모양이외다그려."

"집에서 떠난다는 선통이 와요?"

"세시 반 좀 넘어서 댁에서 전화를 건다면서 지금 곧 가겠습니다는 전갈이 왔는데……."

"흥? 난 건 일이 없는데……. 그러면 인숙이가 온다는 말인 게지. 하여간 좀 더 기다려 보십시다그려."

"웬 소리예요? 댁에 전화를 걸어 보니까 따님은 점심 후에 나가셨다는데요."

"그럼 누가 걸었을까?"

'전화를 걸은 임자는 여기서 밥을 먹는다. 그러나 따님이라니? 흥! 한 매에 때려죽일 놈들이로군.'

효범이는 속으로 이런 생각을 하며 부르를 떨었다.

"그래 어데를 갔는지 영감도 모르신단 말씀요?"

하는 이가의 목소리는 거칠어 나왔다.

"내일이 음악회라니까 오늘은 좀 바쁜 게지요. 좀 있으면 오겠지요."

하며 진 변호사는 달래는 모양이다.

"글쎄, 기다리기가 어려운 게 아니라 일이 이상치 않은가요? 가부간 끝장을 내자는 오늘 와서 또 요리조리 피하고 전화로 사람을 농락하니 영감부터 또 딴생각이 계신 게 아니요? 그러다가는 영감부터 낭패리다."

하며 이가는 위협적 태도이다.

⑮ "영감도 망녕이 나셨소? 지금 와서 네가 딴생각이 있는 게다, 네 일도 낭패리라 하시는 것은 너무 심한 말씀이 아니요. 이것이 돈을 받고 물건을 사고파는 것 같으면야 서로 계약서를 교환하지 않은 터이니까 더 나은 작자를 만나면 딴생각이고 똑딴 생각이고 가질지도 모르지만, 다른 것과 달라서 명예를 존중하는 우리 사이에 인간대사를 기위 작정한 일이요 또 나로 말씀할지라도 비단 수형 문제가 아니라 말만 수양녀이지 내 딸이

나 다름없는 처지에 계집자식 가지고 이랬다저랬다 할 리가 어디 있겠소?
참 영감도 딱하슈."

진 변호사는 이가를 준절히 나무란 뒤에

"영감! 그런 쓸데없는 소리 좀 그만두고 술이나 한 잔 먹어 보라고 하슈,
허허허……."

하며 휘갑을 치고 술잔을 드는 모양이다.

'이 악마야! 양딸이다? 양딸. 명예를 존중해! 이놈들아 내가 여기 있다!
내가 여기 있어. 김효범이가 눈이 검은 동안은 너희들이 기죽을 펴지 못할
게니 두고 보자!'

옆방에 앉았는 효범이는 이를 악물고 혼자 눈을 흡떴다. 마주 앉아서 밥
시중을 하는 하녀가 깔깔 웃으며

"제가 그렇게도 보기 싫으세요?"

하고 놀리니만치 효범이의 표정은 험상맞고도 우스웠다.

"그야 물론 내가 영감 사정을 모르거나 못 믿는 것도 아니오. 또 영감이
군색하신 것을 피어드린다는 것과 이 일과는 물론 딴 문제지마는 일이 하
도 우습고 분하니까 자연 그런 말씀도 나오는 것이지요."

"분하실 까닭이야 무엇 있소 지금이라도 오면 영감의 그 뻔질뻔질한 머
리를 연해 쓰다듬어 가며 술을 못 잡수겠다고 얌전을 피우실 것이 나는 제
일 걱정이요."

하며 진 변호사는 유쾌한 듯이 깔깔 웃고 놀린다.

"예이 여보 사람을 실없이 미친 사람을 만드시는구려. 실상 말이지 늙은
놈이 게다가 술을 먹는다면 좋아한답디까?"

하고 이가도 깔깔 웃다가 정다운 어조로 고쳐서

"그런데 여보 영감! 오늘 오기는 온답니까? 그 후에 뭐라고 아무 말 없습디까?"

하며 한 걸음 다가들며 빌붙는 눈치다.

"내가 좋은 사위를 얻게 되었다구 합디다. 하하하……한데 참 정말이지 예식은 어떻게 우물쭈물이라도 해야 하겠습니다. 암만 달래 봐도 성화가 나서 이혼은 고만두더라도 예식이나마 안 하면 얼굴을 쳐들고 다닐 수가 없다는구려. 그두 생각해 보면 그럴 것이 어쨌든 조선에서는 일류 음악가라고 하겠다, 인물이 그만하겠다, 젊은 놈들은 법석들을 하겠다……어디로 보든지 시집갈 데가 없겠소마는 단지 제게 대한 내 은공을 생각하고 내 말을 거역할 수가 없어서 승낙한 것이니까 나부터라도 그것까지는 꺾을 수 없구려. 허허허……영감이길래 내가 이렇게 팔 걷고 하는 노릇이지 실상은 나도 영감 같은 벽창호한테 내맡기기가 좀 아깝지만……하하하……그건 다 실없는 소리요. 자! 한잔 듭시다. 영감은 그 애가 오면 못 자실 테니까 어서 자실 만큼 자셔 놓아야지? 하하하."

진 변호사는 무척 생색을 내면서도 올리켰다 내리켰다 하는 수작이다.

"영감도 인제 아니까 사람이 못 되었군! 허허허! 한데 예식은 참 어떻게 하면 좋을까? 다른 묘안이 없을까? 당자가 하도 그리기에 위선 안심을 시키느라고 그저께 편지를 하는 길에 곧 예식을 거행하자고 승낙은 해 놨지만……."

"응? 편지? 벌써 염서를 교환하고 야단들이란 말이요 허! 큰일났군. 이러다가는 내 딸 하나 버리는군!"

하며 진 변호사는 농인지 진인지 알 수 없는 수작을 하니까 이가는 말을 막으면서

"그런 게 아니라 저번에 만났을 제 왜 우리 약조하지 않았소? 오늘 만나자고. 그런데 그때 당자의 말이 만나기 전에 편지로 예식을 서울서 거행한다는 것과 결혼한 후 반년 안으로 음악 연구를 하게 독일로 이태만 유학을 시켜줄 것을 승낙해야 만나 보지 그렇지 않으면 다시는 만날 필요가 없다고 합디다그려. 그래서 하는 수 없이 그끄저께인가 의논을 하려고 올라왔다가 영감도 만날 수 없고 당자도 집에 있는 모양인데 나오지를 못하겠다길래 편지를 참, 처음으로 한 게지 누가 어린아이들처럼 편지질이야 하겠소."
하고 이가는 그 대머리를 쓰다듬어 가며 히히 하고 웃어 버린다.

⑯ "그럼 되었소그려. 예식도 하고 유학도 보내주겠다고 승낙을 하셨단 말이지?"

"글쎄 그게 문제예요. 유학이야 지금 젊은 기운에 공연한 공상이지만 예식으로 말하면 하잘 수도 없고 안 하잘 수도 없고 어떻게 해야 좋을지……."

효범이는 가만히 듣다가 자기가 사른 편지 끝에 "예식 거행할 날의 영광을 꿈꾸면서." 어쩐다고 한 말을 생각해 보고 코웃음을 쳤다.

'세상은 이러한 암흑면을 감추어 가지고 그래도 아무 일 없는 듯이 웃음 속에서 아니 죄악 속에서 움직여 나간다. 그 편지를 내가 살라 버리지 않았더라면 인숙이는 네 시 전부터 먼저 와서 기다렸겠지. 이 악마들과 무

룔을 맞대이고 웃고 먹고 떠들었겠지……그러나 왜 아니 오나? 그 편지를
못 보아서 아니 오나. 어서 왔으면 노는 꼴을 좀 볼 텐데…….'

효범이는 이런 생각을 하며 다시 귀를 기울이고 앉았다.

"그저 내 말대로 우물쭈물 예식이랍시고 하잡시다그려. 우리 집에서 그
럭저럭 지내면 소문이 날 리도 없고……하여간 어서 끝장을 내야지, 그렇
지 않으면 또 무슨 변통이 날지 누가 아우?"

"글쎄 그런 염려가 없지도 않지만 예식을 한다면 자연 소문이 아니 나나
요? 더구나 공회당에서나 청년회에서 하자는데……."

"소문이 나기로서니 어떻소? 설마 중혼죄로 잡혀가기야 하겠소?"

"글쎄 그게 걱정이 아니라 피차에 창피만 할 게니 얼마 동안 지내다가
되는 대로 했으면 좋겠는데……."

하며 이가는 애원하듯이 진 변호사를 쳐다본다.

"그럼 이렇게 하슈. 두말 말고 내일 음악회까지 구경하고서 같이 데리고
인천으로 내려가슈. 그래서 월미도호텔이고 다른 여관으로 데리고 가서 그
럭저럭하다가 살림을 배처하면 예식은 차차 보아서 지내게 되지 않겠소?"

하며 진 변호사는 은근히 충동인다. 그것은 만 원 수형의 이서(裏書)를 오
늘 안으로 받아야만 덜미를 짚는 기막힌 사정을 피울 터인데 예식 문제로
흐지부지하다가 이가를 놓쳐 버리면 이가의 말마따나 큰 낭패가 되겠으
니까 진 변호사가 한층 더 몸이 달아 그러는 것이다.

'수양딸이란 좋은 것이다. 급하면 매음이라도 시켜 먹구! 에잇 개만도
못한 놈!'

효범이는 혼자 앉아서 분개를 하나 이가는 불같은 욕심에 진 변호사의

의견이 몹시 비위에 당기는 수작으로

"나 역시 벌써부터 생각은 한 일이지만 좀처럼 당자가 들을라고요?"
하고 지금으로 곧 데리고 가게나 될 듯이 입이 떡 벌어져서 깔깔 웃는다.

"그야 제가 처음부터 마음이 없으면 모르지만 데리고 가기가 어려울라
고요. 하여간 집 배처를 훌륭히만 하시고 급한 게 피아노니 피아노 한 채
만 얼른 장만하시구려. 지금 여자에게는 피아노가 만병통치의 육신환입
네다. 허허……."

"그럼 그건 그렇다 하고 친척들이 들고 일어나면 어떡하나요?"

"친척이 누구란 말씀요? 내가 승낙한 다음에야!"
하며 진 변호사는 깜짝 놀라다가

"원래 그 애로 말하면 전에도 말씀했지마는 내 전처의 형의 시조카 딸인
데 지금 그 애와 삼촌이 하나 있지만 미국 들어가서 생사를 모를 지경이라
는데 누가 간섭을 한단 말이요……자! 그는 그만하면 인제는 다 익은 떡
이니까 염려 없고 인제는 어떻게 내 일 좀 피어 주도록 하셔야 하지 않소?
늘 혼담을 하고서는 이 말을 꺼내서 나도 혐의적지만 공교히 오늘내일 새
로 요정을 내지 않으면 안 될 사정이니까……하여간 여기에 써 가지고 왔
으니 잠깐 도장만 빌려주시구려. 꼭 보름만 빌리시면 될 일이니까 그리 걱
정되실 것도 없고……."
하며 진 변호사는 훔척훔척하며 가지고 온 커다란 가방에서 종잇조각을
꺼내서 펴놓은 소리가 효범이 귀에도 들린다.

⑰ "액면이 만 원!"

이가는 수형을 들어 보며 이렇게 혼잣말을 하고서

"그야 어떻게든지 해드리지요마는 이 사람이 왜 이렇게 늦나?"

하고 시계를 꺼내 보더니 종잇장을 방바닥에 내려놓으며

"전화를 또 한 번 걸어 보시죠."

하고 치어다본다.

"글쎄 그만하면 올 텐데. 걸어 보죠."

하고 진 변호사는 풀이 없이 일어나면서

"하여간 이걸랑은 그 애가 오기 전에 만들어 넣으십시다. 그 애 눈에 띄면 피차에 창피할 거니……."

하며 나간다.

"흥! 얼쯤얼쯤해서 도장만 찍히기로 위주로구나! 누가 아나? 둘이 짜고서 무슨 짓을 할지? 놈이 워낙 흉측하니까"

이가는 지 변호사가 나간 뒤에 실성한 사람처럼 혼자 중얼거린다.

효범이는 '겨 묻은 개가 똥 묻은 개를 나무라는 세상이다!'고 소리를 치고 싶었다. 쥐 죽은 듯이 가만히 앉았으려니까 매부가 황황히 뛰어들어오면서

"삼십 분만 참으세요. 지금 막 들어와서 치장을 차려야 온다는구려."

하고 공연히 웃는다.

"네? 정말 온대요?"

하며 이가는 귀가 번쩍 뜨인 모양이다.

"허, 그 양반 사람도 퍽 못 믿는군. 어떻게 오는 게 정말 오는 게람 말요."

하고 진 변호사는 어벌쩡하느라고 안 나오는 웃음을 웃다가 다시 정색으로

"영감 이건 이대로 내버리시랴우? 진형석이 수형은 그렇게 하잘것없는 줄 아슈?"

하며 집어서 상 위로 올려놓는다.

"하잘것없기에 나더러 이서를 하라시는 게 아니요. 허허허. 한데 사실 미안하지만 내일 인천 내려가서 해드리리다. 자꾸 모피하랴는 것같이 되었소이다만은 도장을 집에 두고 왔소그려."

"흠! 그래서는 여간 낭패가 아닌데……그럼 내일 낮에 나하고 나려가시랴우?"

"글쎄, 오늘 저녁에 일이 잘 되면 내일이라도 나려갈 것이요, 아까 영감 말씀과 같이 내일 밤에 가게 되면 모레로 하는 수밖에 없지요."

"어떻든 내일 낮에 잠깐 다녀오십시다그려."

"오늘 묵으면야 내일 아침에 서울서 볼일이 있으니까……통히 그럴 것이 아니라 내일 음악회까지 구경하고 인숙 씨까지 데리고 셋이 같이 내려가십시다그려. 그게 좋지 않소?"

하며 이가는 싱글싱글 웃는다.

이가로서는 이왕 도장을 찍어 줄 지경이면 인숙이 일이 끝장난 뒤에 해 줄 것은 물론이지만 어쨌든지 모레 진 변호사를 끌고 가는 것이 인숙이를 데리고 가는 데도 유리하다고 생각한 때문이다.

'옳다! 그럴 게 아니라 현금 만 원과 인숙이 몸뚱아리와 좌수우봉을 하자는 말이구나! 만 원! 인숙이 몸값이 만 원에 금이 났구나! 내 몸값보다는……아니 내 몸값이 왜 있겠니! 하여간 만 원이 있어야 인숙이를 구하

는구나! ……하지만 대관절 구한다는 게 무엇 말라 뒈진 수작이냐? 만 원이 있으면 무엇을 구한단 말이냐? 돈으로 사람의 썩은 정신을 구한단 말인가? 인숙이는 인숙이다! 내는 내다! 나는 지금 인숙이를 위하여 이 고생을 하는 게 아니다. 나를 위하여 하는 일이다. 내 영성이 명하는 대로 내 주장을 위하여 싸우는 게다! 이 자식들! 이 주먹은 천주(天誅)다!'

효범이는 인사정신 없이 벌떡 일어나서 장지에 손을 대이랴 할 때 하녀가 세음을 해 가지고 방문을 쓱 열며 들어왔다.

"왜 그리세요?"

하며 지르는 하녀의 소리는 놀란 듯이 좀 높았다. 효범이는 찔끔하여 정신이 홱 돌자 손짓을 설레설레 내두르며 세음을 치르고 다시 앉았다.

옆방에서는 무슨 기미를 채었는지 잠깐 조용하다가 진 변호사의 목소리가 난다.

"하여간 나중에 형편 보아서 합시다마는 내일이 낭팬걸!"

하는 소리에는 한풀이 꺾이었다.

⑱ 인숙이가 삼십 분만 있으면 온다는 것은 진 변호사의 거짓말이다. 삼십 분만 끄는 동안에는 우선 수형 문제를 낙착시킬 것이요. 인숙이도 그동안에는 오리라는 막연한 계책으로 그린 것이다. 그러나 수형 문제는 보기 좋게 거절을 당하고 아직도 집에서 전화가 아니 오는 것을 보니 인숙이가 그저 아니 돌아온 모양이다. 당장에 도장은 못 받았을망정 오늘 신용을 잃어 놓으면 나중 일까지 길이 막힐 것이 걱정이다. 진 변호사는 혼자 안

절부절을 못하고 몸이 달아서 전화통과 씨름이다.

'문자하고 같이 나갔다니까 정녕 고년한테 끌려다니느라고 이렇게 늦는 게다. 일이 안 되랴니까 고따위가 다 마장을 드는구나! 엥!'

하며 나중에는 속으로 문자까지 칭원을 하여 보았다.

"정녕 인숙 씨가 댁에 들어왔대요?"

기다리다 못하여 대머리는 또 묻는다. 이자도 진 변호사만큼, 혹은 그보다 몇 곱이나 몸이 달았다. 돈과 계집이란 무슨 조화가 붙은 것인지 멀건 사내자식을 병신을 만들고 생사람을 말려 죽인다.

"글쎄 조금만 참아 주세요. 어제 계집애년이 하나 찾아오더니 둘이 붙어 다니느라고 아마 떼치고 빠져나오기가 어려워 그러나 보외다."

하며 진 변호사는 말씨가 점점 공손하여간다.

'계집애년! 애꿎은 문자를 왜 핑계거리로 삼누?'

효범이는 또 분개를 하면서도 참 정말 문자가 붙들고 시달려서 못 가겠다고 전화를 하였는지 모르겠다고 생각하고서는 혼자 웃었다.

'하나 지금 어데들 있누? 정말 집에 들어와서 있는 모양인가?'

하며 효범이는 전화를 좀 걸어 보고 싶었으나 들킬까 봐 꼼짝을 못한다. 오늘 아침 새벽 일이 까맣게 생각되고 자기 몸은 문자가 있는 누이 집과 몇천 리나 떨어진 딴 세상에서 헤매이는 듯싶었다.

"암만해도 가야 하겠소이다. 날은 저물어 가는데 밤을 새울 작정이면 모르겠거니와 늙은 놈이 이게 할 노릇인가요? 참 욕을 보려니까!"

하며 이가는 시계를 꺼내 보더니

"여섯 시 반 차는 놓쳤구나. 여덟 시 반 차로 가겠소이다."

하며 일어난다.

"영감! 어디 영감 같애서야 밀회의 흥미를 엿볼 수 있겠소? 고기는 관자가 아프도록 씹어야 맛이오. 정든 님은 이제나 올까? 저제나 올까? 조 비비듯 기다리는데 정이 더 붙는 것이 아니오. 자, 잠깐만 기다리슈. 전화 좀 걸고 올게."

하며 진 변호사는 또 나간다.

"여보 이 밤으로 만나긴 만날 수 있게 되었는데 별안간 신열이 나고 감기 기운이 있어서 못 나오겠다는구려. 비는 오는데 밤 출입하였다가 더치면 내일 음악회에도 출연하기 어려우니까 내일 낮에 만나게 해 달라고 하는구려. 심지어 자동차라도 파송을 시킬 테니 얼굴만 잠깐 보이고 가라니까 내가 기생이냐고 화를 버럭 내며 전화를 끊으니 하도 기가 막혀 의논을 해 볼까 하고 다시 올라왔는데……."

하며 진 변호사는 웃는다. 그러나 이가는 인숙이가

"내가 기생이요?"

하고 핀잔을 주었다는 것이 무슨 음악이나 듣는 듯이 귀에 반갑기도 하고 전화를 바락 내고 몰풍스럽게 몸을 내둘렀을 인숙이의 교태를 머릿속에 그려 보고서는 눈에 보이는 듯이 이상한 충동이 가슴을 졸이는 듯싶게 기뻤으나 다만 한 가지 의심은 진 변호사가 도장을 못 받은 화풀이로 중간에 들어서서 일부러 속을 태우느라고 그러하거나 혹은 인숙이와 처음부터 부동이 되어서 만 원 하나만을 꺼내고 혹 부러 새려는 그야말로 미인계가 아닌가 하는 것이었다.

"그렇다면 하는 수 없지만 욕을 보여도 너무 심한걸. 하여간 나는 나려

가겠소이다.”

하며 이가는 배를 툭 튀겨 보인다.

⑲“글쎄 툭하면 나려간다니 나려가기가 그렇게 어렵단 말씀요. 공연히 일을 저지르랴고 그리시는구려. 그리지 말고 오늘 저녁은 오래간만에 내 술 한 잔 하시고 다른 미인이나 구경을 시켜드릴게 울적한 심회나 풀고 지내고서 내일, 다 아주 마지막으로 만세를 한 번 불러 봅시다.”

진 변호사가 이렇게 달래니까 이가는 인색한 생각에 공술과 공계집이 생긴다는 말에 솔깃하면서도

“술이야 어디 없을라구.”

하며 좀 더 뻗대 보다가

“그러면 이 저녁에 댁으로 찾아가 볼 수는 없을까요?”

하고 물었다.

이 소리를 듣고 놀란 사람은 진 변호사보다 장지 뒤에 숨은 효범이었다.

‘흐흥! 인숙이를 찾아가? ……’

하며 효범이는 눈을 감고 고개를 기웃이 숙이고 서서는 무슨 생각에 골독한 모양이다.

“이 밤으로 찾아가신다는 말씀요? 어렵지는 않은 일이지만…….”

하며 진 변호사는 매우 난처한 모양이다. 그러나 이가는 진 변호사의 말이 못 미더워서 가 보겠다는 터이라 난처해 하는 눈치를 보면 볼수록 가 보겠다고 뻗댄다.

"앓는다니까 위문도 하고 또 나로서는 오늘 저녁에 끝장을 내야지 늙은 놈이 이 이상 더 창피하게 이리 끌려다니고 저리 끌려다니기가 정말 괴로워서 못 살겠소이다."

"흥! 위문을 가시겠단 말씀이죠. 그러하실 게지. 허허허. 한데 다른 것은 관계없지만 내 처남이 있고 게다가 제 동무가 있으니까 그게 난처하단 말씀예요."

하며 진 변호사는 눈을 찌푸려 보았다. 효범이는 장지 뒤에서 무심코 혀를 내밀고 모가지를 움츠려들었다. 분하고 미운 생각은 스러지고 웃음이 복받칠 지경이다. 이가도 처남이라는 말에 가슴이 뜨끔하였다. 그러나 나오던 고집이다.

"처남이 누구시란 말씀이요."

하고 이가는 시침을 뗴인다. 효범이는 웬만하면 장지를 쓱 열고 나서고 싶은 충동이 걷잡을 수 없었으나 일을 잡치면 안 된다 하고 참았다.

"저 아직 어린애지만 좀 난처한 일이 있어서……하여간 집에 누구들이 있나 전화로 알아보고 결정하십시다. 영감이 가신다는 것은 나도 대환영이니까……."

하며 진 변호사는 또 당황히 아래층으로 내려갔다.

"자 그럼 이렇게 하십시다. 다행히 처남 아이가 없대니 잠깐만 가서 만나시고 곧 놀러 나오십시다."

하고 진 변호사가 하인을 부르려고 손뼉을 치려니까

"왜 처남하고 무슨 조건이 붙나요?"

하고 이가가 묻는다.

효범이는 좀 더 있다가 매부의 대답을 듣고 싶었으나 육호실 하녀가 문을 여는 소리에 맞춰서 이 방문도 곱게 열어 놓고 살짝 빠져나와 구두끈을 매일 새도 없이 쏜살같이 비를 맞고 큰길로 나섰다.

달여 놓은 고약을 엎친 듯한 아스팔트 바닥의 큰길은 어느덧 들어온 전등 불빛에 번질번질 윤이 흐르고 아직도 잿빛으로 여운을 남긴 낙조가 구름에 새어서 사방은 어둠침침하여 갈팡질팡하는 희고 검은 사람의 그림자가 마치 꼬리 없는 허깨비가 두 팔을 내저으며 헤엄을 치는 듯이 효범이의 눈에는 몽롱히 보이었다.

'어느 틈에 전등이 들어왔나?'

하며 놀라는 효범이는 지금까지 있던 방에도 불이 켜있었던지 컴컴하였던지 생각이 아니 났다.

그는 아까 옷을 갈아입던 인력거 방에 들어서며 몇 해 만에나 만나는 친구처럼 제풀에 반가이 인사를 하고 방으로 들어가서 또 전화를 빌었다. 사실 효범이는 세 시간 동안 갇혀 있던 육호실 곁방이 멀디면 지옥 속같이 생각이 되는 동시에 다시 살아서 사파에 나온 것같이 모든 것이 눈에 새롭고 반가웠다.

⑳ 효범이는 우선 문자를 전화로 불러내었다. 과연 인숙이가 집에 있다 한다.

"퍽 궁금……."

하며 문자의 목이 메이는 목소리가 수화기로도 분명히 들리었다. 효범이는 눈물이 스밀 만큼 문자의 심중이 측은하고 고마웠다. 그러나 효범이는 동무와 활동사진 구경을 하고 늦게야 들어가겠다고 딴청을 하였다. 그것은 자기의 계획에 지 주사가 들어주지 않으면 자기 자신이 해야 하겠는 고로 일부러 그렇게 하여 둔 말이다.

"활동사진? 그래 혼자만 가게요? 어디로 가세요? 형님하고 나도 쫓아갈 테에요."

하고 문자가 어리광 비슷하게 조르는 것을 효범이는 어름어름하고 끊은 뒤에 매부의 사무소에 전화를 걸어 보니 요행히 지 주사가 아직 아니 나갔다. 잡담 제하고 얼른 누이 집 뒷문으로 와 달라 하여 놓고 아까 맡겨 놓았던 옷 보퉁이를 들고 인력거를 집어탔다. 우비 속에 들어앉아서도 그대로 뛰어내려서 달음박질을 해 가는 것이 더 속할 듯싶이 효범이는 조급하였다. 누이 집 문 앞에 나려 보니 아범은 인력거 바퀴를 닦고 앉았다.

"여보게. 안에 들어가서 나 왔다는 말은 말고 사랑 뒷문 좀 열어 주게."

"왜 그럽쇼?"

아범은 눈이 뚱그래서 치어다봤으나 효범이가 손짓 턱짓으로 뒤가 급한 사람처럼 서두르는 통에 아범은 뒷문을 열러 갔다. 거기에는 벌써 지 주사가 대령하고 서 있었다. 효범이와 지 주사가 들어온 뒤에 아범이 문을 다시 걸려는 것을 효범이는 그대로 지쳐만 두라 하고 영감님이 곧 들어오시더라도 내가 뒤로 들어왔다고 하지 말라 하고서 지 주사를 자기 방으로 데리고 들어갔다……십 분쯤 지난 뒤에 효범이는 지 주사를 방에 남겨 두고 나오다가 지 주사의 구두를 방 안에 들여놓고 뒷문으로 다시 나가 버렸다. 사랑은 여전히 인기척도 없이 텅 비었다. 그 후 이십 분쯤 지나서 우비

씌운 인력거 두 채가 기운차게 들몰아와서 진 변호사 집 대문에 덜컥 놓였다. 또 그 후 오 분이 못 되어서 효범이는 비를 쪼르를 맞고 책가방을 들고 들어왔다.

"활동사진 구경 가신다더니?"

하며 마루 끝까지 나와 맞는 사람은 문자였다. 문자가 무슨 말을 하지 못하여서 덤비는 것을 효범이는 눈짓으로 막고 어멈더러 사랑에 나가 자기 방에서 조선옷을 가져오라고 하였다. 어멈은 옷을 들고 들어오며

"사랑이 오신 손님이 누구신지 메주덩이 같은 얼굴에 이마가 이렇게 대머리 지고……."

하고 손으로 앞이마를 쓰다듬어 올려 보이며 낄낄 웃으니까 주인아씨도 따라 웃으면서 눈을 찡그리고 나무랬다.

인숙이는 여전히 건넌방에 들어앉아서 내다보지도 않는다. 효범이는 어멈이 자기 방에 대하여 아무 말이 없는 것을 보면 어멈 눈에 거슬리는 것이 없었던 모양이니 잘 되었나 보다고 혼자 기뻐하면서

"어멈 사랑에 손님이 오셨나?"

하고 물었다.

"네. 조금 아까 영감님하고 같이 오셨어요. 그런데 무엇인지 이만한 봉지하고 커단 광주리에 사발만 한 큼직한 과실을 가지고 오셨겠지요. 마루 끝에 놓였어요."

하며 입맛을 다신다. 그것은 이가가 일부러 진고개로 헤매이며 인숙이를 위하여 사서 가지고 온 것이다.

"그래 사발만 한 과실이라나? 그 양반의 대머린지 대갈통만은 못하던가?"

하며 시치미를 떼니까 여자들은 좋아라 하고 웃는다. 효범이는 옷을 다 갈 아입고 마루로 나와 앉으며

"어멈! 내 옛날이야기 하나 하랴나?"

하고 웃는다.

"하십쇼."

"옛날에 어떤 사람이 어떻게 대머리가 졌던지 까마귀가 날아가며 보다 가 내려다보니까 햇볕에 번질번질하는 것이 암만 보아도 물에 젖은 바위 같이 보이네그려……."

"하하하……."

하며 여자들은 웃다가

"그래서요."

하고 효범이를 쳐다본다.

"그래서 다리도 좀 쉴 겸 시장한 판에 무엇이 얻어먹을까 하고 후르를 날아서 내려앉으려다가 고만 미끈둥하며 뚝 떨어지지를 않았겠나……."

"호호호 하하하……."

㉑ 효범이의 이야기가 채 끝나지 못하여 사랑에서 영감이 큰기침을 하 며 들어왔다. 효범이는 다른 여자들과 같이 일어나서 인사를 하였다.

"자네 오늘 왜 이렇게 늦었나? 몸이 아프다더니 관계치 않은가?"

이 사람은 못마땅한 일이 있으면 처남더러 '허게'를 하고 신기가 좋으면 친동생같이 군다.

"오래간만에 친구의 집에 끌려가서 놀다가 활동사진 구경 가자는 것을 몸이 좀 아파서……."

하고 효범이는 사랑으로 나가려는 듯이 마루를 내려가려니까 매부는 깜짝 놀라며

"자네 어디 가나? 사랑에는 손님이 있으니 조금 있다가 나가게."

한다. 효범이는 다시 올라와 피아노 앞에 앉으며 찬송가를 들어서 뒤적 뒤적하며 뒤에 앉았는 매부의 말이 나오기를 은근히 기다렸다.

"여보 마누라. 사랑에 온 사람이 여러 해 만에 만나는 내 죽마고우인데 우연히 인숙이 이야기가 나서 알고 보니 인숙이 외가 편으로 어떻게 된다나! 그래 잠깐 만나겠다는데 관계없겠지?"

하며 주인은 싱긋 웃는다.

"관계 있구 없구가 있어요? 그런 걸 다 왜 내게 물으세요? 당자더러 물어보셔서 만나겠다면 만나게 하는 게지요."

효정이는 대강 짐작은 하면서 순탄히 이렇게 대답을 하였다.

"아 글쎄 말야. 알지 못하는 사람에게 남의 집 처녀 아이를 함부로 소개를 하는 것같이 알면 집안에서들도 이상하게 알 것 같고 가도에도 상서롭지 못하겠기에 미리 마누라하고 의논을 한 게지……허허허. 여보게 인숙이! 이리 좀 나와."

"네?"

하고 인숙이는 눈을 내리깔고 나왔다.

"자네 이근영이라구 하면 알겠나? 자네 외가 편으로 어떻게 된다는데……나를 찾아서 왔던 길에 잠깐 만나 보고 소식이나 물어보겠다는데

나가 보지 않으려나?"

하며 진 변호사는 싱글싱글 웃고 앉았다.

"글쎄요. 요다음 만나게 되면 만나지요."

하며 인숙이는 입을 꼭 다물고 진 변호사를 살짝 쳐다보다가 마침 고개를
돌이키는 효범이의 눈길과 딱 마주치자 불벼락이나 맞은 듯이 찔끔하며
고개를 푹 숙여 버렸다.

인숙이의 처지는 참말 난처하였다. 효범이나 여러 사람이 눈치를 채일
것은 아니로되 나갔다가 이가가 공연히 지지자 하고 늘어놓으면 자연 이
목이 번다한 터에 집안에 알릴 것이다. 나간달 수도 없고 안 나간달 수도
없어서 망단해 하는 것을 보고 진 변호사는

"잠깐 다녀 들어오지."

하며 끌다시피 하여 데리고 나갔다.

인숙이가 나간 뒤에 효범이는 눈살을 잔뜩 찌푸리고 앉아서 찬송가만
공연히 뒤적거리며 귀를 사랑 편으로 기울이고 앉았다가 문득 안에서 떠
들어 주어야 사랑에서 자기가 시킨 계획을 실행하는데 편하리라는 생각
이 들어서 문자더러 찬송가를 하자고 하였다. 문자는 얼른 피아노 앞으로
와서 앉으며

"무얼 할까?"

하고 아양을 품은 눈으로 효범이를 쳐다본다.

"글쎄, 무에 좋을까? 지금 결혼식을 거행하는 중이니까 결혼 찬미나 할
까!"

하며 효범이는 픽 웃었다.

"응? 뭐?"

문자는 어제 효범이의 부탁을 받을 때부터 수상쩍게 알던 판이라 귀가 번쩍 뜨여서 효범이를 꾹꾹 찌르며 물으니까 효정이는 눈살을 찌푸리며

"자세 알지도 못하고 공연한 소리를……."

하고 말을 막는다.

"글쎄, 그런 건 새악시가 알 게 아니야. 어서 창가나 합시다. 혼인 찬미가 몇 장이든가?"

하며 효범이가 찬송가 책을 빼앗아 드니 문자도 알아차렸다는 듯이 생긋 웃으며

"이백오십 몇 장이지! 이리 주세요."

하고 책을 다시 빼앗아서 이백오십칠 장을 펴놓고 우선 한 번 쳐 본 뒤에 소프라노만을 피아노를 울려 가며 합창을 시작하였다.

㉒ 오늘 모여 찬미함은
형제자매 즐거움
거룩하신 주 뜻대로
혼인 예식 행하세
신랑 신부 이 두 사람

……여기까지 부르자 사랑에서
"영춘아, 영춘아."

하며 아범 부르는 주인영감 소리가 나고 뒤미처서 인숙이가 얼굴이 해쓱해서 들어오는 것을 효범이는 듣기도 하고 보기도 하였으나 찬미는 그대로 이어 나간다.

한 몸 되기 원하여
온 집안이 야단나고 (하나 되고)

……첫 절의 끝이 아직도 덜 끝났는데 효정이가
"문자, 문자, 그만둬요."
하고 소리를 치는 통에 뚝 끊고 돌아다보니까 효정이는 마루 끝에 나서서 목이 메라고 영춘 아범을 부르고 인숙이는 바르를 떨면서 마룻전에 서서 문자와 효범이를 살기가 질린 눈으로 거듭떠보고 섰다.

인숙이는 이 찬미가 무슨 찬미인 것을 확실히 알았다. 그리고 "온 집안이 하나 되고"라는 구절을 효범이만은 "온 집안이 야단나고"라고 엇먹어서 부른 것을 분명히 들었다. 인숙이는 어깨를 또 한 번 흔들었다.

한참 세차던 비는 어느덧 잦고 보슬비가 옷 젖기 좋을 만큼 소리 없이 나리었다.

"누님, 왜 그러우?"
하며 효범이가 황황한 태도로 쫓아 나오며 부르려니까 행랑에서는 아범이 나오고 사랑에서는 영감이 들어오다가 축대 위에서 마주쳤다.

"벌써부터 무슨 잠이냐? 그렇게 불러도 무엇 하느라고 못 나와!"
하며 꾸짖으면서

"불 켜 가지고 사랑에 나가서 마루 구멍이며 뒷간이며 모조리 뒤져 봐라. 어떤 놈인지 도적놈이 들어온 모양이니…….."

하고 영감은 한숨을 휘 쉬이며 사랑문을 노려본다.

"엣, 도적놈이요? 내 격검대[竹刀]! 격검대를 얻다 두었나?"

하며 효범이가 나는 듯이 내려와서 나가려니까 매부는

"너 지금 사랑에 나오지 않았었지?"

하며 불쑥 묻는다.

"나갔었으면 도적놈을 놓쳤을라구요."

하며 벼락같이 내닫다가 웬 희끗한 그림자가 사랑 뜰에서 문간으로 향하는 것을 보고 효범이는 홱 달려들며 뒤로 고작을 잡아채서 인사사정 없이 딴죽을 걸어 곤죽이 된 진창에 곤두박이를 치고서 구둣발길로 대여섯 번 연거푸 힘껏 걷어차니까 킥킥 소리를 친다.

"이놈의 자식, 예가 어딘 줄 알고! 의범이 게 어디니. 이놈, 대가리 생긴 것하고……양복떼기를 입고 초저녁부터 월장을 해? 아범, 어서 이리 오게. 도적놈 잡았네."

하며 효범이는 소리를 고래고래 질렀다.

"응? 도적놈 잡았어?"

"네? 도적놈 잡았어요?"

일변 불을 켜며 일변 그럴 듯이 떠들어 놓고 도적놈 들어왔더란 광경 이야기를 하려 하여 허둥대이고 법석을 하던 안에서는 효범이 소리에 비로소 귀가 뜨여서 상전 하인이 소리를 마주치며 내달고 여편네들 행랑자식들까지 사랑으로 몰려 나왔다. 그동안에도 효범이는 주먹으로 발길로 닥치는 대로 장작 패듯 팼다.

"아구! 아구! 흐흥! 사람 살려 주오. 영감! 내요, 내야."

도적놈이 진창 뒹굴면서 겨우 숨을 돌려 가지고 한마디 "영감! 내요." 소리를 하자 꽁무니를 슬슬 빼며 불을 들이대고 보라고 소리만 지르던 진 변호사는 깜짝 놀라며

"이게 웬일이야? 영감 이게 웬일이야? 애, 효범아, 놓아라."

하며 황겁하여 벌벌 떨면서 효범이의 팔을 붙들었다. 효범이는 그제서야 팔의 힘을 느꾸면서

"형님, 이게 누구란 말요?"

하고 턱에 차는 숨을 후 뿜었다.

㉓ "누가 뭐냐? 손님이야 손님! 내 손님이다!"

"옛? 이거 큰일났군! 그만했던 게 요행이지 허! 하마터면 큰일 날 뻔했군! 그래 어디 상하신 데는 없나요?"

효범이는 눈이 뚱그래지며 도리어 가엾어 하는 말씨로 변하더니 다친 사람을 부축하여 올리다가 아범이 쳐드는 등불에 비추어진 흙투성이가 된 얼굴을 들여다보더니

"어? 이게 또 웬일요. 영감이 이게 웬 말씀요? 아! 인천 이근영 씨 아니슈?"

하며 효범이는 두 번째 놀란다.

"에그머니!"

하는 여자의 목소리가 들리더니 인숙이가 앞장을 서고 여자들은 안으로

통한 문 안으로 몰려 들어가서 망만 바라본다. 어느덧 인숙이는 건넌방으로 들어가서 누워 버렸다. 그러나 불의의 봉변을 당한 이가는 그런 중에도 여자의 '에그머니'라는 소리에는 만족한 듯이 찡그렸던 상을 펴며

"과히 상하지는 않았소이다마는 예서 우리가 만날 줄은 참 의외이구려."
하며 효범이 부추긴 채 마루로 가서 펄썩 주저앉는다. 그러나 속으로는 아까 창밖에서

"만 원에 팔려 가는 사특한 계집아! 그 편지를 쓴 사람도 내요 편지를 본 사람도 내다……."
하고 소리를 치던 것을 생각하고 이가는 이를 갈며 효범이를 쳐다보았다.

'요놈이 이렇게 헤살을 놓을 줄 알았더라면 그 일본말 편지를 공연히 써 달랐고나!'
하는 후회도 났지만 하는 수 없었다.

이가는 꺼멓게 진흙에 뒤발린 흰 옷통을 벗어 놓고 시름없이 기둥에 기대어 앉아서 씨근벌떡한다. 가슴이 결리는지 가다가다 눈을 홉뜨고 이를 악무는 것이 효범이에게는 무서워도 보였다. 전등 불빛에 비추어 보니 넥타이는 모지라져 달아나고 뻔질뻔질하던 그 대머리에는 검은 흙이 덩이로 붙었는데 어데서인지 피가 고랑을 지어 살쩍으로 흘러내린다.

"허! 머리에 생채기가 났었나 보구려."

주인은 하도 딱하는 듯도 하고 '그래 싸니라!' 하는 일종의 쾌미를 느끼는 듯도 한 표정으로 약을 사 오너라 물을 떠 오너라 하고 얼레발을 치며 서두른다.

한바탕 법석을 하다가 겨우 이가가 대머리 위에 흰 솜조각을 붙이고 방

에 들어가 앉으니까 주인은 껄껄 웃으며

"참 뭐라고 해야 좋을지 모르겠소이다. 한데 대관절 영감이 마당에는 왜 내려왔습디까?"

하고 물어보았다.

"하도 무시무시하기에 문밖에 나가서 영감을 기다릴까 하고 나섰던 것이라서……."

하며 이가는 입맛을 쩝쩝 다시다가

"한데 내 모자는 어데 갔구?"

하며 그래도 모자를 잊어버릴까 보아 걱정이다.

'아직 주먹맛을 덜 본 게로구나? 내가 뛰어나오니까 쥐구멍을 찾다가 큰코다쳤다고 해라!'

효범이는 속으로 이렇게 놀리면서 바라보고 섰다가

"그런데 영감! 그 편지 써 가던 일본 기생은 만나 보셨소? 어디 저 모양을 하고서야 만나 보시겠소?"

하고 까짜를 올렸다.

"뭐? 편지?"

진 변호사는 하도 편지 일절로 놀란 판이라 눈이 뚱그래졌으나 이가는 말을 막느라고

"아니 이것은 딴 조건이야."

하고 웃어 보이었다.

이 분란통에 정말 도적놈은 벌써 천리만리 들고튀었다. 주인 영감은 이가에게 구랄만 한 자기 양복을 입혀 가지고 그래도 요릿집으로 끌고 나가

다가 아범을 데리고 안팎을 한 번 휘돌았으나 아무도 들어왔을 듯한 흔적은 없었다. 사랑 뒷문도 빗장고리가 제대로 걸리어 있다.

"참 희한한 노릇이로군!"

주인영감은 이런 소리를 남겨 놓고 나가 버렸다.

㉔ 인적이 괴괴하여지니까 쓸쓸한 사랑 마당에는 어느 구석인지 협수룩한 허연 그림자가 도깨비처럼 훌쩍 나타나서 사방을 휘휘 돌려다 보더니 우중우중 뜰을 건너 효범이 방 앞에 와서 또 한 번 뒤를 살펴본 뒤에 문틈으로 기웃이 들여다보다가

"효범 씨!"

하고 나직하게 부르며 미닫이를 쓱 여는 사람이 있다.

"아, 수고가 많습니다."

효범이는 간단히 이렇게 인사를 하고 손목을 잡아 끌어들였다. 밝은 데서 보니 복색만 보면 아까 남대문 정거장에서 비쓸비쓸하며 헤매이던 거지 인력거꾼, 그 사람이다.

"지 주사! 그래 어떻게 되었에요?"

효범이는 지 주사가 인력거꾼의 복색을 까맣게 더러운 자기 양복으로 갈아입는 것을 치어다보며 초조한 듯이 물었다.

"흥! 잘 되었지요. 참 난생처음으로 어릿광대 노릇을 하려니까 죽을 욕을 보았소이다. 그러나 나중에 이가 놈의 도적놈 노릇과 효범 씨의 형사 변장은 활동사진에도 그만하면 대활극이던걸! 허……캄캄한 광속에서 참

고 있느라고 갑갑해 혼이 났지만 문틈으로 내어다 보니 어찌나 통쾌한지! 하마터면 나도 뛰어나올 뻔했소이다. 아무튼지 얻은 떡이 두레 반이라고 우연히 걸려들어서 잘 해내셨소이다."

하며 대강 내평을 아는 지 주사는 효범이보다도 더 좋아한다.

"그놈이 벌써 H정에서 얻어맞을 것을 운수가 좋아서 내 손에 걸려들지를 않나 보다 하였더니 사재 채반을 걸머지고 덤비는 데야 하는 수 있나요? 그런데 그 연놈들이 무어라고들 해요?"

하며 효범이는 그동안 경과를 어서 듣자고 한다.

"별 이야기는 없고 무슨 조건인지 주인 선생이 수형 논래를 하다가 나중에는 신의를 모르는 놈에게는 내 딸을 줄 수 없다고 풍을 치며 호령을 하는 바람에 궐자도 거기에는 아찔했든지 내일 저녁에 인숙이까지 데리고 인천으로 내려가서 도장을 찍어 주겠다고 서약서인가 계약서를 써 놓나 보더군요. 그제서야 선생님의 그 큰 몸집이 날쌔기가 참새 새끼같이 뛰어들어가서 인숙이인지 따님인지를 데려다 맡기는 모양인데……제기랄 나도 젊었을 적에는 오입께나 해 보았지만 신마찌 갈보년도 아무리 맞돈흥정이로구서니 돈부터 받고 계집구경 시키는 오입판은 사십 평생에 처음 보았소그려. 아무튼지 우리 집 선생님의 장삿속은 호되기도 하지만 수단이 그럴듯해!"

하고 지 주사는 상전 영감의 변호사다운 솜씨를 칭찬하는지 자기의 오입하던 자랑인지 평시에 못 보던 대기염을 토하기 시작한다.

'대관절 이 부황퉁이한테도 반하는 계집이 있었나? 어느 시절에 오입을 다하고!'

효범이는 지 주사의 두 볼이 축 처지고 검은 진이 앉은 누르퉁퉁한 얼굴을 쳐다보며 속으로 웃다가

"그래 인숙이는 태도가 어떻습디까?"

하고 물었다.

"인숙이요? 이렇게 말하면 효범 씨는 듣기에 매우 괴란쩍으리다마는 목소리만 들어도 요부(妖婦) 타입[典型]입디다. 여간 기생에다 대겠소! 그 계집애 손에 들고서야 녹아나지 않을 놈이 없겠습디다마는 이가라는 어떻게 생긴 멍텅구리기에 그 모양이요? 그 집 산소도 잘 썼더라!"

하며 신이 올라서 꺼내놓는다.

"……글쎄 사람의 자식을 어떻게 내지르면 그 뿐새로 생긴단 말이요? 갖은 호령 갖은 천대를 다 받으면서도 그저 살려달라는구려. 여보 효범 씨! 나도 사람으로 태어나건 계집으로 태어나고 계집으로 태어나건 미인이 됩시사 하고 사십 평생에 허구한 날 거울을 볼 때마다 유언 삼아 축원을 하다시피 하지만, 참 정말 미인의 세도도 한참 당년의 대원이 대감을 볼쭤지르는 꼴을 오늘이야 처음 보았소."

하며 지 주사는 코웃음을 친다.

㉕ "왜요? 어떻게 되었길래요?"

"어떻게 된 게 뭐요? 인숙이가 아무리 춘향이의 할미뻘이 된다고 해도 노름채 일금 일만 원을 내던지고 데려온 계집이구려. 그러고 보니 작히나 한 놈 같으면 좀 할 말도 많고 별별 거드름이 다 많지 않겠소마는 인숙이

의 그림자를 보기가 무섭게 그만 고양이 만난 쥐보다 더 하구려……딱 들어서며 첫대바기에 분부가 몸이 아퍼 못 볼 것이로되 위층에까지 온 것을 차마 그대로 돌려보내기가 안 되어서 나오긴 나왔으나 오 분간만 할 말을 하고 가라는 신퉁그러진 수작이요, 그다음에 나오는 호령은 두 가지 조건을 먼저 기별하고 오랬더니 그대로 와서 요릿집에서 전화질만 하고 앉았으니 나를 그렇게 호락호락한 기생 따위로 아느냐는 수죄요, 또 그다음에는 늙은 놈이 어린 처녀에게 약속한 것을 지키지 않으니 요새 신사는 그 따위로 배워 먹었느냐는 교훈이구려! 하고 보니 똥집이라도 든 놈 같으면 골도 나련마는 겨우 하는 소리가 '삼십일 일에 인천역에서 부친 편지를 못 보신 게군요. 인천서 헤어질 때에 주신 음악회 봉투에 넣어서 자세한 말씀을 했는데 그게 웬일인구?' 하는 눈물 섞인 애원이 아니겠소? 내가 다 화가 납디다."

"그래 인숙이는 뭐랍디까?"

"그만 하면 알조지! 뾰로통한 소리로 '할 말이 없으니까 그따위 수작으로 어벌쩡하시는군! 나는 그런 편지 구경도 못 하였으니까……' 하며 편지를 보냈느니 안 보았느니 하며 싸우는 판에 인제는 내가 한마디 할 때라고 마루 구멍에 짝 달라붙어 누웠다가 고개만 쳐들고 마치 예언자 요한이 헤로데아 왕비를 꾸짖듯이 겨우 들릴 만한 떠는 목소리로 '만 원에 팔려가는 사특한 계집아! 그 편지를 쓴 사람도 내요 그 편지를 본 사람도 내다. 그러나 거기에 쓰인 말은 뱀의 혀끝으로 그린 것이니라!' 고 한마디 하고 화방 모퉁이 돌아서 광으로 들어가 숨었는데, 가만히 듣자니까 주인 선생은 효범 씨의 장난이라 하고 인숙이는 효범 씨가 당장 안에서 찬송가를 하는 소리가 들리는데 무슨 말이냐고 소곤거리기만 하며 한 놈도 창문을 열어보지 못하고 조용히들 앉았는걸 보면 눈이 뚱그래진 모양입디다. 아무튼지 고 때마침 피아노를 치며 소리를 한 것이 아주 잘 되긴 되었는데……여보 효범 씨! 주인 선생이 내 목소리만 알아들었더라면 나는 그나마 이거요!"

하고 지 주사는 오른편 검지손가락으로 자기 목을 쳐들고 쑥 그어 보이면서 껄껄 웃는다.

"알긴 어떻게 알아요. 자 그만하면 오늘 일은 대성공이니까 지 주사! 한잔 하서야 하지 않소."

하고 효범이는 저녁밥을 사서 먹이려고 지 주사를 데리고 나섰다.

"하지만 이 일은 절대 비밀로 해 주슈."

지 주사는 길로 나오면서도 부탁 부탁 한다.

"염려 없어요. 아범한테도 미리 일러 놓은 말이 있으니까 뉘 입에서 탄로가 나겠소."

하며 효범이는 안심을 시켜 놓았으나 어린아이들 장난하는 놀음에 끌려들었다가 몇 식구를 굶기게 될까 봐 겁이 펄쩍 나는 눈치였다.

효범이는 자정에 가까워서야 들어왔다.

꼭 닫힌 자기 방문 밑에 와서 장에 비친 불빛에 보니 조그만 여자의 고무신이 놓이고 저편으로는 물에 용초를 한 짚신이 한 켤레 놓여 있다. 효범이는

'아차! 짚신을 그대로 두고 나갔었구나!'

하며 문을 열고 보니 문자려니 하였던 짐작은 틀리었다. 효범이는 깜짝 놀

라면서 다시 짚신을 거듭떠보았으나 집어서 감출 틈은 없었다.

"밤이 퍽 으슥한데 여기는 왜 나오셨에요?"

하며 방 안을 들여다보는 효범이의 눈에는 경멸하는 빛이 돌았다.

"어서 들어오시지요. 잠이 하도 안 오기에 놀러 왔다가……."

인숙이는 인제야 일어서며 한마디 하였으나 생각하였던 것 보아서는 풀이 없고 불빛을 받은 얼굴은 해쓱하여 보이었다.

㉖ "도적놈이 들락날락하는 이 사랑에 무섭지도 않으세요? 어서 들어가 주무시지요."

효범이는 내색을 보일 필요도 없다고 돌려 생각하고 확 풀어진 태도를 취하였다.

"그따위 도적놈은 나도 두엇은 때려누인답니다."

하며 인숙이도 웃어 보이다가

"아니 계신 방에 들어와서 무에나 없어지지 않았나 잘 살펴보십쇼."

하고 남자가 벗어서 책상 모서리에 걸쳐 놓는 축축한 학생복 저고리를 집어다가 펴 널고 앉으며

"그야 남의 편지를 살라 버리는 사람도 있는 무서운 세상이지마는 설마 나더러 효범 씨에게 온 러브레터를 훔쳐보려고 들어왔다고는 아니 하시겠지!"

하고 남자의 눈치를 살핀다.

"이 방에 그런 향기로운 편지나 있었으면 좋겠습니다. 한데 남의 편지를

사르다니요?"

효범이는 별로 놀라는 눈치도 없이 시치미를 떼었다. 그러나 다시 생각해 보니 어제 춤을 춘 일절을 듣고 자기들 놀리기까지 한 다음에야 편지 휴지로 소지를 올렸다는 말도 들었기에 비꼬는 수작이요 또 그때에는 무심히 듣고 넘긴 인숙이도 아까 편지 임자인 이가가 와서 편지를 부쳤다고도 하고 지 주사는 숨어서 내가 보았다고까지 하였으니까 짐작을 못할 게 아니다. 그러면 아주 직통 대놓고 쏘아볼까 하다가 효범이는 슬쩍 놓쳐 버리는 수작으로.

"아닌 게 아니라 어제 편지 한 장을 무당이 지피는 바람에 무심코 소지 올린 일은 있지요마는……."

하며 되돌라 잡았다.

"그거 보세요. 내가 거짓말합니까."

인숙이는 귀가 반짝 뜨이는 듯 반색을 하면서도 역시 태연히 웃어 보인다.

"하지만 그 편지는 내 편지니까 염서횡령죄(艶書橫領罪)로 우리 매부의 일거리를 장만해 주게는 아니 되겠지요. 하하하."

"내 편지라니요?"

"내 손으로 쓴 것이면 내 편지지요."

인숙이는 내 손으로 썼다는 소리에 눈이 회동그래졌다. 아까 창밖에서 놀래던 그 목소리의 임자도 내가 쓴 편지라고 하였다. 그러면 어떻게 된 것인지 인숙이의 머리에는 선뜻 어림이 나서지 않았다.

"뉘게 부친 편지인데요?

"옛날에 내가 사랑하던 여자에게요."

하면 효범이는 눈을 똑바로 뜨고 면구스럽도록 인숙이를 치어다보았다. 인숙이는 얼굴이 빨개지며 고개를 숙여 버렸다.

아무리 생각해 보아도 모든 일이 인숙에게는 꿈속같이 알삽하고 귀에 남은 것은 다만 "옛날에 내가 사랑하던 여자에게요." 하는 남자의 차근차근한 목소리이다.

'옛날에 내가 사랑하던 여자!'

인숙이는 속으로 한번 되뇌어 보았다. 그 말에는 마치 죽은 임의 몸에 감겼던 낡은 옷을 그리운 마음으로 꺼내 들고 어루만지며 뺨에 대어보고 코로 맡아볼 제와 같이 애틋하고 가벼운 설움을 품은 소리였다.

'옛날에 사랑하던 여자! ……이 남자도 나를 사랑하여 본 적이 있었던가? 정말 이 남자가 내 마음을 알아주었던들……아! 정말 이 남자가 내 사랑을 받아 주는 눈치만이라도 보여 주었던들 모든 일이 이렇게는 아니 되었을 것이다. 아무 일도 없이 한여름은 곱고 즐겁게 보냈을 것이다! 아! 그것도 모두 내 팔자다!'

하며 인숙이는 얼이 빠져 앉아서 조선에 나온 뒤 넉 달 동안 지내온 일을 차서 없이 머리에 그려 보고 앉았다가 효범이가 무어라고 소리를 치며 드러눕는 바람에 정신이 반짝 들었다.

"아, 신색이 이상합니다. 신열이신가 보군요."

인숙이는 누웠는 남자의 눈알이 벌건 것을 걱정스러운 듯이 한참 바라보다가 이렇게 묻고 이부자리를 내려다가 깔아 주었다.

'이 계집이 왜 이리 요변인구? 알랑알랑하고 내 속을 뽑아보자는 말이지?'

효범이는 자리 위에 옮겨 누우며 이런 생각을 하다가

436 진주는 주었으나

'하여간 혼은 난 게다. 제가 감잡히는 일만 없었으면 지금쯤 나 같은 놈이야 눈이나 떠 보았겠니?'

하며 여자를 치어다보았다. 아까 새롱대던 때와는 또다시 딴판으로 수심이 만면하여 고개를 숙이고 꿇어앉았다. 시시각각으로 변하는 이 계집의 심리는 좀처럼 종잡을 수가 없다고 생각하였다.

㉗ "어서 들어가시지요."

효범이는 눈을 감고 숨이 가쁜 듯이 누웠다가 또 한마디 하였다.

"관계치 않아요."

인숙이의 대답은 효범이의 독기를 품은 목소리에 비하여서는 너무도 까부라졌다.

두 사람 사이에는 또 침묵이 잔잔히 흘러간다. 아까 인숙의 처음 서슬 같아서는 무슨 말다툼이 일어나거나 그렇지 않으면 아무 일 없었던 듯이 깔깔대며 효범이의 눈치만 살필 것 같으니 별안간 이렇게 풀이 죽어서 날 잡아잡수 하는 태를 꾸미고 앉아 있는 것이 효범이에게는 더욱 얄미워 보였다.

"이렇게 늦도록 앉았다가 형님께 들키면 나는 관계 없지만 그 야단을 어떻게 당하시려우?"

가다가다 발작적으로 일어나는 미운 생각은 효범이로 하여금 입에서 차마 아니 나오는 소리를 하게 하였다.

이 한마디에는 인숙이에 대한 큰 의혹과 모든 악의가 품기어 있고 인숙이도 그것을 짐작하지 못한 것은 아니다.

"형님요? 형님이 누구란 말씀이에요?"

인숙이는 멈칫하다가 예사로운 듯하고도 날카로운 소리로 이렇게 한마디 하고는 남자를 흘겨본다. 가슴에 몹시 찔리는 것이 있는 모양이다

"……형님 말씀을 듣다가 내가 이렇게 되었어요. 인제는 무서운 것이 없습니다! 어서 주무십시오. 나는 잠 올 때까지 이렇게 앉아 있고 싶으니까 염려 마세요."

"왜 여기 앉아 계신단 말씀이에요?"

하며 효범이는 또 불끈하는 생각에 불쾌한 소리를 지르다가 인숙이가 잠자코 있으니까 조용조용히 다시 말을 잇는다.

"……그만하면 나를 또다시 농락하실 필요가 없겠지요. 나도 올봄의 김 효범이가 아닙니다! 한여름 동안 뭉긋뭉긋 찌는 캄캄한 가마 속에서 꺼내인 뒤에 인제야 겨우 한숨을 돌리고 차차 밝은 햇발을 찾아 나가려는 것이에요. 정조는 여자에게만 있는 것인 줄 아슈? ……아니 정조(貞操)는 고만두고라도 정조(情操)라는 것이 얼마나 사람에게 귀한 것인 줄을 인숙 씨는 생각이나 해 보셨던가요? 그리고서 지금 와서 매부 형님 말씀을 듣다가 이렇게 되었다고요? 이렇게 된 것은 어떻게 된 것을 가리켜 말씀예요? 어느 때는 매부 형님이 무서워서 그이 말을 듣고……."

효범이는 우연히 꺼낸 말에 끌리어 새삼스러이 분이 치받쳤다. 인숙이는 수죄를 당하는 듯이 초조한 눈치로 가만히 듣다가 온 여름 동안 자기 때문에 번민을 하였다는 말을 듣고서는 깜짝 놀라면서도 마음이 쓰렸다. 그러나 자기의 동정(童貞)을 깨뜨리게 유혹이나 한 듯이 하는 말은 무슨

소리인지 알 수가 없었다. 효범이는 또 말을 꺼낸다.

"……내가 이 몸을 당신의 가슴에 안겼다거나 이 세상에서는 처음으로, 그렇습니다 처음으로 단 한 번 이 입술을 당신에게 더럽혔다는 것은 피차에 잊어버리십시다! 아까운 청춘을 이대로 시들려 버릴 내가 아니에요! 이십이라는 청춘의 첫 김을 아무 값없이 어느덧 당신 같은 이에게 희생한 것을 언제까지든지 생각하고 있다면, 생각하는 날까지는 당신의 뒤를 쫓아다니고야 말 것이니까 오늘 이 자리에서 피차에 아주 잊어버리십시다. 자, 이제는 들어가슈. 여기는 당신 같으신 양반이 오실 때가 아니에요!"

신열이 바짝 오른 효범이의 말은 점점 떨려 나왔다.

두 뺨이 발갛게 상기가 되었던 인숙이의 얼굴은 점점 해쓱하여지다 못하여 나중에는 파랗게 질리며 꼭 다문 두 입술은 바르를 떨리었다.

"그건 너무 심한 말씀입니다. 저 같은 계집에게도 인격이 없는 게 아니요 자존심도 아주 마비가 된 것이 아닌 것은 짐작하시겠지요?"

참다못하여 겨우 한마디 하고 고개를 드는 듯한 인숙이의 얼굴은 별안간 또다시 발개졌다. 그러나 그 이상으로는 더 말을 이을 힘이 없었다. 더러운 년이라고 내놓고 욕을 보이는 것보다 더 쓰린 소리를 들은 분풀이를 할 기운도 없고 그렇지 않으면 잘못되었으니 용서하여 달라고 빌붙을 처지도 아닌 것을 깨달을 제 설고 분한 생각이며 외롭고 억울한 심회가 뒤섞여서 눈물이 핑 돌았다.

㉘ 오십이나 된 이근영이를 저의 집 종놈의 새끼같이 꾸짖고 휘두르던 인숙이가 자기보다도 두 살이나 어린 효범이 앞에 고개를 마음대로 못 드는 것은 반드시 효범이에게 감잡힌 일이 있어서만은 아니다.

빈집에서 효범이의 매부와 희롱을 하였다는 것이나 인천 조탕의 독방에서 남자들과 노는 꼴을 들켰다는 것이나 이근영이 재산에 눈이 어두워서 그런 늙은 놈에게 시집을 가려는 것이나 모두가 남의 꼬임에 빠지고 남에게 끌리어 한 노릇이 아닌 다음에야 그러니 어쩌란 말이냐고 큰소리를 칠 수도 있고 그럴듯하게 변명할 수도 있는 일이다.

그러나 인숙이는 지금 효범이 앞에서 구차한 변명을 하려는 것도 아니요 오지랖이 넓게 웬 성화를 바치느냐고 들이대려고 이 밤중에 찾아온 것도 아니다.

'이 남자는 계집을 사랑할 줄을 모르는구나! 어쩌면 내게만 고렇게도 야멸친지 모르지마는……'

하며 나중에는 단념하여 버렸던 효범이가 딴사람이 된 것을 보고는 인숙이의 마음이 편할 수 없는 까닭이다. 여간 편치 않다는 것보다도 문자와 노는 것을 볼 제 눈이 뒤집히고 자기가 너무도 남자를 경솔히 보았고 끈기가 없었던 것을 후회하였다.

'너무 숫배기여서 그랬던 것이다. 그런 걸 모르고 내가 너무 허겁지겁을 하는 바람에 그때는 얼이 빠져서 어리둥절하였던 것이다……'

하며 지난봄에 인숙이가 '키스' 한 번을 하려도 부끄러운 듯이 얼굴이 발개지며 벌벌 떨고 달아나던 효범이의 얼굴을 그려 본 것은 그저께 일이다. 그 후 이틀 동안은 남모르게 은근히 속을 썩이고 조 비비듯이 지내왔다. 마치

어린 남편에게 시집갔다가 정을 들일 만한 나이가 되니까 다른 계집을 데리고 몇 해 만에 집에 돌아온 꼴을 보는 것 같았다. 분하고 아깝고 부러운 생각에 동리 집 부자 늙은이의 추파쯤이야 눈에 뜨일 리가 없을 것이다.

"무슨 말씀을 하시든지 저는 조금이나 원통하다는 생각은 없어요. 하지만 아무리 저같이 더러운 년의 말이라도 못 들어주실 것이야 없겠지요?"

인숙이는 생각하다 못하여 다시 말을 걸었다.

"지금 와서 말씀을 들으면 무얼 합니까. 제각각 제 사정이 있는 것이요 제 갈 길이 있는 것이니까 갈 데로 가면 고만 아닙니까? 나도 어제오늘 쓸데없이 미친놈의 짓도 하여 보았지마는 다 쓸데없는 줄을 이제야 깨달았습니다. 동으로 가려는 사람을 무슨 힘이 있다고 서로 끌려고 하겠습니까? 그렇게 할 힘도 없고 권리도 없고 필요도 없지 않아요? 인숙 씨! 고만두고 어서 들어가슈."

하고 효범이는 입을 악물고 눈을 감아 버렸다. 얼굴은 몹시 괴로운 듯이 뭉뚱그려졌다.

"만 원에 팔려 가는 계집은 제 갈 길을 가는 것인가요?"

인숙이는 아까 이가와 만날 때 밖에서 놀리던 말을 생각하고 모진 소리로 한마디 하였다. 그러나 효범이는 여전히 얼굴을 찡그리고 누웠다. 인숙이는 또다시 말이 막혔다. 물어보고 싶은 말도 한두 가지가 아니요 자기의 심중을 시원히 설파하고 싶은 생각은 간절하나 머릿속이 또다시 어리둥절해지고 갈피를 잡을 수가 없어서 무슨 말부터 꺼내야 좋을지 모르겠다.

"효범 씨……효범 씨."

인숙이는 한참 앉았다가 곱게 남자를 불렀다. 그러나 잠이 들었는지 아무 대답이 없다.

"효범 씨……."

두 번째 부르면서 인숙이의 쭉쭉 뻗은 가는 손가락이 가슴 위에 얹힌 효범이의 손목을 살짝 잡으며 흔들려 할 제, 미닫이가 스르를 열리며 문자의 보근보근한 얼굴이 갸웃이 나타난다. 인숙이는 깜짝 놀라며 손을 옴츠러 뜨렸다.

"무슨 이야기가 이렇게도 재미있어요?"

하며 문자는 입을 삐쭉하며 인숙이를 치어다본다.

㉙ 효범이는 눈을 번쩍 뜨고 일어났다.

"그저 안 주무셨어요? 들어오시요."

"도적을 지키느라구요."

하며 문자는 생긋 웃다가

"지금 뒷간에 나온 길에 그저 깨신 듯해서 나왔지요."

하고 방 안을 횅횅 돌려다본다.

'지키는 것은 도적놈이 아니라 나겠지?'

인숙이는 이런 생각을 하며 마지못해서 들어오라고 인사를 하였다.

"어서 가서 자야지……실례했습니다."

하고 문자가 문을 닫으려니까 효범이는 할 말이 있다고 불러들였다.

"그래 오늘은 어데를 가셨어요?"

효범이는 싱긋 웃으면서 물었다. 인숙이의 밀회 장소를 찾는 '수색대(搜

索隊)의 제이선(第二線)'의 보고를 인제야 인숙이 앞에서 듣자는 모양이다. 그러나 웬일인지 문자는 선뜻 대답하기가 어려운 듯이 선웃음을 치고만 앉았다. 인숙이도 무어라고 대답을 하누? 하며 문자의 얼굴을 치어다 보았다.

"가긴 어데를 가요. 저녁때 인숙 씨하고 동무한테 놀러갔다가 저녁밥 얻어먹고 왔지요."

하고 의미 있는 눈웃음을 효범이게로 보냈다. 그러나 인숙이는 아까 문자가 청년회로 찾아와서 네 시에 효범이가 이리로 오맜는데 아니 왔느냐고 하던 말을 생각하고

"참, 그런데 효범 씨는 오시맛대면서 왜 아니 오셨어요?"

하고 물어보았다.

"네? 누가 온대요?"

영문을 모르는 효범이는 딴청을 한다.

"아니에요. 왜 어저께 저더러 오늘 네 시에 청년회로 만나서 우리 셋이 놀러 가자고 하시지 않았어요?"

하고 문자가 말을 가로채이면서 효범이에게 눈짓을 하였다. 효범이는 그제서야 눈치를 채이고

"응, 참 깜박 잊어버렸었군! 나도 친구한테 끌려서 놀러가느라고 못 갔습니다."

하고 웃어 버렸다.

이것은 문자가 어젯밤에 효범이에게 부탁을 받고 아무리 궁리를 해 보아도 까닭을 알 수가 없어서 애를 쓰다가 혹시 오늘 네 시에 인숙이와 만

나자는 약속을 하여 놓고 효범이에게 속 못 차리고 뜻을 두는 자기가 보는 앞에 재미있게 노는 꼴을 보여서 실없이 자기를 놀리려고 하는 것이나 아닌가 하는 의심까지 들어 청년회로 찾아갔을 때에 잠깐 인숙이를 떠보려고 속였던 것이었다. 그러나 인숙이는 인숙이대로 '응, 그것도 너희들이 나를 이가와 못 만나게 하려고 한 수단이었구나!' 하는 짐작이 들어서 좀 불쾌하였으나 '그렇지 않아도 어차피 오늘은 이가를 만나려고 하지는 않았단다.' 하고 속으로 웃었다.

사실 인숙이는 그저께 전화로 약조한 것이 있는지라 오늘 저녁때 이가가 H정에 와서 자기를 기다릴 줄을 알았으나 두 가지 조건을 승낙한다는 편지를 못 받았고 또는 효범이의 눈치를 더 본 뒤에 좌우간 작정을 하리라 하고 도리어 몸을 피할 생각이었다.

'하지만 나만 M을 본 이야기를 효범 씨에게 하면 너도 마음이 편치는 못할라'

하는 생각을 하고 인숙이는 문자를 쳐다보면서,

"나는 M 씨가 누군가 하였더니 효정 형님께 들으니까 문자 씨의 영감이더군!"

하며 속이 시원하다는 듯이 야멸치게 생글 웃으면서 문자와 효범이를 반반씩 치어다보았다.

문자는 얼굴이 당장에 빨개지며 입술이 바르를 떨리는 듯하더니 노기를 품은 소리로

"그런 말이 어데 있소? 영감이라니 그게 무슨 소리요?"

하고 인숙이를 흘겨보았다.

"장래 영감은 영감 아닌가."

인숙이는 고소하다는 듯이 냉연히 또 한마디 대거리를 하고 여전히 웃는다.

"장래 영감이란 그런 흉한 말은 또 어데 있드람! 참, 사람을 놀려도 분수가 있지."

문자는 분에 못 견뎌 하였다.

공연히 M에게로 데리고 갔었다는 후회도 났지마는 효범이 역시 M과의 관계를 모르는 터가 아니니깐 그리 낭패될 일은 없다고 안심하였다. 실상은 인숙이가 M을 찾아가서 보자고 졸라서 같이 갔더란 말을 효범이에게 자기 입으로 하려던 것이었다.

"M 씨가 아직 일본 가지 않았에요? 그래 재미있게 놀고 오셨에요?"

효범이는 두 계집아이들이 주고받는 수작을 가만히 듣다가 심상히 물었다.

"벌써 떠난 줄 알았더니 올라와서 보니깐 아직 안 갔더군요. 인숙 씨가 가자고 조르기에……."

하며 문자는 아까 효정이에게 하던 변명을 되풀이하였다.

"문자 씨는 가기 싫은 것을 갔었지? 나 때문에……."

인숙이는 실없이 구는 듯하면서도 뼈진 소리를 또 한마디 하였다. 두 계집의 감정이 노골적으로 충돌이 될수록 좌석은 긴장하여 가면서도 점점 버스러지고 효범이는 구역이 나도록 불쾌하였다.

3

① 효범이가 앓는다는 말을 듣고는 은근히 기뻐한 사람은 진 변호사이었다.

'하여간 인숙이 문제가 끝날 때까지 며칠 동안 드러누워 주었으면 해롭지 않다.'

매부는 이불 속에서 이런 생각을 하면서도 놀라서 의논을 하는 아내더러 자기 집에 단골로 다니는 김 의사를 불러다가 보이라고 하였다.

김 의사는 진찰을 마치고 나오다가 효정이를 붙들고

"댁에 선대 적부터 내려오는 병 같은 것은 별로 없겠지요?"

하고 물었다. 효정이는 얼떨결에

"그런 것은 없어요."

하고 어름어름하였다.

"글쎄, 꼭 그렇다는 것은 아니지만 효범 군의 체질이 튼튼하면서도 안심이 안 되는 점도 있으니 얼마 동안 잘 먹고 쉬게 하시지요. 감기 기운은 이 약만 먹이면 없어지겠지요."

하고 김 의사는 자기가 미리 가지고 온 약봉지를 내놓고 가 버렸다.

이 말을 들은 남편은

"흥! 그럼 폐가 약한 게로군. 자네 어머니도 그걸로 돌아가셨다는 말을 들은 법한데!"

하고 눈살을 찌푸렸다 효정이는 철이 날락 말락 하여 어머니를 여의었으므로 이때껏 무슨 병으로 돌아간지는 모르지만 남편이 폐병이라는 말에 깜짝 놀랐다.

"한데 그는 고사하고 여보 마누라! 요새 효범이 눈치가 좀 다르지 않소?"

하고 남편은 별안간 수작을 붙인다.

"무에 달라요?"

"아니 글쎄……."

하고 남편은 말을 잠깐 끊더니

"어젯밤에도 들어오다 보니까 늦도록 인숙이하고 이야기를 하고 있는 모양이니 말이야."

하고 누이의 감독이 부족한 것을 책망하듯이 잠이 부족한 뻘건 눈을 부릅 떠 보이었다.

"그럴 리야 있다구요? 문자도 같이 나가 있었는데요."

"하여튼지 인숙이는 미구에 남의 사람이 될 터이니까 걱정될 것은 없지마 는……헌데 어제 그저껜가? ……인숙이에게 온 편지를 뜯어 본 일이 있지?"

하며 영감은 닦달하는 수작으로 묻는다. 효정이는 가슴이 섬뜩하였으나 정신을 바짝 차리고

"누가요?"

하며 되물었다.

"아. 효범이하고 같이 뜯어보지 안 했어?"

"아니요. 남의 편지를 왜 뜯어봐요?"

"흥!"

하고 남편은 효정이 얼굴을 껌벅껌벅하며 바라보다가

"아무튼지 자네두 철딱서니가 아직 안 났어. 어린아이가 주책없이 그런 짓을 하더라도 말려야 옳지!"

하며 인제는 뒤집어씌우는 수작이다. 효정이는 위태위태하였다. 그러나 또 한 번 뻗대 보리라 하고

"영문도 모르는 나더러 무엇이 어쨌단 말씀예요?"

하고 역정을 내며 홱 일어섰다.

"글쎄 말이야. 꼭 자네더러 보았다는 게 아니라 이후에라도 효범이를 잘 단속하란 말이야."

진 변호사는 의외에 쉬 수그러졌다. 효정이는 인제야 안심이 되어 깊은 한숨을 쉬며 앉으라는 대로 다시 앉았다.

"헌데 여보! 어젯밤에 찾아온 사람 없소?"

"효범이에게 얻어맞은 대머리 영감요?"

하며 효정이는 인제야 마음 놓고 웃었다.

"글쎄 대머리든 쇠머리든 말이야."

하며 남편은 소리를 한층 낮춰서

"실상은 그자가 우리 조카사위가 될 신랑인데 마누라 생각에는 어떻소?"

하고 웃는다. 양딸이 인제는 조카딸이 되었다.

"조카사위라니요? 인숙이하구요? 아 그 늙은이를?"

효정이는 금시초문인 듯이 일부러 놀라며 눈을 크게 떴다.

"글쎄 나이는 좀 상당치 않으나 당자끼리 의합해서 한다는 데야 말릴 필요가 있나."

하며 진 변호사는 그 이가가 올봄에 인천 음악회에서 인숙이를 보고 첫눈에 반하여 그날 저녁으로 효범이와 같이 올라오는 인숙이의 뒤를 밟아서 서울까지 쫓아왔었더란 말과 자기와는 이전부터 소송 관계로 교분이 있는 탓으로 하는 수 없이 중매를 들었다는 일장설화를 한 뒤에,

"그야, 여보 우리가 처음 만났을 제는 어떻게 애를 썼소?"

하며 진 변호사는 껄껄 웃다가

"요 아가씨를 모셔오느라고 이 늙은 놈이 나이 부끄러운 줄도 모르고 재동 마루턱이 닳도록 다닌 것을 생각하면 이가가 불쌍도 해!"

하고 아내의 손목을 끌어서 흔들며 기롱을 붙인다.

"이거 왜 이래요? 남부끄럽게."

하며 효정이는 오래간만에 받는 남편의 귀염에 쏠리지 않을 수 없었으나 그것이 뚜쟁이 노릇에 한 몫 거들어 달라는 남편의 '첨'인 줄은 몰랐다.

② 인숙이를 이가에게 시집보낸다는 데 대하여 효정이가 자기 처지를 생각해 보고 한편으로는 동정은 하면서도 찬성하는 데는 두 가지 이유가 있었다. 하나는 하루바삐 자기 남편의 보호 밑에서 빼어 보내자는 것이요, 또 하나는 효범이와 한 집 속에 넣어 두기 싫다는 것이었다. 그 중에도 인숙이가 이 집에 발을 들여놓은 뒤로 자기 마음속에 나날이 뿌리 깊게 퍼져 가는 의혹의 덩굴을 이 기회에 뽑아 버리고 남편의 신변에 어리운 검은 그림자를 씻어 버려야 집안이 이전과 같이 다시 밝아지리라는 희망이 더욱 간절하였다.

"그래 곧 성례를 시키실 모양이에요?"

효정이는 남편에게서 손을 빼이며 물었다.

"글쎄. 그래서 이제서야 아주 결정을 하고 혼수 흥정까지 해서 들고 온 모양인데 공교히도 그 법석이 났구려."

하며 문갑 위에 올려놓은 커다란 실과 광주리와 백지로 싼 보퉁이를 거듭 떠본다. 그것은 실상인즉슨, 어제 H정에서 인숙이를 보러 나오다가 진 변호사가 충동여서 사 가지고 온 것이다. 비단 옷감이며, 금반지깨나 사다가 놓고 선채를 받았습네 하면 인숙이의 마음도 옭아 넣기 쉽고 남 볼 상에도 번듯할 것 같아서 그리한 노릇이다.

효정이도 남편이 보는 데로 눈을 주며,

"응! 무언가 하였더니 저것이 선채인 셈이로군!"

하며 신푸녕스러운 듯이 웃다가

"잔치에 쓸 과실까지 아주 흥정을 해 왔군요? 하하하."

하고 까짜를 올린다.

"아니 그것은 인숙이가 몸이 아프다고 해서 사 가지고 온 것이지마는……."

하고 진 변호사도 웃고 나서

"여보, 그런데 마누라가 좀 동력을 해 주어야 될 일이 있소."

하고 의논성스럽게 정색을 한다.

"혼인비음 차리는 것이야 어떻든지 집에서 하지요."

"아니, 그런 게 아니라 실상은 어제 모든 것을 작정하자는 노릇이라서, 인숙이가 별안간 이가를 만나려고도 아니하기 때문에 궐자는 내게다가 부쩍 의심을 두고 생떼를 쓰는데 게다가 살살 달래서 데리고 온 사람을 그 꼴을 만들어 보냈으니 좀 하겠소? 어제 밤새도록 개지랄을 버릇으며 이것이 모두 효범이의 간롱으로 인숙이의 마음을 싹 돌려세운 것이 분명하니깐 제가 죽든지 내가 죽든지 해 본다고 생지랄을 하는구려. 그뿐인가! 웬 놈의 손해배상인지? 삼천 원인가 사천 원을 물리고 이 일을 세상에다가 알려서 효범이는 학교에서 출학을 당하게 하고야 말겠다고 하니 자, 그러고 보면 우리 꼴이 똥 친 막대기가 될 것은 고사하고 효범이의 전정은 무에 되겠소?"

진 변호사는 재판장 앞에서 하던 버릇으로 손짓 몸짓을 해 가면서 숙설숙설한다.

"암만 들어도 나는 모르겠군요. 설사 파혼을 하기로소니 효범이까지야 끌고 들어갈 까닭이 없을게요. 또 어제 얻어맞은 것으로 말하면 도적놈인 줄 알고 그런 것이지 누가 모해를 했단 말씀이요. 그는 고사하고 혼수 흥정인지 난장 맞는 것인지까지 해 가지고 온 놈이 만나자는 때에 가지를 않았다고 죽느니 사느니 하는 것은 상사병이나 들어서 그렇다면 그럴 듯도 하지만 배상금이니 출학이니 하는 미친놈이 어디 있단 말씀요?"

효정이는 효범이가 애매한 구설을 듣는 것이 분하여 발끈하였다.

"글쎄 그런 게 아니야 효범이도 치의를 받을 짓을 했으니까 그렇지! 하여튼지 효범이가 개학 때 올라오기 전에 해 버리자는 노릇이 미루미루 하다가 그예……."

하며 진 변호사는 눈살을 찌푸리다가

"하니까 어떻게든지 마누라가 인숙이를 달래는 한편에 효범이를 단속

해서 엉구어 주어야 하겠소. 당대의 호남자 진형석이를 놀려냈던 절세의 미인 김효정 여사의 수완을 이런 때에 종횡무진으로 발휘하시란 말씀요 허허허. 오늘 마나님께서 무척 올러가시는 판이다! 이 바람에 백금시계가 나오고 '하부다에' 치맛감이 한 감이요 작은 두루마기가 한 벌이요 실크 스타킹이 한 다스요 또 무언가? 허허허."

하며 진 변호사는 애걸을 한다.

"흐, 흥! 사람이 좋은 듯싶으니까 마음대로 찧고 까부시는구려. 글쎄 지금 별안간 날더러 어떻게 하란 말씀예요."

효정이는 코웃음을 치면서도 솔깃하여지는 눈치다.

③ 그러나 효정이는 어찌하여야 좋을지 몰랐다. 남편의 부탁대로 인숙이를 달래서 이가에게로 보낸다 해도 가엾은 일일 뿐 아니라 공연히 참관을 했다가 그야말로 석 잔 술은커녕 세 번 뺨만 맞을 것이요, 그대로 내버려 두자니 아무래도 한 집 속에 넣어 놓고 지내기에는 성이 가시다. 더구나 효범이가 병이 난 것도 어렴컨대 인숙이 탓도 없지 않은 모양이니 정말 그렇다고 하고 보면 제대로 내버려 두자니 눈꼴에 틀리고 떼어 놓자니 병에 더 해로울 것이 분명하다.

'이 노릇을 뉘게나 의논을 하드람? 그러나 어떻든지 간에 효범이의 의사부터 알아 놓고 나서 이야기다.'

효정이는 이렇게 생각을 하며 사랑에서 아침을 먹으러 들어온 문자더러 병인이 어떻더냐고 물으니간

"지금 막 잠이 드셨는데 열이 그저 빠지지를 않는 모양이에요."
하며 풀이 없어 한다. 아침결부터 문자는 병인 간호에 아무 정신이 없는 모양이다.

병인은 그리 위중한 편은 아니었다. 그러나 온 여름 시달린 몸에 운동이 과하였고, 게다가 자기만은 남에게 말 못할 번민으로 은근히 지쳤던 판에 서울 올라오자 이틀 동안이나 몸을 함부로 가지기 때문에 감기 기운이 섞여서 폭 까부러진 모양이었다.

"정말 폐가 좋지 못하시지나 않을까요?"

문자는 밥을 먹다가 별안간 이런 소리를 하고 눈살을 찌푸린다. 이 여자는 이태 전에 황해도에서 한때는 위태롭다고 할 만치 각혈까지 한 경험이 있어서 지금은 완치가 되었다 하건마는 '폐'란 말만 들어도 소름이 끼치었다. 그러나 문자는 밥술을 떼이자 효정이더러 체온계를 하나 사서 보내라고 부탁하고 하동하동 병인에게로 나갔다.

진 변호사는 그래도 문자가 와서 있는 것이 효범에게는 물론이요 자기 일에도 도리어 잘되었다고 속으로 생각하며 아내가 꺼내 놓고 나간 양복을 입다가 인숙이를 방으로 불러들였다. 인숙이는 대답한 지도 얼마 만에 포르족족하여 방문 안에 들어섰다.

"오늘 음악회에 갈 테지?"

진 변호사는 언제든지 둘이만 만나면 일어로 수작을 한다.

"왜 그러세요?"

"내게 무에 틀린 게 있어?"

주인영감은 인숙이의 독기를 품은 대답이 불쾌도 하였으나 어루만지듯

이 웃어 보이고 나서

"오늘은 이 씨를 좀 만나봐야지? 사람의 대접을 그렇게 하는 수가 있나!"

하며 점잖게 나무랐다.

'저 점잔이 가다가다 어느 구멍에서 나오누?'

하며 인숙이는 깔깔 웃어 주고 싶다가 다시 몰풍스러운 소리로

"왜요? 아직도 돈 만 원이 손에 안 들어왔나요? 그렇지 않으면 똥이 다 된 돈 만 원 값을 하시느라구 이 성화신가요?"

하고 눈을 흘겨 떴다.

진 변호사는 하도 어이가 없는 듯이 눈만 부릅뜨고 뒷짐을 지고 한참 섰다가 밖을 내어다 보고 아내가 사랑에 나간 것을 살핀 뒤에 천천히 점잖게 입을 벌린다.

"그 왜 분수없이 날뛰어? 지각없는 효범이의……그런 맨 미친놈의 소리를 듣고 그러는 거야? 그렇지 않으면 어떤 시러베아들놈이 인숙이를 농락을 해 보려고 헛소리를 하고 다니는 것을 곧이듣고 하는 말이야? 대관절 만 원이란 말의 출처나 알아야지 아니하나?"

"만 원의 출처요? 조인숙이의 몸값쇼! 흥!"

하며 인숙이는 입을 샐룩하고 외면을 한다.

"그 곧 사람을 잡을 소리를 탕탕하는군. 철딱서니 없는 효범이란 놈하고 속살속살하더니 못할 말이 없는 게로군!"

"무어에요 효범이 놈? 철딱서니 없는 효범이 놈이요? 철이 너무 나서 걱정이랍니다! 누구보담 철이 지나치게 나서 걱정이야요. 그리구서니 효범 씨가 내 일에 무슨 상관이 있단 말예요."

하며 발악을 한다.

인숙이의 태도가 이렇게까지 돌변할 줄은 천만의외였다. 더구나 효범이의 역성을 드는 것이 불쾌하고 큰일 났다고 생각하였다. 그러나 덧들여 놓아서는 아니 되겠다 하고

"정 그럴 지경이면 나도 다시는 권하지 않겠지만 그래도 나잇살이나 먹은 사람의 말을 들어 두어서 해로울 것은 없는 것이니! 후회할 날이 있을 게니 두구 보세."

하며 진 변호사는 독살이 오른 인숙이의 감정을 느꾸어 주고 나가 버렸다.

④ 주인영감을 내보낸 뒤에 인숙이는 자기 방으로 들어가서 경대 앞에 앉았다. 눈은 밥을 몇 끼나 굶은 사람처럼 깔딱하여지고 입살은 까맣게 탄 자기 얼굴이 비추인다.

'하룻밤 동안에 아무리 잠을 못 잤기로 이렇게도 야위일 수가 있나!' 하는 생각을 하니 공연히 자기 몸이 더없이 불쌍하고 아까웠다. 이러한 때에 하다못해 부엌데기 어멈이라도

"아씨! 왜 저렇게 신색이 못되셨어요?"

하고 지나가는 인사 한마디라도 붙여 주었으면 얼마나 반갑고 위로가 될지 모를 것 같았다. 혈색이 좋아지면 곱다고 할 사람이 그 누구요 이 몸이 파리하면 약 한 첩 먹어 보라 할 사람이 이 넓은 천지에 그 누구냐고 생각할 제 새삼스럽게 설움이 복받쳤다.

인숙이는 머리를 풀어헤치려다 말고 그대로 쓰러져서 솔솔 스미는 눈

물을 오늘 아침에 새로 입은 옥양목 적삼 소매에 그대로 받아 내었다.

'효범 씨가 폐병에 정말 걸리면 어떡하누? 같이 앓다가 같이 죽어 버리면 그만이지! 음악가니 무어니 하며 한때 떠들다가 이 세상을 떠나고 나면 남는 것은 결국에 무어란 말인가?'

인숙이는 이러한 생각을 하다가 얼굴이 해쓱한 효범이가 콜록콜록하다가 벌건 선지피를 꿀꺽하고 토하는 것을 하얀 손수건으로 얼른 받으면서 한 손으로는 등을 문지르고 앉아 있는 자기의 백납 같은 얼굴이 머리에 떠올라 왔다.

그러나 턱없는 공상을 이어 가노라니깐 문득 어제저녁에

"아까운 청춘을 이대로 시들려 버릴 내가 아니에요!"

하고 기운끛 있게 입을 악물던 효범이의 얼굴이 떠오른다.

'아! 참 정말이다. 아까운 청춘이다!'

하며 인숙이는 다시 힘을 얻은 듯이 정신을 가다듬고 거울에 또 한 번 비추어 본 뒤에 뜰로 내려섰다. 비 뒤에 맑게 개인 높은 하늘은 들이면 스밀 듯이 왜청빛으로 파랗고, 급작스리 산들거리는 바람은 가벼이 살갗을 쓰다듬어 주었다.

사랑으로 나오던 인숙이는 효범이 방 모퉁이에서 멈칫하였다.

"그놈이야 소위 사랑하는 계집에게 편지를 한다면서 기생에게 보낸다고 글 차작을 하는 미친놈이니까 말할 것도 없지만 매부 형님이야말로 무에 씌었기에 그 모양이지……."

하는 효범이의 맥없는 소리가 나릇나릇 나니까

"글쎄, 그건 고사하고 명색일망정 선채랍시고 받도록까지 일을 익혀놓고 나가자빠지면 어쩌자는 말이야!"

하는 것은 효정이의 목소리다.

"암 그렇지요."

이것은 문자의 맞장구를 치는 앙큼한 소리.

인숙이는 가슴이 따끔하며 움츠러뜨리고 서서 좀 더 들으랴 하였으나 말이 뚝 끊이었다.

'응! 그래서 효범 씨가 그 편지를 내가 썼다고 했군!'

하며 도로 들어갈까 하다가 그래도 효범이의 얼굴이라도 보리라 하고 문을 방긋이 여니간 문자는 효범이의 오른손을 자기의 손 위에 얹어 놓고 한 손으로는 맥을 짚고 앉았다. 배리가 꿀리나 못 본 척하고 방 안으로 들어섰다. 그러나 인숙이는 자기가 들어오자 이 방 안의 기분이 금시로 변한 것을 눈치채이고 공연히 들어왔다는 후회까지 일어났다.

"좀 어떠세요?"

인숙이는 어색한 거동으로 이리저리 비쓸비쓸 하다가 그대로 선 채로 겨우 인사를 하였다. 효범이는 그래도 정숙한 낯빛으로

"거기 앉으시지요."

하고 말을 걸다가 인숙이의 눈가가 발간 것을 물끄러미 올려다보더니 별안간 눈살을 찌푸렸다. 그의 눈은 인숙이의 소매에 번진 눈물 흔적에도 잠깐 머물렀었다.

'흥, 울었구나!'

하며 효범이는 다시 입을 비쭉하였다.

아무리 인숙이가 천박한 계집이기로 남자를 생각하고 울었다는 표적을

457

그 남자에게 보이려고 그 눈물 자취가 마르기 전에 오지는 않았으련마는 신경이 과민한 효범이는 사람을 몹시도 뜯어보았다.

인숙이는 또다시 스미는 눈물을 가리고서 총망히 나와 버렸다.

⑤ 여간 사람은 사람으로도 아니 알던 인숙이, 교만하고도 앙칼진 인숙이가 요새 며칠로 이렇게도 눈이 에이게 변한 것을 생각하면 인숙이 자신도 자기 마음을 갈피를 잡을 수 없었다. 자존심을 여지없이 짓밟힌 것을 생각하면 치가 떨리게 분하나 아무에게도 탓을 할 데가 없는 것이 더 분하다.

자기 방으로 쓰러지듯이 쫓겨 온 인숙이는 얼굴에 압기가 파랗게 질리어서 눈만 깜박거리고만 앉았으나 문자가 효범이의 맥을 짚어 보며 앉았는 꼴이 눈앞에 어른거릴 뿐이다.

'흥, M을 3년이나 끼고 있다가 인제는 냄새가 나니까 만만한 어린애를 꾀음꾀음하는 수작이로구나! 어데 두고 보자!'

인숙이는 이런 생각을 하다가 또 편지지를 꺼내 놓았다. 이것은 효범이에게 보낼 둘째 편지다.

"마지막으로 이 붓을 듭니다. 효범 씨! 안녕히 계십시오. 저는 갑니다. 이 몸 하나만 없어지면, 모든 일이 제대로 들어서리라는 것을 어제저녁부터 깨달은 일입니다마는 이렇게도 앞뒤 사정이 시시각각으로 절박하여 올 줄은 참 뜻밖이었습니다. 선채를 받았다고 하지 않습니까? 말만 들어도 소름이 끼칩니다. 효범 씨 방문 밑에서 엿들었다 하면 의당 꾸지람하시겠지요마는 지금 나가다가 비로소 들었습니다. 아침에 진 선생도 그런 말씀은 잇살에도 어울리지 아니하시더니 인제야 알았습니다. 부모가 강제결혼을 시키더라도 이보다 심하지는 않겠지요! 이러한 모욕을 당하고도 이 집 밥에 입맛을 다시고 앉았을 인숙이는 아닙니다. 그리고서니, 효정 형님까지 나에게 그처럼 하실 줄은 참 몰랐습니다. 너무도 심하십니다. 이때까지 말이 형님이지 친어머님같이 믿고 지낸 효정 형님이 남의 일처럼 뒷공론만 하시고 계셔야 옳단 말씀입니까? 선채를 받아놓고서 나가자빠진다구요? 너무도 억울합니다. 분합니다. 올여름 들어서부터 제게 대하시는 눈치가 다르신 줄을 짐작 못한 것은 아니지만, 그렇게까지 생각하실 줄은 참 천만뜻밖입니다. 저는 갑니다. 저는 갑니다. 영원히 영원히 갑니다. 그러나 어디로 갑니까? 이 넓은 천지는 조그만 두 발을 붙일 곳조차 허락지 않거늘 가는 데가 어디란 말씀입니까? 아! 그러나 가야 할까요? 그래도 갈 길은 가야만 할까요? ……."

여기까지 쓰고 말이 막히니까 인숙이는 한번 읽어 보았다. 그러나 영원히 간다고 하였으니 대관절 어디로 갈 작정인가? 하고 생각하여 보았다. 지금 당장에 자기 손으로 끄적거려 놓은 편지건마는 정말 이 집에서 나갈 결심을 하고 썼는지 자기 맘을 의심치 않을 수 없었다.

'좀 더 참고 되어 가는 대로 지내볼까? 지금 명색 없이 나간다 하여 좋아할 사람은 문자밖에 없을 게다!'

인숙이는 이러한 생각을 하며 써 놓은 편지를 찢어 버릴까 말까 하며 앉았으려니까 전화통이 요란히 울린다. 짜증을 내면서 마루에 가서 수화기를 들더니

"없어요!"

하며 딱 끊고 들어온다. 전화는 또 재차 걸려왔다. 그러나 인숙이는 귀를
막고 누워 버렸다. 전화통은 여전히 마루청이 떠나갈 듯 째르륵짜르륵 하
고 운다.

"인숙이 자나? 전화통이 부서지겠네."

하며 효정이가 허둥지둥 사랑에서 뛰어들어 와서 받더니, 자기 남편이 거
는 것이라 하며 인숙이더러 다시 받으라고 재촉을 한다. 인숙이는 마지못
하여 나가서 받고 울상을 하며 들어왔다.

인숙이는 쓰던 편지를 다시 이어 나간다.

"……지금 매부 형님께서 또 전화로 못살게 구십니다. 다시는 이가 논래
를 아니하시마던 이가 이따가 음악회로 이가와 같이 오시겠다나요. 효범
씨! 올봄 일이 새삼스러이 그립습니다. 병환이 웬만하시면, 마지막 청으로
음악회에 같이 가시자고 하고 싶습니다마는……아니올시다! 천만의 말씀
입니다. 아 그때에 왜 인천에를 모시고 갔던지. 지금 생각하면 모든 것이
뉘우쳐집니다. 인제는 피아노와도 연을 끊겠습니다. 피아노인들 저를 왜
아니 비웃으며 저의 손끝이 스치기를 왜 아니 꺼려하겠습니까? 만일 제가
다시 피아노 소리에 귀를 기울인다면 그것은 저의 관에를 덮은 뒤에 치는
만가(輓歌)이겠지요……. 저는 갑니다. 그러나 가는 데가 어딜까요? ……
샛별이 졌다고 굴로 들어가는 자를 지혜롭다 하시렵니까? 그래도 저는 가
야만 할까요? ……."

⑥ 편지를 다 쓴 인숙이는 옷을 갈아입고 나섰다. 그러나 암만 생각하여도 이 길로 이 집을 아주 하직하고 나갈 것 같지는 않았다. 그러면 지금 써서 가진 편지가 거짓말이냐 하면 그런 것도 아니었다. 인숙이는 자기가 하는 일을 여전히 알 수가 없었다.

하여간 밤을 새워 써서 놓은 편지와 함께 효범이에게 주고 우선 나가 보자는 막연한 연극적 기분밖에 없다.

사랑에를 나가 보니 문자는 뜰을 격하여 대청마루에 무슨 책인지 펴들고 앉았고, 효범이는 창문을 활짝 열어 놓고 누웠다가 인숙이가 나가니까 일어 앉는다. 얼굴이 좀 까칠한 듯하나 두 볼이 빠지고 눈이 쑥 들어간 것이 도리어 좋아 보였다.

인숙이는 남자 앞에 잠깐 꿇어앉았다가 편지 두 장을 손가방에서 꺼내 놓으며 잠자코 일어섰다. 효범이는 여전히 입을 다물고 앉았다가 돌쳐서는 인숙이를 불렀다.

"네?"

"오늘 저녁에 인천 가시나요?"

효범이는 비웃는 수작으로 속을 떠보는 동시에 귀띔을 해 두려고 한 수작이나 인숙이는 어찌한 영문인지 모르면서도 얼굴이 발개졌다.

"아무 데로라도 가지요!"

인숙이는 발끈한 중에도 제만은 무슨 생각이 있어서 한 소리였으나 효범이는 삐쭉하고 말았다. 인숙이의 첫째 편지에는 이렇게 씌었다.

"만 원에 팔려 가는 계집의 더러운 입에서 나오는 말이외다. 차마 보아 줍시사고 하기가 미안합니다! ……."

461

우선 서두부터 비꼬는 수작같이 보였다. 효범이는 이것이 어젯밤에 자기에게 그처럼 애걸복걸하던 계집의 말솜씨인가 하며 불쾌한 듯이 편지 위를 손으로 딱 치고 나서 다시 읽는다.

"……그러나 이 세상이 이미 계집을 팔고 사는 세상이 아닙니까? 값도 따지지 않고, 기한도 정하지 않고 남자의 민적의 한 귀퉁이를 매어준다는 혼서지 한 장에, 문서 한 장에 팔려 가거나 만 원 아니라, 만 전에 팔려 가거나 팔고 사기는 일반이 아닙니까? 정복(征伏) 압박(壓迫)이란 것은 시간(時間)과 비례하여 훌륭한 도덕(道德)이 되고 생활형식(生活形式)이 되지 않습니까? 그리하여 사람다운 양심의 그림자는 영원히 스러져 버렸습니다. 그러면 효범 씨께서 만 원에 팔려 가는 일개의 천한 계집을 불쌍히 생각하시고 미워하신다는 것은 고마우신 일이요 반가운 일이지요마는, 그보다는 먼저 정복과 압박으로 말미암아 굳게 세워진 이 사회의 도덕과 생활형식이라는 것부터 물리치고 부숴 버리려고 하셔야 옳지나 않은가 싶습니다. 세상의 계집이란 계집은 모두 팔려갑니다. 과거에도 그러했고 현재에 그러하며 또한 미래에도 그러할 것이외다.

계집의 자궁이 온전한 날까지, 집집마다 문간에 고추를 매달고 숯을 끼워 거는 날까지 팔고 사고 할 것입니다. 그러나 다시 생각하면, 하필 계집뿐이겠습니까? 당신인들 조만간 그러한 운명에서 벗어나지 못하실 것이 아닙니까? 툭 터놓고 보면 사내나 계집이나 누가 감히 팔려 가지 않는다고, 앙버티는 소리를 하겠습니까? 만 원을 받지 않는다고 만 원에 팔려 가는 인숙이를 비웃는 자가 그 누구입니까? 효범 씨! 그렇게도 미우십니까? 그러나 죄악과 눈물과 거짓과 억울이 몇천 년, 몇만 년 동안 한데 엉긴 사람의 생활이라는 큰 바윗덩이 위에서 그래도 판다 산다 하면서 기어 올라가다가는 미끄러져 뒹굴고 뒹굴고서는 또 허우적거리는 이 인생들이 우습고도 기막히며 미웁고도 불쌍하지 않습니까?

눈을 좀 크게 뜨고 보십시오. 인숙이는 그 바위 밑에서 바람에 날리는 가장 적은 모래알 하나밖에 아니 됩니다. 그리고 그 적은 모래가 우연히 효범 씨 눈에 띄었다는 데에 지나지 않습니다. 그러면 그 큰 바위는 어떻게 하시렵니까? 만 원에 팔려간다손 치더라도, 저는 결코 조금도 부끄러워하는 것은 아닙니다. 만 원은 고사하고 만 전엔들 못 팔려 가겠습니까? 그러나 억울한 것은 그중에도 계집의 탈을 쓰고 나온 것입니다……"

'변명이 그럴듯하다. 그러나 언제든지 자기의 잘못을 변명할 만한 조그만 지혜를 가졌다는 것이 병통이다!'
고 효범이는 생각하였다.

⑦ "……그러나 진가의 주머니에 만 원을 넣어 주라고 이 몸에 목숨이 이때까지 매달려 있는 것은 아닙니다. 졸업하기 전에 일 년 동안 오륙백 원의 학비를 대어주었다고 개만도 못한 놈의 심보를 가지고 농락할 대로 하고 나서 그래도 부족한 것이 남았든지 만 원에 욕기가 뻗치어 얼렁얼렁하고 이 몸을 팔려고 하는 놈에게 속아 넘어갈 인숙이가 아닙니다, 효범 씨! 당신은 일생에 못 잊을 은인이십니다……."

효범이는 입을 악물고 편지를 찢으려고 하였다. 눈이 화끈 달고 가슴에서 자위질을 쳤다.

'농락할 대로 하고 나서 그래도 부족한 것이 남았든지……'라고 한 말을 다시 한 번 종이에 구멍이 뚫릴 만치 들여다보다가 편지를 맥없이 스스로 놓고 턱에 받치는 깊은 한숨을 내뿜었다. 얼굴이 금시로 핼쑥하여졌다.

'농락할 대로 해! 대관절 세상에 이런 일도 있나? ……그는 고사하고 제 입으로 이런 소리가 뻔뻔스럽게 거침없이 나오드람? ……아! 이 더러운 놈의 세상에서 그래도 숨을 쉬고 살드람!'

하며 부르를 떠는 효범이의 머리에는 매부와 장난치고 깔깔대이던 인숙이가 자기에게 들키고 부끄러워하는 낯빛과 일본 유가타를 입고 홱 돌아서던 뒷모양이 또 떠오르자 그는 그런 때마다 하는 버릇으로 눈을 감고 머리를 내흔들었다.

몇 달 동안을 두고 효범이의 머리를 아프게 하고 속을 저리게 하던 의혹과 추측이 밝은 천지에 엄연한 사실로 그 추악한 그림자가 뚜렷이 나타날 때 그는 새삼스럽게 소름이 끼치는 것을 깨달은 것이다.

단 한 번의 그 '키스'가 자기의 그것과 같이 행여나 인숙이도 자기에게만 허락하였던 깨끗한 청춘의 아름다운 첫 웃음이었기를 그래도 은근히 바라고 믿었었다. 그러고 보면이야 한때 진가의 춤에 놀아서 이가와 설왕설래가 있다손 치더라도 그것은 잠깐 꿈자리가 사나웠던 것이라고 씻어버리리라고 오늘 아침에도 돌려 생각하였었다. 그러나 인제는 엎지른 물이다. 남은 것은 실망과 분노뿐이다.

효범이는 무심코 볕이 쨍쨍한 뜰을 내어다 보다가 문자와 눈이 마주치자 무슨 무서운 것이나 본 듯이 고개를 떨어뜨리며 편지를 주섬주섬하여 가지고 누워 버렸다. 마음이 진정된 뒤에 그는 다시 읽기 시작한다.

"……진가가 별안간 태도를 변하여 그렇게도 이가의 개 노릇을 하는 것이 수상하다고 생각지 않은 것은 아닙니다. 그러나 효범 씨가 그처럼 수소문을 하여 일부러 사람을 시켜서까지 귀띔을 하여 주신 것은 진정으로 고맙고 반갑습니다. 예술도 사랑도 혈족도 사회도……모든 것이 이 몸 하나를 건져 주지 않고 눈감고 돌쳐설 제, 죽지 않으면 이 고깃덩어리를 한 묶음에 묶어서 황금 앞에 내던져도 아깝지 않다고 생각한 것은 어제오늘 일이 아닙니다. 적어도 스물두 해 동안에 겪어 내려온 악착한 운명이 마지막으로 두 가지의 지긋지긋하고 쓰린 과제(課題)로 시달린 뒤에 갈 데 없는 낙제(落第)를 하는 것을 보고서 '너희 고깃덩어리는 몰아서 팔든지 점점이 저며서 팔든지 마음대로 하라'고 분부를 내린 것입니다. 그리고 그 두 가지 과제 중에 한 가지는 효범 씨와 인천에 갔던 때로 비롯하여 효범 씨가 방학하시는 날 마지막 끝이 난 것입니다. 아! 생각하면 모든 것이 제 죄라면 제 죄겠지요. 그러나 어떻게 이 몸을 처치하든지 육백 원이라는 학비를 내세우거나 은인이라는 코 큰 소리를 하는 진가에게는 입 하나 벙긋하게 못할 것입니다. 아까 밤에 '형님에게 야단을 만나면 어찌하라'느냐고, 비웃으신 말씀을 잘 알아들었습니다. 그러나 진가에게는 육백여 원이라는 돈만 갚으면 고만입니다. ……치가 떨립니다."

⑧ 효범이는 인숙이 편지에 연해 진 변호사 논래를 하여 가며 분풀이를 했다 변명을 했다 하는 것이 더 불쾌하였다. 진가에게 육백 원만 갚으면 그만이라고 하면서 치가 떨린다는 것이 아무리 얕은 계집의 말이라도 효

465

범에게는 기가 막혔다

'육백 원을 주고도 무를 수 없는 처녀의 자랑을 잃었으니 치도 떨릴 것이다. 그러나 정말 치가 떨렸을까? 그는 고사하고 그런 하소연을 받고 앉았는 나도 미친놈이다! 사람이 어떻게 못나게 보였어야 이 꼴을 다 당하드란 말인가?'

하는 생각을 하고서는 또다시 분이 받쳐서 몸을 간정을 하고 누웠을 수가 없다. 인숙의 편지는 또 계속된다.

"하여튼지 고맙습니다. 그렇게까지 생각하실 줄은 참 몰랐습니다. 아까 사랑에서 일변 놀라며 일변 분한 생각을 못 이기어 뛰어 들어오자 그러한 찬미를 하실 제, 저는 난생처음으로 이를 갈고 몸서리를 쳤습니다. 더구나 문자 씨 앞에서 그렇게까지 욕을 보이신 생각을 하면 그 원수는 언제든지 갚고야 말리라고까지 생각하였습니다. 그러나 이가를 두들기신 것을 뵈옵고 비로소 무엇이 가슴에 찔리는 것을 깨달았습니다. 불이 붙은 복수의 일념에 떨리는 주먹! 그것이 미쁨 있는 사랑의 표적이 아니고 무엇이겠습니까? 남은 그 주먹에 쏠린 피가 더러운 질투에 엉기어 붙었다고 코웃음을 치겠지요. 그러나 거기에는 인숙이의 온 영혼을 사붓이 안으신 효범 씨의 생명이 용솟음을 치는 것을 보았습니다. 정의(正義)가 거기에 있고, 지상선(至上善)이 거기에 있고, '힘'이 거기에서 맺힌 것을 깨달았습니다. 그것을 생각할 제 저를 놀리신 계획도 문자 씨와 부르시던 찬미도 집에 가신다고 편지로 소지를 올리신 장난도……모든 분이 햇발을 본 서리같이 스러졌습니다. 이 몸을 생각하시고 건져주랴시는 따뜻하고 간절한 마음이 없으시면야 욕인들 왜 보이시랴 하고 미워는 왜 하시겠습니까? '만 원에 팔려 가는 사특한 계집아!' 하며 비웃고 놀린 뒤에 혼자 돌아서서 속 시원히 웃어나 보려고 그러한 장난을 하셨겠습니까? 아 욕을 보이시고 장난을 꾸미셨다고 하였습니다. 그러나 그것을 어찌하여 장난이라 하고 욕이라 하겠습니까? 설사 욕인들, 천만번 당하여도 옳은 일이 아닙니까? 안타까우신 심정을 살피울 제 분하고 절통한 것은 다만 왜 내가 이때껏 효범 씨를 원망하였든가? 내 눈에 개혼이 씌웠든가 하는 생각뿐입니다. 그러나 이미 도야지 혀끝에 묻은 진주는 찾을 길이 바이없습니다. 그의 눈과 그의 이빨은 조흔반(條痕磐)과 저울대[衡]를 가진 과학자와 같이 고하귀천(高下貴賤)을 가릴 줄 모르오니, 어디 가서 다시 찾아나 보겠습니까!

아, 모든 것은 마감이 되어 갑니다. 그리하여 남을 것은 오직 산가지(算柯枝)뿐일 것입니다. 기억의 한구석에 '버캐'가 앉은 사실(事實)뿐일 것입니다. 그러면 효범 씨! 어떻게 하실랍니까? 어떻게 했으면 좋겠습니까? 화살 맞은 염통은 채반에 담길 수밖에 없겠습니까? 그러나 서리 맞은 백일홍에도 알찬 열매는 있는 것을 보았습니다. ……"

인숙이의 편지는 아직도 길었다. 자기의 허물을 돌려다 볼 제(그 허물이라는 것은 물론 이가와 결혼하려던 것을 가리킴이다) 감히 자기의 심중을 밝힐 수 없을 뿐 아니라, 자기로 말미암아 효범이의 첫정에 검은 그림자를 던져 주게 되지나 않을까를 생각하면 자기는 효범이의 품으로 돌아가야 하겠으나 그러하자면 자연히 진 변호사가 성화를 바칠 뿐 아니라 당장에 효범이의 학비 문제가 걱정이 될 것이니 이럴 수도 없고 저럴 수도 없다는 말과 또 진 변호사와 자기의 사이에 대하여 의심받게 된 것은 이가와 진가 틈에 끼어서 얼렁얼렁해 넘기느라고 인천으로 서울로 끌려다닐 수밖에 없어서 그렇게 되고 말은 것이라고 변명하였다.

⑨ 그러한데 인숙이가 애초에 이근영을 농락하려던 동기와 그 후 자기의 마음이 변하였던 것에 대하여는 다음과 같이 씌었다.

"……이번 일은 지금 와서 생각하면, 마치 서투른 소설가가 일부러 꾸며놓은 이야기책 일판같이 공교하게도 피차에 엇갈려 들어갔고 모든 일이 몹시도 꼬였습니다. 이 씨로 말하면 누가 코빼기나 본 사람입니까? 나중에 알고 보니 우리가 인천 음악회에 나려가던 날 밤에 이가는 우리의 뒤를 쫓아다녔다 하지 않습니까? 처음 들을 제는 소름이 끼치고 우리 세 사람 가운데에는 무슨 무서운 숙약(宿約)이 있지나 않은가 싶어서 진 씨에게 이가의 말만 들어도 효범 씨에게 대하여 죄를 짓는 것같이 생각되었습니다.

그러나 효범 씨까지 방학해 내려가신 뒤에는 피난처를 찾지 않으면 이 몸을 온전히 가꾸어 갈 수 없는 사정이 있었습니다. 진 씨의 사람을 웃고 죽이려는 그 눈총! 거기에서 벗어나게 하여 줄 사람은 효범 씨밖에 없었습니다. 그러나 두드리는 문은 끝끝내 열리지를 않았습니다. 목이 마르도록 불러도 발이 빠지도록 굴러도 굳게 닫히인……돌 문짝을 바수기에는 저의 힘이 너무나 약하였습니다. 그러나 뒤에서는 쫓아옵니다. 은혜라는 칼과 재산이라는 혀[舌]를 가지고 위협도 하고 달래기도 합니다. 이때에 이리로 와서 숨으라고 간절히 손짓을 한 사람이 이근영, 그 사람이었습니다. 그러나 거기는 마굴이었습니다. 앞에는 이랑이 흰 이빨을 악물고 섰고 뒤에는 여우가 눈귀를 처뜨리고 섰는 캄캄한 마굴이었습니다. 샛별은 놀란 눈을 깜박이며 바야흐로 열리려는 피비린내 나는 살육(殺戮)의 긴장(緊張)한 장면을 살펴보고 있으나 날이 새이기는 아직 멀었으매 깊은 잠에 든 저 돌문이 열리기를 기다릴 동안에 이 몸은 벌써 뉘 입에 스러질지 몰랐었습니다. 그러나 이 몸이 위급하오매 앞을 보고 웃는 입을 옮기어 뒤에 웃어 보여야 하겠고 뒤에 절한 고개는 앞에도 굽히지 않을 수 없었습니다. 그러면서도 날이 새이고 문이 열리기만을 기다렸습니다. 그러나 여우의 사특한 꾀와 짐승의 정욕이 한번 변하매 그것은 재물의 허욕이 될 것이 아닙니까. 그리하여 한편이 이 몸을 온전히 독차지하였다고 생각할 제 한편은 고깃값을 청하였습니다. 그것이 만 원인 게지요.

아! 그러나 저 거인(巨人)과 같이 우뚝 선 돌문은 아직도 방긋도 하지 않습니다. 짐승과 짐승 사이에 고깃덩이와 고깃값을 바꾸기로 타협될 제 이 몸은 굴 밖에 나올 자유를 얻었습니다. 영원한 신비요 영원한 침묵 같은 그 돌문을 또다시 두드릴 기회를 얻었습니다. 그러나 차디찬 돌 조각은 귀머거리같이 말이 없습니다. 운명이 저에게 시험한 두 번째 과제의 마지막 날이 닥쳐왔던 것입니다. 방학하시던 날이 그 날이외다.

학기시험에 분망하신 때에 그러한 이야기를 사뢰어서 정신만 산란케 하여 드리면 아니 되겠다고 하여 미루미루 말씀을 못 하다가 시험이 끝나시던 그 길로 인천으로 내려가신다기에 하루 더 묵으시라고 그렇게 붙들어도 아니 들으시고 정거장까지라도 모시고 가겠다고 할 제 효범 씨는 길거리에서 무엇이라고 하셨는지 기억하시겠지요? '나를 오입쟁이로 아시는 모양이지만 나는 아직 공부하는 어린아이예요. 내게 할 말씀이 있거든 여기서 하시구려!' 하고 눈을 흘기실 제, 아 그때에 길에 지나가는 사람이 없었기에 망정이지 이 세상에 그런 욕도 당해 본 사람이 있을까 싶었었습니다. 그러나 그래도 모든 것을 참고 세 번 글월을 올리지 않았습니까? 물론 이가니 진가니 하는 말씀은 아니하였습니다마는 행여나 잠긴 문의 열쇠나 될까 하고 모든 굴욕을 참을 대로 참고 세 번 붓대를 잡았었습니다. 그러나 가진 의혹과 번민을 감추인 그 돌문은 여전히 영원한 벙어리처럼 굳게 다문 입술을 떼이지 않았습니다. 그리하여 절망의 발길은 다시 굴로 향하여 돌쳤었습니다. 피난하였든 그것에게 이용하려든 그것에게 사로잡혔었습니다……."

⑩ 효범이는 편지 두 장을 다 읽은 뒤에 얼굴에 배인 식은땀을 씻고 기진한 듯이 눈을 감고 반듯이 누웠었다. 정신을 가다듬어서 차서 있게 생각을 하여 보려 하였으나 다만 어리둥절할 뿐이다.

어떻게 생각하면 진정에서 나온 말 같기도 하고 또다시 생각하면 알랑알랑하고 속여 넘기려는 것 같기도 하여 좀처럼 질정을 할 수가 없었다. 그러나 다소간 마음이 누그러진 것은 사실이다. 더구나 편지 끝에 부모 없는 설움을 곡진히 말한 것이 효범이 마음에 찔리었다.

그러나 둘째 편지 가운데 자기 누이를 어머니와 같이 믿었다는 말을 생각하고는 불쾌한 감정이 또 일어났다. 그처럼 생각하면서 눈을 기이고 매부와 그런 짓을 하고 돌아다닌 것이 더럽고 괘씸하기 때문이다. 누이가 불쌍히까지 생각되고 분하였다. 그러나 효범이는 역시 머리를 흔들며 그런 것은 생각지 않으려고 하였다.

문자는 궁금증이 나서 조바심을 하다가 효범이가 편지를 다 본 기색을 채이고 들어오려니까 효범이가 깜짝 놀라 눈을 뜨고 수북이 흐트러진 편지를 주섬주섬하여 요 밑에 넣는 것을 보고 다시 돌쳐서 나가 버렸다.

저녁 먹은 후에 누이와 문자는 잠깐 나왔다가 음악회에 가 버렸다. 물론 효범이도 인숙이의 일이 은근히 궁금하여서 병인 때문에 안 가겠다는 것을 충동여서 내보냈다.

그러나 열 시가 넘어서 돌아오는 누이 일행에는 과연 인숙이가 끼어오지 않았다.

편지 사연으로 보면 설마 이가를 따라서 인천으로 갔을 리는 만무한데 어디를 갔을꼬 하며 인숙이를 만났느냐고 물으니까 제이부의 자기 할 것을 한 뒤에는 간다 온단 말없이 어느 틈에 빠져 달아났다 한다.

'흥! 피아노가 비웃느니 만가를 치느니 하더니……그리고 보면 인천으로 갔을지도 모르지'
하며 효범이는 남의 일같이 코웃음을 쳤다. 그러나 만일 그렇다고 하면 그동안 며칠을 두고 병이 나리만치 고생을 한 보람이 무엇이냐고 생각할 제 인제는 분기를 내일 근기도 없이 열적고 어리석은 자기를 비웃고 싶었다.

'고작 한 일이 이가 놈을 몇 번 쥐어박은 일이야? ……'
하는 생각을 하다가 얻어맞은 이가보다도 몇 곱이나 곤경을 치르는 자기 일이 어이없어 픽 웃었으나 과연 인도니 정의니 의분이니 하며 서두르던 기운이 쏙 들어가고 풀이 한 푼어치 없었다.

'모든 것을 잊어버리자! 내 몸 하나를 주체를 못하는 처지에 인도는 무어요 정의는 무어냐? 구원하기는 누구를 구원한단 말이냐! 문자도 내일은

내려가라고 하자!'

하며 문자를 쳐다보다가

"학교는 며칠이나 수유를 받고 오셨에요?"

하고 물었다.

"왜요?"

"글쎄 너무 빠지시면 안 되지 않았세요?"

"그리지 않아도 내일쯤은 내려갈까 하는데요."

문자는 예수룹게 대답은 하였으나 속이 편치는 않았다. 더구나 내려간다는 말에 효범이가 아무 말도 아니하는 것이 섭섭한 정도를 지나서 분하였다. 아까 자기가 들어올 제 인숙이 편지를 부리나케 감추는 것부터 심사에 틀렸던 판이다.

'자, 문자, 인숙이, 다 인천으로 나리 쫓고 나 혼자 쿨룩거리고 드러누웠어야 할 셈판이로구나! 하지만 나두 이 집에서 며칠이나 밥을 얻어먹구 있을 텐구?'

하는 생각을 하니 구슬픈 마음과 고독한 정회를 이기지 못하겠고 육년이라는 앞길이 망연한 것 같았다.

문자가 들어간 뒤에 요사이 보던 『고리키 단편집』을 들고 누웠으려니까 안에서 매부의 목소리가 들리고 하인이 나와서 밥상을 차리는지 부엌문이 찌걱거린다.

'웅? 오늘은 술도 안 취하고 일찍 들어왔다! ……하고 보면 인천에는 안 간 모양인데……'

하며 효범이는 잊어버리자던 인숙이 생각을 또 해 보았다. 어디를 갔을까 하고 생각을 해 보아야 자기 친구의 집이나 가면 갔겠지 일갓집이라고는 없는 인숙이가 가서 묵을 만한 데가 만만치 않을 게다. 더구나 신경질로 생긴 계집애라 남의 집에는 가서 자는 법이 없이 오밤중에라도 제 방에 들어와 자는 성미를 아는 효범이는 별별 생각이 다 났다. 나중에는 '영원히 간다고 쓴 말에 무슨 뜻이 있나?' 하고 의심이 부쩍 났으나 웃어 버렸다. 하여간 궁금증이 나서 밤이 이슥토록 잠을 이루지 못하였다.

4

① 늦은 아침결이다. 효정이가 머리를 빗다가 인제야 일어나는 남편을 돌려다 보며

"이거 보세요. 인숙이가 짜장 아니 들어왔군요."

하며 웃으니까

"낸들 아나!"

하고 짜증을 내인다.

"이 주사는 인천 내려갔겠지요?"

효정이는 인숙이가 이근영이와 사화를 하고 따라갔거나 서울에 있더라도 이가의 여관에서 묵지나 않는가 하여 물어보았다.

"그건 알아 뭘 해?"

남편이 어제 아침에 한 몫 거들어 달라고 애걸을 하던 때와는 딴판으로

핀잔만 주는 것을 보면 일이 잘되어서 그러는지도 모르겠다고 생각하였다.

"오늘도 효범이 학교에 안 갔나?"

영감은 눈살을 찌푸리고 한참 생각하다가 묻는다.

"어디 아직 기동을 할 수 있어요. 의사 말은 몇 달 놀라는데."

"지랄을 작작 버릇으면 병두 안 나지! 좀 들어오라구 불러요!"

하며 진 변호사는 역정을 내인다.

"그 애가 무슨 죄가 있다고 밤낮 그러세요? 어제 물어보니까 그까진 발록구니한테 장가가려고 할 놈이 누구냐고 펄쩍 놀랍디다."

"잔소리 말구 어서 불러와!"

인숙이의 엽서를 다시 들고 이 궁리 저 궁리에 얼이 빠지었던 효범이는 무슨 벼락이 나리려누? 하며 마음을 단단히 먹고 안으로 들어왔다.

마루 끝에서 문자의 발론으로 어제부터 시작한 우유를 데우고 앉았던 문자는 나직이 은근한 목소리로

"일어나시겠어요?"

하고 우유를 먹고 들어가라고 붙들었다.

문자로서는 인숙이가 나가 자고 안 들어온 것이 효범이에게 대하여 어제 낮부터 먹었던 불평을 풀게 하여 주었다.

효범이는 문자가 두 손으로 턱밑까지 갖다 바치는 찻종을 들어서 후후 불어 가며 급히 마시고 안방으로 들어갔다. 뒷찬간에 있던 누이도 들어왔다.

"병이 웬만하면 학교에 갈 일이지 개학하자 첫대바기에 사흘나흘씩 빠지면 어쩌잔 말이야? 응? ……무슨 내가 변변치 않은 학비를 대인다고 이

런 소리를 하는 게 아니라 자네들 나이 이십이면 그만 철은 낫겠지?! 그래 자네 집 형편을 생각하기로서니 감기쯤 앓는다고 펀둥펀둥 놀 때인가?"

이 집 온 지 반년이나 되어야 처남이 공부를 하는지 학교에를 가는지 간섭이 없을 뿐 아니라 처음 입학할 제 첫째로 합격이 되어서 각 신문에 사진이 나고 자기의 짧은 반생의 사적이 나고 하며 수재니 천재니 하고 떠들어야 그러냐는 인사 한마디 없던 사람이 별안간 앓는 사람을 붙들어 놓고 호령이다. 호령이라는 것보다도 생트집이다. 효범이는 속으로 코웃음을 치면서도 밖에 있는 문자가 들을 것이 부끄러웠다.

"그럼, 몸이 아픈 것을 어찌해요? 꾸지람두 하실 소리가 따로 있지……." 하며 누이는 역성을 든다.

"가만있어. 남이 무슨 말을 하든지 가로채는 법이 어디 있어? 어서 나가 일이나 해."

진 변호사는 우선 효정이를 내쫓아놓고 다시 말을 잇는다.

"그래 어제오늘은 병으로 못 갔다 하드래도 그저께는 왜 못 갔어?"

진형석이는 구한국시대에 칠팔 년 동안 청년 검사로 사람깨나 죽여 보았고 그 유명한 ××사건 때에도 저딴은 민활한 수완을 발휘하였다 하여 지금도 조선사람 가운데에는 이를 갈아붙이는 사람이 적지 않은 위인이라 효범이 따위 어린애야 눈 한 번만 크게 뜨면 하지 말라는 말까지 하게 할 자신이 있지마는 수십 년 해 먹던 솜씨로 우선 '나는 너의 집안을 먹여 살리는 사람이요 너를 이만큼 만들어 놓은 것은 내 덕이라'는 의식을 다시 한 번 새롭게 효범이의 머리에 넣어 놓고 나서 문초를 시작하는 판이다.

② "아니 가기는 누가 아니 가요."

효범이는 이실직고를 할까 하다가 그러고 보면 자연히 말이 장황하여지고 큰소리까지 나고야 말 것 같아서 온순히 이렇게 대답하였다.

"응! 학교에를 갔다!"

하며 험상스러운 눈을 부릅뜨고 처남을 노려보다가

"그럼 영춘이의 합비(인력거꾼 옷)는 갖다가 무얼 했니? 모군 섰니?"

하고 소리를 벼락같이 지른다. 그 바람에 누이는 눈이 뚱그래서 서창을 열고 들어왔다.

'흥! 망할 놈이 벌써 고해바쳤구나! 그러나 지 주사는 어떻게 되었누?'

하며 효범이는 이왕이면 시원스럽게 토설을 하고 좌우간 결딴을 내일까 하다가 아범에게 말한 대로 운동회에 쓰려고 가져갔다가 아니 쓰고 도로 주었다고 하였다.

"네 방 앞에 놓였던 짚신두?"

진 변호사는 비웃는 수작으로 처남을 흘겨본다. 그저께 저녁에 들어오다가 취중에도 효범이 방이며 사랑 일판을 뒤져보리라는 생각으로 몰래 휘돌다가 효범이가 인숙이에게 들킨 것을 놀라면서도 진작 치우지 않았던 저 짚신을 보았던 것이다. 실상 진 변호사는 물론 효범이의 장난인 줄 눈치채이지 못한 것은 아니었으나 그것은 단순히 효범이가 편지를 뜯어보고서 만 원 조건까지 알고 그리한 줄 알았었다. 그리고 일만 무사히 피면 자기도 눈감고 넘겨버리려고 하였던 것이다. 그러나 어제 인숙이도 놓치고 이가마저 떠나는 것을 붙들 수 없어서 이삼 삭을 두고 애를 쓴 보람도 없이 게도 잃고 구럭도 잃어버렸을 뿐 아니라 인천 중매점에 저당으로 넣어둔 문권까지 인제는 찾아내일 가망이 없게 된 터이라 기한 날짜는 절박하여 오고 이삼 일 내로 아무 변통이 없다 하면 흰개미가 파먹어 들어간 기둥뿌리 같은 살림이 언제 폴싹 까부러질지 눈이 뒤집힐 일이다. 만 원짜리 밑천인 인숙이를 잃고 삼만 원 가격이나 되는 문권을 떠내 보내면 전후 사만 원의 손해다. 그나 그뿐인가! 돈 만 원도 돌리지 못할 바에야 갖은 애를 써서 길들여 놓은 인숙이와의 정이나 버스러지지 않게 하여야 할 것인데 인제는 끈 떨어진 망석중이가 되고 말았구나! 하는 생각을 할 제 분김에 머리에 떠올라 오는 것은 물에서 젖은 짚신이었다. 그래서 어제 이가와 헤어진 뒤에 밤중에 사무소로 가서 앉아서 영춘 아범을 호출을 놓아 붙들어다 놓고 엄중한 취조를 마치고 하룻밤을 겨우 넘기어 지금 계속 취조를 하는 터이다.

"짚신요? 그건 알아 무엇하세요?"

효범이는 침착한 태도로 한참 앉았다가 한마디하고 매부를 치어다보았다.

"좀 알 필요가 있어서 그러는 거다!"

"그런 건 모르셔도 좋겠지요. 남의 비밀은 알려고 하실 게 아니지요."

매부의 성미가 부풀어 오를수록 효범이는 점점 더 추근추근하여졌다.

"비밀이다? 비밀이면 좀 못 물어볼 게 무에 있니? 남의 사신을 도적질해 보는 놈이 남의 비밀은 묻지 말라구?"

하며 진 변호사는 기가 나서 소리를 고래고래 지른다.

"무엇이든지 시원스럽게 말을 하려무나! 그 왜 아이가 그 뿐새냐?"

영문을 모르는 효정이는 끙끙 앓으면서 몰려대이고 앉았는 것이 가엾기도 하지만 섣불리 인숙이 일에 참견을 해 가지고 공연한 풍파를 일으키는 것이 밉살맞기도 하였다.

효범이는 잠자코 말았다. 매부도 잠깐 숨을 죽여 가지고

"내가 다 모르는 것이 아니다마는 왜 네가 한 일이면 내가 했소 하고 바로 말을 못 할 것이 무에란 말이냐? 이때까지 배운 것이 그뿐은 아니겠지?" 하며 온화로운 목소리로 준절히 나무란다.

효범이는 속으로 부끄러움을 느꼈다. 자기의 인격이 매부보다 못하다고는 결코 생각지 않는다. 그러면서 큰소리가 나고 남매간에 말다툼을 하게 될 것이 무서워서 비뚜로 대답을 하다가 그러한 꾸지람까지 듣게 된 것이 자기의 인격을 깎인 것 같아 분하였다.

③ "내가 형님의 은혜를 모르는 것이 아니에요. 또 제 처지를 모르고 함부로 덤비는 것도 아니에요. 누님은 나더러 인숙 씨에게 무슨 딴생각이나 두고 어찌하는 듯이 가끔 말씀을 하십디다마는 결단코 그런 것도 아니에요……."

효범이는 얼굴을 응등그리뜨리고 팔짱을 끼고 앉았다가 천천히 말을 꺼냈다.

"그럼 무어란 말이야?"

"……하지만 형님이 인숙이에게 대하시는 태도부터 고치시란 말씀예요! ……."

하고 효범이는 입을 악물며 매부를 치어다보았다.

"무어 어째? 인제는 못 할 소리 없니? ……그래 내가 인숙이를 어떻게 했기에 잘못했단 말이냐?"

하며 진 변호사는 호령 호령 하고 나서 어세를 좀 낮추어 계속한다.

"……의지가지없는 것을 거두어서 공부를 시켰겠다, 공부를 마친 뒤에는 내 딸에 지지 않게 먹이구 입히구 하다가 가연(佳緣)이 있어서 시집까지 보내준다면야 누가 듣기로서니 나를 그르달 사람이 어디 있단 말이냐? 형! 참 세상이 망하려니까 나중에는 별소리를 다 듣겠군! 그래 신시대의 윤리 도덕이란 것은 은인을 은인으로도 안 알고 제멋대로 날뛰면 고만이란 말이냐? 너는 지금 배은망덕하는 년의 변호를 하는 수작이란 말이냐? 그렇지 않으면 그따위 년의 서방이 못 되어서 내가 다른 데로 시집을 보내려는 것이 야속하다는 말이냐?"

일류 변호사라는 평판이 있느니만치 일사천리의 달변을 토하는 바람에 효범이는 벌리던 입을 다물고 어이없이 앉았다가

"누가 배은망덕을 하였다고 이 야단이세요? 왜 배은망덕을 하도록 어린 계집애를 그렇게 못된 데로 끄셨에요?"

"내가 못된 데로 끌었다고? 못된 데로 어떻게 끌었단 말이야? 온 그놈 가만 내버려 두니까 못 할 소리가 없구나!"

하며 풍을 친다.

"생각해 보시면 아시겠지요. 구태여 내가 말씀 아니해도……그런 공부는 아니 시키셨던 것이 당자를 위하여서도 행복이었으리다!"

하며 효범이는 단연코 한마디 하였다.

"무어 어째? 생각해 보면 알리라고? 이놈이 환장을 했단 말인가? 정신

병에 걸렸단 말인가?"

하며 진 변호사는 부르를 떨다가 소리를 한층 더 버럭 지르며

"이놈 나가거라! 그런 공부는 안 하는 게 제 신상에 행복이라니 너도 내 돈으로 공부 말고 이 길로 나가거라! 나가서 인숙이하고 맞붙들고 죽든지 살든지 나는 모른다! 쪽박을 차고 문전걸식을 하는 날을 내 눈이 검은 동 안에 보고야 말리라마는 내 집에는 다시는 발그림자도 얼씬을 말아라!"

하며 분이 목줄띠까지 치밀은 진 변호사는 벌떡 일어나서 효범이의 오른 팔을 지르를 끌었다.

효정이는 얼굴이 푸르락붉으락하며 어느 편을 들고 어느 편을 말리어 야 좋을지 망단하여 섰다가 애고고 소리를 치며 영감을 뒤로 끼어안다 가 아랫목에 앉히고 목 매인 소리로

"영감두 망령이 나셨소? 주착없는 어린아이 말을 탄해 가지고 그럴 게 무어 있단 말씀요. 무슨 일이든지 나하구 의논해 하면 고만 아니에요?"

하고 눈물을 씻으며 오라비를 향하여

"너두 네 분수를 생각하구 말을 해! 말이라면 다 하니? 왜 누이 하나를 이렇게 못살게를 굴 것이 무엇이냐? 고만 입을 덥치고 어서 나가! 몸은 아 프다면서 무슨 입심이 그렇게도 좋으냐?"

하고 훌쩍훌쩍 운다. 나이 많은 부자 서방 얻은 설움까지 복받쳐 오른 모 양이다.

"가만히 계셔요. 못살게 굴어두 오늘뿐이니……그래도 할 말씀은 다 하 여야지요."

효범이는 점점 냉정하여지며 눈만 껌뻑거리고 앉았다가 다시 말을 꺼

낸다.

④ "나가라는데 무슨 말이야!"

진 변호사는 아직도 분이 식지를 않아서 씨근벌떡한다.

"나가지요. 예! 나가요. 그러나 그런 법이 천하에 없습니다! 구도덕(舊道德)이고 신도덕(新道德)이고 그런 법이 있을 리가 있나요……내가 귀해 하든 계집을 친구에다가 팔아요!"

이 말 한마디를 죽자꾸나 하고 진 변호사의 얼굴에 가래침이나 뱉듯이 하고 난 효범이의 얼굴에 식은땀이 쭉 솟았다. 그러나 효범이는 차마 '사랑하던 계집'이라고 못하고 '귀해 하던 계집'이라고 하였다.

"글쎄 제발 고만 나가요! 그저 입을 덥치라니까!"

하며 앉은 오라비를 끄는 효정이의 말이 채 끝나지를 못하여 매부는 또 소리를 지른다.

"뭐? 내가 귀해 하던 계집을 어째서? 아무리 의아지비[義叔]라 할망정 내 딸자식이나 다름없는 다음에야 귀해 하는 것이 당연한 일이 아니냐?"

하며 진 변호사는 애를 써 변명하지 않아도 좋을 변명을 하고 나서

"그래 팔기는 누구에게 팔았단 말이냐? 응?"

하고 턱 줄띠를 닫는다.

"딸자식을 귀해 하는 정리와는 다르겠지요."

"허! 그 암만해도 이놈이 실진을 한 게로군!"

하며 진 변호사는 하도 어이가 없다는 듯이 눈을 커닿게 뜨고 입을 딱 벌

리며 효범이를 치어다보다가 아내의 기색을 살피려는 듯이 몸을 비비꼬며 섰는 효정이를 치어다보았다.

"……다른 것은 다 고만두고 인숙이를 인천으로 끌고 나려가서 여관에다가 일주일만 묵히고 지내라고 이가를 충동인 것은 누군가요?"

하며 소리를 치고 난 효범이는 전신이 부르를 떨리고 눈이 아물아물하여지도록 부쩍 상열이 되었다.

"무어 어째?"

하며 진 변호사는 '이놈이 H정까지 쫓아다녔구나!' 하는 생각을 하자 눈에 불이 확 났으나 혀가 뻣뻣하여져서 말문이 꽉 막혔다. 몸만 사시나무 떨리듯이 떨리었다. 그는 정신을 수습하려고 담뱃대를 땅땅 쳐 가지고 떨리는 손으로 한 대 담는다.

"못 들으셨에요? ……그러면 만 원 수형과 인숙이 몸뚱아리와 교환하자고 계약서를 받은 이는 누구든가요? 다른 것은 다 고만두더라도 그것도 딸 사랑하는 애비의 마음일까요?"

하며 효범이는 할 말을 다하였다는 듯이 잔뜩 독이 올랐던 기(氣)를 느꾸며 한숨을 후 쉬었다.

효정이는 가만히 듣다가 눈이 둥그레지며 경멸하는 눈으로 앉았는 남편을 쏘듯이 내려다보다가 그 눈을 옮기어서 문갑 위에 얹혀 놓인 흰 봉지와 무엇에 놀란 눈방울 같은 사과[林檎]가 수북이 담긴 광주리를 바라보았다. 이가가 그제 밤에 사 가지고 온 인숙이의 선채 예단이 그 자리에 그대로 놓인 것이다.

"무슨 소리든지 다 하고 나가거라! 네가 저렇게 미쳐날 줄은 참 몰랐구나! 너 아버니께 내가 면목이 없다……네가 지금 꿈 이야기를 하고 앉았는 모양이냐?"

진 변호사는 울화가 치받치는 듯이 얼굴이 꺼멓게 되고 뒤돌려 앉아서 담배를 자주 빨다가 이러한 소리를 태연히 하였다. 치지도외를 하는 수작이요 아내와 문자가 듣는 데에서 효범이를 정신이상이 있는 사람으로 돌리려는 수작이다.

"그런데 어젯밤에 왜 인천으로 끌고 가시지를 않으셨에요? 이가의 도장은 여기서 받고 아주 인숙이를 안동하여 내려보내셨나요?"

"허! 그 큰일났군!"

하며 진 변호사는 예사롭게 한마디 하고 나서

"아직도 잠이 덜 깼니, 응? 잠꼬대를 하는 소리냐?"

하고 마치 무엇에 씌인 사람이나 깨이려는 듯이 효범이에게로 달려들면서 소리소리 질렀다.

"나를 아주 미친 사람을 만드시랍니다그려. 그러나 인숙이는 어데로 보내셨에요? ……."

하며 효범이는 창연한 낯빛으로 떨리는 목소리로 한마디 하고 힘없이 고개를 툭 떨어트렸다.

⑤ "네? 인숙이는 어디로 갔어요? 얻다가 갖다 두셨에요? ……가만히 생각하면 인숙이가 잘못한 게 있다손 치더라도 결단코 인숙이의 죄가 아니에요. 이 세상이 고약하고 이 세상놈들이 악독하여 그런 거예요."

효범이는 팔짱을 끼고 고개를 파묻고 앉았다가 혼잣말처럼 목이 메이며 이러한 소리를 하고 고개를 쳐들었다. 눈에는 눈물까지 핑 돌았다. 극도로 흥분하였던 마음에 닻줄을 주니까 별안간 애연한 감회가 가슴을 저리는 것 같았다. 더구나 인숙이 자신은 앞가림으로 한 것인지는 모르지만 어제 낮에 주고 간 편지 두 장에서 반은 거짓말이요 반은 정말이라 하더라도 자기에게 그처럼 하소연을 하고 훌쩍 나가 버린 것을 생각하면 천백 번 미웁다가도 불쌍하고 측은한 생각이 아니 날 수 없었다. 효범이 자신이 너무나 냉정하였던 데에 실망하고 돈 있는 놈이면 뉘게든지 시집을 가겠다고 발악을 하여 보다가 그래도 못 잊어서 전과를 뉘우치며 되돌아오는 계집의 마음을 생각할 제 비록 그것이 한때에 그치고 말지라도 그 마음만은 사 주는 것이 피차에 가엾은 인생으로 태어난 인간끼리의 서로 어루만지고 붙드는 도리라고도 생각하였다. 비록 그 계집이 다음 순간에 이가에게로 갈지라도 한마디 위로라도 하여 마음 편히 가게 하고 싶었다.

세 사람은 제각각 딴생각에 골몰하고 앉았다. 진 변호사는 여전히 뒤틀린 얼굴을 외면을 하고 앉아서 담배 연기만 달뜨고 초조한 눈치로 빨아서는 뿜고 빨아서는 뿜고 한다. 대가리의 피도 아니 마른 어린놈에게 욕을 잔상히 당한 것이 무엇보다도 치가 떨리게 분하였다.

"간 데를 잠깐 알려 주시지 못할 거야 무에 있어요?"

효범이는 마음을 가라앉혀 가지고 다시 말을 꺼냈다.

"허! 또 그래! 어린놈이 공부나 하면 했지 네가 그걸 알면 무얼 한단 말이야?"

진 변호사는 가장 자기가 인숙이의 간 곳을 아는 듯이 또 호령을 하다가

"인숙이 일은 나보다 네가 더 잘 알지 않니? 네게 편지를 하고 갔으니까 그만 거야 모르겠니?"

하며 슬쩍 떠보았다. 지금 진 변호사가 애가 마르는 일은 인숙이의 간 곳을 찾는 것이다. 만 원이고 문권이고 모든 것이 인숙이를 다시 붙들어 놓고서야 문제요 또 그리하자면 효범이를 달래는 수밖에 도리가 없다고 생각하였다. 당초에 효범이를 불러들인 목적이 거기에 있던 것이라서 말이 빗나가기 때문에 이 모양이 된 것이다.

"편지요? 편지는 무슨 편지예요."

"무슨 편지라니? 그러지 말고 그 편지를 이리 가져오너라. 내가 그 편지를 보고 나서 그 애가 간 데도 일러주고 또 그 애 마음이며 전후사정을 알려 줄 터이니……."

"글쎄 인숙이가 내게 편지를 할 까닭이 있어야지 편지를 하지요."

효범이가 편지 받은 것을 속이려는 것은 자기가 인숙이에 대하여 매부를 책망하는 본의가 도덕상 용서할 수 없다는 데 있는 것이요 결코 인숙이를 사랑하지 못하게 된 분풀이가 아닌 것을 증명하고자 한 까닭이었다.

"그래 정말 편지를 아니 받았어? ……이것을 봐두 그런 거짓말을 할까?"

하며 진 변호사는 머리맡에 놓인 베개를 톡 치더니 엽서 한 장을 꺼내서 효범이 앞에 던졌다. 그것은 연필로 황황히 갈겨썼으나 "김효범 씨 전"이라고 쓰인 필적이 인숙이의 편지다.

효범이는 얼른 들어 읽는다.

"나올 제 바치온 글월 객쩍은 눈에 거슬릴까 두렵습니다. 이쯤 된 몸이오니 더할 나위 없사오나 뭇 입에 오르나리오면 쓰린 가슴 더 아플까 그리

합니다. 오늘 밤엔 약속하온 대로 가는 길 나서기 전에 제 손으로 만가까지 노래하고 가옵니다. 마음은 달코 갈 길은 바쁘오매 사뢰나마나 한 남은 말씀 이 마음의 벗 삼아 깊고 고이 품사옵고 이 길을 떠나옵거니와 중코도 귀하신 몸 길이길이 아끼심을 우러러 비옵고저 눈물 찍어 두어 줄 적사옵나이다.

　을축 구월 삼일 밤 용산역에서"

　⑥ 효범이가 엽서를 다 보고 나니 진 변호사는 위엄을 잃지 않으려면서도 농치는 수작으로

"그만하면 속이 시원하냐? 인제두 나를 속이겠니? 하지만 인숙이를 쫓아야 가겠니? 아마 노자만 해두 십여 원은 있어야 할 테니까."
하며 진 변호사는 은근히 인숙이가 얼마나 멀리 간 것을 알려고 노자의 액수를 십여 원이라고 불러보았다.

　진 변호사는 이 엽서로 말미암아 이러한 추측까지는 하였다. 즉 인숙이가 어젯밤에 청년회에서 나온 것이 아홉 시 십 분 가량이었으니까 용산역에 도착한 것은 아무리 늦어도 열 시 전일 것이다. 그러면 부산행을 타려면 이십여 분의 여유가 있었을 것이요 봉천행을 탄다면 사오십 분의 여유가 있었을 것이다. 그런데 편지 글씨가 몹시 황잡한 것을 보면 시간에 물리어서 그리한 것일 터인즉 반드시 부산 차를 탔을 것이라는 짐작이다. 그래서 그다음에는 우선 거리(距離)를 알려고 한 것이나 효범이는 짐작이 있어도 아니 가르쳐 주겠지만 사실 몰랐다.

그러나 진 변호사는 그래도 그럴 리가 없다고 갖은 수단을 다 피워가며 물었건만

"인숙이 편지는 얼마든지 갖다가 보슈. 나는 죽지나 않았나 하는 의심까지 납니다."

하며 어린애 소리 하는 것을 보고는 아까 울면서 인숙이의 간 곳을 물은 것이 진담이로구나 하며 실망하는 동시에 진 변호사는 참았던 분이 다시 복받쳐 오르면서 태도가 금시로 변하였다.

'에이, 이 패씸한 놈의 자식! 어디 두고 보자. 네가 아니 가르쳐주나! 내가 내 손으로 찾아내나 할 대로 해 보자!'

하며 다시 공연한 생트집을 잡아놓고서 분풀이를 흠씬 한다.

"……겨우 중학교 똥을 떼고 남의 덕에 공부 자나 하게 되니까 엉덩이에서부터 뿔이 난다고 바르지 않게 계집부터 얻을 생각이나 하고……네가 지금 계집을 얻으면 먹여 살릴 힘이 있니? 너 같은 썩은 정신을 가진 놈은 썩은 돈이 있어도 공부는 아니 시킬 테야! 어서 이 당장으로 너 아버지께 편지를 하고 너희 집에도 못 들어가게 할 게니 너도 좀 정신을 차려보아라! 조런 놈은 혼을 내야 버릇을 가르치지……."

하며, 아까 효범이의 말에 찔끔하여 떨고만 앉았던 때와는 딴판으로 한층 더 기고만장이다.

"나가지요! 염려 마십시오. 집으로도 아니 들어갈 테니 걱정 마세요. 그러나 그 대신에 모군을 서서라도 인숙이를 벌어 먹여 살릴 테니 다시는 인숙이를 찾을 생각도 마시고 뒤를 쫓아다니며 팔아먹으려는 생각도 인제는 단념하십쇼. 나는 이렇게 썩은 정신을 가진 놈이올시다. 그렇지만, 아!

그렇지만 나는 그런 썩은 돈을 가지고 공부할 생각도 없는 놈이에요. 내 누이를 팔아서 이때까지 공부를 한 것도 분한데 인숙이를 (훌훌 느끼면서) 젊은 계집애를 농락할 대로 농락하고 나서 고기덩어리를 팔아 가지고 질탕히 먹고 입고 쓰고 한 남은 턱찌끼인 줄 번연히 알면서 그것을 얻어 가지고 공부할 내가 아니에요. 아직도 그렇게까지는 썩지를 않았어요. 내가 이 주먹 하나로 대학 하나는 마치고 말 테니 두고 보슈. 아! 그렇다고 내가 형님 댁의 은공을 모르는 것이 아니에요. 갚을, 갚을 날이 있으리다! ……."

하며 벌떡 일어서다가 울음이 으악 하고 터지었다.

효정이도 이 분 저 분이 한데 겹지르고 서로 맺히어서 목을 놓고 운다.

방문 밖에 발을 내어놓던 효범이는 다시 돌쳐서며 누이를 돌려다 보고

"누님! 누님, 누님두 내 이 팔 하나를 믿고 따라나설 테거든 따라나서슈. 하지만 그것은 누님의 자유요. 나는 가우!"

하고 흑흑 느끼며 마루 끝으로 나오다가 콜록콜록 잔기침이 치밀어 오르더니 겨우 진정을 하고 탁 배앝는 가래에 벌건 피가 툭 떨어지자 잠쳐서 꿀꺽하는 소리와 함께 풀 반 덩이만 한 선지피가 부그를 끓어 나왔다.

건넌방에서 혼자 훌쩍거리고 앉았던 문자가 얼굴이 해쓱하여 나오자 안방에서는 누이가 곤두박질을 쳐서 나왔다.

진 변호사는 눈살을 잔뜩 찌푸리고 혀를 차며 미닫이를 홱 닫는다.

5

① 사랑으로 천방지축 뛰어나온 효범이는 부리나케 학생복으로 갈아입고 나섰다.

대야와 양치 그릇을 들고 뒤를 쫓아 나오던 문자는 손에 들었던 것을 내어던지고 구두끈을 매고 앉았는 효범이의 손에 매달리며

"어쩌자고 이러세요? 오늘만 사시고 고만두실래요?"

하고 눈물이 핑 돈다.

"고마운 말씀입니다만, 내 걱정은 마시고 문자 씨도 오늘 내려가십쇼."

하며 효범이는 두 볼과 눈이 새빨간 얼굴을 쳐들어서 은근히 문자를 바라보다가 홱 돌쳐서 사랑문으로 나간다.

"나는 어떻게 하라구. 내버려 두고 혼자 가세요."

하고 문자는 남자의 뒤에 매달리며

"가실 테면 나하구 같이 가세요. 인천으로 같이 가세요."

하고 뒤로 끌어다닌다.

나를 내버리고 혼자 가느냐는 소리가 효범이에게는 자기의 쓰린 가슴을 보드라운 손으로 쓰다듬어 주는 것같이 들리기도 하였으나, 한편으로는 애처로운 심사를 돋우는 것을 깨달았다.

"내가 가는 데는 못 가세요. 염려 말고 노세요. 인천 가면 찾아가서 뵈입지요."

하며 문자의 손을 뿌리치다가 누이가 마저 나오는 것을 보고 달음질을 하여 뛰어나가 버렸다.

"지금 의원한테 전화를 걸었으니 잠깐만……."

하며, 뒤쫓아 나왔으나 오라비는 벌써 눈에 아니 보였다. 그동안에 문자는 안으로 들어가서 신을 갈아 신고 뛰어나왔다.

"어떻게든지 붙들어 와요!"

하고 효정이는 얼이 빠진 사람같이 대문 밖을 내어다 보고 섰다가 별안간 다시 솟는 눈물을 적삼 고름에 받으면서 들어왔다.

진 변호사는 마루 끝에 앉아서 세수를 하다가 코웃음을 치며

"가기는 어데를 갈까 봐 걱정이야? 인천 안 갔으면 들어오지 말래도 올 걸……병은 그 모양이고 누가 붙일 사람이 있겠기에!"

하며 헛웃음을 친다.

진 변호사는 인숙이를 찾든 못 찾든 간에 효범이를 잠깐 동안 내쫓아 볼 작정으로 일부러 효범이의 기를 돋아서 제풀에 나가게 만든 것이었다. 오늘 아침에 효범이에게 온 엽서가 진 변호사의 손으로 들어간 것도 어제 영춘아범에게 '이후부터 서방님께 오는 편지는 모다 내게로 가져와야지 그렇지 않으면 다시는 용서치 않을 터이니 정신 차리라'고 호령을 하여 두었기 때문에 마침 잘된 것이지만, 요사이 며칠 동안은 효범이를 한집 속에 넣어 두고서는 인숙이한테서 오는 편지를 마음 놓고 새치기를 해 볼 수도 없고 또, 인숙이가 돌아온다 하더라도 효범이와 가까이할 기회를 주어 가지고는 일이 또 틀리겠기 때문이다.

'흥! 네가 어데를 갔겠니? 지성룡이 집에나 가서 드러누워 가지고 쑥덕거리겠지! 지가란 놈도 배은망덕한 놈이야. 내일모레면 대가리가 허연 놈이 주착 없는 어린애의 심부름이나 하구……이놈 그러다가 그나마 밥줄

이 끊어지면 너도 정신이 반짝 날라!'

진 변호사는 수건질을 하며 이런 생각을 하고 혼자 회심의 미소를 띠었다.

효정이는 자기의 남편이 비위에 거슬렸으나 아무 대꾸도 아니하고, 의원집에 전화를 다시 걸고 의원은 올 것 없다는 것과 효범이가 가거든 전화를 넌지시 걸어달라는 부탁을 하여 놓았다. 그러나 거진 한 시간이 되어도 의원의 집에서는 소식이 없었다.

문자도 두 시간 동안이나 길에서 헤매이며 사람 모일 듯한 곳은 모조리 뒤지다가 풀이 쪽 빠져서 비쓸비쓸하며 들어왔다.

② 효정이는 생각다 못하여 문자더러 인천에를 잠깐 갔다 와 달라니까 인천에는 내려갔을 리가 만무하니 서울서 더 찾아서 만나 보고야 말겠다고 한다. 그도 그럴듯하여 효정이는 급한 대로 친정아버지에게 편지를 하였다.

이튿날 아침에 아버지는 눈이 뚱그래서 달려들었다.

"혈담쯤이야 기 부족으로 흔히 있는 것인데, 학교를 폐하고 달떠 다닌다니 망한 자식이로군! 제가 지금 어떻게 공부를 하는 거길래 한만히 그린단 말이냐? 매부에게 미안한 생각을 한다든지 늙은 아비 에미를 벌어먹일 생각을 한다든지 그까진 병쯤에 하던 공부를 집어친다는 말이냐."
하며 아버지는 혀를 차다가

"잘 되었다. 이왕 그렇게 된 바에야 인천으로 내려가서 하다못해 이삼십원짜리라도 어서 붙들어서 먹을 노릇을 해야지."

하고 도리어 다행히 아는 모양이었다.

"혈담은 고사하고 벌써부터 계집에 눈을 뜨고 달떠 다니니까 걱정이지요. 장인, 인제는 나두 할 수 없소. 찾아서 데리고 내려가시든지 제대루 내버려 두든지 마음대로 하슈."

진 변호사는 부녀가 이야기를 하는 것을 듣다가 불쑥 이런 말을 하였다.

"응? 그게 무슨 소리란 말이요? 응? 아, 그 녀석이 벌써 그런 짓을 한단 말이요?"

하며 부친은 놀랐다. 딸은 하도 어이가 없어서 그렇지 않다고 변명을 하였으나, 부친은 그놈의 자식을 보기만 하면 목쟁이를 부러뜨려 놓고 간다고 야단을 치다가

"그런 놈은 내 자식도 아니려니와, 그놈이 없기로 굶어 죽기야 하겠니!"

하며 한참 투덜대고 확 나가 버렸다. 인제야 오십쯤 된 이 늙은이는 무엇보다도 자식의 뒤를 못 볼까 하는 것이 걱정이었다.

그러나 온종일 알아볼 만한 데로 돌아다녀 보았어야 술잔 얻어걸린 것밖에 소득이 없었다. 문자와 효정이도 인제는 기진하여 무슨 소식이 있기만 턱없이 기다리고 있을 따름이었다. 그러나 진 변호사는 모른 척하고 내버려 두었다. 다만 인숙이에게서 소식이 있기만 은근히 눈 빠지게 기다렸으나 나간 지 사흘이나 되어도 감감하였다.

지성룡이도 효범이가 나가던 날로 사무소에 가서 내쫓아 버리려다가 효범이 편의 소식도 알아야 하겠고 혹시 인숙이의 편지가 효범이 앞으로 바로 가는 날이면 더욱이 지 주사를 이용하여야 할 필요가 있다고 다시 생각하고 그대로 내버려 두었다. 그 이튿날은 지 주사를 불러들였다가 효범

이가 병으로 학교에 못 다니게 된 것을 비관하고 나가 버렸다는 말과 어젯밤은 지 주사 집에서 폐를 끼치고 누웠다 한즉 이따가 제 누이를 보내서 데려오겠다 하면서 병인을 맛있는 것을 해 먹이라고 돈 오 환을 내어주었다. 효범이를 내쫓고도 은근히 호의를 사 둘 필요가 있기 때문이다. 지 주사는 효범이가 어젯밤에 불쑥 달려들어서 앓고 누웠는 것을 그대로 두었으나 진 변호사가 알면 큰일이라고 애를 쓰던 판이요, 또 효범이도 자기 매부에게는 절대로 비밀리 하여 달라고 할 터인데, 진 변호사가 이렇게 한 술 더 뜨는 수작을 하는 데에는 어찌할 줄을 몰라서 우물우물하다가

"어젯밤에 잠깐 다녀는 갔습니다마는, 어데로 갔는지 알 수 있어야지요."

하고 잡아떼면서도 당장 절화를 할 지경이라 돈 오 환이 긴한 바람에

"하여간 찾아 봐서 만나면 전하지요."

하고 받아 넣었다.

진 변호사는 속으로 웃으면서도 그 자리에서는 더 캐어묻지는 않았다가 그 이튿날 아침에 지 주사를 만나자

"간밤에는 효범이가 잘 잤나? 오늘은 집에서 누구든지 사람이 갈 모양일쎄."

하고 천연덕스럽게 말을 붙인 뒤에

"그런데 여보게! 인숙이 있지 않은가? 그 애가 어디엔지 나가서 아니 들어오는데, 정녕 효범이하고 일본으로 들고 빼려는 모양인가 보데! 그랬다가는 남의 집 아이들을 맡았다가 버려 주게 될 걸세그려. 그러나 우선 인숙이가 있는 데를 알아야 하지 않나."

하며 인숙이 편지가 오거든 주소를 알아다 달라고 간곡히 부탁을 하고 나

서 자기가 지 주사의 죄를 모르는 게 아니지만 일만 잘해 주면 그러한 것은 용서해 줄 뿐만 아니라 상당한 상금도 있을 터이요 월급도 올려 주마는 눈치를 보이면서 달래기도 하고 위협도 하여 흠씬 삶아 놓았다.

지 주사는 마음이 솔깃하여졌다.

③ 그러나 지 주사에게 부탁을 하여 놓은 지 사흘이 되어도 날마다 "아무 편지도 없어요." 할 뿐이다. 그럴 리가 없으리라고 족쳐 보아야 사실 효범이에게도 연신이 없는 모양이었다. 나중에는 효범이의 방을 뒤져 보니까 어찌하여 그대로 갔는지 모르겠으나 의외에 인숙이 편지 두 장이나 나왔다. 진 변호사는 무슨 언턱거리라도 얻을까 하고 반기었으나 역시 실패였다. 도리어 그 편지 사연 속에 자기와의 관계를 말하고 원수같이 이르는 것을 보고는 맬망스런 년이라고 이를 악물며 '네가 얼마나 버티나 해 보자!'고 한층 더 분이 받쳤다.

진 변호사는 여전히 끙끙 앓으며 집안사람만 들볶았다. 그러나 나간 지 엿새가 되어도 영영 감감하다. 인제는 더 참을 나위가 없었다. 마지막으로 결심을 하고 수색청원(搜索請願)을 소관 경찰서에 제출하였다. 여기에는 진 변호사도 여간 노심을 아니하였다. 인숙이나 자기나 사회에 나선 사람인데 섣부른 짓을 하였다가 신문에나 나게 되면 어찌하나? 하는 염려가 무엇보다도 무서웠다.

그러나 워낙에 절박한 터이라, 어느 때까지 닭 쫓던 개 지붕 쳐다보는 격으로 가만 앉았을 수가 없어서, 아는 형사를 끼고 비밀히 일을 진행하여 놓았다.

그러나 일은 의외의 데로 발전되었다.

수색원을 제출한 지 이틀 만에 진 변호사의 집에는 효범이의 친구라 하는 노상 젊은 청년이 찾아왔었다. 효정이는 친오라비나 살아온 듯이 뛰어 나가서 만나 보았다. 물론 문자도 궁금해서 쫓아 나갔다. 그러나 그 청년이 학교 편으로 효범이가 앓고 있다는 소식을 듣고 위문을 왔더라 하면서 꼭 만나 보아야 할 일이 있는 듯이 매우 섭섭해 하는 눈치를 보고, 소식을 알아보려고 하던 효정이는 얼마쯤 실망이 되면서도 화가 난다고 나간 지가 엿새나 되도록 아니 돌아온다는 말을 하고, 만나거든 데려다가 주지는 못하더라도 기별이나 해 달라고 부탁하였다.

그 사람이 간 지 얼마 만에 하인이 들어오더니

"그 양반이 누구세요? 별소리를 다 묻고, 나중에는 저 아씨 이야기까지 묻겠지요."

하며 문자를 가르친다.

"그래 무어라고 했나?"

문자는 눈살을 찌푸리면서도 웃으며 물었다.

"인천서 놀러 오신 학교 선생님이라고 하였지요."

"그런 소리는 왜 해! 별 이상한 사내도 많다."

문자는 이런 소리를 하면서도 효범이의 친구라니 그리 불쾌할 것도 없었다. 그러나 그 남자가 다녀간 뒤에는 효정이나 문자나 말은 입 밖에 내이지 않아도 한층 더 효범이를 보고 싶은 생각이 간절하고 무슨 불길한 일이 금시로 앞에 닥쳐오는 것 같아서 마음이 까부라지고 집안이 별안간 쓸쓸하여 안절부절을 못하였다.

마루에 기대어 서고 앉고 한 두 여자는 어느 때까지 일없이 볕이 쨍쨍한 뜰을 내려다보고 있으니, 머리에는 효범이와 인숙이의 얼굴이 형형색색으로 떠올라 왔다.

물에 퉁퉁히 불은 효범이의 시체가 흘끔 보이다가는 인숙이와 나란히 서서 걸어가는 웃는 얼굴도 보이고 피아노를 치는 인숙이의 갸름한 얼굴이 떠올라 왔다가 스러지면 고개를 번쩍 쳐들고 기대어 앉아서 감은 두 눈으로 눈물이 슬슬 흘러나오는 효범이의 핼쓱한 얼굴이 보이기도 하였다.

요새 며칠 동안 더욱이 문자의 머리를 괴롭게 하는 것은 효범이가

"모군을 서서라도 인숙이를 벌어먹여 살릴 테니……."

하며 매부를 들이대던 말이었다.

'정말 인숙이를 쫓아갔나? 그러면 서울에도 없고 인천에도 없을 텐데. 언제까지 이렇게 기다리고 있드람! 하지만 이대로 갈 수도 없고…….'

문자는 나중에는 이런 생각을 하다가 방문 앞에 앉았는 효정이를 돌려다 보며

"형님 내일 낮까지 기다려 보고 나는 가야 하겠소."

하는 말에 효정이가 깊은 꿈에서 깨인 사람처럼 깜짝 놀라며,

"그도 그렇지만 문자까지 가면 나는 어쩌누?"

하는 말소리는 비창하게 힘없이 떨리었다.

④ 저녁을 해치운 뒤에 두 여자는 침모와 하인에게 집을 맡기고 종로로 산보를 나갔다. 여기에도 두 여자는 서로 말은 없어도 똑같은 희망과 목적이 있는 것이었다.

혹시 길에서라도 효범이를 만날까 하는 막연한 공상이다. 그러나 한 시간 동안이나 진고개 바닥까지 헤매어 보았으나 만나려는 사람은 비슷한 그림자도 눈에 띄지 않았다. 두 여자는 가벼운 한숨을 남모르게 쉬며 타박타박 집으로 돌아왔다. 효정이는 오는 길에 내일 내려가는 문자를 위하여 향수 한 병과 서양과자 한 갑을 사서 주었다. 과자는 서울 갔다가 온 선물로 동무 주라는 것이다. 그러나 문자는 마음이 서운하고 뭉클할 뿐이었다.

집에 들어와 보니 편지 한 장이 마루 끝에 놓였다. 효정이는 눈이 번쩍 뜨이며 얼른 집어 보았다. 그러나 그것은 문자에게 온 것이다.

"문자에게 웬 편지가 왔을까?"

하며 주니까 문자도

"응?"

하며 반색을 하고 받아보았다.

그러나 효범이에게서 온 것은 아니었다. 문자는 어깨를 떨어뜨리며 손에 들고 올라와서도 M의 편지를 효정이 앞에서 보기가 싫어서 이따가 혼자 볼까 하다가 속달우편으로 왔을 때는 무슨 급한 일이 있을 것도 같고 또 외로운 마음을 가지고 단둘이만 있는 터에 효정이가 섭섭히 알 듯하여 마주 앉으며 뜯었다.

편지의 사연은 몇 마디 아니 되는 모양인데 반쯤 읽어 내려가던 문자는 눈이 뚱그래지더니

"형님 신문 좀 찾아보슈! 신문을!"

하며 편지 든 손을 떨고 얼굴이 별안간 발개진다.

"왜 그래? 무슨 편지길래?"

효정이도 가슴이 덜컥하는 눈치로 편지를 들여다보려니까

"아 글쎄, 신문을 찾아보세요."

하고 편지를 든 채 황황히 일어난다. 효정이는 한층 더 놀라서 혀가 뻣뻣하여지고 사지가 바르를 떨리었다.

'효범인가? 인숙인가?'

하는 생각이 효정이 머리에서 꼬리를 물고 매암을 돌았다. 두 남녀 중에 무슨 일이 꼭 난 것 같아 가슴이 탁 막히고 오금이 딱 붙은 것같이 일어선 다리가 뻣뻣하였다.

문자가 안방 머리맡으로 뛰어 들어가서, 저녁에 온 신문 넉 장을 홀홀 뒤져서 그 중 한 장을 쫙 펴놓는 앞에 효정이는 쓰러지듯이 앉으며 눈을 홰홰 내둘러 보았으나, 목침만큼씩 한 글자가 눈앞에서 춤을 추는 것같이 현기증이 나게 어른거리고 신문 한복판에 커다랗게 박힌 여자의 사진과 남자의 조그마한 사진이 얼씬얼씬할 뿐이다. 효정이는 그 사진의 임자가 누구인지 분명히 보이지 않으나, 가슴이 또 한 번 덜컥 내려앉았다.

"형님! 이게 웬일이요? 이것 좀 보오!"

하고 문자가 허청 나오는 소리를 지르며 손으로 짚는 대로 눈을 깜작깜작 하고 들여다보니, '여류음악가', '경대(京大)', '오각연애(五角戀愛)' 하는 커다란 글자가 가로 뛰고 세로 뛴다. 효정이 머리에는 죽을 사(死) 자가 반짝하고 비치었으나, 눈에는 암만 찾아도 아니 보인다.

"응? 이게 웬일이야? 응? 그게 무슨 소리야?"

하며 효정이는 실진한 사람처럼 노이다가 문자가 떨면서 읽는 소리에 귀를 기울이면서 눈은 갈팡질팡하고 신문지 위에서 춤을 춘다.

……그것은 서울에서 발행하는 조선문 신문의 하나인 ××신문의 사회면 한복판에 '여류음악가를 중심으로 한 오각연애의 갈등'이라고 크게 제목을 붙이고 그 옆에는 '인천 ○○학교 여 교원의 추태', '변호사 진 모는 조 양의 수색 신청' 등 글자를 눈에 선뜻 뜨이게 벌려 놓은 장황한 기사이었다.

⑤ 신문기사는 마치 이야기책 같았다.

"일류 음악가로 명성이 자자한 조인숙 양의 수색원은 시내 ×동에 사는 변호사 진○○ 씨의 명의로 재작 구일에 소관 ○○경찰서에 제출한 바, 동 서에서는 쌍방의 명예와 지위 있는 사람이라 하여 비밀리에 대구 방면에 조회하여 수색 중이라는데 그 내용을 탐문한 바에 의하면, 실로 소위 신사 계급이라는 지식계급의 추악한 내막과 날로 타락하여 가는 자취를 엿볼 수 있으니, 이 일은 일주일 전 지난 3일 밤에 중앙기독교청년회관 안에서 열리었던 본사 주최의 수재구제음악회에서부터 시작된 것이었다. ……" 운운하는 서두를 내어놓고 "그날 음악회가 끝나기 전에 조인숙이가 마치 기생이 '개평' 떼려 가는 것과 같이 별안간 배가 아프다 하고 나가자 일 등권을 가지고도 학생석인 3층 위에 앉아서 인숙이의 거동을 지키고 있던 중로신사 두 사람이 뒤를 밟는 눈치를 채이고, 조양은 인력거를 타고 동대문 편으로 향하다가 전기한 두 신사도 인력거를 타고 추격하여 오는 것을 보매 별안간 인력거에서 뛰어내려서 동대문행 전차 속으로 몸을 감춘 뒤로 서울에는 그림자를 나타내지 아니하였은즉, 수색원은 대구 부산 방면으로 달아났다 하나, 일설에는 그 길로 청량리로 나가서 석왕사나 원산 방면에 가서 나중에 쫓아간 조양의 애인인 경성제국대학 예과생 김효범이와 서로 만나 꿀 같은 사랑에 취하여 있다고도 한다."고 하였고 문제의 두 신사는 벌써, 일 년 전부터 인숙이에게 뜻을 두고 피차에 결고틀다가 결국에 인천에 미두대왕이라는 이근영이가 진 씨에게 이만 원을 주기로 하여 인숙이와 손을 끊게 하고 그날 밤에 인천으로 데려가려 했다는 말과 또 인숙이가 학교에 다니는 효범이를 꾀여 가지고 달아난 것은 이가에게로 살림을 들어가려 하나 이가가 내어놓은 이만 원을 진가가 다 먹은 데에 불평이 있는 판에 김효범이는 인천 ××학교 여교원 정 모라는 여자와 깊은 관계를 맺게 된 것을 보고 질투에 타는 나머지에 그와 같이 한 것인데, 그 여교원은 기자가 효범이의 매부인 진 씨 집에 찾아갔을 때에도 수심이 만면한 낯빛으로 기자를 대하였다는데, 그 여자에게는 약혼한 M이 있다는 말까지 소상히 하였다. 그리고 끝에는 효범이가 인숙이를 쫓아가던 날에 진변호사와 질투로 싸움을 한 까닭에 삼 년 전에 세상의 이목을 끌면서 그처럼 굉장한 혼인예식을 거행하던 김효정 여사와도 이혼 문제까지 일어나리라고 하더라, 고 하였다.

이 기사에는 물론 틀린 점도 많지만, 효정이는 어떻든지 오라비가 무사한 것이 안심되었다. 더구나 인숙이와 같이 있으니 병구완도 하여 주리라는 생각을 하면 이때까지 불길한 추측을 하고 있던 것을 생각하고 천만번 마음이 놓였다. 그러나 문자는 눈에 불이 아니 날 수 없었다.

"형님, 이를 어떡하우? 사람을 죽여도 이렇게 소리 없이 죽일 수가 있소?"

하며 문자는 눈물까지 핑 돌았다.

"신문사의 놈들이란 망할 놈들이야! 남 못할 노릇도 이렇게 시킬 수가 있소? ……내일부터 무슨 얼굴을 들고 나간단 말이요? 첫째, 학교에는 어떻게 간단 말이요?"

하며 머리를 쥐어뜯고 몸부림을 하다가 문자는 훌쩍훌쩍 운다. 효정이도 효범이의 신상이 무사한 것에 옥죄었던 마음이 풀려서 다른 생각을 해볼 여유가 없었으나 문자의 말을 듣고서 남편이 망신을 한 것이라든지 밑도 끝도 없는 이혼설까지 난 것이며, 효범이가 팔난봉같이 된 것을 다시 생각하고는 분함을 참을 수가 없었다.

"그러나 기자가 언제 찾아왔어? 정녕 이가 놈이 분한 김에 신문기자더러 있는 말 없는 말 함부로 한 게로군!"

하며 효정이는 신문을 다시 들여다보다가

"효범이 사진은 어데서 얻었을까?"

하고 그래도 신기해 한다.

"왜 올 봄에도 신문에 나지 않았어요? 그때 나는 누군가 했더니……."

하며 문자는 옛날 꿈을 생각하듯이 멀거니 앉았다가 무슨 생각을 하며

"응, 아까 온 사람이 기자였군요!"

하며 깜짝 놀란다.

⑥ 신문기자가 이 사실을 조사하는 데에는 만 삼 일 동안을 여간 노심한 것이 아니었다.

음악회가 있던 날 밤에 급작스레 인숙이가 몸이 아파 간다는 것을 주최자인 신문사의 사람은 붙들 수가 없어서 대문간까지 데리고 나가서 대령하고 있던 신문사의 인력거를 태워 보냈다. 그때에 인숙이가 층계를 다 내려가기 전에 3층에서 진 변호사와 머리에 붕대를 감은 이가와 황황히 내려와서 인숙이 앞을 휙 지나쳐 나가는 것을 표 파는 앞에 섰다가 유심히 내려다보며 고개를 기웃거리더니 쭈르를 쫓아 나간 사람은 그 신문사 사회부 기자 신영복이었다. 그는 변호사를 길거리에서 가끔 보아 알고 인숙이가 있던 집 주인인 것도 알았으나 머리를 처매인 뚱뚱한 신사가 의심쩍었다. 전등불이 환히 키인 종로 큰길로 나선 두 신사가 역시 인숙이는 모른 척하고 종로경찰서 앞으로 올라가는 것을 보자 인숙이는 인력거를 잡아타고 병원에 다녀간다 하며 반대 방향으로 들몰아 내려갔다.

신 기자는 그것만 보고 다시 들어왔으나 아무리 생각하여도 아까 층계를 내려갈 제 인숙이와 진 변호사가 모르는 사람처럼 슬쩍 지나쳐서 둘째 층계를 좌우로 갈라 내려가는 것이 이상하였다.

신기자는 인력거꾼이 다녀오기를 기다려 한구석으로 끌고 가서

"지금 그 아씨를 어디에 모셔다 두고 왔니?"

하고 물어보니까

"동구안 앞에서 인력거를 내려 동대문 차를 타셨는데 웬 양복 하신 손님 두 분이 역시 인력거로 쫓아오시다가 깜짝 놀라는 눈치가 좀 다르시더군요."

하며 기자 나리를 치어다보았다.

"그래 그 양반은 어데로 가시든?"

"자세히 모르겠어요. 정거장으로 나가시느니 어쩌느니 하더니 아마 거게서 내려서 차를 기다리는 모양이기에 인력거 두 채가 뒤미처 올라왔습지요?"

한다.

……한 시간 후에 신 기자는 인천행 이등 찻간에 머리에 흰 테 두른 신사와 같이 마주 앉았었다.

하여간 이와 같이 하여 ××신문 기자 신영복이가 인천지국 기자의 응원을 얻어 가지고 조사를 한 뒤에 올라와서 틈 있는 대로 진 변호사 집 앞을 헤매이며 재료는 모아놓았으나 신문사의 간부 측의 반대로 사흘 동안이나 침식을 잃고 조사한 훌륭한 재료를 썩이는 수밖에 없었다.

"그까짓 진형석이란 놈이 누구요? 한국시대에는 ××사건에 매국검사(賣國檢事)라고 패 차고 나섰던 놈이요 합병 후에는 고리대금업 변호사로 세상이 다 아는 일인데 그래 그놈을 신사라고 가만히 내버려둔단 말이요? 신사벌(紳士閥)끼리는 이해휴척이 같으니까 옹호도 하겠지만, 나는 신문기자의 직책으로 어느 때이던지 써 놓고야 말 테요. 권고사직을 당하기 전에 사직서를 간부에게 제출하고서라도 쓰고야 말 것이요. 신사라는 가면을 쓰고 인육장사를 하거나 음악가라는 간판 뒤에 숨어서 밀매음을 하거나 유망한 청년을 유인해서 타락을 시켜도 신문은 신사벌의 옹호만 하고 앉았으면 고만이란 말이요?"

하며 신영복이는 펄펄 뛰고 일도 잘 아니하면서 더욱 열심으로 나가 돌아다니었다.

그리더니 하루는 인력거를 되몰아서 신문사에 들어오기가 무섭게 눈에 불이 나서 신문 반 장 턱이나 된 원고를 써 가지고 편집국장실로 들어가서 한 시간이나 대논전을 하고 나오더니 엉덩춤을 덩실덩실 추었다. 편집국장도 진가가 수색원까지 제출하였다는 말과 기자의 고심한 공력에는 더 반대할 힘이 없어서, 원고의 반쯤이나 자기의 손으로 후려갈길 뿐 아니라 더욱이 진 변호사와 인숙이 사이에 추한 관계가 있다는 점은 흐려 버리고 내게 한 것이다.

그러나 한 기자의 엉덩춤이 지금 이 두 여자에게 이렇게도 고통을 하게 하며 걸려들은 사람이나 걸려들지 않은 사람의 운명의 지남침(指南針)까지 바꾸어 꽂아 놓을 줄이야 어찌 꿈엔들 생각하였으랴!

⑦ "그러나저러나 수색청원은 왜 하셨드람! 공연히 그것 때문에 이렇게 뭇 사람이 창피하게만 되었지."

두 여자는 혼이 다 나가서 앉았다가 나중에는 이런 원망까지 하였다.

"그럼 형사나 신문기자나 똑같은 생화니까 경찰서에서 알기만 하면 신문에 으레 날 것인데……그러나 이 세상 남자 쳐 놓고 효범 씨같이 무서운 이는 없을 게야! 병이 그러면서도 인숙이를 쫓아간다는 싹도 아니 보이고 벌써 인숙이와 맞춰 두었다가 살짝 빠져 달아났구려. 그런 것을 모르고 기다리고 앉았든 사람이 얼없는 사람이지."

하며 문자는 차차 마음을 가라앉힌다.

그러나 효범이가 나갈 제

　"내가 가는 데는 못 가세요……."

하던 말이 인제 생각하니 의미 있는 말이다. 남자의 말귀도 못 알아듣고 고지식하게 머뭇거리고 있다가 욕만 먹게 된 것이 한층 더 분하였다.

　지금 문자로서는 M이 신문을 보고 절연까지 하자면서 꾸지람 편지를 한 것이 걱정되는 것보다도, 학교에 발을 못 들여놓게 된 것보다도, 친구나 부모 형제에게 또다시 얼굴을 바로 못 들게 된 것보다도, 애매한 욕을 당하고 앞길이 또 어떻게 끌려나가든지 그따위 근심보다도, 분하고 절통한 것은 닷새 동안이나 깜박 속아 넘어간 것이다. 자기의 튼튼치 못한 몸을 가지고도 조금도 몸을 사리려는 생각이 없이 자기의 정성으로 고쳐 놓겠다고 단단히 먹었던 자기의 마음을 손톱만큼도 알아주지 못하는 효범이의 마음이 미웁고 원망스러웠다. 뛰어 나갈 때에는 남매가 싸우고 분한 김에 저러거니 하였던 것이요 이날 이때까지도 믿었던 것이다. 아! 그것이 지금 어떻게 되었는가? 놓치지 못할 것을 놓쳤다는 그것만이면 오히려 참기도 할 수 있을 것이다. 그러나 인제는 독 틈에 끼인 탕관이다.

　삼 년 전에 몇백 명 계집애들에게 놀림감이 되며 들볶이다가 학교 문을 나설 제 단단히 먹었던 그 마음, 남이 무어라고 하던지 M 하나만은 훌륭한 사람이 되도록 도우리라고 결심하였던 그 마음은 지금 어디 가고 또다시 얼굴을 붉히지 않고는 남에게 마주 대할 수 없는 굴욕을 당하게 된 것을 생각하면 마치 진흙 구렁에 빠져서 헤어나려고 다리에 힘을 줄수록 몸이 점점 더 가라앉는 세음과 같았다. 여러 동무의 기억에서 이 세상을 떠날 날까지 영원히 빼어 버리지 못할 자기의 인격의 오점(汚點)을 조금이라도 씻어 주고 못 주는 것은 다만 M이 훌륭히 되고 못 되는 데 있다고 굳게 믿어왔다. 그리하여 모든 것을 희생하고서라도 까부라져 들어가는 M의 마음을 충동이고 용기를 돋워 주어 왔다. 그러나 모든 것이 절망이라고 생각할 제 문자는 자기의 젊음을 생각하였다. 결혼이라는 속박이 없는 자유로운 처녀라는 단 한 가지의 자랑과 무기가 자기에게 아직 남은 것을 힘 있게 의식(意識)하였다. 그리하여 자기도 모르는 동안에 효범이에게 한 걸음 한 걸음씩 다가선 것이었다. 나중 일이 어떻게 되리라는 것은 막연한 일이었다. 다만 당장에 남의 앞에서 수그러지는 머리를 번듯이 들자는 것이 무엇보다도 사랑이라는 그 자체보다도 문자에게는 소중한 것이요 그것을 위하여 이때껏 은근히 싸워 왔고 고생을 달게 여긴 것이다.

효범이가 대학에 입학하여 각 신문지에 일본인을 몇백 몇천 명씩 따돌리고 우뚝 올라섰다는 단순한 이유로 천재라고 떠든 기사를 보고 재기가 생동하는 효범이의 사진을 볼 제 공연히 가슴이 뛰고 효범이 집 번지를 외워 가지고 혼자 얼굴을 붉히며 남몰래 그 집 대문 앞을 지나보던 올 봄 생각과 몇 달이 못 되어서 우연히 찾아와 주어서 인사를 할 제 부끄럽고 놀라던 일을 돌려다 보면 모든 것이 기적(奇蹟) 같고 엷지만 않은 저승의 인연이 이승까지 매듭 풀리지 않은 것을 진심으로 축복하였다……

'그러나 그 효범이가 지금은 이만 원에 몸을 내던지려던 더러운 고깃덩어리를 끼고 이 하늘 밑, 이 땅 위, 한구석에 같이 뻐듯드리고 누웠구나!……'

하는 생각을 하면 문자는 무엇을 위하여 긴긴 앞길을 살아 나갈지 몰랐다.

6

① 문자는 기막히는 생각에 눈만 깜작거리며 얼이 빠져 앉았다가 M의 편지를 다시 들여다보았다. 거기에는 이렇게 쓰였다.

"하잘것없는 무명의 서생의 이름이 서로 맺은 굳은 맹세와 삼년이라는 긴 세월 동안 어느덧 깊었던 사귀움에 귀여운 값으로 신문지상에 오르게 되었을 뿐 아니라 당신네 같으신 신사 숙녀와 재자가인의 높으신 이름과 자리를 같이하고 어깨를 견주게 되옴은 황감한 중에도 감격한 바외다.

그러나 삼백육십오 일에 세 곱절한 짧지 않은 우리 생활의 한 조각 기록을 하루살이의 목숨밖에 없는 신문지라는 종이 위에 거칠은 붓끝으로 스쳐가는 단 한줄기 글귀가 송두리째 불질러 버렸다는 것은 덧없는 세상의 일이건마는 아깝지 않은 것도 아니외다.

그러나 그것도 사람의 일이오니 뉘라 또다시 계교 하오리까. 결단코 구구한 변명은 마쇼. 변명은 매양 지혜의 간특함을 저울질하는 것인가 하나이다. 김효범 군은 누구인지 모르거니와 신문이 똥기어 준 당신네의 '깊은 관계'를 나는 축복하려 합니다마는. 또한 명류 피아니스트이신 조인숙 씨로 말미암아 애태우실 당신을 생각하니 소리 없는 눈물도 섞이어 나옵니다. 모든 일이 잘 되었소이다. 이리하여 우리는 완전한 자유인이 되었나이다. 다시 서로 찾을 일이 없기로 반가우신 치하와 떠나는 인사를 아울러 이 글로 대신하나이다."

구구절절 비웃는 수작을 보면 분함 마음을 스스로 억제하는 것 같기도 하다. 그러나 따분하게 기운 없는 말을 하고 끝에 가서 서로 파혼을 함으로써 피차에 서로 자유로운 몸이 되었다는 것을 보면 M 역시 문자에게 탐탁지 못하여졌고 오히려 이러한 기회를 얻은 것이 잘 되었다는 것 같기도 하였다.

어떻든지 M이란 사람이 생활에 찌들고 피로한 사람인 것을 이 편지만 보아도 알 수 있었다. 문자는 그것이 제일 싫었다. 문자가 읽는 동안에 옆에서 들여다보고 앉았던 효정이는 새삼스러이 깜짝 놀라며

"또 이건 웬일이야. 암만해도 무슨 탓이 더친 게야."

하고 문자를 치어다보았다. 그러나 문자는 그리 걱정이 되는 눈치가 아니었다.

"혼인이란 어느 때든지 당장에 딱 해 버려야 하는 게야! 오래 끌면 뒤에 이런 사단이 나고 마는 게야! 내일이라도 내가 가서 보고 이야기라도 하지."

하며 효정이는 자기 탓이 돌아올까 봐 벌벌 떨었다.

"가 보긴 무얼 가 봐요. 가만 내버려 두고 보면 될 대루 되겠지."

문자는 암상을 바락 내었으나 삼 년 전에 효정이에게 의논을 하고 중간에 들어주기를 청할 때도 있던 것을 생각하고는 그래도 부끄러운 생각이 없을 수 없다.

조선 안에 있는 ××신문 독자로서 효범이와 인숙이와 진 변호사와 문자라는 사람이 누구인지를 아는 사람이나 또는 소위 '오각연애의 갈등'이라는 기사를 본 사람으로서 을축년 구월 십이 일 밤에 배달된 십삼일 치에 게재된 그 신문사회면 기사 중 '진 변호사 사건 ― 사실 외면'이라는 일호일단 제목의 기사를 유의해 보았고 또 그해 십일월 이십오 일에 같은 신문

사회란에 게재된 기괴한 사건을 똑똑히 본 사람이 있으면 누구나 ××신문은 가장 신용 있는 신문이라고 생각할 것이요. 따라서 변호사 진형석이의 명예를 훼손하려던 자가 누구였던가를 알 수 있으리라.

　××신문사 편집실에는 외근기자가 몰려 들어와서 한참 동안 조용하던 편집실이 와글와글하여지고 심부름꾼 아이들은 갈팡질팡하는 동판에 신영복도 막 들어와서 휴지가 하얗게 덮인 책상 한구석에 앉으며 붓대를 막 들려니까 아이놈이 와서

"사장실에서 잠깐 오시래요."

하고 쪼르를 달아난다.

②　신영복이는 사장실로 들어가면서

'무슨 개소리를 하든지 쓸 것은 써야지.'

하며 속으로 생각하였다.

"오늘 편집국장에게 이야기 들었소?"

사장은 눈을 찡긋하며 못마땅한 듯이 묻는다.

"네, 지금 물어 가지고 와서 쓸 거예요."

"그러면 다 써 가지고 나를 좀 보여 주."

신 기자는 아무 말도 아니하고 나와서 붓대를 잡았다.

두 시간 후에 오십 장이나 되는 원고가 사장의 책상 위에 놓였다. 조금 있다가 편집국장이 불려 들어가더니, 뒤미처서 신 기자를 또 부른다.

"이건 어떻게 쓴 것이 이 모양이요?"

사장은 첫대바기에 눈을 험상스럽게 뜨고 신영복이를 쳐다본다.

"편집국장 명령대로 쓴 것이올시다."

하고 신영복이는 편집국장을 쳐다보았다.

"언제든지 간에 이대로는 좀 안될 사정이 있으니 다시 써 오구려."

편집국장은 중재를 붙이었다.

"무슨 사정이 있는지는 모릅니다마는 분명한 사실대로 썼는데, 왜 다시 써요? 진 변호사 말은 모다 외착이 나고 멀건 거짓말이 분명해요. 도리어 김효범이의 말이 분명한 증거까지 있기에 그렇게 썼지요."

"증거라니? 진 변호사의 인격을 생각해 보더라도 그럴 리가 있나? 당초에 그런 기사를 기어이 내는 것이 잘못이지."

하고 사장은 화를 버럭 내며 편집국장을 흘겨보았다.

"사실은 어쨌든지 간에 조금만 변명을 해 주도록 쓰구려."

편집국장은 대수롭지 않은 듯이 우물쭈물해 버리자는 눈치다.

"조금만이 아니라 진 씨의 말을 들은 대로 써 와요."

하며 사장은 일개 기자로서 자기의 말을 거역하는 것이 분한 듯이 소리를 꽥 지른다.

"그렇게는 도저히 쓸 수 없어요. 진가 같은 위인은 인격은 고사하고 응징을 할 필요가 있더군요. 그뿐 아니라 만일 이 붓대를 잘못 들었다가는 사의 신용 문제도 문제려니와 생기려니와 여러 사람의 정성을 그르칠 것이오. 유망한 청년을 죽이고 말 것이니까요."

"응징은 누구를 응징한단 말이야? 신문이란 사실을 보도하면 고만이지 편파한 비판을 하는 것이 사명이 아닌 줄은 신 군도 짐작하겠구려."

"글쎄 말씀이올시다. 그러기에 사실대로 쓴 것입니다."

"그런 쓸데없는 잔소리 말고 어서 쓰라는 대로 써 와요!"

사장은 이때껏 참아왔던 분이 펄쩍 나며 소리를 한참 더 지른다.

"신문기자의 양심을 가지고는 못 쓰겠어요. 김효범이가 인숙이나 여교원 정 모와 아무 관계가 없는 것과 이만 원이 만 원이란 것밖에는 조금도 틀린 것이 없어요. 내시고 아니 내시는 것은 구태여 간섭하지 않겠소이다마는 신문의 지면을 생각하면 그대로 내셔야 옳을 것이지요."

"그래도 종시 못 쓰겠다는 말이지?"

"네, 저더러 사직을 하라면 사직은 해도, 그건 못 써요! 지금 사장께서 왜 이러시는 것은 나도 다 알아요! 그래, 안 남작의 전화 한마디가 공정한 언론 기관을 좌우한단 말씀이요? 어제저녁에 사장은 진가더러 무어라고 하셨소?"

하며 신영복이는 소리를 버럭 지르고 한걸음 나섰다.

이 기사를 내느니 아니 내느니 할 때부터 잔뜩 품었던 불평이 한꺼번에 쏟아져 나온 것이다. 사장은 얼굴이 발개지며 부르를 떨었다.

"신 군! 이거 왜 이래? 사장께 이런 법이 어디 있더란 말이요?"

하고 편집국장은 신 기자를 끌고 나오려 하였으나, 그는 몸부림을 친다.

"다 알아요! 진가가 회사 성립하는 데에 유령주(幽靈株) 오백 주를 인수한다는 바람에 신문을 팔아야 옳단 말요?"

하며 소리를 버럭버럭 지르는 도중에 편집국원들이 붓대를 든 채로 우르르 몰려 들어와서 기웃거린다.

③ 구경꾼들이 우르를 몰려들자, 신영복이는 한층 더 흥분하여 편집국원들에게로 돌아서며 연설조로 소리를 높여 떠들어댄다.

"여러분! '파워 이스 올라잇'이라는 문구가 인류 역사의 '페이지'마다 참혹한 피 흔적으로써 기록된 결과는 인류로 하여금 오늘날의 이렇듯한 타락에 빠지게 하였고, 우리가 가질 문화의 정당한 가치를 찾지 못하게 하였습니다. 그러나 오늘날 와서는 그 혈장(血漿)으로 부레풀칠 한 인류 모독(人類冒瀆)의 역사를 황금갑으로 싸려고 합니다. 왜 싸나요? 권력과 금전이 야합한 예물로 바치려는 것입니다. 그리하야 죄악의 '심볼'로 나온 사생자에게 명명하여 왈 '정의'라 합니다. 민적은 사생자의 등록을 거절합니다. 그러면 자전(字典)에서도 '정의'라는 말은 용납될 여지가 없을 것이외다. 이것입니다. 여기입니다……언론과 및 조고자(操觚者) 신문과 및 신문기자의 유일하고 존귀한 사명은 세상이 버리고 인류가 구박하는 정의라는 사생자를 옹호하고 발육시키기 위하여 의검(義劍)을 들고 나서는 데 있는 것입니다. 권력과 금전이 간통을 하는 추악한 기록이 신문일 수는 없습니다. 간부와 간부의 조방꾸니가 신문기자의 직무일 수는 없습니다!

한 달에 오십 원이라는 금전은 신영복이라는 몸을 샀습니다. 그러나 나는 권력과 금전이 간음을 하는 조방꾸니로 팔려온 것은 아닙니다. 사는 사람이 속였는지 팔려는 사람이 속았는지는 모르나 ××신문사 사장이란 매소부와 안 남작이란 유야랑의 간음하는 사실을 알고는 이 자리에 있을 수 없습니다. 진형석이란 놈은 고리대금업자로 양딸과 간통하고 다시 만 원에 팔아먹은 자외다. 그놈이 안 남작의 소송대리인(訴訟代理人)이라는 이유로 또는 안 남작이 본사에 이만 원을 출자하였다는 이유로 셋째는 진형석이가 주주가 되겠다는 가승낙이 있음으로써 작일의 사회의 죄인이 금일의 의인이 될 수는 없습니다. 진가는 인천의 미두대왕 이근영의 돈을 울궈다가 소위 신문사업을 한다고 떠들 만한 일거리가 생길지 모르거니와 신영복이라는 이 사람은 진가를 사회적으로 응징하고 언론의 이중적 압박을 제거하며 기자의 공정한 사명과 신성한 직능을 발휘할 기회를 만났습니다.

그러면 안가와 같이 금전과 귀족이라는 지위를 가지고 일대 언론기관을 초개와 같이 아는 자는 부족거론이려니와 나가면 그놈의 수구가 되고 들어오면 기자의 권위를 유린하여 곡필로써 사세를 강요하는 현사장 태추관과 같은 자는 모름지기 여러분의 정의감에 호소하여 축출치 않으면 안 될 줄 믿는 바이며 이에서 공언하거니와 진형석이 사건에 대하여 그 책임을 얼마나 김효범이에게 전가할지라도 이는 어느 때든지 이 사람이 핵변하고야 말 것이외다. 오늘날 청년 쳐 놓고 김효범이와 같이 정의와 인도에 대하여 예민한 감수성을 가진 청년이 없을 것이요 이 사람도 아까 잠깐 만나서 그의 열렬한 사상과 순결한 인격에 실로 감격함을 마지않았소이다. 더욱이 그가 인제야 겨우 이십 세의 소년임을 생각할 제 일개 언론기관이 특권계급의 괴뢰가 되어 유망한 청년의 전도를 그릇하고자 함은 실로 최대의 죄악을 끼침이니 신문기자의 직책이 얼마나 중대함을 깨달은 듯싶습니다.

여러분! 거듭 말씀하거니와 우리 민중의 손으로 받들어야 할 우리 생명의 유일한 발로 기관의 하나인 이 신문이 일개 귀족이나 부호의 전화 한마디로 그 방침이 좌우된다는 사실을 여러분은 잊지 마십시오. 일대 언론기관을 운전하는 사장이란 직권을 남용하여 사회적 도덕적 죄인을 인격자라 하고 기사의 취소까지 거절한 지 삼십 분 후에 오백 주라는 유령주를 인수하겠다는 감언이설에 신문의 신위를 판 ××신문 사장 영감 태추관 씨가 저기에 앉았는 것을 자세히 보아두시기를 바랍니다……."

신영복이의 연설이 여기까지 와서 잠깐 그치자 사장은 안락의자에서 일어나서 발을 구르며

"급사! 급사! 거기 아무도 없니? 이 미친놈 내쫓아라!"

하고 소리를 고래고래 지른다. 그러나 연설은 또다시 계속된다.

④"……그리고 최후로 여러분! 나의 이 말을, 즉 민중의 정당한 의사에 의지하여만 운전될 언론기관이 일개 귀족이나 부호에게 좌우된다는 것이나 혹은 아무리 일개의 무명서생일망정 무명서생은 고사하고 현 사회에서 초개와 같이 학대하는 전부야인일망정 결코 신문의 위력으로써 그 전도를 그릇하게 하여서는 아니 된다는 말을 여러분은 심상히 들으실지도 모르겠고 다만 심상히 들을 뿐 아니라 이 사회라는 것은 그러한 것이 상정이라고 생각하실지 모릅니다.

그러나 여러분! 이것은 다만 여러분의 양심이 마비되었다는 것에 지나지 않습니다. 옳지 못한 것을 보고 옳지 않은 줄 알면서도 눈을 감아 버리는 것은 사람의 마음이 타락되고 그 양심이 마비된 증거올시다. 그러나 약동하는 생명이 끊임없이 욕구하는 본연성(本然性)은 약진(躍進)의 노력입니다. 그러면 약진의 노력이란 무엇이냐? 현실타파(現在打破) 그것입니다.

현실에 동화하지 않는 것입니다. 현 사회를 부정하고서는 거기에만 인류의 생명의 용약이 있는 것이외다.

사회란 그러한 것인데 혼자 떠들면 무얼 하나! 하고 악(惡)을 악인 줄 알면서도 눈을 감아 버리는 자는 현사회의 생존권을 스스로 유린하는 자올시다. 현실에 동화되는 자는 인류의 영원한 적이요 우주 생명의 반역자임을 우리는 명심합시다. 이와 같이 말한다고 나를 주의자라 일컫지 말라! 나는 주의자이므로 이러한 말을 하는 것이 아닌 것을 명언하여 둡니다."

신영복이는 말을 마치고 땀을 흘리면서 사장을 돌아다보고

"너무 떠들어 미안합니다!"

고 인사를 한 뒤에 돌쳐섰다. 문 밑에 옹기옹기 모여 섰던 사람들은 좌우로 싹 헤어지며 길을 내어주었다. 그는 전신에 오직 불덩이 같은 열을 느끼면서 그 사이로 뚜벅뚜벅 걸어 자기 자리로 오더니 모자를 집어쓰고 뒤도 아니 돌아다보고 문밖으로 나갔다. 그러나 사장의 눈총이 무서워서 아무도 감히 말 한마디 거는 사람은 없었다.

폭풍우가 휩쓸어 간 뒤의 편집실은 경이(驚異)와 감분(感奮)에 싸인 잔잔한 파동이 흐를 뿐이었다. 그러나 아무도 신영복이의 연설을 비판하는 사람은 없었다.

이틀쯤 지난 뒤에 신영복이의 책상은 새로운 주인을 맞았다. 그는 생기가 팔팔하여 지금도 팔을 걷고 앉아서 원고를 쓰고 있다.

×

신영복이가 그렇듯이 열성을 기울여서 주장한 효과가 ××신문 지면에 나타날 리가 만무한 것은 물론이다.

그날 즉 십이 일 저녁에 배달된 신문에는 이러한 기사가 실리었다.

"작지 본보에 보도한 '오각 연애의 갈등'이라는 기사는 특히 진형석 씨에게 혐의를 가진 자가 악의를 품고 중상한 바로 오전된 것이 판명되었는데 문제의 중심인 조인숙 양에 대하여 수색원을 제출하였다 함은 전연 무근지설인 바 조 양이 남선 지방에 여행코자 떠난 후 그 지방에 수재가 심하여 보호를 청한 일이 있을 따름이라 하며 김효범 군도 무슨 사정으로 그 친구인 시내 낙원동 삼십 번지 지성룡 가에 유숙 중이라는데 다만 김효범이가 여학생과 추축이 잦음을 그의 매부인 진 씨가 감독하기 위하여 꾸짖은 일이 있으므로 그 지간에 감정이 충돌되어 그와 같은 중상의 풍설이 생긴 것이라더라."

하는 본사 기사가 있고 그다음에는 진 변호사의 방문기와 '인천지국 전'이라고 박은 이근영의 말이 났는데 일구동음으로 진가와 이가는 처음부터 일면식도 없을 뿐 아니라 신문사를 걸어서 명예훼손의 소송까지 제기하려 하였더니 의외에 귀사에서 자발적으로 그릇 전함임을 알고 찾아와 주니 모든 감정이 풀리었노라는 말까지 쓰여 있었다.

이것은 물론 진형석이가 신문사 사장의 양해를 얻어 가지고 인천에 내려가서 지국 기자를 한잔 먹이고 꾸며 놓은 일이지마는 한 가지 이가가 분김에 신영복이에게 전후 사정을 말하여 신문에 발표되게 하여 놓고 보니 자기도 끌리어 들어간 것이 불명예하여 후회하던 판에 진가가 와서 하는 말이 인숙이에게 대하여 절망은 아닌 모양이요 또 효범이를 골리려는 데에는 이가가 진가보다도 한층 더 발 벗고 나서는 판이기 때문에 공동한 목적을 위하여 다시 화합이 된 까닭이었다.

⑤ 그러나 하여간 이 신문으로 말미암아 효범이의 거처를 알게 된 효정이와 문자는 또 한 번 놀라면서도 죽었던 사람이 살아온 것 같았다. 같은 서울 바닥에 있었다는 것이 신기하기도 하지만 남편이 번연히 알았을 터인데 속인 것이 효정이에게는 분하기도 하였다. 그러나 문자는 그러한 생각을 할 여유가 없었다. 만나게 된 반김도 반김이려니와 무엇보다도 인숙이를 쫓아가지 않았다는 것이 마음에 흡족하였다. 새로운 광명을 얻은 것 같기도 하였다.

두 여자는 보던 신문을 척척 접어 넣으며 몸치장도 잊어버리고 나섰다.

"여기 김효범 씨 계시요?"

지 주사 집에 앞장을 서서 들어간 문자는 가슴이 뻐근하였다.

"네."

하고 부엌에서 앉은 채 고개만 내어미는 것은 주인 여편네다. 주제가 사나워서 그러는 모양이다. 그러나 창문을 방긋이 열어 놓은 건넌방에서는 여전히 잠잠하다.

"효범이 있니?"

이번에는 누이가 불렀다. 그제서야 버스럭하며

"누구세요?"

하는 효범이의 목소리가 난다. 문자는 오래간만에 듣는 효범이의 목소리, 여청에 가까운 앳된 소리가 반가웠다. 이성의 목소리를 반기는 것은 무엇보다도 큰 사랑의 증거다. 순실한 사랑을 느끼는 사람의 목소리는 꿈속에서 들어도 가장 찬란한 음악보다도 영감을 주는 것이다. 문자는 가슴이 짜르를 떨리는 것을 깨달으며 얼어붙은 듯이 효정이 뒤에 섰다.

517

"사람이 어쩌면 그 모양이냐?"

효정이의 말은 울음이 섞여 나왔다. 남자의 얼굴을 잠깐 치어다보고 고개를 떨어뜨리는 문자의 눈에도 눈물이 글썽글썽하였다.

"얼굴이 더 못되었구나? 의원은 봤니?"

세 사람이 자리를 잡고 앉은 뒤에 효정이는 오라비를 한참 바라보다가 이렇게 묻고 또 눈물을 흘린다.

"그런데 왜 오셨어요?"

효범이는 고개를 숙이고 우뚝이 꿇어앉았다가 비로소 입을 벌리었다.

"왜 온 게 뭐냐? 그동안 어떻게 우리 속을 태운 줄 아니? 아버님두 올라오셔서 이틀 동안이나 길로 헤매이시다가 내려가시구 문자도 내려가지를 못하고……어떻든지 집으로 가자!"

"별소리를 다 하시는구려. 아예 그런 소리를 하고 귀찮게 구시려거든 다시는 오시지 마세요. 나두 오래는 여게 있지 않겠지마는……나는 인제는 버린 사람이에요. 저대로 내버려 두슈. 설마 누님더러 송장까지 치라구는 아니할 테니……."

하며 효범이는 분에 못 이겨 눈물이 나리는 것을 이를 깨물고 참았다

"그런데 신문에 저렇게 떠들어 놓았으니 앞일이 딱하지 않으냐? 학교에선들 가만히 있을 리가 있니?"

효정이는 한참 앉았다가 이런 소리를 하였다.

"누가 아나요! 저희들 멋대로 하라지요."

하고 입을 쫑긋하더니

"그런 것은 나더러 물어보실 게 아니라 진 변호사 영감께 물어보시는 게

좋겠지요."

하며 또 한 번 입을 실룩한다.

효정이는 마음에 불편하였으나 탄하려고는 아니하였다.

"참 그런데 오늘 신문에 또 난 것은 더 심한 말이더군요."

이때껏 가만히 안았던 문자는 허리춤에서 신문을 꺼내서 편다. 효범이는 한 번 쭉 읽고 나더니 얼굴을 한층 더 웅등그리뜨리고 몹시 괴로워하는 눈치다. 숨결도 가쁜 모양이나 억지로 참고 앉았다.

"글쎄 다른 것은 다 고만두고라도 남매간이신데 어쩌면 그러세요! 진 선생이나 이 씨끼리 서로 모르는 사람이라고 하거나 인숙 씨를 싸고돌거나 그까짓 것은 계관할 것도 없지만 그래 어쩌자구 모든 죄를 효범 씨에게 밀어붙인단 말예요. 진 선생도 번연히 학교에 관계가 될 줄을 모르지 않으시겠지요?"

문자는 얼굴이 발개지며 분해 못 견디겠는 듯이 참고 참았던 속말을 퐁퐁 퍼붓고 효정이를 치어다본다. 효정이는 이럴 수도 없고 저럴 수도 없는 듯이 맥맥히 고개만 수그리뜨리고 앉았을 뿐이다.

⑥ 잠깐 말을 끊었던 문자는 또다시 남자를 위하여 폭백을 한다.

"……참 누구 말마따나 변명은 지혜의 간특함을 저울대질하는 것이라더니 거기 두고 맞힌 말이야! 그럴 듯한 소리를 번주그레하게 늘어놓고 일을 저질러 논 자기네만 발을 쏙 빠지고……그것도 그러기만 했으면 작히나 좋을까! 무슨 심청으로 이렇게 편치 않으신 이를 읊아 넣을 필요가 어데 있드람?"

하며 눈귀가 치쳐 올라가다가 다시 목소리를 낮춰서

"…… 신문사 놈들도 망한 놈들이지. 그따위 개수작을 내이면서 우리편 이야기는 잇살에도 어우르지를 않는 일이 무슨 일이드람! 진 선생은 법률을 잘 아시는 유명한 변호사요 신사니까 그렇기도 하시겠지만 정문자는 누구만큼 명예를 모른다는 수작인가? 효범 씨가 여학생하고 추축한다는 것은 나를 두고 한 말이겠지요? 참 어이가 없어서! 내일은 내가 신문사에 가서 담판을 하고 올 테야!"

하며 문자는 눈에 독기가 올랐다.

"그런 말은 다 해야 소용 있나요. 신문기자까지 와서 펄펄 뛰고 갔건만 그따위로 냈는데요. 세상이란 그런 것인 걸 혼자 떠들고 앉았으면 무얼 하나요."

하며 효범이는 풀이 없는 소리를 한다.

문자는 효범이의 말에 놀랐다. 이것이 일주일 전에 매부의 잘못을 저히 책망하고 세상의 참 되고 바른 것을 위하여 싸우겠다 하며 뛰어나오던 사람의 말인가? 하고 놀랐다. 병이란 무서운 것이다, 고도 생각하였다.

"그래 그 기자가 누구예요?"

문자는 내일 신문사로 찾아가리라고 묻는다.

"신영복이라든가 합디다마는 하여간 내야 인젠 끝장 다 본 사람이니까 아무러면 상관있소. 앞길이 있는 사람의 명예나 깎이지 않으면 고만이지요."

하고 고개를 떨어트리는 효범이는 측은하여 보이었다.

"왜 그런 흉한 소리를 하니? 그까진 병에 휘둘린단 말이냐? 한 달만 잘 조섭하면 다시 학교두 가게 되겠지."

누이는 이렇게 위로를 하고서

"매부 형님이 천만 번 잘못하는 중이야 낸들 왜 모르겠니! 하지만 날로
서는 어떡하는 수가 없지 않으냐!"

하며 아랫입술을 깨문다. 효정이는 마음이 저리도록 아팠다. 그러나 울랴
도 울 수 없는 자기 처지는 아무에게도 하소연할 데가 없었다.

햇발은 아직 남아 있으나 벽이 유난히 거멓게 그을은 방 안은 벌써부터
어두침침하였다.

세 사람은 서로 고개를 마주 숙이고 앉았다가 효범이가

"어둡기 전에 어서들 가시지요."

하는 소리에 두 여자는 놀란 듯이 얼굴을 번쩍 들며 물끄럼말끄럼들 마주
보았다 세 사람의 얼굴에는 침통한 빛이 일제히 떠올려 왔다

효정이는 무엇인지 무서운 운명의 힘이 자기네의 머리 위를 덥석 누르
는 것같이 생각이 되어 몸서리를 쳤다. 앉았으면 앉았을수록 화만 치받쳐
서 견딜 수가 없었다.

"문자! 안 가랴우?"

하며 벌떡 일어나니까

"나는 좀 있다가 가지요."

하며 문자는 마루까지 배웅을 나갔다. 방에서는 잔기침이 콜록콜록 시작
되었다.

"공연히 문을 열어 놓았군요. 어서 누우시지요."

하며 문자가 마루에서 뛰어 들어와서 문을 닫고 남자의 뒤에서 자리를 매

만지려니까, 효범이는 큭 칵 하더니 타기에 누르스름히 피가 섞인 가래를 떨어트리며 벌건 혀를 빼어들더니 또 으악 하며 조그만 검붉은 핏덩이를 꿀꺽 하고 배앝는다.

문자는 깜짝 놀라며 남자의 몸을 뒤로 부축이다가 효범이가 퉤퉤 하며 배앝으려는 끈끈한 침줄기가 질질 흘러내리며 잘 떨어지지 않는 것을 보고 얼른 소매 속에서 손수건을 꺼내서 씻어 준 뒤에 눕게 하였다

"의원을 불러오지요?"

숨이 찬 듯이 벌렁벌렁하는 남자의 가슴 위를 한 손으로 사붓이 누르며 문자는 의논을 해 보았다. 그러나 남자는 도리질을 하였다.

방 안이 금시로 컴컴하여졌다. 문자는 맥없이 한참 앉았다가 남자가 눈을 감는 것을 보고 방구석에 놓은 커다란 남포에 불을 켜 놓고 살그머니 빠져나왔다.

⑦ 큰길로 빠져나온 문자는 동관 앞 어떤 청요릿집의 전화를 빌어서 금방 헤어진 효정이에게 전화를 걸었다. 아직 집에를 못 들어갔는지 없다고 하며 다른 여자가 나왔다.

"누구신가요?"

하고 이편에서 물으니까

"나는 조인숙이야요."

한다.

문자는 깜짝 놀라면서도 어쨌든지 반가웠다. 지금 막 들어왔다 한다. 인

숙이도 반가운 듯한 목소리로 형님이 들어오시면 부탁대로 하여 가지고 곧 가마 한다.

'이왕이면 좀 더 있다가 와 주었더면 좋을 것을…….'

문자는 전화를 끊고 길로 나오며 이렇게 생각하였다. 공연히 또 풍파만 일으키면 병만 더 더칠 것이요 겨우 붙들게 된 남자의 마음을 또다시 놓칠 것이 무서웠다.

문자는 효범이 방에 들어서며

"인숙 씨가 지금 들어왔대요. 전화를 거니까 마침 나와서 받겠지요."

하며 반가운 소식이나 전하는 듯이 웃어 보이었다.

자는 듯이 누웠던 효범이는

"네?"

하고 눈을 번쩍 뜨며 얼굴을 잠깐 찌푸려 보이다가 놀란 기색을 감추며

"김효범이는 원산인가 석왕사에 두고 왔대요?"

하며 웃어 버린다. 문자도 따라서 커닿게 웃었다 효범이의 웃는 낯을 보는 것도 오래간만이다.

그러나 효범이는 인숙이가 왔다는 소식이 반갑기도 하지만 묵은 부스럼을 만지는 듯이 쓰리고 아프면서도 근질거리고 안타까웠다. 인숙이에 대한 자기의 감정을 순일하게 잡을 수가 없는 것이 괴로웠다.

'수색원까지 해서 그만큼 망신을 주고 게다가 경찰의 힘으로 붙들려 왔다거나 하면 진가 나리하고는 영영 척이 지겠지만 그리고 난댔자 어떡한단 말인구? 제 말마따나 청량리에 살림을 배치한달 수도 없고…….'

효범이는 인숙이가 주고 간 첫째 편지의 맨 끝에 자기가 가을부터 시내

의 어떤 여학교에서 와 달라는 데가 두 군데나 있으니 그 수입으로 둘이 살자고 한 말을 생각하여 보았다. 그러나 신문에 그렇게 떠들어 놓은 것을 생각하면 그 학교에서들도 마치 오랄 리가 없을 것 같다.

'이가고 진가고 괘씸한 것을 생각하면 어디까지든지 둘이 한번 살아서 분풀이도 하고 뻔뻔스럽게 신문에 변명한 내막을 세상에 공개하여 보고도 싶다마는 그러자니 학교에는 못 다니게 되는 것이지……'
하는 공상을 하다가 자기의 병을 생각하고는 어림없는 수작이다, 고 머리를 내둘렀다.

"무얼 그렇게 골독히 생각하세요? 모다 잊어버리고 마음을 편안히 가지세요."

문자는 남자를 유심히 바라보다가 효범이의 눈이 마주치자 이런 소리를 하였다.

"생각은 무슨 생각!"
하고 효범이는 미안하다는 듯이 웃어 보였으나 문자는 인숙이가 왔다는 말을 듣고 벌써부터 남자의 마음이 헛갈려 가는 것을 싫어하였다.

잠깐 동안 둘이 맞붙들고 앉았으려니까 문이 찌걱 하더니 마루에다가 무엇인지 갖다가 쾅 하고 놓는다. 주인마누라가 마루로 나오며

"그게 모도 몇 말이요? ……그런데 어데서 벌써 얼렸구려?"
하는 목소리는 핀잔을 주는 듯하면서도 웃음이 섞인 소리다.

"얼긴 누가 얼렸다고 별명을 지어?"
하며 주인이 마루로 올라오려니까

"그런데 웬 돈이 생겼단 말요? 벌써 월급은 아니겠지?"

하고 묻는다.

"잔소리 말구 어서 돼 보기나 해."

하고 지 주사는 건넌방 문을 열고 지지벌건 상을 쑥 데밀다가 문자를 보더니 꿈실하고 고개를 빼며

"오늘은 관계찮으셨소?"

하고 인사를 하고 안방으로 간다.

효범이는 지 주사가 쌀을 팔아왔다는 소리에 귀가 번쩍 띄어서 속으로

'그예 멱국을 먹은 게로구나!'

하고 누웠다가 깜짝 놀라 일어나 앉았다.

⑧ "그것이 말가웃 곡식이야! 자 그것만 먹으면 땅이 얼어붙기 전에 광정을 파야 할 셈일세. 정신 바짝 차리고 다섯 번 씹을 것을 열 번 씹어 먹게. 염라대왕 앞에 가서라도 밥맛이 어떻더냐고 물을 제 밥맛조차 잊어버렸다고 하면야 이 지성룡이는 지옥 속에서도 제일 못된 구석으로 끌려갈게 아닌가? 허허허."

하며 지 주사는 얼쩡한 김에 말문이 열리어서 연해 혀 꼬부라진 소리를 한다.

"듣기 싫소. 손님 계신 데 남부끄럽소. 그런데 말가웃 곡식만 먹으면 영영 숟가락을 놓겠단 말야! ……이 업인아! 또 쫓겨난 게로구나! 내 그저 철 아닌 쌀되가 목아 들어오더라니……."

하며 주인마누라는 낮은 한숨을 쉬이고

"그래 인제는 어떻게 살아갈 테란 말이야?"

하며 끓어오르는 화를 참는 소리를 지른다.

"어떻게 살긴 무얼 어떻게 살어, 하루 세끼 먹고 격양가 부르며 거드럭거리고 살다가 한 말 닷 되[一斗 五升] 똑 떨어지거들랑 목침 베고 눈 감고 다리 펴고 기착 딱하고 누워 버리지. 그게 다 걱정이야? ……그 주착 없는 소리 고만두고 어서 가서 술이나 한잔……."

하며 지 주사는 돈을 절그럭절그럭 하며 꺼내는 모양이다.

효범이는 입을 틀어막고 앉았는 문자를 보고 싱긋 웃었으나 가엾고 미안한 생각에 웃을 경황도 없었다.

"누가 주착이 없기에 말이야? 이 망난아. 엄지손을 작작 재쳐두 그럴까? 얼굴은 황달 들린 사람처럼 해 가지고 자고새면 술에 걸신이 들렸으니 좋다고 할 사람이 누구야! 가는 족족 쫓겨날 건 정한 일이지."

주인 여편네는 아이를 업고 상을 보느라고 갈팡질팡하며 바가지를 긁는다. 효범이는 이번 일이 자기 때문인 것을 지 주사 부인이 알까 보아서 마음에 더욱 송구스럽다가 청원이 애꿎은 술[酒]로 돌아가는 것을 듣고는 조금 마음이 놓였다. 그러나 쌀부대를 보고 반겨 하는 것도 그때뿐이요 긴긴 세월에 덜미를 짚을 가난을 지금부터 무서워서 푸념을 하는 것을 생각하면 여자의 안타까운 마음이 가엾었다.

"그런데 왜 쫓겨났에요?"

문자는 눈을 깜박깜박하고 앉았다가 곱게 묻는다.

"누가 아우? 내가 여게 있고 인숙이가 오고 하니까 지 주사를 그대로 두면 중간에서 무슨 일이 또 생길까 봐서 그러는 게지!"

하며 효범이는 변장 사건은 입 밖에도 내지 않았다.

지 주사는 잠자코 앉았는 모양이더니

"에이, 나가서 남은 돈으로 술이나 실컷 먹고 들어오겠다! 안되면은 조상 탓을 한다고 얼마나 술을 먹었기에 밤낮 술 넋두리야."

하며 쿵쾅하고 뜰로 내려오니까 여편네는 소리를 치고 달려들어 말리다가 기운으로는 당할 수 없던지 금시로 빌붙는 수작으로

"제발 올러가십쇼. 사다가 드릴께요."

하고 올려 쫓는다. 지 주사는 그제서야 아이 업은 마누라의 등을 뚝뚝 두들기며

"그래두 우리 마누라야!"

하고 껄껄 웃고 나서

"효범 씨! 우리 마누라가 고생에 겉늙어 그렇지 젊어서는 그래두 한몫봤다우."

하고 또 웃는다. 여편네도 주전자를 들고 나서며 어이없는 듯이 웃었다

"의는 퍽 좋군요!"

문자는 생긋하며 효범이에게 속살거렸다. 효범이도 웃으며 마주 보았다.

한바탕 떠들어대는 안방이 조용하여진 때에 인숙이가 달겨들었다. 영원히 영원히 간다던 인숙이가 열흘이 못 되어서 왔다. 샛별을 보고 굴로 들어감은 어리석다고 하여 다시 왔는가?

효정이는 인숙이와 의사의 집에 가서 세 사람이 같이 인력거를 타고 근검스럽게 우르를 몰려왔다. 좁은 집은 손님 벼락을 맞은 듯이 엉정벙정하여졌다. 앓는 사람은 앓는 사람이려니와 별안간 집안이 환하여지고 사람

사는 것 같았다.

　의사는 진찰을 마치고 가면서 효정이더러 병자가 여자를 가까이하지 못하게 하라고 주의시켰다. 신문에 났던 문제의 인물들이 모여 있는 것을 보고 비양거리는 수작 같기도 하였다. 약은 의사가 효정이 집에 전화를 걸어서 하인이 가져오게 하여 놓았다.

　⑨ 의사가 간 뒤에 비로소 정신을 차리고 네 식구가 바둑판같이 앉고 보니 피차에 할 말도 많은 것 같으나 모다 고개를 떨어뜨리고 잠잠히 앉았을 뿐이다. 한방에 모여서는 아니 될 사람들이 모였기 때문이다.

　"그동안 어디를 갔다 오셨에요."

　효범이가 겨우 말을 꺼냈다

　"대구까지 갔었에요. 동무한테 놀러요."

하고 인숙이는 겸연쩍은 듯이 생글 웃어 보이었다.

　효범이는 좀 불쾌하였다. 집을 나갈 때 서두르던 품 보아서는 동릿집에나 다녀온 것처럼 아무 거침없이 동무에게 놀러갔다가 왔다면서 해죽 웃는 것이 너무도 직실스럽지 못하여 보이었다. 마치 비극 광대가 무대에 나와서 구경꾼들을 웃기는 것 같았다.

　"그런데 왜 그렇게 급히 올라오셨에요?"

　효범이는 짐작 못 한 것이 아니지만 일부러 말을 시켜 보았다.

　"글쎄 좀 더 있으랴 하였지만 어제 아침에 그 신문을 보고서야 가만히 앉았을 수가 있어야지요."

하며 또 해죽 웃다가

"참 오늘은 무어라고 났누?"

하며 효범이 앞에 놓인 신문을 들어본다. 다 읽은 인숙이는 기쁜 기색을 감추이며

"다른 사람은 다 잘되었구려마는 효범 씨 말이 좀 안되었군."

하며 효범이를 치어다본다,

효범이는 불쾌하였다. 다른 사람이 잘된 것은 무어고 좀 안된 것은 무어냐고 핀잔을 주고 싶었으나 꿀꺽 참았다.

문자는 인숙이를 한참 노려보다가

"그래 대구 물난리는 어떱디까?"

하고 비꼰다.

"그 신문을 보면 대구에 홍수가 나서 경찰서에 보호를 청하였다니 그래 보호 순사가 쫓아다닙디까?"

하며 문자는 커닿게 웃는다.

인숙이는 얼굴이 발개졌다.

네 사람은 또다시 서로 거북한 마음을 억제하고 물끄럼말끄럼 앉았다가 효범이의 밥상이 들어오는 것을 보고 인숙이는 먼저 일어났다. 그러나 주인이 손님 대접을 하려고 뒤웅신을 신고 만들어온 국수장국이 들어오니까 다시 앉았다.

"그런데 이 집 주인이 오늘 쫓겨났대요. 진 선생도 너무 심하시지."

문자가 국수를 먹다가 속살속살하니까 효정이가 깜짝 놀라며

"왜 그랬을까? 네가 여기 왔으니까 미워서 그리셨나?"

하고 효범이를 치어다본다.

"모르죠!"

"형님! 이 집이 뉘 집인데?"

하고 인숙이는 묻는다. 학생 치는 집이려니 하고 끌려와서 보니 그렇지도 않은 눈치기에 속으로 이상하게 알던 터이다.

"집의 사무원 다니는 사람이야. 그런데 무슨 까닭인지 오늘 쫓겨났다는군!"

이 말을 들은 인숙이는 눈을 깜작깜작하며 무슨 생각을 한다.

'아닌 게 아니라 주인의 목소리가 귀에 익은 목소리다.'

고 생각하니까 국수 맛까지 없어지고 앉았기가 송구스러웠다.

계집하인이 약을 가지고 왔다. 효정이가 나올 제 싸서 놓은 금침 보따리와 고의적삼이며 책 다섯 권도 가져왔다. 효범이는 책을 보더니

"이리 주게."

하며 무척 반기었다. 매부의 집에서 나올 때에 비인 손으로 나온 효범이는 그동안 감옥에 갇힌 것같이 책 한 자 못 보고 지냈기 때문이다.

"그런데 영감마님께서 들어오셔서 야단이세요. 동경아씨!(인숙이더러는 동경아씨라고 한다) 어서 가십시다. 동경아씨가 오셨단 말씀을 들으시고 어떻게 기뻐하시는지! 건넌방으로 아씨 이름을 부르시며 뛰어 들어가시다가 안 계신 것을 보고 어디를 갔느냐고 생야단을 치시는데……약주는 취하셨더구먼마는 어지간히 사람을 못살게 굴으셔야지요!……."

어멈이 효정이를 치어다보며 퍼붓듯이 이런 이야기를 하다가 효범이와 인숙이를 번갈아 보며 웃으려니까 인숙이는 얼굴이 홍당무가 되면서

"어멈! 퍽두 수다를 피네! ……인제 갈 터니 어멈 먼저 가게!"
하고 말을 막 잘랐다. 그러나 어멈은 '왜? 헐 말은 다 헐걸!' 하는 눈치로
싱글싱글 웃으며 하던 말을 잇는다.

⑩ "……동경아씨! 그렇게 역정을 내시지 말고 제 말씀 좀 들어 보세요!
영감마님께서 하도 역정을 내시기에 지금 잠깐 목욕 가셨으니까 곧 돌아
오신다고 여쭈었더니 그러면 곧 가서 여쭤오라고 펄펄 뛰시겠지요. 인력
거를 타고 오시든 자동차를 타고 오시든 속한 것이 위주라고 하셨으니까
어서 인력거라도 타시고 가십시다. 아씨 덕분에 저도 생전 처음으로 인력
거 맛 좀 뵈옵게요. 쌍년이 인력거게도 존대를 해야지!"
하며 효정이를 바라보고 은근히 웃는다.
"에이 듣기 싫어! 어서 먼저 가게! 아씨 모시고 인제 갈게!"
효정이는 하인의 말눈치를 모르는 것이 아니나 묻기에 괴란쩍고 인숙
이의 낯을 보아서 하인을 꾸짖는 듯이 소리를 쳤다.
"마님은 별소리를 다 하십니다그려! 저 혼자 갔다가 불벼락을 맞게요?"
하며 계집 하인은 코웃음을 친다.
"잔소리 말고 어서 갓"
효정이는 젊은 마님의 권세를 가지고 눈을 똑바로 뜨며 소리를 팍 질렀다.
이제까지 제멋대로 떠들던 하인은 꿈찔하며 인숙이를 흘겨보았다. 인숙
이는 얼굴이 점점 더 빨개지며 외면을 하고 앉았다.
문자는 생글생글 웃다가 하도 민망하여서

"어멈! 어서 가게. 영감마님께 꾸지람을 좀 듣기로 어떤가?"

하며 턱짓 눈짓을 해 보였다.

어멈은 머쓱해 앉았다가 인숙이를 곁눈으로 또 한 번 훑어보며 일어났다.

"마님! 저는 가긴 갑니다마는 안에는 못 들어가겠습니다. 아씨하고 같이 오실 때까지 제 방에 숨어 앉았겠습니다."

하고 누웠는 효범이에게 향하여

"서방님! 갑니다. 너무 떠들어서 죄송합니다. 어서 일어나셔야지……."

하며 공손히 인사를 하고 방문 밖으로 나섰다. 인숙이는 어멈까지에게 놀림감이 된 것이 분하였다. 눈에는 눈물까지 핑 돌 지경이나 이를 깨물고 돌쳐서는 어멈을 흘겨보며 소리 없이 한숨을 쉬었다.

어멈이 마루로 나간 뒤에 건넌방에서는 효정이와 문자가 물끄러미 쳐다보며 웃을 뿐이요 어멈이 나가는 발자취가 나기만 귀를 기울이고 앉았으려니깐 별안간 안방에서

"어멈!"

하고 부르는 소리가 난다. 지 주사의 목소리다.

"어멈! 나는 안 보고 가나?"

"천만의 말이올시다! 저는 나리께서 안 계신 줄 알았지요……안녕하십쇼?"

어멈이 뜰로 내려서며 이렇게 인사를 하니까 지 주사는 안방에서 뛰어나오며 혀 꼬부라진 소리로

"어멈! 댁에 가거든 영감마님 뵈옵고 지성룡이 같은 놈은 돈 만 원도 없는데 절교까지 하시자는 것은 너무 심하십니다고 여쭙게……그러나 나

아무리 급하시더라도 건넌방까지는 뛰어 들어가지 마십시사고 그리게!"

하며 허허허……하고 헛웃음을 친다.

"네! 가서 그렇게 여쭙죠."

"그리고 에또."

하며 술이 취한 지 주사는 한참 생각을 하다가 '응!' 하고 말을 잇는다.

"……여보게 지성룡이가 몇 달 후나 몇 년 후에 돈 만 원을 끊어 가지고 가는 날이 있더라도 별안간 내려와서 하정배는 하시지 마십시사고……또 그리고 증인이 여기 있으니까 그렇게 함부로 하시지는 마시라고 가서 여쭙게!"

하며 지 주사는 소리를 꽥 지르더니

"……여보 마누라! 내가 증인이지? 아까 낮에 내가 끌고 온 젊은 양복쟁이 있었지? ……우리 마누라가 뭐 아나! 눈뜬 소경이니까!"

하고 다시 어멈에게로 향하여

"아무튼 여보게! 내가 신문기자를 데리고 와서 댁 서방님하고 만나게 하고 내가 증인으로 섰네! 재판질을 하게 될지 누가 아나……그래서 증인이 되었지만 또 증인 노릇 할 일이 있지! 비 오는 날 인력거꾼복을 입고, 자네 영감의 윗저고리 말일세, 하여간 그것 입고 마루 구멍에 숨어서 증인 노릇을 해 본 일이 있었겠다! 그래서 지금 멱국을 먹었는데…… 에! 또……우리 마누라는 영문도 모르고 내가 술만 먹어서 쫓겨났다고 바가지를 긁고 앉았네. 여보게 어멈! 자네만은 행여 바가지 긁어 버릇 말게……."

하며 껄껄 웃는다.

⑪ 인숙이는 몸 붙일 곳이 없었다. 자기의 죄가 그렇게도 뭇 사람들의 놀림감이 들 만큼 추악하였든가를 생각하여 보았으나 앞서는 것은 분한 생각뿐이다. 더 앉았다가 주정꾼의 입에서 또 무슨 소리가 나올까 무서워서 일어났다.

"형님! 가십시다."

인숙이는 효범이가 진 변호사의 말이 무서워서 곧 가는 줄 알까 보아 염려가 되지만 더 앉았을 수도 없었다.

"글쎄! 자네 먼저 가게 그려. 자동차는 불러올 수 없지만 인력거나 불러올까?"

하고 효정이는 문자를 보고 웃다가 다시 화순한 말로

"참 정말 나가다가 인력거를 불러 타고 가게."

하였다.

"……형님까지 놀리시려우?"

인숙이는 달 같은 얼굴이 금시로 해쓱해졌다.

"놀리긴 누가 놀려! 깜깜한 밤에 혼자 가는 게 안 되어서 그러는 게지. 같이 가세나그려."

하며 효정이도 일어섰다.

문자는 물색없이 쫓아가기 싫다고 떨어졌다.

"인제 그만 내려가 보시죠. 지금 나가면 차 시간이야 넉넉하겠지요."

둘이만 마주 앉게 되니까 효범이는 별안간 쌀쌀한 태도로 어떤 소리를 한다.

문자는 무어라고 대답을 해야 좋을지 몰라서 남자의 눈치만 보고 앉았다.

"벌써 내려가셨을 줄 알았더니 신문에서 아직 계시다는 말을 보고 깜짝 놀랐습니다. 더구나 M 씨에게 여간 미안하게 되지 않았습니다마는 그것은 내가 가서 사과를 하기로 하고 어서 뚝 떠나십시오."

하며 효범이는 무슨 생각이 났는지 별안간 재촉이다.

"이 밤중에 어딜 가라고 하세요. 인천에는 다시 갈 것 같지 않습니다."

인숙이는 멀뚱멀뚱 남자를 바라보다가 짜증을 내어 보았다.

"네? 그게 무슨 소리예요? 신문에 난 것으로 해서 그러세요? 그도 그렇겠지만 안 가시면 더하지 않습니까? 얼른 가서 핵변이라도 하시는 게 낫지 않아요?"

효범이는 놀라면서도 미안한 생각이 없을 수 없었다.

"핵변은 해 무얼 합니까! 이왕 이렇게 된 다음에야 되는 대로 내버려 두지요."

하며 문자는 온화로운 낯빛으로 남자를 쳐다본다. 그러나 효범이는 여자의 이러한 대답한 말이 고맙기도 한 한편에는 새삼스러히 무서운 생각이 들고 대답할 말이 딱 막히었다. 머리에는 M이라는 이름이 번쩍하고 떠올라 왔다.

서울에 와서 이삼 일 같이 있는 동안에 더욱 친밀하여진 것은 사실이다. 저런 상냥하고 싹싹한 사람을 일생에 따뜻한 우정으로 오래오래 깊이 사귀어 보리라. M과 결혼하거든 피차에 양해하고 남매와 같이 지내보리라는 공상은 있었다. 서울 오던 이튿날 저녁에 사랑에서 낮잠을 자고 깨어서 손끝을 잡히고 일어나며 잠결에 끼어안아 보고 싶은 충동이 난 때도 있었다. 그러나 그것은 다만 친절에 대한 감사가 넘치어 그러한 것이요, 또 그

당장에 자기를 스스로 꾸짖었었다.

　그러면서도 지금 자기와 깊은 관계가 없다는 여자의 말을 듣고 고마운 생각이 들 만큼 어느덧 마음이 변한 것을 스스로 놀라지 않을 수 없었다. M에게 대하여 큰 죄를 짓는 것같이 무서웠다.

　"내일 신문사에 가서 다시 내어 달라고 하기야 하지요. 효범 씨의 명예를 생각하면 도저히 그대로 내버려 둘 수 없어요. 하지만……."

하며 문자는 말을 끊고 눈을 내리깐다.

　"나를 위해서 무슨 변명을 하신단 말씀예요? 그러지 말고 어서 제발 내려가세요. 미루시면 피차에 좋은 일은 없을 게니까요. M 씨부터라도 정말 의심을 할 테요 인천 바다에서 얼굴을 못 들게 될 거니까 오늘 밤으로라도 아니 가신다면 변명을 해 주시는 게 아니라 욕을 더 먹이시는 것이어요. 그리고 문자 씨에게 대한 것은 내가 어떻게든지 핵변을 해드리고야 말 테니까 꿈쩍 참고 내려가세요."

　효범이는 자기 때문에 문자의 처지가 곤란하게 된 것이 분하고 미안하였다. 그러나 이대로 나가다가는 또 무슨 문제가 겹쳐서 날까 보아 무서웠다. 매부집에서 나와서도 누이에게 기별 아니 한 것은 문자가 내려갔다가 다시 오르내리거나 하면 자연 쓸데없는 지목만 받겠기에 보고 싶은 책 한 권도 가져오라고 못 한 것이요 다만 인숙이나 다시 한 번 만나서 정말 권고를 하여 진가의 손에서 빠져나오게 한 뒤에 몇 달 동안 무전여행이라도 하여 병을 고쳐 보려고 하던 것이었다. 그러나 또 의외에 신문사 건이 일어나서 다시 모여들고 풍파가 또 일어날 듯하게 된 것이 효범이에게는 머릿살이 아플 뿐 아니라 무서웠다.

⑫ "글쎄 어디로 자꾸 가라고 이러세요? 같이 가시겠다면 지금이라도 가지요. 어차피 여기는 오래 못 계실 테니까 인천으로 같이 가십시다. 그 병에는 바닷가가 제일 좋으니까!"

문자는 이런 소리를 하고 웃어 보였다.

"같이 어딜 간단 말씀이야요? 난 모르겠소이다. 마음대로 하슈."

하며 효범이는 역정을 내고 누워 버렸다.

"그러니까요 제 일은 제가 어떻게든지 잘 조치를 할 것이니 마음을 탁 놓고 병에만 전력을 쓰세요."

하고 문자는 병인의 식후약을 찻종에 따라서 놓았다.

"그러면 어떻게 하시든지 상관을 아니할 터니 내일부터 찾아오시질 마세요. 그리고 누님 집에서도 곧 나오세요. 문자 씨나 M 씨를 위해서만이 아니라 나를 위해서라도 얼마 동안 교제를 끊고 누님도 찾아다니지 말아 주슈."

효범이는 다시 일어나서 어린 소리를 하고 문자가 들어주는 약을 마시었다.

"그럼 어데로 가라는 말씀예요?"

"그걸 왜 나더러 물으세요?"

효범이는 가라앉은 소리로 핀잔을 주었다. 문자는 고개를 숙이고 앉았다가 무슨 결심이 떠오르는 낯빛으로

"어데로 가십시다! 인천은 나도 싫으니 남쪽으로 내려서서 바닷가로 가십시다. 우리들을 건져 낼 길은 그밖에 없으니까요."

하며 애원을 한다.

"앞뒤 경우를 생각해 보고 말씀을 하세요. 그것은 건져 내는 길이 아니라 파멸의 길인 줄을 왜 모르세요. 나는 누구하고도 같이 있을 수 없는 사람인 것은 아시겠지요? 숨이 껄떡껄떡 하는 나 같은 어린애를 쫓아다니시다가 나중에 어떻게 되실 것을 생각이나 해 보고 그런 소리를 하십니까?"

효범이는 여자의 마음을 모르는 것이 아니요, 그러한 고마운 말 한마디라도 들려주는 것이 얼마나 위안이 되는지 몰랐다. 이성(理性)이 눈을 감는 순간이었다면 그 순간은 문자의 몸뚱아리나 문자의 온 영혼을 완전히 점령하는 행복으로 채울 고귀한 순간일 것이나 효범이는 차디찬 이지(理智)의 판단이 없이는 숨 한 번도 편히 쉬지 못하는 불행한 사람이었다.

"파멸의 길이 되면 파멸의 길을 용감히 걷지요! 어디까지든지 아끼고 가꾸어 갈 만한 귀한 생명을 가진 것은 아니에요. 아무래도 좋을 목숨이야요. 병 옮을까 봐서 걱정이십니까? 그게 걱정이 되면 벌써 인천 내려가서 신문에 오르내리지도 않았겠지요. 아무 일도 없었겠지요."

문자는 점점 흥분이 되면서 비참한 낯빛으로 남자를 다시 한 번 쳐다보고 고개를 떨어트렸다.

효범이는 무어라고 대답을 하여야 좋을지 몰랐다. 자기 자신이 여성에게 이렇게 과분한 대접을 받을 이유가 어디 있는지 암만해도 알 수가 없었다. 아니 그보다도 문자의 마음이 이처럼 간곡해진 까닭을 의심치 않을 수 없었다. M에게로도 갈 수 없고 학교에도 다시 발을 들여놓을 수 없을 뿐 아니라 집에도 면목이 없다는 난처한 처지에 빠진 것도 사실이지만 그것은 어제오늘 일이다. 신문에 떠들기 전에도 이런 무서운 병에 걸린 자기를 찾느라고 일주일 동안이나 서울에 있었다는 것이 효범이에게는 알 수 없는 일이었다.

"모든 희망을 잃어버린 나를 위하여 보람 없는 희생을 하실 까닭이 어디 있어요? 꽃 같은 청춘을 북돋아서 인생을 향락하여 주십시오. 그것이 인생으로서 할 의무요, 또 당신을 위하여 살려는 사람, M 씨에게 대한 의리를 저버리지 않는 것입니다. 인생을 향락한다거나 사랑에 순실한다는 것을 퍽 잘못 생각하는 사람도 있지만 결코 그런 것이 아니에요. 그래서 두 분이 충실한 생활을 하시고 사회의 큰 일꾼이 되십시오. 나는 모든 희망을 끊은 폐인입니다. 그런 공연한 소리를 하셔서 괴롭게 구시려거든 어서 곧 가 주십시오. 당신은 어떤 경우든지 M 씨를 잊어버려서는 아니 될 의무와 책임이 있는 몸이 아니십니까?"
하고 효범이는 다시 누우며 눈을 감아 버렸다.

가만히 귀를 기울이고 앉아있던 문자는 숨이 막히는 한숨을 겨우 쉬고 초조한 듯이 아랫입술을 잘강잘강 씹고만 앉았다. 문자에게 무엇보다 마음이 쓰리게 괴로운 것은 효범이의 입으로 M의 이야기를 듣는 것이다. 합창이 되어 가는 부스럼딱지를 떼이는 것같이 근질근질하고도 아프고 쓰리었다. 그의 얼굴은 정열과 고뇌에 뒤틀리었다.

7

① 문자는 그 이튿날 인천으로 내려갔다. 학교에서 교장 명의로 곧 내려오라는 호출장 비슷한 엽서를 가지고 효범이에게 와서도 가느니 아니 가느니 하다가 효범이 남매가 간신히 달래는 바람에 관으로 들어가는 소 같은 마음으로 하여간 떠나 내려갔다.

효정이와 효범이는 염려가 되면서도 한시름 잊었다. 그러나 진 변호사는 문자를 놓쳐 보낸 것이 싫었다. 진 변호사의 생각으로 보면 인숙이가 그동안 효범이에게 직접 달겨들지 못하고 베돌게 된 것은 문자의 공이다. 그래서 문자를 인숙이가 올 때까지 붙들어 둔 것이다. 물론 그동안에도 문자에게 효범이의 있는 곳을 가르쳐 주어서 아주 떨어지지 못하게 만들어놓고 싶었지만 그리하였다가는 이리로 오는 인숙이의 편지나 소식은 전하여도 저리로 오는 소식은 알려 줄 리가 없겠는 고로 그대로 내버려 두고이용할 때만 기다리었던 것이다. 그러나 정말 쓸 때가 되어서 놓쳐 버렸을뿐 아니라 인숙이가 아까 아침에 하고 나간 말대로 또 말썽을 피우고 어느여관 같은 곳에나 가서 자빠졌거나 하면 인제는 효범이를 서울 바닥에 둘수가 없다고 생각하였다.

그래서 그날 오후에 진 변호사는 장인에게 전보를 쳐서 불러 올라왔다.

"그래 효범이 있는 데를 알았어?"

영문도 모르고 불려온 효범이의 부친은 들어서는 길로 이런 수작을 한다.

"장인은 그동안 어디 갔다가 오셨소? 아무리 술로 세월을 보낸다 하더라도 신문장이라도 들여다볼 일이지요."

하며 진 변호사는 못마땅한 듯이 쏠아대었다.

"뭐? 신문? 신문에 그 애 말이 났어? 어디 가서 뒈어졌단 말야?"

하며 펄쩍 놀라다가 사위가 지갑 속에서 꺼내주는 오려서 착착 접은 신문지 조각을 받는다. 장인은 반쯤 읽다가 눈이 뚱그레지며

"웅! 이런 집안 망할 자식이 있단 말인가? 그래 어린놈이 계집을 데리고 석왕사에 가서 자빠졌단 말이야? 여보게! 영감! 노자 좀 주게. 내 당장 가서 한칼로 요절을 내놓고 오리다."

하고 한바탕 서둘러 내인다.

진 변호사는 어느 때든지 장인을 보면 생각하는 일이지만

'이런 허풍선이가 어떻게 아들은 고런 야무진 놈을 낳누?'

하며 빙글빙글 웃다가

"아따 장인! 그것을 다 보고 가서도 늦지 않소."

하고 나서

"죽지 않은 것보다는 다행한 일일지 모르나 하여간 큰일났소이다."

하며 부채질을 하였다.

씨근벌떡하며 두 장을 다 읽고 난 장인은 딸을 바라보며

"에 그러면 지금 서울 있고나? 여기 쓰인 여학생이란 일전에 너하고 있던 그년이냐? 그래 그년하고 끼고 자빠졌단 말이냐."

하고 안절부절을 못한다.

"자세히 이야기나 듣고 야단을 치세요. 누가 여학생하고 논다고 해요. 신문사 놈들이 공연히 미친 소리를 한 것을……."

하며 효정이는 아버지가 서두는 통에 얼이 빠졌다가 겨우 한마디 하였다.

"웬 말야! 설마 신문사에서 거짓말할 리가 있나!"

하며 장인이 사위의 의견을 묻는 듯이 치어다보니깐 진 변호사는 시치미를 떼고

"그러문요. 장인 말씀이 옳지요. 제 누이는 동기간이라 그렇게 역성도 들어줄 만하지만 가만히 있는 사람을 신문사에서 모해를 할 리가 있나요. 하여간 데리고 내려가슈. 지금 가서 있는 데는 내가 부리는 놈의 집인데 그놈하고 부동이 되어서 계집애들을 꼬여 내고 하는 모양이니 단정코 데리고 내려가슈. 서울 바닥에 두었다가는 제일에 내 체면이 이보다 더 상할 터이니까……."

하고 기를 부쩍 돋워 보인다. 효정이는 기가 막혀 말이 안 나왔다.

"암, 이를 일인가. 하여튼지 간에 그대로 내버려 둘 수는 없으니까! 얘 나서라. 같이 가 보자!"

하고 황황히 일어서니까

"어두웠는데 자네가 어떻게 가겠나?"

하며 나서는 효정이를 말리고

"장인, 나하고 갑시다."

하며 진 변호사가 앞장을 섰다. 그것은 부녀를 같이 보내면 효정이가 무어라고 속살거리어서 아니 가려는 효범이를 끌어내지 못하고 말까 보아서 그러한 것이다.

② "이리 오너라." 소리에 뛰어나온 사람은 지 주사였다.

"이 밤중에 영감께서 어떻게 이렇게 행차를 하셨습니까?"

말하기 좋을 만큼 얼쩡한 지 주사는 사람 하나 드나들 만한 문에 가로막고 서서 이렇게 인사를 하였다.

"효범이를 만나 보러 왔네. 좀 들어가도 상관없겠나?"

하며 진 변호사가 들어가려고 다가서는 것을 주인은 막는 듯한 태도로 버티고 서서

"이 집은 댁의 건넌방이 아니니까 그렇게 함부로 못 드나드십니다."

하고 주정 삼아 껄껄 웃었다.

"그게 무슨 당치 않은 소린가. 자네 어제 일로 해서 무슨 혐의가 있나? 그건 사실 경비 유지할 수가 없어서 그렇게 된 것이니까 용서해 주게. 한데 효범이를 자네 집에서 어느 때까지 폐를 끼치게 내버려 둘 수 없어 왔네."

하며 진 변호사는 분한 마음을 참고 이렇게 달래었다.

"염려 마세요. 앓는 사람을 내쫓으실 때는 언제고 지금 와서 그따위 수작이 어데 있단 말씀요!"

지 주사는 차차 시비를 차린다.

"허! 이 사람 술 취했군! 효범이 엄친이 데리러 오셨으니까……하여간 들어가서 이야기하세."

하며 진 변호사는 또 순탄히 달래였다. 지 주사는 하는 수 없이 데리고 들어왔다. 효범이도 가만히 누워서 듣다가 자기 아버지가 왔다는 말에 일어나왔다.

진 변호사는 효범이 방에 쑥 들어서며 눈살을 찌푸리고 '휘' 하더니

"문을 좀 열어 놓게!"

하고 멀찌가니 윗목으로 앉는다.

"영감! 이리 나와 앉으시오. 그러다가 병이나 옮아가시면 어떻게 하시려고…….”

하며 지 주사는 방 안을 둘러보며 눈살을 찌긋하였다.

"그래 이 자식아! 병이 좀 나았다손 치더라도 학교에 안 가는 것부터 일이 아니려니와 십여 일씩 나가서 석왕사나 어데나 돌아다니다가 누이 집이 너무 좋아서 이런 구석에 계집을 끼고 와서 들어 엎드렸단 말이냐?”

하며 장인이 첫대바기부터 서두니까 진 변호사는

"장인! 앓는 애를 너무 그렇게 하시지 마슈.”

하고 말리는 척하더니

"참 그런데 문자라 하는 계집애는 어데 갔나?”

하며 장인이 들어 보라고 한마디 하였다.

"……글쎄 생각을 해 봐라. 인제야 이십쯤 된 놈이 계집이 무어냐. 너 늙은 애비를 벌어먹여 살릴 생각은 꿈에도 없이 계집질하고 돌아다니랴고 학교에를 또 들어갔든? 네 병은 다 무슨 까닭에서 난 것이냐? 토혈증이니 부족증이니 하는 것은 주색에 곯아서 나는 것이 아니냐? 옹! 이놈아! 너 그러면 술도 먹겠구나!”

효범이 부친의 무르팍 치는 주먹과 엉덩이가 장단을 맞춰서 들먹거리고 감내가 나는 입에서는 허연 침이 툭툭 튀어나왔다.

"그런 병이란 하필 주색에 곯아서 생기는 것은 아니지마는 어떻든지 내가 소위 감독을 한다면서 이렇게 된 것을 생각하면 장인 뵈올 면목이 없소이다."

하며 진 변호사는 정중히 장인에게 사과를 한다.

얼굴이 빨갛다 못하여 검게 된 효범이는 전신이 떨리는 것을 참고 앉았다가 매부를 몹시 흘겨보더니

"왜 이렇게 사람을 못살게 구슈? 내 목숨이 지레 졸아붙어 끊어지는 것을 보고야 마음이 놓이시겠소? 나하구 무슨 업원이 이렇게 깊었습디까?"

하며 고개를 떼어 미니깐 진 변호사는 창밖으로 눈을 피하면서

"흥! 기가 막혀 말이 안 나오는군!"

하고 대꾸도 아니한다. 효범이 부친은 그대로 물 퍼붓듯이 혼잣소리를 꾸역 지르다가

"글쎄, 이놈의 자식아! 네가 이 매부를 어떤 매부로 알고 그런 소리가 입에서 나오니? 응? 이 한 놈아! 네가 그따위 소리를 할 적에야 애비 에미의 은공인들 알 자식이냐? 형! 이런 집안 망할 자식을 나 놓고 간 네 에미년부터 앙칼지고 무서운 년이었느니라! 얼른 일어나거라! 남의 집에서 떠들 수도 없고 하여간 내 집구석에 가서 죽이든지 살리든지 해야지! 어서 일어나! 이 자식아!"

하고 소리를 고래고래 지른다.

"다 알아들었습니다. 제 걱정은 마시고 어서 내려가십쇼. 하지만 돌아가신 어머님 말씀까지는 너무 과하십니다……."

하는 효범이의 분에 못 이겨 떨리는 말이 채 끝나기도 전에 지 주사가 문을 탕 열고 비쓸 하며 들어선다.

③ "자제를 교훈하시는데 저 같은 놈이 말참여를 하는 것은 안 되었습니다마는……효범 군의 춘부영감이시지요? 저는 지성룡이올시다."

하며 지 주사는 혀 꼬부라지는 소리로 인사를 하고 주정 김에 절을 넙죽히 한다.

효범이 부친은 아까 사위가 하던 말을 생각하고

'이놈이 내 아들과 부동이 되어서 유인자제를 하는 놈이로구나.'

하는 불쾌한 생각이 없지 않았으나 절하는 맛에 분을 참고서

"네 노형이 이 집 주인이요?"

하고 점잖이 마주 앉았다.

"지금 말씀을 들으니까 그 신문을 보시고 그러시는 모양이나 그것은 멀건 거짓말입니다. 부모 되신 양반은 그렇기로 싫습니다마는 여기 앉았는 당신 사위가 제 죄를 감추려고 처남 하나를 죽일 작정으로 신문사 사장에게 돈을 먹이고 한 일이에요! 왜 이 노인이 정신을 못 차리고 이러슈?"

지 주사는 이런 변명을 해 주다가 "이 노인이 정신을 못 차린다."고 주정을 하니까 효범이 부친은 참았던 분이 불끈하며 대번에

"에이 미친놈! 남의 집 자식을 유인해 가지고 조방꾼이 짓이나 하는 놈이 예가 어디라고 들어와서 주정이야?"

하며 턱없는 호령을 한다.

"영감님! 이거 망령이십니까? 내가 조방꾼이 노릇을 하는 것을 보셨습니까? 맨 미친놈의 말을 곧이듣고 왜 아무 죄 없는 앓는 사람을 들볶으슈?"

지 주사는 점점 분이 돋아 오른다.

"앓는 사람이든 들볶든 내 자식 내가 가지고 아무려든지 상관이 무어

야? 이놈 남의 자식을 버려 놓았거든 한구석에 접치고 있는 것이 아니라 술을 처먹고 와서 무슨 개소리냐? 응!"

지 주사는 더 참을 수 없었다.

"글쎄 남의 자식을 내가 어떻게 했단 말씀요? 내 자식이면 죽어도 좋고 살아도 좋단 말씀요. 이따위 진 변호사를(손가락질하며) 이 미친놈을 데리고 다니면서 왜 남의 집에 와서 아닌 밤중에 떠들어대고 야단이요?"

하고 지 주사가 술기운에 소리를 맞지르니까 진 변호사는 미친놈이란 말에 기가 펄쩍 나서

"이 자식이 눈에 뵈는 것이 없니?"

하고 호령을 한다.

"이 자식이라고? 이런 되지 않은 놈이 누구더러 함부로 자식이래? 이놈아, 네 따위 개 같은 자식은 이 집에 들인 것부터 내 잘못이다. 어서 나가거라!"

하고 지 주사는 다시 진 변호사한테로 덤비었다 효범이는 술 취한 사람을 말려 보내려고 하였으나 점점 더 달겨든다.

"에잇! 괘씸한 놈!"

하고 진 변호사는 참아 버리려 하였으나 지 주사는 술김이라 좀처럼 부푼 감정을 참을 수 없다.

"이놈아, 양딸부터 먹고 팔아먹었으면 그만이지 왜 가만히 있는 사람까지 못살게 굴고 다니니? 어제까지는 네게 밥을 빌어먹었다마는 인제는 내 손에 경을 좀 쳐 봐라!"

하고 지 주사가 덤벼들어 멱살을 잡으려니간 진 변호사는 엉거주춤하면

서 어느 결에 지 주사의 왼편 뺨을 목이 돌 만치 딱 갈기고,

"이만하면 정신이 나겠니!"

소리를 치고 일어섰다. 지 주사도 진 변호사의 멱살을 휘어잡고 방문 밖으로 지르를 끌며 뒷걸음질을 쳐 나섰다.

방 안에 남은 부자는 눈이 뚱그래서 일어나며 뜯어말리려 하고 안방에서는 아이 어른 할 것 없이 아우성을 치고 마루로 나왔으나 지 주사와 진 변호사는 어느 틈에 뜰로 뒹굴며 내려가서 맨발로 서로 차고 거꾸러지고 하더니 어쩐둥하여 지 주사가 밑에 깔리어서 두 발을 버르적거리며 '이놈!' 소리만 친다.

지 주사 마누라는 '사람 살려!' 소리를 치며 뛰어 내려가서 진 변호사의 덜미를 잡아 채치다가 장작개비를 들어서 진 변호사의 오른팔을 후려갈기는 바람에 지 주사는 우쩍 하고 일어나서 쥐었던 멱살을 후려쳐 가지고 거꾸러뜨린 뒤에 주먹뺨을 대여섯 번 후려갈기고서 숨을 휘 쉬이며

"이놈 파출소로 가자! 이런 놈은 콩밥을 먹여야 버릇을 고친다."

하며 뜯어말리는 것을 뿌리치고 멱살을 바짝 채쳐서 대문간으로 나서며

"양딸부터 먹고 팔아먹은 진형석이 나간다!"

소리를 삼동리 사 동리 들리게 외친다. 그러나 오른팔을 시큰시큰하도록 얻어맞은 진형석이는 끙끙하며 끌려가는 수밖에 없었다. 효범이 부친은 뜯어말리다 못하여 다시 들어와서 모자를 쓰고 황망히 뒤쫓아 나가고 효범이는 아까부터 머릿골이 팽팽 내둘려서 방 속에 거꾸러져 신음하고 있을 뿐이다.

마누라만 골목 모퉁이까지 쫓아가며 붙들었으나 술 먹은 사람의 헛기

운은 당할 사람이 없었다.

삼십 분쯤 된 뒤에 주정꾼이를 뒤따라갔던 지 주사의 큰아들놈이 엉엉 울며 돌아와서

"아버지만 파출소에 갇히었어."

하며 마루 끝에 쓰러졌다.

④ 이튿날 저녁에 배달된 시내 각 신문에는 '진 변호사 집에 있던 지성룡이가 내어 쫓긴 것을 분히 여겨 술을 먹고 그의 사무소에 가서 야료를 하여 업무 방해를 한 결과에 종로경찰서에 잡혀가서 이 주일 간의 구류처분을 받았다.'고 게재되었다. 그러나 ××신문에는 효범이 말까지 엮어서 넣어 썼으면서도 그 전날 낮에 지 주사를 보내서 부탁한 문자의 변명은 내어주지 아니하였다.

이 신문을 보고 효범이에게 먼저 찾아온 사람은 인숙이었다. 그동안 이틀은 옮길 집을 얻으러 다니기도 하였고 문자에게 방해가 될까 보아서 못 왔다고 변명 삼아 비꼬았다. 그러나 실상은 서울 온 뒤에 마음이 뜨아하기도 하고 더구나 지 주사가 보기 싫어서 아니 왔던 것이었다.

"그래 어디로 옮기셨에요?"

효범이 생각에는 하여간 누이 집에서 나왔다는 것만 다행하여 웃으며 물었다.

"오늘 저녁때에 새문밖 동무의 집으로 우선 집을 옮겨 놓았지요. 다른 데는 마땅한 집을 금시로 찾을 수도 없고 여관에 가서 있을 수도 없는 사

정일 뿐 아니라, 마침 그 동무에게도 피아노가 있기에 얼마간 같이 있어 보자고 하였지요."

인숙이의 말하는 눈치는 아무 근심 없는 사람같이 살랑살랑하였다. 더욱이 대구로 나려갈 제 자기 손으로 '만가'를 치고 간다고 하며 매우 애연한 정서를 못 이기는 듯이 써 보낸 엽서를 생각하면 지금 피아노가 있는 집으로 골라갔다는 말이 효범이 귀에 거슬리었다.

"하여간 잘 되었습니다. 그래 인제부터는 어떻게 하실 모양이야요?"

효범이는 여자의 눈치를 이모저모 뜯어보다가 물었다.

"글쎄 어떻게 하면 좋을지요? 나오긴 나왔지만 어떻게 먹고 살아갈지요. 신문에 그런 이야기가 나서 학교에선들 오라 할지 모르겠습니다."

하며 금시로 풀 없이 웃는 모양이 벌써부터 살아 나갈 걱정에 휘둘리는 모양이다.

"어떻게든지 되겠지요."

효범이는 한참 있다가 이런 소리를 하였으나 무책임한 말이라고 혼자 생각하였다.

두 남녀는 잠깐 묵묵히 앉았었다. 십여 일 전의 일을 생각하면 모든 자취가 뚜렷이 머리에 깊은 인상을 남겨 놓았으나, 이렇게 되고 보니 소득이 무어냐?는 반성을 할 제, 피차에 공허(空虛)를 느끼지 않을 수 없었다. 좀 더 생활이라는 깊은 알맹이를 건드려 보지 못하고 마치 곡마단의 어릿광대가 커다란 공에 올라서서 먼 산을 바라보며 발끝으로 데굴데굴 굴리듯이 속 비인 인생이라는 공을 굴려다가 놓고 '쪼개 보자, 쪼개지 말자'라고 한참 싸우다가 결국에 쭉 쪼개고 보니 싸운 것이 도리어 어리석은 것을 깨달은 것 같았다.

'이 계집은 기어이 나오고 말았다! 진가가 또 조르면 마음이 어떻게 변할지 모르겠지만 하여간 결과로만 보면 우선 이가나 진가는 확실히 실패를 하였다. 그리고 내가 승리를 한 것이다! 그러나 그 승리를 위하여 바친 희생이 얼마나 되는가? 지 주사는 쫓겨났다……이 집 식구는 한말 가웃의 양식만 떨어지면 굶어죽게 되었다……이 주일 동안 햇발을 못 보게 되었다……게다가 문자는 어떻게 되었나……M은 어떻게 되었나! ……그리고 나 자신은 어떻게 되었나! ……아니 지 주사의 말을 들으면 신영복이도 쫓겨난 모양이 아닌가! 한 계집의 '옳은 생활'을 강제하기 위하여 이만한 희생을 바쳐도 아까울 것은 없다고 대담히 주장할 사람이 누구냐? 그러나 이 계집은 이러한 놀라운 사실을 생각해 본 일이나 있는가.'

효범이는 가만히 드러누워서 이런 생각을 하다가 인숙이를 바라보았다. 인숙이도 무슨 생각에 얼이 빠진 듯이 적삼 고름을 가지고 손장난을 하다가 얼굴을 번쩍 든다. 아무 표정도 없이 공연히 생긋 웃어 보인다. 효범이는 불만을 느끼었다. 자기와는 전연히 다른 생각을 가지고 자기의 힘으로는 좀처럼 엿볼 수 없는 세계에서 호흡하는 계집을 위하여 그만한 희생을 바칠 필요가 과연 있는가를 또다시 힘 있게 스스로 물어보고는 제풀에 분노를 느끼었다. 분노는 증오로 변하였다. 증오는 경멸로 변하였다……그리고 가슴에 남는 것은 아무것도 없었다.

'나는 자기의 연애를 위하여 연애의 승리를 위하여 이 계집을 진가의 손에서 떼어 내이지 못하여 애를 써 왔나? 그러면 이 계집의 마음을 내가 얼마나 붙들었나? 이 계집이 생각하는 것을 나는 얼마나 상상할 수 있는가?

이 계집이 호흡하는 세계를 나는 얼마나 아는가? ……비록 철두철미 승리를 얻었다손 치더라도 그것은 그만한 희생의 값을 가진 것일까? ……아니 내 연애를 위하여 여러 사람의 행복을, 이 계집의 행보석(行步席)으로 그 발밑에 깔아놓아도 좋다는 이유와 권리가 어데 있나? 그러나 나는 이 계집에게서 무엇을 얻었나? ……'

⑤ 정당한 동기에서 출발한 일이 비극적인 운명에 번롱되어 우열(愚劣)한 결과밖에 못 얻었다는 인간의 비통한 사실을 아무에게도 호소할 수 없고, 그 원인이 어디 있느냐는 것조차 발견치 못할 때, 인제야 이십밖에 안 되는 가련한 소년의 가슴에 던져줄 것은 절망(絶望)이나 그렇지 않으면 반항(反抗)뿐일 것이다. 그러나 효범이가 반항의 칼날을 바로 쥐고 나서기에는 그의 건강이 너무나 돌발적으로 분해작용(分解作用)을 시작하였다. 더구나 계집의 마음이 점점 멀리 떨어져 나가는 눈치를 볼 때, 그 실망은 한층 더 깊어갔다.

"인제 어떻게 하실 작정이어요?"

인숙이는 남자에게 대하여 충분한 동정을 표할 만한 말을 머릿속으로 생각하다가 이렇게 물었다. 그러나 이 말 한마디가 예기한 효과는 못 얻었다.

"무얼 어떻게 해요?"

하며 효범이는 핀잔을 주다가

"그래, 인숙 씨 생각에는 어떻게 했으면 좋겠습니까?"

하고 되짚어 물었다.

인숙이는 뭐라고 대답하여야 좋을지 몰랐다.

"글쎄, 어디로 가셨으면 좋겠지만 당장에 돈이 있어야 아니 합니까. 매부 형님이 내놓으실 리는 없겠지요."

하며 인숙이는 눈을 찌푸려 보인다. 그 말에는 힘이 없었다. 열이 없었다. 문자가 돈이고 체면이고 아무 성산 없이 남쪽으로 따뜻한 해변가로 가자고 하는 말에는 너무나 예산 없는 공상에 가까운 '로맨틱' 기분이 있지만, 그래도 돈 걱정부터 하는 인숙이의 말보다도 열이 끓고 남자를 격려하는 힘이 있었다고 효범이는 생각하며 고개를 돌리었다.

"그런데 학교는 어떻게 하세요? 또 일 년이 밀려 나가게 되겠군요?"

인숙이는 한참 무슨 생각을 하다가 또 이런 말을 하였다.

남자의 병골이 뚜렷이 박힌 하얀 얼굴을 볼수록 어제 아침에 진 변호사가 하던 말이 머리에 떠오른 것이다. '효범이가 한 사람 목숨값을 하려면, 인제도 6년이 남았네. 그래 인숙이가 6년 동안을 기다릴 텐가? 게다가 그 병이 심상한 병인 줄 아나? 당장 이야기 한마디 하다가도 옮으려면 옮을 수 있는 무서운 병을 가진 어린애를 데리고 어쩌잔 말인가? 자네도 지각이 좀 나게.' 하며 달래고 빈정거릴 제, 인숙이도 진 변호사의 말이 옳지 않은 게 아닌 줄은 알면서도 내친걸음에 염려를 말라고 핀잔을 주었다. 그러나 남자의 유난히 두드러진 광대뼈가 빨갛게 상열이 되고 두 볼이 쪽 빨린 얼굴이며 몹시 옴쏙 패인 두 눈에 음산한 찬바람이 도는 것을 보면, 가엾은 생각이 없지도 않으나 무서워 보였다. 방 안의 공기까지 가슴이 답답하여 마음 놓고 숨을 쉴 수 없었다.

"내 걱정은 마시고 인제는 튼튼히 앞길을 걸어나가시기만 바랍니다. 내야 이제는 앞이 빤히 내다보이는 사람이니까, 공연히 찾아오실 것도 없고 소용없는 염려를 하실 것도 없습니다. 공연한 풍파를 일으킨 것은 미안하지만 처음부터 내가 딴생각이 있어서 그리한 것도 아니니까, 조금도 섭섭히 아실 것도 아니겠지요."

효범이는 이러한 소리를 하며 단연한 결심을 보였다. 인숙이는 마음이 선뜻하였다. 남자가 어디까지든지 자기를 줄줄 쫓아다닌다 하여도 성이 가실 일이지만, 이렇게도 뒤끝이 묽게 된 것을 생각하면 하도 어이가 없었다.

'결국 우리가 어린 탓이다!'

고 인숙이는 생각하며 일어섰다.

인숙이가 간 뒤 효범이는 생각했다.

'계집에게는 요구가 있다. 밥을 구하고 부드러운 옷을 구한다. 현대적 취미와 유민적 향락(遊民的 享樂)을 충족할 만한 풍부한 물질과 한가한 시간을 요구한다. 그리고 남자의 명리(名利)를 생각한다. 그러나 나에게는 한 가지도 없지 않은가! 더구나 그 모든 요구를 '옳은 생활'로 인도하겠다는 동기와 같은 도덕적 행위로서 만족을 시켜 주어야만 비로소 완전히 구원하였다고 할 수 있을 것이다. 만일 그 요구에 응하지 못할 지경이면, 계집은 조만간 또다시 진가를 찾고 이가를 생각할 것이다. 그리하여 남는 것은 한 계집의 '옳은 생활'이 아니라 여러 사람의 불행뿐일 것이다. 그러면서도 나는 인숙이가 집을 옮겼다는 말에 '잘 되었습니다.'고 하였다. 인숙이 자신도 속으로는 웃었을 것이 떠내려가는 어여쁜 계집의 시체, 그렇다 시체다! 그 시체를 건진다고 서투른 뱃사공이 덤비다가 비웃는 운명의 콧김에 배는 엎어지고, 광란은 용솟음을 치며 흐른다. 그러나 어여쁜 여자는 말이 없다. 놀랄 줄조차 모른다. 감각(感覺)의 세계를 가지지 않은 송장이 말이 왜 있으랴! 홍! 어데까지 어여쁜 송장과 같이 떠내려가나 보자.'

8

① 효범이는 덧문까지 첩첩히 닫은 자기 방 앞에 설 제, 사람이 죽어 나간 방문이나 여는 것같이 마음이 선뜻하고 애처로운 심기를 걷잡을 수 없었다.

'이 방에 다시는 못 들어오려나 보다 하였더니, 그래도 또 왔구나!'
하며 방 안을 휘돌려다 보매 나갈 제의 광경 그대로이다. 먼지가 뽀얀 책상 앞에 가서 앉아보았다. 벽에 붙인 학교의 과정표가 눈에 뜨인다.

'아 학생 생활도 이제는 고만인가 보다!'
하는 생각을 하니, 머리는 청량리 수풀 속으로 달아난다. 교실이 칠판이 선생님들의 모양이 생도들의 얼굴이……차차 떠오르는 것을 어느 때까지 마음껏 그려 보고 앉았었다.

"방이 찬데 어서어서 치우자. 가지고 갈 것만 이 가방에 넣어 가지고 안으로 들어가자."

지금 같이 들어와서 옷을 갈아입고 나온 누이가 자기 가방을 갖다 주면서 거들어 주는 김에 말끔히 치워 한구석에 쌓아놓고 안으로 들어갔다. 눈에 띄는 것이 모두 새삼스럽게 반갑고 따뜻한 기분도 떠올랐으나, 매부가 들어올까 봐 마음 놓고 앉아있을 수가 없었다. 안방을 들여다보니 흰 백지에 싼 봉지와 과실 광주리가 십여 일 전에 놓여 있던 그대로 놓여 있다. 효범이는 빙긋 웃으면서 들어가서 위에 놓인 한 개를 집어 보니 껍질이 쭈글쭈글하여졌다.

"이 사과는 먹는 사람도 없다?"

하며 효범이는 손으로 먼지를 씻어서 어적 하고 한 입을 베어 물었다.

누이는 사랑에서 들고 들어온 가방에 오라비의 옷을 넣어 주고 앉았다가 상긋 웃어 보였다.

"왜 웃으슈? 인숙이 혼인상은 못 먹을 테니까 미리 먹고 가랴구요."

하며 어적어적 먹고 섰다. 이때껏 아무도 아니 건드린 이가 사 온 사과를 집어 먹을 만치 오라비의 마음이 풀린 것이, 효정이에게는 이상하기도 하고 반가웠다.

"인숙이 혼인이 언제나 되겠기에 혼인상을 못 먹겠니?"

효정이는 이런 소리를 하며 웃었으나, 오라비가 정해놓지도 않은 인숙이의 혼인 구경도 못하고 죽으리라는 뜻인 듯싶어서 언짜않았다. 실상 효정이는 오라비 병의 끝장이 어떻게 될지 무서웠다. 지금 떠나는 이 길이 영원히 돌아오지 못할 길이나 아닐까 하는 생각을 하면 앉았다가도 별안간 눈물이 솟아올랐다.

짐을 다 꾸려 놓으니까, 효범이는 나섰다.

"저녁이나 같이 먹고 떠나려무나."

하고 누이는 붙들었으나 효범이는 뿌리치고 나섰다. 누이도 다시 따라나섰다. 짐은 어멈에게 부탁하고 남매는 종로로 진고개로 향하였다.

"책도 사야 하겠지만 몇 달 동안 쓸 것을 넉넉히 장만하여 가지고 가야 한다."

하며 누이는 효범이가 좋아할 듯한 것이면 모조리 사서 준다.

"가방의 책도 암만인데, 저 책을 다 읽을 생각은 마라. 책 보는 것은 힘이 안 드는 것 같지만 병에 해롭다."

효범이 겨드랑이에 한 아름이나 끼인 것을 보고 이런 소리도 하였다.

효정이는 남편이 충동일 뿐 아니라, 여행을 시키는 것이 당자에게도 해롭지 않아서 떠나보내기는 하지만, 어쩐지 마음이 놓이지 않고, 섭섭해 못 견뎌 하였다.

"자, 이것이 삼백 원이다. 잘 넣어라. 차표 살 돈하고, 잔용 쓸 것은 여기에 따로 있다."

저녁을 같이 먹자고 청목당에 들어가 앉아서 누이는 돈을 꺼내주었다.

"누님이 주는 것이니까 쓰기는 쓰지만, 누님의 봉창돈을 내가 써서 미안하구려."

하고 효범이는 받았다.

"매부 형님도 몇백 원이든지 달라면 주실 눈치지만, 네가 그 돈이면 안 쓴다니까 고만두었지……이 돈도 말하자면 나온 구멍은 한 구멍이지만……."

하고 효정이는 웃다가,

"어떻든지 간에 돈이 없어지거든 말해라. 한약도 다 먹고서 차도를 기별하면 또 지어 보내마……. 하지만 누가 다 시중을 해 주누……"

하며 누이는 또 언찌않아 한다.

그러나 '한 구멍에서 나온 돈'이라는 누이의 말에 효범이는 속으로 웃고만 앉았었다. 이번에 여행 문제가 일어날 때부터, 매부의 돈이면 아니 쓰겠다 하기 때문에 효정이가 자기가 모은 봉창돈을 내노마고 하여 나서기로 한 일이다. 그러나 생각하면 효범이 몸에 붙은 물건 쳐 놓고, 진가의 돈으로 아니 된 것이 없는 것을 생각하고는 자기를 스스로 비웃는 웃음이 아니 나올 수 없었다.

② 어두운 뒤에나 지 주사 집으로 들어가 보니 문자가 와서 우두커니 기다리고 있다.

"언제 왔어? 그런데 또 올라오면 어떻게 해."

하며 효정이는 반기면서도 나무랐다.

"궁금해서 올라왔지요. 그끄저께 저녁 신문을 보고 또 무슨 까닭인지 몰라서 곧 뛰어 올라오고 싶었지만 차마 나설 수가 있어야지……그저께는 출근하고 어저께는 집에 드러누웠다가 오늘이야 올라왔지요……한데 아까 짐 가져온 어멈한테 이야기는 들었습니다마는 지 주사가 가엾지 않아요?"

문자는 장황히 자기 이야기를 하고 나서 남자의 얼굴을 한참 살펴본 뒤에

"그 후에 좀 어떠세요?"

하고 효정이를 쳐다본다.

"그저 그만하지! 한데 학교에서는 뭐래?"

효정이가 걱정이 되는 듯이 물으니까 문자는 열없는 웃음을 보이며

"이따가 이야기하지요."

하고 역시 효정이더러

"어데 가세요?"

하고 묻는다.

문자는 웬일인지 효범이에게 맞대하고 물어보는 것을 부끄러워하는 것 같다. 진정으로 사랑을 느끼는 처녀의 태도다. 효범이도 고개를 숙이고만 앉았다.

"응! 여기 들어 엎뎄으면 병만 더할 테니까 바람을 쐬고 오라 하지. 한데 그 후에 M 씨에게서는 소식이 있어?"

하고 효정이는 별안간 말을 돌린다.

문자는 M의 이야기는 대꾸도 아니 하고

"그래 밤차로 떠나세요? 어데로 가요?"

하며 비로소 남자를 쳐다본다.

"정처 없지요. 구경 삼아 다닐 것이니까······."

하며 효범이는 시계를 꺼내보고 늘어놓은 세간을 치우기 시작한다. 문자는 "형님! 나도 가요!" 하고 매달리고 싶었으나 차마 입이 떨어지지를 않았다. 삼 년 전의 일을 생각하면 효정이에게 그러한 청을 할 낯[面目]이 없었다. 그러나 '어떻든 간에 마침 잘 왔다.'고 문자는 기뻐한다.

"그런데 학교 이야기 좀 해."

한참 있다가 효정이는 그대로 미심쩍어서 또 물었다.

"네, 잘 되겠지요."

문자는 이렇게 어름어름하였지만, 실상은 어제 다 끝장내고 짐을 꾸려 가지고 올라온 판이다. 지금 문자로서는 참 정말 어데 몸을 붙여야 할지 좋을지 기막히는 사정이었다. 짐은 우선 정거장에 맡겨 놓고 들어왔지만 그 짐을 진남포 자기 집에 갖다가 끌러 놓을 수도 없을 터이다. 그러면 M에게로 가겠느냐 하면 오라고 해도 갈지 모르는 판에 그러한 편지를 보낸 뒤에는 간 곳조차 모른다. 주인의 말을 들으면 아마 만주 방면으로 떠났나 보더라 하며 잘 가르쳐 주지도 않았다.

죽든지 살든지 효범 씨하고 나서자, 하며 학교에서 퇴직 상여금 백 원까지 알라서 준 일백육십 원에 세간 나부랭이를 팔은 것까지 합하여 가지고 올라온 터이다. 그러나 사직 권고를 당하였다는 말을 하면 효범이가 얼마나 놀랄까 하여 차마 말을 못하는 것이다.

"차차 나가 보자! 아버니께는 가는 길로 곧 상서를 해라. 내려가실 적에는 생면을 아니 하신다고까지 하셨지만, 내가 한번 내려가서 여쭈어 풀어 드리랴 한다."

하며 효정이는 일어났다. 문자는 전송하고 밤차로 내려간다 하며 따라나섰다.

주인마누라는 자기 남편이 갇힌 뒤로는 효범이를 칭원도 하였지만 효정이가 아까 들어오는 길에 쌀 한 가마니를 사다가 데밀고 돈 십 원을 쥐어 준 바람에 이맛살이 활짝 피었다.

정거장에는 인숙이가 전송하러 먼저 나와 있었다.

"문자 씨도 같이 가슈?"

하며 놀리기도 하고 효범이의 곁에서 떠나지를 않으며, 학교 일이나 귀정되면 쫓아가느니 편지나 자주 하여 달라느니 하고 매우 섭섭한 눈치로 위로도 하였다.

효범이 역시 좋은 낯으로 수작을 하여 주었으나 속으로는 마음이나 편하게 하여 떠나보내자는 말이로구나! 하며 웃었다.

그동안에 문자는 간 곳이 없었다. 플랫폼에 들어가서도 얼마를 기다려도 종시 보이지를 않았다. 차가 들어와서 십 분을 지체하고 종소리까지 났는데 그림자도 아니 보인다. 나중에는 떠나는 사람도 웬일인가 웬일인가 하며 찾았으나 문자는 간 곳이 없고 차는 우쭉하며 슬슬 풀리어 나갔다.

젊은 여자 두 사람에게 전송을 받으며 몸에는 생사를 헤아릴 수 없는 병을 지니고 정처 없이 떠나는 효범의 맘은 쓰리었다.

효정이는 사람의 떼가 몰리는 틈에 끼여서 어느 때까지 바라보고 섰었다. 눈에는 눈물까지 어리었다. 차창 밖으로 내어민 효범이의 머리인 듯싶은 것이 스러지는 것을 보고, 효정이와 인숙이가 돌쳐서랴니까, 마지막 객차가 휘 지나치면서, "형님! 나도 가우!" 하는 소리가 효정이 귀밑에 또렷이 스쳐가더니, "안녕히 계십쇼!" 하는 가냘픈 소리가 꿈속같이 차차차……스러져 갔다.

③ 을축년 십일 월 이십사 일 화요일 오후 네 시 전이다. 가끔가끔 축항 편에서 불려드는 쓸쓸한 바람이 저녁때부터 일기 시작하였으나, 맑게 개인 따뜻한 날씨는 초봄같이 부드러운 감촉을 주었다.

인천 ○○예배당 안팎은 사람의 떼로 허옇게 덮이어 와글와글 숙덕숙덕하고, 인력거 자동차는 불풍이 나게 그 사이로 헤어 다닌다.

"허! 부윤 영감도 왔군! 아무튼지 인천서 실업가, 관공리 유지 신사 할 것 없이 소위 번뜩거린다는 놈 쳐 놓고, 아니 온 놈은 없군!"

"아무렴! 미두판을 쥐었다 폈다 하는 사람인데! 제기럴! 몇만 원 붙들면 나도 한번 거드럭거려 보겠다만……."

교당으로 들어가는 축대 옆에 어느 중매쟁이 비슷한 청년들이 수군수군하고 섰으려니까, 자동차에서 모닝코트에 소프트를 쓴 부윤이 두세 명의 속리를 따라 정중한 인도를 받으며 들어가자, 경찰서장이 견장의 금줄을 번쩍이며 인력거로 들어오고, 누구누구 하는 관리축이 우르를 몰려 뒤따라 들어간다.

"신부는 그만하면 미인이었다. 일류 음악가로 이름이 뗴르를 울리겠다. 늙은 놈이 너무 팔자가 좋아서 장수는 못할걸!"

한 청년이 부러운 듯 악의 없는 악담을 하니까, 한 청년은

"그런데 여보게! 혼인이 된 내력이 재밌지 않은가!"

하며 웃는다.

"어떻게 된 것이길래?"

"왜 자네 신문도 못 봤나? 두어 달 전에 이근영이가 만 원을 내놓고 조인숙이하고 결혼한다는 소문이 있지 않았었나?"

"그래서!"

"그런데 그것이 신부 될 처녀에게 건몸이 달은 놈이 일부러 꾸며서 신문에다가 투서를 하였는데 실상은 이근영이와 조인숙이는 피차에 누구인지 생때맥이로 알지도 못하다가 도리어 그 신문 일절로 서로 만나가지고 정이 들었다네그려."

"흥 그런 대머리에게두 반하는 년이 있드람? 그러나 자네는 어떻게 그

렇게 잘 아나? 자네도 한 다리 걸쳐 보려고 했든 걸세그려.”

“예이 미친 사람! 그 왜 그동안 ××신문 부인란(婦人欄)에 굉장히 나지 않았던가?”

이런 이야기를 숙설거리는 동안에 또 자동차가 삼사 대나 들몰아 들어온다. 맨 앞에서 모닝코트 위에 임바네스를 입고 중산모를 쓴 수염이 허옇게 세인 노신사가 천천히 내려서니까 접대원은 허둥허둥 쫓아 나가서,

“대감께서 이 먼 데를…….”

하며 굽실굽실한다.

“저게 누군가?”

“응 안 남작 모르나! 같이 타고 온 것이 ××신문 사장 태추관이요, 고 뒤에서 내리는 게 변호사 회장 진형석일세…….”

“흥! 이근영이두 인제 알고 보니 교제가 꽤 상당한데…….”

“얘, 인제는 미인축들이로구나! 서울서 저만큼 끌어왔으면 서울이 한구석 비었겠네.”

제각기 부러운 듯 탄식하는 듯 칭송하는 듯한 어조로 숙설거리는 동안에 헤어졌던 손님이 모여들고 이 잔치에 주장되는 손님이 자리를 잡으니까, 목사는 뚱뚱한 몸에 뒤틀리는 프록코트를 거북한 듯이 간신히 입고 단(壇)에 올라섰다.

목사의 기도가 끝나자 풍금 소리가 한참 나더니 신랑 신부가 가운데에 그득히 들어앉았는 손님의 자리를 끼고 좌우에서 발을 맞추어 들어온다. 모든 사람의 시선은 일제히 신랑 신부의 얼굴 위에서 춤을 추며 그들의 발자취와 함께 따라 들어온다. 단 위에 올라섰던 목사가 한층 내려서자, 신

랑은 프록코트를 입고 흰 장갑을 끼인 오른손에 실크햇을 들었고, 신부는 흰 왜비단 옷자락이 가볍고 보드러이 축 처진 위로 면사포가 너울너울 뒤 덮었으며 왼손에는 꽃 한 묶음을 들었다.

목사는 다시 한 번 기도를 하고 찬미를 인도한 후에 성경을 읽고 나더니, '큼!' 하고 큰기침을 커다랗게 한 번 하며 손길을 맞잡고 신랑 신부 앞에 섰다. 문이 터지게 서고 앉고 한 손님이며 구경꾼은 어깨로 숨을 쉬이며 목사의 입만 쳐다본다. 목사는 입을 벌렸다.

"이근영! 조인숙이와 오늘부터 거룩하신 주님의 뜻을 받들어 즐거운 일이나 슬픈 일이나 동심동신이 되어 이 세상을 떠날 때까지 부부 되기를 원하는가?"

"네."

"조인숙! 이근영과 오늘부터……."

"네!"

틀에 박은 듯한 이러한 문답이 끝나니까, 목사는 고개를 쳐들고 목청을 한층 돋워서,

"여러분! 이근영, 조인숙 양인이 거룩하신 주님의 뜻을 받들어 이 자리에서 거행하는 결혼식에 아무 의심이 없삽나이까?"

하고 곧 잇대어서,

"자! 기도하십시다."

하며 두 손을 들려니까, 오른편 남자석 한구석에서

"목사!"

하고 터져 나오는 소리가 쩡그렁 하고 방 안 공기를 흔들었다. 모든 사람

은 숨을 죽이고 목소리의 주인을 찾으려는 듯이 수천 개의 눈만 이편으로 쏠리었다.

④ 목사는 들었던 손을 떨어뜨리며 얼굴이 벌개서 소리가 난 편으로 향하였다.

"목사!"

그 청년은 다시 한 번 불렀다.

어떻게 되는 상황인지 몰라 가만히 섰던 신랑 신부도 일제히 고개를 돌이키다가 신랑은 꿈찔 하는 모양이다. 그러나 인숙이는 누구인지 알 수 없었다. 신랑 뒤에 들어섰던 진 변호사와 태 사장은 손에 식은땀을 쥐이며 부르를 떨었다. 신부 뒤에 섰는 효정이도 이 청년 옆에 앉았는 지 주사를 보고 깜짝 놀랐다. 그러나 그 청년도 몹시 낯익다. 언젠가 효범이 친구라고 하며 찾아왔던 사람이다.

이 순간에 점점 세차진 바람은 우르를 몰아와서 예배당을 뒤흔드는 듯이 유리창을 왈가닥거리며 싸라기 같은 먼지 모래를 쫙 끼어 얹고, '홋' 하며 자취 없이 날아갔다.

"그 결혼식에 대하여 이 사람도 열성을 기울여 축복합니다마는 우선 그 신랑이 법률상으로 말하면 중혼죄(重婚罪)를 구성할 범행을 하지 않는가? 따라서 지금 목사는 그 범행의 방조 혹은 교사를 하지 않는가? 만일 그렇다면 우리는 신랑 신부를 위하여 축복하는 것이 아니라 일생에 불행하기를 저주하는 것이라 할 것이외다……!"

어느 결혼식 쳐 놓고 있을 법도 하지 않은 이러한 일을 당한 목사는 깜짝 놀라며 기를 돋워서

"그런 것은 이러한 신성하고 경사로운 자리에서 물을 게 아니겠습니다. 앉아 주시기 바랍니다."

하며 기도를 하자고 손을 다시 들었다.

"예서 물을 것이 아니면, 목사는 어찌해서 이의유무(異意有無)를 물었습니까?"

하며 그 청년은 소리를 빽 지르고 한걸음 나섰다. 파르스름한 양복에 검정 외투를 입고 머리를 곱게 빗어서 뒤로 넘기었으며, 콧날이 상큼하고 기름한 상판은 신경질로 생기었다.

"저 사람이 김효범이란 사람인가 보다."

고 여자석에서 여학생이 소곤거리는 소리도 났다.

"그것은 예식의 절차에 지나지 못한 것입니다. 여러분이 증인이 된다는 뜻입니다. 이러한 신성한 예식을 문란케 하는 당신은 나가주시오."

하고 목사는 호령을 하였다. 식장 안은 점점 더 긴장하고 흥분이 되어서 어느 구석을 건드리기만 하면 무슨 풍파든지 한바탕 날듯이 험악하여졌다.

"우리더러 증인을 서라 하나 나는 위증(僞證)은 할 수 없으니까 말이요. 이근영이는 논산 사람으로 아들이 둘, 딸이 셋, 본처가 하나, 첩이 논산에 하나 인천에 하나……."

하고 소리를 치니까 어느 구석에서인지,

"저놈, 잡아내라!"

"저놈 미친놈이다! 본처가 하나지, 둘 있는 사람도 있든!"

하며 소리를 친다. 그러나 아무도 일어나 나오는 사람은 없다. 이근영이와 추축이 있는 사람들도 구경 삼아서 가만히 앉았다. 다만 교회 직원들이 우 몰려와서 떼어밀고 또 쫓으려 한다. 그러나 그 청년은 몸부림을 하고 손으로 막아 내이며 소리를 한층 더 높이어,

"옳은 말이다. 본처는 하나뿐일 것이다. 그런데 이만 원을 내어서 만 원 은 진형석이가 구문으로 먹고, 만 원은 조인숙이가 몸값으로 받고서 지금 이 결혼식이 거행되는 것이다. 나는 ××신문 기자로서 이근영이가 만 원 에 조인숙이를 떼어 들인다고 제 입으로 말하였다. 기생을 떼이듯이 말이 다. 저기 섰는 진형석이와 태추관이와 부동하여 김효범이란 유명한 청년 하나를 죽이고 이 결혼을……."

하고 소리를 고래고래 지르면서, 덤비는 사람에게 휩쓸려 나가다가 또다 시 고개를 빼어 돌려다 보며,

"……조인숙이는 누구냐. 김효범이를 타락시켜 놓고……."

하는 소리가 마지막으로 들리더니 교당 안이 금시로 조용하여졌다. 그 청 년은 문밖으로 쫓겨나갔다.

여러 사람들은 혼인 구경하랴 말썽꾼이 청년 구경하랴, 갈팡질팡하는 동안에 묵주머니가 된 예식은 일사천리로 진행을 하여 신랑 신부는 피로 연 회장인 중화루로 갔다.

경찰서장은 그 청년이 나간 뒤에 부하 경부에게 자세한 통역을 듣고 하 여간 잡아다가 취조를 하라고 하였으나 한참 사람이 붐비는 통에 놓쳐 버 렸다.

진 변호사와 태 사장은 분에 못 이기어서 씨근벌떡하면서도 여러 사람

의 이목이 창피하여 모든 것을 꿀꺽 참고 신랑 신부를 보낸 뒤에, 경찰서장과 인사를 하고 그놈이 신영복이라는 불온사상을 가진 자이니 잡아서 취체할 필요가 있다고 역설하고, 안 남작의 이름을 팔아 가며 피로연 회장을 경계하여 주었으면 좋겠다고 간청을 하였다. 서장은 물론 승낙하였다.

⑤ 결혼식장에 일장풍파가 일어났다는 소문은 삼십 분이 못 되어서, 이 조그마한 항구 바닥에 좍 퍼졌다.

"응? 미두대왕이 초례청에서 망신을 당했어?"

"그놈 잘 되었군. 나이 오십이나 된 놈이 제 대가리를 제가 보기로서니 부끄럽지 않든가!"

"아니 그 솜씨에 이만 원템이나 내놓았어? 얘 조인숙인가 하는 년 구경 좀 해 보자!"

"이만 원 가지면 인천 기생은 모조리 떼들일 수도 있네!"

······이러한 이야기를 큰길거리의 점방이며 골목골목이 늘어선 선술집 잔술집에 모여드는 사람마다 한마디씩은 빼놓지 않는 판에, 인천 바다에서 제일 큰 요릿집이라는 중화루에는 삼백 명이라는 손님이 앞을 다투어 모여든다. 자동차 인력거를 길이 좁다고 늘어놓은 것도 근검스럽지마는, 결혼 피로연 쳐 놓고 인천 개항 이래의 처음 된다는 이 잔치의 냄새라도 맡겠다고 떼떼이 모여드는 구경꾼이 문 파수 순사의 환도 끝에 휘둘리어 이리 쫓기고, 저리 몰리는 꼬락서니도 구경할 만하다.

부윤의 관저에서 잠깐 쉬어 시간 맞춰 행차하옵신다는 안 남작과 부윤

의 일행이 탄 자동차 두 대가 마지막으로 들몰아온 뒤에 위층에서는 잔치
가 열리려 하는 때다. 인력거 두 채가 살같이 달려 들어오며, 앞에서 가는
양복짜리와 검은 두루마기를 입은 두 사람을 지나치고 중화루 문 앞에 떡
갖다 대었다.

인력거 위에서 내리는 사람은 스무 살 전후쯤 되어 보이는 복슬복슬하
고 예쁘장한 미인이요, 하나는 흰 테를 겹두른 모자를 쓰고 망토를 두른
미소년이다. 얼른 보면 어떤 양가에서 자라난 남매 같았다.

남학생은 인력거에서 내려서 돈을 꺼내 주고 문턱에 섰는 순사를 힐끈
쳐다보며 여자와 같이 안으로 쑥 들어서려니까, 뒤에서 누가 "여보." 하며
부른다. 학생은 힐끈 돌아다보니 지 주사가 반기며 달려온다. 학생은 깜짝
놀라며

"여기 어째 오셨소?"

하고 딱 선다.

"내야 혼인 참례 왔지만, 효범 씨야말로 이건 참 의외로구려!"

하고 손목을 붙들며,

"신영복 씨! 왜 모르슈?"

하고 뒤쫓아 오는 양복 입은 청년을 돌아다보니까, 그 청년도 달겨들어서
악수를 하였다. 문자는 한편으로 비키어서서 얼없이 바라보고만 섰다. 남
자끼리 반기며 악수를 교환하는 것을 보니 문자의 가슴에 또다시 처량한
마음이 떠올라 왔다. 문자는 눈에 띄는 모든 것이 유심히 보이고 마음에
찔리었다.

'한 시간 뒤면 이 감각의 세계는 없어진다.'

이런 생각이 머리에 떠오를 제 지금 눈에 보이는 모든 모양이 꿈속에서 어른거리는 것 같았다. 지 주사는 다시 효범이의 손을 붙들며,

"그래 언제 오셨소."

하고 묻는다.

"오늘 아침에 서울에 도착해서 낮차에 왔지요."

하고 효범이가 대답을 하며 문자를 찾다가 뒤에 섰는 것을 보고 다시 바로 향하여 섰다.

"그럼 어데 계시다가 인제 오슈?"

"월미도에 달구경 갔다가 피로연이나 좀 볼까 하고 오는 길예요."

하며 효범이는 머리를 떨어뜨린다.

"그럼 누님도 못 만나셨겠구려?"

"서울서 전화를 걸어 보니까 어제부터 여기 와서 계셨다기에 예서 만나 뵈일까 하고 온 길인데……"

효범이는 이렇게 대답을 하고,

"올러들 가십시다그려!"

하며 앞장을 서서 문자와 나란히 층계를 올라가려니까, 위에서 마주 내려오던 양복쟁이 하나이 효범이와 슬쩍 지나치며 신영복이를 꾹 찔러가지고 저편으로 끌고 간다.

세 사람은 멈칫하고 층계 중턱에 돌쳐섰다. 위층에서는 와글와글 떼그럭! 쿵쾅 하고 야단이다.

저편 구석으로 간 그자는 잠깐 수군수군하며 신영복이를 앞장에 세우고 어느 구석에서인지 툭 튀어나온 다른 남자와 같이 둘이 뒤따라나간다.

"신 군! 어데를 가우?"

지 주사는 눈치를 채었으나 이렇게 묻고 쫓아 나가려니까, 신영복이는 눈을 꿈쩍해 보이며

"잠깐 다녀올 테니 부탁한 일이나……."

하며 손짓을 한다. 지 주사는 알아차리고 돌쳐서 들어왔다.

"그거 형사 아니요?"

효범이도 쫓아 나가다가 지 주사를 만나서 들어오며 물었다.

"응, 한데 아까 혼인식장에서 야단을 쳤더니 그래서 그러는 게로군."

"왜?"

"이따가 이야기하리다."

하며 지 주사는 태연히 웃는다.

"그러나, 얼른 쫓아가서 봐야 하지 않겠소?"

"관계치 않아요. 나는 여기서 할 일이 있으니까"

하고 지 주사가 앞장을 섰다.

⑥ 회장은 난장판이었다. 양요리를 먹는데 청국 아이놈들이 음식을 나르는 것도 눈에 서투르거니와, 각 권번에서 자청하여 나왔다는 삼십 명의 기생이 오락가락하며 술을 치는 것도 결혼 피로연으로서는 볼 수 없는 광경이다. 더구나 꺼멓게 걸은 되지 못한 족자며, 대통에 퍼렇게 쓴 주련과 얼룩진 체경을 그 넓은 벽이 좁다고 할 만치 그득하니 주섬주섬 매달아 놓고 천정에는 만국기를 가로 세로 엇걸어 매단 것이 불쾌하기 짝이 없다.

크나큰 이 요릿집을 하룻밤을 도거리로 사서 내친걸음에 기를 써 보겠다는 이 놀음이 이렇게도 돈 들인 생각을 못 내인 것은 역시 미두대왕이라는 이름에 어김없음을 알겠다.

지 주사가 쑥 들어설 때는 기생이 따르던 일본 술병을 놓고 진 변호사가 주인 측을 대표하여 인사를 하고 막 앉은 때였다.

진 변호사와 인숙이의 빠른 시선이 지 주사에게 가자 인숙이는 별안간 얼굴이 파랗게 질리며 옆에 앉은 효정이를 꾹 찔렀다. 효정이는 영문을 모르고 인숙이가 가리키는 시선을 쫓아보고 깜짝 놀라며 엉덩이를 엉거주춤 들려다가 다시 앉았다……망토와 모자를 좌우 손에 갈라서 든 효범이의 파초한 얼굴이 발갛게 상기가 되어지며 지 주사와 나란히 나타나면서 좌중을 휘 둘러보고 정중히 고개를 숙이는 듯하며 인사를 하자 반걸음쯤 뒤떨어져서 검정 두루마기를 입은 문자의 얼굴이 나타난다. 여러 사람의 시선이 일시에 이리로 향하자 접대원은 쭈르를 쫓아 와서 신랑 신부와 마주 향한 편으로 끌고 가더니 구석에 화초분과 담배 제구를 받쳐 놓은 둥근 상을 끌어내 놓고 따로이 세 사람의 자리를 만든다. 빈자리가 없는 모양이다.

그동안 세 사람은 신랑 신부와 효정이 내외가 앉았는 편을 멀리 바라보고 섰으나 네 사람의 표정은 자세히 보이지 않는다. 다만 인숙이가 고개를 숙이고 앉았는 것만이 분명히 볼 수가 있었다.

'암만해도 내가 너무 심한 짓을 했나 보다. 저렇게 끌려다니는 누님이 불쌍하여서라도 아니 오는 게다.'

효범이는 이런 생각을 하다가 마산에서 처음에 떠나오던 동기를 생각하여 보고서는

'하지만 이 밤으로 만나 보려면 여기에라도 오는 수밖에 없으니까, 일부러 한 노릇은 아니다! ……한데 아버니께서도 오셨으렷다…….'
하며 좌중을 획 둘러다 보았으나, 넓은 방 안에 삼백여 명이나 그득 들어 앉은지라 좀처럼 찾아낼 수가 없었다.

이 구석 저 구석에서 수군수군하는 소리가 모두 자기네를 비웃는 소리 같았다.

겨우 자리가 되어서 세 사람은 오붓하게 마주 앉았다. 여기에는 떼그럭거려 가며 쩌덕쩌덕 웅얼웅얼하는 대혼란이 무작정하고 계속되는 큰 식탁과는 딴 세상이 배포되었다. 음식이 나오고 술잔이 갖다 놓였다. 기생들은 공연한 호기심에 끌리어서 네다섯씩 옹위를 하고 서서 지 주사의 술잔에 다투어 가며 술을 친다. 지 주사가 고와서 그러함이 아님은 물론이다. 지 주사는 걸신이 들린 사람처럼 따라놓기가 무섭게 술을 들이켜고는 고깃점을 입에 틀어박으나, 효범이와 문자는 나이프와 포크를 손에 잡지도 않았다. 기생들은 번갈아 가며 이 어여쁘고도 수상한 두 손님을 지성으로 권하여 보았으나 두 남녀는 코대답만 하며 지 주사의 먹성만 한 열심을 가지고 다만 사방을 바라보며 구경을 할 뿐이다.

'이것이 지식계급이다! 신사계급이다! 아니 이 사람들이 다 지식계급 신사계급이라고는 못할지라도 상당한 상식은 가지고 있고 자기 집에 들어가면 계집자식에게 바로 뽐내며 가장이요 남편이요 애비라고 큰소리를 치렷다! ……이따위 인물로 이때까지 인간사회는 지탱되어 왔다! ……이놈들이 무엇이 이렇게도 기뻐서 날뛴단 말인구? ……'

효범이는 이러한 생각을 하면서 지절대고 꾸역꾸역 틀어넣고 기생의

손목을 붙들고 시달리고 하는 사람들을 바라보다가,

'왜 내가 이 사람들을 욕을 한단 말인가? 내가 이 세상에 와서 이 사람들보다 더 낫게 하고 가는 일이 무에 있기에 감히 속으로라도 욕을 한단 말인가? 여기 모인 사람들은 적어도 나보다는 하루라도 더 고생을 하였고 한 가지라도 더 일을 하여 놓고 가는 게 아닌가? ⋯⋯'
하는 생각을 꿈속같이 하다가 별안간 저편 신랑 신부의 옆에 앉았던 안 남작이 일어나는 것을 보고, 효범이는 눈을 그리로 옮기었다.

⑦ 안 남작은 내빈 전체의 대표로 답사를 하였다. 그는 이근영이의 실업계에 대한 공적을 찬양하고 나서 그가 망류의 나이로도 능히 결혼하는 용기와 정력의 놀라움을 찬탄한 후에 옆의 사람에게 부추겨서 겨우 앉았다.

효범이는 그동안에 아예 더 있어서 무슨 말을 하겠다고 하는지 주사를 달래서 신영복이의 소식을 알아오라고 하여 보냈다.

안 남작의 축사가 끝난 뒤에 태 사장이 일어섰다. 그는 이근영이가 자수성가한 성공담으로부터 사회사업에 노력함을 찬양하여 자기 신문에 오백주를 인수한 일례를 들어 치부와 이재 모범이라고 역찬하고 조인숙이의 천재를 찬탄하였다

이와 같이 조선 사회 대표 인물들의 축사가 끝난 뒤에 효범이가 뒤를 이었다. 여러 사람의 박수는 한층 더하였다. 그것은 재롱으로도 그리하였고 신문에 오르내린 김효범인 줄 아는 사람은 호기심으로도 그리하였다. 그러나 주인 측에서는 또 한 번 놀랐다.

효범이는 얼굴이 화끈 달은 것을 깨달았으나 침착한 태도로 목소리를 가다듬어 가며 천천히 말을 꺼낸다!

"지금 두 선생님의 간곡하시고 해절하신 축사는 우리 일동의 미충을 대표하고도 남음이 있을 줄 믿습니다. 한 분은 신랑의 그 정력의 왕성하심을 탄상하시고 한 분은 그 금력의 위대함을 역찬하셨습니다. 그러나 이 사람은 이근영 씨와 및 조인숙 부인이 우리에게 두 가지 귀한 교훈을 베푸심에 대하여 감사한 뜻을 표하려 하는 바이올시다. 한 가지는 즉 여러분이 잘 아시는 바와 같이 일세의 영웅이라 일컫는 나파륜은 몇천만의 적은 나파륜이 있으므로 일개의 대나파륜이 됨과 같이 이근영 씨의 절륜한 정력과 풍부한 재산에는 몇억만 사람의 정력과 땀방울이 엉기어서 되었다는 것이요 또 한 가지 교훈은 한 사람의 현세적 행복(現世的 幸福)이 열 사람 백 사람의 행복을 희생하지 않고는 도저히 얻을 수 없다는 것이외다. 만일 도덕이라는 것은 자기 이외 것의 행복을 침해하지 않는 것에서부터 출발하는 것이라 하면 한 개체(個體)의 행복을 위하여 여러 개체가 희생됨은 무론 죄악이겠지요. 그러나 그것을 금력과 사회라는 집단력(集團力)으로써 선(善)이라고 공약(公約)할 지경이면 조금도 부도덕이 아니라고도 할 수 있겠습니다. 그러나 그러한 사회는 마지막 날이 가까워 왔음을 기억하여 두어야 할 것이외다. 나의 말은 가장 평범한 말이나 그러나 여러분이 반드시 깨달을 날이 있으리라고 생각하는 바입니다.

나는 나의 말을 증거하기 위하여 여러분이 눈앞에 보시는 한 가지 실례(實例)를 들겠습니다. 여기 앉은 이 여자(문자를 가리키며)를 보시면 여러분 중에는 기억 있으신 분도 있으리라. 이 여자는 두 달 전까지는 인천 ○○

학교 교원 정문자 양이올시다. 이 여자에게는 약혼한 남자도 있었습니다. 이 여자에게는 밝은 길로 살아 나가려는 양심도 있었습니다. 이 여자에게는 사회를 위하여 싸우려는 용기도 있었습니다. 그러나 저기 앉았는 한 남자의 행복과 또한 그 옆에 앉았는 한 여자의 행복을 위하여 그리고 뭇 남자와 뭇 여자의 쾌락을 위하여 제단에 바친 희생이 되어서 자기의 직책에서는 쫓겨나게 되고 자기 남편 될 사람에게는 버린 바가 되어 두 달 동안을 이 사람에게 의탁하고 다니었습니다. 그러면 이 사람이 이 여자와 그소위 '깊은 관계'가 있는가. 그것은 이 사람이 이 자리에서 변명코자 아니하는 바입니다. 구구한 변명을 피할지라도 여러분은 아실 날이 있을 것이다. 여러분, 그러면 설사 이 여자가 육체의 목숨을 끊지 않는다 하더라도 이 여자는 벌써 죽은 여자외다. 그러면 이 잔치는 어떠한 잔치입니까. 여러분의 식탁에 놓인 고기는 이 여자의 살점을 베어서 불에 구워 놓은 것이 아니고 무엇입니까? 여러분이 맛있게 씹어서 여러분의 목구멍에 넘긴 그 진미는 이 여자의 살이요 뼈요 창자가 아니고 무엇입니까? 만일 여러분이 나의 이 말을 알아듣지 못하시거든 저기 앉은 태추관 씨가 주장하는 ××신문의 구월 십일 일, 십이 일의 양일치 신문을 보시고 또한 증인을 얻어 소상한 일을 아시고 싶은 분이 계시거든 그 신문사의 기자이던 신영복 군과 저기 앉았는 진형석 씨의 사무원이던 지성룡 군과 기타 진형석 씨의집에 드나드는 모든 사람과 조인숙 부인의 서신과를 상고하여 보시면 아실 것이외다. 최후로 나는 이근영 씨의 절륜한 정력과 위대한 금력을 찬미하고 축복하지 않을 수 없는 것을 슬퍼합니다! 이 결혼식의 정당하고 신성함을 경하하지 않을 수 없음을 슬퍼합니다."

⑧ 효범이가 말을 마치고 나니까 여러 사람들은 취흥이 깨어져서 물끄럼말끄럼들 치어다볼 뿐이요 효범이 말이 어떤 수작인지 짐작도 못한 사람이 많았다.

그러나 효범이는 자기 자리로 가서 모자와 망토를 들고 나왔다 층계를 나려서려 하니 뒤에서 누이가 나오며 오라비를 붙들자 참았던 울음이 터지었다.

"남 보는 데 왜 우세요! 나중에 뵈입죠."

효범이는 한마디 위로하고 떼어치며 나려오려니까 효정이는 남 부끄러운 줄도 모르고 여전히 소리를 내어 울며 따라 내려오다가 층계 밑에 섰는 문자를 붙들더니 마주 얼싸안고 운다. 문자도 효범이가 회석에서 자기 말을 꺼내니까 자리를 피하여 나와서 혼자 눈물을 흘리며 섰었던 것이다.

효범이 역시 슬픈 감회가 없지 않으나 참고 섰으려니까 누이는 눈물을 참으며 호젓한 곁방으로 끌고 갔다

"글쎄 사람들이 어쩌면 그렇게들 매정스러우냐?"

하고 겨우 한마디 하고는 효정이는 또 운다.

"잘못된 줄은 압니다. 그런 내나 문자나 편지를 하면 무슨 신신한 일이 있습니까. 병이 다 낫거든 기별을 해드리려고 하였었지요. 물론 그야말로 수색청원까지 하실 줄은 알았지만 일부러 피해 다녔습니다. 마산에 다시 와서 경찰서에서 찾아왔더란 말까지 들었지만 하여간 그래저래 온 것입니다."

효범이는 그동안 무신한 것을 이렇게 변명하였다. 그러나 효범이나 문자가 마지막으로 경성을 거쳐서 인천까지 온 것은 친척이나 친구를 찾자

는 생각도 있지만 한 가지는 이 결혼식을 구경하고 피로연에까지 와서 문자의 변명 한마디라도 하여 주고 이 세상을 떠나야 마음이 편하겠다는 생각으로 온 것이었다.

"그래 지금 어디로 가니?"

누이는 오라비의 얼굴을 치어다보며 웃는다. 효정이 눈에는 오라비의 얼굴이 좀 좋아진 것 같았다.

"어떻든지 간에 서울로 올라가지요."

효범이는 이렇게 대답을 하였다.

"그러면 집에 아무도 없으니 집으로 바로 들어가서 자려무나……아버니는 못 뵈었겠지? 오늘일랑은 여기서 집(친정)에 들어가 잤으면 좋겠지만 문자가 잘 데가 없겠군."

하며 효정이는 망단해 하였다.

"염려 마세요. 아버니는 내일이라도 혼자 다시 내려와서 뵈어야지요."

"그럼 그렇게 하려무나."

하고 나서도 누이는 차마 놓쳐 보내기가 어려운 모양이었다.

"어서 들어가슈. 손님들 나오기 전에 나는 가야 하겠소."

효범이는 이렇게 한마디 남겨 놓고 훌쩍 나왔다. 문자도 눈물을 씻고 따라나섰다. 효정이는 문간까지 나와서 인사를 하였다. 차를 놓치지 않으면 밤으로 올라간다는 말까지 일렀다. 길로 나와서 문자는 몇 번이나 뒤를 돌아다보았으나 효범이는 잠자코 휘죽휘죽 앞서 나갔다.

경찰서에 간 지 주사는 아직도 아니 돌아왔다. 아마 마저 붙들려서 취조를 당하는 모양이다.

열흘 달은 말 없는 검은 두 그림자를 뚜렷이 대지 위에 새기어 나가고 뽀얀 먼지를 휩쓸어 오는 해기와 야기를 띠인 바람은 두 남녀의 파삭파삭하고 떼어 놓는 구두 자국을 쫓아오며 지워 놓는다.

효범이와 문자는 앞서거니 뒤서거니 하는 자기의 그림자와 같이 십 분쯤 입을 꼭 봉하고 걸었다. 인천 정거장 앞으로 나와서 뒤를 돌아다보니 멀리서 거뭇거뭇이 보이던 그림자가 없어졌다. 두 사람은 서로 안심하였다는 눈치로 마주 보았다. 그러나 피차에 입은 벌리려고 아니하였다. 정거장 안을 기웃해 보니 환한 벌판 안에서 회오리바람만 획획 불 뿐이다. 두 사람은 다시 걷기 시작하였다.

월미도로 통한 방축으로 꼽들었다. 콘크리트로 달아놓은 바닥에 바작바작하는 신소리를 누가 들을까 보아 겁이 났다. 중턱을 흥건히 고인 잔잔한 물 위에서 떠날 새가 없었다. 반을 넘어서 월미도까지 삼십 분의 일쯤 되는 거리(距離)에 와서 두 그림자는 멈칫하였다.

"여기서? ……"

효범이는 한마디 간단히 소곤거리었다.

"아무데나! 바다로 나가면 암만 찾아봐야 마땅한 데가 있어야지!"

⑨ 그 후로 삼 분쯤 지나서다. 철썩 풍 하는 소리가 분명히 들린 법한데 점점 멀리 스러져 가는 것 같다.

'예가 물속인가? 아 갑갑해! 한데 물이고 보면 몸이 왜 이렇게 더운가!' 고 어렴풋이 생각이 돌자 일시에 전신이 척근하여진다.

'응! 물이다!'

하며 정신이 반짝 돌며 두 팔에 힘을 반짝 주어 끼고 '문자!'를 부른 모양이나 소리는 안 들린다. 벌린 입속으로 차디찬 물이 왈칵하고 들어온 것을 혹 배알으며 여자의 입술을 찾으니까 미지근한 물이 꿀걱하며 나오면서 딱 벌린 여자의 입속으로 두 입술이 다 들어간다. 여자는 도리질을 친다. 머리카락이 확 풀리며 깍지 낀 손등 위를 슬슬 문지른다. 여자가 밑이 되어서 자꾸 내려간다. 여자의 입술을 두 번째 찾았다! 아직 미지근한 기운이 남았다고 생각하였으나 그다음은……

이십 분 후에 끌어내인 효범이의 몸에서 다음과 같은 유서가 나왔다(얄다란 종이의 여러 장에다가 잘디잘게 써서 감숭한 비인 약병에 넣은 것이다)

그(문자)는 내게 무엇을 구하려고 쫓아왔는지 모른다. 그의 성격의 일면에는 순결에 대한 숭배적 감정(崇拜的 感情)을 가지고 있다. 내게 구하는 것은 아마 나의 '순결' 말하자면 동정 그것만인지도 모른다. 그는 결단코 세간적으로 영리하지 못한 대신에 면면한 정서(情緒)를 가지고 있다.

그도 나의 병에 대하여 낙관하는 모양이 아니다. 이것이 그로 하여금 죽음의 길을 취하려는 최후의 결심을 준 모양이다. 그러나 좀 더 깊은 원인이 없지 않으면 아니 될 것이다. 명예의 훼손, 그것이다. 학교에서 축출을 당하고 M에게와 가정에 변명할 여지가 없게 되었다는 것이 비상히 그의 마음을 쓰리게 한 모양이다. 그리고 그것으로 말미암아 자기의 몸을 처치할 곳이 없는 것이 여간한 고통이 아닌 눈치다. 그런데 나를 쫓아온 것이 또한 애욕(愛慾)으로가 아니고 갈 데가 없게 되니까 부득이 나 같은 것이라도 일시 의뢰하려는 것이 아닌가를 나는 늘 의심하였다. 그리고 그러한 의미로 속을 떠본 일도 있었다. 나의 그 말이 더욱이 그에게 고통을 준 모양이다. 내가 못된 놈이다. 그러나 의심하지 말자 말자 하면서도 생각이 그 본새로 만들어 가니 낸들 어떻게 하나……하여간 그는 이래서 나보단 더 비관을 한다. 죽는다는 말은 그의 입버릇이 되었다.(십일 월 십삼 일, 마산에서)

×

하지만 나는 삶의 의무를 생각하는 사람이다. 이따가 거꾸러져도 살 권리가 내게 있는 것을 깨닫고 있다. 이를 갈고 덤벼서 살아야 하겠다고 생각한다. 이 병에 걸린 뒤부터는 나는 끝마친 사람이라고 누구에게든지 말하여 왔다. 그러나 그것은 나의 겸손이었다. 나는 아직도 더 살아야만 할 것을 알고 또 그런 자신도 있었다. 하므로 그가 죽는다는 말을 입 밖에 내이지 못하게 엄금을 한 때도 있었다.(동일)

×

그러나 어떻게 된 까닭이지 죽지 않으면 안 될 것같이 마음이 점점 변하여졌다. 나 혼자면은 물론 죽을 생각부터 나지 않았겠지! 그런데 그이가 죽겠다는 데에는 공연히 따라 죽고 싶은 생각이 났다. 나는 아니 죽는다고 문자만 나무라다가 그가 혼자 홀쩍 죽어 버리면 어떻게 할까 하는 걱정이 무엇보다도 나에게는 무서웠다. 그가 혼자 죽은 뒤에 나는 무슨 맛으로 살 의무니 살 권리니 하며 혼자 골골하고 있을지 생각만 하여도 무서웠다. 더구나 그가 죽은 뒤에 나는 나대로 죽는다면……아! 문자는 얼마나 서러울까? 아니 죽은 영혼이라도 얼마나 나를 매정스럽다고 울까! 내가 그를 위하여 죽는다면 간사스러운 말이라 하겠지만 문자를 위하여 문자와 같이 죽어 보고 싶다. 둘이 맞붙들고 앉아서 서로 의심하고 한이 없는 걱정에 눈살을 찌푸려 보고 하는 것보다 문자의 뜻대로 문자가 기뻐하는 것을 해 주면 나도 마음에 기쁘고 시원할 것이다. 그는 어여쁜 사람이다. 마음이 어여쁜 사람이다. 세상놈들이 왜 못살게 구누?(십오 일, 마산에서)

　　　×

　죽거들랑 우리 둘을 총독부 병원에 가서 해부를 해 주시오. 이것이 어린 생각이오. 미덥지 못한 것을 믿는 것 같지만 해부를 하면 혹시는 ××신문에 난 '깊은 관계'라는 넉 자가 얼마나 우리 둘을 못살게 굴었던가를 세상놈들은 알리다. 그리고 M 씨에게 대하여 우리의 변명도 되고 적어도 M 씨의 일생의 위안을 주게 되리다……부끄럼을 모르는 인간아, 부끄러워할 줄을 알아라!(십칠 일 마산에서)

　⑩ 누님! 편지를 안 해서 죄송합니다. 그러나 문자가 편지를 하지 말라고 합니다. 문자의 말을 거역할 수가 없에요. 그뿐 아니라 여기 사정을 아시면 근심만 하실 것이요 또 거기 사정을 여기서 알아도 또 머릿살만 아프겠기에 이때껏 아니한 겁니다. 다시 못 올 길을 떠날 때가 되면 편지 하지요. 이 글도 보내드리고요! 수색원은 왜 하서요. 하여간 여기 있다가 간 것까지는 알아 가고 이 집에 여러 번 찾아왔더랍니다. 한데 그동안 우리는 일본까지 갔다가 왔지요. 여러 군데 많이 다녀왔습니다. 그 이야기는 그만두고 오늘 신문을 보니까 인숙 씨가 시집간다고요? 그럴 줄은 벌써 알았

습니다. 더구나 문자하고 나하고 같이 오는 것을 보고 그렇게 쉽사리 결심을 하였겠지요. 아 고만 둡시다. 그 이야기를 끄집어내면 한이 없으니까……(이십 일, 마산에서)

×

오늘도 죽을 데를 찾아다녀 보았다. 어쩐지 처량하고 꿈속 일 같다. 가다가다 죽으면 어떻게 되누? 하는 어림없는 생각도 난다.

문자는 물을 그리워한다. 아마 진남포에서 자라나고 인천에 오래 있어서 그런 모양이다. 그래서 죽는 데도 물이 아니면 안 된다 한다. 물론 찬성이다. 문자의 말인데…….

"죽을 데조차 만만치 않은 이런 팔자가 어데 있드람!"

하며 문자는 화도 내어보다가 진남포에 가서 죽자고 한다. 여자의 마음이다. 그러나 또 예서 죽자고 한다. 그 흉한 꼴을 부모에게 보이기 싫다는 말이다. 그것도 여자다운 말이다. 결국은 서울 가서 죽자고 한다. 해부하기에도 편하게……아닌 게 아니라 썩지는 않겠지만 옮겨 가려면 구치않아들 할 것이다. 좀 더 생각해 보자고 하였다.(이십일 밤, 마산에서)

×

딱 결정하였다. 역시 한강이다. 하지만 죽은 뒤에라도 굿은 해 주지 말 일이다. 우리들의 재미있는 이야기를 장구 소리와 무당 넋두리로 헤살을 놀까 두려워해서다. 무당은 나같이 집 가시는 데에만 필요한 것이다.

서울로 정한 데는 두 가지 이유가 있다. 하나는 여러 사람과 한번 만나자는 것이요 또 하나는 해부에 편하라는 것이다(이십이일, 마산에서)

×

오늘 밤에는 떠날 터이다. 부디 잘 있거라, 마산아! 그러나 별안간 문자가 동래온천에 가 보자고 한다. 하루 편히 쉬고 가는 것도 좋겠다. 평정한 마음을 잃으면 무슨 꼴사나운 것을 저지를지 모르니까 몸을 쉬어야 한다. 죽는 데도 건강이 필요한 것을 깨달았다.(이십이 일 오후, 마산에서)

×

온종일 비에 막혀 꼼짝도 아니하였다. 그것이 도리어 좋았다. 온천에도 두 번 들어갔다. 어젯밤에는 문자하고 늦도록 돌아다니다가 들어와서 처음으로 한 방에서 자 보았다. 아무렇지도 않은 것을 이때껏 마산서 비용을 더 써 가며 딴 방을 썼다. 하지만 그것이 좋았다. 한데 아침에 키스 한 번 하였습니다. 용서해 주셔요. 그것까지 죄는 아니겠에요. 그러나 그런 때에는 고약한 생각이 나서 불쾌하다. 마산에서는 키스도 절대로 없었다. 다만 일본 갔을 때에 대개는 밤엔 차를 타고 낮에는 구경하고 하였으니까 얼떨결에 지냈지만 그때에 키스의 죄(?)를 두 번.(이십삼 일 오후, 마산에서)

×

이상한 일이다. 이 밤이 새이면 인숙이의 혼인날이다! 이왕이면 좀 더 있다가 떠날 것을……무슨 인연인구 문자는 좋아라고 한다. 구경 가자고 한다. 어떻게 할지 가 보고 싶고 인숙이더러 내가 공연히 괴롭게 한 사과도 했으면 좋겠지만 그러고 보면 자기네를 비웃는 것같이나 생각할까 무섭다! 지 주사를 시켜서 놀래기도 하고 놀리기도 하였지만 지금 생각하면 모두 못생긴 짓이다.(이십삼 일 밤, 차 중에서)

×

갈 길이 점점 가까워 온다. 그러나 마음은 한층 더 편안하다. 문자도 얼굴에 생기가 돌고 늘 생글생글하며 반기어 준다. 간밤에는 데크에 나서서 달구경을 하다가 힘 있는 포옹까지 하였다. 문자가 열심으로 요구하여서……(이십사 일, 새벽 차 중에서)(이하 략)

    ×

연회장에서부터 수상히 생각하고 눈여겨본 형사가 미행하여 구원된 효범이와 문자는 인천부립병원에 입원시키었다. 먹은 물이 그리 많지 않기 때문에 문자는 곧 소생되었으나 효범이는 워낙 폐가 약하여서 안심할 수 없으리라는 진단이었다.

그 이튿날 신문은 거의 전면이 이근영이의 결혼식의 풍파 광경과 효범이의 정사 미수사건으로 채웠으나 아무도 분명한 판단을 할 수가 없었다. 또 인천서에 붙들린 신영복이와 지성룡이는 그날 밤으로 나왔다고 보도되었다.

작품 해설

이형진(와세다대)

염상섭의 세태 묘사와 여성 표상
—『너희들은 무엇을 얻었느냐』와『진주는 주었으나』를 중심으로

'너희들은 무엇을 얻었느냐'라는 질문

염상섭의『너희들은 무엇을 얻었느냐』를 처음 접한 독자들은 작품의 제목이 의미하는 바가 과연 무엇인지에 대해 의문을 갖기 쉽다. 다시 말해, 여기에서 호명되고 있는 '너희'는 과연 누구이며, 이들이 얻은 것, 혹은 얻지 못한 것에 대해 이 작품은 과연 어떠한 이야기를 하고 있는 것인지에 대해 말이다. 그러나 작품 전체를 읽고 나서도 제목을 통해 던져진 '너희들은 무엇을 얻었느냐'라는 질문의 의도와 답변을 명확히 이해하거나 확정하기란 쉽지 않다. 어쩌면 이 작품의 구성이 지나치게 산만하다는 비판[1]은 일정부분 이렇듯 작품의 제목부터가 작가의 진의를 쉬이 드러내고 있지 않다는 데서 기인하는

---

1 최인숙,「염상섭 문학에 나타난 '노라'와 그 의미」,『한국학연구』25, 2011, 인하대학교 한국학연구소, 195~229쪽; 장두영,「염상섭의 모델소설 창작 방법 연구 - 너희들은 무엇을 어덧느냐를 중심으로」,『한국현대문학연구』34, 한국현대문학회, 2011.8, 127~158쪽.

것인지도 모른다. 『진주는 주었으나』 역시 마찬가지이다. 누가 누구에게 '진주'를 주었고, 이때 '진주'란 무엇을 의미하며, 그래서 그것이 결국 어쨌다는 것인가라는 질문에 대한 답은, 작품을 읽고 난 후에도 모호하기만 하다. 본고에서는 『너희들은 무엇을 얻었느냐』와 『진주는 주었으나』, 이 두 작품의 제목을 통해 호명되거나 행위의 주체로 소환되고 있는 대상에 대한 분석을 통해 이러한 질문들에 대한 해답의 실마리를 찾을 수 있으리라고 보고, 이들 작품들의 등장인물에 초점을 맞추어 분석을 진행하고자 한다.

익히 알려져 있는 것처럼, 염상섭의 첫 소설은 1921년 『개벽』에 발표된 단편 「표본실의 청개고리」(1921.8~10)로, 연이어 『개벽』에 발표된 「암야」(1922.1)와 「제야」(1922.2~6)까지 세 작품을 묶어 흔히 초기 삼부작이라 부른다[2]. 삼부작 중 앞의 두 작품이 남성 주인공을 전면에 내세우고 있다면, 마지막 작품인 「제야」는 여성 주인공을 전경화시키고 있다는 점이 가장 두드러진 차이라고 할 수 있는데, 흥미로운 것은 이 세 작품들 중 가장 선명한 플롯을 갖추고, 인물의 성격화에도 가장 성공한 작품은 여성 인물이 작품의 플롯을 지배하고 있는 「제야」라는 점이다. 즉, 정인이라는 강렬한 여성 인물의 등장이 「제야」의 성공을 견인하고 있다고 해석할 수 있는데, 이렇듯 염상섭 소설에서 여성 인물의 성공적인 표상이 작품 전체의 성공으로 이어지게 되는 것은 그 이후의 작품들에서도 지속되는 현상이어서 주목을 요한다.

염상섭이 단편에서 중편으로 그리고 다시 장편 소설로 그 창작 영역을 확장시켜 나가는 과정에서 역시 여성 인물의 형상화가 핵심적인 역할을 하게 되는데, 우리가 살펴보게 될 『너희들은 무엇을 얻었느냐』와 『진주는 주었으

---

2 김윤식, 『염상섭연구』, 서울대학교출판부, 1987(2004).

나』가 바로 여기에 해당된다[3]. 염상섭은 앞서 언급한 초기 삼부작을 발표한 후 겨우 일 년 만에 중편 분량의 작품을 《동아일보》에 연재하기 시작하는데 이것이 바로 최초의 여성 서양화가였던 나혜석을 모델로 한 『해바라기』이 다. 이 작품을 시작으로 염상섭은 여러 편의 신문연재 소설을 《동아일보》 지 면을 통해 잇달아 발표하게 되는데, 『해바라기』를 마친 바로 다음날인 1923 년 8월 27일부터 1924년 2월 5일까지 《동아일보》에 연재한 작품이 바로 그 의 첫 장편소설인 『너희들은 무엇을 얻었느냐』이며, 이듬해인 1925년 10월 17일부터 1926년 1월 17일까지 《동아일보》에 연재한 두 번째 장편소설이 바 로 『진주는 주었으나』이다.[4] 『너희들은 무엇을 얻었느냐』는 잡지 『신여자』의 주간을 맡았던 김일엽을, 『진주는 주었으나』는 미두대왕 반복창과 결혼한 신여성 김후동을 모델로 하고 있거나, 적어도 이들의 삶에 착안하여 창작되 었는데[5], 이렇듯 나혜석을 모델로 한 중편소설 『해바라기』에 이어, 우리가 중 점적으로 살펴보게 될 두 장편소설 작품들 역시 당시 사회를 떠들썩하게 했 던 유명한 신여성들을 모델로 하고 있다는 점은 주목을 요한다. 염상섭의 초

3 　장두영, 앞의 글.

4 　『너희들은 무엇을 얻었느냐』는 총 129회에 걸쳐 《동아일보》에 연재되고, 『진주는 주었으 나』는 마찬가지로 《동아일보》에 총 86회에 걸쳐 연재된다.

5 　한 연구자는 단편소설 몇 편의 경력밖에 없는 염상섭이 곧바로 장편소설을 신문에 연재 할 수 있었던 것은 이들 작품들이 모두 어떤 의미에서든 '모델 소설'이었기 때문이라고 주 장한다. 즉 모델 소설이 지니는 구조적 선험성이 작품의 틀거리를 어느 정도 확정짓는 효 과를 발휘하는 것을 통해 작품 창작의 수고로움을 덜어줌으로써 장편소설 창작을 수월하 게 만들었다는 것이다. 결국 염상섭은 여성인물을, 그 중에서도 대중에게 널리 알려진 '신 여성'을 전면에 내세우는 것을 통해 소설의 장편화에 성공할 수 있었던 것이라 정리할 수 있겠다. 장두영, 앞의 글.

기 단편 소설들에서부터 이후 중장편소설로 나아가는 과정과 그 이후에 이르기까지, 여성 인물의 형상화는 작품의 구성과 의미 형성에 있어 매우 중요한 역할을 담당하고 있다고 할 수 있다. 따라서 본고에서는 특히 『너희들은 무엇을 얻었느냐』와 『진주는 주었으나』에서 여성 인물들이 어떠한 모습으로 그려지고 있으며 이러한 여성 인물의 형상화 방식이 염상섭의 작품을 이해하는 데 있어 어떠한 의미를 지니는지를 중점적으로 살펴보고자 한다.

염상섭의 세태 묘사 속 '여성'

『너희들은 무엇을 얻었느냐』에는 다양한 여성 인물들이 등장하는데, 이는 바로 앞서 발표된 중편 소설 『해바라기』나 그 후에 발표된 『진주는 주었으나』와는 구별되는 특징이기도 하다. 즉, 『해바라기』에서는 '영희' 한 명에 초점을 맞추어 스토리가 전개되고, 『진주는 주었으나』에서는 경쟁 관계에 있는 '인숙'과 '문자,' 두 여성 인물을 중심으로 이야기가 펼쳐진다면, 『너희들은 무엇을 얻었느냐』의 경우, 비중이 꽤 큰 여성 인물들만 꼽는다 해도 덕순, 경애, 기생 도홍, 마리아 등 네 명에 이른다. 우선 여기에서는 이 네 명의 여성인물들을 중심으로 어떠한 이야기가 펼쳐지고 있는지 그 줄거리부터 살펴보도록 하자.

『너희들은 무엇을 얻었느냐』 상편에서는 덕순이 남편의 원조로 일본 유학을 가기에 앞서 잡지 『탈각』의 남녀 관계자들을 초대하여 식사를 대접하는 장면과, 초대받았던 남성 인물들이 귀갓길에 기생집에 가는 모습이 중점적으로 서술되고 있는데, 그 과정에서 남편 응화에 대한 덕순의 불만, 한규와 경애의 연애 관계, 한규에 대한 덕순의 관심, 마리아와 안석태의 관계, 기생 도홍에 대한 중환과 명수의 관심 등이 세밀하게 묘사되거나 암시되고 있다. 상편에 등장하는 주요 인물들만 열거한다 하더라도 덕순, 경애, 정옥, 마리아, 희숙 등의 신여성, 도홍, 홍련, 추월 등의 기생, 그리고 응화, 한규, 홍진, 명수, 중환, 석태 등의 신남성 등 모두 열다섯여 명에 이르는데, 이들 사이의 삼중, 사중으로 중첩된 연애 관계가 작품의 주요 내용을 이루고 있다.[6]

중편에서는 주로 도홍을 둘러싸고, 좁게는 중환과 명수의 삼각관계, 넓게는 석태나 문수까지를 더한 오각관계를 풀어내는 한편, 마리아를 둘러싼 석태와 명수의 삼각관계까지 중첩시켜 보여주고 있다. 도홍과의 삼각관계는 중환 스스로 자신이 마음에 두고 있는 기생 도홍을 명수에게 소개시켜 주면서 시작된 것인데, 결국 명수가 도홍과 이루어지기까지의 과정이 중편 내내 지리멸렬하게 펼쳐진다. 이와 더불어 마리아가 사실은 석태와 연애 관계였음이 독자들에게 드러나는 한편, 그럼에도 불구하고 마리아가 명수에게 관심을 갖는 모습이 그려진다.

하편에서는 도홍과 명수의 관계가 차차 어그러지고, 대신 마리아가 명수에게 편지를 보내는 등 적극적인 태도를 보이면서 마리아가 작품 전면에 부각된다. 그러나 마리아와 명수의 관계는 결국 마리아가 안석태의 아이를 임신한 채 명수와 사회의 시선으로부터 사라지는 것으로 마무리되고 만다. 한편, 상편을 끝으로 사라졌던 덕순이 일본 체류 중 경애와 연애 관계에 있던 한규를 가로채 연애를 했으며, 결국 남편 응화와는 헤어지게 되었다는 이야기가 곁가지로 전해진다.

간략하게 정리한 것이긴 하지만, 복잡하게 얽힌 삼각, 사각 연애관계의 끊

---

6 중편 이후 순자, 기생 명화, 문수 등이 추가로 등장한다.

임없는 연쇄라고 요약할 수 있을 위와 같은 작품 내용에서 두드러지는 것은 플롯 자체보다는 등장인물들, 그 중에서도 다양한 연애 사건들의 중심에서 이야기를 전개시키는 동력이 되고 있는 여성 인물들이다. 상편에서는 여성 잡지 『탈각』의 주필 덕순이, 중편에서는 기생 도홍이, 하편에서는 기독교계열 학교의 교사인 마리아가 전경화되고 있으며[7], 이들이 자신을 둘러싼 남성인물들과 맺고 있는 관계 및 나누고 있는 대화가 작품의 주요 내용을 구성한다.

그렇다면 염상섭은 1920년대 당대의 여성 인물들을 과연 어떠한 모습으로 형상화하고 있을까. 상편의 중심인물인 덕순과 하편의 중심인물인 마리아, 그리고 이들의 동무로 나오는 경애, 정옥, 희숙 등은 모두 여학교를 졸업한 신여성들이다. '여학교' 출신이라는 사실이야말로 이들의 정체성의 가장 큰 부분을 차지하며, 이들이 명수나 한규, 중환과 석태 등에게 '연애'의 대상으로 선택되는 이유이기도 하다. 다음은 명수와 중환이 석태와 함께 '여학생'에 대해 이야기를 나누고 있는 장면으로, 이들의 대화를 통해 여성에 대한 당대의 사회적 인식의 한 단면을 엿볼 수 있다.

"실상 말이지 지금 장가를 가랴야 **어디 계집다운 계집이 있어야지**."
하며 명수가 도홍이를 치어다보니까

---

7 소설 속 사건의 중심축이 되는 여성 인물들의 계속된 교체 양상은 주로 작품의 구조적인 미숙성을 드러내는 것이라는 비판을 받아왔으며, 특히 덕순이 중편 이후 작품에서 급작스럽게 사라지게 된 이유가 김일엽의 항의 때문이라는 혐의 때문에 이러한 해석은 한층 더 그 힘을 발휘해오기도 하였다. 그러나 작품을 세밀히 분석하여 보면, 『너희들은 무엇을 얻었느냐』는 처음부터 이 세 여성이 각각 상편, 중편, 하편을 장악하도록 설정되어 있으며, 이 세 여성 인물 모두 어떠한 의미에서든 '조선의 노라'라 할 만한 인물들이라는 점에서 공통적이라고 할 수 있다.

"여편네가 되어서 생각을 하면 또 그렇지 않은가요?"

도홍이는 가지 않겠다는 듯이 이런 소리를 하였다.

"하지만 왜 계집이 없다고야 할 수 있나. 유의를 해서 보지를 않으니까 그렇지."

하며 석태는 반대를 하였다.

"자네야 말할 것 있나! 여학생이라면 등꼽추두 좋고 앉은뱅이라두 업고 다니겠다는 사람하구 말이 되나."

"미친 사람이로군. 하지만 지금 장가를 가랴면 역시 여학생밖에 어데 또 무에 있나."

"그래 하나 가 보랴나?"

"글쎄 오는 것만 있으면 하나 정말 가 보겠네. 허허허."

"왜 마님이 안 계서요?"

도홍이가 물었다. 석태는 잠깐 어물어물하다가

"응!"

하며 고개를 끄떡이니까

"이놈아 없긴 무에 없단 말야? 이혼했니? 그동안에 소문도 없이 죽지는 않았겠구나?"

하며 명수가 웃었다.

"글쎄 그따위 있으면 무얼 하나. 허허허."

하며 석태도 하는 수 없이 웃고 말았다. 중환이는 무어라고든지 비웃어 주고 싶었으나 잠자코 말았다.(118~119쪽)

요즈음의 세태로 보면, 연애나 결혼의 대상이 될 수 있는 것은 "역시 여학생"뿐이라는 주장을 펴는 석태는 친구들로부터 "여학생이라면 등꼽추두 좋고 앉은뱅이라두 업고 다니겠다는 사람"이라는 놀림을 받는다. 심지어 석태는 이미 조혼한 아내가 있음에도 불구하고 "그따위는 있으면 무얼 하나"라며 신여성을 향한 자신의 욕망을 숨기려 하지 않는다. 그렇다면 이러한 매혹의 본질은 과연 무엇일까.

우리는 다음과 같은 중환의 독설에서 그 실마리를 찾을 수 있다.

> "그럴 게 아니라 지금이라도 굽 높은 구두 한 켤레를 사다가 신키고 트레머리를 쪽찌게 하여 놓고 보면 **이혼할 생각도 없어질 것이요** 삼십이 넘어서 머리가 굳어 빠진 계집더러 자식새끼를 줄줄이 데리고 되지도 않을 공부를 하라고 턱을 까불지 않아도 좋을 것이다. **여학생이 지나가면 한 번 볼 것을 좇아서 우산 밑으로라도 두 번 보는 것은 비단우산 양머리 긴 저고리 짧은 치마 굽 높은 구두에 현기가 나고 그다음에는 분 바른 얼굴에 얼이 빠지기 때문이 아니냐?** 그 계집애 얼굴에 졸업장이 씌어서 좇아간 것도 아니요 언제 만났다고 이해가 있고 제 소위 사랑이 있어서 두 번 치어다본 것이 아닐 게 아니냐?"(65쪽)

중환의 말에 따르면 신여성에 대한 매혹의 본질은 그녀들의 지식 정도나 교양의 수준에 있는 것이 아니라 '비단우산 양머리 긴 저고리 짧은 치마 굽 높은 구두'와 '분 바른 얼굴'과 같은 시각적 이미지, 즉, 이들이 여학생 출신이라는 사실을 드러내주는 외양적 표지에 있다. 규방에만 갇혀 있던 구여성들과 달리, 학교를 다닌다는 명목하에 집을 나와 교회당, 백화점, 극장, 전차 안, 거리 등의 공적 장소에 출몰하며 뭇 남성들의 시선의 대상이 되던 순간부터, 신여성은 '이미지'로서의 삶을 부여받게 된 것이며, 그러한 의미에서 이들 여학생들에 대한 매혹 또한 결국에는 이들의 "'이미지'에 대한 매혹"이라

고 할 수 있을 것이다.[8]

이 매혹은 근본적으로는 나르시시즘적인데, 왜냐하면 "시각적 [대상], 즉 이미지로 표상되는 여성에 대한 사랑 이면에는 대체로 … 상상적 동일시가 작동하고 있[기]" 때문이다.[9] 덕순, 경애, 마리아 등의 여학생들에게 관심을 드러내는 석태, 중환, 명수 등의 인물들은 모두 근대 교육을 받은 남성들이다. 이들은 구습을 타파하고, 근대적인 삶을 지향하는 자신에게 걸맞은 상대는 마찬가지로 고등 교육을 통해 근대적 생활양식의 세례를 받은 여학생밖에 없다고 생각하는 것이다. 물론 염상섭이 『너희들은 무엇을 얻었느냐』 중편에서 보여주고 있듯이, 명수 중환 석태 등의 남성 인물들이 덕순이나 마리아와 같은 여학생 출신의 신여성뿐만 아니라, 기생 도홍을 놓고도 동일한 삼각관계를 이루고 있다는 사실에서 우리는 이들의 여학생에 대한 매혹이 본질적으로 허구적이라는 사실을 알 수 있다. 이들 지식인 남성들은 낮에는 여학생 출신의 신여성들과 추축하며 근대적 연애를 즐기지만, 밤에는 기생집에 가는 구시대적인 생활 방식을 이어간다. 이는 조혼한 구여성을 호적상의 아내로 둔 채 신여성과 첩살림을 차리는 남성들의 이중생활 또는 생활풍조, 그리고 그 속에 '여학생'이 놓인 자리를 보여주는 것이기도 하다. 그렇다면 염상섭은 '여학생'이라는 허구적인 이미지 너머에서 이들 여성 인물들을 어떻게 구체화시키고 있는지 살펴보도록 하자.

---

8 이형진, 「한국근대소설에 나타난 탈가(脫家)의 상상력과 여성 표상」, 서울대학교 박사학위논문, p.105.

9 이형진, 위의 글.

'노라'라는 은유

『너희들은 무엇을 얻었느냐』의 첫 장면에서 잡지 관계자들 및 친구들을 자신의 집으로 초대하면서 복잡다단한 관계 속에 있는 다양한 인물 군상을 모두 한 자리에 모으는 역할을 하는 덕순은 여성 잡지의 주간을 맡고 있다는 점, 그리고 그녀의 남편이 대학교수이자 의족을 한 장애인으로 등장한다는 점 등으로 미루어 앞서 언급한 바와 같이 제1세대 여성 작가로 유명했던 김일엽을 모델로 하고 있는 것으로 알려져 있다. 이 첫 장면에서 덕순은 자신이 발행하는 잡지에 「B 여사의 고민(苦悶)」이라는 글을 싣는 문제로 남편 응화와 갈등을 빚는 것으로 그려지는데, 이 글은 덕순이라는 여성 인물을 이해하는 데 있어 매우 중요한 의미를 지닌다. 덕순의 글 속에 등장하는 B 여사는 "어떠한 신문 기자하고 연애관계가 생겨서 아이까지 들게 된 뒤에 남편의 집을 뛰쳐나[와]" 남편에게 이혼장을 보낸 일로 일본사회를 떠들썩하게 만든 일본의 여류문학자로 그려지고 있는데, 이 B 여사는 실제 일본의 문인 야나기하라 뱌쿠렌(柳原白蓮)을 모델로 한 것으로 보인다.[10]

덕순이 남편의 반대를 무릅쓰고 자신이 발행하는 잡지에 실으려고 하는 「B 여사의 고민」이라는 제목의 이 글은 B 여사에게 보내는 '편지' 형식의 글로, 여기에서 덕순은 "B 여사! 당신과 같은 처지에서 신음하는 여자가 얼마나 있을 줄 아십니까. 또한 당신과 같은 의사를 가지고 당신과 같이 하여 보았으면, 하는 생각을 가지고 있는 사람이 얼마나 되는지 아십니까. 그러나 당신은, 그 취하신 바 수단이 잘 되었든 못 되었든 어떻든지 용자(勇者)이었습

---

10 야나가와 요스케, 「노라 · 뱌쿠렌 · Y코 ―『너희들은 무엇을 어덧느냐』에 대한 몇 가지 주석―」, 『현대소설연구』 72, 한국현대소설학회, 2018.12, 195~224쪽.

니다"라며 그녀의 앞길을 '축복'한다고 선언한다. 더 나아가 덕순은 용자라 '찬미'하던 B 여사의 전철을 따라 밟기라도 하려는 듯, 애인이 따로 있는 것도 아니련만 유학을 핑계로 남편의 집을 먼저 뛰쳐나와 일본에까지 간 후 그곳에서 비로소 본격적인 '연애생활'을 위한 준비에 돌입하는 것으로 그려진다. 다음은 덕순이 명수에게 보낸 편지의 일절로, 명수의 집에 갔다 편지를 읽게 된 마리아가 "마치 연애의 논문 같기도 하고 나는 연애를 할 터이라는 선언서 같다"라고 평한 글이다.

> "……지금까지 나는 '노라'를 찬미하여 왔습니다. 그러나 언제두 한번 말씀한 것과 같이 사회의 비난은 없지 않다 하더라도 **노라보다는 B 여사에게 동정이 갑니다.** 가만히 생각하면 노라도 **남편의 품에서 빠져나온 뒤에 B 여사와 같은 길을 밟았을지도 모를 것입니다.** 만일 그렇다 하면 노라의 편이 도리어 순리요 또 비난할 점이 없다고 하겠지요. 하여간에 우주의 만물과 만법이 양성(兩性)의 합리적 결합(合理的 結合)으로 말미암아 비로소 '완성(完成)'이라는 것을 얻는다 할 지경이면 **노라와 같은 극단의 이지적 개인주의(理智的 個人主義)보다는 B 여사의 예술적 연애생활(藝術的 戀愛生活)에 가치가 있지 않은가** 합니다. 선생님! 선생님은 어떻게 생각하십니까? 선생님의 높으신 의견이 듣고 싶습니다……."(206~207쪽)

위 편지에 대해 마리아가 "[명수에게] 어서 떠나오라고 뇌이고 뇌인 것을 보면 덕순이의 심중이 환히 들여다보이는 것 같다"라고 한 것에서 짐작할 수 있듯이, 덕순이 이러한 편지를 쓴 목적은 명수가 일본에 오도록 설득하여, B 여사의 "예술적 연애생활"을 따라 실천하고자 하는 것으로 보인다.

이 편지에서 덕순은 '노라'를 처음으로 직접 언급하고 있는데, 남편의 집에서 '도망을 해 나[온]' B 여사의 행위를 '노라'가 집을 나온 것에 비교하며 그녀의 행동을 적극적으로 옹호하고 있다. 즉 '노라'의 이름을 빌어 B 여사의 탈가를 옹호하고 있을 뿐만 아니라 남편의 집을 나와 혼자 일본에 와 있는 자신의 행동까지 더불어 정당화하고 있는 것이다. 앞서 상편에서 경애는 덕순에 대해 한규와 이야기를 나누며 "엘렌 케이니 입센이니 노라니 하는 자유사상(自由思想)의 맛을 보게 되니까 모든 것을 자기의 처지에만 비교해 보고 한층 더 마음이 움직이지 않겠소"라며, 덕순이 남편의 집을 나와 일본으로 떠나고자 하는 것이 '노라'의 영향 때문이라는 의견을 제시한 바 있는데 그러한 의미에서 덕순과 B 여사 모두 결국 '노라'의 후예들이라고 할 수 있다.

식민지 조선에서 헨릭 입센의 희곡『인형의 집』과 그 주인공인 '노라'에 대한 언급은 1920년대 이전부터 있어왔으나, 조선에 공식적으로 소개된 것은『너희들은 무엇을 얻었느냐』가 발표되기 2년 전인 1921년,『매일신보』에『인형의 집』이 처음으로 번역, 연재되면서부터이다. 행복한 결혼 생활을 하던 '노라'가 과거 남편 헬머를 돕기 위해 했던 선의의 거짓말이 드러나게 되면서 부부 사이에 금이 가게 되고, 그 과정에서 자신이 그동안 남편으로부터 독립된 인격체로서가 아니라 아름다운 완롱물로서 사랑받았을 뿐이라는 사실을 깨닫고 '인형의 집'을 나오게 된다는 줄거리의 이 희곡은 노르웨이 및 유럽을 넘어 전 세계적으로 센세이셔널한 반응을 불러일으켰으며, 식민지 조선에서도 지식인 사회의 호평 속에 1920년대에 가장 많이 읽히고 회자된 작품으로 조선의 '근대부인자각운동'에도 영향을 미치는 등 그 사회적 파급이 상당하였다. 한마디로 "1920년대의 신여성들은 모두 노라가 되고자 했[으며] 당시 사회는 자주 신여성들에게 '노라가 되라'고 요구"했다고 할 수 있다.[11]

---

11 적구, 「[가정평론] 朝鮮의안해여! 먼저 「노라」가되라!」,『朝鮮日報』, 1927.11.16. 이형진,

이제 신여성들은 모두 노라와 '비교될 수 있거나', 노라와 '같거나', 그 자신, '노라'가 된다.[12] "'사십 세의 노라', '현대의 노라', '윤락의 노라'와 같은 신문 기사 제목 속 표현에서 볼 수 있듯이, 이 시기 '노라'는 여성에 대한 가장 일반적인 은유로 자리 잡게" 되었던 것이다.[13] 염상섭 또한 「제야」에서 '노라'라는 이름을 언급한 이래 여러 소설 작품들에서 '노라'에 대한 관심을 지속적으로 보여준다. 그중에서도 『너희들은 무엇을 얻었느냐』는 입센의 '노라'에 대한 언급에 그치지 않고 본격적으로 '조선의 노라'를 주인공으로 내세우고 있는 소설이라고 할 수 있다. '연애'를 위해 결혼과 가정이라는 속박으로부터 벗어나 이혼을 요구한 B 여사가 야나기하라 뱌쿠렌을 모델로 한 '일본의 노라'라면, 이러한 B 여사의 삶을 방식을 그대로 모방하고자 하는 덕순 또한 조선의 신여성 김일엽을 모델로 한 '조선의 노라'라고 할 수 있을 것이기 때문이다.[14] 『너희들은 무엇을 얻었느냐』 속 노라는 비단 덕순뿐만이 아니다. 상편에서 중심인물로 그려지던 덕순이 중편에서 일본으로 떠나게 되면서 후경화되고, 그녀를 대신하여 중편에서는 주로 '도홍'이라는 기생이, 하편에서는 '마리아'라는 신여성이 작품을 추동시키는 원동력으로 새롭게 등장하게 되는데, 이들 역시 부모로부터 독립하거나 남편으로부터 벗어나 혼

앞의 글, 113쪽.

12 이형진, 위의 글, 115쪽.

13 「四十歲의 "노라" ― 作妾한男便의 얼굴에 던진 離婚狀」, 『東亞日報』, 1934.10.23, 2쪽; 「사랑없는財産家의門차고 "愛의巢"로逃避 現代"노라"의 行狀記」, 『東亞日報』, 1938.1.13, 2쪽, 「淪落의 "노라" 無罪로判明 ― 嫌疑받은男女釋放」, 『東亞日報』, 1935.4.18, 2쪽. 이형진 위의 글, 117쪽에서 재인용.

14 실제로 작품 내에서 이루어지는 '노라'에 대한 언급은 매번 덕순과의 관련 속에서 등장한다.

자 힘으로 살아가는 '집을 나온 여자'라는 측면에서 모두 '조선의 노라'들이라 할 만하다. '노라'라는 은유가 작동할 수 있었던 것은 조선의 신여성들이 기본적으로 '집'을 나옴으로써 처음 사회적으로 가시화된 존재들이라는 사실과 관련되며, 염상섭은 이렇듯 규방 속에 갇혀 있던 여성들이 집 밖으로 나와 거리를 활보하는 모습에서 1920년대 조선의 신풍속을 포착해 내고 '노라'라는 은유를 통해 당대 여성 인물들을 형상화하고 있는 것이다.

그러나 식민지 조선에서 '노라'에 대한 수용은 매우 이중적인 양상을 띤다. '노라'가 처음 소개되었던 시기, 식민지 조선의 지식인 남성들은 앞다투어 '노라'의 탈가를 옹호하고, 신여성의 등장을 적극적으로 환영하였다. 식민지의 지식인 남성들에게 있어 '노라'는 억압받는 '여성'이기에 앞서 부당한 지배하에 놓인 '인간'을 상징하였으며, 따라서 집을 나온 그녀의 행위도 부조리한 억압에의 항거 및 그로부터의 탈주라는 의미에서 긍정되었다. 초창기 여학생들이 남학생들의 동류이자 거울 이미지였듯이, '노라' 또한 억압적인 식민지 상황으로부터의 탈주를 희구하는 지식인 남성들에게는 동일시의 대상이었던 것이다.

그러나 1920년대 이후, 신교육을 받은 여성들이 늘어나게 되면서, 여학생 또는 신여성에 대한 남성 지식인들의 시선은 양가적인 것으로 바뀌게 된다. 규방의 문을 열고 나와 거리를 활보하는 신여성들이 아름다운 '이미지'로 소비되는 한 그들은 매혹의 대상이지만 그녀들이 '이미지'를 넘어 행위의 주체로서 자신을 드러내게 되면 이들은 공포의 대상이 된다. 「제야」의 정인이 바로 이러한 공포스러운 여성의 대표적인 예라고 할 수 있다. 정인은 동경 유학까지 다녀온 '신여자'로, 유부남인 E 씨와 연애를 하지만 그에게 거절당하자 E 씨의 아이를 임신한 채 안(安) 씨와의 결혼을 감행하는 자유로운 정조관념을 가진 인물로 그려진다. 아름다운 얼굴 이면에 방종했던 과거의 비밀을 숨기고 있을 수 있다는 것이야말로 여성이 공포의 대상이 되는 이유다. 조선의 노라는 집을 나와 타락한다. 그리고 「제야」의 정인이 자신의 죄를 고백, 참회하며 자살하게 되는 결말은 이러한 '타락한 노라'에 대한 처벌이자 통제 욕망을 반영하고 있는 것이라 할 수 있다.

그러한 의미에서 덕순이 유학을 명목으로 일본까지 가서 공부도 저버린 채 한규와 동거생활을 하게 되는 것이나, 마리아가 명수와 문수 그리고 중환의 관심까지 한몸에 받아가면서 저울질을 하다가 결국 조혼한 아내가 있는 안석태의 아이를 임신한 채 첩으로 들어앉게 되는 결말은 조선의 노라들이 결국 집을 나와가면서까지 추구했던, 근대적 교육이나 진실한 사랑 또는 진정한 자립과 같은 이상에는 끝내 도달하지 못한 채 좌절하고 마는 모습을 보여주는 것이라고 할 수 있다. 그녀들은 과연 집 밖으로 나와 무엇을 얻은 것일까. 결국 "너희들은 무엇을 얻었느냐"는 질문은 무엇보다 당대를 풍미한 '조선의 노라들'에게 던져진 수사학적 질문이며, 덕순, 도홍, 마리아 등 새로운 세태 속의 여성 인물들이 결국 목적한 바를 얻지 못한 채 타락해 버리고 마는 것에 대한 신랄한 비판이라고 할 수 있다.

그러나 이 작품이 비판하고 있는 것은 비단 신여성들뿐만이 아니다. 『너희들은 무엇을 얻었느냐』는 집 나온 노라들이 거리를 활보하는 조선의 신풍속을 그리고 있기도 하지만, 한편으로는 이러한 신여성들을 쫓는 남성들의 행태 또한 공들여 풍자하고 있기 때문이다. '너희들은 무엇을 얻었느냐'를 덕순이나 마리아와 같은 여학생들의 꽁무니를 쫓는 남성들에게 던져진 질문이라고 한다면, 젊은 여학생 출신 아내에게 이용만 당하고 이혼하게 된 응화나, 마리아를 안석태에게 잃고 폐결핵을 앓게 된 명수의 마지막 모습에서 엿볼 수 있듯이, 이들이 얻은 것 역시 절망뿐이라 할 것이다.

우상을 섬기는 사람들

염상섭은 그의 작품들에서 '노라'의 탈가에 대해서는 수긍하되, '조선의 노라'에 대해서는 비판적인 태도를 취하고 있는 것처럼 보인다. 종잡을 수 없는 행동을 하는, 알 수 없는 내면을 지닌 신여성들을 노라로 은유화하는 것은 이 불가사의한 여성들의 의미를 고정시킴으로써 이들을 파악가능한 존재로 만들고, 그럼으로써 이들에 대한 공포를 희석시키는 효과를 갖는다.[15] 『너희들은 무엇을 얻었느냐』의 덕순이나 마리아가 「제야」의 정인과 달리 성적 문란함을 이유로 죽음이라는 처벌을 받지 않고 살아남을 수 있었던 것은 이들 여성 인물들을 명명하고 이해할 수 있는 사회적 합의가 노라라는 은유를 통해 이루어질 수 있게 되었기 때문이다. 이처럼 염상섭은 여러 작품들을 통해 신여성의 도덕적 타락을 보여주고 있기는 하지만, 그의 문학에서 여성 표상은 '노라'의 수용과 관련하여 매우 복잡한 젠더적 양상을 띠고 있으며, 이들 작품들을 단순히 신여성의 타락에 대한 일방적인 비판으로 읽기 어려운 측면이 있다.

우선 작품 내에서 '노라'라는 이름이 처음 언급되는 장면부터 살펴보기로 하자. 아래는 한규와 경애가 덕순에 대해 이야기를 나누고 있는 부분이다.

---

15 이형진, 앞의 글, 119쪽.

"경우루 따지면야 그두 그렇지만 아무것도 몰랐으면 그대루 지내겠지만 무얼 좀 알게 되니까 쿵쿵증이 나서 그대루 지내겠소? 덕순이 형님두 **만세 이후**로 급작시리 퍽 변한 모양입디다. 게다가 글자나 쓰는 사람들하구 추축을 하고 잡지니 문학이니 하게 되니까 딴 세상 같은 생각이 나는 게지……그건 고사하고 **엘렌 케이니 입센이니 노라니 하는 자유사상(自由思想)의 맛을 보게 되니까** 모든 것을 자기의 처지에만 비교해 보고 한층 더 마음이 움직이지 않겠소."(26~27쪽)

한규와 경애 모두 '나이는 아버지뻘이나 되구 묵사발 같은 대가리에다가 게다가 쌍지팡이'와 살고 있는 덕순에 대해 어느 정도 동정을 표한다. 그러나 경애는 덕순을 '진정으로 가엾게 생각하는' 반면, 한규는 "당초에 혼인을 하기가 불찰"이라며, 덕순에 대해 비판적으로 이야기한다. "덮어 놓고 뛰어나오면 요새 누구누구 하는 사람들 모양으로 허영만 날 뿐이지 누가 그런 사람을 데려가랴나!"(27쪽)라는 것이 한규의 생각이다. 후에 한규가 자신이 그토록 비판하던 덕순을 '데려가' 살게 되고, 경애는 자신이 동정해 마지않던 덕순에게 자신의 애인을 빼앗기게 된다는 사실은 이 대화가 품고 있는 가장 큰 아이러니지만, 그보다 더 주목해야 할 것은 여기에서 스치듯이 언급된 '만세 이후'라는 말이다. 이는 집을 '덮어 놓고 뛰어나오'고자 하는 덕순의 '쿵쿵증'에 가장 직접적인 영향을 준 것은 "엘렌 케이니 입센이니 노라니 하는 자유사상"일지 몰라도, 이러한 변화가 가능하게 된 배경에는 '만세 이후'라는 시대적 상황이 자리하고 있음을 암시하고 있는 대목이다. 여기에서 '만세'라 함은 물론 1919년 3월 1일을 기점으로 전국적으로 퍼져나간 3.1 '만세' 운동을 가리키는데, 염상섭은 앞서 그의 대표작 『만세전』을 통해서도 3.1 운동을 중요한 시대적인 지표로 내세운 바 있다.

『만세전』은 본고가 대상으로 삼고 있는 『너희들은 무엇을 얻었느냐』와 『진주는 주었으나』와 시기적으로도 밀접한 관련이 있어 주목을 요한다. 『만세전』은 염상섭이 『개벽』에 「제야」의 연재를 마친 직후인 1922년 7월부터 「묘지」라는 제목으로 《신생활》에 연재되던 중 잡지의 폐간과 함께 중도에 중단되었다가, 『해바라기』와 『너희들은 무엇을 얻었느냐』가 1923년 《동아일보》에 연달아 연재된 이후, 다시 『시대일보』를 통해 1924년 4월부터 6월까지 「만세전」이란 제목으로 개작, 발표된다. 정리하여 보면 염상섭이 여성 인물을 중심인물로 내세우며 창작의 지평을 넓힌 「제야」의 발표 직후 남성 인물을 주인공으로 한 「묘지」를 연재하기 시작하였으나, 이 작품을 미처 완결시키지 못한 상태에서 다시 여성 인물들을 중심에 내세운 『해바라기』와 『너희들은 무엇을 얻었느냐』 등 중장편 소설의 신문 연재에 돌입하게 되고, 이를 완료하고 난 이후에야 다시 「묘지」의 스토리로 돌아가 「만세전」이라는 새로운 제목하에 비로소 작품의 완성을 보게 되는 것이다. 『진주는 주었으나』는 「만세전」 이후 발표된 첫 장편소설이다. 이렇듯 염상섭이 「묘지」의 구상을 갖고 있는 상태에서 『너희들은 무엇을 얻었느냐』를 창작하였으며, 『너희들은 무엇을 얻었느냐』를 발표한 이후 「만세전」을 최종적으로 완성시켰다는 것, 그리고 그 이후 발표된 첫 번째 장편소설이 『진주는 주었으나』라는 것은 우리가 본고에서 논의의 대상으로 삼고 있는 『너희들은 무엇을 얻었느냐』와 『진주는 주었으나』를 「묘지」 및 「만세전」과 함께 읽어야 할 필요성을 제기한다. 「묘지」과 「만세전」이 남성 주인공을 통해 1919년 3.1운동 이전의 절망적인 식민지 조선의 상황을 그려내고 있다면 『너희들은 무엇을 얻었느냐』와 『진주는 주었으나』는 여성 인물들을 내세워 '만세 이후'의 세태를 보여주고 있기 때문이다. 그렇다면, 『너희들은 무엇을 얻었느냐』가 보여주는 '만세 이후'의 조선 사회는 과연 어떤 모습을 하고 있을까. 작가 이광수는 『재생』과 같은 작품을 통해 '만세 이후'의 상황을 3.1 운동의 실패에 대한 절망으로 인해 사회 전반에 자포자기적인 감정과 도덕적인 타락이 팽배해진 것으로 기록한 바 있다.[16] 염상섭이 그려낸 '만세 이후'의 식민지 조선의 모습도 이와 크게 다르지 않다. 즉 '만세 이후'라는 표현을 통해 염상섭은 타락한 여성과 타락한 연애에 대한 이야기에 타락한 사회라는 배경을 부여하고 있는 것이다.

여기에서 '너희들은 무엇을 얻었느냐'라는 질문에 대해 시각을 조금 달리하여, 질문의 수신자가 아닌 발화자에 대해 잠시 생각해 보도록 하자. 즉 '너희들은 무엇을 얻었느냐'는 질문은 과연 누구의 것인가. 이 질문은 『너희들은 무엇을 얻었느냐』의 서사에 메타적인 차원을 도입하는데, 일차적으로는 작가를 지시한다고 할 수 있지만, 작가에 한정되지는 않는다. 우리는 작중 인물들에 대해 전지적인 시점을 확보하고 있으며 이들을 '너희들'이라는 이인칭으로 호명할 수 있는 또 다른 차원의 목소리를 상정할 수 있기 때문이다. 이 또 다른 차원의 목소리를 전지전능한 신의 목소리라 하면 어떨까. 이러한 접근은 우리에게 『너희들은 무엇을 얻었느냐』라는 세속적인 텍스트를 종교적인 텍스트인 구약성서와의 관련 속에서 읽을 수 있도록 해 준다.[17] 실제로 구약성서의 사사기편에는 '너희들은 무엇을 얻었느냐'와 매우 유사한 질문이 등장하고 있어 흥미로운 참조점을 제공한다. 다음은 구약성서 사사기편의 에필로그에 해당하는 17장에서 21장 중 18장의 한 구절이다.

---

16 3.1운동과 관련하여서는 권보드래의 연구 참조. "3.1운동은 정치적 각성을 불러일으켰지만, 다른 한편으로 정치에 대한 절망을 낳았다." 권보드래, 『연애의 시대: 1920년대 초반의 문화와 유행』, 현실문화연구, 2003, 113쪽.
17 『너희들은 무엇을 얻었느냐』에는 '성서학원'이라는 곳이 언급되고 있기도 하다. 82쪽.

그 때에 이스라엘에 왕이 없었고 단지파는 그 때에 거주할 기업의 땅을 구하는 중이었으니 이는 그들이 이스라엘 지파 중에서 그 때까지 기업을 분배 받지 못하였음이라. / 단 자손이 소라와 에스다올에서부터 그들의 가족 가운데 용맹스런 다섯 사람을 보내어 땅을 정탐하고 살피게 하며 그들에게 이르되 너희는 가서 땅을 살펴보라 하매 그들이 에브라임 산지에 가서 미가의 집에 이르러 거기서 유숙 하니라. / 그들이 미가의 집에 있을 때에 그 레위 청년의 음성을 알아듣고 그리로 돌아가서 그에게 이르되 누가 너를 이리로 인도하였으며 **네가 여기서 무엇을 하며 여기서 무엇을 얻었느냐** 하니 / 그가 그들에게 이르되 미가가 이러이러하게 나를 대접하고 나를 고용하여 나를 자기의 제사장으로 삼았느니라 하니라.

위의 인용문은 이스라엘의 여러 지파 중 하나인 단지파의 자손이 거주할 땅을 구하던 중 묵게 된 에브라임 산지의 미가의 집에서 우연히 레위 청년의 음성을 듣고 그에게 "네가여긔셔무엇을하며여긔셔무엇을엇엇나냐"[18]라고 묻는 장면이다. 여기에서 미가는 도둑질을 한 아들의 죄를 덮기 위해 은으로 신상을 만들어 이를 섬기는 사람으로 그려지고 있으며, 레위 청년은 그 지역의 영적 지도자 혹은 제사장의 역할을 맡아야 할 소명을 저버리고, 사사로이 미가의 집에서 개인 제사장 노릇을 하고 있는 인물로 나온다. 따라서 '네가 여기에서 무엇을 하며 여기에서 무엇을 얻었느냐'는 질문은 단 자손의 목소리를 빌려 우상을 숭배하는 사람들을 질책하는 신의 목소리라 할 것이다. 구약성서 사사기편의 에필로그는 앞서 언급한 미가의 우상 숭배 이야기와 레위의 첩의 윤간 및 살해 사건으로 인해 일어나게 되는 전쟁 이야기, 두 부분

---

18 구약성서 사사기편 18장.

으로 구성되어 있는데, 미가의 우상 숭배 이야기는 이스라엘이 종교적으로 타락하였음을, 그리고 레위인의 첩 이야기는 윤리적으로 타락하였음을 드러내는 것으로 해석된다.[19]

『너희들은 무엇을 얻었느냐』의 사회상 또한 사사 시대 이스라엘의 어지러운 모습과 크게 다르지 않다. 덕순이 돈을 보고 응화를 남편으로 선택하는 것이나, 그래 놓고는 나이도 많고 한쪽 다리가 없는 응화와의 결혼 생활을 견디지 못하고 결국 일본으로 떠나 한규와 동거 생활을 하는 모습, 부잣집 아들인 안석태가 금력으로 여성들의 마음을 사고, 마리아와 같은 신여성이 여러 남자들을 저울질하던 끝에 결국 돈 많은 안석태의 아이를 임신하여 그의 첩으로 들어앉게 되는 결말 등 염상섭이 그려내는 식민지 조선의 모습 또한 물질을 숭배하고 윤리적으로 타락하였다는 점에서 사사 시대 이스라엘의 모습과 그대로 닮아 있기 때문이다. 이는 뒤에서 구체적으로 살펴볼 『진주는 주었으나』에도 해당된다.

흥미로운 것은 사사기편의 에필로그에서 '그 때에 이스라엘에 왕이 없었고'라는 말이 네 차례에 걸쳐 반복, 강조되고 있으며, 마지막에는 "그 때에 이스라엘에 왕이 없으므로 사람이 각기 자기의 소견에 옳은 대로 행하였더라"라는 구절로 끝을 맺고 있다는 점이다. 즉 사사 시대의 종교적 타락과 윤리적 혼란이 왕의 부재 때문인 것으로 그려지고 있다고 할 수 있는데, 이는 왕을 잃은 식민지 조선의 상황과 겹쳐지는 것으로 볼 수 있다. 그렇다고 했을 때 『너희들은 무엇을 얻었느냐』가 호명하고 있는 것은 연애를 지상과제로 삼은

---

19 이희학, 사사기 17-21장과 친왕권적 신학, 『구약논단』 22(4), 한국구약학, 2016.12, 250~284쪽.

덕순, 도홍, 마리아 등의 여성 인물들이나, 신여성과의 연애와 기생놀음, 첩질 등에 빠진 명수, 중환, 석태 등의 남성 인물들뿐만 아니라, 나라를 잃고 국왕마저 잃은 식민지인 전체라고 할 수 있다. 즉 조선의 노라들과 이들에게 매혹당한 남성들을 중심으로 펼쳐지는 타락한 세태에 대한 묘사의 이면에는 식민지적 상황이 자리하고 있으며, 이때의 타락상은 여성들만의 것이 아니라 식민지 조선 전체에 해당되는 것이다.

1919년 3.1운동의 실패 이후, 즉 '만세 후'인 1920년대에 들어 독립에의 전망이 불투명해지면서 조선 사회는 급속히 물질만능주의에 경도되어 버리고, 당시의 이러한 사회적 타락상은 신여성의 도덕적 일탈에 국한된 것이라기보다는 남녀 공히 연루되어 있는, 사회 전반에 걸친 시대적 타락이었다고 할 수 있다. 연애사건을 둘러싼 당시의 세태 풍속에 대한 이야기인『너희들은 무엇을 얻었느냐』와『진주는 주었으나』는 이렇듯 메타적인 차원에서는 식민지적 상황에 대한 알레고리로 읽을 수 있으며, 그러한 의미에서 그 이면에 날카로운 사회 비판 의식을 숨기고 있는 작품들이라 할 수 있다.

타락 '이후의 삶'

"오늘 오후쯤 올라오리라고는 생각하였지만 퍼런 학생복에 커다란 대팻밥모자를 우그려 쓴 효범이의 뒤에 문자의 조그만 얼굴이 나타날 제 누구보다도 깜짝 놀란 사람은 인숙이었다."라는 문장으로 시작하는『진주는 주었으나』는,『너희들은 무엇을 얻었느냐』이후《동아일보》에 연재된 두 번째 장편소설로, 이 첫 문장 안에 이야기의 핵심 인물인 효범, 문자, 인숙을 모두 등장시키고 있다.(349쪽) 등장인물의 수가 산만할 정도로 많았던『너희들은 무엇을 얻었느냐』와 달리 『진주는 주었으나』는 그 수가 다섯여 명 정도로 제한되어 있어 인물들 사이의 관계와 이들이 엮어 나가는 플롯이 더 선명하게 드러난다는 점에서 신문연재 소설의 특성에 맞게 한층 진화한 모습을 보인다. 인숙이라는 미모와 재능을 겸비한 여성 음악가가 진형석, 이근영 등 파렴치한 남성들의 야욕으로 인해 타락해가는 과정을, 그녀의 타락을 막으려는 효범이라는 젊고 이상적인 청년과 그를 사모하는 문자라는 여성과의 역학관계 속에서 그려내고 있는 이 작품은 인숙의 비정상적인 결혼 과정을 통해 신여성의 '타락'의 문제를 또 다시 정면에서 다루고 있다는 점에서 『너희들은 무엇을 얻었느냐』와 주제상의 연속성을 보인다. 먼저 그 대강의 줄거리를 간략히 살펴보도록 하자.

변호사 진형석과 그의 여학생 출신 후처 효정은 인숙이라는 여성이 유명한 음악가로 성장할 수 있도록 후원해왔다. 한편, 효정의 남동생인 효범과 인숙은 연애감정을 갖고 인숙의 주도로 키스까지 하게 되지만 인숙에게 관심을 가지고 접근하는 진형석으로 인해 둘의 관계는 더 이상 발전하지 못하고, 이에 더해 효범이 인숙에 대하여 자신의 매부인 진형석과 불의의 관계를 맺고 있는 것은 아닌지 의심하게 되면서 둘은 서로 멀어지게 된다. 인숙은 효범을 좋아하지만 그의 마음을 확신할 수 없는 상태에서 지금까지 자신의 학비를 후원하여 온 데다 부와 명예를 지닌 노련한 진형석이 적극적으로 접근해 오자 그를 거부하지 못하고 잘못된 길로 빠져들게 되는 것이다. 심지어 지금은 진형석의 주선으로 이근영이라는 미두왕의 후처로 '팔려가게' 될 판이다. 이근영은 미두로 큰돈을 벌어 현재 떵떵거리며 살고 있기는 하지만 교육도 짧고, 처자식까지 딸린, 나이 많고 외모도 볼품없는 벼락부자로, 진형석에게 있어서는 당장의 사업상의 어려움을 타개하기 위해 꼭 필요한 존재이다. 인숙을 두고 진형석과 이근영 사이에 이루어진 암약을 중간에서 눈치챈 효범은 인숙과 자신의 매부 진형석에게 환멸을 느끼면서도 인숙이 타락의 길로 빠지는 것을 막기 위해 노력한다.

그러던 차에 문자라는 여성이 우연히 효범을 만나게 되고, 그와 함께 효범의 누이이자, 문자에게는 여학교 선배인 효정네 집을 방문하게 된다. 문자는 여학교 시절 자신을 사모하던 M이라는 남성으로부터 연애편지를 받았다는 이유로 학교에서 퇴학당할 위기에까지 처했던 경험이 있다. 당시 M과의 관계에 대한 추측성 기사로 인해 사회적으로 매장을 당했던 문자는 M을 성공시키는 것을 통해 자신의 명예를 회복하려고 했지만, 3년이 지난 지금에 와서는 오히려 M과 사이가 소원해진 상태이다. 한편 효정의 집에서 며칠간 효범과 함께 시간을 보내게 된 문자는 순수한 마음을 지닌 효범에게 점점 끌리게 되고, 효범이 인숙과의 인연으로 인해 진형석의 모함을 받고 사회적 지탄의 대상이 되어 폐병까지 얻은 채 매부인 진형석의 집에서 쫓겨나는 상황이 되자 병구완을 구실로 그를 따라 나선다.

효범은 자신의 건강, 가족과의 관계, '경성제국대학 예과생'으로서의 자신의 장래와 사회적 명예를 위험에 빠뜨리면서까지 인숙의 잘못된 선택을 막으려고 하지만 인숙은 끝내 유부남인 이근영과의 결혼을 감행하고, 진형석은 이 결혼을 성사시킴으로써 이근영으로부터 사업상 필요한 돈을 챙긴다. 타락한 세상과 각자의 실패한 삶에 절망한 효범과 문자는 동반 자살을 감행하지만 다행히 이들의 자살시도를 목격한 형사 덕에 당장의 죽음은 면하게 된다. 그러나 문자는 다행히 소생이 되었으나 효범은 아직 안심할 수 없는 상태라는 전언과 함께 열린 결말로 작품은 끝이 난다.

인숙이라는 여류 음악가가 물질적인 향락에 대한 욕망과 주변 남성들의 야욕으로 인해 부정한 관계를 맺고, 잘못된 결혼을 선택하는 등 타락에 이르게 된다는 줄거리는 앞서 언급한 바와 같이 전작인 『너희들은 무엇을 얻었느냐』와 주제상의 연속성을 보이지만, 『너희들은 무엇을 얻었느냐』가 주로 여성 인물의 타락에 초점을 맞추고 있다면, 『진주는 주었으나』는 남성 인물들의 타락상 또한 부각시키고 있다는 점에서 차이를 보인다. 즉, 아내가 있으면서도 자신이 후원해 온, 수양딸이나 다름없는 인숙을 농락하다가 사업이 어려워지자 그녀를 돈 만 원에 팔아먹으려 드는 파렴치한 변호사 진형석을 비롯하여, 이미 처자식이 있음에도 불구하고 아름답고 젊은 여성을 돈으로 사려드는 호색한 이근영, 그리고 공익적이어야 할 신문 기사의 내용을 금전적인 이익을 위해 마음대로 통제하거나 왜곡하는 신문사 사장 등, 남성 인물들의 타락상이 전작보다 구체화되었으며, 이들의 행태를 통해 금권만능의 사회상이 더욱 분명하게 드러나고 있다. 이는 남녀주인공들의 윤리적 타락의 배경이 되고 있는 시대적, 사회적 타락상에 대한 폭로와 고발을 더욱 선명하게 만드는 효과가 있다.

한편 『진주는 주었으나』는 여성 인물들의 타락, 그 '이후의 삶'을 제시하는 것을 통해 '타락'의 모티프를 기존과 다른, 새로운 관점에서 접근할 수 있도록 해주는데, 우리는 특히 효범을 놓고 인숙과 삼각관계를 이루는 '문자'라는 인물을 통해 이러한 가능성을 발견하게 된다. 문자는 앞서 살펴본 바와 같이 삼 년 전 M과의 스캔들로 인해 학교에서 축출당할 위기에서 겨우 퇴학을 면하고 갈 곳을 잃은 채 M과의 동거생활로 내몰렸던 과거가 있는 것으로 그려진다. 그러나 결국 M과의 결혼에 이르지 못한 채 서로 멀어져버리고 말았다.

"그래 예식은 벌써 했을 터이지?"
효정이의 말은 문자가 듣기 싫어하는 것을 짓궂이 묻자는 것은 아니었으나 문자의 귀에는 조롱이 섞인 듯이 들리었다.

"예식은 무슨 예식이요?"

문자는 억지로 한마디 하고 어색한 낯빛을 선웃음으로 감추지 않을 수 없었다. 확실히 일종의 수치를 느끼는 모양이었다.

"문자도 인제는 신사상가가 되었군!"

하며 효정이는 웃었다. **문자가 예식을 무시하고 삼 년이나 M과 살아온 것을 비웃는 수작이었다.** 그러나 문자는 아무 말없이 눈살을 찡그려 보았다.(353쪽)

게다가 현재는 효범과의 스캔들이 신문에 보도되면서 M으로부터 절연장까지 받은 상태이다. 사회적인 기준에서 보았을 때 M과 혼전동거생활을 한 것으로 암시되는 문자는 타락한 여성이라고 할 수 있을 것이다. 그렇다면 왜 염상섭은 인숙과 효범을 놓고 경쟁하는 인물로 순수한 여학생 대신 문자라는, 과거가 있는 여성을 설정한 것일까.

이에 대해 답하기 위해서 우리는 먼저 '여성의 타락'이라는 모티프에 대해 더 깊이 고찰할 필요가 있다. 이 시대 많은 남성 작가들은 반복적으로 여성의 '타락'을 서사화하였으며, 이때 "여성의 타락은 언제나 성적 타락, 즉 육체의 타락이며, 더 구체적으로는 처녀성의 상실과 관련되는 것"[20]으로 그려진다. 여성의 육체적 타락이 문제시되는 것은, 여성의 '처녀성'이 '상품적 가치'를 갖는 사회라는 것을 드러내는 것이다. 여성을 사물화하고 성적인 대상으로 삼는 이러한 사회에서 여성의 타락은 손쉽고, 도처에 그 위험이 도사리고 있으며, 어떤 의미에서는 불가피하다.

---

20 이형진, 앞의 글, 136쪽.

「제야」에서 타락한 여성의 전형을 보여주었던 정인은 마지막에 자신의 죄를 뉘우치고 있음에도 불구하고 자살의 형식을 빌린, 죽음이라는 처벌을 면하지 못한다. 「제야」의 정인은 여성이 자신의 의지로 사랑을 선택하고 (비록 유부남이기는 하지만) 그 사랑을 이루기 위해 탈가까지 감행하며, 여의치 않을 때는 남의 아이를 남편의 아이라고 속이는 거짓말도 서슴없이 할 수 있음을 보여준다. 그녀는 그렇기 때문에 매혹적인 '이미지'에 머물지 않고 행동하는 주체인 것이며, 또한 그렇기 때문에 알 수 없는 내면을 지닌 공포의 대상이 되어 처벌을 받는 것이다.

한편 『너희들은 무엇을 얻었느냐』 속 타락한 덕순이나 마리아는 「제야」의 정인과 달리 죽지 않는다. 다만 이들이 타락의 길로 들어서게 되는 모습을 있는 그대로 제시하며 작품은 끝이 난다. 『진주는 주었으나』에서는 한 걸음 나아가 타락의 길로 들어서는 인숙의 이야기와 갱생의 길로 들어서는 문자의 이야기가 교차한다. 다시 말해, 과거 효범에 대해 순수한 마음을 가졌던 인숙이 결국 돈을 취하여 이근영과 결혼식을 올림으로써 타락해버린 현재의 모습을 보여준다면, 문자는 이와 반대로 M과의 결백하지 않은 과거에도 불구하고 효범에 대한 순수한 마음을 통해 '진주를 준 이후에도' 즉 '타락 이후'에도 사랑이, 그리고 진실이 가능함을 보여준다. 게다가 『진주는 주었으나』에서 문자는 자살을 시도하지만 결국 목숨을 구하는 것으로 그려진다. 즉 이 '문자'라는 인물을 통해 우리는 타락 이후의 삶과 그 구원 가능성을 엿볼 수 있는 것이다.

그녀들의 이야기

염상섭이 그의 작품들에서 '편지' 모티프를 자주 활용한다는 것은 기존 연구자들이 여러 차례 언급한 바 있거니와, 작품 전체가 편지 형식으로 되어 있는 「제야」 외에, 『너희들은 무엇을 얻었느냐』와 『진주는 주었으나』에서도 편지는 매우 중요한 의미를 지닌다.

염상섭 소설에서 편지는 신여성들이 타락의 길로 들어서게 되는 계기가 되는 것으로 그려지는 경우가 많다. 『진주는 주었으나』의 경우 문자는 얼굴도 알지 못하던 M으로부터 일방적으로 '편지'를 받게 되는 바람에 문란한 여학생으로 낙인찍힌 채 사회적으로 매장을 당하게 된다.

> **문자가 코빼기도 못 본 M에게서 처음 편지를 받은 것은 열여덟 살 되는 해 이맘때였다.** 진남포 집에서 여름을 보내고 다시 올라오려던 며칠 전에 하고많은 사람 중에도 지금 마주 앉았는 이 김효정이의 이름으로 **여자 편지처럼 하여 집안사람의 눈을 속여 피가 스밀 듯한 글귀로 타는 가슴을 하소연한 것이었다.** 그때의 문자는 가슴이 선뜻하고 몸이 떨리지 않을 수 없었으나 단순히 놀라기만 하고 고만둘 나이는 아니었다. 어떤 학교 다니는 어느 집 아들인지는 몰라도 편지 사연으로 보아서는 한 교회에서 자주 만나던 남자이요 자기의 일은 샅샅이 아는 것이 분명하였다. 더구나 부모끼리는 교회 일로 서로 아는 처지인 것이 한층 믿음성스러웠다.(352쪽)

문자가 처한 이러한 상황은 염상섭의 작품에 자주 등장하는 설정으로, 문자가 '교회'에서 M의 눈에 띄는 바람에 이러한 고초를 겪게 되었다면, 『너희들은 무엇을 얻었느냐』의 마리아는 '기차'에서 우연히 만난 남성으로 인해

'순결'했던 이전의 생활과는 '격렬'하게 다른 생활 속으로 빠져들게 되는 것으로 그려진다.

> **마리아가 이 편지의 주인과 처음 만난 것은 작년 이맘때에 고향에서 서울로 올라오는 찻간에서이었다.** 스물네 살이나 된 그때의 마리아에게 대하여서는 이 세상에서 처음 만나는 남자이었고 또한 처음 당하는 경험이었다. 이때까지 청춘의 모든 욕구를 절제(節制)라는 미덕으로 누를 만치 눌러 왔으나 우연한 기회로 자기 앞에 내던져 준 한 개의 남성은 그 절제력을 인사사정 없이 삼키어 버렸다. **마리아의 생활에는 이때부터 격렬한 변동이 생기었다.**
> (중략) **그 사람의 처음 편지가 아까 다녀나간 그 처녀의 손으로 마리아의 손에 살며시 쥐어질 때** 그는 아무것도 생각할 수 없었고 아무것도 감각할 수 없었다.(188~189)

이들의 불명예스럽거나 혹은 비밀스러운 연애사건의 중요한 공통점은 그것이 '편지'로 인해 시작되거나, 유지, 지속되었다는 것이다.[21] 그러나 『너희

---

21 염상섭은 이러한 편지 모티프를 1928년 10월부터 이듬해 4월까지 『매일신보』에 연재한 『二心』에서 창호와 춘경 두 인물의 일생의 비극을 초래한 중심 사건으로 활용하고 있다. 창호가 잡기장에 무심코 낙서하듯 썼던 춘경의 이름을 본 친구가 다른 친구들에게 '종이 조각'을 돌려가며 장난을 치는 바람에 종이 조각은 어느새 '편지 쪽지'로 둔갑하여 둘 사이에 있지도 않은 연애 사건의 증거가 된다. 이로 인해 창호가 정학을 받고, 춘경 역시 출학의 위협 속에 추궁을 당하게 되자, 문제를 해결하기 위해 둘 사이에는 정말로 '편지'가 오가게 되고, 이는 더욱 분명한 물증으로 작용하여 결국 우수한 학생이던 창호와 춘경이 출학을 당하는 결과를 가져 오고 만다. 아이러니하게도 창호와 춘경은 이 불행한 사건으로 인해 사후에 연인으로 발전하게 된다.

들은 무엇을 얻었느냐』의 마리아가 연애편지를 계기로 처음 타락에의 길로 발을 내딛게 되고, 작품의 결말에 가서는 끝내 첩으로서의 삶을 선택하는 것으로 그려지는 것과 달리, 문자는 '편지'로 인해 위기에 처하지만 결국 진실한 사랑을 통해 갱생하게 된다. 따라서 중요한 것은 남성 인물들이 그녀들에게 전해준 '편지'라는 형식과 내용이 아니라, 그에 대한 답장으로써 그녀들이 쓸 수 있게 된 편지의 내용일 것이다.

「제야」의 정인이 남편의 용서에 깊은 감동을 느껴 자신의 죄를 뉘우치고 마지막 유서를 통해 목숨을 건 진정성을 보여주었다면, 『너희들은 무엇을 얻었느냐』의 마지막을 장식하는 마리아의 편지는 말미에 덧붙여진 '필자의 말'을 통해 곧바로 거짓임이 드러나는 진정성 없는 것이다. 그러나 이 진정성 없는 편지, 거짓임이 분명한 편지야말로 마리아의 육성이라고 할 수 있다. 『너희들은 무엇을 얻었느냐』에 와서 염상섭은 여성 인물에게 뉘우침의 말들을 부과하는 것이 아니라, 말하고 싶어 하는 거짓을 말할 수 있도록 허용한다. 인숙이 유서와 같은 편지를 써놓고 나간 후 얼마간 잠적해 있다가 아무 일도 없었다는 듯이 태연히 되돌아 올 수 있는 것도 바로 이러한 이유에서이다.

「제야」의 정인이나 『너희들은 무엇을 얻었느냐』의 덕순이나 마리아, 그리고 『진주는 주었으나』의 인숙과 문자는 모두 자신의 의지로 사랑의 대상을 선택하는 주체적인 여성들이다. 그리고 이들은 모두 자신의 글을 통해 자신의 이야기를 들려준다. 자신의 유서를 통해, 잡지에 실리는 글을 통해, 수신자를 가진 편지를 통해, 이들은 자신의 목소리로, 자신의 육성으로 자신의 이야기를 시작한다. 그것이 타락의 내용을 담고 있거나 거짓일 때에도, 그녀들이 그 목소리의 주체라는 사실은 변하지 않는다.[22] 결국 너희들은 무엇을 얻었느냐는 질문에 대해 염상섭이 숨겨 놓은 또 다른 답변은 바로 이러한 것이 아닐까. 조선의 노라들은 집을 나옴과 동시에 도덕적인 구속에서 벗어나 자신의 의지로 '타락'의 길을 선택할 자유를 얻게 되었다는 것, '진주는 주었으나', 오히려 그러한 타락 속에서 진정한 목소리를 얻었다는 것, 그리하여 시선의 대상일 뿐만 아니라 그 시선을 되돌려 줄 수 있는 주체의 자격을 얻었다는 것, 이것이 염상섭의 여성 표상이 지닌 또 다른 의미이다.

---

22 염상섭은 이후 『무화과』나 『불연속선』과 같은 작품들에서도 기생이나 까페 여사장과 같이 타락한 여성이라고 할 수 있는 여성인물들이 주인공으로 등장하여 적극적으로 자신의 사랑을 쟁취해 가는 모습을 보여주고 있다.

염상섭(1897~1963)

한국근대문학이 계몽주의적 성격을 벗어나기 시작한 1920년대에 처녀작을 발표한 염상섭은 분단된 남한 사회에서 1963년에 작고하기 전까지 동시대 삶을 증언하면서 내일을 꿈꾸었던 탁월한 산문정신의 소유자였다. 식민지 현실과 분단 현실의 한복판에서 생의 기미를 포착하면서도 세계 속의 한반도를 읽었기에 우리의 삶을 이상화시키지도 세태화시키지도 않았다. 처녀작 「표본실의 청개구리」를 비롯하여 「만세전」, 「삼대」, 「효풍」 등은 이러한 성취의 산물로서 우리 근대 문학의 고전으로 자리 잡은 지 오래다. 제국주의적 지구화의 과정에서 동아시아 및 비서구가 겪는 다양한 문제를 천착하여 보편성을 얻었던 그의 문학세계는 이제 더 이상 한국인만의 것은 아니다.

작품 해설 이형진

서울대학교 국어국문학과 및 동대학원 졸업.
와세다대학교 국제교양학부 조교수.

너희들은 무엇을 얻었느냐 · 진주는 주었으나

초판 1쇄 인쇄 2020년 7월 3일
초판 1쇄 발행 2020년 7월 13일

지은이	염상섭
펴낸이	최종숙
펴낸곳	글누림출판사
편 집	이태곤 문선희 권분옥 임애정 백초혜
디자인	안혜진 최선주 김주화
마케팅	박태훈 안현진

주 소	서울시 서초구 동광로46길 6-6(반포4동 577-25) 문창빌딩 2층(우06589)
전 화	02-3409-2055(대표), 2058(영업), 2060(편집)
팩 스	02-3409-2059
전자메일	nurim3888@hanmail.net
홈페이지	www.geulnurim.co.kr
블로그	http://blog.naver.com/geulnurim
북트레블러	http://post.naver.com/geulnurim
등록번호	제303-2005-000038호(2005.10.5)
정 가	36,000원

ISBN	978-89-6327-608-3 04810
	978-89-6327-327-3(세트)

* 이 도서의 국립중앙도서관 출판예정도서목록(CIP)은 서지정보유통지원시스템 홈페이지(http://seoji.nl.go.kr)와 국가자료 종합목록 구축시스템(http://kolis-net.nl.go.kr)에서 이용하실 수 있습니다. (CIP제어번호 : CIP2020014470)